Douglas Preston/Lincoln Child

Formula

Douglas Preston/Lincoln Child

Formula

Tunnel des Grauens

Roman

Aus dem Amerikanischen übersetzt
von Klaus Fröba

Droemer

Originaltitel: The Cabinet of Curiosities
Originalverlag: Warner Books, New York

Die Folie des Schutzumschlags sowie die Einschweißfolie sind
PE-Folien und biologisch abbaubau.
Dieses Buch wurde auf chlor- und säurefreiem Papier gedruckt.

Besuchen Sie uns im Internet:
www.droemer-knaur.de

Umschlaggestaltung: ZERO Werbeagentur, München
Umschlagabbildung: FinePic, München/Getty Images, München
Satz: Ventura Publisher im Verlag
Druck und Bindung: Ebner & Spiegel, Ulm
Printed in Germany
ISBN 3-426-19607-7

2 4 5 3 1

Douglas Preston und Lincoln Child
widmen dieses Buch den Lehrern, Professoren und
Bibliothekaren Amerikas, besonders denen,
die unser Leben geprägt und beeinflusst haben.

Das Beinhaus

1

Pee-Wee Boxer blickte mit Abscheu auf die Baustelle. Der Polier war ein Großmaul und seine Crew ein zusammengewürfelter Haufen von Stümpern. Der Schlimmste war der Baggerführer, der offenbar keinen blassen Schimmer davon hatte, wie man einen Cat bedient. Vielleicht war er durch die Gewerkschaft zu seinem Job gekommen, oder irgendein guter Freund hatte ihm dazu verholfen. Jedenfalls fuhrwerkte er herum, als säße er zum ersten Mal auf einem Hochleistungs-Queens. Boxer stand mit verschränkten Armen da und beobachtete, wie sich die mächtige Schaufel in den Steinschutt grub, der von den abgerissenen Wohnblocks übrig geblieben war. Sie hob sich, brach die Aufwärtsbewegung jäh ab, startete unter jämmerlichem Jaulen der Hydraulik einen neuen Versuch und schaukelte dann unkontrolliert hin und her. O Gott, wo hatten sie bloß diesen Komiker aufgetrieben?

Er hörte knirschende Schritte hinter sich, drehte sich um und sah den Polier näher kommen, das verschwitzte Gesicht über und über mit Staub beschmiert. »Boxer, hast du 'ne Eintrittskarte für die Show gelöst, oder was?«

Boxer ließ die Muskeln seiner kräftigen Arme spielen und tat, als habe er nichts gehört. Er war der Einzige auf der Baustelle, der sein Handwerk von der Pike auf gelernt hatte, und das genügte den anderen, um ihn schief anzusehen. Ihm war's egal, er blieb sowieso am liebsten für sich allein.

Er hörte, wie die Baggerschaufel sich ratternd in das massive ehemalige Fundament wühlte. Seitdem es vollständig freigelegt war, sah die Baugrube im hellen Sonnenlicht wie eine frische Wunde aus – ganz oben Asphalt und Zement, darunter Ziegelsteine, Steinschutt und wieder Ziegelsteine, dann erst kam lockeres Erdreich. Damit sie das Fundament des geplanten glasverkleideten Apartmentturms direkt auf den gewachsenen Fels setzen konnten, mussten sie sich tief in den Boden wühlen.

Boxer ließ den Blick über die Baustelle schweifen. Im Hintergrund, an der Lower East Side, leuchteten die wie Kettenglieder aneinander gereihten Wohnhäuser aus rötlichem Ziegelstein im hellen Licht des Nachmittags. Einige waren gerade erst renoviert worden, der Rest sollte in Kürze folgen. Die so genannte Stadtsanierung für soziale Aufsteiger.

»He – Boxer! Bist du taub?«

Boxer spannte wieder die Muskeln und erging sich einen Moment in der Vorstellung, dem Kerl die Faust in das verschwitzte, widerlich rote Gesicht zu pflanzen.

»Nun mach schon, setz deinen Arsch in Bewegung! Hier läuft keine Peepshow ab.«

Der Polier reckte den Kopf, kam aber vorsichtshalber nicht näher. Und daran tat er gut. Boxer musterte die Männer, die Ziegel zu einem Stapel aufschichteten. Jede Wette, dass sie die an irgendeinen überkandidelten Yuppie verscherbeln wollten, der die mit Mörtel bekleckerten Abbruchreste für den letzten Schick hielt und pro Stück locker fünf Dollar hinblätterte. Schließlich setzte er sich betont langsam in Bewegung, um zu demonstrieren, dass er sich von dem Polier nicht herumschubsen ließ.

Irgendwo laute Rufe, der Lärm des Baggers verstummte jäh. Der Cat hatte sich in eine Mauer gewühlt, hinter der ein dunkler, baufällig aussehender Hohlraum lag. Als der Baggerführer aus der Kabine kletterte, stapfte der Polier stirnrunzelnd zu ihm hinüber, dann redeten beide eine Weile aufgeregt aufeinander ein.

»Boxer«, rief der Polier, »du hast doch offenbar nichts zu tun, wie? Na gut, ich hab hier was für dich.«

Boxer änderte seinen Kurs so unauffällig, als wäre er ohnehin Richtung Bagger unterwegs gewesen, dachte aber nicht daran, den Kopf zu heben oder dem Polier gar zu signalisieren, dass er ihn gehört hatte. Den aufgeblasenen Fatzke immer schön links liegen lassen! Knapp vor dem schmächtigen Mann

blieb er stehen und starrte demonstrativ auf dessen schmutzige Stiefel. Kleine Füße, kleiner Schwanz.
Schließlich hob er langsam den Kopf.
»Schön, dass du wenigstens Notiz von mir nimmst, Pee-Wee. Guck dir das mal an!«
Boxer schielte flüchtig zu dem Hohlraum hinüber.
»Gib mir deine Taschenlampe!«
Boxer hakte die gelbe Stablampe aus der Haltelasche und hielt sie dem Polier hin.
Der schaltete sie ein, murmelte mit spöttischer Bewunderung »O Mann, die brennt ja sogar«, und beugte sich weit über den Mauerrand. Ein ausgemachter Volltrottel, dachte Boxer, als der Polier sich auf Zehenspitzen tief über die Mauer beugte. Er murmelte etwas, was aber nicht zu verstehen war, und kam schließlich wieder hoch.
»Sieht aus wie ein unterirdischer Gang.« Er fuhr sich mit dem Handrücken übers Gesicht und verteilte den schmierigen Film aus Schweiß und Staub in die Breite. »Und da unten stinkt's wie die Beulenpest.«
»Haste irgendwo König Tut gesehen?«, rief jemand.
Alle außer Boxer lachten. Wer, zum Teufel, war König Tut?
»Ich hoffe, verdammt noch mal, dass das nicht so was Archäologisches ist«, knurrte der Polier und wandte sich zu Boxer um. »Pee-Wee, so 'n großer, kräftiger Kerl wie du sollte sich das mal aus der Nähe ansehen.«
Boxer nahm die Stablampe, ignorierte die anderen, die sich neben ihm wie Winzlinge ausnahmen, und stemmte sich durch das Loch, das der Bagger geschlagen hatte. Er kauerte auf der Halde aus zertrümmerten Ziegelsteinen und glitt mit dem Lichtstrahl kreuz und quer durch die unterirdische Höhle. Es schien tatsächlich ein langer, niedriger, an den Seitenwänden und der Decke von bedrohlichen Rissen durchzogener Tunnel zu sein. Sah aus, als würde er jeden Moment einstürzen. Boxer zögerte unschlüssig.

»Gehst du nun rein, oder was?«, drängte von oben die ungeduldige Stimme des Poliers.
Einer der Arbeiter witzelte in weinerlichem Ton: »Davon steht nichts in meinem Gewerkschaftsvertrag!« Die anderen reagierten mit schallendem Gelächter.
Boxer kroch über den Steinschutt weiter in den Stollen.
Der Boden des unterirdischen Gangs war mit zerbrochenen oder zu Schutt zersplitterten Ziegelsteinen bedeckt. Boxer musste sich, von aufgewirbeltem Staub umwölkt, kriechend vorarbeiten, bis er einigermaßen festen Boden unter den Füßen hatte und sich aufrichten konnte. Er leuchtete mit der Stablampe ins Dunkel, aber der Staub, der in der Luft hing, verschluckte den Lichtstrahl schon nach wenigen Metern. Boxer wartete, bis der Dunst sich gesetzt hatte und seine Augen an das Halbdunkel gewöhnt waren. Er hörte, dass die Männer oben sich lachend unterhielten, was seltsam gedämpft klang, wie aus weiter Ferne.
Er ging ein paar Schritte weiter und schwenkte den Lichtstrahl hin und her. Von der Decke hingen Stalaktiten wie dünne Fäden. Ein Schwall übel riechender Luft schlug ihm entgegen. Tote Ratten, vermutlich.
Der Tunnel schien leer zu sein, nur ein paar Brocken Kohle lagen herum. Links und rechts waren roh mit Ziegeln zugemauerte und oben abgerundete Nischen in die Wände eingelassen, etwa einen Meter breit und anderthalb hoch. An den Stollenwänden glitzerte Wasser, das monotone Tröpfeln erinnerte an gedämpften, eintönigen Chorgesang. Ansonsten herrschte Grabesstille, der unterirdische Gang verschluckte alle Geräusche aus der Welt, die irgendwo über ihm lag.
Boxer wagte noch einen Schritt, den Lichtstrahl der Lampe abwechselnd auf die Wände und die Decke gerichtet. Das Netz aus Rissen schien dichter zu werden, immer wieder rieselte feiner Schutt auf ihn herab, stellenweise vermischt mit größeren Brocken. Er blieb stehen und suchte

mit einem mulmigen Gefühl die zugemauerten Nischen ab.
Schließlich ging er vorsichtig auf die nächstgelegene zu. Die Ziegelmauer machte keinen sonderlich Vertrauen erweckenden Eindruck, ein Stein war schon herausgebrochen, die übrigen sahen ebenfalls locker aus. Aber irgendwie ließ ihm die Frage keine Ruhe, was sich wohl dahinter in den Nischen verbergen mochte. Seitengänge? Oder hatte jemand etwas Wertvolles verstecken wollen?
Er richtete die Stablampe auf die Stelle, an der der Stein herausgebrochen war, konnte aber außer nachtschwarzer Dunkelheit nichts ausmachen. Er schob die Hand in das Loch und fing an, den darunter liegenden Stein hin und her zu bewegen. Wie er sich's gedacht hatte: Der war auch schon locker. Er brach ihn heraus, was prompt eine kleine Staublawine auslöste. Dann nahm er sich den nächsten vor – und noch einen. Der widerliche Gestank wurde stärker, er kam direkt aus dem Loch.
Boxer leuchtete abermals in den Hohlraum. Noch eine Wand, etwa einen Meter hinter der ersten. Er richtete den Lichtstrahl auf den Boden. Da lag irgendetwas, eine Art Porzellanschüssel. Von dem widerlichen Gestank fingen ihm die Augen zu tränen an, er zog sich ein paar Schritte zurück, hin- und hergerissen zwischen Neugier und der vagen Ahnung, dass er sich womöglich einer unbestimmten Gefahr aussetzte. Irgendjemand hatte irgendetwas da drin verborgen, so viel stand fest. Vielleicht etwas Altes, Wertvolles. Warum hätte er sich sonst die Mühe gemacht, eine Mauer hochzuziehen?
Boxer kannte einen, der hatte bei Abbrucharbeiten einen Beutel mit Silberdollars gefunden. Seltene Münzen, ein paar Riesen wert. Der Typ hatte sich von dem Erlös einen nagelneuen Mähtraktor kaufen können. Falls er hier tatsächlich auf etwas Wertvolles stieß – zum Teufel mit den anderen, was es auch war, er würde es für sich behalten.

Er knöpfte den Overall auf, zog das Unterhemd hoch und stülpte es sich über Mund und Nase. Dann steckte er die Stablampe durch das Loch, gab sich einen Ruck und schob Kopf und Schultern hinterher.
Ein paar Sekunden hing er reglos in der Öffnung, wie erstarrt. Dann zuckte sein Kopf unwillkürlich zurück und stieß hart gegen die oberen Ziegel. Die Lampe rutschte ihm aus der Hand, er taumelte rückwärts und holte sich prompt die nächste Schramme, diesmal an der Stirn. Er hetzte, die Hände als Fühler ausgestreckt, durch den dunklen Stollen, stolperte über Steine und fiel der Länge nach hin.
Totenstille umgab ihn. Als der Staub sich etwas verzogen hatte, sah er in einiger Entfernung einen schwachen Lichtschimmer. Das musste der Ausgang sein. Der widerliche Gestank schwappte über ihn weg. Er raffte sich stöhnend auf, kroch auf allen vieren auf den Lichtschimmer zu, schaffte es bis zu dem Schutthaufen am Stollenende, wollte drüber klettern, stürzte, krallte sich mit beiden Händen fest und zog sich hoch. Und dann war er endlich draußen, zurück im Sonnenlicht und in der frischen Luft. Als er oben war, verließen ihn die Kräfte. Er zwängte sich durch das Loch und kippte vor Erschöpfung nach vorn. Gelächter wurde laut, das aber abrupt verstummte, als er sich auf den Rücken rollte. Alle kamen angerannt, wollten ihm auf die Beine helfen, redeten ohne Punkt und Komma auf ihn ein.
»Mein Gott, was ist passiert?«
»Er hat sich verletzt, ist ganz blutig.«
»Nicht bewegen, lasst ihn liegen! Ruft mal einen Krankenwagen!«
»Was war's denn? Ein unterirdischer Gang?«
Boxer starrte die Männer an, versuchte durchzuatmen und den rasenden Pulsschlag unter Kontrolle zu bringen. Und irgendwann brachte er stammelnd das Wort »Knochen« heraus.
»Knochen? Was meinst du damit?«

Boxer spürte warmes Blut über sein Gesicht rinnen. Aber wenigstens konnte er allmählich wieder klar denken. »Schädel«, sagte er. »Dutzende Schädel. Und viele Knochen. Alle aufeinander geschichtet.«
Dann wurde ihm schwindelig. Er ließ sich nach hinten kippen und badete das zerschundene Gesicht im Sonnenlicht.

2

Nora Kelly stand am Fenster ihres Büros im vierten Stock des New York Museum of Natural History. Sie sah auf das Kupferdach, die Kuppeln, die Minarette, die Fratzen der Wasserspeier auf den Türmen und die große grüne Lunge des Central Parks bis zu den vom Herbstlicht gelb gefärbten Silhouetten entlang der Fifth Avenue: aus der Ferne ein monolithischer Block, wie eine lang gestreckte Wehrmauer. Ein schöner Anblick, aber heute konnte sie ihm nichts abgewinnen.
Der Besprechungstermin rückte näher und näher. Zorn stieg in ihr auf, und als sie darüber nachdachte, wurde ihr klar, dass es ein hilfreicher Zorn war. Seit achtzehn Monaten war ihr Budget für wissenschaftliche Arbeiten eingefroren. Und im selben Zeitraum war die Zahl der Vizepräsidenten von drei auf zwölf angeschwollen, und jeder kostete das Museum pro Jahr zweihunderttausend Dollar. Sie hatte miterlebt, wie sich die Public-Relations-Abteilung von einem kleinen Büro mit ideenreichen Exjournalisten in ein Studio voller junger Macher verwandelt hatte – alle todschick gekleidet, aber bar jeder Ahnung von Archäologie und wissenschaftlicher Methodik – und wie sich in den Führungspositionen, früher eine Domäne erfahrener Wissenschaftler, nun Anwälte und smarte Jungs breit machten, deren einzige Aufgabe es war, Spendengelder aufzutreiben, aber die dienten hauptsächlich dazu, noch mehr Spendenwerber einzustellen, sodass sich die

ganze Energie letzten Endes in einem onanistischen Kreislauf erschöpfte.
Dennoch blieb es das New York Museum, sagte sie sich, das größte naturgeschichtliche Museum der Welt. Und sie war froh, ihren Job zu haben. Nachdem in letzter Zeit all ihre Aktivitäten unter einem ungünstigen Stern gestanden hatten – die archäologische Expedition nach Utah ebenso wie das geplante Lloyd Museum, aus dem dann nichts geworden war –, brauchte sie ihn, um ihre Arbeit fortsetzen zu können. Und sie nahm sich fest vor, die Sache diesmal cool anzugehen, getreu den Spielregeln des Systems.
Aber System hin oder her, ohne zusätzliches Geld konnte sie ihre Arbeit über Schnittpunkte der Anasazi- und der Aztekenkultur nicht zu Ende führen. Am dringlichsten war die massenspektrografische Auswertung der Daten aus sechsundsechzig organischen Untersuchungen, die sie letzten Sommer in Utah vorgenommen hatte. Achtzehntausend Dollar würde das kosten, und sie brauchte die verdammten Daten nun mal, sonst konnte sie ihre Ergebnisse einmotten. Also musste sie das Geld lockermachen, so oder so, alles andere war zweitrangig.
Es wurde Zeit. Sie zog die Tür hinter sich zu und stieg die schmale Treppe hinauf zum fünften, allgemein nur Plüschetage genannten Stock. Vor der Tür zu den Räumen des Ersten Vizepräsidenten zupfte sie das graue Kostüm zurecht (denn davon verstanden diese Typen am meisten: maßgeschneiderte Kleidung und gepflegtes Aussehen), setzte eine denkbar unverbindlich freundliche Miene auf und steckte den Kopf durch die Tür.
Die Sekretärin war zum Lunch gegangen. Nora nahm allen Mut zusammen, durchquerte das Vorzimmer und blieb mit klopfendem Herzen vor der inneren Tür stehen. Sie *musste* das Geld bekommen, vorher ging sie hier nicht weg. Also zauberte sie ein hübsches Lächeln auf ihr Gesicht, gab sich einen Ruck und klopfte an. Der Trick bestand darin, höflich, aber bestimmt aufzutreten.

»Herein!«, rief eine energische Stimme.
Das Eckbüro lag voll im Licht der Morgensonne. Roger C. Brisbane III. saß an einem glänzenden Bauhaus-Schreibtisch. Nora wusste von Fotos, wie das Büro zu Zeiten des sagenumwobenen Dr. Frock ausgesehen hatte. Seinerzeit war es die typische Arbeitsstätte eines Museumskurators gewesen, staubig und unaufgeräumt, voll gestopft mit Fossilien, Büchern, viktorianischen Ohrensesseln, Massaispeeren und einem ausgestopften Dugong. Jetzt sah es hier wie im Wartezimmer eines Kieferchirurgen aus. Nur der Glaswürfel auf Brisbanes Schreibtisch, in dem, auf Samt gebettet, einige spektakuläre Edelsteine funkelten, erinnerte vage an die Atmosphäre eines Museums. Die Gerüchteküche des Museums meldete, dass Brisbane eigentlich vorgehabt hatte, Gemmologe zu werden, von seinem pragmatischen Vater aber genötigt worden war, Jura zu studieren. Hoffentlich stimmte das, denn dann konnte Nora vielleicht darauf hoffen, dass sein Herz insgeheim doch für die Wissenschaft schlug.
Sie versuchte, ihr Lächeln möglichst aufrichtig wirken zu lassen. Brisbane sah sie aalglatt und selbstsicher an. Sein Gesicht war so verschlossen, weich und pinkfarben wie das Innere einer Muschel – tadellos rasiert, gekremt und von einer Wolke Eau de Cologne umweht. Sein welliges braunes Haar war ein wenig zu lang.
»Dr. Kelly!«, Brisbane entblößte zwei von perfekter Orthodontrie zeugende Zahnreihen. »Bitte, nehmen Sie Platz.«
Nora ließ sich vorsichtig auf einer Konstruktion aus Chrom, Leder und Holz nieder, die wohl eine Art Sofa sein sollte, sich aber als ziemlich unpraktisch erwies, zumal sie bei jeder Gewichtsverlagerung jämmerlich quietschte.
Der junge Vizepräsident lümmelte sich in den Schreibtischsessel und verschränkte die Hände hinter dem Kopf. »Wie läuft's denn so bei der täglichen Kleinarbeit?«
»Sehr gut. Großartig. Es gibt eigentlich nur eine Kleinigkeit, über die ich mit Ihnen sprechen wollte.«

»Sehr schön. Ich muss nämlich auch mit Ihnen sprechen.«
»Mr. Brisbane«, sagte Nora rasch, »ich ...«
Brisbane unterbrach sie mit erhobener Hand. »Ich weiß, weshalb Sie hier sind, Nora. Sie brauchen Geld.«
»Ja, das ist richtig.«
Brisbane nickte verständnisvoll. »Mit dem eingefrorenen Budget können Sie Ihre Arbeit nicht zu Ende führen.«
»Stimmt.« Sie war verdutzt, aber auf der Hut. »Es war ein enormer Erfolg, dass wir die Murchison Grant dazu bewegen konnten, uns die Untersuchungen im Anasazigebiet zu genehmigen. Aber ohne eine wirklich gute Serie von C-14-Daten kann ich meine Arbeit unmöglich abschließen. Gute Daten sind die Voraussetzung für alles andere.« Sie gab sich Mühe, einen kindlich-vertrauensvollen Tonfall zu treffen, der ihm signalisieren sollte, wie sehr alles von seinem Wohlwollen abhing.
Brisbane nickte und wiegte sich mit halb geschlossenen Augen im Sessel vor und zurück. Sie wusste zwar nicht, wieso, aber irgendwie fühlte sie sich ermutigt. So viel Verständnis hatte sie gar nicht erwartet. Ihre Rechnung schien aufzugehen.
»Über welchen Betrag sprechen wir?«, fragte Brisbane.
»Für achtzehntausend Dollar könnte mir die Universität von Michigan die Daten aus allen sechsundsechzig Untersuchungsfeldern aufbereiten. Die verfügen über das beste massenspektrografische Labor weit und breit.
»Achtzehntausend Dollar. Sechsundsechzig Felder.«
»Ganz recht. Verstehen Sie, ich bitte nicht um ein auf Dauer erhöhtes Budget, sondern nur um einen gezielten Zuschuss für dieses Projekt.«
»Achtzehntausend Dollar«, wiederholte Brisbane, als wäge er die Summe im Geiste ab. »Nun, Dr. Kelly, das ist, wenn man's recht bedenkt, kein allzu großer Betrag, nicht wahr?«
»Nein.«

»Er hört sich sogar recht bescheiden an.«
»Vor allem angesichts der wissenschaftlichen Ergebnisse, die er bringen würde.«
»Achtzehntausend. Welch ein Zufall.«
»Zufall?« Nora war plötzlich beunruhigt.
»Das entspricht nämlich exakt der Summe, um die wir Ihr Budget nächstes Jahr notgedrungen kürzen müssen.«
»Sie wollen mein Budget *kürzen?«*
Brisbane nickte. »Zehn Prozent, durch die Bank. Bei allen wissenschaftlichen Abteilungen.«
Nora verspürte ein leichtes Schwindelgefühl und umklammerte die Chromarmlehnen. Sie war drauf und dran, geharnischt zu protestieren, doch eingedenk ihrer Vorsätze schluckte sie alles hinunter.
»Die Kosten für die neuen Dinosaurierhallen liegen über der ursprünglichen Kalkulation. Darum war ich froh, dass es bei Ihnen um keinen hohen Betrag geht.«
Nora atmete tief durch, aber ihre Stimme hatte nun einen anderen Klang. »Mr. Brisbane, bei einer derart drastischen Kürzung kann ich meine Untersuchung nicht abschließen.«
»Sie werden es *müssen*. Wissenschaftliche Forschung ist nur ein kleines Teilgebiet der Museumsarbeit, Dr. Kelly. Unsere Hauptaufgabe besteht darin, Ausstellungen zu arrangieren, neue Hallen zu gestalten und dem Publikum etwas zu bieten.«
»Aber die wissenschaftliche Forschung ist die Lebensader dieses Museums«, ereiferte sich Nora. »Ohne Forschungsergebnisse wäre alles nur Show.«
Brisbane stand auf, kam um den Schreibtisch herum, blieb vor dem Glaswürfel stehen, klappte die Leiste eines verdeckten Schlosses auf und führte einen Schlüssel ein. »Haben Sie schon mal den Tev-Mirabi-Smaragd gesehen?«
»Den was?«
Er öffnete den Glaswürfel, streckte seine schlanke Hand nach einem polierten, aber ungeschliffenen, etwa vogeleigroßen

Smaragd aus, hob ihn aus seinem Samtbett und hielt ihn zwischen Daumen und Zeigefinger hoch. »Der Tev-Mirabi-Smaragd. Makellos. Und als Hobbygemmologe kann ich Ihnen versichern, dass Smaragde dieser Größe nie lupenrein sind. Außer diesem einen. Sehen Sie sich ihn ruhig an!«

Nora schluckte abermals alles hinunter, was ihr auf der Zunge lag, und nahm den Stein.

»Vorsicht, nicht, dass er Ihnen runterfällt! Smaragde sind extrem zerbrechlich.«

Sie drehte den Stein behutsam hin und her.

»Schauen Sie nur. Durch einen Smaragd sieht die Welt wie verwandelt aus.«

Sie konzentrierte den Blick auf die Tiefen des Steins und sah sich mit einer bizarr verzerrten Welt konfrontiert. Eine aufgeblähte grüne Qualle starrte sie an: Brisbane.

»Sehr interessant, Mr. Brisbane, aber …«

»Wie gesagt, lupenrein.«

»Ohne Zweifel. Aber wir waren bei einem anderen Thema.«

»Was glauben Sie, was er wert ist? Eine Million? Fünf? Zehn? Er ist ein Unikat. Ein Verkauf würde uns aller finanziellen Sorgen entheben.« Er gluckste leise in sich hinein, nahm den Smaragd und hielt ihn sich vors Auge, das aus Noras Blickwinkel plötzlich schwarz, riesengroß und glitschig feucht aussah. »Ein Verkauf kommt natürlich nicht in Frage.«

»Es tut mir Leid, aber ich verstehe nicht, worauf Sie hinauswollen.«

Brisbane lächelte schmallippig. »Sie und die anderen Wissenschaftler vergessen eins: Es *geht* um Show. Nehmen Sie diesen Smaragd. Wissenschaftlich gesehen, werden Sie nichts an ihm entdecken, was nicht auch für alle hundertmal kleineren Smaragde zuträfe. Aber die Leute wollen nicht *irgendeinen* Smaragd sehen, sie wollen den *größten* sehen. Show, Dr. Kelly, das ist die Lebensader dieses Museums. Was glauben Sie, wie lange wir uns die wissenschaftliche Forschung leisten könnten, an der Ihnen so viel liegt, wenn die Leute nicht mehr in unser Museum kämen und unsere Einnahmen versiegen würden? Wir brauchen Spendengelder, Aufsehen erregende Ausstellungen, gewaltige Meteoriten, Dinosaurier, Planetarien, Goldschätze, Dodos und riesige Smaragde, damit die Leute nicht das Interesse verlieren. Und Ihre Arbeit fällt eben nicht in diese Kategorie.«

»Aber meine Arbeit *ist* interessant.«

Brisbane hob abwehrend die Hände. »Jeder hält seine Arbeit für höchst interessant, meine Liebe.«

Das »meine Liebe« war der Tropfen, der das Fass zum Überlaufen brachte. Nora stand auf, der Zorn ließ ihre Lippen blutleer erscheinen. »Es ist schlimm, dass ich hier sitzen und meine Arbeit Ihnen gegenüber rechtfertigen muss. Die Utahuntersuchung wird den Nachweis bringen, wann der aztekische Einfluss im Südwesten die Anasazikultur abgelöst hat. Wir werden an den Ergebnissen ablesen können …«

»Tja, wenn Sie Dinosaurier ausgraben würden, das wäre etwas anderes. Dafür begeistern sich die Leute, das bringt Geld in die Kassen. Es steht nun mal fest, Dr. Kelly, dass alte Tonscherben außer Ihnen niemanden vom Hocker reißen.«

»Und es steht ebenso fest«, ereiferte sich Nora, »dass Sie ein Möchtegernwissenschaftler sind, der sich darin gefällt, den Pfennigfuchser zu spielen. Nur, um ehrlich zu sein, Sie übertreiben dabei!«

Sie war zu weit gegangen, das merkte sie sofort. Brisbanes Miene schien sekundenlang zu versteinern. Dann hatte er sich gefangen, bedachte sie mit einem kühlen Lächeln, rieb den Smaragd sorgfältig mit seinem Einstecktuch ab und legte ihn in den Glaswürfel zurück.

»Echauffieren Sie sich nicht! Das führt zu Arterienverhärtungen und ist Ihrer Gesundheit auch sonst abträglich.«

»Es tut mir Leid, dass mir das rausgerutscht ist. Aber ich weiß wirklich nicht, wie ich diese Kürzung verkraften soll.«

Brisbanes kühles Lächeln war wie weggewischt. »Ich habe

gesagt, was zu sagen war. Sollte einer der Kuratoren nicht in der Lage oder nicht willens sein, die Kürzungen umzusetzen – kein Problem, ich nehme ihm die Mühe mit Vergnügen ab.«

Draußen auf dem Flur überschlugen sich Noras Gedanken. Sie hatte sich geschworen, nicht ohne das Geld wegzugehen, und nun war sie schlechter dran als zuvor. Ob sie um einen Termin bei Collopy bitten sollte? Aber der Präsident galt als schwierig und unnahbar. Und nachdem sie gerade erst aus der Rolle gefallen war, hätte sie es sich durch eine Umgehung des Dienstweges bei Brisbane endgültig verscherzt. Das konnte sie im schlimmsten Fall den Job kosten. Nun gut, sie fand sicher etwas Neues. Und das Geld ließ sich möglicherweise auch woanders auftreiben. Man darf die Hoffnung nie aufgeben …

Sie stieg langsam die Treppe zum vierten Stock hinunter und sah verblüfft, dass ihre Bürotür offen stand. Am Fenster lehnte ein Fremder und blätterte in einem Buch. Er wirkte in seinem tiefschwarzen, weit geschnittenen Anzug irgendwie befremdlich, ein bisschen wie ein Bestattungsunternehmer. Seine Haut war auffallend blass, das früher vermutlich blonde Haar war fast weiß. Als er wieder eine Seite umblätterte, fielen ihr seine langen, schlanken Elfenbeinfinger auf.

»Entschuldigung, was tun Sie in meinem Büro?«

»Interessant«, murmelte der Fremde und machte Anstalten, sich umzudrehen.

»Wie bitte?«

Er hielt das Buch hoch. *Die Geochronologie der Sandiahöhle.* »Etwas merkwürdig, dass der Autor lediglich Folsoms Thesen berücksichtigt. Sehr suggestiv, finden Sie nicht?« Der weiche, einschmeichelnde Akzent der Südstaaten-Upperclass.

Aus Noras Verblüffung wurde Verärgerung. Was fiel dem Mann ein, einfach in ihr Büro einzudringen?

Er ging zum Bücherbord, stellte die Monografie an ihren

Platz zurück und fuhr mit dem Finger über ein paar andere Buchrücken. »Ah«, sagte er und zog einen anderen Band heraus, »ich sehe, dass die Monte-Verde-Ergebnisse nicht mehr unumstritten sind.«

Nora ging energisch auf ihn zu, nahm ihm das Buch aus der Hand und schob es in die Lücke zurück. »Ich bin im Augenblick sehr beschäftigt. Rufen Sie mich an, wenn Sie einen Gesprächstermin vereinbaren wollen! Und schließen Sie beim Rausgehen bitte die Tür!«

Zehn Prozent! Sie schüttelte ungläubig den Kopf. Wie, um alles in der Welt, sollte sie das hinkriegen?

Aber der Fremde ging nicht. Er sagte in seinem honigsüßen Südstaatensingsang: »Wenn es Ihnen nichts ausmacht, würde ich lieber jetzt gleich mit Ihnen sprechen, Dr. Kelly. Wäre es sehr vermessen von mir, Sie mit einem leidigen kleinen Problem zu belästigen?«

Nora drehte sich um. Der Fremde streckte ihr die geöffnete Hand entgegen. In seinem Handteller lag ein kleiner bräunlicher Schädel.

3

Noras Blick pendelte zwischen dem Schädel und dem Gesicht des Fremden hin und her. »Wer sind Sie?« Nicht nur seine Haut, auch die blauen Augen wirkten seltsam blass. Die klassisch geschnittenen Gesichtszüge erinnerten sie an eine Marmorskulptur aus der Antike.

Seine Reaktion war ein Mittelding zwischen Nicken und Verbeugung. »Special Agent Pendergast, Federal Bureau of Investigation.«

Noras Herz rutschte Richtung Magen. Hatte das womöglich etwas mit einem der vielen Ärgernisse während der Utahexpedition zu tun? Das fehlte ihr gerade noch. »Können Sie sich ausweisen?«, fragte sie, weil ihr nichts Besseres einfiel.

Pendergast lächelte nachsichtig, zog ein Ledermäppchen aus der Seitentasche des Anzugs und ließ es aufklappen. Sie beugte sich vor und beäugte die Dienstmarke. Ja, die war bestimmt echt, sie hatte während der letzten achtzehn Monate genug solche Plaketten gesehen.

»Gut, Sie haben mich überzeugt, Special Agent …« Sie stockte. Wie hieß der Bursche noch mal? Sie wollte noch einmal auf seine Dienstmarke schielen, aber er hatte das Mäppchen bereits wieder zugeklappt.

»Pendergast«, vollendete er ihren Satz und fügte, als könne er ihre Gedanken lesen, hinzu: »Übrigens hat das nichts mit gewissen Ereignissen in Utah zu tun. Es geht hier um einen völlig anderen Fall.«

Sie sah ihn prüfend an. Diese wandelnde Komposition aus Schwarz und Weiß hatte absolut keine Ähnlichkeit mit den FBI-Agenten, mit denen sie es im Westen zu tun gehabt hatte. Er wirkte ganz anders, irgendwie exzentrisch. Seine Miene war unbewegt, aber sie mochte sein Gesicht. Sie richtete den Blick wieder auf den kleinen Schädel. »Ich bin keine Anthropologin, Knochendfunde und ihre physischen Merkmale sind nicht mein Spezialgebiet«, sagte sie entschieden.

Statt einer Erwiderung streckte ihr Pendergast den Schädel hin. Sie hätte nicht erklären können, wieso sie nach ihm griff und ihn von allen Seiten sorgfältig inspizierte.

»Das FBI wird doch wohl eigene Gerichtsmediziner haben, auf die es in solchen Fällen zurückgreifen kann?«

Pendergast schloss die Tür, drehte den Schlüssel um, ging zu Noras Schreibtisch und zog den Telefonstecker aus der Kontaktdose. »So, jetzt sind wir ungestört. Wollen wir zur Sache kommen?«

»Natürlich. Ganz wie Sie wollen.« Sie merkte selber, wie nervös sie sich anhörte, und ärgerte sich darüber. Wahrscheinlich lag es an der gelassenen Ruhe, die er ausstrahlte, dass sie sich so aus der Fassung bringen ließ.

Pendergast nahm ihr gegenüber am Schreibtisch Platz und

schlug die schlanken Beine übereinander. »Unabhängig von Ihrem Fachgebiet würde ich gern Ihre Meinung zu diesem Schädel hören.«

Sie seufzte. Sollte sie sich darauf einlassen? Wie mochte die Museumsleitung darauf reagieren? Vermutlich begrüßten sie es, wenn eine der Mitarbeiterinnen vom FBI konsultiert wurde. Vielleicht war das genau die Art von Publicity, von der Brisbane gesprochen hatte.

Sie examinierte den Schädel. »Nun, auf den ersten Blick würde ich sagen, dass dieses Kind kein sonderlich glückliches Leben hatte.«

Pendergast hob gespannt die Augenbrauen.

»Die noch nicht voll verwachsene Stirnnaht lässt den Schluss zu, dass wir es mit einem Kind im frühen Teenageralter zu tun haben. Etwa dreizehn, würde ich sagen. Dem grazilen Augenbrauenrist nach vermutlich ein Mädchen. Ein außerordentlich schadhaftes Gebiss, ohne jede zahntechnische Korrektur. Das lässt, vorsichtig ausgedrückt, einen Mangel an Fürsorge vermuten. Die beiden Einkerbungen im Zahnschmelz sind gewöhnlich ein Indiz für Wachstumsstörungen. Möglicherweise gab es zwei Perioden, in denen das Kind stark unterernährt oder schwer erkrankt war. Der Schädel ist offensichtlich alt, allerdings nicht aus prähistorischer Zeit. Bei Menschen aus der Frühzeit sind derlei Zahnschäden nicht zu beobachten. Die Schädelform deutet übrigens mehr auf einen kaukasischen Typ als auf eine amerikanische Ureinwohnerin hin. Ich schätze, sie hat vor fünfundsiebzig bis hundert Jahren gelebt, was natürlich nur eine Vermutung sein kann. Es kommt ganz darauf an, wo und unter welchen Umständen der Schädel gefunden wurde. Ich halte eine C-14-Analyse für erwägenswert.« Sie saß einen Augenblick stumm da, weil sie unwillkürlich an ihre unerfreuliche Unterredung mit Brisbane denken musste.

Pendergast wartete geduldig. Nora hatte das dumpfe Gefühl, dass er mehr erwartete, und ging zum Fenster, um den

Schädel im hellen Vormittagslicht zu betrachten. Irgendwie ärgerte sie sich über ihre Gefügigkeit, doch dann entdeckte sie plötzlich etwas, was ihr ganz unheimlich erschien.

»Was ist?«, fragte Pendergast scharf und war im Nu auf den Beinen.

»Diese schwachen Schrammen unten am Hinterkopf ...« Sie nahm die Lupe zu Hilfe, die sie aus Gewohnheit ständig um den Hals trug, und sah sich die Kratzspuren genau an. »Die wurden dem Kind mit einem Messer beigebracht. Als hätte jemand Gewebe entnommen.«

»Was für Gewebe?«

Sie fühlte sich sehr erleichtert, als ihr klar wurde, was es war. »Solche Spuren hinterlässt ein Skalpell bei einer Leichenöffnung. An dem Kind wurde eine Autopsie vorgenommen. Die Schrammen stammen von einer Untersuchung, nachdem der obere Teil des Rückenmarks oder das Nachhirn freigelegt worden war.« Sie legte den Schädel auf den Schreibtisch. »Aber ich bin Archäologin, Mr. Pendergast. Sie sollten lieber die Expertise eines Spezialisten einholen. Wir haben in unserer Abteilung einen medizinisch ausgebildeten Anthropologen, Dr. Weidenreich.«

Der Agent verstaute den Schädel in einem Beutel, den er verschloss und wie durch Magie ihn in den Falten seines weit geschnittenen Anzugs verschwinden ließ, ohne dass irgendeine Ausbeulung zu sehen war. »Was ich brauche, sind *Ihre* archäologischen Erfahrungen.« Er bückte sich, schob den Telefonstecker in die Buchse, ging zur Tür und schloss sie wieder auf. »Und nun wäre ich Ihnen sehr verbunden, wenn Sie mich ins Stadtzentrum begleiten würden.«

»Sie meinen ... ins FBI-Büro?«

Pendergast schüttelte den Kopf.

Nora zögerte. »Ich kann jetzt nicht einfach weg. Ich habe eine Menge zu tun.«

»Es wird nicht lange dauern, Dr. Kelly. Aber wir dürfen keine Zeit verlieren.«

»Worum geht es denn überhaupt?«
Aber er war schon vorausgegangen, sie hörte seine geschmeidigen Schritte auf dem Flur. Und da ihr plötzlich klar wurde, dass ihr kaum etwas anderes übrig blieb, eilte sie ihm nach. In der wie üblich von Stimmengewirr erfüllten Großen Rotunde holte sie ihn ein.
»Sie kennen sich in unserem Museum gut aus.«
»Ja.«
Sie gingen durch die Bronzetüren und stiegen die marmornen Eingangsstufen hinunter. Auf der untersten blieb der Agent stehen und wandte sich zu ihr um. Seine Augen sahen im hellen Tageslicht nahezu weiß aus, die Farbe war zu einer Ahnung verkümmert. »Kennen Sie sich mit der New Yorker Verordnung zum Schutz archäologischer Funde aus?«
»Natürlich.« Die Verordnung untersagte, sobald man auf historische Überreste stieß, alle Ausschachtungs- und Baumaßnahmen im Stadtgebiet bis zum Abschluss der Ausgrabungen und der Dokumentation der Funde.
»In Lower Manhattan ist man auf eine vielversprechende Fundstelle gestoßen. Sie werden die Ausgrabungen als leitende Archäologin überwachen.«
»Ich? Ich habe weder die Erfahrung noch die spezielle Befähigung …«
»Keine Sorge, Dr. Kelly. Ihre spezielle Befähigung wird sich sehr schnell herausstellen.«
Sie sah ihn fassungslos an. »Aber warum ich?«
»Sie haben, was diese spezielle Art von archäologischen Fundstellen angeht, einige Erfahrung.«
»Und um was für eine Fundstelle handelt es sich?«
»Um eine Art Beinhaus.«
Er deutete auf einen geparkten neunundfünfziger Silver Wraith. »Machen wir uns auf den Weg! Nach Ihnen, bitte.«

4

Als Nora aus dem Rolls-Royce stieg, fühlte sie sich jäh in eine Welt aus Lärm und Staub versetzt. Fensterlose Skelette halb abgerissener Mietskasernen starrten sie an. Sie gingen auf den Zaun der Baustelle zu, weiter kamen sie nicht. Davor waren zwei Polizeifahrzeuge geparkt, bei einer Abrissruine standen einige uniformierte Cops, in ihrer Nähe beriet sich eine Gruppe Männer, die den Anzügen nach gewöhnlich in Büros zu Hause waren.

»Die Moegen-Fairhaven-Gruppe errichtet hier einen fünfundsechzig Stockwerke hohen Apartmentturm«, erläuterte Pendergast. »Gestern Nachmittag, etwa um vier, haben sie dort unten ein Loch in die alte Mauer gebrochen. Kurz darauf hat ein Arbeiter den Schädel gefunden, den ich Ihnen gezeigt habe, und sehr viele weitere Knochen entdeckt.«

Nora folgte seinem Blick. »Was stand hier früher?«

»Wohnblöcke aus dem späten neunzehnten Jahrhundert. Der unterirdische Tunnel, aus dem der Schädel stammt, scheint jedoch älteren Datums zu sein.«

Das Mauerstück, in das der Bagger das Loch geschlagen hatte, war offensichtlich das Überbleibsel eines der alten Wohnblöcke, bei dem dahinter gelegenen, von Schutt und verrotteten Balkenresten halb verdeckte Stollen schien es sich dagegen um ein noch älteres Bauwerk zu handeln.

Sie gingen am Zaun entlang. »Ich fürchte, wir werden dort unten ein paar Probleme bekommen, sodass uns nicht viel Zeit bleibt«, sagte Pendergast. »Moegen-Fairhaven ist eines der rigorosesten Bauunternehmen in der Stadt. Die können … nun, sagen wir mal: eine Menge Druck ausüben. Sie sehen ja, es sind keine Pressevertreter hier. Die Polizei wurde offenbar in aller Stille verständigt.«

Er führte sie zu einem der Tore im Bauzaun. Das Koppel des dort postierten Cops sah martialisch aus: Handschellen, Schlagstock, Funkgerät, die Dienstwaffe und ein zusätzliches

Magazin mit Munition. Das Gewicht zog das Leder so weit nach unten, dass ihm das blaue Diensthemd aus der Hose gerutscht war. Pendergast blieb vor dem Tor stehen.

»Gehen Sie weiter!«, knurrte der Cop. »Hier gibt's nichts zu sehen, Mister.«

»Ich glaube doch.« Der Agent zeigte ihm mit gewinnendem Lächeln seine Dienstmarke.

Der Cop beugte sich stirnrunzelnd vor und nahm sich viel Zeit, Pendergasts Gesicht mehrere Male mit dem Foto zu vergleichen. »FBI?«, fragte er frustriert und zog mit einem Ruck das Koppel hoch. »Und wen haben Sie da bei sich?«

»Eine Archäologin. Sie wird in unserem Auftrag die Fundstelle in Augenschein nehmen.«

»Archäologin? Warten Sie einen Moment.« Der Cop stakste zu seinen Kollegen hinüber, erstattete Meldung und kam mit einem anderen Uniformierten zurück. Ein kleinwüchsiger, übergewichtiger Mann im braunen Anzug heftete sich an ihre Fersen, hatte allerdings Mühe, mit den beiden Cops Schritt zu halten.

»Was, zum Teufel, soll das?«, keuchte er, als sie sich dem Zaun näherten. »Vom FBI war nie die Rede.«

Auf den Schultern des Cops, den der Posten geholt hatte, prangten drei goldene Captainstreifen. Er hatte schütteres graues Haar, einen fahlen Teint, eng stehende schwarze Augen und einen fast so stattlichen Bauchumfang wie der Mann im braunen Anzug. Er musterte Pendergast misstrauisch. »Darf ich Ihren Ausweis sehen?«, fragte er mit schriller, wenn auch nicht sonderlich fester Stimme.

Pendergast klappte noch einmal sein Mäppchen auf. Der Captain sah es sich lange an und reichte es dann zurück. »Tut mit Leid, Mr. Pendergast, das FBI ist hier nicht zuständig. Beamte aus New Orleans schon gar nicht. Die Bestimmungen sind Ihnen sicher bekannt.«

»Darf ich nun auch Ihren Namen erfahren?«

»Custer.«

»Captain Custer, ich bin hier mit Dr. Nora Kelly vom New York Museum of Natural History. Sie wurde von uns zur Begutachtung aus archäologischer Sicht hinzugezogen. Wenn Sie uns also bitte hereinlassen würden ...«

»Dies ist eine gesicherte Baustelle«, mischte der Mann im braunen Anzug sich ein. »Wir versuchen hier ein Gebäude zu errichten, falls Sie das noch nicht bemerkt haben. Die New Yorker Polizei hat bereits jemanden damit beauftragt, sich die Knochenfunde anzusehen. Großer Gott, die Verzögerung kostet uns jetzt schon vierzigtausend Dollar am Tag, und nun mischt sich auch noch das FBI ein?«

»Und wer sind Sie, bitte?«, erkundigte sich Pendergast mit ausgesuchter Höflichkeit.

Die Augen des Mannes huschten zwischen dem Captain und Pendergast hin und her. »Ed Shenk. Der leitende Architekt.«

»Ah, Mr. Shenk. Freut mich, Sie kennen zu lernen«, sagte Pendergast trocken. Danach war der Architekt Luft für ihn, er verhandelte nur noch mit dem Captain. »Habe ich das so zu verstehen, dass Sie uns den Zutritt und die Durchführung unserer Arbeit verwehren wollen, Captain Custer?«

»Das Projekt ist für die Moegen-Fairhaven-Gruppe und für unsere Stadtplanung sehr wichtig. Wir hinken bereits hinter dem Zeitplan zurück, was auf höchster Ebene der Stadtverwaltung einige Besorgnis ausgelöst hat. Mr. Fairhaven hat die Baustelle gestern Abend persönlich besichtigt, weil er unbedingt weitere Verzögerungen vermeiden will. Von einer Hinzuziehung des FBI hat mir niemand etwas gesagt, und von archäologischen Belangen habe ich auch nichts ...« Er verstummte abrupt, als der Agent zum Mobiltelefon griff. »Wen wollen Sie anrufen?«

Pendergast verschanzte sich hinter einem Lächeln. Seine Finger huschten in verblüffendem Tempo über die winzigen Tasten. Custer tauschte einen vielsagenden Blick mit Shenk.

»Sally?«, sagte Pendergast ins Telefon. »Hier Agent Pendergast. Könnte ich wohl Commissioner Rocker sprechen?«

»Hören Sie ...«, versuchte Custer zu intervenieren.

»Ja, bitte, Sally. Sie sind ein Schatz ...«

»Vielleicht sollten wir das lieber drinnen besprechen«, schlug der Captain vor. Ein Schlüsselbund rasselte, die Kette am Tor wurde aufgeschlossen.

»Ich verstehe«, fuhr Pendergast fort. »Ob Sie ihn wohl trotzdem kurz aus der Besprechung holen könnten, Sally?«

»Das wird nicht nötig sein, Mr. Pendergast«, warf der Captain hastig ein.

»Sally? Hat sich erledigt, ich rufe ihn später an.« Pendergast schaltete das Mobiltelefon aus.

Er schritt durch das Tor und kletterte, ohne auch nur ein weiteres Wort zu verlieren, mit Nora über den herumliegenden Bauschutt hinunter zu dem Loch in der Mauer.

Die anderen guckten verdutzt und eilten hinter ihnen her. »Mr. Pendergast, Sie müssen verstehen ...«, versuchte der Captain schon leicht außer Atem gut Wetter zu machen.

Als sie kurz vor dem Tunnel waren, kam es Nora vor, als habe sie in dem Gewölbe kurz einen schwachen roten Lichtschimmer ausgemacht. Gleich darauf flammte ein Blitzlicht auf, Sekunden später das nächste. Jemand machte Fotos. Sie blieb an der frisch gebrochenen Mauerlücke stehen und starrte nach unten.

»Mr. Pendergast!«, rief Captain Custer.

Aber der Agent kletterte bereits behende die Schutthalde hinunter. Die Verfolgergruppe gab am Mauerdurchbruch auf. Nora folgte Pendergast, blieb aber unschlüssig stehen, als sie ihn in dem dunklen Tunnel verschwinden sah.

»Kommen Sie ruhig nach!«, rief Pendergast ihr zu.

Sie kroch vorsichtig die Ziegelsteinhalde hinunter, bis zu der schlammigen Stelle am Stolleneingang. Wieder flammte ein Blitzlicht auf. Ein Mann im weißen Laborkittel hatte den Kopf in eine der seitlichen Nischen gezwängt. Er schien

irgendetwas Interessantes darin entdeckt zu haben. Ein Fotograf richtete die mit zwei Blitzlichtgeräten bestückte 4 x 5-Kamera auf das Innere einer anderen Nische.
Der Mann im weißen Kittel kam hoch und blinzelte durch den Staub zu ihnen herüber. Mit seinem wirren grauen Haarschopf und der runden Nickelbrille erinnerte er entfernt an einen Bolschewisten der frühen Revolutionsjahre.
»Was fällt Ihnen ein, hier reinzuplatzen?«, schrie er. »Es war ausgemacht, dass ich nicht gestört werde!«
»FBI.« Pendergasts Stimme klang auf einmal scharf und autoritär. Er hielt dem Weißkittel sein Ledermäppchen unter die Nase. »Darf ich Sie ersuchen, den Tunnel zu verlassen, solange Dr. Kelly und ich uns hier umsehen?«
»Hören Sie, ich bin aber mit meiner Untersuchung ...«
»Sie haben doch wohl nichts angefasst?« Pendergasts drohender Unterton war unüberhörbar.
»Nicht direkt. Das heißt, ich habe natürlich ein paar der Knochen berührt ...«
»Sie haben Sie *berührt?«*
»Nun ja, ich habe den Auftrag, die Todesursache festzustellen.«
Pendergast zückte einen goldenen Kugelschreiber und einen Notizblock. »Ihr Name, Doktor?«
»Van Bronck.«
»Ich notiere mir das für die gerichtliche Voruntersuchung. Und nun lassen Sie meine Kollegin und mich bitte ungestört arbeiten!«
»Ja, Sir.«
Pendergast sah dem Amtsarzt und seinem Fotografen nach, bis sie den Tunnel verlassen hatten. Dann wandte er sich an Nora. »Der Stollen gehört Ihnen. Ich schätze, man wird uns eine Stunde in Ruhe lassen, möglicherweise etwas weniger. Machen Sie das Beste daraus!«
Nora sah ihn groß an. »Ich habe so etwas noch nie ...«
»Sie haben ein geschulteres Auge für solche Dinge als ich.

Sehen Sie sich um! Ich will wissen, was sich hier zugetragen hat. Helfen Sie mir dabei, es zu verstehen.«
»In gerade mal einer Stunde? Ich habe kein Werkzeug, keine Behälter, in denen ich irgendwelche Proben …«
»Dafür dürfte es jetzt zu spät sein. Die haben sich bereits mit Captain Custer den Leiter des Polizeibezirks geholt. Wie ich schon sagte: Moegen-Fairhaven hat einen langen Arm. Uns bleibt nur diese eine Chance. Ich brauche das Maximum an Informationen in einem Minimum an Zeit.« Er drückte Nora den Notizblock, den Kugelschreiber und eine schlanke Stablampe in die Hand.
Nora schaltete die Lampe ein. Der Lichtstrahl war erstaunlich stark. Staubpartikel tanzten darin, die Luft war von üblem Geruch erfüllt – eine Mischung aus Fäulnis, verdorbenem Fleisch und Moder. Seufzend versuchte sie, sich einen ersten Überblick zu verschaffen. Archäologie verlangt Geduld und methodisches Vorgehen, eine unsichtbar tickende Uhr war das Letzte, was sie dabei brauchen konnte.
Schließlich fing sie an, sich eine Skizze zu machen. Der Tunnel war etwa fünfundzwanzig Meter lang, das von vielen Rissen durchzogene Deckengewölbe mochte an die drei Meter hoch sein. Der Staub, der sich auf dem Boden abgesetzt hatte, war vor kurzer Zeit aufgewühlt worden. Der Amtsarzt und sein Fotograf allein konnten das nicht gewesen sein. Offenbar hatten sich vor den beiden bereits etliche Bauarbeiter und Polizisten hier unten zu schaffen gemacht.
An den Wänden reihten sich Nischen aneinander, links und rechts je drei. Sie drang auf dem feuchten Boden tiefer in den Stollen ein, um ein Gespür für ihre Umgebung zu bekommen. Die ursprünglich zugemauerten Nischen lagen jetzt offen da, die Ziegelsteine waren neben den Nischen aufgestapelt. Sie leuchtete ins Dunkel. Überall dasselbe Bild: ein Gewirr aus Schädeln, Knochen, Knorpeln, Haarbüscheln und Kleidungsresten.
Sie warf einen Blick nach hinten. Pendergast sah sich eben-

falls im Tunnel um. Sein Blick huschte hin und her, als wolle er alles auf einmal in sich aufnehmen. Plötzlich kauerte er sich auf den Boden, starrte konzentriert auf einen Punkt und hob etwas auf. Nora wusste nicht, was er aufgelesen hatte, aber ein Knochen war es mit Sicherheit nicht.

Als sie das Ende des Stollens erreicht hatte, machte sie kehrt und begann mit der genaueren Inspektion der ersten Nische, um dahinter zu kommen, welche Bewandtnis es mit den hier angesammelten Gebeinen haben mochte. Mit einiger Mühe gelang es ihr, den widerlichen Gestank zu ignorieren.

In der Nische lagen drei Totenschädel: losgelöst vom übrigen Skelett, also praktisch enthauptet. Der Brustkorb war jedoch bei allen drei Leichen komplett erhalten. Auch die Beinknochen waren offenbar vollzählig vorhanden. Einige Wirbel wiesen ungewöhnliche Beschädigungen auf. Als wären sie aufgeschnitten worden, um das Rückenmark bloßzulegen. Neben einem relativ kleinen Schädel lag ein verfilzter Klumpen Kopfhaar. Kurzhaar, von einem Jungen. Die Leichen waren eindeutig zerstückelt worden, was sich vermutlich aus der Enge in den Nischen erklärte: Es wäre ziemlich umständlich gewesen, die toten Körper ganz hineinzuzwängen.

Nora schluckte gegen den Würgereiz an und richtete ihr Augenmerk auf die Kleidung. Die war anscheinend wahllos in die Nische geworfen worden, sodass kaum noch auszumachen war, welches Kleidungsstück zu welcher Leiche gehörte. Nora hatte schon die Hand ausgestreckt, doch dann zuckte sie zurück. Bloß nichts anfassen – das galt unter Archäologen als ungeschriebene Regel. Andererseits, Pendergast hatte zur Eile gemahnt. Also überwand sie ihre Scheu, hob die Kleiderreste und die Knochen Stück für Stück an und machte im Geiste Inventur: drei Schädel, drei Paar Schuhe, drei deutlich zu erkennende Brustkörbe, etliche Wirbelknochen und eine Menge kleiner Knochen. Nur einer der Schädel wies ähnliche Spuren auf wie der, den Pendergast ihr im Büro gezeigt hatte. Aufgeschlitzte Wirbel waren dagegen eher die Regel, jeweils vom ersten Lendenwirbel bis zum Kreuzbein. Sie sortierte weiter. Drei Hosen, mehrere Knöpfe, Knorpelstücke, Reste von ausgedorrtem Fleisch, die Knochen von sechs Beinen. Die Schuhe waren den Toten ausgezogen und einfach in die Nische geworfen worden. Wenn ich bloß Probenbeutel hätte!, dachte sie, zupfte ein paar Haare aus einem verfilzten Klumpen, an dem noch die lederartig gegerbte Kopfhaut hing, und steckte sie in die Tasche ihres Kostüms. Es ging ihr gegen den Strich, dass sie so unprofessionell und überhastet vorgehen musste.

Sie konzentrierte sich auf die Kleidung. Aus billigem, rauem Stoff gefertigt und sehr schmutzig. Verrottet, aber – genau wie die Knochen – offensichtlich nicht von Nagetieren angeknabbert. Sie tastete nach ihrer Lupe und sah sich ein Stück Stoff genauer an. Eine Menge Läuse – tot, natürlich. Die Löcher und Flickstellen ließen ahnen, wie lange die Menschen früher ihre Kleidung getragen hatten. Mit den Schuhen war es genauso, die genagelten Sohlen waren völlig abgewetzt. Sie kramte in den Taschen einer Hose: ein Kamm, ein Stück Schnur. Bei der nächsten waren die Taschen leer, bei der dritten stieß sie auf eine Münze. Als sie sie herauszog, verkrumpelte sich der Stoff auf gespenstisch anmutende Weise. Ein Großer Cent, 1877 geprägt. Hastig stopfte sie alle Fundstücke in die eigenen Taschen.

Sie ging zur nächsten Nische und machte in aller Eile auch hier Inventur. Das gleiche Ergebnis: drei Schädel, drei zerstückelte Körper, dazu verstreut herumliegende Kleidungsstücke. Wieder suchte sie die Taschen ab. Ein verbogener Nagel, zwei Pennies, der eine von 1880, der andere von 1872. Die Wirbelsäulen wiesen dieselben merkwürdigen Spuren auf wie bei den Skeletten in der ersten Nische. Auch hier war der geradezu chirurgisch saubere Schnitt am Lendenwirbel angebracht worden, danach hatte jemand die Wirbelsäule geöffnet. Rätselhaft. Sie verstaute einen der verstümmelten Wirbel in der Tasche ihres Kostüms.

Und so ging es weiter, Nische um Nische, in jeder die sterblichen Überreste von drei zerstückelten Körpern – Kopf, Rücken, Brustkorb, Becken und Beine voneinander getrennt. Bei einigen Schädeln entdeckte Nora die Kratzspuren, die ihr schon in ihrem Büro aufgefallen waren. Alle Skelette wiesen schwere Verletzungen an der unteren Wirbelsäule auf. So weit sie das nach einer flüchtigen Untersuchung der Schädelmorphologie beurteilen konnte, schienen alle Toten etwa im gleichen Alter gewesen zu sein: zwischen dreizehn und zwanzig Jahren. Einige Mädchen waren darunter, aber die meisten waren männlichen Geschlechts.

Es hätte sie interessiert, welche Erkenntnisse der Amtsarzt bei der Untersuchung der Leichen gewonnen hatte. Vielleicht ergab sich später die Möglichkeit, ihn danach zu fragen. Zwölf Nischen, in jeder drei Leichen – das sah nach einem Plan aus.

An der vorletzten Nische angekommen, blieb sie plötzlich mitten im Tunnel stehen. Sie versuchte, nahe liegende Schlussfolgerungen zu verdrängen und sich strikt an die Fakten zu halten. Sie wusste von ihrer archäologischen Arbeit, wie wichtig es ist, einen Augenblick innezuhalten, still in sich hineinzuhorchen, den Intellekt auszuschalten und sich ganz auf die Intuition zu verlassen. Sie ließ den Blick in die Runde schweifen, versuchte, die tickende Uhr zu vergessen und sich nicht von irgendeiner vorgefassten Meinung beeinflussen zu lassen. Ein Kellerstollen aus der Zeit vor 1890, Nischen, die ursprünglich sorgfältig zugemauert worden waren, und darin die Leichen und die Kleidung von sechsunddreißig jungen Burschen und Frauen. Warum war der Tunnel gebaut worden? Sie sah sich nach Pendergast um. Er hielt sich am anderen Ende des Stollens auf und kratzte offenbar mit dem Messer etwas Mörtel von den aufgestapelten Steinen ab.

Sie ging zur nächsten Nische und setzte ihre Arbeit fort. Genau wie bei den anderen notierte sie sich die Position der Knochen und der Kleidungsstücke. Zwei Schürzenkleider, die Taschen waren leer. Und ein drittes Kleid: schmutzig, zerrissen, ein Armeleutekleid. Es musste einem schlanken jungen Mädchen gehört haben. Nora griff nach dem Schädel, der daneben lag. Ein Teenager, vielleicht sechzehn oder siebzehn Jahre alt. Es erschütterte sie, als sie das lange, goldblonde Haar sah, das von dem Schädel herabhing. Sogar das pinkfarbene Samtband, das das Haar zusammenhielt, war noch erhalten. Die Untersuchung des Schädels zeigte, dass das Gebiss auch bei diesem Mädchen in jämmerlichem Zustand war. Sechzehn Jahre, und schon ein derart verrottetes Gebiss. Der Kontrast zwischen dem Samtband und dem ärmlichen Kleid war auffallend, das Band musste das Kostbarste gewesen sein, was das Mädchen besaß. Ein anrührender Beweis dafür, dass die menschliche Natur über Jahrzehnte und sogar Jahrhunderte im Grunde unverändert bleibt. Der Gedanke schnürte ihr für einen Moment die Kehle zu.

Als sie nach der Tasche des Kleides tastete, knisterte etwas unter ihren Fingern. Papier. Sie griff den Stoff ab, merkte aber bald, dass das Papier nicht in einer Tasche steckte, sondern in den Saum eingenäht worden war. Sie zog das Kleid näher zu sich heran.

»Irgendetwas Interessantes, Dr. Kelly?«

Sie zuckte zusammen. Der Amtsarzt, der diesmal in arrogantem Tonfall gesprochen hatte. Van Bronck schielte ihr über die Schulter.

Sie war so in ihre Untersuchung vertieft gewesen, dass sie seine Schritte nicht gehört hatte. Von Pendergast konnte sie keine Unterstützung erwarten, der diskutierte am Tunneleingang mit einer Gruppe Uniformierter.

»Ich habe mich erkundigt«, fuhr van Bronck fort. »Zum amtsärztlichen Dienst gehören Sie nicht. Also müssen Sie in der forensischen Abteilung des FBI beschäftigt sein.«

Nora wurde rot. »Ich habe meinen Doktor nicht in Medizin gemacht, ich bin Archäologin.«

Broncks Augenbrauen wölbten sich, ein spöttisches Lächeln

zerfloss auf seinem Gesicht. »Ah, keine Medizinerin? Dann habe ich Ihren Kollegen wohl vorhin missverstanden. Archäologie – na ja, ist ja auch was Hübsches.«

Eine Stunde, hatte Pendergast ihr versprochen, und von der war nicht mal die Hälfte vergangen. Sie legte das Kleid in die Nische zurück und schob es so unauffällig wie möglich nach hinten.

»Also«, hakte Bronck nach, »haben Sie etwas Interessantes entdeckt, *Frau Doktor?*«

»Ich schicke Ihnen meinen Bericht«, sagte Nora und fügte als kleinen Seitenhieb hinzu: »Nur, ich halte es für fraglich, dass Sie ihn auf Anhieb verstehen. Sie wissen ja, jede wissenschaftliche Disziplin hat ihren Fachjargon.« Bronck reagierte mit einem säuerlichen Lächeln. »So, ich habe nun noch eine Weile hier zu tun«, fuhr sie fort. »Verschieben wir unsere Unterredung auf später, wenn ich fertig bin.«

»Sobald die Leichenteile abtransportiert sind, können Sie sich von mir aus hier umsehen, so lange Sie wollen.«

»Sie werden nichts abtransportieren, ehe ich nicht Gelegenheit zu einer gründlichen Untersuchung hatte!«

»Sagen Sie das denen«, fertigte Bronck sie ab und deutete mit dem Kopf hinter sich. »Ich weiß nicht, wer Ihnen die Mär von einer archäologischen Fundstelle erzählt hat. Aber zum Glück weiß ich, dass es keine ist.«

Ein Trupp Cops schleppte Verschlusskästen für den Abtransport von Beweismitteln an, dicht dahinter folgten Ed Shenk und Captain Custer. Von Pendergast war nichts zu sehen.

»Dr. Kelly«, sagte Custer in seinem schrillen Tonfall, »wir haben inzwischen eine Entscheidung aus dem Polizeipräsidium. Sagen Sie Ihrem Chef, dass er völlig schief liegt. Das hier mag vor über hundert Jahren ein Tatort gewesen sein, aber da es sich unzweifelhaft um lange zurückliegende Verbrechen handelt, gibt es keinen Anlass, die Mordkommission einzuschalten – und erst recht nicht das FBI.«

Und der Apartmentturm muss termingerecht fertig werden, dachte Nora und sah Shenk schief an.
»Ich weiß nicht, wer Sie unter Vertrag genommen hat, aber Ihre Aufgabe ist hiermit beendet. Wir bringen die Toten ins Gerichtsmedizinische Institut. Was sonst noch hier herumliegt, wird gekennzeichnet und aufbewahrt.«
Die Cops setzten die Verschlusskästen ab, das dumpfe Echo hallte im ganzen Tunnel wider. Bronck fing an, Knochen aus den Nischen zu entnehmen und, so wie sie kamen, in einem der Behälter abzulegen. Laute Rufe klangen durch das Gewölbe, das Licht der Stablampen kreuzte sich, Nora musste hilflos mit ansehen, wie der Stollen mitsamt der Geheimnisse, die er barg, zu einem Nebenschauplatz der Baustelle wurde.
»Meine Leute werden Sie hinausbegleiten«, sagte Captain Custer mit aufgesetzter Höflichkeit.
»Ich finde selber hinaus«, beschied ihn Nora.
Ein paar Sekunden lang kam sie sich im hellen Sonnenlicht wie blind vor. Sie sog gierig die frische Luft ein, dann sah sie sich um. Der Rolls-Royce stand am alten Platz, Pendergast lehnte an der hinteren Tür und wartete auf sie.
Nora passierte das Tor und ging auf ihn zu. »Der Captain hatte Recht, Sie sind hier nicht zuständig, stimmt's? Sie durften gar keine Anweisungen geben, nicht wahr?«
Pendergast sah sie bekümmert an, zupfte das Seidentuch aus der Brusttasche seines schwarzen Anzugs und tupfte sich die Stirn ab. »Manchmal bleibt einem keine Zeit für den Dienstweg«, erwiderte er. »Wenn wir bis morgen gewartet hätten, wäre der Tunnel leer gewesen. Sie sehen ja selber, wie schnell das bei Moegen-Fairhaven geht. Wäre der Stollen als archäologisch wertvolle Fundstelle deklariert worden, hätten sie die Bauarbeiten für Wochen unterbrechen müssen. Und so weit durften sie es selbstverständlich nicht kommen lassen.«
»Aber sie *ist* archäologisch wertvoll.«
Pendergast nickte. »Natürlich. Nur, wir haben die Partie verloren, Dr. Kelly. Wie ich befürchtet habe.«

Wie aufs Stichwort spuckte der Motor des Baggers graue Qualmwolken in die Luft, plötzlich wimmelte es überall von Bauarbeitern.
»Was haben Sie gefunden?«, wollte Pendergast wissen.
Nora zögerte. Sollte sie ihm von dem im Saum des Kleides eingenähten Stück Papier erzählen? Vielleicht war das ein unbedeutendes Detail. Außerdem hatte sie das Papier nicht.
Sie riss die Seiten mit ihren eilig hingekritzelten Notizen von dem Block und gab ihn Pendergast zurück. »Ich werde heute Abend die wichtigsten Feststellungen schriftlich für Sie zusammenfassen. Bei allen Leichen wurde der Lendenwirbel vorsätzlich geöffnet. Einen konnte ich unbemerkt einstecken.«
Pendergast nickte. »Im Staub lagen eine Menge Glasscherben« erzählte er ihr. »Ich habe ein paar mitgenommen, um sie analysieren zu lassen.«
»Ach ja«, fiel Nora ein, »in der Kleidung der Toten steckten ein paar Münzen. Von 1872, 1877 und 1880.«
»Damit können wir den *terminus post quem* bestimmen«, murmelte Pendergast nachdenklich. »Die alten Wohnblöcke wurden 1897 errichtet, das ist unser *terminus ante quem*. Demnach ergibt sich für das, was hier geschehen ist, als mögliche Tatzeit ein Rahmen von mindestens siebzehn Jahren.«
Eine schwarze Stretchlimousine hielt hinter ihnen. Ein hochgewachsener Mann in einem eleganten dunklen Anzug stieg aus, musterte Pendergast mit einem abschätzenden Blick und eilte, gefolgt von einem Schwarm beflissener Mitarbeiter, auf die Baustelle.
»Aha«, sagte Pendergast, »Mr. Fairhaven möchte sich persönlich davon überzeugen, dass es keine weitere Verzögerung gibt. Ich glaube, es wird Zeit, dass wir verschwinden.«
Als sie im Fond des Wagens Platz genommen hatten, fügte er hinzu: »Ich danke Ihnen, Dr. Kelly. Morgen treffen wir uns wieder. Mit offiziell abgesegneten Befugnissen, wie ich zuversichtlich hoffe.«

Als der Fahrer sich in den Verkehr an der Lower East Side eingefädelt hatte, fragte Nora: »Woher wussten Sie überhaupt was von dem Tunnel? Er ist doch erst gestern entdeckt worden?«
»Ich habe gewisse Verbindungen. Was bei meiner Art Arbeit sehr hilfreich ist.«
»Das glaube ich Ihnen. Übrigens, weshalb haben Sie sich nicht noch einmal an den Commissioner gewandt? Ich meine, Sie sind doch mit ihm befreundet? Er hätte sich bestimmt für Sie eingesetzt.«
Der Rolls-Royce rollte mit geschmeidig schnurrendem Motor auf den East River Drive zu. Pendergast konnte sich ein Augenzwinkern nicht verkneifen. »Nun, ich hatte leider nie das Vergnügen, den Herrn persönlich kennen zu lernen.«
Nora starrte ihn verdutzt an. »Aber – wo haben Sie denn dann vorhin angerufen?«
Das verschmitzte Lächeln um seine Lippen blieb eine vage Andeutung. »In meiner Wohnung.«

5

William Smithback jr. stand mit sich und der Welt zufrieden im Eingang des Restaurants *Café des Artistes*. Sein neuer italienischer Seidenanzug knisterte leise, als er den in dezentes Licht getauchten Raum absuchte, sorgsam darauf bedacht, die Schultern nicht hängen zu lassen, das Kreuz durchzudrücken und gelassene Würde auszustrahlen. Die Armani-Klamotten hatten ihn zwar ein kleines Vermögen gekostet, aber dafür machten sie auch was her. Das Tüpfelchen aufs i war das bunt gemusterte Einstecktuch, zugegeben ein wenig affektiert, aber berühmte Autoren dürfen sich solche Extravaganzen erlauben. Also gut, er war ein *beinahe* berühmter Autor. Sein letztes Buch hatte die Bestsellerliste um popelige zwei Plätze verfehlt.

Smithback zog dieses Restaurant allen anderen in New York City vor. Kein krampfhaftes Bemühen, sich Krethi und Plethi zuliebe trendy zu geben, nein, hier setzte man auf verspielt-altmodische Schnörkel, und das Essen war schlichtweg superb. Besonders hatte es ihm das von Howard Chandler geschaffene Wandgemälde über der Bar angetan, ein bisschen kitschig, aber mit einem Touch Bildung. Und so steuerte er, jeder Zoll lässige Eleganz, auf den Maître zu, der ihm mit beflissenem Lächeln entgegeneilte.

»Mr. Smithback – welche Freude, Sie bei uns begrüßen zu dürfen! Ihr Gast ist soeben eingetroffen.«

Smithback nickte gemessen. Er hätte es nie und nimmer zugegeben, aber in einem erstklassigen Restaurant vom Maître persönlich begrüßt zu werden bedeutete ihm viel – ein durch häufige Besuche und etliche diskret zugesteckte Zwanziger erworbenes Privileg. Wobei freilich der Umstand, dass er bei der *New York Times* war, auch eine Rolle spielte.

Nora Kelly saß an einem Ecktisch. Wie immer löste ihr bloßer Anblick bei Smithback ein freudig-erregtes Prickeln aus. Obwohl sie schon seit über einem Jahr in New York lebte, hatte sie sich ihre erfrischende Art und den gesunden Santa-Fé-Teint bewahrt, was sie wohltuend vom Durchschnitt der New Yorkerinnen unterschied. Kaum zu glauben, dass sie sich unter höchst widrigen Umständen kennen gelernt hatten – bei einer archäologischen Expedition nach Utah, die sie beide um ein Haar das Leben gekostet hätte. Das war nun gerade mal zwei Jahre her, und nun waren sie drauf und dran zusammenzuziehen.

Er rutschte lächelnd neben sie. Sie sah phantastisch aus mit ihrem schulterlangen, kupferfarben getönten Haar, den im Kerzenlicht funkelnden grünbraunen Augen und den kecken Sommersprossen auf der Nase. Und dann fiel sein Blick auf ihre Kleidung. O Gott, sie sah ja aus wie durch den Staub gezogen?

»Du glaubst nicht, was ich heute erlebt habe«, platzte sie heraus.
»Hm.« Er rückte die Krawatte zurecht und drehte sich so, dass das Licht auf den elegant geschnittenen Anzug fiel.
»Ich schwör's dir, Bill, du wirst es nicht glauben. Aber vergiss nicht: Das ist strikt vertraulich.«
Es kränkte ihn ein wenig, dass sie sein Outfit bisher mit keinem Wort gewürdigt hatte. »Ich bitte dich, Nora«, säuselte er geflissentlich, »zwischen uns ist doch alles streng vertraulich.«
»Zuerst hat dieser Mistkerl von Brisbane mein Budget um zehn Prozent gekürzt.«
Smithback schnaubte mitfühlend. Aber Museen leiden eben notorisch unter Geldmangel.
»Und wie ich zurückkomme, finde ich diesen verschrobenen Kauz in meinem Büro vor. Blättert in meinen Büchern und tut, als wär' er zu Hause. Du wirst es nicht glauben, der Typ sah wie ein Beerdigungsunternehmer aus. Schwarzer Anzug, bleicher Teint. Kein Albino, nur bleich.«
Smithback beschlich ein beklemmendes Déjà-vu-Gefühl, das er eilends verdrängte.
»Erzählt mir, dass er vom FBI ist, und schleppt mich ins Stadtzentrum zu einer Baustelle, an der ein Tunnel …«
Das Gefühl war wieder da. »Hast du FBI gesagt?« Ach was, *den* konnte sie ja wohl nicht meinen.
»Ja, vom FBI. Special Agent …«
»Pendergast«, fiel ihr Smithback ins Wort.
Nora sah ihn verblüfft an. »Kennst du den?«
»Kennen? Er kommt in meinem Buch über die Museumsmorde vor. Das Buch, das du schon lange lesen wolltest.«
»Ja, stimmt. Du hast ja so Recht.«
Smithback nickte zerstreut. Pendergast war also wieder in Manhattan. Bestimmt nicht zufällig. Der Mann tauchte nur da auf, wo Ärger in der Luft lag. Und wenn er ihn selber

heraufbeschwören musste. Smithback konnte nur hoffen, dass es um etwas Harmloseres ging als letztes Mal.

Er war so in Gedanken versunken, dass er, als sich der Kellner nach ihren Wünschen erkundigte, statt des geplanten trockenen Sherrys einen Martini bestellte. Gütiger Himmel – Pendergast! Sosehr er den Mann bewunderte, er war seinerzeit nicht allzu unglücklich gewesen, ihn Richtung New Orleans verschwinden zu sehen.

»Erzähl mir was über ihn!« Nora lehnte sich erwartungsvoll zurück.

»Er ist …« Irgendwie fiel es ihm plötzlich schwer, die richtigen Worte zu finden. »… unorthodox. Ein Charmeur. Südstaatenaristokrat. Jede Menge Kies. Alteingesessene Familie, Pharmazeutika oder so was. Kennt eine Menge bedeutende Leute. Persönlich weiß ich so gut wie nichts über ihn, nicht mal seinen Vornamen. Er ist ein Buch mit sieben Siegeln. Man weiß nie, was er wirklich denkt.«

»So einflussreich kann er nun auch wieder nicht sein. Heute ist er ganz schön ausgezählt worden.«

Smithback hob die Augenbrauen. »Ach ja? Und wieso?«

Nora erzählte ihm in großen Zügen von ihrem kurzen Gastspiel in dem Tunnel unter der Baustelle und schaffte es, fertig zu sein, als die Quenelles an Morcheln und schwarzen Trüffeln kamen.

»Moegen-Fairhaven …« Smithback schnupperte genüsslich das himmlische Waldaroma. »… sind das nicht die, die ohne Genehmigung und ohne vorher die Mieter zu verständigen den Block mit Einzimmerapartments an der East First abgerissen haben? Eine widerliche Sippschaft.«

»Fairhaven ist in einer Stretchlimousine vorgefahren, als wir gerade im Rolls wegfahren wollten.«

Smithback musste grinsen. Während der Ermittlungen wegen der Museumsmorde hatte Pendergast noch einen Buick gefahren. Wenn er jetzt auf die britische Nobelmarke umgestiegen war, musste das – wie alles, was Pendergast tat – etwas

zu bedeuten haben. »Nun, zumindest bist du stilvoll kutschiert worden. Aber seit wann interessiert der sich für so was?«
»Warum nicht?«
»Das mag ja ein aufregender Fund sein, aber die Sache ist über hundert Jahre her. Warum sollte das FBI sich mit so lange zurückliegenden Verbrechen befassen?«
»Es waren schließlich nicht irgendwelche gewöhnlichen Verbrechen. Drei Dutzend junge Menschen – ermordet, zerstückelt und in einem unterirdischen Gang eingemauert. Das ist einer der größten Serienmorde in der Geschichte der USA.«
Der Kellner servierte Smithback das Pfeffersteak, rare gebraten. Der griff gierig zu Messer und Gabel. »Ach komm, Nora, das ist doch nur noch eine historische Kuriosität. Gibt eine großartige Zeitungsstory ab, aber ich wüsste nicht, warum das FBI sich dafür interessieren sollte.«
Instinktiv spürte er Noras grimmigen Blick. »Bill, vergiss die Zeitungsstory! Streng vertraulich – schon vergessen?«
»Mein Gott, das ist fast schon prähistorisch, daraus kann man keine Sensationsgeschichte machen. Andererseits, wen könnte es heute noch stören, wenn ich …«
»Off the record, Bill!«
Smithback seufzte. »Na gut. Aber wenn die Story frei ist, habe ich als Erster Zugriffsrecht, ja?«
Sie grinste anzüglich. »Du hast immer als Erster Zugriffsrecht, Bill, das weißt du doch.«
Smithback kicherte in sich hinein und schnitt sich ein Eckchen vom Steak ab. »Was habt ihr da unten gefunden?«
»Nicht viel. Ein bisschen Krimskrams in den Taschen, alte Münzen, Knöpfe, einen Kamm, ein Stück Schnur … die Opfer waren bettelarm. Ich habe einen Wirbelknochen und eine Haarprobe mitgenommen, und …« Sie zögerte. »Da war noch was.«
»Raus damit!«

»Eins der Mädchen hatte ein Stück Papier im Kleidersaum eingenäht. Hat sich angefühlt wie ein Brief. Die Sache geht mir dauernd durch den Kopf.«
Smithback beugte sich vor. »Was stand denn drin?«
»Ich hatte keine Zeit, mir den Brief anzusehen. Ich musste das Kleid schnell verstecken.«
»Heißt das, es liegt immer noch dort?«
Nora nickte.
»Was ist mit den Knochen geschehen?«
»Die hat der Amtsarzt mitgenommen. Der Rest soll angeblich aufbewahrt werden. Aber ich glaube eher, sie wollen das Zeug möglichst schnell loswerden. Je eher es verschwindet, desto geringer wird die Chance, den Tunnel zur archäologischen Ausgrabungsstätte zu erklären. Deshalb ist Fairhaven ja persönlich an der Baustelle aufgetaucht.«
»Das ist illegal, nicht wahr? Müssen die nicht die Bauarbeiten abbrechen, wenn sie etwas Wichtiges entdecken?«
»Wenn die Fundstelle leer geräumt ist, kann's nichts Wichtiges mehr geben. Bauunternehmen zerstören Tag für Tag archäologische Fundstätten.«
Smithback murmelte irgendetwas, was sich nach Empörung anhörte, dann säbelte er weiter an seinem Steak herum. Er hatte einen Bärenhunger.
»Warum könnte dieses Mädchen den Brief wohl im Kleidersaum eingenäht haben?«
Smithback sah hoch. »Vielleicht ein Liebesbrief?«
»Je länger ich darüber nachdenke, desto mehr glaube ich, dass es ein wichtiger Brief gewesen sein muss. Nur, wenn die Kleidungsstücke verschwinden und der Tunnel eingeebnet wird, finden wir das nie heraus.« Sie hatte noch nicht mal ihre Vorspeise angerührt. »Verdammt, Bill, es *war* eine archäologische Fundstätte«, sagte sie ernst.
»Die aber, wie du selber sagst, inzwischen möglicherweise planiert worden ist.«
»Es war später Nachmittag. Und ich habe das Kleid in eine

Spalte geschoben, ganz hinten in der Nische. Ich glaube nicht, dass sie's gefunden und mit eingepackt haben. Ich meine, sie hatten es eilig, da können sie es leicht übersehen haben.«
Smithback kannte das eigentümliche Glimmen in Noras Augen nur zu gut. »Ausgeschlossen«, sagte er rasch. »Die haben bestimmt Wachen auf der Baustelle. Wahrscheinlich ist alles hell ausgeleuchtet. Du solltest dir das aus dem Kopf schlagen.«
Aber eine dumpfe Ahnung sagte ihm, dass sie ihn gleich auffordern würde mitzukommen.
»Du lässt mich doch nicht im Stich, Bill? Du musst mitkommen. Heute Nacht. Ich brauche den Brief.«
»Damit wir festgenommen werden, wie?«
»Du nicht. Ich lenke die Wachen ab, während du über den Zaun kletterst.« Das Glimmen in ihren Augen wurde lebhafter. »Du tarnst dich als Penner, der nach Abfällen sucht. Schlimmstenfalls können sie dich vom Gelände jagen.«
Smithback sah sie entsetzt an. »Ich? Als Penner? Kommt nicht in Frage. Spiel du die Pennerin!«
»Geht nicht, Bill, ich bin die Nutte.« Beinahe wäre ihm die Gabel mit dem letzten Happen Steak aus der Hand gerutscht. Nora lächelte ihn lieb an. »Oje, jetzt hast du dir deinen hübschen italienischen Anzug mit Brandysoße bekleckert.«

6

Nora spitzte vorsichtig um die Ecke der Monroe Street. Sie fröstelte ein wenig, was zum einen an den niedrigen Temperaturen und zum anderen daran lag, dass ihr Minirock und das hautenge silberfarbene Latex-Top nicht eben die angemessene Kleidung für eine so lausige Nacht waren.
»Na, was siehst du?«, fragte Smithback hinter ihr.

»Alles taghell ausgeleuchtet. Nur ein einziger Wachmann. Sitzt im Auto, qualmt und liest einen Schmöker.«
Smithback guckte finster. Es war verblüffend einfach gewesen, ihn in einen Tippelbruder zu verwandeln. Schmutzige Jeans, ein kariertes Hemd, darüber ein verkrumpelter schwarzer Regenmantel – was sich eben in Junggesellenschränken so ansammelt. Ein wenig Holzkohle ins Gesicht, das Haar mit Olivenöl verklebt, in jede Hand ein paar mit ungewaschenen Klamotten voll gestopfte Plastikbeutel, das war's schon.
»Wie sieht er aus?«
»Groß und brutal.«
»Lass die Witze!«, knurrte er übellaunig. So wie sie herumliefen, hätte sie an der Upper West Side kein Taxi mitgenommen, also war ihnen nur die U-Bahn geblieben. Nora konnte von Glück sagen, dass ihr niemand unsittliche Anträge gemacht hatte. Was will die Luxusnutte von dem verlausten Penner?, stand den männlichen Fahrgästen ins Gesicht geschrieben. Die lange Fahrt, inklusive zweimal umsteigen, war wahrlich kein reines Vergnügen gewesen.
»Dein Plan hat Schwächen«, nörgelte er. »Glaubst du wirklich, dass du allen Eventualitäten gewachsen bist? Der Typ dort drüben starrt dir jetzt schon auf die Titten.«
»Wir haben beide ein Handy dabei. Wenn's brenzlig wird, schreie ich Zeter und Mordio, und du wählst die neun-neuneins. Aber mach dir keine Sorgen, ich pass schon auf mich auf. Und vergiss nicht: Das Kleid liegt in der vorletzten Nische rechts. Such die Rückwand ab, bis du auf den Spalt stößt. Und ruf mich an, wenn du's geschafft hast und wieder draußen bist. Toi, toi, toi und Waidmannsheil!«
Sie trat in den Lichtkegel der Straßenlaterne und stakte auf klickenden Pumps und mit schaukelnden Brüsten am Bauzaun entlang. Als sie nahe genug heran war, blieb sie stehen, zog ein Schnütchen, kramte in ihrer goldfarbenen Handtasche und fischte den Lippenstift heraus. Der rutschte ihr natürlich prompt aus der Hand, und als sie sich danach bückte,

wusste sie es so einzurichten, dass der Wachmann ein bisschen was Appetitliches zu sehen bekam. Sie konnte seinen hungrigen Blick förmlich auf der Haut spüren. Als sie sich die Lippen nachgezogen hatte, langte sie wieder in ihr Täschchen, wühlte darin, fluchte und sah sich suchend um. Wobei es sich ergab, dass ihr Blick ganz zufällig den des Wachmanns kreuzte. Der hatte das Taschenbuch aufgeschlagen auf dem Schoß liegen und glotzte zu ihr herüber.

»Scheiße.« Sie lächelte ihn betörend an. »Hab meine Lullen in der Bar liegen lassen.«

»Hier, nehmen Sie eine von mir!«, sagte der Wachmann und schwang sich eilfertig aus dem Wagen. Der Versuch, ihr durch eine Zaunmasche Feuer zu geben, schlug fehl. »Momentchen, ich muss nur schnell aufschließen.«

Nora wartete und ließ die Zigarette auf und ab wippen.

Das Tor schwang auf, Nora beugte sich über das Feuerzeug, tat einen tiefen Zug und hoffte, dass sie keinen Hustenanfall bekam. Sie sagte artig danke und musterte den Wachmann verstohlen: jung, hellbraunes Haar, ohne Bauchansatz, aber nicht gerade ein Athlet, einen etwas dümmlichen Zug im Gesicht und offenbar durch ihren Anblick leicht verwirrt. Gut so.

Sie riskierte noch einen Zug. »Hübsche Nacht.«

»Aber Sie frieren wahrscheinlich? Hier, nehmen Sie das.« Er zog den Mantel aus und hängte ihn ihr um die Schultern.

»Danke.« Nora lächelte ihn lieb an.

Der Wachmann sah aus, als könne er sein Glück nicht fassen. Sie wusste, dass sie attraktiv war und eine gute Figur hatte. Das übertriebene Make-up war paradoxerweise so etwas wie eine Tarnkappe, der Typ würde sie später nie und nimmer wiedererkennen. Komisch, irgendwie stimmte ihr Outfit sie keck und ein bisschen frivol.

Sie hörte in einiger Entfernung ein metallisches Klappern, anscheinend kletterte Smithback gerade über den Zaun. »Hast du jede Nacht Dienst?«, fragte sie rasch.

»Fünfmal in der Woche.« Sein Adamsapfel hüpfte nervös auf und ab. »Weil die Bauphase begonnen hat. Wohnen Sie – äh, wohnst du hier in der Nähe?«

Sie nickte vage in Richtung Hudson. »Und du?«

»In Queens«, sagte er.

»Verheiratet?«

Er ließ die Hand mit dem Ehering hinter dem Holster verschwinden, aber Nora hatte den Reifen schon bemerkt. »Ich? Ach wo.«

Sie nickte, nahm noch einen Zug und merkte, dass ihr schwindelig wurde. Wie kann man bloß so ein Kraut paffen? Sie konnte nur hoffen, dass Smithback sich beeilte.

Sie trat die Zigarette aus. Der Wachmann zückte sofort sein Päckchen. »Noch eine?« Er machte Stielaugen und schielte auf ihr Top. »Und du arbeitest in einer Bar?« Typische Verlegenheitsfrage, er wurde sogar rot dabei. Irgendwo rumpelten dumpf ein paar Ziegelsteine.

»Mhm, könnte man sagen.« Sie zog sich den Mantel fester um die Schultern.

Der Blick, mit dem er sie musterte, wurde etwas verwegener. »Ich finde dich sehr attraktiv«, brachte er haspelnd heraus. »Bist du – äh – später frei?«

Sie sah ihn groß an. »Willst du auf ein Date raus?«

»Ja. Ja, natürlich.«

Irgendetwas klirrte laut, offenbar die Kette an einem der Tore. War Smithback etwa schon zurück? Der Wachmann hatte auch etwas mitgekriegt und drehte sich um.

»Denkst du dabei an was Spezielles?«

Der Mann wandte sich wieder ihr zu. Er gab sich keine Mühe mehr, die laszive Gier in seinem Blick zu verbergen. Nur, ausgerechnet da klirrte und klapperte es schon wieder, noch lauter und lang anhaltender. Er fuhr herum. Smithback hing wie auf dem Präsentierteller am Zaun und versuchte, seinen verhedderten Regenmantel loszuhaken.

»He!«, schrie der Wachmann.

»Vergiss ihn!«, sagte Nora schnell. »Das ist doch nur ein Pennbruder.«
Smithback mühte sich verzweifelt. Aber je mehr er zerrte, desto hoffnungsloser verhakte er sich im Zaun.
Der Wachmann ließ sich nicht beirren. »Der hat hier nichts zu suchen.« Vielleicht wollte er demonstrieren, dass er seinen Job ernst nahm. Er zog die Pistole aus dem Holster und ging einen Schritt auf Smithback zu. »He, du!«
Smithback kämpfte weiter mit den Tücken des Zauns.
»Weißt du, manchmal mach ich's umsonst«, gurrte Nora.
Der Wachmann vergaß Zaun und Penner und starrte sie aus weit aufgerissenen Augen an. »Ehrlich?«
»Klar. Warum nicht? Für einen netten Kerl wie dich ...«
Er grinste wie ein Idiot. Seine abstehenden Ohren fielen Nora erst jetzt auf. O Mann, war das ein Saftsack! Scharf wie Pfeffer und nur darauf aus, seine Frau zu betrügen – und auch noch zum Nulltarif.
»Jetzt gleich?«, hechelte er. »Bei dir zu Hause?«
Sie hörte etwas ratschen wie zerreißenden Stoff und dann einen dumpfen Aufprall. »Nö, zu Hause läuft bei mir aus Prinzip nichts.«
Der Wachmann sah sie enttäuscht an. »Na gut, da drüben an der Ecke gäb's ein kleines Hotel.« Er versuchte, ihr den Arm um die Taille zu legen.
Und in dem Moment läutete ihr Handy. Sie wand sich aus dem Arm des Wachmanns und klappte es erleichtert auf.
»Auftrag ausgeführt«, hörte sie Smithback sagen. »Du kannst den Blödmann sausen lassen.«
»Natürlich, Mr. McNally, sehr gern«, flötete Nora ins Telefon. »Hört sich verlockend an. Also, bis gleich!« Sie hauchte einen Kuss ins Telefon, klappte es zu und trat den Rückzug Richtung Tor an. »Tut mir Leid, Geschäft ist Geschäft.«
Der Wachmann verlegte sich aufs Betteln. »Nein, warte doch! Lady – bitte!« Aber da hatte sie ihm schon das Tor vor der Nase zugeschlagen.

Sie stöckelte im Eiltempo zur Straßenecke, hinter der Smithback schon auf sie wartete. Er nahm sie kurz in die Arme. »Kommt der Typ hinter uns her?«

»Frag nicht, beeil dich lieber!«

Sie verfielen in Laufschritt, was bei Nora wegen der hochhackigen Pumps eher wie eine Art Stolpertanz aussah. Erst an der nächsten Ecke machten sie Halt und sahen sich um. Nichts zu sehen, der Kerl hatte offenbar aufgegeben.

»Mein Gott«, schnaufte Smithback und lehnte sich an eine Mauer, »ich hab mir, glaube ich, bei dem Sturz vom Zaun den Arm gebrochen.« Er reckte ihr den blutenden Ellbogen hin.

Nora sah ihn sich kurz an. »Das ist nur eine Schramme. Hast du das Kleid?«

Smithback deutete auf eine der Plastiktüten. Und dann breitete sich ein Grinsen auf seinem Gesicht aus. »Du siehst ... na ja, irgendwie sexy aus. Wie wär's mit einem Date, Lady?«

Sie musterte ihn von Kopf bis Fuß. Das Haar fettig, das Gesicht noch schmutziger als vorher, Mantel und Hemd zerrissen, und er stank nach Moder und Staub. »Da musst du ordentlich was springen lassen. Ich bin Spitzenklasse.«

»Diamanten, Perlen, Geld – was du willst, Baby. Sogar eine Nacht in der Wüste, inklusive Tänzchen unter dem Kojotenmond.«

Sie fasste ihn an der Hand und zog ihn Richtung U-Bahn-Station. »Ja, das hört sich ganz nach meiner Preisklasse an.«

7

Nora schloss die Tür des Büros von innen ab, legte den Plastikbeutel mit dem Kleid auf einen Stuhl und räumte ihren Schreibtisch leer. Es war kurz nach acht, das Museum schien noch zu schlafen. Sie deckte die Schreibtischplatte mit einem großen Papierbogen ab, klebte ihn an den Ecken fest und

breitete alles darauf aus, was sie bei ihrer Suche nach der Wahrheit brauchte: sterile Probenbeutel, verkorkte Teströhrchen und die Gegenstände, die sie aus dem Tunnel mitgenommen hatte. Schließlich nahm sie mit fast scheuer Behutsamkeit das Kleid aus dem Beutel und legte es dazu.
Smithback war heute Nacht vor Enttäuschung fast aus der Haut gefahren, weil sie sich geweigert hatte, den Saum sofort aufzutrennen. Sie sah ihn im Geiste vor sich: noch im Pennerkostüm, vom Scheitel bis zur Sohle bebende Empörung, weil sie ihm kühl mitgeteilt hatte, er werde erst später erfahren, was auf dem eingenähten Zettel stand. Und das ihm, einem Journalisten! Aber sie hatte sich nicht umstimmen lassen. Da der Tunnel leer geräumt und das Kleid ihr einziges Beweisstück war, wollte sie seinem Geheimnis – wenn es denn eines gab – in Ruhe und konzentriert auf die Spur zu kommen.
Sie trat einen Schritt zurück. Da lag es im hellen Morgenlicht: ein schlichtes Kleid aus grobem grünem Wollstoff. Der hohe Kragen, das hübsch gefältelte, mit ursprünglich weißem, jetzt vergilbtem Leinen unterfütterte Mieder und das knöchellange Unterteil ließen unwillkürlich an das neunzehnte Jahrhundert denken. Nora fuhr mit der Hand über den Stoff und hörte knapp unter der Taille das Papier knistern. Nein, schön langsam, eins nach dem anderen!, ermahnte sie sich.
Das Kleid war voller Flecke. Welche es waren, ließ sich ohne chemische Analyse nicht feststellen. Ein paar sahen nach Blut oder Schweiß aus, andere konnten von Fett, Kohlestaub oder auch von Wachs stammen. Der Saum war abgewetzt, der Stoff an vielen Stellen eingerissen, die größeren Risse sorgfältig genäht. Sie untersuchte die Flecke und die Risse mit der Lupe. Die Ausbesserungen waren mit verschiedenfarbigem Garn vorgenommen worden; ein armes Mädchen muss nehmen, was sich gerade findet, und grünes Nähgarn war eben nicht dabei gewesen.
Motten- oder Mäusefraß konnte sie nicht entdecken, vermutlich weil dass das Kleid jahrzehntelang in einer zugemauerten

Nische gelegen hatte. Durch die Lupe konnte sie hier und da eine schwarze Schmierspur auf dem Stoff ausmachen, die nach Kohlestaub aussah. Sie zupfte mit der Pinzette ein paar Schmutzpartikel ab und schob sie in eines der Glasröhrchen. Genauso verfuhr sie mit den Fett- und Wachsspuren und ein paar Haaren. Es gab auch kleinere Flecke, die sie mit der Lupe nicht identifizieren konnte. Sie holte ein Stereozoom-Mikroskop aus dem Schrank und stellte es auf ihre Sehschärfe ein. Unwillkürlich zuckte sie zurück, als es urplötzlich in ihrem Blickfeld von Dutzenden toter Läuse und winziger Milben wimmelte, auch ein paar dicke, ausgetrocknete Fliegen waren dabei. Sie rief sich schmunzelnd zur Ordnung und zwang sich, noch einmal genau hinzusehen. Das alte Kleid war eine wahre Fundgrube für Biologen und Chemiker, eine gerichtsmedizinische Untersuchung würde Tage in Anspruch nehmen. Ein Gedanke, den sie angesichts der zu erwartenden Kosten und der vermutlich kargen Ergebnisse nicht weiter zu verfolgen wagte.
Plötzlich kam ihr die Stille unheimlich vor, sie verspürte ein unerklärliches Kribbeln im Nacken, fuhr herum und schnappte erschrocken nach Luft: Hinter ihr stand, die Hände auf dem Rücken verschränkt, Special Agent Pendergast.
»Mein Gott!«, japste sie und sprang auf. »Sie haben mich zu Tode erschreckt!«
»Ich bitte vielmals um Entschuldigung.«
»Ich dachte, ich hätte abgeschlossen?«
»Haben Sie auch.«
»Verfügen Sie über magische Kräfte? Oder haben Sie einfach das Schloss geknackt?«
»Vielleicht war's ein wenig von beidem. Nur, diese alten Türschlösser sind so simpel, dass man kaum von Knacken sprechen kann. Man kennt mich hier im Museum sehr gut, darum muss ich auf äußerste Diskretion achten.« Er beugte sich über das Kleid. »Das hatten Sie gestern Nachmittag noch nicht.«

»Nein«, bestätigte sie einsilbig.
Er nickte. »Zeugt von Einfallsreichtum, Dr. Kelly.«
»Nun, ich bin letzte Nacht …«
»Bitte keine Details, wenn es um fragwürdige Aktivitäten geht. Trotzdem, meinen Glückwunsch! Aber es lagen doch mehrere Kleidungsstücke in den Nischen. Warum ausgerechnet dieses?«
Nora stülpte das Kleid wortlos um und deutete mit dem Kopf auf den flüchtig zugenähten Saum. Pendergast war mit ein, zwei kurzen Schritten neben ihr.
»Da ist ein Stück Papier eingenäht«, erklärte ihm Nora. »Ich hab's entdeckt, kurz bevor sie uns von der Baustelle gewiesen haben.«
»Darf ich mir Ihre Lupe ausleihen?«
Sie streifte sich die Lupe über den Kopf und hielt sie ihm hin. Er beugte sich tief über das Kleid. Die Art, wie er den Stoff Zentimeter für Zentimeter absuchte, verriet eine Professionalität, die Nora verblüffte und beeindruckte. Schließlich richtete er sich wieder auf.
»Sehr überhastete Näharbeit«, sagte er. »Sie haben bestimmt bemerkt, wie sorgfältig die anderen Nähte gearbeitet sind. Die Fäden, die hier benutzt wurden, sind dagegen in aller Eile aus dem Kleiderstoff gezogen worden. Und da die Stiche auffallend große Löcher hinterlassen haben, vermute ich, dass sie mit einem Holzsplitter statt mit einer Nadel ausgeführt wurden. Da muss jemand unter starkem Zeitdruck gestanden und keine Möglichkeit gesehen haben, sich eine Nadel zu verschaffen.«
Nora stellte das Mikroskop auf den Stoff und machte mit der integrierten Kamera einige Fotos bei unterschiedlicher Vergrößerung. Dann stellte sie es weg und griff nach ihrer Pinzette. »Lassen Sie uns die Naht auftrennen.«
Behutsam zupfte sie den Faden Stich für Stich heraus, bis der Saum offen war. Sie stopfte den Faden in einen Probenbeutel und schlug den Saum um.

Das Stück Papier, das zum Vorschein kam, war offenbar eine herausgerissene, zweimal gefaltete Buchseite. Nora nahm eine mit Gummi abgefütterte Pinzette aus der Schreibtischschublade und faltete das Papier vorsichtig auf. Auf der Innenseite fand sie eine in ungelenken, bräunlichen Buchstaben hingekritzelte Nachricht, von Stockflecken beschmutzt und schon leicht verblasst, aber immer noch deutlich zu entziffern:

IcH bIN MarY GrEEn 19 jAHRE aLT
No. 16 WaTTersTreeT

Sie schob das Papier unter das Mikroskop, suchte es sorgfältig ab und überließ nach einer Weile Pendergast ihren Platz. Minuten verrannen, er nahm sich viel Zeit.
Schließlich richtete er sich auf und sagte: »Vermutlich ebenfalls mit dem Holzsplitter geschrieben.«
Nora nickte, die Schrift sah aus wie eingekratzt.
»Darf ich einen kleinen Test durchführen?«, fragte der Agent und kramte ein Teströhrchen aus den schier unergründlichen Tiefen seines schwarzen Anzugs. »Ich müsste dabei mit Hilfe einer Lösung eine winzige Probe der Tinte entnehmen.«
»Was ist das für eine Lösung?«
»Ein antigenes Kaninchenserum.«
»Na gut, einverstanden.« Verblüffend, was der Mann alles mit sich herumschleppte. Sogar eine Art Reiselabor für gerichtsmedizinische Untersuchungen schien er in seinem weit geschnittenen Anzug unterzubringen.
Pendergast entkorkte das Teströhrchen, zog einen kleinen Tupfer heraus, drückte ihn kurz auf die Buchstaben, schob ihn in das Röhrchen zurück, schüttelte es und hielt es am Fenster ins Licht. Nach ein paar Sekunden färbte die Lösung sich blau. Er drehte sich zu Nora um.
»Und?«, fragte sie, obwohl sie die Antwort längst in seinen Augen gelesen hatte.

»Der Text wurde mit menschlichem Blut geschrieben, Dr. Kelly. Es dürfte sich zweifellos um das Blut der jungen Frau handeln.«

8

Stille lag wie ein schweres Tuch über dem Büro. Eine Weile saß Nora stumm da, von der Straße drang gedämpft Verkehrslärm herauf, irgendwo läutete ein Telefon, auf dem Flur waren Schritte zu hören. Ganz allmählich wurde ihr bewusst, was Pendergasts Feststellung bedeutete. Sicherheitshalber fragte sie trotzdem: »Was hat das Ihrer Meinung nach zu bedeuten?«

»Es gibt nur eine mögliche Erklärung. Das Mädchen muss gewusst haben, dass es das Kellergewölbe nicht lebend verlassen wird. Und weil sie nicht namenlos sterben wollte, hat sie ihren Namen und ihre Adresse aufgeschrieben und das Stück Papier im Kleidersaum versteckt. Eine Art Grabinschrift. Die einzige, die unter den gegebenen Umständen möglich war.«

Nora lief es kalt über den Rücken. »Wie schrecklich. Was steckt dahinter? Ein Massenmord?«

Pendergast antwortete nicht. Sein Gesicht hatte denselben düsteren Ausdruck wie am Vortag, als sie in den Tunnel vorgedrungen waren.

»Darf ich Sie etwas fragen?« Und als Pendergast nickte: »Wieso befassen *Sie* sich damit? Eine Mordserie, die einhundertdreißig Jahre zurückliegt, fällt normalerweise nicht in die Zuständigkeit des FBI, oder?«

Pendergast nahm eine kleine Anasazischale aus Noras Bücherregal und betrachtete sie angelegentlich. »Wie kommen Sie mit der Auswertung Ihrer Untersuchungen in Utah voran?«

»Nicht gut. Das Museum will mir kein Geld für die C-14-Analyse geben, die ich unbedingt brauche.«

Pendergast nickte. »Gut.«

»Gut?«

»Sagen Sie, Dr. Kelly, ist Ihnen der Begriff *Kuriositätenkabinett* vertraut?«

Es verwirrte sie ein wenig, wie schnell er von einem Thema zum anderen wechselte. »Hat man darunter nicht früher eine Sammlung naturgeschichtlicher Funde verstanden?«

»Genau. Sozusagen der Vorläufer des naturgeschichtlichen Museums. Gebildete Reisende des achtzehnten und neunzehnten Jahrhunderts brachten von ihren Streifzügen rund um den Globus allerlei merkwürdige Gegenstände mit – Fossilien, Schrumpfköpfe, ausgestopfte Vögel und dergleichen. Ursprünglich haben sie diese Kuriositäten zu Hause im Studierzimmer aufbewahrt und ihren Freunden gezeigt. Später, als sie merkten, dass viele Leute bereit waren, für eine Besichtigung zu zahlen, wurden kommerzielle Ausstellungen daraus, für die sich mit der Zeit der Name Kuriositätenkabinett einbürgerte.«

»Was hat das mit den Morden zu tun?«

»1848 hat ein reicher junger Mann aus New York, Alexander Marysas, damit begonnen, von seinen Expeditionen, die ihn vom Südpazifik bis zur Tierra del Fuego führten, Sammlerstücke mitzubringen. Er starb auf Madagaskar, aber seine umfangreiche Sammlung kam im Laderaum seines Schiffs nach New York. Sie wurde von einem Unternehmer namens John Canaday Shottum erworben, der 1852 *J. C. Shottums Kabinett der Naturwunder und Kuriositäten* eröffnete. In dem Gebäude, das damals über dem Tunnel stand, dem Tunnel mit den Skeletten.«

»Wie haben Sie das herausgekriegt?«

»Es hat mich lediglich eine halbe Stunde mit einem guten Freund gekostet, der in der New Yorker Stadtbibliothek arbeitet. Der Tunnel, den Sie erkundet haben, war ursprünglich der Kohlenkeller eines dreistöckigen, nach dem Geschmack der Zeit im neogotischen Stil errichteten Gebäudes. Im Erdgeschoss lag Shottums Wohnung, der erste Stock beherbergte das Kabinett mit dem so genannten Rundhorizont, der zweite Büroräume, und der dritte war vermietet. Das Kabinett erfreute sich lebhaften Zulaufs, obwohl die nähere Umgebung seinerzeit einer von Manhattans schlimmsten Slums war. 1881 brannte das Gebäude ab. Im Polizeibericht ist vom Verdacht auf Brandstiftung die Rede, aber der Täter wurde nie ermittelt. Das Anwesen blieb eine Ruine, bis 1897 an dieser Stelle Wohnblocks hochgezogen wurden.«

»Und was stand vor Shottums Kabinett dort?«

»Eine kleine Schweinefarm.«

»Dann müssen all diese Menschen zu Shottums Lebzeiten ermordet worden sein.«

»Richtig.«

»Glauben Sie, dass er der Mörder war?«

»Das lässt sich jetzt noch nicht sagen. Die Glassplitter, die ich im Tunnel gefunden habe, stammen überwiegend von zerbrochenen Teströhrchen und Destillationsgeräten. Ich habe darauf Spuren verschiedener Chemikalien gefunden, die ich noch analysieren muss. Um J. C. Shottum und sein Kabinett ranken sich viele Geheimnisse, die es zu enträtseln gilt. Und ich hege die Hoffnung, dass Sie mir freundlicherweise dabei helfen.«

Er ging zur Tür und hielt sie ihr auf. Nora war im ersten Augenblick so überrumpelt, dass sie ihm, ohne lange nachzudenken, auf den Flur folgte. Erst als die Fahrstuhltüren vor ihr aufglitten und Pendergast den Knopf für den fünften Stock drückte, kam sie zur Besinnung.

»Moment mal – wo wollen Sie hin? Ich habe zu arbeiten.«

»Wie gesagt, ich brauche Ihre Hilfe.«

Nora schluckte. Er sagte das in so selbstverständlichem Ton, als könne er bereits über ihre Zeit verfügen. »Hören Sie, ich bin Archäologin, kein Detektiv.«

Er hob die Augenbrauen. »Gibt's da einen Unterschied?«

»Was veranlasst Sie zur der Annahme, dass ich mich für diese alte Geschichte interessieren könnte?«

»Sie sind bereits an ihr interessiert.«

Allmählich machte seine Arroganz sie wütend. Obwohl sie sich im Stillen eingestand, dass er Recht hatte. »Und wie soll ich das der Museumsleitung erklären?«

»Genau darum geht's bei unserem Besprechungstermin.« Er deutete auf eine Tür am Ende des Flurs. Nora musste nicht erst auf die goldenen Lettern des Türschildes sehen, sie wusste auch so, wer hier residierte.

»O nein«, stöhnte sie. »Nein!«

Roger Brisbane saß an seinem Bauhausschreibtisch und deutete mit einem Kopfnicken auf die Besuchersessel. Dass er die Manschetten des gestärkten Turnbull-&-Asser-Hemds umgeschlagen hatte, gehörte offenbar zu seiner Vorstellung von der Pose des viel beschäftigten Mannes; seltsamerweise verlieh es ihm zugleich ein wenig Menschlichkeit. »Special Agent Pendergast«, murmelte er nach einem Blick in seinen Terminkalender, »wieso kommt mir der Name bekannt vor?«.

»Ich war bereits früher hier tätig«, sagte Pendergast in seinem honigsüßen Südstaatensingsang.

»Ach ja? In welcher Abteilung?«

»Sie haben mich missverstanden. Ich war *im* Museum tätig, nicht für das Museum.«

Brisbane wischte das mit einer Handbewegung beiseite. »Wie auch immer, Mr. Pendergast, gewöhnlich genieße ich um diese Zeit noch die Ruhe zu Hause. Ich kann mir bisher noch nicht erklären, was so dringend sein könnte, dass meine Anwesenheit im Büro zu derart früher Stunde notwendig ist.«

»Das Verbrechen schläft nie, Mr. Brisbane.« Nora glaubte, einen Anflug von trockenem Humor herauszuhören.

Brisbanes Blick ruhte einen Augenblick lang auf ihr, dann kehrte er zu Pendergast zurück. »Dr. Kellys Tätigkeitsbereich ist hier im Museum, das habe ich doch bereits am Telefon klar gemacht. Normalerweise sind wir gern bereit, dem FBI zu helfen, ich kann nur nicht erkennen, wie uns das in diesem speziellen Fall möglich sein sollte.«

Statt zu antworten, richtete Pendergast den Blick auf den Würfel mit den Edelsteinen. »Ich wusste gar nicht, dass Sie den berühmten Mogul Star aus der öffentlichen Ausstellung genommen haben. Das ist doch der Mogul Star, nicht wahr?«

Brisbane rutschte peinlich berührt auf seinem Sessel hin und her. »Von Zeit zu Zeit tauschen wir bestimmte Stücke gegen andere aus unserem Fundus aus, damit die Besucher Gelegenheit haben, etwas für sie Neues zu sehen.«

»Und dann bewahren Sie die … Prunkstücke hier auf?«

»Mr. Pendergast, wie ich schon sagte, ich sehe nicht, wie ich Ihnen behilflich sein kann.«

»Es geht um ein einzigartiges Verbrechen. Und Sie verfügen über personelle Ressourcen, auf die ich zur Aufklärung zurückgreifen muss.«

»Wurde das Verbrechen, von dem Sie sprechen, in unserem Museum verübt?«

»Nein?«

»Am Eigentum des Museums?«

Pendergast schüttelte den Kopf.

»Dann fürchte ich, dass die Antwort Nein ist.«

»Ist das Ihr letztes Wort?«

»Unwiderruflich. Wir möchten nicht, dass das Museum in irgendeiner Weise mit Polizeiarbeit zu tun hat. Das führt, wie Sie bestimmt wissen, nur zu unerwünschten Kontroversen, Mr. Pendergast.«

Pendergast zog ein Blatt Papier aus der Innentasche der Jacke und schob es Brisbane hin. Aber der verschwendete keinen Blick darauf. »Was ist das?«

»Der Vertrag zwischen dem Museum und der Stadt New York.«

»Und inwiefern ist der relevant?«

»Er besagt, dass die Mitarbeiter des Museums zu bestimmten Leistungen zum Nutzen der Stadt verpflichtet sind.«

»Dieser Verpflichtung kommen wir tagtäglich dadurch nach, dass wir den Museumsbetrieb aufrechterhalten.«

»Ja, aber damit sind wir bei dem Problem. Noch bis vor kurzem hat die anthropologische Abteilung des Museums die Polizei bei der Klärung forensischer Fragen unterstützt. Was, wie gesagt, ihre Pflicht ist. Sie erinnern sich sicher an den berüchtigten Mülleimermord vom siebenten November 1939?«

»Bedaure, die entsprechende Notiz muss mir wohl bei der täglichen Lektüre der *Times* entgangen sein.«

»Einer der Kuratoren hat entscheidend zur Aufklärung des Falles beigetragen. Er entdeckte in einem Mülleimer die verkohlten Reste einer Orbita, die er eindeutig als menschlichen Ursprungs identifizieren ...«

»Mr. Pendergast, ich bin nicht an kriminologischen Vorlesungen interessiert.« Brisbane stand auf und zog das Jackett an. »Es bleibt bei meinem Nein. So, nun muss ich meiner Arbeit nachgehen. Dr. Kelly, kehren Sie bitte in Ihr Büro zurück!«

Pendergast legte den Kopf leicht schief. »Ich höre das sehr ungern und kann nur hoffen, dass daraus kein negatives Echo in der Öffentlichkeit resultiert.«

Brisbane stutzte, dann lächelte er kühl. »Nun, das hört sich nach einer massiven Drohung an.«

Pendergast blieb der liebenswürdige Südstaatler. »Bleibt die Tatsache, dass im Museumsvertrag ausdrücklich von einer Unterstützung der Behörden bei Problemen die Rede ist, die nicht zur normalen Arbeit der Kuratoren gehören. Das Museum kommt dieser Verpflichtung seit nahezu einem Jahrzehnt nicht mehr nach, obwohl es jährlich mit mehreren Millionen Dollar aus dem Steueraufkommen der New Yorker Bürger subventioniert wird. Stattdessen wurden die Benutzung der Bibliothek und der Zugang zu derzeit nicht ausgestellten Museumsstücken auf den Kreis so genannter akkreditierten Akademiker begrenzt, und auch denen werden alle Leistungen berechnet. Sie erwägen sogar die Einführung einer Eintrittsgebühr, obwohl Ihnen das durch den Vertrag verwehrt ist. Da heißt es nämlich: ›… die Schaffung eines Museums für Naturgeschichte, das den Bürgern der Stadt New York offen steht, ausnahmslos und unentgeltlich …‹«

»Das möchte ich sehen.« Brisbanes Augenbrauen wölbten sich düster, als er den entsprechenden Passus las.

»Alte Dokumente können ziemlich unbequem sein, finden Sie nicht auch, Mr. Brisbane? Nehmen Sie zum Beispiel die Verfassung. Immer, wenn's einem am wenigsten passt, beruft sich irgendjemand auf sie.«

Brisbane ließ sich mit hochrotem Kopf in den Schreibtischsessel fallen. »Das muss ich mit dem Verwaltungsrat klären.«

Pendergast lächelte. »Ein sehr weiser Entschluss, Mr. Brisbane. Ich finde auch, dass dieses Problem intern geklärt werden sollte. Vorausgesetzt, das Museum kommt mir entgegen und ist damit einverstanden, dass Dr. Kelly mich bei der Lösung meines Problems unterstützt. Wobei ich Ihnen zusichere, dass ich Dr. Kellys Zeit nicht über Gebühr in Anspruch nehmen werde.«

Langes Schweigen. Dann sah Brisbane hoch und sagte in gottergebenem Ton: »Ich verstehe.«

»Es wird sich vornehmlich um archivarische Tätigkeiten handeln. Sie ist immer zu erreichen und steht Ihnen, wenn Sie sie brauchen, jederzeit zur Verfügung.«

Brisbane nickte.

»Und was das – äh – unerwünschte öffentliche Echo angeht: Wir werden natürlich sehr bemüht sein, das Ganze vertraulich zu behandeln.«

»Ja, das ist wohl am besten.«

»Ich möchte noch hinzufügen, dass Dr. Kelly sich mir nicht aufgedrängt hat. Im Gegenteil, sie hat mich klipp und klar wissen lassen, dass sie lieber an der Analyse ihrer Töpfereifunde weiterarbeiten würde.«

Ein dunkler Schleier schien über Brisbanes Gesicht gefallen zu sein. Nora rätselte, was wohl in ihm vorgehen mochte. Insgeheim fürchtete sie, dass die harten Bandagen, mit denen Pendergast sein Anliegen durchgesetzt hatte, sich für sie und ihre berufliche Zukunft im Museum letztendlich nicht förderlich auswirken würden.

»Wo, sagten Sie, kommen Sie her?«, fragte Brisbane.

»Das habe ich bisher nicht erwähnt. Aus New Orleans.«

Brisbane rang sich ein dünnes Lächeln ab. »Ah ja, das hätte ich aus dem Akzent schließen können. Nun, Mr. Pendergast, dann haben Sie einen weiten Rückweg vor sich.«

Der Agent deutete eine knappe Verbeugung an und hielt Nora, die wie benommen aus Brisbanes Büro stolperte, die Tür auf.

Erst als sie ein Stück weit den Flur hinuntergegangen waren, blieb sie stehen und beklagte sich: »Da haben Sie mich schön reingelegt. Ich hatte nicht die leiseste Ahnung, worauf Sie hinauswollen. Und um ehrlich zu sein, ich schätze solche rüden Methoden nicht sonderlich.«

»Zugegeben, meine Methoden sind unorthodox, aber sie haben einen entscheidenden Vorteil.«

»Und der wäre?«

»Sie führen zum gewünschten Ergebnis.«

»Aha. Und was wird aus meiner Karriere?«

Pendergast lächelte. »Darf ich ein bisschen Hellseher spielen? Wenn das alles vorbei ist, rücken Sie eins rauf.«

Nora schnaubte geringschätzig. »Was Sie nicht sagen! Sie setzen meinen Chef unter Druck und machen ihn in meiner Gegenwart zur Minna, und er sorgt zum Dank anschließend dafür, dass ich eins raufrücke?«

»Ich weiß, dass ich mich bei gelernten Bürokraten nicht gerade beliebt mache. Eine schlechte Angewohnheit, aber ich kann nicht dagegen an. Dennoch werden Sie feststellen, dass man mit Druck viel erreichen kann, wenn man klug vorgeht.«

Auf der Treppe blieb sie abermals stehen. »Sie haben meine Frage noch nicht beantwortet. Weshalb kümmert sich das FBI um Morde, die mehr als ein Jahrhundert zurückliegen?«
»Alles zu seiner Zeit, Dr. Kelly! Lassen wir's einstweilen dabei bewenden, dass ich – ganz unter uns – diese Morde … nun ja, ziemlich interessant finde.«
Irgendetwas an der Art, wie er das Wort »interessant« aussprach, jagte Nora ein kaltes Schaudern über den Rücken.

Männer im Dienste der Wissenschaft

1

Der Weg zu dem riesigen, im Kellergeschoss gelegenen Zentralarchiv des Museums gestaltete sich zu einer wahren Odyssee durch das verzwickte Geflecht aus Fahrstühlen, Fluren, Treppen und Verbindungsgängen. Nora war noch nie dort unten gewesen, sie kannte auch niemanden, der ihr nützliche Tipps geben konnte, und so beschlich sie, als sie nun tiefer und tiefer in die Unterwelt des Museums eindrang, das mulmige Gefühl, dass sie womöglich längst irgendwo falsch abgebogen war.

Zum Einstellungsritual des Museums gehörte eine Führung durch die Ausstellungsräume und die verwinkelten Wege, die von einem Bürotrakt zum anderen führten. Auch sie hatte seinerzeit an so einer Führung teilgenommen und dabei eine Menge Interessantes erfahren, zum Beispiel, dass es sich, gemessen an der räumlichen Ausdehnung, um das größte Museum der Welt handelte, einen Moloch aus zwei Dutzend im Laufe der Zeit miteinander verbundenen Gebäuden aus dem neunzehnten Jahrhundert, der über dreitausend Räume und Korridore von fast zweihundert Meilen Länge umfasste. Aber alle beeindruckenden Daten und Zahlen konnten das Gefühl der Platzangst nicht verdrängen, das sie auf den schier endlosen, menschenleeren Fluren befiel. Hier, dachte sie, hätte sogar der Minotaurus einen Nervenkollaps erlitten.

Sie blieb stehen, zog ihren Wegeplan zu Rate und seufzte frustriert. Ein mit Terrakotta gefliester, kärglich von Kellerlampen ausgeleuchteter Flur führte geradeaus, nach rechts zweigte ein anderer, zum Verwechseln ähnlicher ab. Die Luft roch überall gleich muffig nach Staub. Ihr Blick huschte auf der Suche nach einem Orientierungspunkt hin und her. An einer mit einem Vorhängeschloss gesicherten Tür hing ein schon leicht verblichenes Schild mit der Aufschrift *Titanosaurier*, an der schräg gegenüberliegenden Tür stand: *Chalicoteriae und Tapiridae*. Sie faltete noch einmal den unhandlichen

Wegeplan auf und fand nach einer Weile heraus, wo sie war. Sie hatte sich nicht hoffnungslos verirrt, sie musste einfach nur weiter geradeaus gehen und dann um die nächste Ecke biegen. Glück gehabt, dachte sie, während sie dem Stakkato ihrer hochhackigen Schuhe lauschte, ich bin anscheinend noch mal drum herum gekommen, mir meinen persönlichen Beitrag zur Sammlung berühmter letzter Worte auszudenken.

Schließlich stand sie vor der massiven, von Schrunden überzogenen Eichentür mit dem Schild *Zentralarchiv*. Sie klopfte an und hörte, wie der Schall jenseits der Tür wie in einem Gewölbe widerhallte. Papiere raschelten, ein Buch wurde zugeklappt, irgendjemand räusperte sich rachitisch, und dann rief eine piepsige, aufgeregte Stimme: »Augenblick, bitte.« Schlurfende Schritte kamen näher, mehrere Riegel wurden zurückgeschoben, die Tür öffnete sich, unter ihr stand ein kleinwüchsiges, rundliches Männchen im fortgeschrittenen Alter. Zuerst fiel ihr die rötliche Hakennase auf, dann der wuchernde Schwall schlohweißer Haare, der dem alten Herrn in die Stirn fiel. Der melancholische Zug, der auf seinem Gesicht lag, wurde rasch von einem einladenden Lächeln verdrängt.

»Hereinspaziert, meine Teuerste, treten Sie ein! Bitte lassen Sie sich nicht von meinem weißen Haar abschrecken, ich bin zwar schon ein älteres Semester, aber ich beiße nicht. *Fortunate senex!*«

Nora trat über die Schwelle. Der Staub schien allgegenwärtig zu sein, er lag sogar auf den Revers des abgetragenen Anzugs des Männleins. Die Glühbirne unter dem grünen Lampenschirm warf einen schmalen Streifen Licht auf den von Papierstapeln eingerahmten Schreibtisch und die in der Mitte thronende altmodische Schreibmaschine. Dahinter erstreckten sich endlose Reihen von deckenhoch mit Büchern beladenen Stahlblechregalen.

»Sind Sie Reinhart Puck?«, fragte Nora.

Der alte Herr nickte eifrig, die rundlichen Wangen und das gut gepolsterte Kinn nickten mit. »Zu Ihren Diensten«, säuselte er und verbeugte sich so tief und devot, dass Nora einen Augenblick lang damit rechnete, er werde ihr als Nächstes die Hand küssen. Stattdessen ließ er wieder das offensichtlich unwillkürliche rachitische Räuspern hören, bei dem Nora sofort an eine Staublunge denken musste.
»Ich bin auf der Suche nach Informationen über ... über Kuriositätenkabinetts«, sagte Nora und überlegte, ob es wohl richtig war, beim Plural einfach ein s anzuhängen.
Puck – schon dabei, die Türriegel wieder vorzulegen – schielte zu ihr herüber und hatte plötzlich ein Leuchten in den geröteten Augen. »Oh, da sind Sie bei mir goldrichtig, junge Dame. Das Museum hat das Inventar der meisten Kabinette aus der New Yorker Frühzeit übernommen. Wir besitzen die Sammlungen und sämtliche Unterlagen. Womit wollen wir anfangen?« Er schob den letzten Riegel vor und rieb sich, offenbar beglückt, dass endlich jemand seine Dienste in Anspruch nahm, zufrieden die Hände.
»Es gab da ein Kuriositätenkabinett im unteren Teil von Manhattan. Es hieß, glaube ich, das Shottum-Kabinett.«
Puck runzelte die Stirn. »Shottum? Ja, richtig. War seinerzeit sehr populär, das Shottum's. Aber eins nach dem anderen. Sobald Sie sich ins Besucherbuch eingetragen haben, können wir loslegen.«
Er kramte ein in Leder gebundenes Buch aus dem Schreibtisch, das so alt und abgewetzt aussah, dass Nora unwillkürlich nach der stilgerechten Gänsefeder für die Eintragung Ausschau hielt, sich aber dann doch mit dem Kugelschreiber begnügte, den Puck ihr hinhielt.
»Warum wird die Tür eigentlich mehrfach verriegelt?«, erkundigte sie sich, als sie Puck den Kugelschreiber zurückgab. »Ich dachte, die Wertgegenstände, Gold und Diamanten und so weiter, werden im Tresorbereich verwahrt?«
»Anordnung der neuen Verwaltung«, sagte Puck. »Nach den

unliebsamen Vorkommnissen vor ein paar Jahren hätten sie am liebsten alles zum Sperrbezirk erklärt. Nun, bei uns geben sich die Besucher ja nicht die Klinke in die Hand. Gelegentlich jemand, der an einem Forschungsprojekt arbeitet, ab und zu ein Doktorand und hin und wieder einer der vermögenden Förderer des Museums, der sich für Wissenschaftsgeschichte interessiert.« Er knipste ein paar nostalgisch elfenbeinfarbene Lichtschalter an, und nach zögerlichem Flackern bequemten sich tatsächlich einige Deckenlampen im hinteren Teil des Archivs dazu, gedämpftes Licht zu verbreiten. Als Nora dem Archivar folgte, äugte sie beklommen zu den links und rechts von ihr aufragenden Buchreihen hoch. Irgendwie hatte sie das Gefühl, durch einen finsteren Wald zu wandern, in dem nur der warme Lichtschimmer in der Ferne ein wenig Trost spendete.

»Ach ja«, plauderte Puck vor sich hin, »diese Kuriositätenkabinette liegen mir ganz besonders am Herzen. Das erste hat, wie Sie sicher wissen, im Jahr 1804 ein gewisser Delacourte eröffnet.« Über seinen breiten Rücken hinweg klangen die Wort seltsam verweht. »Eine fabelhafte Sammlung. Wenn ich allein an das in Whisky konservierte Walauge denke! Oder die in einem Moor in New Yersey gefundenen Nilpferdzähne. Und natürlich dieses letzte Ei eines Dodo, eines Pezophaps solitarias, um exakt zu sein. Es zeigte noch Leben, als es für den Transport in einen Weidenkorb gelegt wurde, aber als es hier ausgestellt werden sollte, hatte es offenbar einen Knacks abbekommen, und … Ah, da sind wir ja schon!« Er machte abrupt Halt, reckte sich nach einer Schachtel und hob den Deckel an. Zu Noras Enttäuschung kam statt der erwarteten Unterlagen ein großes, in drei Teile zerbrochenes Ei zum Vorschein. »Da weder Fundort noch Herkunft zweifelsfrei nachgewiesen werden konnten, wurde das Ei nicht als Ausstellungsstück akzeptiert, und nun schlummert es hier vor sich hin. Der Eintritt in Delacourtes Kabinett kostete übrigens fünfundzwanzig Cent, und das war damals eine Menge

Geld.« Er schob den Karton ins Regal zurück. »Was wollten Sie noch mal über das Delacourte-Kabinett wissen?«

»Es geht um das Shottum-Kabinett.« Sie versuchte, sich ihre wachsende Ungeduld nicht anmerken zu lassen. Es wäre sicher kontraproduktiv gewesen, den alten Herrn unter Druck zu setzen. »Ich interessiere mich für John Canaday Shottum.«

»Ach ja, das Shottum-Kabinett.« Puck schlurfte reuig zu einem der weiter hinten gelegenen Regale.

»Wie war es eigentlich möglich, dass das Museum all diese Kabinette aufkaufen konnte?«

»Nun, mit der Eröffnung des Museums, in dem niemand Eintritt zahlen musste, waren die Kuriositätenkabinette praktisch aus dem Rennen geworfen. Und wissen Sie, die hatten viele Fälschungen in ihren Sammlungen. Es gab allerdings auch Stücke von wissenschaftlichem Wert. Als die Kabinette dann der Reihe nach Bankrott gingen, hat McFadden, einer unserer frühen Kuratoren, sämtliche Sammlungen für das Museum aufgekauft.«

»Fälschungen, sagten Sie?«

Puck nickte. »Kälber mit einem aufgepflanzten zweiten Kopf. Braun gefärbte Walknochen, die als Relikte von Dinosauriern ausgegeben wurden, einige bewahren wir heute noch auf. Kabinette waren seinerzeit groß in Mode. Selbst P. T. Barum hat eins eröffnet, es nannte sich *Scudder's American Museum*. Er hat auch lebende Objekte ausgestellt. Und das, verehrte junge Dame, waren die Anfänge seines berühmten Zirkus.«

»Lebende Objekte?«

»Ja, zum Beispiel Joice Heth, eine verhutzelte alte Schwarze, von der Barum behauptet hat, es handle sich um George Washingtons hunderteinundsechzig Jahre altes ehemaliges Kindermädchen. Ihr Vater hatte das unserem Kurator Tinbury McFadden vorgeschwindelt. Sie erinnern sich doch? Dem Mann, der die Kabinette aufgekauft hat. Ein verschrobener Kauz. Hatte anscheinend eines Tages genug von all dem alten Kram und ist Knall auf Fall spurlos verschwunden.«

Nora geriet allmählich in Panik. Ob sie jemals wieder hier wegkam? »Ich interessiere mich für das Shottum-Kabinett. John Canaday Shottum«, erinnerte sie Puck.
Er sah sie leicht irritiert an. »Wir sind ja schon auf dem Weg dorthin, meine Teuerste. Nur, vom Shottum-Kabinett haben wir nicht viel. Es ist 1881 abgebrannt.«
»Die meisten Ausstellungsstücke wurden von einem gewissen Marysas gesammelt«, warf Nora ein, weil sie hoffte, den alten Herrn dadurch von weiteren Abschweifungen abzuhalten.
»Ja, es gab tatsächlich einen wunderlichen alten Knaben namens Marysas. Stammte aus einer reichen New Yorker Familie. Ist auf Madagaskar gestorben. Ich meine mich zu erinnern, dass der dortige Stammeshäuptling Marysas' Haut zu einem Sonnenschirm für sein Baby verarbeitet hat ...«
Sie drangen tiefer und tiefer in das Labyrinth aus Stahlblechregalen ein. Von Zeit zu Zeit knipste Puck weitere Lichtschalter an, wobei jedes Mal automatisch die Lampen hinter ihnen erloschen. Nora kam sich wie auf einer Insel des Lichts inmitten eines unendlichen dunklen Ozeans vor. Schließlich kamen sie in einen Bereich, in dem auf breiten Sockeln halb vergessene Ausstellungsstücke prangten: ein zotteliges, geschrumpftes Mammut, aber immer noch von eindrucksvoller Größe, ein weißer Elefant, eine Giraffe ohne Kopf ...
Zu Noras Schrecken blieb Puck abermals stehen. »Den Kabinetten kam es vor allem darauf an, das zahlende Publikum anzulocken. Sehen Sie sich zum Beispiel dieses Mammut an! Ein Fundstück aus dem Alaskaeis.« Er langte unter den Bauch des Tieres, und sofort öffnete sich wie von Geisterhand bewegt die Bauchdecke.
»Das war damals ein beliebter Schaubudentrick. Jemand, der sich als Wissenschaftler ausgab, erzählte den Leuten, dass das Mammut vor einhunderttausend Jahren durch das Eis konserviert worden sei und er nunmehr versuchen werde, das Tier wiederzubeleben. Und dann tat er, als wolle er das ausgehöhlte Mammut mittels einer Pfanne mit glühenden Kohlen

erhitzen. Die Besucher ahnten natürlich nicht, dass vor der Vorführung ein schmächtiger Mann in den Bauch des präparierten Mammuts gekrochen war. Und als es nun unter ihm höllisch heiß wurde, fing der verständlicherweise zu stöhnen und zu zappeln an. Die Besucher ergriffen erschrocken die Flucht, und damit war die Show vorbei.« Puck kicherte. »Die Leute waren seinerzeit viel leichtgläubiger als heute.« Er drückte die Klappe wieder zu.

»Ja«, sagte Nora genervt, »das ist sehr interessant, Mr. Puck, und ich weiß Ihre Führung überaus zu schätzen. Aber mir läuft die Zeit weg, deshalb würde ich jetzt wirklich gern die Shottum-Unterlagen sehen.«

»Wir sind schon da!« Der alte Herr rollte eine Metalltreppe an das nächste Regal, stieg nach oben und tauchte kurz darauf mit einer kleinen Schachtel wieder auf. »O terque quaterque beati! Da haben wir Ihren Mr. Shottum. Ich fürchte nur, sein Kabinett war nicht gerade das interessanteste. Und da es abgebrannt ist, besitzen wir nur die wenigen Unterlagen in dieser Schachtel.« Er öffnete den Deckel und warf einen Blick hinein. »Allmächtiger Gott, was für ein grässliches Durcheinander!«, stöhnte er entsetzt. »Ich verstehe überhaupt nicht, wie so etwas … Na gut, wenn Sie damit fertig sind, kann ich Ihnen gern noch das Delacourte-Material zeigen. Das ist nämlich ziemlich vollständig erhalten.«

»Ich fürchte, dazu habe ich keine Zeit. Jedenfalls nicht heute.«

Er sah so enttäuscht aus, dass sie sofort Mitleid mit dem einsamen alten Mann verspürte. Aber da fischte Puck schon ein verblasstes Blatt Papier aus der Schachtel. »Ah, hier haben wir einen Brief von Tinbury McFadden. Er hat Shottum, mit dem er gut befreundet war, bei der Bestimmung der Säugetiere und Vögel geholfen.« Er kramte eifrig weiter in der Schachtel.

Nora zögerte einen Augenblick, dann fragte sie: »Könnte ich mir die Schachtel ausleihen?«

»Bedaure, nein. Wenn Sie den Inhalt durchsehen wollen, müssen Sie das in unserem Leseraum tun. Mitgeben darf ich sie Ihnen nicht.«

»Ich verstehe.« Sie dachte kurz nach. »Sie sagten, McFadden sei eng mit Shottum befreundet gewesen. Finde ich seine Unterlagen auch in dieser Schachtel?«

»In *dieser* Schachtel? Wir haben Berge von Papieren aus McFaddens Feder. Und auch seine Sammlung. Er besaß sozusagen selber ein Kabinett, nur, er hat seine Stücke nicht ausgestellt, sondern alle dem Museum vermacht. Aber es gab keine Belege für die Echtheit, und ehrlich gesagt, es wimmelte nur so von Fälschungen. Darum wird das Zeug jetzt hier unten gelagert. Für historische Zwecke.« Er schnaufte verächtlich. »Einen wissenschaftlichen Wert hat es nicht. Das Museum hält die Sachen nicht für ausstellungswürdig.«

»Kann ich mir die Unterlagen ansehen?«

»Aber natürlich«, versicherte Puck erfreut und schlurfte sofort wieder los. »Gleich um die Ecke.«

Sie machten vor zwei Regalen Halt, auf denen sich die Schachteln bis zur Decke stapelten. Auf einer klebte ein Zettel, der Noras Neugier weckte. Sie entnahm ihm, dass es sich um das Inventarverzeichnis der von *J. C. Shottum als Gegenleistung für erwiesene und künftige Dienste an T. F. McFadden übereigneten Stücke* handelte.

In den unteren Regalfächern reihten sich allerlei Kuriositäten aneinander. Bizarr geformte, mit Wachspapier überzogene Tiere, die verdächtig an Fabelwesen erinnerten. In einem bauchigen Glasbehälter schwamm ein Schwein mit zwei Köpfen. Daneben lag eine riesige, in sich verknotete Anaconda. Auch das Huhn mit sechs Beinen und vier Flügeln und der ausgehöhlte Elefantenfuß, der anscheinend als Behältnis dienen sollte, fehlten nicht.

»Der arme Tinbury«, jammerte Puck. »Er würde sich im Grab umdrehen, wenn er wüsste, dass all seine Schätze hier unten verkümmern. Er hat geglaubt, es handele sich um Din-

ge von wissenschaftlichem Wert. Damals waren eben viele Kuratoren Laien, ohne abgeschlossenes Fachstudium.«
Nora deutete auf den aufgeklebten Zettel. »Das liest sich, als hätte Shottum einige seiner Ausstellungsstücke McFadden als Gegenleistung für dessen Mitarbeit überlassen?«
Puck nickte. »Eine durchaus übliche Praxis«.
»Demnach müssten einige Stücke aus dem Shottum-Kabinett stammen?«
»Zweifellos.«
»Könnte ich mir die ebenfalls ansehen?«
Pucks Gesicht verklärte sich. »Ich werde alles in den Leseraum schaffen und übersichtlich auf Tischen aufbauen lassen. Sobald ich fertig bin, bekommen Sie Bescheid.«
»Wie lange wird das dauern?«
»Einen Tag.« Das Gesicht des alten Herrn war vor Aufregung gerötet. So viel Interesse wurde ihm selten zuteil.
»Schaffen Sie das ohne fremde Hilfe?«
»Oh, Oscar Gibbs, mein Assistent, wird sich darum kümmern. Er arbeitet normalerweise in der Osteologie, weil wir ja hier unten selten Besucher haben. Aber wenn er gebraucht wird, kann ich ihn jederzeit anfordern.«
»Das wäre sehr freundlich von Ihnen.«
»Ich bitte Sie, meine Liebe, das ist mir ein Vergnügen.«
»Ich werde übrigens einen Kollegen mitbringen.«
Puck sah sie verblüfft an. »Einen Kollegen?« Er wand sich vor Verlegenheit. »Sie wissen ja, die neuen Sicherheitsbestimmungen ... nur Mitarbeiter des Hauses haben Zutritt zum Archiv. Und die Förderer des Museums, versteht sich. Wissen Sie, früher wurde das großzügiger gehandhabt, aber jetzt ...«
»Nun, Special Agent Pendergast unterhält – wie soll ich es ausdrücken? – so etwas wie gewachsene Beziehungen zu unserem Museum.«
»Agent Pendergast, sagten Sie? Der Name kommt mir bekannt vor. Pendergast ... ja, jetzt erinnere ich mich wieder an ihn. Der Gentleman aus dem Süden.« Ein gequälter Zug

huschte über Pucks Gesicht. »Ach du meine Güte!«, stöhnte er. »Aber gut, wenn Sie es wünschen … Ich erwarte Sie dann beide morgen früh um neun Uhr.«

2

Patrick Murphy O'Shaugnessy saß in Custers Büro und wartete darauf, dass der Captain endlich den Telefonhörer weglegte. Er saß seit fünf Minuten hier, aber bis jetzt hatte Custer ihm nicht mal zugenickt. Worauf O'Shaugnessy allerdings auch keinen gesteigerten Wert legte.
Er musterte gleichgültig die Wände. Anerkennungsurkunden, Plaketten von den Schießwettbewerben des Departments – Wandschmuck, der zumindest etwas Farbe ins Dienstzimmer brachte und allemal hübscher aussah als die gerahmte Seidenstickerei an der Längswand: Sumpflandschaft mit kleiner Hütte, das Ganze bei Nacht, samt Vollmond. Das Licht, das aus der Hütte fiel, malte einen romantischen goldgelben Schimmer auf das Sumpfwasser. Der ganze siebente Distrikt machte sich über Custers Geschmack lustig und lästerte darüber, dass der Captain sich so einen Kitsch ins Dienstzimmer hängte. O'Shaugnessy gehörte gewöhnlich zu den Lästerern, aber jetzt fand er die Stickerei einfach albern. Passte zu dem Captain.
Custer legte den Hörer auf, das harte Klicken riss O'Shaugnessy aus seinen Gedanken, er sah hoch. Der Captain drückte auf einen Knopf der Rufanlage. »Sergeant Noyes, bitte zu mir.«
O'Shaugnessy verzog keine Miene, ahnte aber, dass sich irgendwas Unangenehmes anbahnte. Herbert Noyes, erst vor kurzem aus der Internen Revision zu ihnen versetzt, war Custers neuer persönlicher Assistent und leitete daraus offenbar die Pflicht ab, dem Captain bei jeder Gelegenheit in den Hintern zu kriechen. Und zwar möglichst tief.
Noyes folgte augenblicklich dem Ruf seines Herrn, offenbar

hatte er draußen schon darauf gewartet. Sein öliges Lächeln weichte die einstudierte Eisenfressermiene ein wenig auf. Er nickte seinem Chef zu, ignorierte O'Shaugnessy und rückte einen Sessel so nahe wie möglich an den Schreibtisch heran, ehe er Platz nahm. Sein Leichtgewicht drückte nicht mal eine Delle in die Polsterung.

Erst jetzt richtete Custer den Blick auf O'Shaugnessy und erkundigte sich in dem schrillen Ton, der alle so nervte: »Na, Patty, wie geht's dem letzten irischen Cop im Department heute?«

O'Shaugnessy zögerte seine Antwort absichtlich so lange hinaus, dass es aufmüpfig wirkte. »Mein Name ist Patrick, Sir. Und es gibt entgegen Ihrer Annahme im Department nach wie vor etliche Iren.«

»Ja, aber wer von denen heißt schon Patrick Murphy O'Shaugnessy? Durch und durch irisch, oder? So ähnlich wie Chaim Moishe Finkelstein oder Vinnie Scarpetta Gotti della Gambino. Richtig ethnisch. Sogar betont ethnisch. Aber dass Sie mich nicht missverstehen, ich finde so was gut.«

»Sogar sehr gut«, pflichtete Noyes dem Captain geflissentlich bei.

Custer nickte. »Ich sage immer, wir brauchen bei der Polizei ethnische Vielfalt.«

»Ganz Ihrer Meinung, Sir«.

Custer musterte O'Shaugnessy verunsichert. »Nun, Patrick, wir haben da ein kleines Problem. Vor einigen Tagen wurden auf einer Baustelle in unserem Distrikt sechsunddreißig Skelette gefunden. Sie werden wohl schon davon gehört haben. Ich habe die Ermittlungen persönlich geleitet. Es handelt sich um ein Bauprojekt der Moegen-Fairhaven-Gruppe. Schon mal von denen gehört?«

»Aber sicher.« O'Shaugnessy schielte anzüglich auf den protzigen Montblancfüllfederhalter in Custers Brusttasche. Fairhaven hatte die Dinger letztes Jahr allen Dienststellenleitern als Weihnachtspräsent geschenkt.

»Groß im Geschäft. Stinken vor Geld. Haben überall gute Freunde. Tüchtige Leute. Also, diese Skelette, Patrick, sind über hundert Jahre alt. Wir vermuten, dass irgendein Irrer die Leute im neunzehnten Jahrhundert ermordet und die Leichen im Keller eingemauert hat. Können Sie mir folgen?«

O'Shaugnessy nickte.

»Haben Sie je mit dem FBI zusammengearbeitet?«

»Nein, Sir.«

»Die Jungs neigen dazu, uns, die wir die Drecksarbeit machen, für dämlich zu halten. Lassen einen aus Prinzip im Dunkeln tappen. Macht ihnen einen Mordsspaß.«

»Das Spielchen spielen die gern«, warf Noyes ein und wackelte zur Bestätigung mit dem Kopf wie eine Marionette. O'Shaugnessy rätselte einmal mehr daran herum, wie Noyes es schaffte, dass bei ihm sogar der vorschriftsmäßige Kurzhaarschnitt pomadig aussah.

»Genau so ist es«, sagte Custer. »Sie verstehen, was wir Ihnen damit sagen wollen?«

»Gewiss, Sir.« Sie wollten ihm sagen, dass sie drauf und dran waren, ihm wieder mal einen verdammt beschissenen Sonderauftrag aufs Auge zu drücken.

»Gut. Es gibt da nämlich einen Agent, der sich, weiß der Henker warum, ausgerechnet für diese Baustelle interessiert. Fällt gar nicht in seinen Zuständigkeitsbereich. Sie werden's nicht glauben, der Bursche kommt aus New Orleans. Hat offenbar Beziehungen, ich bin noch dabei, das zu überprüfen. Will einfach nicht kapieren, dass die Sache längst ad acta gelegt ist. Er stinkt den Jungs in der New Yorker Zentrale mindestens genauso wie uns. Die haben mir Geschichten über ihn erzählt, die mir absolut nicht gefallen haben. Wo der Kerl auftaucht, gibt's Ärger. Können Sie mir immer noch folgen?«

»Durchaus, Sir.«

»Macht ziemlich viel Wirbel. Will unbedingt die Knochen sehen. Und den pathologischen Bericht. Und Gott weiß was alles. Kurzum, Mr. Fairhaven ist sauer. Er möchte nicht, dass die Sache unnötig aufgebauscht wird. Er will seine Apartments vermieten. Verstehen Sie, worauf ich raus will? Wenn Mr. Fairhaven sauer ist, ruft er den Bürgermeister an. Und der ruft Commissioner Rocker an. Und der den Commander. Und der wiederum mich. Und dann werde ich mächtig sauer. Verstehen Sie, was ich Ihnen klar machen will?«

O'Shaugnessy nickte. Er sollte gefälligst ebenfalls sauer sein. War er aber nicht.

»Gut, die Sache läuft jetzt so: Ich stelle Sie als Verbindungsmann der New Yorker Polizei zu diesem FBI-Knilch ab. Sie hängen sich an ihn wie eine Klette. Ich will genau über seine Aktivitäten und seine Absichten orientiert werden. Gehen Sie aber nicht zu freundlich mit dem Burschen um!

»Nein, Sir.«

»Er heißt Pendergast, Special Agent Pendergast.« Custer starrte irritiert auf den Bogen Papier, der vor ihm lag. »Himmelarsch, da steht nicht mal sein Vorname! Na, macht nichts. Ich vereinbare ein Treffen zwischen Ihnen und ihm, morgen Mittag um zwei. Danach kleben Sie an ihm wie ... wie eine Fliege am Honigtopf. Sie helfen ihm, das ist der offizielle Auftrag. Seien Sie aber nicht *zu* hilfreich. Der Bursche ist einer Menge Leute auf die Nerven gegangen. Hier ...« Er schob O'Shaugnessy einen Aktenordner hin. »Lesen Sie's am besten selber nach!«

O'Shaugnessy stand auf und klemmte sich den Ordner unter den Arm. »Möchten Sie, dass ich während des Auftrags Uniform trage, Sir?«

»Verdammt, darum geht's doch gerade. Wenn er ständig von einem uniformierten Cop beschattet wird, muss er sich seine Extratouren abschminken. Kapiert?«

»Ja, Sir.«

Der Captain lehnte sich zurück und sah ihn skeptisch an. »Denken Sie, Sie kriegen das hin, Patrick?«

O'Shaugnessy stand auf. »Natürlich.«

»Ich frage nur, weil Sie schon mal sehr gefällig waren. In aller Freundschaft und nicht für Pendergasts Ohr bestimmt: Ich möchte auf keinen Fall erleben, dass Sie diesem Agent ebenfalls Gefälligkeiten erweisen.«

»Keine Gefälligkeiten, Sir«, sagte O'Shaugnessy in seinem breiigsten Irisch, »lediglich Schutz und Unterstützung. Wünsche einen angenehmen Vormittag, Captain.«

Als er das Zimmer verließ, hörte er Custer gerade noch »Klugscheißer« murmeln.

3

»Genau der richtige Nachmittag für einen Museumsbesuch«, sagte Pendergast mit einem Blick zum Himmel, der sich immer mehr zuzog.

Patrick Murphy O'Shaugnessy war nicht sicher, ob das ein Witz sein sollte. Sie standen auf den Stufen vor der Polizeiwache an der Elizabeth Street. Im Grunde war das Ganze ein Witz. Dieser Agent sah in seinem schwarzen Anzug und dem weißblonden Haar wie ein Beerdigungsunternehmer aus. Der Sergeant fragte sich, wie er mit diesem Aussehen und seinem Akzent beim Lehrgang in Quantico durchgekommen war.

»Das Metropolitan Museum of Art ist ein kulturelles Paradigma, Sergeant. Eines der großartigsten Museen der Welt. Aber das ist Ihnen sicherlich bekannt. Wollen wir aufbrechen?«

O'Shaugnessy zuckte die Achseln. Museum oder sonst was, sein Auftrag lautete, an dem Burschen dranzubleiben. Ein wirklich beschissener Job.

Als sie die Stufen hinunterstiegen, setzte sich eine graue Limousine, die schon die ganze Zeit an der Ecke gewartet hatte, langsam in Bewegung. Im ersten Moment traute der Sergeant seinen Augen nicht. Tatsächlich, ein Rolls-Royce.

»Bei 'nem Drogenboss beschlagnahmt?«

»Nein, der Wagen gehört mir.«

O'Shaugnessy ahnte vage, was so ein Schlitten kostete. New Orleans. Da unten mischten sie doch alle mit. Jetzt hatte er ihn am Hals. Wahrscheinlich war er nur hergekommen, um Drogengeschäfte abzuwickeln. Gut möglich, dass Custer mit einsteigen wollte. Klar, darum wollte der Captain auf dem Laufenden gehalten werden. Verdammt, die Sache stank von Minute zu Minute mehr.
Pendergast hielt ihm immer noch die Fondtür auf. »Nach Ihnen, Sergeant.«
O'Shaugnessy rutschte auf die Rückbank und versank in weichem, cremefarbenem Leder.
»Zum Metropolitan«, wies Pendergast den Fahrer an. Als sie losfuhren, sah O'Shaugnessy aus den Augenwinkeln, dass Captain Custer auf den Stufen stand und die Szene interessiert beobachtete. Er unterdrückte den Impuls, seinem Vorgesetzten den Stinkefinger zu zeigen.
Stattdessen sah er Pendergast durchdringend an. »Riecht irgendwie nach krummen Geschäften, Mr. Agent.« Er drehte sich ostentativ zur Seite und starrte aus dem Fenster.
»Mein Name ist Pendergast«, korrigierte ihn der Agent in sanftem Singsang.
»Von mir aus.« O'Shaugnessy sah stur weiter aus dem Fenster, bis er sich schließlich zu der Frage aufraffte: »Was gibt es eigentlich in dem Museum zu sehen? Mumien?«
»Ich treffe mich dort zwar mit einer Art lebender Mumie, Sergeant, aber das Treffen findet nicht in der Abteilung für ägyptische Geschichte statt.«
Ein neunmalschlaues Kerlchen. O'Shaugnessy fragte sich, wie oft sie ihm noch solche Aufträge ans Hemd kleben wollten. Nur weil er vor fünf Jahren einen Fehler gemacht hatte, benutzte ihn Custer seitdem als Trottel vom Dienst. Sobald es um etwas Haariges ging, leierte der Captain seinen abgedroschenen Spruch herunter: Wir haben da ein kleines Problem, O'Shaugnessy, und Sie sind genau der richtige Mann für die Sache. Meistens ging's um Kleinkram, aber bei

diesem Typ mit dem dicken Rolls lagen die Dinge anders. Roch verdammt nach Unrat. Nur gut, dass sein Vater, Gott hab ihn selig, nicht mehr erleben musste, wie der Stinkstiefel von Captain mit seinem Sohn umsprang. Fünf Generationen O'Shaugnessys im Polizeidienst, und nun saß er in der Scheiße. Er fragte sich, ob er die nächsten zwölf Jahre noch abreißen oder sich für eine Frühpensionierung mit Mindestbezügen entscheiden sollte.

Schluss mit dem Grübeln! Er würde die Augen offen halten und dafür sorgen, dass hinter seinem Rücken keine krummen Dinger gedreht wurden. »Also, welches Spiel wird hier gespielt?«, platzte er heraus.

Pendergast sagte gelassen: »Hier wird kein Spiel gespielt, Sergeant.«

»Natürlich nicht«, knurrte O'Shaugnessy, »hab ich mir schon gedacht.« Er spürte Pendergasts bohrenden Blick und drehte sich weg.

»Hier liegt offensichtlich ein Missverständnis vor, Sergeant.« Wieder der weiche Südstaatensingsang. »Das sollten wir schleunigst ausräumen. Wissen Sie, ich verstehe gut, dass Sie zu falschen Schlussfolgerungen kommen. Vor fünf Jahren wurden Sie bei einer Tonbandüberwachung dabei erwischt, dass Sie sich von einer Prostituierten zweihundert Dollar zustecken und sie dafür laufen ließen. Man nennt so was Schmiergeld, glaube ich. Habe ich den Sachverhalt richtig wiedergegeben?«

O'Shaugnessy war wie vor den Kopf geschlagen, dann beschlich ihn Angst. Es ging wieder los. Wäre besser gewesen, wenn sie ihn seinerzeit unehrenhaft entlassen hätten. Er sagte nichts. Was hätte er auch sagen sollen?

»Das Band wurde der Internen Revision übergeben, woraufhin die Ihnen einen Besuch abgestattet haben. Aber die Aussagen über den Hergang waren widersprüchlich. Eindeutig konnte man Ihnen nichts nachweisen. Aber Sie wissen ja, es bleibt immer irgendwas hängen. Und seit der Zeit dümpelt Ihre Karriere, um's mal so auszudrücken, träge vor sich hin.«

O'Shaugnessy starrte auf die vorbeihuschenden Hochhäuser. »Dümpelt vor sich hin.« Was heißen sollte: Sie sind abgemeldet, Sergeant.

»Man hat Sie seit damals nur mit dubiosen Abkommandierungen und Aufträgen in irgendwelchen Grauzonen beschäftigt. Wozu Sie vermutlich auch diesen Auftrag rechnen.«

O'Shaugnessy sah ihn nicht an. »Pendergast, ich weiß nicht, was Sie vorhaben. Aber ich muss mir das nicht länger anhören. Wirklich nicht.«

»Ich kenne das Tonband.«

»Wie schön für Sie.«

»Ich habe unter anderem gehört, wie die Prostituierte Sie angefleht hat, sie laufen zu lassen, weil ihr Zuhälter sie sonst fürchterlich verprügeln würde. Und wie sie gebettelt hat, Sie sollten das Geld annehmen, weil ihr Lude sonst glauben würde, sie hätte ihn betrogen. Wenn Sie es aber annehmen, könnte sie sagen, sie habe es als Bestechungsgeld gebraucht. Und wenn Sie sie dann laufen ließen, hörte sich das Ganze glaubwürdig an. Und da haben Sie sie laufen lassen.«

O'Shaugnessy hatte sich das alles wer weiß wie oft durch den Kopf gehen lassen. So war's gewesen, aber was änderte sich dadurch? Er hätte das Geld nicht nehmen dürfen. Oder wenigstens für einen guten Zweck spenden müssen. Luden verprügelten ihre Pferdchen tagtäglich. Welcher Teufel hatte ihn geritten, den barmherzigen Samariter spielen zu wollen?

Ein langes Schweigen, dann fragte O'Shaugnessy: »Sind Sie fertig mit Ihrer Analyse?«

»Fürs Erste, ja. Nur noch eins: Sie haben Recht, es ist eine dubiose Abkommandierung. Aber die Hintergründe sind anders, als Sie glauben.«

Wieder ein langes Schweigen. Als sie an einer roten Ampel hielten, nutzte O'Shaugnessy die Gelegenheit, Pendergast verstohlen zu mustern. Pendergast schien das zu spüren, sein

Blick traf den des Sergeants und ließ den Iren nicht wieder los. O'Shaugnessy sah schnell weg.

»Haben Sie zufällig letztes Jahr die Ausstellung über historische Bekleidung gesehen?«, fragte Pendergast im Plauderton.

»Was?«

»Offenbar nicht. Nun, da haben Sie was verpasst. Das Met hat eine beachtliche Sammlung von Originalkleidung aus früheren Jahrhunderten bis zurück ins Mittelalter. Gewöhnlich verstauben die Stücke im Lager. Aber letztes Jahr gab's eine Ausstellung, auf der gezeigt wurde, wie sich die Kleidung in den letzten sechs Jahrhunderten verändert hat. Faszinierend, sage ich Ihnen. Wussten Sie zum Beispiel, dass die Taillenweite der Damen am Hof von Ludwig dem Vierzehnten maximal dreiunddreißig Zentimeter betragen durfte? Und dass ihre Garderobe zwischen vierzehn und dreißig Kilo gewogen hat?«

O'Shaugnessy schnappte nach Luft. Das Tempo, mit dem Pendergast das Thema wechselte, machte ihn schwindelig.

»Ich fand es auch höchst interessant, dass im fünfzehnten Jahrhundert der Hosenbeutel eines Mannes ...«

Er wurde von kreischenden Bremsen unterbrochen, als der Fahrer im letzten Moment die Kollision mit einem Taxi vermeiden konnte, das über drei Fahrbahnen nach rechts zog.

»Immer diese Yankeemanieren!«, sagte Pendergast mit mildem Tadel. »Wo war ich gerade? O ja, beim Hosenbeutel ...«

O'Shaugnessy fragte sich deprimiert, wie lange er sich das Gerede noch anhören musste. Die Aussichten waren eher düster, der Verkehr in der Innenstadt wurde zunehmend dichter und zähflüssiger.

Die Halle des Metropolitan Museums war mit riesigen Blumenarrangements geschmückt und wie üblich proppenvoll. O'Shaugnessy blieb ein paar Schritte zurück, während der Agent mit einer Volontärin am Informationspult sprach. Sie griff zum Telefon, zog irgendwo Erkundigungen ein und sah danach leicht irritiert aus. Was O'Shaugnessy daran erinnerte, dass er überhaupt noch nicht wusste, was Pendergast eigentlich hier wollte.

Er sah sich um. Lauter Upper-East-Side-Publikum, Damen in klickenden High Heels, Kinder gut betuchter Eltern in Schuluniformen, Akademiker mit gepflegten Manieren und den Mienen Eingeweihter. Einige Besucher starrten ihn missbilligend an, als wäre es ungehörig, im Met in Polizeiuniform herumzustehen. Er spürte, dass er drauf und dran war, zum Menschenfeind zu werden. Blasiertes Volk!

Pendergast winkte ihn zu sich und führte ihn durch einige Ausstellungsräume, vorbei an Statuen, Gemälden, Vasen und Mumien. Er erzählte den ganzen Weg über irgendetwas, aber weil überall geredet wurde und sie immer wieder um Besuchergruppen herumkurven mussten, bekam der Sergeant außer ein paar Wortfetzen nicht viel mit.

Zu guter Letzt kamen sie in die Abteilung für asiatische Kunst, wo das Gedränge nicht ganz so groß war. Der Agent steuerte auf eine Metalltür zu, hinter der ein Empfangsraum lag. Das ausnehmend hübsche Mädchen am Schreibtisch machte große Augen und starrte etwas indigniert auf O'Shaugnessys Uniform. Der Sergeant bedachte sie mit einem finsteren Blick.

»Kann ich Ihnen weiterhelfen?«, fragte das Mädchen Pendergast, ließ O'Shaugnessy aber nicht aus den Augen.

»Sergeant O'Shaugnessy und Special Agent Pendergast. Wir möchten zu Frau Dr. Wellesley.«

»Haben Sie einen Termin vereinbart?«

»Leider nicht.«

»Nun, dann …« Sie zögerte. »Special Agent – wie?«

»Pendergast. FBI.«

Sie wurde vor Aufregung rot und griff zum Telefon. Die Gegenstelle musste direkt nebenan liegen, man hörte es hinter der Wand läuten. »Dr. Wellesley? Hier sind Special Agent

Pendergast vom Federal Bureau of Investigation und ein Police Officer, die Sie sprechen wollen.«

Die räumliche Nähe sorgte für eine Art Halleffekt, sie hörten die Kuratorin durch die Wand und aus der Telefonanlage. »Ich bin beschäftigt, Heather. Wenn die beiden nicht vorhaben, mich zu verhaften, sollen sie sich gefälligst einen Termin geben lassen.« So kühl und very British, dass sich O'Shaugnessy die Nackenhaare sträubten.

Das Mädchen am Schreibtisch blinzelte nervös. »Ich soll Ihnen ausrichten ...«

Aber da war Pendergast bereits auf dem Weg zur Verbindungstür. Das gefällt mir schon viel besser, dachte O'Shaugnessy, als der Agent die Tür öffnete und mit beiden Beinen auf der Schwelle stand.

»Aha, die typische Coppermanier«, sagte Wellesley sarkastisch, »gleich den Fuß in die Tür. Ihr Pech, dass sie nicht verschlossen war, dann hätten Sie sie eintreten können.«

Pendergast ließ unbeeindruckt seinen warmen, honigsüßen Charme spielen. »Dr. Wellesley, ich bin hier, weil Sie eine weltweit anerkannte Expertin für historische Gewänder sind. Erlauben Sie mir zu sagen, dass ich Ihre Identifizierung der in den Ruinen von Verjina gefundenen Peplos spannender fand als jeden Thriller.«

Sie war einen Moment lang verdutzt, dann sagte sie kühl: »Mit Schmeicheleien erreichen Sie bei mir nichts.«

O'Shaugnessy sah sich in dem kleinen, stilvoll eingerichteten Büro um. Die Möbel schienen Leihgaben aus dem Museumsfundus zu sein. Die Aquarelle an den Wänden beeindruckten ihn besonders. Opernkostüme aus dem achtzehnten Jahrhundert. Er glaubte, Figaro, Rosina und den Grafen Almaviva aus dem *Barbier von Sevilla* auszumachen. Opern waren seine heimliche Schwäche – die einzige, die er sich erlaubte.

Wellesley war eine attraktive Frau Mitte vierzig, geschmackvoll gekleidet. O'Shaugnessy fühlte sich in seiner blauen Uniform nun doch irgendwie fehl am Platze.

»Meine Bilder gefallen Ihnen anscheinend?«, fragte sie, als der Sergeant versuchte, sich in einen nicht für seine Körpermaße gedachten Sessel zu zwängen.

»Na ja«, sagte O'Shaugnessy, »wenn man gern in einer Zwangsjacke und mit einer Perücke auf dem Kopf tanzt …«

Wellesley tauschte einen Blick mit Pendergast. »Ihr Begleiter scheint einen etwas eigenwilligen Humor zu haben.«

»Ja, das kann man wohl sagen.«

»Nun, meine Herren, was kann ich für Sie tun?«

Pendergast zog ein in Papier gewickeltes Bündel aus den Tiefen seines Anzugs und breitete den Inhalt auf dem Schreibtisch der Kuratorin aus. »Ich möchte Sie bitten, dieses Kleidungsstück zu untersuchen.«

Dr. Wellesley zuckte entsetzt zurück und hielt sich die Hand vor die Nase, als sie sah, dass es sich um einen schmutzigen, übel riechenden Lumpen handelte. »Hören Sie, ich erledige keine Polizeiarbeit. Nehmen Sie bitte diesen Ekel erregenden Fetzen weg!«

»Dieser Ekel erregende Fetzen gehörte einem neunzehnjährigen Mädchen, das vor über hundert Jahren ermordet, zerstückelt und in einem Kellergewölbe in Lower Manhattan eingemauert wurde, Dr. Wellesley. In ihr Kleid war eine Notiz eingenäht, mit Blut geschrieben. Name, Alter und Adresse, sonst nichts. Wer mit dem eigenen Blut schreibt, fasst sich kurz. Das Mädchen wusste, dass es bald sterben und ihm niemand helfen oder es gar retten würde. Aber es wollte nicht namenlos und vergessen verscharrt werden. Seinerzeit hat ihm niemand beigestanden, jetzt versuche ich es. Darum bin ich hier.«

Plötzlich schien das Kleid zu leben, aber als O'Shaugnessy genau hinsah, merkte er erschrocken, dass das nur an Pendergasts zitternder Hand lag.

Betroffene Stille lastete über dem Büro. Wellesley beugte sich, ohne ein Wort zu sagen, über das Kleid, strich es glatt, kehrte das Futter nach außen, nahm ein Vergrößerungsglas aus dem Schreibtisch, sah sich den Stoff und die Nähte genau an und ließ sich dann seufzend in ihren Schreibtischsessel fallen.

»Das typische Kittelkleid aus einem Arbeitshaus, die Standardkleidung im frühen neunzehnten Jahrhundert. Billiger Wollstoff für Arbeiten im Freien, ziemlich rau, aber er bietet einen gewissen Schutz gegen die Kälte. Als Innenfutter wurde ungefärbte Baumwolle verwendet. Nach den Nähten zu schließen, hat das Mädchen den Kittel wahrscheinlich selber genäht. Den Stoff dürfte das Arbeitshaus gestellt haben. Industrielle Massenware, die gewöhnlich in den Farben Grün, Blau, Grau und Schwarz produziert wurde.«

»Haben Sie eine Vermutung, um welches Arbeitshaus es sich handeln könnte?«

»Schwer zu sagen, im neunzehnten Jahrhundert gab es mehrere in Manhattan, man nannte sie Nähstuben. Sie nahmen vernachlässigte, zu Hause weggelaufene oder elternlose Mädchen auf. Das Leben war dort sehr hart und grausam. Die Betreiber tarnten sich als religiöse Wohltäter.«

»Können Sie etwas genauer bestimmen, wann dieses Kleid hergestellt wurde?«

»Nicht präzise. Es scheint sich um eine billige Imitation der gegen Ende des achtzehnten Jahrhunderts weit verbreiteten so genannten Schäferinnenmode zu handeln. Als Vorlagen dienten Abbildungen in Modezeitschriften und Werbeprospekten.« Dr. Wellesley hob die Schulter. »Ich fürchte, das ist alles, was ich Ihnen sagen kann.«

»Falls Ihnen noch etwas einfällt, können Sie mich über Sergeant O'Shaugnessy erreichen. Danke, dass Sie mir Ihre Zeit geopfert haben.« Pendergast rollte das Kleid zusammen und wickelte es wieder in das Papier. Merkwürdig, aber irgendwie schien es damit seinen Schrecken verloren zu haben. »Übrigens, ich fand die Ausstellung, die Sie letztes Jahr erarbeitet haben, sehr beeindruckend. Diese entzückende so genannte Houpplelandabteilung war auf erfrischende Weise amüsant.«

Er stand auf. »Ihre Expertise war jedenfalls sehr hilfreich für mich.«

Dr. Wellesley lächelte. »Ich freue mich, dass Ihnen etwas aufgefallen ist, was in den Kritiken nicht erwähnt wurde. Das war in der Tat witzig gemeint. Wenn man Mode nicht unter dem Aspekt des Nützlichen und des Kälteschutzes betrachtet, entdeckt man, wie bezaubernd absurd sie sein kann.« Sie stand ebenfalls auf. »Wenn noch etwas sein sollte, Sie wissen ja, wie Sie mich erreichen. Und sagen Sie bitte Sophia zu mir.«

Eine Aufforderung, auf die Pendergast höflich mit einer angedeuteten Verbeugung reagierte.

Minuten später rutschte O'Shaugnessy in die cremefarbenen Lederpolster des Rolls. Als die Tür mit einem sanften, satten *Plop* zufiel, hüllte sie wieder wohltuende Stille ein. Er wurde aus Pendergast immer noch nicht schlau. Bei dem teuren Geschmack, den der Mann zu haben schien, hielt er es durchaus für möglich, dass er irgendwelche obskuren Nebeneinkünfte hatte. Nun gut, er würde Augen und Ohren offen halten.

»Zur anderen Seite des Museumsparks, bitte«, wies der Agent den Fahrer an, um sich dann dem Sergeant zuzuwenden. »Wie kommt es, dass ein irischer Polizist eine so ausgeprägte Liebe zu italienischen Opern hat?«

O'Shaugnessy sah verdutzt hoch. Hatte er irgendetwas in dieser Richtung erwähnt?

»Sie können Ihre Empfindungen schlecht verbergen, Sergeant. Als Sie sich die Bilder aus dem *Barbier von Sevilla* angesehen haben, ist mir aufgefallen, dass Sie unbewusst mit dem rechten Zeigefinger den Takt zu Rosinas Arie *Una voce poco fa* dirigiert haben.«

O'Shaugnessy sah ihn unwirsch an. »Sie halten sich wohl für eine Wiedergeburt von Sherlock Holmes?«

»Nun, es gibt sicher nicht allzu viele Polizisten, die sich etwas aus Opern machen.«

»Und wie ist es mit Ihnen?«, gab O'Shaugnessy raunzig zurück. »Machen Sie sich was aus Opern?«

»Im Gegenteil, sie sind mir ein Gräuel. Opern waren das Fernsehen des neunzehnten Jahrhunderts. Laut, vulgär und mit derart seichten Plots, dass sie auf mich kindisch wirken.«
O'Shaugnessy schüttelte den Kopf, und dann ließ er sich zum ersten Mal zu einem breiten Grinsen hinreißen. »Ich fürchte, mit Ihrem Kunstverständnis ist es keineswegs so weit her, wie Sie offenbar glauben. Großer Gott, wie kann man nur so ein Banause sein!«
Sein Grinsen wurde noch breiter, als er Pendergasts irritierte Miene sah. Der Hieb hatte offensichtlich gesessen.

4

Nora führte Pendergast und den mürrisch dreinblickenden Sergeant durch das Kellergeschoss zum Zentralarchiv, froh, dass sie diesmal den Weg auf Anhieb fand.
Als sie eintraten, atmete Pendergast tief die staubgeschwängerte Luft ein. »Der Odem der Geschichte. Trinken Sie ihn, Sergeant!« Er reckte pathetisch die Arme nach vorn, als wolle er die Vergangenheit mit Händen greifen.
Reinhart Puck kam wieselnd auf ihn zu. »Dr. Pendergast, es ist mir ein Vergnügen. Ich glaube, wir haben uns seit den … Unannehmlichkeiten von '95 nicht mehr gesehen. Haben Sie Ihre Reise nach Tasmanien genossen?«
»O ja, danke der Nachfrage. Und dabei aufregende Eindrücke von der australischen Flora gewonnen. Erlauben Sie, dass ich Ihnen Sergeant O'Shaugnessy vorstelle.«
Pucks Miene erstarrte. »Ach du meine Güte. Wissen Sie, die Vorschriften besagen …«
»Ich verbürge mich für ihn.« Pendergasts Ton schien jede weitere Diskussion auszuschließen. »Er ist ein bewährtes Mitglied der New Yorker Polizei.«
»Verstehe«, kuschte Puck unglücklich und fuhr sich nervös durch die weiße Haarpracht. »Nun, Sie müssen sich

jedenfalls alle in das Besucherbuch eintragen. Und ehe ich's vergesse, ich möchte Sie meinerseits mit Mr. Gibbs bekannt machen.

Oscar Gibbs nickte ihnen zu. Ein Afroamerikaner, klein, stämmig, mit haarlosen Armen und rasiertem Schädel. Irgendwie schien er einer Fleischerfachzeitung entsprungen. Seine Miene verriet, dass er es kaum erwarten konnte, Pucks staubige Unterwelt wieder verlassen zu können.

»Mr. Gibbs war so freundlich, alles für Sie im Leseraum aufzubauen«, fuhr der Archivar fort, während die Besucher sich eintrugen. »Wenn die Formalitäten erledigt sind, darf ich Sie bitten, mir zu folgen.«

Er schaltete die Deckenbeleuchtung ein, und als sie es nach einem ausgedehnten Fußmarsch kaum noch zu hoffen wagten, kamen sie in Pucks Schlepptau endlich vor dem Leseraum an. Der Archivar hantierte umständlich mit seinem Schlüsselbund, schloss auf und schaltete auch hier das Licht ein.

Nora japste verblüfft. »Das ist ja nicht zu fassen!« Marmorfußboden, die Wände mit Eichenpaneelen verkleidet, die Stuckdecke mit Rokokomotiven verziert. In der Mitte des Raumes standen mächtige Eichentische, umrahmt von roten Ledersesseln. Über den Tischen hingen schwere Kristalllüster. Auf zwei Tischen waren verschiedene Fundstücke arrangiert, auf einem dritten stapelten sich Bücher und Schachteln mit Unterlagen.

Puck lächelte geschmeichelt. »In der Tat, einer der schönsten Räume im ganzen Museum. Früher wusste man eben historische Forschung zu würdigen, aber das war einmal. Wie haben die alten Römer gesagt? O tempora, o mores. Bitte, nehmen Sie alle Federhalter und Kugelschreiber aus den Taschen und ziehen Sie sich, bevor Sie Ausstellungsstücke berühren, die weißen Handschuhe über! Dr. Pendergast, Ihre Aktentasche muss ich leider in Verwahrung nehmen.« Er schielte missbilligend auf die Pistole und die Handschellen, die an O'Shaug-

nessys Uniformkoppel baumelten, verkniff sich aber jede Bemerkung.
Als die Schreibutensilien in der Federschale lagen und sich alle die Baumwollhandschuhe übergestreift hatten, sagte Puck: »Ich lasse Sie jetzt allein. Wenn Sie fertig sind und den Raum verlassen wollen, geben Sie mir bitte unter der Nummer vier-zwo-vier-null telefonisch Bescheid. Falls Sie Fotokopien von irgendwelchen Schriftstücken haben möchten, füllen Sie bitte einen der Vordrucke aus, die dort drüben liegen.«
Er verließ den Raum, drückte die Tür hinter sich zu, und dann folgte ein Geräusch, als habe sich ein Schlüssel im Schloss gedreht. O'Shaugnessy runzelte die Stirn. »Hat er uns etwa eingeschlossen?«
Pendergast nickte. »Das ist in Museen üblich.«
O'Shaugnessy zog sich schmollend ins Halbdunkel hinter den Tischen zurück. Ein seltsamer Kauz, dachte Nora. In sich gekehrt, undurchschaubar, dabei auf kantig irische Art gut aussehend, wenn er nur nicht so ein finsteres Gesicht ziehen würde. Merkwürdig, Pendergast scheint ihn trotzdem zu mögen.
Der Agent verschränkte die Hände auf dem Rücken, drehte langsam eine Runde um den ersten Tisch und verschaffte sich einen Überblick über die ausgestellten Objekte. Nachdem er die Prozedur beim zweiten Tisch wiederholt hatte, steuerte er auf den Tisch mit den Dokumenten zu und schlug Nora vor, mit dem Inventurverzeichnis anzufangen, das sie am Tag zuvor entdeckt hatte. Er überflog es und drehte erneut eine Runde um die Ausstellungsstücke aus dem Kuriositätenkabinett.
»Aha«, er deutete mit dem Kopf auf den ausgehöhlten Elefantenfuß, »der stammt aus dem *Shottum's*. Die drei Penisfutterale ebenfalls. Und das rechte Waleuter und der Jibaroschrumpfkopf auch.« Er beugte sich über den Schädel. »Eine Fälschung. Stammt von einem Affen, nicht von einem Indi-

aner.« Er sah hoch. »Dr. Kelly, wären Sie so freundlich, inzwischen die Papiere durchzusehen?«

Nora setzte sich an den dritten Tisch. Sie nahm sich zunächst die kleinere Schachtel vor, in der Shottums Korrespondenz gesammelt war. Ein heilloses Durcheinander, da hatte Puck ganz Recht. Die wenigen Briefe enthielten nichts sonderlich Interessantes: Fragen zur Identifizierung und Klassifizierung von Fundstücken, rechthaberischer Schriftwechsel mit anderen Wissenschaftlern über fragwürdige Ausstellungsstücke – ein Gedankenaustausch, der Einblicke in das Selbstverständnis der Naturwissenschaftler im neunzehnten Jahrhundert gab, aber kein Licht in ein scheußliches, vor über hundert Jahren begangenes Verbrechen brachte. Immerhin begann sich bei der Lektüre in Nora ein Bild von J. C. Shottum abzuzeichnen, das keinerlei Ähnlichkeit mit einem Serienmörder hatte. Er war anscheinend ein harmloser, pedantischer, mitunter vielleicht etwas querulanter Zeitgenosse gewesen, dessen Interesse sich auf naturgeschichtliche Fragen beschränkte. Aber, sagte sie sich, trau schau wem!

Sie nahm sich die zweite, wesentlich größere Schachtel mit Tinbury McFaddens Unterlagen vor. Eine Fülle von Notizen, die der verstorbene Kurator in seiner kleinen, energischen Handschrift verfasst hatte: eine Liste mit der Klassifizierung von Pflanzen und Tieren, Zeichnungen von verschiedenen Blumen, darunter einige recht gute, und der Briefwechsel mit anderen Wissenschaftlern und Sammlern. Sie überflog die vergilbten Seiten und stieß schließlich auf einen Packen Briefe von Shottum an McFadden. Im ersten stand:

> Hochgeschätzter Kollege,
> ich erlaube mir hiermit, Ihnen ein seltsames Fundstück zuzusenden, das angeblich von der Insel Kut vor der Küste Indochinas stammt. Es handelt sich um die aus einem Walrosszahn geschnitzte Darstellung des Liebes-

aktes, vollzogen von einem Siamesen mit einer Hindugöttin. Wären Sie wohl so freundlich zu bestimmen, aus welcher Volksgruppe der Siamese stammt?
In kollegialer Verbundenheit
J. C. Shottum

Sie zog den nächsten Brief aus dem Packen.

Mein lieber Kollege,
beim letzten Treffen unseres Bildungszirkels hat Professor Blackwood die Versteinerung einer Lilie präsentiert und behauptet, das Fundstück stamme aus den Morencydolomiten und sei dem Devon zuzuordnen. Eindeutig ein Irrtum, zumal bereits LaFleuve nachgewiesen hat, dass die Gebirgsformation im Perm entstanden ist. Daher ist es meiner Ansicht nach dringend geboten, den Sachverhalt in unserem nächsten Rundbrief richtig zu stellen …

Nora blätterte die restliche Korrespondenz durch: der übliche Briefwechsel mit Wissenschaftlern, darunter auch mit Shottum, den er offensichtlich gut kannte. Möglicherweise gehörte der gesuchte Mörder ebenfalls diesem Zirkel an. Sogar wahrscheinlich, denn der Täter musste Zugang zu den Räumen des Kabinetts gehabt haben. Nicht auszuschließen, dass es eben doch Shottum selbst gewesen war.
Sie listete die einzelnen Briefe in ihrem Notizbuch auf. Vielleicht reine Zeitverschwendung, denn es war natürlich genauso gut möglich, dass der Hausmeister oder der Heizer die Morde begangen hatte. Doch dann fielen ihr die Spuren auf den Knochen ein, die von einem professionellen Umgang mit dem Skalpell zeugten, und die nahezu chirurgische Zerteilung der Leichen. Es musste jemand mit medizinischen Fachkenntnissen gewesen sein, da war sie jetzt sicher.

Briefe von/an Tinbury McFadden

Absender/ Empfänger	**Themen/ Inhalt**	**Position**	**Zeitraum**
J. C. Shottum	Naturgeschichte, Anthropologie, Bildungszirkel	Eigner des Shottum's Bildungszirkels, New York	1869–81
Prof. Albert Blackwood	Bildungszirkel, Museums-angelegenheiten	Gründungsmitglied des Museums of Natural History, New York	1865–78
Dr. Asa Stone	Vögel	Ornithologin, New York	1875–87
Sir Henry C. Throckmorton	Afrikanische Großsäugetiere	Sammler, Forscher, Jäger, London	1879–91
Dr. Enoch Leng	Klassifizierungen	Taxonom, Chemiker, New York	1872–81
Guenevere LaRue	Christliche Mission im Kongo	Philantropin, New York	1870–72
Dumont Burleigh	Dinosaurier, Bildungszirkel	Ölmagnat, Sammler, New York	1875–81
Dr. Ferdinand Huntt	Anthropologie, Archäologie	Chirurg, Sammler, Long Island	1869–79
Prof. Hiram Howlett	Reptilien und Amphibien	Herpetologe, Stormhaven, Maine	1871–73

Beim vorletzten Namen stutzte sie. Ein Chirurg. Wer war dieser Dr. Ferdinand Huntt? Sie blätterte die wenigen Brief von ihm durch, alle in schwungvollen Lettern auf handgeschöpftem Büttenpapier mit eingeprägtem Wappen geschrieben.

Mein lieber Tinbury,
die Bräuche in der Männergesellschaft der Odinga am oberen Volta sind unverändert barbarisch. Mir wurde

das zweifelhafte Privileg zuteil, einer Geburt beiwohnen zu dürfen. Assistieren durfte ich der werdenden Mutter selbstredend nicht, ich sollte mir nur die schrillen Schreie ihres Ehemannes anhören. Die Kindsmutter hält nämlich während der Wehen einen Strick in der Hand, dessen Ende um den Penis des Mannes geschlungen ist, und so kann man leicht seine Qualen ermessen, wenn sie unwillkürlich bei jeder Kontraktion an dem Strick zerrte. Der Mutter hatte ich keine ärztliche Hilfe leisten dürfen, aber nach der Geburt wurde mir bereitwillig erlaubt, die Verletzungen des Mannes – schwere Quetschungen – zu behandeln …

Auch im nächsten Brief ging es um einen Penis.

Mein lieber Tinbury,
wie ich höre, besitzt euer Museum keine Fundstücke aus dem überaus rätselhaften mexikanischen Kulturkreis. Ich erlaube mir daher, dem Museum einen Jadephallus der Olmeken beizufügen …

In den folgenden Briefen beschrieb der Chirurg ebenfalls ausgefallene medizinische Praktiken, die er bei seinen Reisen durch Mittelamerika und Afrika kennen gelernt hatte und über die er dem Museumsgründer berichtete, nicht ohne fast immer ein naturkundlich wertvolles Fundstück beizufügen. Die Tatsache, dass er offenbar ein auffälliges Interesse am sexuellen Verhalten der Eingeborenen zeigte, machte ihn nach Noras Meinung zum Hauptverdächtigen.
Sie spürte instinktiv, dass jemand hinter ihr stand, und wandte sich abrupt um. Pendergast. Er hatte die Hände auf dem Rücken verschränkt und starrte auf ihre Notizen. Seine grimmige, finstere Miene ließ sie schaudern.
»Müssen Sie sich jedes Mal so ranschleichen?«, protestierte sie verärgert.

»Irgendwas Interessantes?«, fragte er in so gleichgültigem Ton, dass Nora das Gefühl beschlich, er habe auf ihrer Liste bereits etwas entdeckt, was ihr selbst entgangen war. Offensichtlich etwas Wichtiges und Schreckliches.
»Eigentlich nicht. Sagt Ihnen der Name Dr. Ferdinand Huntt etwas?« Als er so dicht hinter ihr stand, wurde ihr bewusst, dass es an ihm absolut nichts gab, was man eine persönliche Duftnote hätte nennen können, er roch weder nach Tabak noch nach einem Aftershave.
»Huntt?«, überlegte Pendergast. »Ja. Eine angesehene Familie an der Nordküste. Gehörte zu den frühen Förderern des Museums. Übrigens, ich habe alle Ausstellungsstücke näher in Augenschein genommen außer dem Elefantenfuß. Würden Sie mir dabei assistieren?«
Sie gingen gemeinsam zu dem entsprechenden Tisch und blieben vor dem mit seiner Kupfereinfassung ein wenig grotesk wirkenden Fuß stehen. O'Shaugnessy tauchte aus dem Halbdunkel auf und gesellte sich zu ihnen.
»Ein Elefantenfuß. Na und?«
»Aber nicht irgendeiner, Sergeant«, erwiderte Pendergast. »Er diente als Behältnis. Eine im vorigen Jahrhundert bei Großwildjägern und Sammlern weit verbreitete Trophäe. Etwas abgenutzt, aber ein sehr schönes Exemplar.« Er drehte sich zu Nora um. »Wollen wir einen Blick ins Innere werfen?«
Nora löste den Verschluss und hob den Deckel. Trotz der Handschuhe spürte sie deutlich, wie rau und uneben sich die graue Haut anfühlte.
Ein unangenehmer Geruch schlug ihr entgegen. Und dann kam die Enttäuschung: Das Behältnis war leer. Pendergast verzog keine Miene. Er beugte sich über den Fuß, seine Augen huschten hin und her. Dann tastete er mit den Fingerspitzen den oberen Rand ab, drückte an verschiedenen Stellen fester, und plötzlich war ein leises Klicken zu hören. Ein verborgenes Schubfach schoss nach oben, gefolgt von einer Staubwolke.

»Raffiniert«, murmelte der Agent und entnahm dem Geheimfach einen Umschlag. Er tastete ihn von außen ab, öffnete ihn, zog ein paar vergilbte Bogen Papier heraus, glättete sie und begann zu lesen.

5

An meinen geschätzten Kollegen Tinbury McFadden,
12. Juli 1881

Verehrter, lieber Kollege,
während ich diese Zeilen niederschreibe, hege ich die sehnliche Hoffnung, dass Sie sie nie lesen müssen, weil ich sie irgendwann als Ausgeburt einer überhitzten Phantasie in die Kohlenschütte werfen und vergessen kann. Aber nach all den schrecklichen Entdeckungen, die ich gemacht habe, fürchte ich, mit meinen bösen Ahnungen Recht zu behalten.

Mir war stets daran gelegen, von Menschen, die mir nahe stehen und denen ich mich verbunden fühle, nur das Beste zu glauben, zumal wir, wie die Altvorderen uns überliefert haben, alle aus demselben Stoff geformt sind, nämlich dem fruchtbaren Schlamm des Nils. Und wer bin ich, dass ich Zweifel an dieser symbolisch gemeinten Überlieferung hegen könnte? Und doch, lieber Tinbury, haben sich Dinge ereignet – wahrhaft schreckliche Dinge –, die es mir unmöglich machen, eine harmlose Erklärung zu finden.

Es kann sein, dass die Details, die ich Ihnen nun enthülle, Sie an meinem Verstand zweifeln lassen. Ehe ich fortfahre, möchte ich Ihnen daher ausdrücklich versichern, dass ich im Vollbesitz meiner geistigen Kräfte bin. Bitte sehen Sie in diesem Schreiben den Beweis für die Richtigkeit meines fürchterlichen Theorems wie

auch dafür, dass ich nichts unversucht gelassen habe, es vor mit selbst ad absurdum zu führen.
Ich habe bereits früher Zweifel an Lengs Tun und Treiben geäußert. Andererseits, Sie kennen die Gründe, die mich bewogen haben, ihm mehrere Räume im dritten Stock des Gebäudes zu überlassen. Bei Vorträgen und Diskussionsbeiträgen im Bildungskreis beweist er sein profundes Wissen in vielen wissenschaftlichen Disziplinen, sogar in medizinischen Belangen. Als Taxonom und Chemiker können ihm, wenn überhaupt, nur wenige das Wasser reichen. Die Aussicht, dass große, wenn nicht gar bahnbrechende wissenschaftliche Erkenntnisse unter meinem Dach heranreifen, hat mir geschmeichelt. So wie mir, um auch den praktischen Aspekt zu erwähnen, die pünktliche Zahlung der Miete nicht unwillkommen war.
Und so schien mein Vertrauen in den Mann anfangs durchaus gerechtfertigt. Sein Wirken als Kurator in meinem Kabinett hat sich als segensreich erwiesen. Ich räume ein, dass sein Verständnis von pünktlicher, regelmäßiger Arbeit etwas unorthodox ist, aber er besticht durch sein untadelig höfliches, wenn auch etwas reserviertes Wesen. Und als ich in den Wintermonaten der Jahre 73 und 74 unter einer Grippe litt, hat er mir sogar medizinischen Rat angeboten.
Ich vermag nicht genau zu sagen, wann meine Zweifel begonnen haben. Ich denke, es war um die Zeit, als ich eine gewisse Geheimniskrämerei bei ihm zu beobachten glaubte. Obwohl er mir zugesagt hatte, mich in großen Zügen über die Ergebnisse seiner Experimente zu unterrichten, bin ich, abgesehen von dem kurzen Zusammentreffen bei der Unterzeichnung des Mietvertrags, nie wieder zu ihm in den dritten Stock eingeladen worden. Er schien sich im Laufe der Jahre immer eigenbrötlerischer auf seine Studien zu konzentrierten, sodass ich

gezwungen war, einen großen Teil der Kuratoriumsarbeit selber zu erledigen.

Ich hatte Leng stets bei allem, was er tat, eine gewisse Feinfühligkeit zugetraut. Sie erinnern sich gewiss an den Vortrag über Körpersäfte, den er im Bildungszirkel gehalten hat und der nicht sonderlich gut angekommen ist, einige Zuhörer haben sogar wiederholt gekichert. Fortan hat er sich der Wahl seiner Themen nie mehr auf Experimente eingelassen, sondern sich, wenn ich es so ausdrücken darf, an den konventionellen Pfaden der Wissenschaften orientiert. Ich habe daher zunächst vermutet, seine plötzliche Schweigsamkeit, wenn es um seine Arbeit ging, habe etwas mit dieser Erfahrung zu tun. Erst später ist mir klar geworden, dass hinter der vermuteten Scheu des in sich gekehrten Wissenschaftlers in Wahrheit wohl begründete Geheimniskrämerei steckte.

Im diesem Frühjahr hatte ich spätabends noch im Kabinett zu tun, Unterlagen zu ordnen und Platz für meine letzte Neuerwerbung zu schaffen – das Kind mit den zwei Gehirnen, von dem ich Ihnen erzählt habe. Das hat mich länger in Anspruch genommen, als ich gedacht hatte, und so war ich ziemlich überrascht, als ich die Rathausglocke Mitternacht schlagen hörte. Während ich noch den Glockenschlägen nachlauschte, mischte sich auf einmal ein anderes Geräusch dazu. Es kam von oben, aus dem dritten Stock, eine Art Wuchten und Schieben, als werde eine schwere Last über den Boden geschleift. Ich weiß nicht, warum, aber irgendetwas an dem Geräusch ließ mir eine Gänsehaut über den Rücken kriechen. Ich habe weiter gelauscht, doch das Geräusch wurde schwächer, und die Schritte über mir verloren sich in einem weiter entfernten Raum.

Ich konnte natürlich nicht nachfragen, und als ich am nächsten Morgen darüber nachdachte, war ich bereits anzunehmen geneigt, meine Nerven hätten mir einen Streich gespielt. Ich erklärte mir das Ganze damit, dass ich wohl ein wenig überarbeitet gewesen war, und sah daher keinen Grund, Leng auf die Sache anzusprechen. Aber einige Wochen später, am fünften Juli, um genau zu sein, ereignete sich abermals etwas so Seltsames, dass ich es Ihrer besonderen Aufmerksamkeit bei der Lektüre dieser Zeilen empfehle.

Die Umstände waren ähnlich, ich blieb abends noch im Kabinett, um an meinem Beitrag für das Journal des Bildungszirkels zu arbeiten. Wie Sie wissen, tue ich mich stets schwer damit, Formulierungen zu finden, die dem intellektuellen Anspruch eines gehobenen Leserkreises gerecht werden, sodass ich mich streng an bestimmte Gepflogenheiten halte, die es mir leichter machen, mich der Herausforderung zu stellen. An meinem alten Schreibtisch aus Teakholz zu sitzen, das Pergamentpapier zu benutzen, das auch jetzt vor mir liegt, und die Feder in die fuchsienrote Tinte aus dem Hause M. Dupin in Paris zu tauchen – all diese Kleinigkeiten tragen dazu bei, dass mir die Arbeit leichter von der Hand geht. Und tatsächlich, die Inspiration stellte sich an dem besagten Abend schneller als gewöhnlich ein. Wie auch immer, etwa um halb elf musste ich eine Schreibpause einlegen, um zunächst einige Federn anzuspitzen, zu welchem Behuf ich den Schreibtisch für kurze Zeit verließ. Als ich zurückkam, bemerkte ich zu meinem großen Erstaunen auf der Seite, an der ich gerade gearbeitet hatte, ein paar kleine Tintenflecke, zum Glück nur sehr wenige.

Ich pflege mit der Feder äußerst sorgfältig umzugehen, sodass ich mir nicht erklären konnte, wie diese Flecke aufs Papier gekommen waren. Erst bei dem Versuch, sie wegzuschaben, bemerkte ich, dass sie eine Spur heller waren als meine französische Tinte. Als ich sie mit Hilfe

des Messers entfernen wollte, fiel mir zudem auf, dass sie etwas zähflüssiger, dicker waren. Und nun stellen Sie sich mein namenloses Erschrecken vor, als plötzlich – ich war gerade dabei, das Messer beiseite zu legen – ein frischer Tropfen auf mein Handgelenk fiel!
Was für ein teuflischer Spuk spielte sich da ab? Ich richtete den Blick sofort hoch zur Zimmerdecke. Und siehe da, in der Ritze zwischen den Bodenbrettern eines der von Leng angemieteten Räume hing ein karmesinroter Tropfen, der zusehends größer wurde.
Ich stürmte eilends die Treppe hoch und hämmerte an Lengs Tür. Ich vermag mich nicht genau zu erinnern, in welcher Reihenfolge mir alle möglichen düsteren Gedanken durch den Kopf gingen, vor allem die Befürchtung, dass mein Mieter das Opfer eines hinterhältigen Überfalls geworden sei. In der Nachbarschaft kursierten nämlich Gerüchte über einen gewalttätigen Raubmörder, der sein Unwesen in unserer Gegend trieb. Aber wer achtet schon auf das einfältige Geschwätz von Leuten aus der Arbeiterklasse? Obwohl ich zugeben muss, dass rätselhafte Todesfälle in unserer Wohngegend leider öfter vorkommen.
Mein Klopfen war so frenetisch, dass Leng wohl keine Möglichkeit sah, sich taub zu stellen. Seine Erklärungsversuche hörten sich freilich ein wenig windig an. Ein Unfall, sagte er durch die Tür, er habe sich während eines Experiments eine erhebliche Verletzung am Arm zugezogen. Meiner Hilfe bedürfe er nicht, er habe schon die notwendigen Vorkehrungen getroffen. Er bedauerte den Vorfall, aber die Tür wollte er nicht öffnen. Und so blieb mir schließlich nichts anderes übrig, als mich verdutzt und von Zweifeln geplagt zurückzuziehen.
Am nächsten Morgen erschien Leng an meiner Tür. Er hatte mich nie zuvor in meiner Wohnung aufgesucht, sodass mich sein unerwarteter Besuch einigermaßen er-

staunte. Sein Arm war tatsächlich verbunden. Er entschuldigte sich mit wohlgesetzten Worten für die Unannehmlichkeiten, die er mir gestern Abend bereitet habe, wollte aber nicht hereinkommen und verließ, nicht ohne abermals um Entschuldigung zu bitten, das Haus.
Ich sah ihm zutiefst beunruhigt nach, als er den Fußweg entlangging und in einen Omnibus stieg. Ich hoffe bei Gott um Ihr Verständnis, wenn ich sage, dass dieser Besuch – noch dazu so kurz nach den rätselhaften Ereignissen am Vorabend – auf mich keineswegs die beabsichtigte beruhigende Wirkung hatte. Im Gegenteil, ich war mehr denn je davon überzeugt, dass sich dieses nächtliche Treiben im dritten Stock, was auch dahinter stecken mochte, bei näherer Untersuchung und im Licht des Tages als schändlich erweise werde.
Ich fürchte, mehr kann ich heute Abend nicht zu Papier bringen. Ich werde den Brief im Geheimfach eines Elefantenfußes verstecken, den ich Ihnen – zusammen mit einigen anderen Kuriositäten – in spätestens zwei Tagen ins Museum zu schicken gedenke. Mit Gottes Hilfe hoffe ich die Kraft zu finden, den Brief am morgigen Tag zu Ende zu schreiben.

13. Juli 1881

Ich muss vorausschicken, dass es mir nur unter Aufbietung meiner ganzen Willenskraft möglich ist, mit der Schilderung der Ereignisse fortzufahren.
Nach Lengs überraschendem Besuch fühlte ich mich innerlich hin- und hergerissen. Mein Respekt vor den Idealen der Wissenschaft und mein Stolz rieten mir, seine Erklärungsversuche für bare Münze zu nehmen, und doch gab es eine innere Stimme, die mich daran erinnerte, dass ein Ehrenmann nicht ruhen und rasten

darf, ehe er der Wahrheit auf die Spur gekommen ist. Und so entschloss ich mich schließlich, mir mit eigenen Augen ein Bild von der Art seiner Experimente zu machen. Sollten sie sich als seriös erweisen, konnte man mir allenfalls unangemessene Neugier vorwerfen, mehr nicht.

Meine Entscheidung mag nicht sonderlich mannhaft gewesen sein, aber ich fühlte mich, als hätten sich die blutroten Tropfen, die auf mein Schreibpapier und mein Handgelenk gefallen waren, tief in meinem Gehirn eingenistet. Die Art, wie Leng mich angestarrt hatte, als er auf meiner Türschwelle stand, machte ihn mir irgendwie unheimlich. Ich wollte es einfach nicht länger hinnehmen, jemanden unter meinem Dach zu wissen, dessen Tun und Trachten für mich ein Buch mit sieben Siegeln war.

Auf mir rätselhafte Weise war es ihm vor kurzem gelungen, sich diversen Arbeitshäusern als eine Art Betriebsarzt anzudienen, was zur Folge hat, dass er jetzt während der Nachmittagsstunden überwiegend aushäusig tätig ist. Am 11. Juli, mithin am letzten Montag, konnte ich aus einem Fenster des Kabinetts sehen, wie er die Straße hinunterging, offenbar auf dem Weg zu einem Arbeitshaus. Ich bin überzeugt, dass dies keine zufällige Beobachtung war, vielmehr muss es wohl eine höhere Macht so gefügt haben.

Beklommenen Herzens stieg ich die Treppe zum dritten Stock hinauf. Leng hatte zwar das Schloss seiner Wohnungstür ausgewechselt, aber mit Hilfe eines Dietrichs vermochte ich es zu öffnen. Der vorderste Raum diente der Einrichtung nach als Salon. Der Wandschmuck – grellbunte Drucke mit Sportszenen – wirkte ebenso befremdlich auf mich wie die herumliegenden Sensationsblätter und Groschenromane. Ich hatte Leng stets für einen gebildeten, kultivierten Mann gehalten, aber sein

Geschmack entsprach offensichtlich eher dem Niveau junger Burschen, die den ganzen Tag in Billardsalons herumlungern, oder dem naiver Küchenmädchen. Alles war mit einer Staubschicht überzogen, als habe Leng sich in letzter Zeit selten in seinem Salon aufgehalten.

Der Flur, der nach hinten führte, war mit einem schweren Brokatvorhang verhängt. Als ich ihn mit dem Gehstock beiseite geschoben hatte, kannte meine Verblüffung keine Grenzen mehr. Das Mobiliar bestand fast nur aus gut einem halben Dutzend großer Tische, deren zernarbte Oberfläche darauf schließen ließ, dass Leng sie für seine Experimente benutzte. Der strenge Ammoniakgeruch, der in der Luft hing, raubte mir fast den Atem. In einer Schublade entdeckte ich mehrere stumpfe Skalpelle, die anderen Schubladen waren – abgesehen von etlichen Spinnen – leer.

Nach längerem Suchen fand ich zwischen den Bodenbrettern die Ritze, durch die einige Nächte zuvor das Blut getropft war. Der Fußboden war offenbar mit einer scharfen Flüssigkeit gesäubert worden, dem Geruch nach Salpetersäure. Bei näherem Hinsehen entdeckte ich auch an den Wänden mehrere Stellen, an denen die Farbe ausgebleicht war, vermutlich die Folge rigoroser Reinigungsversuche.

Ich muss gestehen, dass ich mir in diesem Moment wie ein Narr vorkam. Es gab allem Anschein nach keinerlei Anlass zu ernsthafter Beunruhigung. Und doch wurde ich das Gefühl nicht los, dass sich hier irgendetwas Schreckliches abgespielt hatte. Der merkwürdige Geschmack, den der Salon verriet, der Geruch von Chemikalien, die mit pedantischer Sorgfalt getilgten Flecke am Boden und an der Wand – all das gab mir zu denken. Warum waren die hinteren Räume so aufwändig gereinigt worden, und im Salon lag eine dicke Schicht Staub? Und plötzlich fiel mir der Keller ein.

Vor Jahren hatte Leng mich gefragt, ob er das alte Gewölbe, in dem früher Kohlen gelagert wurden, als Abstellraum für seine ausgemusterten Geräte nutzen dürfe. Ich selbst brauchte den Keller seit der Installation eines neuen Heizungskesssels nicht mehr, also gab ich ihm den Schlüssel, und damit war die Sache für mich vergessen.

Ich kann kaum beschreiben, mit welchen Gefühlen ich die Kellertreppe hinabgestiegen bin. Ich habe sogar erwogen, irgendjemanden mitzunehmen, quasi als Geleitschutz. Doch dann obsiegte der gesunde Menschenverstand, und der sagte mir, dass es keinen Grund gebe, ein Verbrechen oder andere Ungeheuerlichkeiten zu befürchten.

Leng hatte ein Vorhängeschloss an der Tür des früheren Kohlenkellers angebracht. Im ersten Augenblick war ich fast erleichtert. Ich hatte mein Möglichstes getan und konnte mich nun guten Gewissens damit zufrieden geben. Ich wollte schon wieder nach oben gehen, als mir dämmerte, dass ich keine Ruhe finden würde, bis ich genau wusste, dass sich hinter der Kellertür kein grässliches Geheimnis verbarg.

Im ersten Impuls wollte ich die Tür eintreten, doch dann besann ich mich eines Besseren. Es schien mir ratsamer, das Vorhängeschloss zu knacken und Leng in dem Glauben zu wiegen, ein Dieb habe sich hier unten herumgetrieben.

Es war eine Sache von fünf Minuten, das nötige Werkzeug zu holen und den Bügel des Schlosses zu durchtrennen. Ich stieß die Tür weit auf, sodass das helle Nachmittagslicht, das die Treppe heruntergeflutet kam, mir den Weg weisen konnte.

Schon nach den ersten Schritten beschlich mich ein unheimliches Gefühl, viel stärker als das, das ich bei meinem eigenmächtigen Eindringen in die Räume des

dritten Stocks empfunden hatte. Eine Ahnung sagte mir, dass ich – was immer sich dort oben abgespielt haben mochte – den Schlüssel zur Lösung aller Rätsel hier und nur hier finden konnte.
Wiederum war es der Geruch, der mir zuerst auffiel: der Geruch ätzender Reagenzien, etwas wie Formaldehyd oder Äther. Er wurde von einem kräftigeren, durchdringenderen Geruch überlagert, der mir keineswegs fremd war. Ich kannte ihn von den Straßen am Hafenbecken, es war der Geruch der Schlachthäuser.
Ich musste die Gaslampen nicht anzünden, das natürliche Licht reichte, um zu sehen, dass auch hier unten mehrere Tische standen. Nur, hier waren sie, anders als im dritten Stock, mit medizinischen Geräten, chirurgischen Bestecken, Messbehältern und Destillierkolben bestückt. Auf einem standen drei kleine, mit Aufklebern versehene Fläschchen, gefüllt mit einer bernsteinfarbenen Flüssigkeit. In dem breiten Wandschrank lagerten Chemikalien. Der Fußboden war mit Sägemehl bestreut, das sich jedoch merkwürdigerweise etwas glitschig anfühlte. Als ich prüfend mit dem Gummistiefel darüber fuhr, wurde mir klar, warum hier Sägemehl ausgebracht worden war: Es sollte Blut aufsaugen, und zwar eine beträchtliche Menge Blut.
Immerhin wusste ich nun, dass meine Vermutungen nicht gänzlich aus der Luft gegriffen waren. Andererseits bestand kein Grund, gleich Alarm zu schlagen. Das Sezieren von Tieren gehört nun mal zu den unverzichtbaren Begleiterscheinungen medizinischer Forschung.
Auf einem der Tische lag eine dicke, in Leder gebundene Mappe, offenbar ein Tagebuch. Die darin enthaltenen Notizen waren eindeutig in Lengs unverwechselbarer Handschrift verfasst. Nun musste ich nur noch die Blätter durchsehen, um herauszufinden, worum es bei seiner Arbeit ging. Ich atmete erleichtert auf. Sicher

würde sich rasch herausstellen, dass es sich um honoriges wissenschaftliches Bemühen handelte, sodass all meine Spekulationen Lügen gestraft waren.

Aber das Tagebuch übte durchaus keine beruhigende Wirkung auf mich aus, ganz im Gegenteil.

Tinbury, als mein alter Freund wissen Sie, dass ich ein nüchtern denkender Wissenschaftler bin, gottesfürchtig könnte man mich kaum nennen. Und doch lernte ich an diesem Tag, Gott zu fürchten – oder vielmehr seinen Zorn darüber, dass solche entsetzlichen Untaten, vergleichbar denen, die im Namen des biblischen Molochs verübt wurden, unter meinem Dach begangen worden waren.

Und das stand alles dreist und unverhohlen in Lengs Tagebuch, einschließlich aller diabolischen Details. Es waren die klarsten, methodischsten Aufzeichnungen von medizinischen Experimenten, die mir je unter die Augen gekommen sind. Und nun werde ich bis an mein Lebensende den Tag verfluchen, an dem ich sie gelesen habe. Erklärungen und Beschönigungen helfen nicht mehr, alle Ausflüchte sind vergeblich. Mir bleibt nur noch, die Wahrheit hinauszuposaunen, laut und schonungslos.

Leng hatte während der letzten acht Jahre an der Perfektionierung einer Methode zur Verlängerung des menschlichen Lebens gearbeitet, und zwar, wie die Aufzeichnungen belegen, an der seines eigenen Lebens. Und bei Gott, Tinbury, das Material, das er zur Erreichung dieses Ziels benutzte, waren *menschliche Wesen*, anscheinend ausschließlich junge Menschen, Heranwachsende an der Schwelle zum Erwachsenenalter. Wieder und wieder werden in dem Tagebuch Sektionen der Schädeldecke und der Wirbelsäule erwähnt, wobei er sich offenbar immer mehr auf die Letzteren verlegt hat. In jüngster Zeit scheint er sich bei seinen Eingriffen zunehmend auf die Cauda equina, das Nervenfaserbündel am unteren Ende der Wirbelsäule, konzentriert zu haben.

Zehn, vielleicht zwanzig Minuten habe ich in dem Tagebuch gelesen, gebannt und erschüttert zugleich. Noch wäre Zeit gewesen, das Dokument des Grauens aus der Hand zu legen und die Flucht zu ergreifen, aber inzwischen war ich wohl, angesteckt von Lengs Irrsinn, selber nicht mehr bei Sinnen. Frisch Verstorbene heimlich aus ihren Gräbern zu nehmen und zu sezieren mag verwerflich sein, sagte ich mir, aber das Streben nach medizinischem Fortschritt lässt möglicherweise keine Alternative zum Grabraub zu. Das Ziel einer Verlängerung des eigenen Lebens weckt zwar Zweifel an der Lauterkeit des Bemühens, andererseits kann man nicht ausschließen, dass selbst bei verdammenswerten Experimenten Erkenntnisse gewonnen werden, die der gesamten Menschheit zum Segen gereichen …

Und das war, glaube ich, der Augenblick bei meinen Überlegungen, in dem ich zum ersten Mal dieses seltsame Geräusch wahrnahm. Es kam von einem Tisch links von mir, dem ich bis dahin keine Aufmerksamkeit geschenkt hatte. Auf ihm lag etwas Großes, dessen Konturen sich zwar unter einem Wachstuch abzeichneten, aber ich kam nicht dahinter, was es war. Und während ich noch rätselnd darauf starrte, hörte ich wieder das leise Geräusch – wie von einem geknebelten oder seiner Zunge beraubten Tier.

Ich weiß nicht, was mir die Kraft gab, mich dem Tisch zu nähern; vielleicht war es das alle Ängste verdrängende Verlangen nach der Wahrheit. Und so griff ich denn, ehe mich der Mut verlassen konnte, nach dem schmutzigen Wachstuch und zog es mit einem Ruck weg. Bis ans Ende meiner Tage werde ich den Anblick nicht vergessen, der sich mir bot; die Erinnerung daran dreht mir noch heute den Magen um. Ein auf dem Bauch liegender Leichnam. Wo einst die Wirbelsäule endete, klaffte ein Loch. Ich versuchte mir, das merkwürdige Geräusch damit zu erklären, dass es wohl von den entweichenden Verwesungsgasen gekommen sein müsse. Man könnte vermuten, dass ich unter dem Eindruck des ersten Schocks keines klaren Gedankens fähig war, aber ich bemerkte sofort, dass der Leichnam wie auch die klaffende Wunde frisch waren.

Fünf, vielleicht zehn Sekunden starrte ich wie benommen auf den grausigen Fund, dann trat ich noch näher an ihn heran. War das etwa der Körper, dessen Blut auf meinen Schreibtisch getropft war? Aber wieso konnte die Wunde dann noch so frisch aussehen? War es denkbar, dass Leng innerhalb einer Woche Experimente an zwei Leichen durchgeführt hatte?

Nun genügte mir nicht mehr, was ich schon wusste, ich wollte es genau ergründen. Zögernd streckte ich die Hand aus, um den Körper umzudrehen und zu sehen, wie weit die Leichenblässe fortgeschritten war.

Die Haut fühlte sich elastisch und das Fleisch warm an, was allerdings an der schwülen, feuchten Luft im Keller liegen mochte. Während ich noch dabei war, den Körper umzudrehen, sah ich zu meinem namenlosen Grauen, dass ihm ein mit Blut getränkter Fetzen Stoff in den Mund gestopft worden war. Ich zog erschrocken meine Hand weg, aber das vermeintlich leblose Bündel drehte sich weiter herum, bis es mit dem Gesicht nach oben lag.

Brechreiz würgte mich, es fehlte nicht viel, und ich hätte mich übergeben. Ich war so schockiert, dass ich die Bedeutung des blutigen Stofffetzens anfangs überhaupt nicht begriff. Hätte ich sie begriffen, so wäre ich in panischem Entsetzen davongerannt und hätte mir dadurch erspart, das Grauen bis zur Neige ergründen zu müssen.

Denn in diesem Moment, McFadden, schlug das Wesen, das vor mir lag, die Lider auf. Ich blickte in Augen, die einst menschliche Augen gewesen waren, aber nun nichts Menschliches mehr an sich hatten.
Und während ich so, wie gelähmt vor Angst und Entsetzen, in die halb toten, halb lebenden Augen starrte, stieß das Phantom abermals ein leises Wimmern aus. Da wurde mir klar, dass das Geräusch, das ich gehört hatte, nichts mit entweichenden Gasen zu tun gehabt hatte. Und dass der Mann, der all das zu verantworten hatte, kein Grabräuber war. Die gequälte Kreatur auf dem Tisch war lebendig, noch jetzt. Leng praktizierte seine grausigen Experimente an *lebenden* Opfern. Und wie zur Bestätigung fing das Bündel Elend auf dem Tisch wieder leise zu wimmern an.
Ein einziger Gedanke beherrschte mich: Ich wollte dieser unterirdischen Schreckenskammer so schnell wie möglich entfliehen. Immerhin brachte ich noch so viel Geistesgegenwart auf, dass ich den zwischen Leben und Sterben schwebenden Körper wieder in seine ursprünglich Lage drehte und das Wachstuch darüber zog, ja sogar die Kellertür hinter mit zudrückte, bevor ich die Treppe hochtaumelte …

Seither habe ich kaum einen Schritt aus dem Kabinett getan. Ich war vollauf damit beschäftigt, meinen Mut so weit zu stählen, um zu tun, was das Herz mir befiehlt. Ich denke, nun werden Sie verstehen, lieber Kollege, dass jede Missinterpretation ausgeschlossen ist. Was ich in Lengs Keller gesehen und in seinem so teuflisch detaillierten Tagebuch gelesen habe, schließt jede Möglichkeit eines Irrtums aus. Um Ihnen einen weiteren Beweis zu liefern, habe ich auf dem beigefügten Blatt die grausamsten Beschreibungen von medizinischen Experimenten und Prozeduren, wie Leng sie in seinem

Tagebuch aufgezeichnet hat, nach meiner Erinnerung wiedergegeben. Natürlich könnte ich zur Polizei gehen, aber ich spüre, dass nur ich …

O Himmel, gerade in diesem Augenblick höre ich seine Schritte auf der Treppe! Ich muss diesen Brief wieder in das Versteck legen und morgen fortfahren.

Möge Gott mir die Kraft schenken, das zu vollbringen, was vollbracht werden muss.

6

Roger Brisbane lehnte sich zurück und ließ den Blick kritisch über die Glasplatte seines Schreibtisches gleiten: sein allmorgendliches Prüfritual. Er hielt auf Ordnung und Sauberkeit, und tatsächlich, der Schreibtisch vor ihm schimmerte in makellosem Glanz. Zum Schluss musterte er genüsslich den gläsernen Würfel mit den Edelsteinen, die nie schöner funkelten als im Morgenlicht der Sonne. Smaragde, heißt es immer, sähen grün aus, und Saphire blau, aber das waren höchst unzulängliche Beschreibungen. Die Sprache kennt eben keine Worte, um den Nuancen eines solchen Farbenspiels gerecht zu werden.

Edelsteine … unvergänglich, gefeit gegen Zerfall, hart, kalt und rein, stets strahlend schön, immer perfekt, frisch wie am Tag ihrer Geburt im glühenden Schmiedeofen eines unvorstellbaren Drucks. Ganz anders als die Menschen mit ihrer rötlichen, gummiartigen Haut, ihrem abstoßenden Eigengeruch und ihrer Lebensgeschichte, die eine einzige Tragödie der Vergänglichkeit war. Voller Verheißungen und Enttäuschungen dem Wahn von Sperma und Tränen verfallen.

Er hätte eben doch Gemmologe werden und sich einer Welt voller zauberhafter versteinerter Blüten verschreiben sollen. Kein Vergleich mit der Welt der Anwälte, in der sein Vater ihn gern gesehen hätte. Der bloße Gedanke an den täglichen

Frust angesichts der ständigen Konfrontation mit lauter abscheulichen menschlichen Schwächen machte ihn krank.

Er beugte sich über den Computerausdruck, der vor ihm lag. Das Museum hätte nie und nimmer dieses Hundertmillionendarlehen für das hypermoderne Planetarium aufnehmen dürfen, das zeigte sich immer klarer. Die Folge war der Zwang zu Einsparungen und Kürzungen. Nun gut, das würde er schon durchboxen. Das Museum war ohnehin eine Ansammlung von nutzlosen, affektierten, überbezahlten Kuratoren und Funktionären, die dauernd über Geldmangel jammerten und nie am Telefon zu erreichen waren, weil sie gerade auf Museumskosten auf einer Forschungsreise waren oder ein Buch schrieben, das sowieso niemand lesen würde. Sie hatten bequeme, gut bezahlte Jobs, waren praktisch nicht kündbar. Es sei denn, außergewöhnliche Umstände zwangen dazu.

Er schob den Ausdruck in den Papierschredder, zog eine Schublade auf und entnahm ihr ein Bündel mit hausinternen Mitteilungen, deren Absender sich Brisbane für eine eventuelle Personalbereinigung vormerken wollte. Ein Mitarbeiter der Poststelle hatte sie für ihn abgefangen und kopiert; der Bursche war bei der Organisation einer Wettgemeinschaft für den Super Bowl erwischt worden – während der Arbeitszeit. Brisbane überflog die obenauf liegende Liste mit Namen. Der vorletzte war der von Puck, der letzte der von Nora. Was hatte dieser arrogante FBI-Agent gesagt? Es wird sich vornehmlich um archivarische Tätigkeiten handeln. Soso. Nun, das wollte er sich mal genauer ansehen.

> Liebe Frau Dr. Kelly,
> ich habe noch eine Schachtel mit Papieren aus dem Shottumnachlass gefunden, sie war falsch abgelegt worden. Längst nicht so sensationell wie das, was wir neulich gefunden haben, aber auch recht interessant. Ich habe die Unterlagen für Sie im Leseraum bereitlegen lassen.
> *Puck*

Brisbanes Gesicht verfärbte sich ein paar Sekunden lang zornrot. Hatte er sich's doch gedacht, sie arbeitete immer noch für diesen aufgeblasenen Agent. Und nahm auch noch Pucks Hilfe in Anspruch. Dem musste ein Ende gemacht werden. Und was Puck anging – der war überfällig. Er musste sich ja nur diesen Wisch ansehen. Auf einer vorsintflutlichen Schreibmaschine getippt! Die bloße Ineffizienz, die sich darin zeigte, brachte Brisbanes Blut in Wallung. Das Museum war doch kein Wohltätigkeitsverein! Dieser Puck war ein lebender Anachronismus, er gehörte längst aufs Altenteil. Brisbanes Entschluss stand fest: Er würde weitere Beweise sammeln und dem Verwaltungsrat bei dessen nächster Sitzung eine schriftliche Empfehlung für eine personelle Bereinigung vorlegen. Und ganz oben auf seiner Liste stand dieser Reinhart Puck.
Und Nora Kelly? Er hatte noch im Ohr, was Collopy, der Museumsdirektor, zu ihm gesagt hatte. Das heißt, eigentlich war's nur leises Gemurmel gewesen: »Doucement, doucement …«
Also gut, dann eben auf die sanfte Tour. Fürs Erste.

7

Smithback stand auf dem Bürgersteig, ziemlich genau in der Mitte zwischen der Columbus und der Amsterdam, und sah versonnen zu der roten Backsteinfassade von einhundertacht West, Neunundneunzigste Straße hoch. Ein breit gezogenes Wohnhaus, Vorkriegsbau, ohne architektonische Raffinesse, aber das kümmerte ihn nicht. Für ihn zählten die garantierte Festmiete, die Aufteilung der Zimmer, die Nähe zum Museum und die Monatsmiete von lediglich achtzehnhundert Bucks. Er trat ein paar Schritte zurück und ließ den Blick über die Nachbarschaft schweifen. Nicht gerade die Schokoladenseite der Upper West Side, aber günstig gelegen.
An der Veranda vor dem Haus nebenan lehnten zwei Stadt-

streicher, Pappbecher in der Hand. Smithback sah auf die Armbanduhr, Nora musste jeden Moment kommen. Sie würde sowieso Einwände machen, und wenn sie dann noch die beiden Typen entdeckte … Besser, die Jungs zogen für eine Weile Leine. Er kramte in der Jackentasche, förderte fünf Dollar zutage und schlenderte zu den beiden hinüber. »Schöner Tag, wenn's nicht gerade regnet.«
Die Tippelbrüder musterten ihn misstrauisch.
Smithback winkte mit dem Fünfer. »Jungs, was haltet ihr davon, wenn ihr euch irgendwo was zu essen kauft?«
Einer der beiden entblößte grinsend sein ziemlich schadhaftes Gebiss. »Für fünf Bucks? Dafür krieg ich nicht mal 'nen Sechserpack Bier. Außerdem tun mir die Beine weh.«
»Genau«, nuschelte der andere, während er in der Nase herumbohrte.
Smithback hielt ihnen einen Zwanziger hin.
»O Mann, wenn mir bloß die Beine nicht so wehtäten.«
»Greift zu oder lasst's bleiben.«
Sie griffen zu, kamen unter herzzerreißendem Stöhnen und Ächzen auf die Beine, schlurften los und waren kurz darauf um die Ecke verschwunden. Und im selben Moment kam die Maklerin angestöckelt, gertenschlank, im dunklen Kostüm. »Sie sind bestimmt Mr. Smithback?«, schnarrte sie mit rauer Raucherstimme und gab ihm die Hand. »Ich bin Millie Locke. Ist Ihre … Lebensgefährtin schon da?«
»Da kommt sie«, sagte Smithback erleichtert. Nora bog mit wehendem Regenmantel, den Rucksack über der Schulter, winkend um die Ecke.
»Schön, Sie kennen zu lernen.« Noch mal Händeschütteln, dann führte die Maklerin sie in die winzige Lobby und drückte auf den Fahrstuhlknopf. Irgendwo über ihnen rumpelte es beängstigend.
»Die Lage ist ideal«, redete Smithback auf Nora ein. »Zwanzig Minuten zu Fuß zum Museum, nicht weit zur U-Bahn, und zum Park sind's auch nur anderthalb Blocks.«

Nora sagte nichts. Sehr begeistert sah sie nicht aus.
Die Fahrstuhltür schwang mit jämmerlichem Quietschen auf, und der Lift setzte sich nach einem neuerlichen Knopfdruck quälend langsam in Bewegung. Smithback beschlich das ungute Gefühl, dass die Besichtigung unter keinem günstigen Stern stand.
Endlich kamen sie im sechsten Stock an, tappten den halb dunklen Flur hinunter und machten schließlich vor einer braunen Metalltür mit eingelassenem Türspion Halt. Die Maklerin schloss vier separate Schlösser auf und winkte sie herein.
Smithback war angenehm überrascht. Die Wohnung lag zur Straßenseite und machte einen sauberen Eindruck. Eichenholzparkett, etwas verzogen, aber immerhin Eiche. Eine Wand im Backsteinlook, die anderen mit Raufaser tapeziert. »Na, was denkst du?«, fragte er strahlend. »Schnuckelig, nicht wahr?«
»Ein einmaliges Schnäppchen«, säuselte die Immo-Millie. »Eins acht Festmiete, voll klimatisiert, großartige Lage, hell und ruhig.«
Die Installationen in der Küche waren alt, aber blitzblank. Das Schlafzimmer lag nach Süden, das Sonnenlicht ließ den Raum groß und geräumig erscheinen. Im Wohnzimmer fing Smithback ein bisschen zu drängeln an. »Also, Nora, was meinst du?«
Ihre gerunzelte Stirn verhieß nichts Gutes. Die Maklerin zog sich diskret bis zur Tür zurück.
»Ja, ganz hübsch«, murmelte Nora.
»Ganz hübsch? Eins acht pro Monat für eine Wohnung an der Upper West Side? Das ist sagenhaft.«
Millie räusperte sich. »Sie sind die Ersten, denen ich das Objekt zeige. Ich wette, bis heute Abend ist es vermietet.« Sie fummelte in ihrem Handtäschchen, kramte eine Zigarette heraus, zündete sie an und fragte: »Ich darf doch wohl?«

Smithback trat nervös von einem Bein aufs andere. »Mit deinem Vermieter hast du sicher schon gesprochen, Nora?«
»Nein, noch nicht.«
Er starrte sie entgeistert an. »Noch nicht?«
Sie schüttelte den Kopf und blickte ostentativ aus dem Fenster. »Weißt du, das ist ein großer Schritt für mich. Mit dir zusammenzuziehen, meine ich …«
Smithback schielte zu Millie hinüber, die aber rasch wegsah und angelegentlich den Türrahmen betrachtete. Smithback senkte die Stimme. »Du liebst mich doch, oder nicht?«
»Natürlich. Nur … weißt du, ich hatte heute einen anstrengenden Tag.«
»Mein Gott, es geht doch nur um eine einfache Entscheidung. Wir müssen uns deswegen ja nicht gleich verloben. Aber so eine Wohnung finden wir so schnell nicht wieder. Wollen mal hören, wie hoch die Maklergebühr ist.« Er wandte sich zu Millie um. »Was sagten Sie, wie hoch die Vermittlungsgebühr ist?«
Millie pustete hüstelnd einen Schwall Rauch in seine Richtung. »Gut, dass Sie danach fragen. Sie ist sehr mäßig. So eine Wohnung bekommt man ohne Vermittlung gar nicht. Es ist sozusagen eine Gefälligkeit, sie überhaupt jemandem zu zeigen. Sie beläuft sich auf achtzehn.«
»Achtzehn was?«, fragte Nora. »Dollar?«
»Prozent. Von der ersten Jahresmiete.«
»Aber das …« Nora runzelte die Stirn und fing zu rechnen an. »Das sind ja fast viertausend Dollar.«
»Überaus preiswert, wenn man bedenkt, was Sie dafür bekommen.« Millie schielte auf ihre Uhr. »In zehn Minuten kommen die nächsten Interessenten. Bis dahin müssten Sie sich entschieden haben.«
»Was meinst du, Nora?«, drängte Smithback.
Nora seufzte. »Ich muss mir das überlegen.«
»Dazu haben wir keine Zeit.«

»Wir haben alle Zeit der Welt. Das ist nicht das einzige Apartment in Manhattan.«

Einen Augenblick lang eisige Stille. Millie schielte abermals auf die Uhr.

Nora schüttelte den Kopf. »Bill, ich hatte heute einen miserablen Tag, das hab ich doch schon gesagt.«

»Ja, das seh ich dir an.«

»Die Shottumsammlung, von der ich dir erzählt habe … Gestern haben wir einen fürchterlichen Brief entdeckt.«

Smithback geriet leicht in Panik. »Nora, könnten wir das vielleicht ein andermal besprechen? Ich finde, das ist genau das Apartment, das wir …«

Nora fuhr mit finsterer Miene herum. »Hast du mir überhaupt zugehört? Wir haben einen Brief gefunden. Wir wissen jetzt, wer die sechsunddreißig Menschen ermordet hat.«

Die Maklerin machte lange Ohren.

»Ach, wirklich?«, fragte Smithback genervt.

»Eine äußerst dubiose Person namens Enoch Leng. Chemiker. Den Brief hat Shottum geschrieben, der Eigentümer des Kuriositätenkabinetts. Leng hatte ein paar Zimmer von ihm gemietet und darin Experimente durchgeführt. Shottum wurde misstrauisch, hat sich heimlich in Lengs Labor umgesehen und herausgefunden, dass sein Mieter junge Leute gekidnappt und umgebracht hat. Er hat Teile ihres zentralen Nervensystems bloßgelegt und offensichtlich eine Art Serum daraus hergestellt.«

»Gott im Himmel! Wozu denn?«

Nora schüttelte den Kopf. »Du wirst es nicht glauben. Er wollte damit sein eigenes Leben verlängern.«

»Unglaublich.« Aber gleichzeitig witterte er schon eine tolle Story. Einen echten Knaller.

Nora schauderte. »Ich muss einfach dauernd an diesen Brief denken. Du hättest Pendergasts finstere Miene sehen sollen! Als hätte er gerade seine eigene Todesanzeige gelesen. Und nun halt dich fest! Als ich heute Morgen noch mal ins Archiv gegangen bin, um noch ein paar Papiere durchzusehen, höre ich, dass ein Teil der Bestände abtransportiert wurde, angeblich zur Konservierung. Darunter sämtliche Shottumunterlagen. Soll mir ja keiner erzählen, dass das ein Zufall ist! Da steckt entweder Brisbane oder Collopy dahinter.«

»Hast du Fotokopien gemacht?«

Nora deutete mit dem Kopf auf ihre Aktentasche. »Gleich nachdem wir den Brief gelesen hatten. Pendergast hat darauf bestanden. Ich hab mich noch gewundert, warum ihm das so wichtig ist. Nun weiß ich's.« Sie zog einen Packen Papiere aus der Aktentasche. »Ich wollte dich bitten, sie für mich aufzuheben. Ins Museum will ich sie vorsichtshalber nicht mitnehmen. Aber ich brauch sie heute Abend wieder.«

Smithback nickte und verstaute den Packen in seiner Aktentasche. Nora hatte Recht, das war bestimmt kein Zufall. Was hatte das Museum zu verbergen? Hatte dieser Enoch Leng seinerzeit etwas mit dem Museum zu tun gehabt? Oder steckte nur die übliche Angst dahinter, irgendetwas an die Öffentlichkeit gelangen zu lassen, bevor die PR-Leute alles schön glatt gebügelt hatten? Und dann war da noch der Baulöwe Fairhaven, zufällig ein großer Förderer des Museums. Die Story wurde immer besser …

Der Summton der Wechselsprechanlage riss ihn aus seinen Gedanken. »Ah«, sagte Millie, »das werden meine nächsten Interessenten sein. Soll ich ihnen sagen, dass Sie das Apartment nehmen, oder was?«

»Wir nehmen es nicht«, entschied Nora.

Millie zuckte die Achseln und drückte den Türöffner.

»Nora!«, empörte sich Smithback. Er rief Millie nach: »Doch, wir nehmen es.«

»Tut mir Leid, Bill, ich bin noch nicht so weit.«

»Letzte Woche hast du gesagt …«

»Ich weiß, was ich gesagt habe. Aber jetzt gehen mir so viele Dinge durch den Kopf, da kann ich mich einfach nicht auf die Wohnungsfrage konzentrieren. Okay?«

»Nein, das ist absolut nicht okay.«

Es klingelte an der Tür. Die Maklerin komplimentierte zwei Männer herein, der eine klein und kahlköpfig, der andere groß und bärtig. Im Wohnzimmer und in der Küche sahen sie sich nur kurz um, ihr Hauptinteresse galt offenbar dem Schlafzimmer.

»Nora, bitte!«, drängte Smithback. »Schau mal, ich weiß, dass du nicht nach New York ziehen wolltest, und dein Job im Museum ist auch nicht das, was du dir vorgestellt hattest. Das tut mir alles sehr Leid, aber deswegen ...«

Im Bad rauschte kurz die Dusche, dann kehrten Millie und das Pärchen ins Wohnzimmer zurück. Die Besichtigung hatte nicht ganz zwei Minuten gedauert.

»Wie maßgeschneidert«, sagte der Kahlköpfige. »Achtzehn Prozent Maklergebühr, richtig?« Er zückte das Scheckheft. »Wie soll ich ihn ausstellen?«

»Bar«, flötete Millie. »Wir lösen ihn bei Ihrer Bank ein.«

»Augenblick mal!«, protestierte Smithback. »Wir waren vor Ihnen da.«

»Tut mir außerordentlich Leid«, versicherte der Kahlkopf aufgesetzt liebenswürdig.

»Lassen Sie sich nicht irritieren«, mischte Millie sich barsch ein, »die Herrschaften wollten gerade gehen.«

»Komm schon, Bill!« Nora steuerte die Wohnungstür an.

»Wir waren zuerst hier. Notfalls unterschreibe ich den Mietvertrag allein.«

Bei der Dreiergruppe wechselte gerade der Scheck den Besitzer. Nora schob Smithback aus der Wohnung und knallte die Tür hinter sich zu. Unten auf der Straße sagte sie: »Ich muss wieder ins Museum. Wir besprechen alles in Ruhe heute Abend, ja?«

»Darauf kannst du dich verlassen.«

Smithback sah ihr nach, wie sie mit wippendem kupferfarbenem Haar die Neunundneunzigste Straße hinuntereilte. Er fühlte sich niedergeschlagen. Wieso wollte sie plötzlich nicht mehr mit ihm zusammenleben? Was hatte er falsch gemacht? Ob sie's ihm übel nahm, dass er sie überredet hatte, aus Santa-Fé in den Osten zu ziehen? Er konnte doch nichts dafür, dass aus dem Job im Lloyd Museum nichts geworden und ihr neuer Chef in Manhattan ein ausgemachter Kotzbrocken war. Wie sollte er ihr nur beweisen, dass er sie wirklich liebte?

Eine Idee reifte in ihm heran. Nora mochte das Gerede von der Macht der Presse nicht, schon gar nicht, wenn's um die *New York Times* ging. Sie ahnte eben nicht, wie duckmäuserisch und kooperationsbereit das Museum of Natural History werden konnte, wenn es sich mit einer so genannten schlechten Presse konfrontiert sah. Nora sollte mal sehen, wie prompt sie ihre Shottumunterlagen zurückbekam. Und den Zuschuss für ihre C-14-Daten würde sie auch kriegen. Sie würde ihm noch auf Knien danken. Wenn er sich beeilte, schaffte er's womöglich noch für die Morgenausgabe.

Irgendjemand rief ihn von hinten an. »Hallo, alter Kumpel!« Mit schwerer Zunge, aber sehr herzlich.

Die beiden Tippelbrüder, mit geröteten Gesichtern und schwankendem Schritt. Smithback grinste sie an, zog noch einen Zwanziger aus der Tasche und hielt ihn dem Größeren, Schmutzigeren hin.

»Hört mal, Jungs, da kommt gleich eine Lady im dunklen Kostüm aus den Haus. Sie heißt Millie. Umarmt sie recht herzlich und knutscht sie tüchtig ab. Je feuchter, desto besser.«

»Wird gemacht, Kumpel.«

Komisch, als Smithback die Straße hinunterschlenderte, Richtung Broadway, fühlte er sich irgendwie etwas besser.

8

Anthony Fairhaven ließ sich zum Frühstück nieder, breitete die Serviette über dem Schoß aus und überprüfte das Arrangement: ein Porzellanbecher Tee, zwei Scheiben Toast, ein wenig Honig. Eine schlanke, durchtrainierte Erscheinung kommt eben nicht von ungefähr. Als er seinen Tee getrunken hatte, gab er dem Mädchen das Zeichen, ihm die Zeitungen zu bringen.

Helles Sonnenlicht flutete in den Wintergarten, von dem aus er eine atemberaubende Aussicht hatte. Ganz Manhattan lag ihm sozusagen zu Füßen, der Central Park im Hintergrund nahm sich von hier oben wie ein grünbrauner Fleck aus. Seine Welt – seine persönliche Wunderwelt. Mit allen Herausforderungen, die darauf warteten, von ihm bewältigt zu werden.

Leises Rascheln signalisierte ihm, dass das Mädchen die Zeitungen gebracht hatte, wie immer die *New York Times* und das *Wall Street Journal*. Frisch gebügelt, darauf bestand er. Er schlug die *Times* auf und überflog die Schlagzeilen. Friedensgespräche im Mittleren Osten, Redeschlachten vor den Bürgermeisterwahlen, ein Erdbeben in Indonesien. Sein Blick huschte über die untere Hälfte der ersten Seite. Und da stockte ihm Bruchteile von Sekunden der Atem.

Jüngst entdeckter Brief bringt Licht in Neunzehnte-Jahrhundert-Morde

Von William Smithback jr.

Fairhaven blinzelte ein paarmal ungläubig, atmete tief durch und begann zu lesen.

New York, 8. Oktober – Ein im Archiv des New York Museum of Natural History gefundener Brief könnte die Erklärung für die Anfang letzter Woche in Lower

Manhattan entdeckten grausigen Knochenfunde sein. Bei den Ausschachtungsarbeiten für eine Wohnresidenz waren Bauarbeiter in einem Kellergewölbe aus dem neunzehnten Jahrhundert auf die in verborgenen Nischen eingemauerten sterblichen Überreste von sechsunddreißig jungen Männern und Frauen gestoßen. Forensische Ermittlungen ergaben, dass die Opfer entweder seziert oder autopsiert und später zerstückelt wurden. Einer vorläufigen Altersbestimmung durch die Archäologin Nora Kelly vom New York Museum of Natural History zufolge könnten die Morde zwischen 1872 und 1881 begangen worden sein. Damals stand auf dem Gelände ein dreistöckiges Gebäude, das so genannte *J. C. Shottums Kabinett der Naturwunder und Kuriositäten*, das 1881 abbrannte. Shottum kam bei dem Brand ums Leben.

Bei ihren Nachforschungen entdeckte Dr. Kelly einen von Shottum kurz vor seinem Tod verfassten Brief, in dem er beschreibt, wie es ihm gelungen sei, sich Gewissheit über medizinische Experimente seines Mieters, eines Chemikers namens Enoch Leng, zu verschaffen. Shottum behauptet in diesem Brief, Leng habe zum Zweck der Verlängerung des eigenen Lebens chirurgische Eingriffe an menschlichen Versuchspersonen vorgenommen, unter anderem durch Entnahme von Rückenmark an lebenden Versuchspersonen. Shottum belegt seine Behauptung durch Zitate aus Lengs detailliertem Tagebuch. Eine Kopie seines Briefes liegt der *New York Times* vor.

Falls es sich bei den Funden tatsächlich um Mordopfer handelt, wäre das der größte Massenmord, der je in New York, wenn nicht sogar in den Vereinigten Staaten begangen wurde. Jack the Ripper, Englands bekanntester Serienmörder, hat 1888 im Whitechapel District in London sieben Frauen umgebracht. Jeffrey Dahmer,

Amerikas berüchtigtem Serienmörder, wurden siebzehn Morde nachgewiesen.
Die sterblichen Überreste der Opfer in Manhattan wurden von einem Mitarbeiter des gerichtsmedizinischen Dienstes abtransportiert; weitere gezielte Untersuchungen waren daher nicht mehr möglich. Das Kellergewölbe wurde bei den von der Moegen-Fairhaven-Gruppe vorgenommenen Abbrucharbeiten zerstört. Wie Mary Hill, eine der Sprecherinnen von Bürgermeister Edward Montefory, verlauten ließ, fällt die Fundstelle nicht unter die Schutzverordnung für archäologische Funde. »Ein krimineller Tatort aus dieser Zeit ist aus archäologischer Sicht nicht von Interesse«, erklärte Miss Hill. »Keine der Bestimmungen der einschlägigen Verordnung trifft zu. Wir hatten keinen Anlass für einen Baustopp.« Vertreter des archäologischen Dienstes sehen das offensichtlich anders, sie haben den Senator von New York bereits gebeten, eine Untersuchung einzuleiten und einer Expertengruppe weitere Nachforschungen zu ermöglichen.
Auf nicht näher geklärte Weise ist es gelungen, am Fundort ein Kleid sicherzustellen, das Dr. Kelly zur Untersuchung übergeben wurde. Sie hat im Saum des Kleides eine Notiz gefunden, die anscheinend von einem jungen Mädchen geschrieben wurde, möglicherweise in Vorahnung ihres nahen Todes und vermutlich mit dem Ziel, ihre Identität zu übermitteln. »Ich bin Mary Green, neunzehn Jahre alt, No. 16 Watter (sic) Street.« Tests ergaben, dass die Notiz mit menschlichem Blut geschrieben wurde.
Allem Anschein nach interessiert sich das Federal Bureau of Investigation für den Fall. Auf der Baustelle wurde Special Agent Pendergast aus New Orleans gesehen. Weder das FBI-Büro in New Orleans noch das in New York wollten dazu Stellung nehmen. Es ist nicht

bekannt, warum Mr. Pendergast – der als einer der erfolgreichsten Agents in der Südregion gilt und bereits wiederholt bei mehreren hochkarätigen Fällen in New York mitgearbeitet hat – Ermittlungen aufgenommen hat. Das Department der New Yorker Polizei zeigt dagegen wenig Interesse an diesem über ein Jahrhundert zurückliegenden Verbrechen. Captain Sherwood Custer, in dessen Distrikt die Skelette gefunden wurden, sagte auf Anfrage: »Der Mörder und etwaige Komplizen sind tot. Wir werden den Fall den Historikern überlassen und unsere Kräfte weiterhin auf die Verhinderung von Verbrechen in unserem Jahrhundert konzentrieren.«

Nach Entdeckung des Briefes hat das New York Museum die Shottumsammlung aus dem Zentralarchiv entfernt. Roger Brisbane III., der Erste Vizepräsident des Museums, bezeichnete das als »lange geplante Maßnahme im Zuge erforderlicher Konservierungsarbeiten«. Einen Zusammenhang mit der Entdeckung des Briefes stellte er in Abrede. Für die Beantwortung weiterer Fragen verwies er auf Harry Medoker von der Public-Relations-Abteilung des Museums. Mr. Medoker hat jedoch auf wiederholte Anfragen der *Times* nicht reagiert.

Der Bericht wurde auf einer Innenseite durch eine – von unappetitlicher Liebe zum Detail geprägte – Schilderung der Begleitumstände der Morde fortgesetzt. Fairhaven überflog die Schilderung, las dann den Text auf der Titelseite noch einmal und legte die Zeitung weg. Zum Knistern der frisch gebügelten Seiten gesellte sich das Rascheln der abgefallenen Blätter auf dem Balkon vor dem Wintergarten.

Fairhaven ließ den Blick abermals über die Stadt schweifen, bis er am seitlich vom Park gelegenen Museum of Natural History hängen blieb. Die Türme und das Kupferdach zeichneten sich im Morgenlicht gestochen scharf ab. Er schnippte kurz mit den Fingern, und das Mädchen brachte ihm ein Telefon.

Er kannte sich bestens mit den Spielregeln bei Bauvorhaben und dem politischen Netzwerk in New York City aus und wusste genau, was Public Relations bewirken kann. Dieser Zeitungsartikel war ein potenzielles Desaster. Hier war schnelles, entschlossenes Handeln gefragt.

Er nahm sich ein paar Sekunden Zeit, um darüber nachzudenken, wen er zuerst anrufen sollte. Dann entschied er sich für den Privatanschluss des Bürgermeisters. Solche Nummern musste er nicht nachschlagen, die hatte er im Kopf.

9

Fasziniert vom Blick aus dem sechsundzwanzigsten Stock auf den Central Park, hatte Doreen Hollander aus Pine Creek in Oklahoma, Indian Feather Line einundzwanzig, spontan beschlossen, diesen wunderschönen Tag für einen Besuch im Metropolitan Museum zu nutzen und kurzerhand ihren Mann schnarchend und vor sich hin mümmelnd allein im Hotelzimmer zurückgelassen. Monets Seerosen lockten sie unwiderstehlich dorthin; seit sie die bei ihrer Schwägerin auf einem Poster gesehen hatte, war es ihr Herzenswunsch, die berühmten Gemälde im Original zu sehen. Ihr Angetrauter, Techniker beim Oklahoma-Kabeldienst, interessierte sich kein bisschen für Kunst. Wahrscheinlich lag er noch im Bett und schlief, wenn sie zurückkam.

Beim Blättern in den Sightseeingunterlagen, die im Hotelzimmer auflagen, hatte sie entdeckt, dass das Museum gleich hinter dem Central Park lag. Mit einem kurzen Spaziergang konnte sie sich das teure Taxi sparen. Doreen Hollander unternahm gern Spaziergänge, und heute tat ihr ein wenig Bewegung besonders gut – die ideale Möglichkeit, die Kalorien der zwei Croissants mit Butter und Marmelade wegzubrennen, die sie unvernünftigerweise zum Frühstück gegessen hatte.

Sie nahm den Parkeingang am Alexander-Humbolt-Tor und marschierte stramm drauflos. Ein Tag wie aus dem Bilderbuch. Die hohen Gebäude an der Fifth Avenue überragten die Baumwipfel und wiesen ihr den Weg. New York war eine faszinierende Stadt. Nur, leben wollte sie hier nicht.

Der Weg fiel leicht ab und führte sie direkt zu einem hübschen Weiher. Sie sah sich suchend um. Sollte sie lieber nach rechts oder nach links abbiegen? Sie zog ihren Stadtplan zu Rate und entschied sich für den Weg links um den Weiher herum, der schien kürzer zu sein.

Und so ging sie mit jenem energischen Schritt weiter, der Zeugnis von ihrer Jugend auf einem Bauernhof ablegte. Die Luft war erstaunlich frisch. Radfahrer und Rollerbladers flitzten auf dem betonierten Rundweg um den See an ihr vorbei. Kurz darauf kam sie an eine Abzweigung. Der Hauptweg verlief weiter am See entlang, aber es gab einen schmalen Pfad, der genau in die Richtung führte, die sie einschlagen musste, durch ein Waldstück. Wieder ein Blick auf den Plan: Der Pfad war nicht eingezeichnet, aber sie sah ihn ja deutlich vor sich. Also ging sie geradeaus weiter.

Nicht lange, und der Pfad verengte sich, und schließlich ging es immer gedrängter über Hügel und an kleinen Felsen vorbei bergauf und bergab. Na gut, sie konnte sich nicht verirren, solange sie hin und wieder die Wolkenkratzer der Fifth Avenue durch die Zweige schimmern sah.

Die Bäume standen dichter. Und dann sah sie die jungen Männer. Sie standen, die Hände in den Hosentaschen vergraben, müßig unter den Bäumen und schienen auf irgendetwas zu warten. Nur, worauf konnten sie hier schon warten? Nette junge Burschen, gut angezogen und mit einem ordentlichen Haarschnitt. Doreen verspürte nicht die geringste Angst,

zumal das helle Licht des strahlenden Herbstmorgens einen sonnigen Tag verhieß.
Nun wurde der Wald allerdings zunehmend dichter. Sie blieb stehen, nahm noch einmal den Stadtplan zur Hand und stellte verblüfft fest, dass die Gegend als »Labyrinth« eingezeichnet war. Der Name passte haargenau, sie war schon zweimal im Kreis gelaufen. Irgendwie beschlich sie der Verdacht, dass dieser Irrgarten mitten im dicht bewaldeten Gelände absichtlich so angelegt worden war, dass man sich verlaufen musste. Nun, Doreen Hollander war keine von denen, die sich leicht verlaufen. Schon gar nicht auf einem Waldpfad in einem Park mitten in der Großstadt. Schließlich war sie auf dem Land aufgewachsen und hatte stundenlang die Felder und Wälder im östlichen Oklahoma durchstreift. Zugegeben, der Spaziergang entwickelte sich allmählich zu einem Abenteuer, aber sie liebte kleine Abenteuer. Deshalb hatte sie ihren Mann ja zu dieser Reise nach New York überredet, sie wollte ein paar kleine Abenteuer erleben. Und so rang sie sich ein mutiges Lächeln ab.
Aber dann wurde es ihr zu dumm: Sie war schon wieder im Kreis gelaufen. Also noch mal zum Plan greifen. Aber auf dem war das Labyrinth lediglich als großer grüner Fleck eingezeichnet. Sie sah sich unschlüssig um. Vielleicht konnte ihr einer der netten jungen Burschen weiterhelfen und den Weg zeigen.
Der Wald war zwar immer dichter geworden, aber durch das Gewirr der Blätter konnte sie vage zwei Gestalten ausmachen. Sie ging auf die beiden zu. Was, um alles in der Welt, machten die hier? Noch ein paar Schritte, dann schob sie einen Ast zur Seite und guckte durch die Lücke. Aus dem Gucken wurde ein starrer Blick, und dann ergriff sie panisches Entsetzen.
Sie prallte zurück, drehte sich hastig um und eilte beschleunigten Schritts zum Pfad zurück. Nun war ihr alles klar. Wie ekelhaft und abscheulich! Monets Wasserrosen waren vergessen, sie wollte nur noch so schnell wie möglich hier weg.

Sie hatte es nicht glauben wollen, aber es stimmte wirklich. Genau wie sie's neulich in dieser Fernsehsendung erzählt hatten. New York war das Sodom und Gomorrha der neuen Zeit. Sie legte noch einen Schritt zu, ihr Atem war ein stoßweises Hecheln geworden.
Sie hörte die schnellen Schritte nicht, die hinter ihr herkamen, sie war arglos und rechnete nicht mit bösen Überraschungen. Als ihr die schwarze Kapuze über den Kopf gestülpt wurde und der feuchte Chloroformgestank in ihre Nasenlöcher drang, war die letzte Vision, die ihre Phantasie ihr vorgaukelte, die von einem verdrehten hohen Salzkegel und dem herben Geruch nach Rauch, der irgendwo in der Ferne aufstieg.

10

Der allseits hoch geachtete Dr. Frederick Watson Collopy saß mit bedrückter Miene an seinem lederbezogenen Schreibtisch, einem wundervollen Stück Handwerksarbeit aus dem neunzehnten Jahrhundert, und ließ im Geiste einige seiner erlauchten Vorgänger Revue passieren. Sie waren Forscher und Wissenschaftler zugleich gewesen, und vor allem Visionäre, deren Namen man zu Recht in Bronze verewigt hatte: Byrd, Trockmorton, Andrews. Aber auch der glücklose Winston Wright fiel ihm ein – und dessen Nachfolgerin, Olivia Merriam, der ebenfalls nur eine kurze Amtszeit beschieden war.
Collopy hielt sich viel darauf zugute, dass er dem Museum wieder den alten Glanz verliehen hatte. Und doch befiel ihn eine gewisse Melancholie, wenn er daran dachte, zu welchen Kompromissen er gezwungen gewesen war, um die Zukunft des Museum of Natural History zu sichern. Es schmerzte ihn, dass die wissenschaftliche Forschung prächtigen Galas und Aufsehen erregenden Ausstellungen zuliebe kürzer treten

musste. Aber das war eben das Opfer, das ihm New York zum Beginn des einundzwanzigsten Jahrhunderts abverlangte. Wer die Zeichen der Zeit nicht erkannte, hatte keine Chance zu überleben. Selbst seine berühmtesten Vorgänger waren nicht umhin gekommen, ihre Fahne nach dem Wind zu hängen, damit das Museum überlebte. Denn das war das Einzige, was letztendlich zählte.

Er dachte an die Namen berühmter Wissenschaftler in der eigenen Familie. Sein Urgroßonkel Amasa Greenough, der den chitinösen Seeteufel entdeckt hatte und mit Darwin befreundet war, seine Großtante Philomena Watson und ihr überaus segensreiches Wirken bei den Ureinwohnern der Tierra del Fuega, sein Großvater Gardner Collopy, dem die Zoologie bahnbrechende Erkenntnisse bei der Erforschung der Lurche und Kriechtiere verdankte, und nicht zu vergessen: die Erkenntnisse, die er selbst bereits in jungen Jahren der Wissenschaft geschenkt hatte und die Grundlage für eine neue Klassifizierung der Pongidae gewesen waren. Mit ein wenig Glück und wenn ihm durch göttliche Fügung ein langes Leben beschieden war, zählte auch er eines Tages zu den Großen des Museums und konnte darauf hoffen, dass sein Name auf der Ehrentafel in der Großen Rotunde, wo ihn alle Besucher sehen konnten, in Bronze eingraviert wurde.

Und doch wollte seine melancholische Grundstimmung an diesem Tag nicht weichen. Vielleicht lag es an der niederschmetternden Neuigkeit, die er heute Morgen aus der Zeitung erfahren hatte. Er griff leise seufzend nach der *Times*, die aufgeschlagen auf seinem Schreibtisch lag. Ein infamer Artikel, geschrieben von demselben Schmutzfink, der dem Museum schon 1995 viel Ärger gemacht hatte. Collopy hatte gehofft, durch die vorsorgliche Entfernung belastender Unterlagen aus dem Archiv neuerlichen Ärger im Keim ersticken zu können. Aber jetzt war dieser Brief aufgetaucht, und plötzlich roch es nach einem unvermeidlichen Skandal. Seine eigenen Leute hatten bei der Entdeckung mitgewirkt, ein FBI-Agent schnüffelte überall herum, und Fairhaven, einer der größten Förderer des Museums, stand unter Beschuss. Collopy hatte alle Möglichkeiten abgewogen, aber die Umstände waren zu geheimnisvoll, als dass er sich in Sicherheit wiegen konnte. Wenn er die Dinge nicht in den Griff bekam, würde diese Sache seiner Karriere, gelinde gesagt, einen höchst unerwünschten Knick versetzen.

Aber er bekam sie in den Griff. Selbst aus dem größten Desaster konnte ein Vorteil erwachsen, wenn man der Sache – wie hieß das Wort? – den richtigen Dreh gab. Genau das war's, worauf es jetzt ankam. Das Museum würde nicht mit dem üblichen hysterischen Protest reagieren, sich nicht gegen die Einmischung dieses FBI-Agent verwahren, die eigene Verantwortung nicht in Abrede stellen und auch nichts unternehmen, um seinem Mäzen Fairhaven zu Hilfe zu eilen, jedenfalls nicht so, dass es irgendjemand merkte. Vieles ließ sich, wie es so schön hieß, in camera ins Reine bringen. Das richtige Wort zur richtigen Zeit und am richtigen Ort, dazu ein paar Zusicherungen und eine angemessene Geldspritze – alles ohne viel Aufsehen, mit behutsamer Hand.

Frederick Watson Collopy drückte die Taste der Wechselsprechanlage. »Mrs. Surd, wären Sie wohl so freundlich, Mr. Brisbane zu bitten, dass er sich zu mir bemüht?« In höflichem, liebenswürdigem Ton.

»Gern, Dr. Collopy.«

»Ich danke Ihnen sehr, Mrs. Surd.«

Er ließ den Knopf los, lehnte sich zurück, faltete sorgfältig die *New York Times* zusammen und legte sie in den Ablagekorb. Und dann huschte zum ersten Mal seit dem Aufstehen ein Lächeln über sein Gesicht.

11

Nora Kelly wusste, worum es ging, schließlich hatte sie heute Morgen die Zeitung gelesen. Der Artikel war das Thema des Tages im Museum, vielleicht sogar in ganz New York. Sie konnte sich denken, wie so etwas auf einen Mann wie Brisbane wirken musste. Sie hatte schon den ganzen Tag mit seinem Anruf gerechnet, aber er hatte sie schmoren lassen. Gerade eben – zehn Minuten vor fünf – war sie in das Büro des Ersten Vizepräsidenten gerufen worden. Vermutlich reine Bosheit. Der Kerl wollte, dass ihr nur noch exakt zehn Minuten blieben, um ihre Unterlagen zusammenzupacken und aus dem Museum zu verschwinden.

Das Namensschild an Brisbanes Tür war verschwunden. Sie klopfte und wartete auf das »Herein«.

»Bitte nehmen Sie Platz«, sagte Brisbanes Vorzimmerdame, spitz und übellaunig wie gewöhnlich. Vielleicht wirkte sie deshalb so verhärmt.

Nora setzte sich. Bill, du verdammter krummer Hund!, dachte sie. Was hatte er sich bloß dabei gedacht? Er neigte zu impulsivem Handeln, ohne zuvor die Großhirnrinde zu bemühen, aber diesmal war er entschieden zu weit gegangen. Sie würde ihm gehörig die Hammelbeine lang ziehen, wie ihr Dad zu sagen pflegte. Wie hatte er ihr das nur antun können?

Die Sprechanlage summte. Der miesepetrige Vorzimmerdrache nickte ihr zu. »Sie können reingehen.«

Nora betrat das Allerheiligste. Brisbane stand vor dem Spiegel und versuchte, sich die Smokingfliege zu binden. Die schwarze Hose mit dem seidenen Seitenstreifen und das gestärkte Hemd mit den Perlmuttknöpfen hatte er schon an, das Smokingjackett hing über einem Stuhl. Nora wartete, aber Brisbane tat so, als habe er ihre Anwesenheit noch gar nicht bemerkt. Und dann sagte er plötzlich, ohne sich umzuwenden: »Ich habe während der letzten Stunden viel über Sie erfahren, Dr. Kelly.«

Nora sagte nichts.
»Über eine desaströse Expedition in die Wüstenregionen des Südwestens zum Beispiel, deren Verlauf nicht nur Ihre Führungsqualitäten, sondern auch Ihre wissenschaftliche Befähigung fraglich erscheinen ließ. Und ich habe auch einiges über einen gewissen William Smithback von der *Times* erfahren. Ich wusste gar nicht, dass Sie mit ihm befreundet sind.«
Nora sagte wieder nichts. Brisbane nestelte weiter an der Smokingfliege herum, und da er dabei den Hals verrenkte, hatte Nora ausgiebig Gelegenheit, optische Vergleiche mit einem gerupften Hühnerkragen anzustellen.
»Wie ich hörte, haben Sie im Übrigen unter Verletzung der Hausregeln museumsfremden Personen Zutritt zu unserem Zentralarchiv ermöglicht.«
Er wollte anscheinend überhaupt nicht aufhören, an seiner Fliege herumzuzupfen. Nora verschanzte sich weiter hinter beharrlichem Schweigen.
»Darüber hinaus haben Sie während der Arbeitszeit diverse Aufgaben für einen FBI-Agent erledigt, was wiederum einen Regelverstoß darstellt.«
Nora wusste, dass es sinnlos gewesen wäre, ihn daran zu erinnern, dass er ihre Zusammenarbeit mit Pendergast ausdrücklich genehmigt hatte.
»Ferner ist es ein Verstoß gegen die Hausregeln, ohne vorherige Abstimmung mit der PR-Abteilung Kontakte zu Presseorganen aufzunehmen. Alle diese Regeln haben ihren guten Grund, Dr. Kelly. Es handelt sich dabei nicht etwa um bloße bürokratische Gängelei. Die Einhaltung dieser Regeln liegt im Sicherheitsinteresse des Museums und dient dazu, Archivunterlagen vor willkürlichem Einblick durch Fremde zu schützen und den guten Ruf des Museums zu wahren. Verstehen Sie, was ich damit sagen will?«
Nora sah ihn stumm im Spiegel an.
»Ihr Verhalten hat im Haus zu viel Verärgerung geführt.«

Nora gab sich einen Ruck. »Hören Sie, wenn Sie die Absicht haben, mich zu feuern, bringen Sie's hinter sich!«
Brisbane wandte sich um und sah sie zum ersten Mal direkt an. Seine Miene drückte eine Mischung aus Verwunderung und Belustigung aus. »Hat jemand etwas von Feuern gesagt? Ein derartiger Schritt liegt uns fern. Und nicht nur das, wir untersagen Ihnen ausdrücklich, von sich aus zu kündigen.«
Nora sah ihn verblüfft an.
»Dr. Kelly, Sie bleiben bei uns. Schließlich sind Sie so etwas wie der Held der Stunde, da sind Dr. Collopy und ich einer Meinung. Wir denken nicht im Traum daran, Sie gehen zu lassen. Und schon gar nicht nach diesem Zeitungsartikel, der im Grunde eine Art Lobeshymne auf Sie ist. Sie befinden sich in einer Position, in der Ihnen niemand an den Karren fahren kann. Jedenfalls im Augenblick nicht.«
Noras Verblüffung machte einem Anflug von Ärger Platz.
»Betrachten Sie die Ihnen eingeräumten Privilegien als vorläufig gestrichen. Der Zugang zu den Sammlungen und Unterlagen im Archiv ist Ihnen bis auf weiteres untersagt.«
»Aber die Damentoilette darf ich weiterhin benutzen?«
Brisbane überhörte das geflissentlich. »Keinerlei Kontakte mit Außenstehenden, soweit es um Museumsangelegenheiten geht! Insbesondere nicht mit diesem FBI-Agent und diesem ... Journalisten Smithback.«
Was Smithback betrifft, um den mache ich künftig sowieso einen Bogen, dachte sie zornig.
»Wir haben ein umfangreiches Dossier über ihn. Wie Sie vermutlich wissen, hat er vor ein paar Jahren ein Buch über das Museum geschrieben. Das war vor meiner Zeit, und ich habe es nicht gelesen, aber man hat mir versichert, dass er sich mit seinem Werk keine Anwartschaft auf den Pulitzerpreis erworben hat. Jedenfalls ist er seither im Hause Persona non grata.«
Er drehte sich um und sah sie kühl und durchdringend an. »Ich würde es so zusammenfassen: einstweilen Business as

usal. Werden Sie heute Abend zum Opening der Primatenausstellung kommen?«

»Das hatte ich eigentlich nicht vor.«

»Dann nehmen Sie sich's jetzt vor! Schließlich sind Sie unsere Mitarbeiterin der Woche. Die Leute werden sich die Augen nach Ihnen ausgucken. Wir beabsichtigen übrigens, eine Pressemitteilung über Ihr heroisches Handeln herauszugeben und darauf hinzuweisen, dass das Beispiel unserer Mitarbeiterin Dr. Kelly exakt der seit vielen Jahren gepflegten Tradition des Museums entspricht, Bürgersinn und Verbundenheit mit dieser Stadt zu zeigen. Sie selbst werden natürlich keine Kommentare abgeben, sondern sich auf die gebotene Vertraulichkeit berufen.« Er nahm das Smokingjackett von der Stuhllehne, schlüpfte hinein, zupfte ein imaginäres Härchen von der Schulter und fuhr sich mit der Hand über die wie immer untadelige Frisur. »Ich bin sicher, Sie werden in Ihrem Kleiderschrank etwas Passendes für den heutigen Abend finden.«

»Und wenn ich Nein sage? Ich meine, wenn ich nicht bereit bin, mich an den Vorstellungen zu orientieren, die Sie mir so wortreich dargelegt haben?«

Brisbane legte die Manschettenknöpfe an, drehte sich zu ihr um und wollte zu einer Erwiderung ansetzen, als seine Augen plötzlich zur Tür abirrten. Nora folgte seinem Blick.

Und da stand er: Dr. Coloppy persönlich, ernst und feierlich, die Hände vor dem Bauch gefaltet wie ein anglikanischer Diakon. Eine eher unscheinbare Erscheinung, in der auf den ersten Blick niemand den Museumsdirektor vermutet hätte. Was ihn aber nicht daran gehindert hatte, sich als neue Ehefrau ein bildhübsches, vierzig Jahre jüngeres Mädchen auszusuchen und so den Lästermäulern im Museum reichlich Stoff für boshafte Kommentare und anzügliche Vermutungen zu liefern.

Ein notorischer Griesgram, aber heute war er wie ausgewechselt. Er nötigte sich sogar ein Lächeln ab, kam auf Nora zu, fasste nach ihrer Hand, hielt sie fest und schenkte ihr einen Blick, der all den Charme und die Vitalität versprühte, die er gewöhnlich hinter demonstrativer Unnahbarkeit verbarg.

»Ich bin mit Ihrer Arbeit vertraut, Nora, ich habe sie von Anfang an mit großem Interesse verfolgt. Der Gedanke, dass die wundervollen Ruinen im Chaco Canyon unter dem Einfluss der Azteken entstanden, wenn nicht gar von ihnen selbst errichtet worden sind – meine Liebe, das ist eine enorm wichtige, ich wage sogar zu sagen: eine bahnbrechende Entdeckung.«

»Nun, wenn Sie das so sehen …« Ein sanfter Druck seiner Hand brachte Nora zum Schweigen.

»Ich war über die Kürzungen in Ihrer Abteilung nicht unterrichtet, Nora. Wir müssen zwar alle den Gürtel enger schnallen, es könnte aber sein, dass die Kürzungen in Ihrem Fall vielleicht ein wenig unangemessen ausgefallen sind.«

Nora konnte es sich nicht verkneifen, zu Brisbane hinüberzuschielen, aber dessen Gesicht war zur Maske erstarrt.

»Glücklicherweise sind wir in der Lage, Ihren Etat aufzustocken und Ihnen darüber hinaus die achtzehntausend Dollar zur Verfügung zu stellen, die Sie zur Auswertung der C-14-Daten benötigen. Ich werde Ihre Arbeit weiterhin mit großem Interesse verfolgen, zumal es mir vergönnt war, als Junge die wundervollen Chacoanruinen zu sehen. Und raten Sie mal, wer sie mir gezeigt hat? Dr. Morris persönlich!«

»Ich danke Ihnen, aber …«

Wieder ein kurzer Druck seiner Hand. »Bitte, danken Sie nicht mir, Nora! Mr. Brisbane war so freundlich, mich auf Ihre prekäre Situation aufmerksam zu machen. Ihre Arbeit ist enorm wichtig und wird dem Museum hohes Ansehen eintragen. Wenn Sie weitere Unterstützung benötigen, sagen Sie es mir! Rufen Sie mich einfach an!«

Er ließ ihre Hand los und wandte sich geschmeidig zu Brisbane um. »Und jetzt muss ich mich leider entschuldigen,

damit ich meine kleine Begrüßungsrede für heute Abend vorbereiten kann.« Sprach's und war verschwunden.
Nora sah Brisbane fragend an.
Dessen Miene blieb eine undurchsichtige Maske. »Nun wissen Sie, welche Vorteile es Ihnen bringt, wenn Sie sich an den von mir erläuterten Vorstellungen orientieren«, sagte er. »Ich würde an Ihrer Stelle nicht unbedingt herausfinden wollen, wie sich die Dinge entwickeln könnten, wenn Sie es nicht tun.« Er drehte ihr wieder den Rücken zu und warf einen letzten prüfenden Blick in den Spiegel. »Also dann – bis heute Abend, Dr. Kelly!«

12

O'Shaugnessy hatte das Gefühl, von hundert Augen angestarrt zu werden, als er hinter Pendergast über die mit einem roten Teppich ausgelegten Stufen zu den mächtigen Bronzetüren des Museum of Natural History hinaufstieg. Irgendwie kam er sich in seiner Polizeiuniform wie im falschen Film vor. Als er die Hand lässig auf den Griff seiner Dienstwaffe legte, verhalf ihm der nervöse Blick eines in der Nähe herumstehenden Smokingträgers immerhin zu einem kleinen Erfolgserlebnis. Im Übrigen tröstete er sich mit dem Gedanken, dass er an diesem Karneval der Eitelkeiten auf Captain Custers ausdrückliche Anordnung teilnahm und ihm, solange er hier war, wenigstens die ewige Nörgelei seines Dienststellenleiters erspart blieb.
Eine Luxuskarosse nach der anderen fuhr vor, aus einigen stiegen auffallend schöne Frauen, andere hätte er eher der Kategorie Vogelscheuche zugeordnet. Die kleine Gruppe Pressevertreter hinter der Absperrung aus blauen Samtkordeln sah ziemlich gelangweilt aus, nur hin und wieder zuckte ein Blitzlicht auf. Das Team des Kleintransporters mit dem Logo der lokalen TV-Station packte bereits zusammen.

»Dieses Opening für den neuen Primatensaal kommt mir bescheidener vor, als ich es in früheren Jahren erlebt habe«, merkte der Agent nach einem Rundblick an. »Partymüdigkeit, vermute ich. Das Museum übertreibt's in jüngster Zeit mit seinen gesellschaftlichen Veranstaltungen.«

»Mhm«, machte der Sergeant, »ich hätte nicht gedacht, dass sich Leute im Abenddress für Affen interessieren.«

Pendergast lächelte borniert. »Das Hauptinteresse gilt möglicherweise den Primaten *vor* den Käfigen.«

Sie betraten die Große Rotunde. O'Shaugnessy war das letzte Mal als Kind hier gewesen, aber das Museum kam ihm kaum verändert vor: Ringsum blickten die Dinosaurier auf sie herab, im Hintergrund stapfte die Herde ausgestopfter Elefanten durch eine imaginäre Savanne. Der rote Teppich, die blaue Samtkordel und bezaubernde junge Mädchen wiesen ihnen den Weg. Ausnehmend hübsche Mädchen, fand O'Shaugnessy und nahm sich vor, gelegentlich wieder mal einen privaten Museumsbesuch einzuplanen.

Sie schlängelten sich durch den Afrikasaal und kamen in den mit zahlreichen kleinen Tischen bestückten, von Kerzenlicht erhellten Empfangsraum. An der Seitenwand war das riesige Büfett aufgebaut, an der Stirnseite stand das Podium für die obligatorischen Festreden, in der Ecke fiedelte ein Streichquartett eher routiniert als engagiert einen Wiener Walzer herunter. Scheußlich, fand O'Shaugnessy. Ein Glück, dass sie sich für ihr musikalisches Gemetzel nicht Puccini ausgesucht hatten. Pendergast und der Sergeant standen ein bisschen verloren herum, der Raum war nahezu leer.

Aber dann entdeckte ein Typ, der mit manischer Miene in der Nähe des Podiums herumstand, den Agent, kam zu ihm herübergeschossen und schüttelte ihm mit allen Anzeichen tiefster Dankbarkeit die Hand. »Harry Medoker«, nuschelte er, »Leiter der Public-Relations-Abteilung. Ich weiß es überaus zu schätzen, dass Sie uns die Ehre geben, Sir. Ich denke, der neue Ausstellungssaal wird Ihnen gut gefallen.«

»Das Verhalten von Primaten hat mich schon immer sehr interessiert«, sagte Pendergast lau.
»Wirklich? Nun, dann sind Sie bei uns am richtigen Platz.« Ein schiefer Blick streifte den uniformierten Sergeant, das Händeschütteln erstarrte mitten in der Bewegung. »Ähm – gibt es irgendwelche Probleme, Officer?«, erkundigte sich der PR-Mann mit nahezu tonloser Stimme. »Ich meine, dies ist eine Veranstaltung für geladene Gäste. Falls Sie keine Einladung haben, müsste ich Sie ersuchen, den Raum zu verlassen. Wir haben genügend eigenes Sicherheitspersonal.«
»Tatsächlich?« O'Shaugnessy runzelte die Stirn. »Nun, dann muss ich Sie darüber informieren, dass ich wegen des museumsinternen Kokainrings hier bin.«
Medokers erschrockener Blick ließ einen nahen Herzinfarkt vermuten. Pendergast signalisierte dem Sergeant, es nicht zu übertreiben, aber O'Shaugnessy war offenbar in der Laune, noch eins draufzusetzen. Er klopfte dem PR-Mann herzhaft auf die Schulter. »Äußerste Diskretion, Harry! Sie wissen ja, wie die Presse die Sache ausschlachten würde.«
Woraufhin Medoker irritiert etwas von anderweitigen Verpflichtungen murmelte und sich kreidebleich zurückzog.
O'Shaugnessy sah ihm achselzuckend nach. »Ich kann's einfach nicht leiden, wenn jemand den Männern in Blau keinen Respekt entgegenbringt.«
Pendergast nickte schmunzelnd und deutete auf das Büfett. »Das Reglement verbietet zwar, im Dienst Alkohol zu sich zu nehmen, aber gegen Blini mit Kaviar haben die Dienstvorschriften meines Wissens nichts einzuwenden.«
»Blini mit was?«
»Winzige Buchweizenpfannkuchen mit Crème fraîche und Kaviar. Sehr delikat.«
O'Shaugnessy schüttelte sich. »Ich mag keine rohen Fischeier. Mal sehen, ob die auch was Handfestes haben. Schweinefleisch aus der Dose, zum Beispiel.«
Allmählich kamen mehr und mehr Leute in den Empfangs-

raum, aber von Fülle oder gar Gedränge konnte keine Rede sein.

»Sie hatten eine Unterredung mit Captain Custer, stimmt's?«, erkundigte sich Pendergast, während er beim Büfett zulangte. Ohne Begeisterung übrigens; der Schinken war etwas zu trocken, der zu reife Brie hatte einen an Ammoniak erinnernden Nachgeschmack. »Verraten Sie mir, wie sie verlaufen ist?«

O'Shaugnessy verzog das Gesicht. »Nicht sehr gut.«

»Ich vermute, dass jemand vom Büro des Bürgermeisters teilgenommen hat?«

Der Sergeant nickte verdrossen. »Mary Hill.«

»Oh, Miss Hill. Das hätte ich mir denken können.«

»Captain Custer wollte wissen, warum ich ihm nichts von dem Tagebuch, dem Kleid und dem Brief erzählt habe. Stand aber alles in meinem Bericht, nur, den hatte Custer nicht gelesen. Jedenfalls konnte er mir nichts anhängen. Danke übrigens, dass Sie mir bei dem Bericht geholfen haben. Sonst hätten die mir sonst was aufgerissen. Sie wissen schon, was ich meine.«

Pendergast nickte. »Sie haben eine anschauliche Ausdrucksweise, Sergeant.« Sein Blick huschte über O'Shaugnessys Schulter. »Oh, ich entdecke gerade einen alten Bekannten. Kommen Sie, ich würde Sie gern mit William Smithback bekannt machen.«

O'Shaugnessy drehte sich um und musterte den schlaksigen, ein wenig unbeholfen wirkenden Mann im nicht sonderlich gut sitzenden Smoking, der bemüht war, sich am Büfett so viel wie möglich auf den Teller zu laden, wobei er das Kunststück fertig brachte, sich dabei ständig ein wenig gehetzt umzusehen. Man hätte fast denken können, er wolle vorsorglich mögliche Fluchtwege erkunden. Als Pendergast mit beruhigendem Lächeln auf ihn zusteuerte, schien ihm ein Stein vom Herzen zu fallen.

»Agent Pendergast«, sagte er mit nasaler Baritonstimme,

»welch eine Überraschung! Mein Gott, wie lange haben wir uns nicht gesehen? Was führt Sie denn nach New York?«
»Ich habe eine ständige Wohnung hier.« Der Agent befreite seine Hand aus Smithbacks Klammergriff, stellte ihm O'Shaugnessy vor und musterte ihn dann von Kopf bis Fuß. »Ich sehe, bis zu einem Armani haben Sie's bereits gebracht. Eindeutig ein Fortschritt gegenüber den schwarzen Anzügen von der Stange, die Sie früher bevorzugt haben. Falls Sie sich eines Tages zu echt edlem Tuch entschließen, empfehle ich Brioni oder Ermenegildo Zegna.«
Smithback schnaubte verärgert, aber Pendergast war noch nicht fertig. »Ich habe übrigens neulich von Margo Green gehört. Sie ist oben in Boston, arbeitet für die GeneDyne-Corporation. Sie bat mich, Ihnen Grüße auszurichten.«
Smithback konnte gerade mal »danke, grüßen Sie sie zurück« murmeln, denn Pendergast war immer noch am Zug: »Und da wir gerade dabei sind: Lieutenant D'Agosta hat sich ebenfalls nach Norden abgesetzt. Er lebt jetzt in Kanada und schreibt unter dem Pseudonym Campbell Dirk Kriminalromane.«
Inzwischen hatte Smithback den geplanten Protest völlig vergessen. »Ach ja? Da muss ich mir gelegentlich eins seiner Bücher besorgen.«
»Er hat noch keinen großen Namen. Nicht wie Sie, Mr. Smithback. Aber seine Bücher lesen sich recht gut.«
Smithback argwöhnte einen neuerlichen Affront. »Heißt das etwa, im Gegensatz zu meinen?«
»Ehrlich gesagt, ich habe noch keins Ihrer Bücher gelesen. Gibt es denn eins, das Sie mir empfehlen können?«
»Sehr witzig«, raunzte Smithback, während er mit huschendem Blick weiter den Raum absuchte. »Ich frage mich, ob Nora heute Abend kommt.«
»Ach, Sie waren das, der diesen Artikel geschrieben hat?«, warf O'Shaugnessy jetzt ein.

Der Journalist nickte geschmeichelt. »Ein richtiger Volltreffer, wie?«
»Er hat zumindest allgemeine Aufmerksamkeit gefunden«, bemerkte Pendergast trocken.
»Das sollte er auch. Ein Serienmörder aus dem neunzehnten Jahrhundert, der wehrlose Kids aus Arbeitshäusern kidnappt, verstümmelt und abschlachtet, und das alles nur, um sein eigenes armseliges Leben zu verlängern. Ich würde sagen, so ein Stoff ist pulitzerverdächtig.«
Immer mehr Gäste strömten in den Raum, der Geräuschpegel stieg deutlich an.
Pendergast nickte. »Die amerikanische Gesellschaft für Archäologie hat, wie ich höre, eine Untersuchung gefordert, wieso es zur Zerstörung des Fundortes kommen konnte. Und die Bauarbeitergewerkschaft stellt ebenfalls kritische Fragen. Dem Bürgermeister dürfte das wegen der bevorstehenden Wahlen äußerst unangenehm sein. Und Moegen-Fairhaven wird wohl auch nicht allzu glücklich über Ihren Artikel sein.« Er stutzte und deutete mit dem Kopf auf den Eingang. »Wenn man vom Teufel spricht: Anthony Fairhaven gibt sich soeben die Ehre.«
Smithbacks Kopf fuhr herum, auch O'Shaugnessy sah zum Eingang hinüber. Der Baulöwe kam ihm jünger vor, als er erwartet hatte. Sportlich durchtrainiert und topfit. Sein Smoking saß wie angegossen. Er sah eigentlich ganz sympathisch aus, nicht nach dem raffgierigen Immobilienhai, als den Smithback ihn in seinem Artikel beschrieben hatte.
Aus den Lautsprechern war das offenbar bei Mikroproben unverzichtbare pustende Geräusch zu hören, die gefiedelten Geschichten aus dem Wienerwald brachen abrupt ab. Ein schon ziemlich angegrauter, würdevolle Unnahbarkeit ausstrahlender Mann im Smoking erklommt das Podium. O'Shaugnessy beschloss spontan, den Burschen nicht zu mögen.

»Seine Eminenz Dr. Frederick Collopy«, flüsterte Pendergast ihm zu, »der Museumsdirektor.«
»Hat sich gerade ein neunundzwanzigjähriges Frauchen zugelegt«, lästerte Smithback. »Da drüben steht sie.« Er wies mit den Augen auf eine wahrhaft atemberaubende junge Schönheit im smaragdgrünen Abendkleid, eine kleine Diamantkrone auf der sorgfältig gestylten Frisur.
»Oje«, murmelte O'Shaugnessy, »hoffentlich hat er immer dieses Folterwerkzeug für lebensrettende kardiale Stromstöße auf dem Nachttisch liegen!«
Das Stimmengewirr war leiser geworden, wenn auch nicht völlig verstummmt, doch Collopy begann ungeachtet des unterschwelligen Gemurmels mit seinen Begrüßungsworten.
»Guten Abend, meine Damen und Herren. Als ich ein junger Mann war, habe ich mich an die Aufgabe der Neuklassifizierung der Pongidae, also der Großaffen, gewagt. Schon bald sah ich mich mit der Frage konfrontiert, an welche Stelle ich die Spezies Mensch einordnen solle. Sind wir Großaffen? Gehören wir zu den Pongidae? Oder sind wir eine eigene Spezies? ...«
Pendergast räusperte sich und flüsterte Smithback zu: »Da kommt übrigens Dr. Kelly.«
Der Journalist drehte sich um, in seiner Miene spiegelten sich Nervosität und hoffnungsfrohe Erwartung. Aber zu seiner Enttäuschung steuerte Nora, ohne ihm Beachtung zu schenken, mit adrett wippendem kupferfarbenem Haar zielstrebig auf das Büfett zu.
»He, Nora!«, rief er ihr mit gedämpfter Stimme nach. »Ich versuche schon den ganzen Tag, dich irgendwie zu erreichen.« Und als sie nicht stehen blieb, eilte er hinter ihr her.
Anderthalb Minuten später kehrte er, die Smokingbrust mit Crème fraîche bekleckert, fassungslos dreinschauend zu Pendergast und O'Shaugnessy zurück.
»Na, kleines Maleur gehabt?«, fragte Pendergast mokant.

»So könnte man's nennen.«
Und da kam sie auch schon mit dem Teller in der Hand wütend auf ihn zugeschossen. »Wie konntest du nur! Ich habe dir ausdrücklich gesagt, dass die Information vertraulich ist!«
»Aber ich hab das doch für dich getan, Nora, verstehst du das nicht? Jetzt können Sie dir nicht …«
»Du Trottel! Du hast mir meine ganze Karriere versaut. Nach allem, was in Utah geschehen ist und nachdem aus dem Lloyd Museum nichts geworden ist, war dieser Job meine letzte Chance. Und die hast du mir gründlich versaut.«
»Nora, wenn du's mal mit meinen Augen sehen würdest …«
»Du hast mir versprochen, die Sache für dich zu behalten, und ich hab dir geglaubt. Mein Gott, ich fasse es nicht. Jetzt bin ich völlig aufgeschmissen.« Sie drehte zornig den Kopf weg, ging aber schon im nächsten Moment abermals wie eine Furie auf ihn los. »War das etwa eine Art Rache, weil ich nichts von der gemeinsamen Mietwohnung wissen wollte?«
»Nein, Nora, im Gegenteil, ich wollte dir helfen. Du wirst schon sehen, am Ende bist du mir noch dankbar.« Er sah so verzweifelt aus, dass sogar der hartgesottene O'Shaugnessy Mitleid mit ihm hatte.
Und da knöpfte sich Nora auch schon Pendergast vor. »Und Sie! Schleichen durch das Museum, knacken Schlösser und legen es geradezu darauf an, uns alle verdächtig zu machen. Im Grunde sind Sie an allem Schuld!«
Pendergast deutete eine Verbeugung an. »Falls ich Ihnen irgendwelche Unannehmlichkeiten bereitet habe, Dr. Kelly, bedaure ich das zutiefst.«
»Unannehmlichkeiten? Die sind drauf und dran, mich ans Kreuz zu schlagen! Ich könnte Sie umbringen. Euch alle!« Sie schien gar nicht zu merken, dass sie immer lauter wurde und die Leute bereits zu ihnen herübersahen.
»Lächeln Sie«, sagte Pendergast leise, »unser Freund Brisbane beobachtet uns.«

Nora warf verstohlen einen Blick über die Schulter. »Na also, da sehen Sie, was Sie mir eingebrockt haben. Ich dürfte eigentlich gar nicht mehr mit Ihnen reden.«
»Trotzdem, Dr. Kelly, wir müssen miteinander reden. Ich möchte Sie bitten, sich morgen Abend in der *Ten Ren's Tea and Ginseng Company*, Mott Street fünfundsiebzig, mit mir zu treffen. Um sieben Uhr, wenn Ihnen das genehm ist.«
Nora musterte ihn finster, dann stöckelte sie stumm davon. Und im selben Augenblick setzte sich Brisbane in Bewegung und kam mit weit ausholenden, geschmeidigen Schritten auf die Dreiergruppe zu. »Sieh an, was für eine Überraschung! Der FBI-Agent, der Polizist und der Reporter – wahrlich eine unheilige Dreieinigkeit. Ich kann mich gar nicht erinnern, Ihre Namen auf der Gästeliste gelesen zu haben? Insbesondere Ihren nicht, Mr. Smithback. Wie haben Sie sich an der Einlasskontrolle vorbeigemogelt?«
Pendergast lächelte verbindlich. »Nun, Sergeant O'Shaugnessy und ich sind aus dienstlichen Gründen hier. Und was Mr. Smithback betrifft – ich bin sicher, er wäre überglücklich, wenn Sie ihn an den Ohren packen und eigenhändig rauswerfen. Einen besseren Aufhänger für die Fortsetzung seines heutigen Artikels kann er sich gar nicht wünschen.«
Brisbanes falsches Lächeln gefror. Sein Blick pendelte zwischen dem Journalisten und dem Agent hin und her, dann drehte er sich abrupt um und ging.
»Blödmann«, murmelte Smithback hinter ihm her.
Pendergast runzelte warnend die Stirn. »Unterschätzen Sie den Mann nicht. Er hat Moegen-Fairhaven, das Museum und den Bürgermeister hinter sich. Sie sollten nicht darauf vertrauen, dass Ihre Position bei der *Times* Sie unangreifbar macht. Und noch etwas: Brisbane ist mit Sicherheit nicht blöde.«
»Und damit wollen wir's genug sein lassen«, hörten sie Collopy auf dem Podium schwadronieren. »Es wird Zeit, die Primatenhalle zu eröffnen – unsere neueste Errungenschaft, auf die Sie sicher alle schon sehr gespannt sind.«

Pendergast sah die anderen an. »Wollen wir?«
O'Shaugnessy nickte zustimmend. Egal was, er war froh, wenn er nicht länger hier herumstehen musste. Smithback winkte ab und verschanzte sich hinter der Ausrede, er habe schon so viele Ausstellungen gesehen, dass er bis an sein Lebensende davon zehren könne. Und so schlossen sich nur der Agent und der Sergeant dem Strom der Gäste an, der sich auf die weit geöffneten Türen zubewegte.
Die Halle war licht und geräumig, den Besuchern blieb genügend Platz für einen ungestörten Rundgang. Der Blickfang war ein rundum verlaufendes, durch geschickte Fotomontage täuschend echt gestaltetes Panorama, in dem sich präparierte Gorillas, Schimpansen, Orang-Utans und alle möglichen anderen Affen und Lemuren in ihrer natürlichen Umgebung zu tummeln schienen.
O'Shaugnessy war hellauf begeistert. Wie hatten die Kuratoren und eine Hand voll Leute, die mit der Kamera Landschaften malen konnten, das bloß hingekriegt? Sein Entschluss, bald wieder herzukommen, stand endgültig fest. Doch dann fiel sein Blick auf einen Schaukasten, der etwa im Zentrum der Ausstellung aufgebaut war. Soweit sich das aus einigen Metern Entfernung ausmachen ließ, schaukelte darin ein riesiger, schreiender Schimpanse auf einem Ast hin und her. Der Sergeant rümpfte die Nase, solche billigen Effekthaschereien mochte er nicht. Außerdem gab es noch etliche ähnliche Schaukästen, sodass nicht einzusehen war, warum die Leute sich ausgerechnet vor dem Schimpansen drängten.
Er sah sich nach Pendergast um, aber der hatte sich in die entgegengesetzte Richtung abgesetzt. Also beschloss er, sich das Spektakel aus der Nähe anzusehen. Das Gedränge vor dem Schaukasten war so groß, dass er zunächst nicht näher herankam. Irgendetwas musste die Leute magisch anziehen und zugleich abstoßen, hier und da wurde empörtes Gemurmel laut. Als die geladenen Gäste merkten, dass sich ein uniformierter

Cop dem Schaukasten näherte, machten sie bereitwillig eine Gasse frei.
Und da sah O'Shaugnessy die Bescherung. Es war das Schild, das die Leute hierher lockte: ein kunstvoll gearbeitetes Schild aus fein gemasertem Eichenholz, auf dem in vergoldeten Lettern die Aufschrift prangte:

Roger C. Brisbane III.
Erster Vizepräsident.

13

Der Kasten war aus Kirschholz geschreinert und, da er Jahrzehnte unberührt und unbenutzt dagestanden hatte, von einer dicken Staubschicht bedeckt. Dennoch reichte ein einziger Wisch mit dem weichen Velourstuch, um die Spuren all der Jahre zu beseitigen. Noch ein zweiter Wisch, und schon schimmerte das Holz wieder in seinem schönen, warmen Glanz.
Auch bei den Kupferbeschlägen wirkte eine kleine Politur Wunder; bei den Eckbeschlägen genügte es, kräftig zu reiben und zu wienern, den Scharnieren tat ein kleiner Tropfen Öl gut. Danach war das Namensschildchen samt den vier winzigen Schrauben an der Reihe. Die Finger ruhten und rasteten nicht, bis es wieder den makellosen goldenen Glanz angenommen hatte. Zuletzt nahmen sich die Finger das Schloss vor, und als auch das blitzblank aussah, schickten sie sich an, das Schloss zu öffnen und – leicht zitternd, weil es ja ein bedeutsamer Moment war – den Deckel anzuheben.
Obenauf lag das große Amputationsmesser mit der – wie das in der Zeit zwischen dem Unabhängigkeits- und dem Bürgerkrieg bei allen amerikanischen Amputationsmessern üblich war – nach unten geschwungenen Klinge. Und dieses Messer stammte in der Tat aus den vierziger Jahren des neunzehnten

Jahrhunderts, ein wundervolles Stück Handarbeit aus der Werkstatt von Wiegand & Snowden in Philadelphia.
Der Katzenaugenopal am Ringfinger funkelte geheimnisvoll im gedämpften Licht, als die Finger sich weiter vortasteten: eine Metacarpalsäge, ein feines, zweischneidiges Amputationsmesser, die Knochenklemmen und die chirurgischen Pinzetten. Die Finger nahmen ein Werkzeug nach dem anderen aus der Halterung, nur bei der großen Knochensäge konnten sie nicht widerstehen, diese vorher liebevoll zu streicheln. Ein ausnehmend schönes Werkzeug: lang und schlank, mit Ehrfurcht gebietend scharfen Zähnen. Der Griff war wie seinerzeit bei allen chirurgischen Bestecken aus Elfenbein und Guttapercha gefertigt; die Sterilisation von Werkzeugen wurde erst Ende des neunzehnten Jahrhunderts üblich, nach der Veröffentlichung von Listers Arbeit über Krankheitskeime. Von da an fertigte man die Griffe aus Metall, poröses Material war nur noch bei alten Sammlerstücken zu finden. Wirklich ein Jammer, die alten Bestecke waren unvergleichlich reizvoller gewesen.
Nun, irgendwie war es tröstlich zu wissen, dass diese alten Bestecke keiner Sterilisation bedurften.
Der Kasten hatte zwei Einsätze. Den oberen, für die chirurgischen Bestecke bestimmten, nahmen die Finger nun nahezu ehrfurchtsvoll heraus, um so den Blick auf die neurochirurgischen Werkzeuge freizugeben, die noch erlesener waren. Konnte es kunstvollere Werkzeuge geben als die messerscharfe Schädelsäge und die daneben angeordneten Schädelbohrer? Und doch wartete der größte Schatz noch auf seine Wiederentdeckung: eine lange, an beiden Enden mit Elfenbeingriffen versehene medizinische Kettensäge. Sie gehörte eigentlich zu den Amputationswerkzeugen, war aber wegen ihrer Größe im unteren Einsatz untergebracht worden. Unentbehrlich bei allen Fällen, bei denen es nicht um millimetergenaue Feinarbeit, sondern um Zeitgewinn ging. Wahrlich kein schönes, eher ein Angst einflößendes Werkzeug.

Die Finger fuhren fast zärtlich über jedes einzelne Stück. Dann setzten sie den oberen Einsatz wieder an seinen Platz, griffen nach dem bereitliegenden langen Lederriemen und beträufelten ihn mit Fußpflegeöl. Sehr bedächtig, es gab keinen Grund mehr zu Hast und Eile.

Ein Segen, dass die Zeit des Hastens vorbei war; Hast war immer die Ursache für Fehler gewesen, und Fehler hatten in der Regel vergeudete Zeit und Anstrengung bedeutet.

Schließlich wählten die Finger ein Amputationsmesser aus, ließen die Klinge das Licht spiegeln und zogen sie fest und mit gutem Druck über den Lederriemen, vor und zurück, vor und zurück. Der Riemen schien wohlig zu schnurren, während die Finger die Klinge abzogen. Es dauerte bestimmt Stunden, bis alle chirurgischen Bestecke geschärft waren.

Andererseits, Zeit spielte eben keine Rolle mehr. Zeit hatten die Finger nun im Überfluss.

Begegnungen und Konfrontationen

1

Paul Karp konnte sein Glück kaum fassen: Er war tatsächlich drauf und dran, eine Mieze aufzureißen. Endlich! Himmel noch mal, er war siebzehn, da wurde es höchste Zeit, die Sache mit dem Sex mal auszuprobieren.

Er zog das Mädchen tiefer ins Dickicht. Das Labyrinth war der wildeste, am wenigsten besuchte Teil des Central Park. Nicht gerade ein lauschiges Plätzchen, aber gar nicht so schlecht für das, was die beiden vorhatten.

Die Kleine war aufgeregt, das war an ihrem stoßweisen Atem zu merken. »Wollen wir nicht lieber zu dir fahren?«, schlug sie zaghaft vor.

»Meine Leute sind zu Hause.« Er legte den Arm um sie und küsste sie. »Keine Sorge, wir haben's hier schön kuschelig.«

Er suchte das Dickicht nach der dunkelsten, abgelegensten Stelle ab. Er konnte es kaum erwarten, in das Rhododendrongebüsch einzutauchen. Nicht, dass sie sich's womöglich noch anders überlegte. Aber sie kam bereitwillig mit, offenbar freute sie sich auch darauf. Dass sie's anscheinend auch wollte, erregte ihn umso mehr. Das Dickicht sieht nur so einsam und verlassen aus, sagte er beruhigend zu sich, in Wirklichkeit kommen dauernd Leute hierher.

Also bahnte er sich weiter den Weg durchs Unterholz, immer auf die Stelle zu, die am finstersten aussah. Am Himmel hing noch eine blasse Herbstsonne, aber hier unten wucherte das Blätterdach der Platanen, Lorbeerbäume und Azaleen so dicht, dass alles in schummeriges Halbdunkel getaucht war. Er versuchte sich einzureden, dass es ein richtig schnuckeliges, beinahe romantisches Fleckchen Erde sei.

Und schließlich hatte er den idealen Platz gefunden, schön versteckt, mit Moos ausgepolstert und rundum von Büschen umgeben. Hier konnte sie niemand beobachten, sie waren völlig allein.

»Paul, wenn sich aber ein Kerl hier herumtreibt, der uns vielleicht überfällt?«
»Hier gibt's weit und breit keinen solchen Kerl. Und wenn, würde er uns nicht sehen.« Er legte schnell wieder den Arm um sie und küsste sie. Sie erwiderte den Kuss zuerst etwas zögerlich, aber dann wurde sie doch temperamentvoller.
»Meinst du, dass wir's wirklich hier tun sollen?«, fragte sie flüsternd.
»Natürlich. Hier sind wir doch ganz allein.«
Nach einem letzten Blick auf die Umgebung streckte er sich auf dem Bett aus Moos aus, zog sie neben sich, küsste sie leidenschaftlich und schob ihr die Hand unter die Bluse. Sie unternahm keinen Versuch, ihn aufzuhalten. Er hörte ihren erregten Atem und spürte, wie ihre Brüste sich hoben und senkten. Es stimmte einfach alles: Über ihnen zwitscherten Vögel, das Moos sorgte für ein weiches Polster, lauschiger konnte es nicht sein. Später würde er seinen Kumpels davon erzählen. Aber das Wichtigste war, dass es endlich passierte. Damit sie sich nicht mehr das Maul zerreißen und ihn mit ihren dummen Sprüchen von der letzten männlichen Jungfrau der Oberstufe aufziehen konnten.
Er schob sich halb über sie, schmiegte sich eng an sie und fing an, ihre Bluse aufzuknöpfen.
»Drück mich nicht so,« beschwerte sie sich und wand sich unter ihm. »Der Boden ist scheußlich uneben.«
»'tschuldigung.« Sie rutschten ein Stück auseinander.
»Nein, jetzt drückt ein Ast gegen meinen Rücken«, jammerte sie. Und plötzlich machte sie sich ganz steif.
»Was ist?«, fragte Paul.
»Ich hab was rascheln hören.«
»Das ist nur der Wind.« Paul stützte sich leicht ab, und dann nahmen sie sich wieder fest in die Arme. Seine Hände fühlten sich steif und ungelenk an, als er den Reißverschluss ihrer Hose aufzog und mit der anderen Hand an den letzten Knöpfen ihrer Bluse herumnestelte. Es war das erste Mal, dass er

ihre Brüste sah, er merkte prompt, dass es auf einmal ziemlich eng in seiner Hose wurde. Er legte die Hand auf ihren nackten Bauch und schob sie suchend nach unten. Ihre Hand schien geübter zu sein, sie fand ihr Ziel viel schneller. Als er spürte, wie ihre Finger sich sanft, wenn auch ein wenig kalt um sein Glied schlossen, schnappte er japsend nach Luft und versuchte energischer, endlich selber ans Ziel zu kommen.

»Aua!«, maunzte sie. »Warte mal, da ist schon wieder ein Ast unter mir.«

Sie setzte sich auf. Ihr Atem ging unstet, das Haar fiel ihr wie ein blonder Schleier über die Schultern.

Er musste sich wohl oder übel auch aufrichten, in seine Begierde mischte sich Frustration. Er sah sich die Stelle an, an der sie das Moos zerwühlt und flach gedrückt hatten, und da ragte tatsächlich so etwas wie ein ausgebleichter Ast aus dem Boden. Er langte nach ihm, zerrte ärgerlich an ihm und wühlte mit den Fingern im Boden, um das störrische Stück Holz vollends herauszuziehen.

Aber irgendetwas stimmte nicht. Dass Ding fühlte sich komisch an, kalt und gummiartig, und als es aus dem Moos auftauchte, sah er, dass es gar kein Ast, sondern ein Arm war. Es schien, als wolle der Waldboden sein Geheimnis nur widerstrebend preisgeben. Erst als Paul das halb vermoderte Laub beiseite geschoben hatte, konnte er die Konturen einer Leiche sehen. Und als er erschrocken die Hand wegzog, glitt der größte Teil des Arms in das Moos zurück.

Das Mädchen stieß einen Schrei aus, kroch auf allen vieren nach hinten, versuchte sich hochzudrücken, knickte aber gleich wieder in den Knien ein. Es kam schließlich doch noch auf die Beine und rannte los. Es nahm sich keine Zeit, den Reißverschluss der Jeans zuzuziehen, die offene Bluse flatterte hinter ihr her wie ein zerrissenes Segel.

Endlich hatte sich auch Paul hochgerafft. Er sah sich verzweifelt nach dem Mädchen um, aber das Einzige, was er

wahrnahm, war das trockene Knacken dürrer Äste, die Gott weiß wo liegen konnten.
Es war alles derart schnell gegangen, dass ihm alles wie ein böser Traum vorkam. Er merkte, dass seine Erektion zu verkümmern begann. Er verspürte nur noch namenloses Entsetzen, wirbelte herum und wollte wegrennen. Aber irgendetwas schien ihn an diesen Ort zu bannen. Er drehte sich um und blickte zurück, als wolle er sich vergewissern, dass das Ganze nicht nur ein böser Spuk gewesen war.
Nein, er konnte die Finger deutlich sehen – leicht gekrümmt und mit feuchter Erde beschmutzt. Und irgendwo im Halbdunkel dahinter, unter dem Teppich aus Moos verborgen, musste der Rest der Leiche liegen.

2

Dr. Bill Dowson lungerte am Waschbecken herum und betrachtete gedankenverloren seine sauber geschnittenen Fingernägel. Noch eine Stunde, dann ist's Zeit für den Lunch. Gott sei Dank! Ein Schinkensandwich im Imbiss an der Ecke war genau das, was er jetzt brauchte. Das heißt, eigentlich war er gar nicht so sicher, ob er sein Sandwich wirklich mit Schinken wollte. Vielleicht lag es nur an der fahlen Hautfarbe der letzten Leiche, dass er plötzlich an Schinken denken musste. Mal sehen, was die niedliche kleine Dominikanerin in der Imbissstube sonst noch auf der Speisekarte hatte. Im Geiste schmeckte Dowson schon den knackigen grünen Salat, die Mayonnaise und das würzige Aroma der Tomaten auf der Zunge …
Die Schwester kam mit dem Klemmbrett herein. Er sah hoch. Hübsches Ding, straffer Körper, kurz geschnittenes schwarzes Haar. Er warf einen Blick auf das Klemmbrett, ohne es ihr abzunehmen. »Was haben wir denn als Nächstes?«
»Ein weibliches Mordopfer.«

Er seufzte und verdrehte die Augen. »Das wievielte ist das heute? Das vierte? Man könnte meinen, die Jagdsaison ist eröffnet. Schussverletzung?«
»Nein. Scheinen mehrere Messerstiche zu sein. Sie wurde im Central Park gefunden. Im Labyrinth.«
Dowson nickte. »Da verscharren die Typen ihre Opfer gern.« Na großartig, wieder ein Menschenleben sinnlos ausgelöscht. »Bringen Sie sie bitte rein!«
Er sah der Schwester nach. Sagenhafter Hüftschwung. Kurze Zeit später schob sie den mit einem grünen Tuch abgedeckten Rollwagen herein.
Er kam zu ihr herüber. »Wie ist das nun mit dem Dinner heute Abend?«
Die Schwester lächelte. »Ich glaube, das ist keine gute Idee, Doktor.«
»Wieso nicht?«
»Wie ich Ihnen schon gesagt habe: Ich verabrede mich nicht mit Ärzten. Schon gar nicht, wenn ich für sie arbeite.«
Er schob die Brille tiefer und grinste. »Aber ich bin ein Seelenverwandter, erinnern Sie sich?«
Sie schmunzelte. »Kann ich mir kaum vorstellen.«
Er spürte, dass sein Interesse ihr schmeichelte. Trotzdem, es war vielleicht besser, sie nicht zu drängen. Heutzutage wurde einem das schnell als sexuelle Belästigung ausgelegt.
»Schalten Sie bitte die Videokamera ein«, bat er sie, während er sich frische Handschuhe überzog. Dann nahm er das Klemmbrett zur Hand. »So, was haben wir denn hier? Hautfarbe weiß, von ihrem Ehemann als Doreen Hollander identifiziert, Alter 27, aus Pine Creek, Oklahoma.« Er überflog den Rest der ersten Seite, dann hängte er das Klemmbrett an den Rollwagen, legte die Gesichtsmaske an und bettete die Leiche mit Hilfe der Schwester auf den schimmernden Edelstahl des Untersuchungstisches.
Irgendwie spürte er plötzlich, dass sie nicht allein waren. Er drehte sich um. Unter der Tür stand ein schlanker, hoch auf-

geschossener Mann mit ungewöhnlich blasser Hautfarbe, was wegen des schwarzen Anzugs besonders ins Auge fiel. Hinter ihm stand ein uniformierter Cop.

»Ja?«, fragte Dowson.

Der Mann kam näher und klappte seine Brieftasche auf. »Ich bin Special Agent Pendergast, Doktor. Und das ist Sergeant O'Shaugnessy von der New Yorker Polizei.«

Dowson musterte ihn. Irgendetwas an dem Mann irritierte ihn. Er war eine Spur zu blond, die Augen wirkten entschieden zu blass, und einen so ausgeprägten Südstaatenslang, wie er ihn sprach, durfte es eigentlich gar nicht geben. »Und?«

»Darf ich Ihnen zusehen?«

»Ist das ein FBI-Fall?

»Nein.«

»Zeigen Sie mir bitte Ihre Ermächtigung.«

»Ich habe keine.«

Dowson zuckte bedauernd die Achseln. »Sie kennen die Vorschriften. Sie können nicht einfach hier reinspazieren und zusehen wollen.«

Der Agent kam einen Schritt näher. Näher, als Dowson lieb sein konnte. Der Mann drang quasi in seinen persönlichen Arbeitsbereich ein. »Hören Sie, Mr. Pendergast, kommen Sie wieder, wenn Sie sich die nötigen Papiere besorgt haben, ja?«

»Das erfordert einen unangemessenen Zeitaufwand«, sagte Pendergast. »Und Sie würden unnötig aufgehalten. Ich wäre Ihnen sehr verbunden, wenn Sie die Liebenswürdigkeit hätten, uns zusehen zu lassen.«

Dowson zögerte. Hinter dem einschmeichelnden Klang der Stimme glaubte er unbeugsame Härte herauszuhören. »Hören Sie, bei allem gebotenen Respekt …«

»Bei allem gebotenen Respekt«, unterbrach ihn der Agent, »möchte ich mit Ihnen ungern die Regeln gegenseitigen zivilisierten Umgangs erörtern. Fangen Sie einfach mit der Autopsie an!«

Plötzlich war da ein kalter Unterton, der irgendwie an Trockeneis erinnerte. Dowson fiel ein, dass die Videokamera bereits lief. Er ahnte, dass der Mann ihm Schwierigkeiten machen konnte. Schließlich kam er vom FBI.

Er seufzte abermals. »Also gut, Mr. Pendergast. Ziehen Sie bitte sterile Kittel über, Sie und der Sergeant.«

Er wartete, bis beide zurück waren, dann zog er mit einem Ruck das grüne Tuch weg. Die Leiche lag auf dem Rücken: blond, jung, frisch; die kühle Nachtluft hatte sie vor der beginnenden Verwesung bewahrt. Dowson beugte sich über das Mikrofon und begann mit dem äußeren Erscheinungsbild. Pendergast blickte unverwandt auf die Tote. Der Sergeant presste dagegen die Lippen zusammen und fing an, von einem Bein aufs andere zu treten. Dowson beäugte ihn ahnungsvoll. Fehlt bloß noch, dass der mir hier alles vollkotzt.

Pendergast hatte wohl auch etwas gemerkt. »Sie müssen sich das nicht ansehen, Sergeant.«

O'Shaugnessy schluckte schwer. »Gut. Ich warte draußen.«

»Werfen Sie beim Rausgehen den Kittel in den Wäschekorb!«, rief Dowson ihm nach.

Als der Sergeant gegangen war, sagte Pendergast: »Ich rege an, die Leiche umzudrehen, bevor Sie Ihre Y-Inzision machen.«

»Und wieso?«

Pendergast nickte Richtung Klemmbrett. »Seite zwei.«

Dowson nahm das Brett und schlug die oberste Seite um. »Extensive Lazerationen … tiefe Messerverletzungen …« Sah ganz danach aus, als habe der Mörder ihr das Messer mehrmals in den unteren Rückenbereich gestoßen. Oder ihr Schlimmeres angetan. Immer dasselbe Problem mit Polizeiberichten: Aus medizinischer Sicht gaben sie den vermutlichen Tathergang nicht genau genug wieder. Und einen Gerichtsmediziner hatten sie nicht hinzugezogen. Der Fall Doreen Hollander war ihnen wohl zu unwichtig erschienen.

Dowson hängte das Klemmbrett weg. »Sue, helfen Sie mir bitte!« Gemeinsam drehten sie die Leiche um und legten die Rückenpartie frei. Die Schwester schnappte nach Luft und wich angewidert ein Stück zurück.

Dowson starrte verblüfft auf die Tote. »Sieht aus, als wäre sie auf dem Operationstisch gestorben, beim Versuch, einen Rückenmarkstumor zu entfernen.« Hatten die Cops etwa schon wieder was durcheinander gebracht? Erst letzte Woche war ihm das zweimal passiert: falsche Begleitpapiere zur falschen Leiche. Doch dann fielen ihm die Erdspuren und die Blätter ein, die an den Stichwunden klebten. Nein, Doreen Hollander war mit Sicherheit nicht im Krankenhaus gestorben.

Rätselhaft. Höchst rätselhaft sogar.

Er gab sich Mühe, sich seine Verblüffung nicht anmerken zu lassen, als er sich über das Mikrofon beugte und mit seinem Diktat fortfuhr.

»Dem äußeren Erscheinungsbild nach scheint es sich nicht um eine durch Messerstiche ausgeübte Gewalttat zu handeln, wie dies im Polizeibericht vermutet wird. Vielmehr deutet alles ...« Er zögerte. »... auf eine Sektion hin. Sie umfasst den Bereich von etwa achtundzwanzig Zentimetern unterhalb der Skapula und sechzehn Zentimetern oberhalb der Gürtellinie. Offenbar wurde die ganze Cauda equina entfernt, beginnend beim ersten Lendenwirbel bis zum Sacrum. Sie umfasst also auch das Filum terminale.« Er wandte sich an die Schwester. »Bitte den ganzen Bereich abtupfen.«

Die Schwester entfernte den Schmutz und die Blattreste rings um die Wunde.

»Das Rückenmark – präziser: die Cauda equina fehlt. Sie wurde entfernt. Schwester, bitte Lendenwirbel eins bis fünf ausspülen!«

Dowson verfolgte zufrieden, wie geschickt und schnell sie zu Werke ging.

»Bei der Sektion wurden ein Teil der Haut, das subkutane

Gewebe und die paraspinöse Muskulatur verletzt. Deutlich sichtbare Spuren deuten darauf hin, dass ein automatisch dem Sektionsverlauf folgender Wundhaken verwendet wurde.« Er deutete für die Kamera auf die entsprechenden Stellen.

»Bei der Entfernung der Ligamenta flava wurden erwartungsgemäß die spinösen Schichten in Mitleidenschaft gezogen. Die Dura ist jedoch trotz eines tiefen Schnitts von Lendenwirbel eins bis zum Sacrum vorhanden. Alles in allem ergibt sich der Eindruck eines durchaus professionellen Vorgehens ... Schwester, bitte das Stereozoom.«

Die Schwester rollte ein großes Mikroskop heran. Dowson richtete das Objektiv auf die Schnittstelle. »Anscheinend wurde bei der Entfernung des Gewebes ein spezielles Duramesser benutzt«, murmelte er vor sich hin. Er fuhr sich mit dem Ärmel seines Kittels über die Stirn. Diese Sektion war offensichtlich nicht die Arbeit eines Anfängers. Wer immer den Eingriff vorgenommen hatte, der Mann musste über profunde neuroanatomische Kenntnisse verfügen.

Pendergast räusperte sich. »Doktor, darf ich Ihnen einige Fragen stellen?«

Dowson nickte.

»Hat die Sektion zum Tod der jungen Frau geführt?«

Darüber hatte Dowson noch gar nicht nachgedacht. Ein leichtes Schaudern überlief ihn. »Falls das Opfer zum Zeitpunkt des Eingriffs noch gelebt hat, lautet die Antwort Ja. Dann hätte das unweigerlich zum Tod geführt.«

»Wann genau?«

»Nun, das dürfte beim Einschnitt in die Dura gewesen sein. Der damit verbundene hohe Verlust an Zerebrospinalflüssigkeit führt innerhalb kürzester Zeit zum Tode.« Er sah sich die Wunde noch einmal genau an. »Der Eingriff hat offenbar zu einer starken Blutung geführt. Einige der epiduralen Venen haben sich kontrahiert, was auf eine traumatische Reaktion noch zu Lebzeiten schließen lässt. Die Schnitte wurden nicht um die Venen herum ausgeführt, wie man das bei lebenden

Patienten tut, sondern direkt durch sie hindurch. Der Mann, der diese Operation durchgeführt hat, scheint also, ungeachtet seiner chirurgischen Fähigkeiten, in großer Eile gewesen zu sein. Möglicherweise ist das Opfer schon vor dem Einschnitt in die Dura verblutet. Das hängt ganz davon ab, wie schnell der ... der Ausführende gearbeitet hat.«
»Hat sie denn bei Beginn der Operation gelebt?«
»Anscheinend ja, nur ...« Dowson schluckte schwer. »... es gibt keine Anzeichen für Bemühungen, sie auch während der Operation am Leben zu halten. Wir nehmen in solchen Fällen immer eine Untersuchung des Bluts und des Gewebes vor, um zu sehen, ob die Patientin unter dem Einfluss von Beruhigungsmitteln oder Narkotika gestanden hat.«
Penderson nickte. »Wie professionell wurde der Eingriff Ihrer Meinung nach durchgeführt, Doktor?«
Dowson beantwortete die Frage nicht, er war vollauf damit beschäftigt, seine Gedanken zu ordnen. Diese Sache konnte sich zu einem höchst unerfreulichen Fall auswachsen, es war also wichtig, dafür zu sorgen, dass die Presse vorläufig keinen Wind davon bekam. Aber irgendwann kam die Wahrheit heraus, das war immer so, und dann konnte er schnell ins Kreuzfeuer geraten. Er tat also gut daran, sich abzusichern. Eins stand fest: Ein gewöhnlicher Mord war das mit Sicherheit nicht. Ein Glück, dass er nicht sofort mit der Autopsie begonnen hatte. Was er, wie er sich eingestand, dem FBI-Agent zu verdanken hatte.
Er wandte sich an die Schwester. »Jones soll herkommen, wir benötigen Großbildaufnahmen und Aufnahmen unter dem Stereozoom. Und ich möchte, dass mir ein zweiter Gerichtsmediziner assistiert. Wer hat Rufbereitschaft?«
»Dr. Lofton.«
»Ich brauche ihn innerhalb der nächsten halben Stunde. Und ich möchte auch unseren Neurochirurgen konsultieren. Bitten Sie Dr. Feldmann, so schnell wie möglich herzukommen.«

Er drehte sich zu dem FBI-Agent um. »Nun, Mr. Pendergast, angesichts der Tatsache, dass Sie kein offizielles Berechtigungsschreiben vorweisen können …«
Pendergast winkte ab. »Ich verstehe, Doktor. Ich weiß die Autopsie bei Ihnen in den besten Händen. Was mich angeht, ich habe genug gesehen.«
Ich auch, dachte Dowson bitter. Er war jetzt so gut wie sicher, dass sie es bei dem Täter mit einem Chirurgen zu tun hatten. Ein Gedanke, bei dem ihm übel wurde.

O'Shaugnessy stand bedrückt im Flur herum. Statt seiner Rolle als hartgesottener, durch nichts zu erschütternder Cop gerecht zu werden, hatte er sich, als es ernst wurde, verdrückt. Gerade noch rechtzeitig, bevor ihm das Frühstück hochkommen konnte. So Leid es ihm tat, der Anblick dieser jungen Frau auf dem Untersuchungstisch, der mit Erde beschmutzte nackte Körper, das aufgedunsene Gesicht – irgendwie war das zu viel für ihn gewesen. Er hatte nie das Bedürfnis verspürt, bei Mordfällen mitzuarbeiten, selbst in jungen Jahren nicht. Dazu kam, dass die Sache ihn mit flammendem Zorn erfüllte. Seine Schwägerin wohnte ebenfalls in Oklahoma, und sie war etwa im selben Alter wie das Mordopfer. Das war's wohl, was ihn so wütend machte und ihm neue Kraft verlieh. Wie sehr es ihm auch zusetzen mochte, er war sich sicher, dass er bei der Jagd auf den Mörder nicht mehr schlappmachen würde.
Er hörte Schritte, Pendergast kam zurück, schien ihn aber kaum zu beachten. Der Mann war launisch, aber in so übler Laune hatte O'Shaugnessy ihn noch nie erlebt. Er trottete stumm hinter dem Agent her. Als sie in den vor dem Gebäude wartenden Rolls gestiegen waren, wies Pendergast den Fahrer an, O'Shaugnessy an dessen Dienststelle abzusetzen, ihn selbst aber zu seiner Wohnung zu bringen.
Offensichtlich gab es irgendetwas, was dem Agent auf den Magen geschlagen war. Dafür hatte O'Shaugnessy volles Verständnis, er konnte sich nur keinen Reim darauf machen,

wieso Pendergast auf einmal keinerlei Interesse mehr an der Mordserie aus dem neunzehnten Jahrhundert zeigte, sondern sich anscheinend ganz auf diesen neuen Mord konzentrierte. Schließlich hielt O'Shaugnessy es nicht mehr aus. »Was war denn los?«, fragte er. »Was haben Sie gesehen?«

Pendergast blickte starr aus dem Fenster. »Das leibhaftige Böse«, brachte er nach einer Weile heraus, und dann sagte er während der Fahrt kein einziges Wort mehr.

3

William Smithback jr. hatte seinen schicksten Anzug angezogen (den Armani, frisch aus der Reinigung), dazu ein makellos weißes Hemd und eine Krawatte, die was hermachte – und so stand er nun an der Ecke der Avenue of the Americas und der Fünfundfünfzigsten Straße und starrte zum eindrucksvollen Gebäude der Moegen-Fairhaven-Zentrale hoch. Irgendwo hinter der im Sonnenlicht blaugrün schimmernden Glas-und-Chrom-Fassade hockte seine noch ahnungslose Beute.

Er war sicher, dass er es schaffte, bis zu Fairhaven vorzudringen. Das war nur eine Frage der Überredungskunst, und darin war er einsame Spitze. Und wenn er's geschafft hatte, konnte er dem Herausgeber einen größeren Knüller präsentieren als diesen Mord an einer Touristin im Labyrinth, um den er sich, auf Geheiß des Herausgebers, eigentlich kümmern sollte. In New York City wurden alle naslang Touristen ermordet, damit lockte man die Leser nicht mehr hinter dem Ofen hervor. Er hatte einen Riecher für das, was die Leute wirklich interessierte. Zum Beispiel Fairhaven, das Museum und die über hundert Jahre zurückliegenden Morde, hinter denen Pendergast her war. Auf seinen Riecher konnte er sich so gut wie immer verlassen, sogar sein Herausgeber würde das irgendwann einsehen.

Er atmete tief durch, überquerte die Straße, zeigte dem Taxifahrer, der wütend hinter ihm herhupte, den Stinkefinger, betrat die Lobby des Glas-und-Chrom-Palastes und steuerte entschlossen das Pult der Sicherheitsleute an.

Einer von ihnen blätterte in Computerausdrucken, bequemte sich aber schließlich, ihn, ohne hochzusehen, nach seinem Namen zu fragen.

»William Smithback jr. von der *New York Times.*«

»Moment«, nuschelte der Mann, griff zum Telefon, tastete eine Nummer ein und drückte Smithback den Hörer in die Hand.

Eine forsche Frauenstimme fragte: »Kann ich Ihnen behilflich sein?« Smithback leierte noch einmal seinen Namen und die oft bemühte Zauberformel von der *Times* herunter und fügte hinzu: »Ich hätte gern Mr. Fairhaven gesprochen.«

Es war zwar Samstag, aber eine Ahnung sagte ihm, dass der Baulöwe trotzdem im Büro war. Leute wie Fairhaven machen samstags nicht blau. Aber ihr Kordon aus Sicherheitskräften und Sekretärinnen war an diesem Tag vielleicht ein bisschen dünner.

»Haben Sie einen Termin vereinbart?«

»Nein. Ich bin der Reporter, der die Story über Enoch Leng und die Leichen geschrieben hat, die auf Ihrer Baustelle gefunden wurden. Ich muss Ihren Chef dringend sprechen.«

Die Stimme zeigte keinerlei Emotionen. »Dafür müssen Sie telefonisch einen Termin vereinbaren.«

»Na gut, betrachten Sie dies als telefonische Vereinbarung. Ich hätte gern einen Termin für zehn Uhr.«

»Mr. Fairhaven ist zurzeit sehr beschäftigt.«

Smithback grinste. Er war also da. Nun wurde es Zeit, die Daumenschrauben anzuziehen. »Hören Sie, wenn Mr. Fairhaven zu beschäftigt ist, um mit mir zu sprechen, müsste ich in meinem Artikel für die Montagsausgabe schreiben, dass er in der Sache keinen Kommentar abgeben wollte.«

»Wie ich schon sagte, er ist sehr beschäftigt.« Stur und unerschütterlich wie eine Roboterstimme.

»Kein Kommentar – das ist Gift für sein öffentliches Image. Und am Montag wird Mr. Fairhaven wissen wollen, wer ihm das eingebrockt hat. Können Sie mir gedanklich folgen?«

Funkstille. Smithback atmete tief durch, solche Dinge brauchten manchmal ihre Zeit. »Es wird in meinem Artikel um einen fragwürdigen Typ gehen, und ausgerechnet der hat mich wissen lassen, dass er keinen Kommentar abgeben wolle. Wie käme Ihnen das als ganz normale Leserin vor? Noch dazu, wenn es um einen Baulöwen geht. Kein Kommentar sagt eine Menge aus, daraus kann ich viel machen.«

Wieder eine lange Funkstille. Smithback fragte sich, ob die Sekretärin womöglich aufgelegt hatte. Aber da war plötzlich ein anderes Geräusch im Hörer, eine Art unterdrücktes Lachen.

»Es ist gut«, sagte eine tiefe, angenehme Männerstimme. »Das haben Sie fein eingefädelt.«

»Wer spricht denn da?«

»Ach, nur so ein fragwürdiger Baulöwe. Sie kennen ihn unter dem Namen Anthony Fairhaven.«

Smithback schluckte. »Oh ...« Er brauchte einen Moment, bis er sich wieder gefangen hatte. »Mr. Fairhaven, ist es wahr, dass Sie ...«

»Warum kommen Sie nicht einfach hoch, damit wir uns unter vier Augen unterhalten können? Neunundvierzigster Stock.«

»Was?« Smithback konnte es kaum fassen, dass er es tatsächlich so schnell geschafft haben sollte.

»Ich sagte, Sie sollen hochkommen. Da ich Sie für einen ambitionierten, sehr auf seine Karriere bedachten Reporter halte, habe ich sowieso schon auf Ihren Anruf gewartet.«

Fairhavens Büro entsprach nicht exakt dem, was Smithback sich vorgestellt hatte. Natürlich, die gestaffelte Front aus Sekretärinnen und Sicherheitsleuten gab es tatsächlich, aber das Allerheiligste selber enttäuschte ihn eher. Längst nicht so imposant, wie er gedacht hatte. Kein Palast aus Chrom, Gold und Elfenbein, ausgeschmückt mit Bildern alter Meister und afrikanischer Volkskunst. Alles eine Nummer nüchterner, an den Wänden Lithografien von Thomas Hart Benton, die Szenen aus dem Leben einfacher Farmer zeigten, daneben eine Glasvitrine – verschlossen und durch eine Alarmanlage gesichert – mit alten Handfeuerwaffen. Der freistehende Schreibtisch war aus Birkenholz, in gebührendem Abstand davon eine Sesselgruppe, an einer Wand ein riesiges Bücherregal. Irgendwie sah das Ganze mehr nach dem Arbeitszimmer eines Gelehrten als nach dem Büro eines Investmentmagnaten aus. Überall herrschte peinliche Sauberkeit, sogar die Bücher sahen aus wie frisch gewachst.

»Bitte nehmen Sie Platz!« Fairhaven deutete auf die Sesselgruppe. »Darf ich Ihnen irgendetwas anbieten? Kaffee, Wasser, Soda, Whisky?«

»Nein, danke.« Smithback setzte sich. Er spürte das erwartungsvolle Kribbeln, das ihn immer vor wichtigen Interviews überkam. Er hatte Dutzende von Leuten interviewt, die man getrost als gerissene Hunde bezeichnen konnte, und Fairhaven gehörte zweifellos zu dieser Kategorie. Außerdem war er reich und hatte enge Kontakte zu wichtigen Leuten. Das Wortgefecht mit ihm wurde bestimmt kein Kampf mit gleichen Waffen.

Fairhaven schenkte sich ein Glas Mineralwasser ein, setzte sich Smithback gegenüber, sah ihn aufmerksam an und sagte mit einem angedeuteten Lächeln: »So, der fragwürdige Baulöwe ist bereit, sich Ihren Fragen zu stellen.«

»Darf ich das Gespräch aufzeichnen?«

»Ich bin davon ausgegangen, dass Sie das tun.«

Smithback zog das Aufnahmegerät aus der Tasche. Der Charme, den sein Gegenüber ausstrahlte, überraschte ihn nicht. Leute wie Fairhaven waren darin geübt, andere mit ihrer Liebenswürdigkeit zu manipulieren. Er durfte sich dadurch nicht beeindrucken lassen, sondern musste immer daran denken, dass er es mit einem hartgesottenen, gewinnsüchtigen Burschen zu tun hatte, der um seines persönlichen Vorteils willen die eigene Mutter verkaufen würde.

»Warum haben Sie die Fundstelle auf dem Baugelände zerstört?«, fragte er.

Fairhaven neigte den Kopf zur Seite. »Nun, wir waren hinter dem Zeitplan zurück. Wir mussten die unterirdischen Gewölbe schleunigst zuschütten, sonst hätte mich das pro Tag vierzigtausend Dollar gekostet. Ich kann die Dinge nicht mit den Augen eines Archäologen sehen.«

»Einige Archäologen sagen, Sie hätten die bedeutendste Fundstelle zerstört, die in Manhattan seit einem Vierteljahrhundert entdeckt wurde.«

»Tatsächlich? Von welchen Archäologen sprechen Sie?«

»Zum Beispiel von der Gesellschaft für amerikanische Archäologie.«

Ein zynisches Lächeln spielte um Fairhavens Lippen. »Dass die dagegen waren, kann ich mir denken. Wenn's nach denen ginge, dürfte in Amerika niemand in seinem Garten auch nur einen Spatenstich tun, ohne dass einer von ihren Aufpassern mit Sieb, Schaufel und Zahnbürste daneben steht.«

»Kommen wir noch mal auf die Baustelle zu sprechen …«

»Mr. Smithback, mein Vorgehen war völlig legal. Als die sterblichen Überreste entdeckt wurden, habe ich sofort die Einstellung der Arbeiten angeordnet und mir die Fundstelle persönlich angesehen. Wir haben einen Gerichtsmediziner hinzugezogen, der die Funde mit der Kamera dokumentiert hat. Danach haben wir die Leichenteile sorgfältig geborgen, zur weiteren Untersuchung abtransportiert und später ordnungsgemäß beerdigt. Alles auf meine Kosten. Wir haben die Arbeiten erst fortgesetzt, nachdem der Bürgermeister das ausdrücklich genehmigt hatte. Was hätte ich Ihrer Meinung nach sonst noch tun können?«

Smithback spürte ein Kribbeln im Magen. Das lief nicht so, wie er sich's vorgestellt hatte. Fairhaven versuchte, das Interview in die ihm genehme Richtung zu steuern.

»Sie sagen, Sie hätten die sterblichen Überreste beerdigt. Warum? Gab's da vielleicht etwas, was nicht ans Licht kommen sollte?«

Fairhaven entblößte sein makelloses Gebiss, lehnte sich zurück und brach in helles Lachen aus. »So wie Sie das sagen, hört es sich beinahe nach einer Verdächtigung an. Es ist mir peinlich, aber ich muss eingestehen, dass ich gewisse religiöse Bindungen nicht verleugnen kann. Diese armen jungen Menschen sind hinterhältig getötet worden. Ich wollte ihnen nachträglich ein würdiges Begräbnis verschaffen, mit einem ökumenischen Gottesdienst, in aller Stille, ohne Medienrummel. Und das habe ich getan, auf einem besonders schönen Fleckchen auf dem New Yorker Valhalla-Friedhof. Ich fühlte mich in gewisser Weise für die Leichenfunde verantwortlich. Die Stadt wollte sie sicher nicht haben. Und ich wollte nicht, dass sie ihre letzte Ruhestätte in einer Museumsschublade finden.«

»Ich verstehe.« Smithback überlegte, ob sich aus dieser stillen Beisetzung unter den Wipfeln alter Ulmen nicht eine anrührende Passage in seinem Artikel basteln ließ. Doch dann runzelte er die Stirn. Zum Teufel, seit wann ließ er sich denn so leicht um den Finger wickeln? Es wurde Zeit, das Gespräch in eine andere Richtung zu lenken.

»Meldungen zufolge sind Sie einer der großzügigsten Spender für die Wahlkampagne des Bürgermeisters. Sie geraten bei Ihrem Bauvorhaben in Schwierigkeiten, und er holt Sie raus. Ist das ein Zufall?«

»Hören Sie auf, große, ungläubige Augen zu machen! Sie wissen genau, wie das in dieser Stadt läuft. Es ist mein verbrieftes Recht, Geld für Wahlkampagnen zu spenden. Ich habe dafür keine Gegenleistung erwartet und auch nicht darum gebeten.«

»Aber Sie hatten nichts dagegen, sie zu erhalten.«

Fairhaven grinste breit, sagte aber nichts.

Smithback verspürte wieder ein leichtes Magengrimmen. Der

Bursche hütete sich, auch nur ein Wort zu viel zu sagen. Und ein breites Grinsen ließ sich in einem Artikel schlecht verarbeiten.

Er stand auf, ging, die Hände auf dem Rücken verschränkt, zu den Lithografien hinüber, sah sie sich scheinbar interessiert an und versuchte angestrengt, irgendeine neue Strategie zu entwickeln. Dann wandte er sich abrupt zu der Vitrine mit den alten Waffen um. »Ein recht ausgefallener Büroschmuck.«

»Ich sammle seltene Handfeuerwaffen. Ein teures Hobby, aber ich kann es mir leisten. Die, vor der Sie stehen, ist zum Beispiel eine Luger, Kaliber fünfundvierzig. Sie wurde nur einmal angefertigt. Außer Waffen sammle ich auch Mercedes-Benz-Roadster, aber dafür benötigt man natürlich viel Platz. Ich stelle die Sammlung deshalb in meinem Haus in Sag Harbor aus.« Fairhaven lächelte anzüglich. »Jeder hat sein Hobby, Mr. Smithback. Was sammeln Sie denn? Lebensbeschreibungen und alte Balladen? Für Recherchen ausgeliehen und versehentlich nicht zurückgegeben?«

Smithback sah ihn scharf an. Hatte der Kerl etwa seine Wohnung durchsuchen lassen? Ach wo, der Bursche klopfte nur mal auf den Busch. Er kehrte zu seinem Sessel zurück und nahm wieder Platz. »Sagen Sie, Mr. Fairhaven …«

Aber der Baulöwe fiel ihm ins Wort, sein Ton war plötzlich ausgesprochen barsch. »Hören Sie, Smithback, ich respektiere Ihr Recht, mir irgendetwas zu unterstellen. Der gemeine, verlogene Baulöwe ist immer ein lohnendes Ziel. Ihr Reporter seid alle aus dem gleichen Holz geschnitzt. Ihr haltet eure Arbeit für ungeheuer wichtig. Aber eine Zeitung von heute taugt morgen nur noch für die Mülltonne. Genau betrachtet ist Ihre Mühe schon am nächsten Tag vom Winde verweht. Zeitungen haben nun mal ein extrem kurzes Verfallsdatum.«

Vom Winde verweht? Was, zum Teufel, meinte er damit? Egal, was, Fairhaven verlor offensichtlich allmählich die Nerven. Und das war gut so, sogar sehr gut.

»Mr. Fairhaven, ich habe Grund zu der Annahme, dass Sie

Druck auf das Museum ausüben, um weitere Untersuchungen zu unterbinden.«
»Was für Untersuchungen?«
»Zur Person von Enoch Leng und den Morden aus dem neunzehnten Jahrhundert.«
»Ach, das meinen Sie. Warum sollte ich mich da einmischen? Mein Bauprojekt konnte planmäßig fortgesetzt werden, und das ist das Einzige, was mich interessiert. Von mir aus können die Schnüffelnasen jetzt weiter untersuchen, bis sie schwarz werden. Und noch was: Diese typische Journalistenphrase, dass Sie ›Grund zu der Annahme haben‹ – die mag ich besonders. Anscheinend hat man euch die auf der Journalistenschule eingebleut.«
Smithback saß stocksteif da und sagte schließlich so unterkühlt wie möglich: »Ich wüsste zu gern, warum Sie so großes Interesse an dem Museum haben.«
»Weil ich das Museum zufällig sehr mag. Es ist mein Lieblingsmuseum. Ich bin praktisch mit seinen Dinosauriern, Meteoriten und funkelnden Edelsteinen aufgewachsen. Mein Kindermädchen hat mich von Zeit zu Zeit mit hingenommen. Und während sie hinter den Elefanten mit ihrem Freund geturtelt hat, bin ich durch die Ausstellungsräume gestrolcht. Aber das dürfte Sie kaum interessieren, daraus können Sie mir ja keinen Strick drehen. Sie sehen, Smithback, ich habe Ihr Spielchen durchschaut.« Fairhaven grinste. »Wollen Sie ein Geständnis hören?«
Smithback starrte ihn perplex an.
Fairhaven senkte die Stimme und sagte im Ton absoluter Vertraulichkeit: »Ich bekenne mich zweier unverzeihlicher Verbrechen schuldig.«
Smithback vergewisserte sich rasch, dass das Aufnahmegerät noch lief.
»Ich bin reich, und ich bin ein Bauunternehmer. Das sind meine Todsünden. Mea culpa.«
Smithback wurde klar, dass sein Reporterinstinkt, auf den er

so stolz war, dieses Mal versagt hatte. Fairhaven hatte ihn ausgetrickst. Er konnte sich sein Interview an den Hut stecken. Der Bursche war aalglatt und wusste, wie man Presseleute ins Leere laufen lässt. Er unternahm einen letzten Versuch, wenigstens noch irgendetwas zu retten. »Sie haben mir aber bisher immer noch nicht erklärt …«

Fairhaven stand brüsk auf und sagte verächtlich: »Großer Gott, wenn Sie wüssten, wie leicht Sie und Ihre Fragen zu durchschauen sind! Ich habe mich auf dieses Interview eingelassen, weil ich wissen wollte, ob Sie sich von den anderen Zeilenschindern unterscheiden. Aber Sie sind auch nur ein billiger Hintertreppenreporter wie alle anderen. Sie und Ihresgleichen können mir gestohlen bleiben. Ich sehe keinen Sinn darin, diese Unterredung fortzusetzen.« Er ging zum Schreibtisch und drückte die Ruftaste. »Miss Gallagher, wären Sie so freundlich, meinen Besucher hinauszugeleiten?«

»Hören Sie, das kommt aber ziemlich abrupt«, versuchte Smithback zu retten, was zu retten war. Aber da stand der Vorzimmerdrache schon unter der Tür.

Obwohl er sich zu beherrschen versuchte, konnte Smithback auf dem Weg nach draußen seine Wut kaum unterdrücken. Der Baumagnat hatte ihn eiskalt ausgespielt, obwohl er wusste, dass er sich dadurch für viele Jahre eine feindliche Presse einhandeln konnte. Und unverschämt war er auch noch geworden. Zeilenschinder und Hintertreppenreporter hatte er ihn genannt!

Na gut, dann musste er eben versuchen, andere Quellen anzuzapfen. Mächtige Leute haben Feinde, manchmal direkt vor der Nase, und die packen gewöhnlich bereitwillig aus.

Er schielte zu einem der Computermädchen hinüber, an denen er vorbeikam. Hübsch und jung, nicht so unnahbar und ausgefuchst wie die abgebrühten Drachen, die Fairhavens Vorzimmer verteidigten.

»Sind Sie jeden Samstag hier?«, fragte er beiläufig und mit einem Lächeln, das Harmlosigkeit signalisieren sollte.

Das Mädchen am Computer sah kurz hoch. »Meistens.« Ein niedliches Ding, rothaarig und mit ein paar Sommersprossen um die Nase. Irgendwie hatte er plötzlich Skrupel, weil sie Nora so ähnlich sah.

»Er verlangt viel von Ihnen, nicht wahr?«

»Mr. Fairhaven? O ja, das stimmt.«

»Wahrscheinlich müssen Sie bei ihm manchmal sogar am Sonntag ran?«

»Nein, sonntags arbeitet Mr. Fairhaven nicht. Da geht er in die Kirche.«

Smithback spielte den Verblüfften. »Sieh mal an! Ist er denn katholisch?«

»Nein, Presbyterianer.«

»Ich wette, es ist ganz schön hart, für so einen Mann zu arbeiten, wie?«

»Nein, er ist einer der angenehmsten Arbeitgeber, die ich je hatte. Ich glaube, er hat wirklich ein Herz für uns kleine Leute.«

»Schau an, wer hätte das gedacht?« Smithback nickte ihr zu und verschwand Richtung Fahrstuhl. Freilich nicht ohne den unchristlichen Gedanken, dass ein so hoch gelobter Chef seine Beliebtheit bei »kleinen Leuten« möglicherweise dem Umstand verdankte, dass er, wenn sich's gerade ergab, auch mal eine seiner Angestellten vernaschte. Vor allem, wenn sie so hübsch war wie die kleine Rothaarige.

Draußen auf der Straße murmelte er stumm eine Flut unheiliger Flüche in sich hinein und schwor sich, so lange in Fairhavens Vergangenheit zu wühlen, bis er alles über ihn herausgefunden hatte, sogar den Namen seines gottverdammten Teddybären. Man wurde nicht New Yorks mächtigster Baulöwe, ohne sich die Finger dreckig zu machen. Der Bursche hatte also bestimmt jede Menge Dreck am Stecken. Und bei Gott, Smithback würde keine Ruhe geben, bis er auch den letzten Krümel Dreck aufgespürt hatte.

4

Mandy Eklund stieg die schmutzigen Stufen von der U-Bahn-Station zur First Street hoch, wandte sich nach Norden zur Avenue A und stapfte auf den Tompkins Square Park zu. Tief am Horizont hing blass der Morgenstern, davor zeichnete sich die Kulisse schütterer Laubbäume ab, die – genau wie die verdächtig purpurrot gefärbten Ränder des Himmels – beredtes Zeugnis von der zunehmenden Umweltverschmutzung gaben.

Der Morgen war frisch, Mandy zog sich fröstelnd das Umhängetuch um die Schultern. Sie war ziemlich fertig, ihre Füße schmerzten bei jedem Schritt. Trotzdem, die Nacht im *Club Pissoir* war es wert gewesen: flotte Musik, die Drinks frei, die Tanzfläche gestopft voll. Die gesamte Fordbelegschaft war da gewesen, dazu eine Hand voll Fotografen von *Mademoiselle* und *Cosmo* – praktisch alle, die in der Modewelt mitmischten, und sie mittendrin. Irgendwie kam es ihr immer noch wie ein Wunder vor. Noch vor einem halben Jahr hatte sie bei Rodney's Kleider enger oder weiter genäht, als kostenlosen Service des Hauses für betuchte Kundinnen. Bis plötzlich so ein Typ aufgetaucht war und sie für die Fordagency entdeckt hatte. Und nun arbeitete sie in dem Team, das die neuen Modelle testete, direkt unter den Fittichen von Eileen Ford. Alles war so schnell gegangen, dass es ihr immer noch wie ein Traum vorkam.

Ihr Vater, ein stockkonservativer Farmer, rief fast jeden Tag von zu Hause an. Rührend, dass er sich so viele Sorgen machte. Er hatte sich noch nicht damit abgefunden, dass sie in diesem Sündenbabel New York City lebte. Wenn er geahnt hätte, dass sie oft erst im Morgengrauen heimkam, wäre er ausgerastet. Er hatte gewollt, dass sie das College besuchte. Na schön, das kam vielleicht irgendwann, aber vorerst wollte sie mal ihr neues Leben auskosten. Sie musste unwillkürlich schmunzeln, wenn sie sich vorstellte, wie ihr Dad mit seinem

John Deere über die Felder tuckerte und sich dabei unablässig Sorgen um sie machte. Heute wollte mal sie ihn anrufen, das wurde sicher eine hübsche Überraschung für ihn.
Trotzdem hielt sie, während sie Richtung Siebte den Park durchquerte, die Augen offen, schob schon mal die Hand ins Umhängetäschchen und tastete nach dem Pfefferspray, das sie überall mit sich herumschleppte. Es gab viel Gesindel in der Stadt, und nicht alle waren so harmlos wie die beiden Obdachlosen, die auf einer Parkbank ihren billigen Fusel schluckten und ihr zunickten.
Manchmal wünschte sie sich, dass der Weg von der U-Bahn bis zu ihrer Wohnung nicht gar so weit wäre. Ein Taxi konnte sie sich nicht leisten, und so beschlich sie jedes Mal ein mulmiges Gefühl, wenn sie bei Dunkelheit den Weg nach Hause zu Fuß zurücklegen musste. Anfangs hatte sie die Ecke, in der sie untergekommen war, richtig cool gefunden, aber allmählich merkte sie, wie schäbig und deprimierend dort alles wirkte. Der Flatirondistrikt wäre schöner gewesen. Oder vielleicht sogar Yorkville, da wohnten viele Fordmodels. Aber das waren eben die, die es bereits geschafft hatten.
Der Park lag hinter ihr, sie war in der Avenue C angekommen. Auf beiden Seiten triste Ziegelsteinbauten, alle wie ausgestorben, nirgendwo ein Lichtschimmer hinter den Fenstern. Der Wind wehte raschelnd welke Blätter vor die Haustüren, aus den Hofeingängen stieg ihr ein leichter Uringeruch in die Nase. Sie musste bei jedem Schritt aufpassen, nicht in irgendein Häufchen zu treten. Ekelhaft, dass sich keiner der Hundehalter die Mühe machte, den Kot zu entfernen. Wirklich, vor diesem Teil ihres Heimwegs grauste ihr am meisten.
Auf dem Gehweg, noch weit weg, kam ihr eine Gestalt entgegen. Unwillkürlich verkrampfte sie sich und überlegte, ob sie auf die andere Seite wechseln solle. Doch dann beruhigte sie sich. Der Nachtschwärmer war ein alter Mann, der sich mühsam auf seinem Stock abstützte. Als er näher kam, sah sie, dass er einen altmodischen Bowler trug – eine Melone, wie man sie

heutzutage nur noch in alten Schwarzweißfilmen sah. Da der alte Mann den Kopf gesenkt hielt, konnte sie deutlich die steife Rundung und die breite Krempe sehen. Was trieb ihn wohl bei diesem Wetter nachts vor die Haustür? Vermutlich litt er unter Schlaflosigkeit, das sollte ja bei alten Männern häufig vorkommen. Wachten morgens um vier auf und konnten nicht mehr einschlafen. Wer weiß, vielleicht ging's ihrem Vater genauso?

Sie waren jetzt fast auf gleicher Höhe. Der Alte schien erst jetzt zu merken, dass er nicht allein durch die Nacht schlurfte. Er sah hoch, lüftete die Melone und legte grüßend den Finger an die Krempe. Es war, als richte sich alles an ihm auf, seine gebeugte Gestalt, der Arm ... nur der Blick blieb weiter fest auf den Boden geheftet. Mandy fiel auf, dass seine Augen verblüffend lebhaft und trotzdem kalt wirkten. Er schien seine Umgebung mit wachen Blicken auszuloten. Er musste an Schlafstörungen leiden, denn müde oder schläfrig wirkte der alte Mann absolut nicht.

»Guten Morgen«, sagte er mit brüchiger Altmännerstimme.

»Guten Morgen«, erwiderte sie verdutzt, denn gewöhnlich kam es nicht vor, dass einen in New York City wildfremde Menschen auf der Straße grüßten. Die unverhoffte Geste menschlicher Wärme rührte sie irgendwie an.

Als sie einen Schritt weiter war, legte sich plötzlich irgendetwas um ihren Hals, wie eine Peitsche oder ein Stahlseil. Sie versuchte verzweifelt, freizukommen und laut um Hilfe zu rufen. Nur, da hing auf einmal ein feuchtes, widerlich nach Chemikalien riechendes Tuch über ihrem Gesicht. Instinktiv hielt sie den Atem an. Ihre Hand wühlte im Umhängetäschchen, ihre Finger umklammerten das Pfefferspray. Aber dann traf unversehens ein brutaler Hieb ihren Arm, die Dose wurde ihr aus der Hand geschlagen und auf den Bürgersteig geschleudert. Sie wand sich, strampelte, wimmerte vor Schmerz und Angst und versuchte mit aller Kraft, den Angreifer abzuschütteln. In ihrer Lunge brannte es wie Feuer. Ein letzter tonloser Schrei kam über ihre Lippen, dann versank rings um sie alles in Nebel.

5

Smithback saß in seinem winzigen, unaufgeräumten Redaktionsbüro und starrte missmutig auf die Stichworte, die er sich für sein weiteres Vorgehen notiert hatte. »Angestellte« hatte er bereits gestrichen, das Wachpersonal ließ ihn nicht mehr in Fairhavens Glas-und-Chrom-Palast rein. Die »Nachbarn« konnte er ebenfalls vergessen, die hatten ihn, was er sich auch an Vorwänden und Tricks ausdachte, allesamt abblitzen lassen. Und seine Recherchen zu Fairhavens Vergangenheit hätte er sich auch schenken können, die Leute wollten entweder nichts sagen, oder sie ergingen sich in enthusiastischen Lobeshymnen.

Danach hatte er versucht, Fairhaven in der Rolle als Wohltäter der Menschheit unter die Lupe zu nehmen. Im Museum war das vergebliche Liebesmüh gewesen, die wenigen, die Genaueres wussten, wollten sich verständlicherweise nicht äußern. Mehr Erfolg, wenn man's denn Erfolg nennen wollte, hatte er mit anderen Projekten gehabt, so zum Beispiel mit der Little-Arthur-Klinik, einem Spezialkrankenhaus für Kinder, die unter seltenen, noch weitgehend unerforschten Krankheiten litten und anderswo als hoffnungslose Fälle galten. Da es sich hierbei nicht um ein Massenphänomen handelte, zeigten die Pharmakonzerne kaum Interesse an der Entwicklung von entsprechenden Medikamenten.

Eine interessante Konstellation, aber letztendlich war Smithback auch da in einer Sackgasse gelandet. Die Ärzte, Schwestern und auch die Kinder selbst lobten Anthony Fairhaven derart über den grünen Klee, dass einem der kalte Kaffee hochkommen konnte: Truthahn zu Thanksgiving, Geschen-

ke zu Weihnachten, Spielzeug, Bücher und Ausflüge ins Yankee Stadion, und schlimmstenfalls übernahm der Baulöwe sogar die Beerdigungskosten.
Und so musste sich Smithback eingestehen, dass er mit seinem Latein am Ende war. Ein mit allen Wassern gewaschener Profi wie Fairhaven polierte eben so lange an seinem Image herum, bis es blütenweiß war. Da half gar nichts, er musste tiefer wühlen. Bis zurück zu der Zeit, zu der Fairhaven noch kein großes Tier, sondern nur eins von vielen pickeligen Highschoolbürschchen gewesen war.
Und siehe da, nach zehn Minuten im Internet war Smithback auf eine Goldader gestoßen. Fairhavens ehemalige Privatschule an der Amsterdam Avenue hatte vor kurzem das fünfzehnjährige Abschlussjubiläum seines Jahrgangs gefeiert und sämtliche Daten der Schüler aus dem Jahrbuch in ihre Website gestellt, inklusive Fotos, Hobbys, Clubmitgliedschaften und Spitznamen. Und tatsächlich, da stand das verwöhnte Bürschchen im weißen Tennissweater inmitten der frisch Graduierten und lächelte affektiert in die Kamera.
Die Website lieferte Smithback eine Menge Informationen. Fairhavens Vater war Bauunternehmer, seine Mutter schlicht und ergreifend Hausfrau. Anthony, im Sternzeichen der Zwillinge geboren, war Kapitän der Schwimmstaffel und Sprecher des Diskussionsclubs gewesen. Seine ebenso verbissenen wie fruchtlosen Versuche, auf der Gitarre zu klimpern, hatte alle gründlich genervt, seine Lieblingsfarbe war Burgunderrot, sein Berufsziel Arzt, und im Übrigen schien ihm vorherbestimmt zu sein, eines Tages Millionär zu werden.
Smithback blätterte sich durch den Text und kam frustriert zu dem Schluss, dass das Kerlchen offenbar ein höchst langweiliger, durchschnittlicher Typ gewesen sein musste. Das heißt, etwas machte ihn stutzig: Die Mitschüler hatten ihm den Spitznamen »Der Schlitzer« gegeben. Daraus ließ sich viel-

leicht etwas machen, falls sich zum Beispiel herausstellte, dass der liebe kleine Anthony ein notorischer Tierquäler gewesen war. Nichts Umwerfendes, aber immerhin etwas.
Und er hatte seine Abschlussprüfung bereits mit sechzehn Jahren bestanden; an solche Schüler erinnern sich die Leute. Wie auch immer, wenn es in Anthonys Jugend einen dunklen Punkt gab, würde Smithback ihn aufdecken. Dann würde dem großkotzigen Angeber bei der Lektüre der *Times* ganz schnell das arrogante Grinsen gefrieren.
Die Privatschule an der Amsterdam, das war praktisch nur ein Katzensprung mit dem Taxi …

Die Schule stand auf einem in viel Grün gebetteten Gelände zwischen der Amsterdam und der Columbus, nicht weit vom Museum, ein lang gezogenes Gebäude aus gelbem Backstein, von einem hohen Zaun umgeben – gemessen am Standard New Yorker Schulen ein eher ansprechender Bau. Smithback schlenderte zum Haupteingang und drückte die Klingel. Ein Wachmann sah sich seinen Presseausweis an und ließ ihn hinein.
Es war verblüffend, plötzlich wieder dem halb vergessenen muffigen Geruch zu begegnen: Genauso hatte seine eigene Highschool gerochen, und auch der maulwurfsbraune Anstrich der Wände war derselbe. Der Wachmann führte ihn zum Büro des Schulleiters, von wo aus er erwartungsgemäß an eine ältere Lehrerin weitergereicht wurde.
Miss Kite war eine liebenswürdige grauhaarige Dame, die während einer Freistunde am Pult des Klassenzimmers Arbeiten korrigierte. Als Smithback den Namen Fairhaven erwähnte, huschte ein erinnerungsseliges Lächeln über ihr Gesicht. »O ja«, sagte sie freundlich, aber mit einem Unterton, der anzudeuten schien, dass sie die Tricks von Presseleuten kannte und sich nicht so einfach überrumpeln ließ. »Ich erinnere mich gut an Tony Fairhaven, weil es meine erste Abschlussklasse und er einer unserer Spitzenschüler war. Ich

habe ihn sogar für die Auszeichnung mit der Urkunde als National Merit Scholar vorgeschlagen.«

Smithback nickte und machte sich zum Schein einige Notizen. Das Aufnahmegerät wollte er lieber nicht einschalten, so etwas verschloss älteren Damen oft die Lippen. »Erzählen Sie mir etwas über ihn! Ganz allgemein. Wie war er denn so?«

»Ein aufgeweckter Junge, in allen Fächern fleißig, recht beliebt. Ich glaube mich zu erinnern, dass das Schwimmteam ihn zum Mannschaftskapitän gewählt hat.«

»Gab's auch mal Ärger?«

»Aber sicher, das ist doch normal.« Sie lächelte. »Er hat oft seine Gitarre mitgebracht und in den Pausen auf einem der Flure gespielt. Was nach der Schulordnung verboten war. Er hat sehr schlecht gespielt, die anderen haben ihn jedes Mal ausgelacht. Eines Tages gab's fast einen Aufstand deswegen.«

Smithback sah sie gespannt an.

»Nun, wir haben die Gitarre konfisziert, und damit war die Sache erledigt. Nach der Abschlussprüfung hat er sie wieder zurückbekommen.«

Smithback nickte geduldig. »Kannten Sie seine Eltern?«

»Sein Vater war im Immobiliengeschäft tätig. Natürlich nicht in so großem Stil und so erfolgreich wie Tony. An seine Mutter erinnere ich mich nicht.«

»Hatte er Geschwister?«

»Nein, er war ein Einzelkind. Was allerdings an einer Familientragödie lag.«

Smithback spitzte die Ohren.

»Sein älterer Bruder Arthur war gestorben. An einer sehr seltenen Krankheit.«

Aha, diese Klinik. »Wurde er in der Familie zufällig ›Little Arthur‹ genannt?«

»Ich glaube, ja. Sein Vater war ›Big Arthur‹. Tony hat das sehr hart getroffen.«

»Wann war das ungefähr?«

»Als Tony in der zehnten Klasse war.«

»War Arthur auch an Ihrer Schule?«
»Nein, er wurde schon seit Jahren im Krankenhaus behandelt. Wie gesagt, eine sehr seltene und zudem zu Verunstaltungen führende Krankheit. Was genau, weiß ich nicht.«
»Sie sagten, der Tod des Bruders habe Tony hart getroffen. Wie hat sich das geäußert?«
»Er ist zum Einzelgänger geworden, hat sich von den anderen abgesondert. Aber schließlich ist er dann doch darüber hinweggekommen.«
Smithback blätterte in seinen Notizen. »Gab's Alkoholprobleme? Oder ist er in die Drogenszene abgerutscht? Hatte er Ärger mit der Polizei?«
»Überhaupt nicht. Wo denken Sie hin!« Plötzlich wirkte die Miene der Lehrerin wie versteinert. »Sagen Sie, Mr. Smithback, warum wollen Sie diesen Artikel eigentlich schreiben?«
Smithback setzte eine Unschuldsmiene auf. »Ich sammle nur biografische Daten. Verstehen Sie, wir wollen ein abgerundetes Bild von Mr. Fairhaven zeichnen, einschließlich aller positiven und negativen Facetten. Ich bin nicht darauf aus, irgendetwas Bestimmtes herauszufinden.«
»Ich verstehe. Nun, Tony war ein guter Junge, er war strikt gegen Drogen und Alkohol. Er hat auch nicht geraucht und, soweit ich weiß, nicht mal Kaffee getrunken.« Sie zögerte. »Wenn ich überhaupt einen Schwachpunkt nennen müsste, dann würde ich sagen, er war ein bisschen zu brav. Man kam schwer dahinter, was er wirklich dachte. Er war eben etwas verschlossen.«
Smithback notierte sich eifrig ein paar Stichworte, obwohl er wusste, dass er sie sicher nicht verwenden würde. »Irgendwelche Hobbys?«
Miss Kite dachte einen Moment nach. »Ich glaube, im Grunde war er schon damals hauptsächlich daran interessiert, Geld zu verdienen. Dafür hat er nach der Schule hart gearbeitet, er wollte sich eben etwas leisten können. Bedenkt man, was aus ihm geworden ist, kann einen das eigentlich kaum über-

raschen. Ich habe in der Zeitung gelesen, wie energisch er seine Bauprojekte verfolgt und sich über alle Proteste von Anliegern hinwegsetzt. In Ihrem Artikel über die Leichenfunde an der Catherine Street haben Sie das ja ganz ähnlich geschildert. Das kam für mich nicht überraschend, jung geübt ist eben alt getan.«

Smithback zuckte unwillkürlich zusammen. Die alte Dame war ein Fuchs, sie hatte mit keinem Wort zu erkennen gegeben, dass sie seinen Artikel über Fairhaven kannte.

»Hatte er irgendwelche Feinde?«, versuchte er schnell das Thema zu wechseln.

»Nicht, dass ich wüsste. Das heißt, einmal gab es eine Art Gerangel um ein Mädchen. Mit einem Mitschüler namens Joel Amberson. Aber nicht so, dass die Fäuste geflogen wären.«

Smithback notierte sich den Namen. »Und wie war's mit Spitznamen? Das ist doch unter Schülern üblich. Im Internet habe ich gelesen, dass er ›der Schlitzer‹ genannt wurde.«

Miss Kite schmunzelte. »Ach, *die* Sache meinen Sie.«

Smithback beugte sich vor. »Die Sache?«

Miss Kite lächelte verschmitzt. »Sie sollten im Biologieunterricht Frösche sezieren. Aber Tony war ein bisschen zimperlich. Er hat es immer wieder versucht, zwei Tage lang, aber er hat's nicht fertig gebracht. Bis er sich schließlich einen Ruck gegeben, zu guter Letzt doch an dem Frosch herumgeschnippelt und in Biologie eine Eins bekommen hat. Da haben ihm seine Klassenkameraden den Spitznamen ›Schlitzer‹ angehängt. Gutmütiger Spott, Sie kennen das sicher.«

Smithback saß wie versteinert da. Es war nicht zu fassen. Was er auch versuchte, er stieß jedes Mal ins Leere. So wie Miss Kite ihn beschrieb, verdiente der Bursche glatt einen Heiligenschein. Er überflog seine Notizen.

»Sonst noch was?«, fragte er im resignierenden Ton eines Mannes, der längst alle Hoffnung aufgegeben hat.

Die freundliche grauhaarige Dame lachte leise. »Ich will

Ihnen was sagen, Mr. Smithback: Wenn Sie Tony etwas anhängen wollen – und ich seh's Ihnen an der Nasenspitze an, dass Sie darauf aus sind –, dann sind Sie auf dem Holzweg. Sie werden nichts finden. Er war ein ganz normaler, überaus strebsamer Junge, aus dem inzwischen ein normaler, überaus strebsamer Mann geworden ist. Und nun, wenn Sie's mir nicht übel nehmen, muss ich mich wieder um die Korrektur der Klassenarbeiten kümmern.«

Smithback verließ das Schulgebäude und ging, von düsteren Gedanken bewegt, Richtung Columbus Avenue. Er hatte viel Energie und Zeit aufgewandt, es war absolut nichts dabei herausgekommen. War es möglich, dass sein Instinkt ihn, einen erfahrenen Reporter, derart getrogen hatte? Und wenn nicht, warum schaffte er es dann nicht, die rabenschwarzen Flecke auf Fairhavens angeblich so blütenweißer Weste zu entdecken?
Am Zeitungsautomaten an der Straßenecke fiel sein Blick zufällig auf die druckfrische *New York Post*. Ein unkontrollierbares Zittern überlief ihn, als er die Schlagzeile las.

Zweite verstümmelte Leiche gefunden

Als Verfasser des Artikels war Bryce Harriman genannt. Smithback kramte ein paar Münzen aus der Jackentasche, warf sie ein, schnappte sich eine Zeitung und begann atemlos zu lesen:

> Heute Morgen wurde im Tompkins Square Park in East Village die Leiche einer bislang noch nicht identifizierten jungen Frau entdeckt. Sie wurde offensichtlich Opfer des gleichen brutalen Mörders, der vor zwei Tagen bereits eine Touristin im Central Park umgebracht hat. In beiden Fällen hat der Mörder seinem sterbenden Opfer einen Teil des Rückenmarks entnommen: die

so genannte Cauda equina, ein Bündel von Nervensträngen an der Rückenmarksbasis, das einem Pferdeschwanz ähnlich sieht. Dieser Eingriff dürfte zum Tod der jungen Frau geführt haben. Die Verstümmelungen wurden in beiden Fällen mit großer Sorgfalt und Präzision vorgenommen, vermutlich mit einem chirurgischen Besteck. Einer anonymen Quelle zufolge soll die Polizei bei ihren Ermittlungen davon ausgehen, dass es sich bei dem Mörder um einen Täter mit medizinischen Fachkenntnissen, möglicherweise einen Chirurgen handelt.
Die Art des Eingriffs entspricht dem Vorgehen, das in einem kürzlich im Archiv des New York Museums of Natural History gefundenen alten Dokument detailliert beschrieben ist und das in Zusammenhang mit einer Serie von Experimenten gebracht wird, durch die ein gewisser Enoch Leng im neunzehnten Jahrhundert versucht haben soll, eine Formel zur Verlängerung seines Lebens zu finden. Am ersten Oktober wurden bei Baggerarbeiten auf einer Baustelle an der Catherine Street die sterblichen Überreste von sechsunddreißig Mordopfern gefunden, deren gewaltsamer Tod vermutlich Leng anzulasten ist. Näheres über die Identität dieses Leng ist nicht bekannt, er soll jedoch Verbindungen zum New York Museum of Natural History gehabt haben.
Police Commissioner Karl C. Rocker ließ verlauten: »Wir haben es hier anscheinend mit einem Nachahmungstäter zu tun, einem verwirrten Individuum, das den Artikel über Leng gelesen hat und nun dessen Verbrechen nacheifert.« Weitere Informationen wollte Rocker mit Rücksicht auf die laufenden Ermittlungen nicht preisgeben, er hat aber darauf hingewiesen, dass über fünfzig Beamte bei der Aufklärung der mysteriösen Fälle eingesetzt sind und die Ermittlungen »mit höchster Priorität« durchgeführt werden.

Smithback fing vor Wut leise zu wimmern an. Er hatte eigentlich über den Mord im Central Park berichten sollen, war der Sache aber nicht nachgegangen. Stattdessen hatte er seinem Chefredakteur Fairhavens Haupt auf einem Silberteller versprochen. Und was konnte er nun vorweisen? Nichts, absolut nichts. Denn Bryce Harriman, sein alter Rivale, hatte ihm die Story, die eigentlich ihm gehörte, vor der Nase weggeschnappt.

Im Geiste sah er schon sein eigenes Haupt auf einem Teller liegen, und wer weiß, ob's wenigstens ein silberner war.

6

Nora bog von der Canal Street in die Mott ein und bahnte sich – vorbei an weggeworfenen Zeitungen im Rinnstein, Fischbuden auf den Bürgersteigen und Schaufenstern mit Mastenten und von der Decke baumelnden, brodelnden Suppenkesseln – ihren Weg durch das für Chinatown typische Freitagabendgedränge. Zum Glück waren es nur noch ein paar Dutzend Schritte bis zur *Ten Ren's Tea and Ginseng Company*.

Sie zwängte sich durch die Tür in einen lang gestreckten, hell ausgeleuchteten, tadellos sauberen Raum. Die Luft war vom Aroma ungezählter Gerüche geschwängert. Es dauerte eine Weile, bis sie Pendergast entdeckte. Er saß, halb von Regalen mit Ginseng und Ingwer verdeckt, an einem Tisch direkt vor dem Verkaufstresen.

»Sind Sie Teetrinkerin?«, fragte er zur Begrüßung.

»Hin und wieder.« Sie hatte in der U-Bahn genug Zeit gehabt, sich zu überlegen, wie sie ihm die neue Situation klar machen würde. Am besten, sie brachte es schnell hinter sich und ging dann wieder.

Aber Pendergast hatte es offensichtlich nicht eilig. Er wandte sich zu der Besitzerin um, einer klein gewachsenen, quickmun-

teren Frau, und tauschte mit ihr einen Schwall von Lauten aus, die sich wie ineinander verschlungene Silben anhörten.
»Nin hao, lao bin liang. Li mama hao ma?«
Die Frau schüttelte den Kopf. »Bu, ta hai shi lao yang zi, shen ti bu hao.«
»Quing li Dai wo xiang ta wen an. Quing gei wo yi bei Wu Long cha hao ma?«
Die Frau hantierte hinter dem Tresen, kam bald darauf mit einer Keramikkanne und einer winzigen Tasse zu ihnen an den Tisch und schenkte Nora ein.
»Sie sprechen Chinesisch?«, fragte Nora.
»Ein wenig Mandarin«, erwiderte Pendergast. »Aber ich muss gestehen, dass ich mich auf Kantonesisch fließender verständigen kann.«
Nora sagte nichts. Sie hatte sich abgewöhnt, sich bei dem Agent über irgendetwas zu wundern.
Er deutete mit einem Kopfnicken auf ihre Tasse. »King's Tea aus dem Anbaugebiet Osmanthus Oolong, einer der besten Tees auf der Welt. Reift auf der Sonnenseite des Gebirges heran. Im Frühjahr werden die frisch ausgetriebenen Blätter geerntet.«
Nora hob die winzige Tasse; augenblicklich stieg ihr ein betörendes Aroma in die Nase. Sie nahm einen Schluck: eine Komposition aus grünem Tee und vielen köstlichen Aromen.
»Sehr ansprechend«, sagte sie.
Pendergast nickte, wechselte wieder ein paar Worte mit der Besitzerin, die einen Beutel Tee abfüllte, ihn abwog, versiegelte, den Preis auf einen Plastikaufkleber kritzelte und den Beutel Nora überreichte.
Nora sah Pendergast abweisend an. »Ich nehme kein Geschenk von Ihnen an.«
»Bitte, machen Sie eine Ausnahme! Er ist ausgezeichnet für die Verdauung gegen die freien Radikalen.«
Sie wollte schon zugreifen, dann sah sie den Preis. »Zweihundert Dollar?«, fragte sie entsetzt.

»Nun, der Beutel reicht für drei bis vier Monate. Das ist ein angemessener Preis, wenn man bedenkt …«

»Hören Sie, Mr. Pendergast«, fiel ihm Nora ins Wort, »ich bin hergekommen, um Ihnen zu sagen, dass ich nicht mehr für Sie tätig sein kann. Meine Karriere im Museum steht auf dem Spiel. Man hat mir unmissverständlich bedeutet, dass ich nicht mehr mit Ihnen zusammenarbeiten darf. Ich liebe meinen Beruf, und ich will ihn behalten. Ich kann es mir einfach nicht leisten, nach dem Reinfall mit dem Lloyd Museum schon wieder auf der Straße zu stehen.«

Pendergast nickte lediglich.

»Brisbane und Collopy haben mir das Geld für meine C-14-Daten zur Verfügung gestellt. Ich habe eine Menge Arbeit vor mir, da bleibt einfach keine Zeit für andere Dinge.«

Pendergast hörte ihr stumm zu.

»Wozu brauchen Sie mich überhaupt? Ich bin Archäologin, und es gibt keine Fundstelle mehr, wo man etwas untersuchen könnte. Das FBI hat genügend Spezialisten für alles, was jetzt noch zu tun bleibt.«

Pendergast hüllte sich immer noch in Schweigen. Nora nahm wieder einen Schluck Tee, das Tässchen klapperte verdächtig auf der Untertasse, als sie es absetzte. »So, jetzt wissen Sie es.«

Pendergast sagte nur: »Mary Green hat ein paar Querstraßen von hier gewohnt, an der Water Street Nummer sechzehn. Das Haus gibt es immer noch. Nur ein paar Gehminuten entfernt.«

Nora sah ihn überrascht an. Sie hatte nie darüber nachgedacht, dass das Mädchen in dieser Gegend zu Hause gewesen war. Plötzlich fiel ihr der mit Blut geschriebene Brief ein. Sie hatte gewusst, dass sie sterben musste. Ihr letzter Wunsch war gewesen, nicht irgendwo anonym verscharrt zu werden.

Pendergast fasste sie sanft am Arm. »Kommen Sie!«

Sie wehrte ihn nicht ab. Draußen ging sie stumm neben ihm durch die quirligen Straßen, bis sie in eine der engen, dunklen Gassen abbogen, die zum East River hinunterführten. Chinatown lag hinter ihnen, die gespenstische Stille des alten Industriegeländes umfing sie. Das Licht der tief stehenden Sonne reichte gerade noch aus, um hier und da die Umrisse besonders hoher Gebäude auszumachen. An der Catherine Street bogen sie nach Südosten ab. Nora blickte neugierig zu den Mauern des neuen Wohnturms hinüber, den Fairhavens Arbeiter hochzogen. Nichts erinnerte mehr an den unterirdischen Tunnel und seine Geheimnisse.

Ein paar Minuten später waren sie in der Water Street angekommen. Alte Fabrikhallen, Lagerhäuser und halb verfallene Mietshäuser säumten die Straße. Vor einem blieb Pendergast schließlich stehen. Es war immer noch bewohnt, aus einem Fenster schimmerte gelbes Licht.

»Hier ist es«, sagte der Agent, »Nummer sechzehn.« Er starrte in die Dunkelheit. »Mary Green stammte aus einer Arbeiterfamilie. Als die kleine Farm ihres Vaters die Familie nicht mehr hatte ernähren können, war er mit seiner Frau und den Kindern hierher gezogen. Er arbeitete als Schauermann auf den Docks. Mary war fünfzehn, als ihre Eltern an der Cholera starben. Unsauberes Wasser. Ihr Bruder Joseph war sieben, ihre Schwester Constance fünf Jahre alt.«

Nora hörte ihm bedrückt zu.

»Mary hat versucht, ihre Geschwister und sich als Wäscherin und mit kleinen Näharbeiten durchzubringen, aber es hat anscheinend nicht für die Miete gereicht, sie waren gezwungen auszuziehen. Andere Arbeit gab es nicht, aber von irgendetwas mussten sie leben. Und so ist Mary, die ihren Geschwistern sehr zugetan war, schließlich Prostituierte geworden.«

»Wie schrecklich«, murmelte Nora.

»Es kam noch schlimmer. Mit sechzehn wurde sie aufgegriffen und eingesperrt. Das muss wohl der Zeitpunkt gewesen sein, von dem an Joseph und Constance als Gossenkinder gelebt haben. Man hat nie wieder von ihnen gehört, vermutlich sind sie verhungert. In New York wurde 1871 die Zahl solcher Gossenkinder auf achtundzwanzigtausend geschätzt. Mary wurde später aus dem Gefängnis entlassen und in ein Arbeitshaus gesteckt, die so genannte Five Points Mission – im Grunde eine Einrichtung, in der Kinder ausgebeutet wurden. Aber weil es immerhin besser als das Gefängnis war, sah es auf den ersten Blick so aus, als sei für Mary Green ein glücklicher Lebensabschnitt angebrochen.«

Pendergast verfiel in Schweigen. Irgendwo auf dem Fluss heulte schaurig die Sirene einer Barke.

»Und was ist dann aus ihr geworden?«

Pendergast zuckte die Achseln. »Die amtlichen Unterlagen enden mit der Aufnahme in das Arbeitshaus.« Er wandte sich zu ihr um, sein bleiches Gesicht schien auf geheimnisvolle Weise von innen her zu leuchten. »Enoch Leng – *Doktor* Enoch Leng – hat sich Arbeitshäusern und Pensionen, darunter auch der Five Points Mission, als medizinischer Betreuer angedient. Ehrenhalber, ohne Bezahlung. Das war zwei Jahre vor dem verheerenden Brand in Shottums Kuriositätenkabinett. Wie wir wissen, hatte er dort einige Räume im obersten Stock angemietet. Aber er dürfte außerdem ein Haus in New York besessen haben.«

Nora seufzte. »Wir wissen doch bereits aus Shottums Brief, dass Leng die Morde begangen hat. Wieso brauchen Sie dann noch meine Hilfe?«

»Es finden sich so gut wie keine schriftlichen Unterlagen über Leng. Ich habe mich bei der Gesellschaft für amerikanische Geschichte, in der öffentlichen Bibliothek und in den städtischen Archiven umgesehen, es ist nichts über ihn aufzutreiben. Allmählich glaube ich, dass Leng selbst alles gelöscht hat, was ihn belasten konnte. Andererseits wissen wir, dass er ein früher Förderer des Museums war. Daher glaube ich, dass es im Archiv des Museums noch mehr Unterlagen gibt, die zumindest indirekte Hinweise auf ihn enthalten. Nur, Sie wissen selbst, wie umfangreich und schlecht geordnet das Archiv ist. Es wäre vergebliche Mühe, dort irgendetwas entdecken zu wollen.«

»Warum soll ich das tun?«, protestierte Nora lau. »Warum fordert das FBI die Akten nicht einfach an? Notfalls unter Androhung von Ordnungsstrafen?«

»Akten haben die Eigenschaft, plötzlich zu verschwinden, wenn sie offiziell angefordert werden. Aber Mr. Puck war immer sehr hilfsbereit, und er wird es zweifellos auch weiterhin sein. Außerdem ist da noch etwas: Tinbury McFaddens Tochter lebt noch. Sie wohnt in einem alten Haus in Peckskill. Sie ist fünfundneunzig, aber geistig sehr agil. Eine Ahnung sagt mir, dass sie ihr Wissen bereitwilliger mit Ihnen teilen würde als mit einem Vertreter des Federal Bureau of Investigation.«

»Sie haben mir bis jetzt nie erklärt, wieso Sie sich derart für diesen alten Fall interessieren.«

»Die Gründe sind unwichtig. Wichtig ist, dass niemand, der solche entsetzlichen Verbrechen begangen hat, ungeschoren davonkommt, auch dann nicht, wenn er längst tot ist. Das ist wie mit Hitler. Es ist wichtig, die Erinnerung an seine Untaten lebendig zu halten, denn die Vergangenheit ist Teil unserer Gegenwart. Im Augenblick sieht es sogar danach aus, dass sie *lebendiger* Teil der Gegenwart ist.«

»Sie reden von den beiden neuen Morden«, sagte Nora. Ganz New York redete darüber. Man konnte den Menschen auf der Straße das Wort »Nachahmungstäter« förmlich von den Lippen ablesen.

Pendergast nickte stumm.

»Glauben Sie wirklich, dass die Morde etwas miteinander zu tun haben? Dass irgendein Wahnsinniger Smithbacks Artikel gelesen hat und an Lengs Formel weiterarbeiten will?«

»Ja.« Pendergast nickte ernst. »Ich glaube, dass die Morde etwas miteinander zu tun haben.«

Es war inzwischen völlig dunkel geworden, die Water Street und die Piers lagen da wie im Tiefschlaf. Nora überlief ein Schaudern.

»Mr. Pendergast, ich würde Ihnen gern helfen. Aber wie schon gesagt, ich glaube nicht, dass ich noch irgendetwas für

Sie tun kann. Und meiner Meinung nach sollten Sie sich eher um die neuen als um die alten Morde kümmern.«
»Genau das tue ich. Die Lösung des Rätsels um die neuen Morde liegt in den alten verborgen.«
Sie sah ihn verblüfft an. »Wieso das?«
»Es ist noch zu früh, darüber zu sprechen, Nora. Ich habe noch nicht auf alle Fragen Antworten gefunden. Streng genommen, habe ich Ihnen vielleicht schon zu viel erzählt.«
Nora seufzte. »Es tut mir Leid, aber ich kann mir einfach nicht leisten, meinen Job aufs Spiel zu setzen. Schon gar nicht, wenn ich keine schlüssigen Gründe dafür sehe. Ich hoffe, Sie werden das verstehen.«
Pendergast zögerte einen Augenblick, dann deutete er eine Verbeugung an und sagte: »Natürlich respektiere ich Ihre Entscheidung.«
Und Nora dachte: Komisch, bei ihm hört sich das überhaupt nicht gestelzt an.

Pendergast bat seinen Fahrer, ihn einen Häuserblock vor seinem Apartmenthaus abzusetzen, und als er aus dem Rolls-Royce gestiegen war, ging er, in Gedanken versunken, das letzte Stück zu Fuß. Nach einigen Schritten blieb er stehen und starrte auf das Haus, in dem er wohnte: das Dakota, eine große, überladene Residenz unweit vom Westeingang des Central Park. Aber im Geiste war es gar nicht dieses Gebäude, das er vor sich sah, sondern das kleine heruntergekommene Mietshaus in der Water Street, in dem Mary Green einst gewohnt hatte.
Ein Haus, das sicher keine Geheimnisse barg. Es wäre zwecklos gewesen, nach solchen zu suchen. Zumal es ihm nicht so sehr um Fakten und Personen ging, sondern darum, ein Gefühl dafür zu entwickeln, wie die Familie gelebt hatte und wie Mary hier aufgewachsen war. Der Exodus ihres Vaters von der Farm in die große Stadt – ein typisches Schicksal in der Zeit nach den Wirren des Bürgerkriegs. Mary hatte eine

harte, entbehrungsreiche und dennoch glückliche Kindheit gehabt. Der Lohn eines Schauermanns sicherte der Familie ein bescheidenes Auskommen. Aber dann hatte die Cholera Marys Eltern dahingerafft, ihrem kleinen Glück ein jähes Ende bereitet und sie auf einen unheilvollen Weg geführt. Einen Weg, der für sie – und mindestens fünfunddreißig andere blutjunge Opfer – in einem unterirdischen Kohlenkeller enden sollte …

Eine Bewegung am Ende des Häuserblocks, die er aus den Augenwinkeln wahrnahm, riss ihn aus seinen Gedanken. Ein alter Mann, ganz in Schwarz, mit einem Bowler auf dem Kopf und einer Reisetasche in der Hand, kam ihm, auf einen Stock gestützt, mühsam entgegen. Und Pendergast dachte noch, dass der alte Herr aussah, als habe er sich selbst überlebt.

7

Mein Gott, wie lange war sie nicht mehr in ihrem Labor gewesen? Sie drückte die Stahltür auf und schaltete das Licht ein. Alles sah so aus, wie sie's zurückgelassen hatte: der weiße Tisch mit dem Mikroskop, dem Computer und den Chemikalien zur Anreicherung von Gesteinsproben. Aus dem Metallschrank mit den gesammelten Proben wehte sie ein Hauch von Pinien und Wacholder an, und schon meldete sich das Heimweh nach New Mexico.

Was hatte sie eigentlich hier in New York zu suchen? Sie gehörte in den Südwesten, als Archäologin und auch sonst. Skip, ihr Bruder, redete ihr am Telefon mindestens einmal pro Woche zu, zurück nach Santa Fé zu kommen. Na gut, sie hatte Pendergast erzählt, dass sie es sich nicht leisten könne, ihren Job im Museum zu verlieren, aber in Wirklichkeit konnte sie jederzeit eine Stelle an der Universität von New Mexico oder der Arizona State bekommen. Beide hatten hervorragende archäologische Fakultäten, und dort hätte sie

nicht erst Kretins wie Brisbane den Wert ihrer wissenschaftlichen Arbeit klar machen müssen.
Der Gedanke an Brisbane brachte sie gleich wieder in Rage. Nur, Kretin oder nicht, dies war das New York Museum of Natural History. So eine Chance bot sich ihr so schnell nicht wieder.
Sie drückte die Tür hinter sich zu und schloss sie ab. Jetzt, nachdem sie ihr das Geld für die C-14-Daten bewilligt hatten, konnte sie sich voll in ihre Arbeit stürzen und die Proben für den Versand an das radiokarbonologische Labor der University of Michigan vorbereiten. Sobald sie die Daten zurückhatte, konnte sie endlich den Nachweis der engen Verwandtschaft zwischen den Kulturen der Anasazi und der Azteken antreten.
Sie öffnete eines der Schrankfächer und entnahm ihm vorsichtig ein Tablett mit Dutzenden verkorkter Probenfläschchen, jedes mit einem Anhänger versehen, der Auskunft über den Inhalt gab: eine winzige Probe Holzkohle, eine Hand voll angekokelter Samenkörner, das Fragment eines Maiskolbens, ein Stück Holz oder ein Knochenfund. Drei solche Tabletts reihte sie nebeneinander auf und überzeugte sich, dass jeder Anhänger die genauen Angaben über den Inhalt des Fläschchens und den Fundort enthielt. Immerhin kostete jede Datenbestimmung zweihundertfünfundsiebzig Dollar, da musste man schon genau sein.
Unwillkürlich schweiften ihre Gedanken hin und wieder ab: zurück zu den Ereignissen der letzten Tage oder zu der Frage, ob sich ihr gestörtes Verhältnis zu Brisbane je wieder einrenken ließ. Er war ein schwieriger Chef, aber Boss ist Boss. Trotzdem, der Mann war clever genug, um irgendwann einzusehen, dass sie sich zusammenraufen mussten. Und dann fiel ihr Smithbacks Artikel ein, der nicht nur sie in die Bredouille gebracht, sondern offensichtlich auch zu einer Art Sprachregelung in Pressekreisen geführt hatte; die Boulevardzeitungen sprachen im Zusammenhang mit dem Mörder,

der in New York nachts sein Unwesen trieb, kurzerhand von dem »Chirurgen«. Sie fragte sich immer noch, wieso Smithback glauben konnte, er habe ihr mit seinem Artikel geholfen. Aber im Grunde hatte sie ja immer gewusst, dass sein Denken vor allem um das eigene Ego kreiste. Von Smithback war's nur noch ein kleiner Sprung zu Pendergast. Ein rätselhafter Mann. Sie war nicht mal sicher, ob seine Ermittlungen von seinen Vorgesetzten abgesegnet waren. Ließ das FBI einen seiner Agents einfach so auf eigene Faust ermitteln? Und warum machte er so ein Geheimnis aus den Gründen für sein Interesse an diesen alten Mordfällen? Wirklich höchst merkwürdig. Ein Glück, dass sie nichts mehr damit zu tun hatte.

Und doch, als sie sich wieder über ihre Proben beugte, musste sie sich eingestehen, dass sie keineswegs glücklich mit ihrer Situation war. Im Gegenteil, sie spürte, dass sie den Gedanken an Mary Green und ihr trauriges Los nicht verdrängen konnte. Das schäbige Mietshaus, das einfache Kleid, das sie mit so viel Liebe ein wenig hergerichtet hatte, und die anrührende kurze Notiz, die sie in der Vorahnung ihres nahen Todes verfasst hatte – das alles war unauslöschlich in Nora verankert.

Ein leises Klopfen an der Tür. Der Klinke wurde gedrückt, aber da sie abgeschlossen hatte, kam nichts als ein Klappern dabei heraus.

Sie schielte zur Tür. »Wer ist denn da?« Irgendwie war ihr das Rütteln nicht geheuer, sie verspürte Angst.

»Ich bin's, Bill.« Der heisere Flüsterton wurde zusätzlich durch die Tür gedämpft.

Sie atmete erleichtert auf, doch dann überwog ihre Verärgerung. »Was hast du hier zu suchen?«

»Mach doch auf, es ist wichtig, Nora!«

»Soll das ein Witz sein? Verschwinde, und zwar sofort! Sonst rufe ich den Sicherheitsdienst.« Das Rütteln an der Tür hörte nicht auf. »Ich meine es ernst!« Sie griff zum Hörer und wählte die Nummer des Sicherheitsdienstes. Der Officer versicherte, dass seine Leute gleich da seien und sich um alles kümmern würden.

Smithback ließ nicht locker. »Lass mich kurz rein, es gibt da etwas, was du wissen solltest. Letzte Nacht …«

Nora hörte eilige, schwere Schritte auf dem Flur.

»He! Was soll das? Ich bin Reporter und arbeite für …«

»Kommen Sie bitte mit uns, Sir«, sagte eine energische Stimme. Danach folgten scharrende Schritte, wie von einem kurzen Gerangel.

»Nora!« Plötzlich hörte sich Smithbacks Stimme so verzweifelt an, dass sie zur Tür ging, aufschloss und den Kopf durch den Türspalt steckte. Zwei kräftige Männer hatten Smithback links und rechts gepackt. Er sah Nora mit treuherzigem Hundeblick an, versuchte sich aus dem Griff der beiden Männer zu winden und beklagte sich bitter: »Nora, ich kann's nicht fassen, du hast tatsächlich diese Typen gerufen!« Dann fuhr er die beiden Männer an: »Lassen Sie mich los, ich bin Reporter!«

Die Männer beachteten ihn gar nicht. Einer fragte Nora: »Alles in Ordnung mit Ihnen, Miss?«

»Ja, alles okay. Ich will nur, dass dieser Mann hier verschwindet. Er hält sich im Sicherheitsbereich auf.«

Die beiden Muskelmänner packten fester zu. »Hier entlang, Sir, wir bringen Sie zum Ausgang.«

»Lassen Sie mich los! Ich werde mich über Sie beschweren, das ist Freiheitsberaubung!«

»Tun Sie das, Sir!« Und dann schleppten sie Smithback mit sanfter Gewalt Richtung Fahrstuhl.

»Nora!«, schrie er ihr über den halben Flur zu. »Hör mir endlich zu, bitte! Pendergast ist überfallen worden, ich hab's im Polizeifunk mitgehört. Er ist im St. Luke's-Roosevelt an der Neunundfünfzigsten. He, ihr sollt mich loslassen, verdammt noch mal!«

Aber da schlossen sich schon die Fahrstuhltüren hinter ihm.

8

Niemand wollte ihr irgendetwas sagen. Endlich, nach über einer Stunde, hatte der Arzt Zeit für sie. Er war jung, sah übernächtigt und müde aus, und ums Kinn spross ein Zweitagebart.

»Dr. Kelly?«, fragte er nach einem raschen Blick auf sein Klemmbrett.

Sie schoss hoch. »Wie geht's ihm?«

Ein kühles Lächeln huschte über das Gesicht des jungen Arztes. »Oh, er wird bald wieder auf dem Damm sein. Sind Sie Ärztin?«

»Ich bin Archäologin. Wir sind befreundet. Kann ich ihn besuchen? Was ist denn überhaupt passiert?«

»Er wurde letzte Nacht mit einem Messer attackiert. Hat Glück gehabt, die Klinge hat das Herz um Daumenbreite verfehlt. Ansonsten ...« Der Arzt zögerte. »Nun, ich würde sagen, er ist prächtig gelaunt. Ein Sonderling, dieser Mr. Pendergast. Er hat darauf bestanden, dass bei der Operation ein Anästhesist seiner Wahl dabei ist, anderenfalls werde er die Einverständniserklärung nicht unterschreiben. Dann hat er einen Spiegel verlangt, weil er unbedingt die Wunden sehen wollte, bevor wir mit der Operation beginnen. Und das, obwohl er nach dem Blutverlust sehr geschwächt war. Ziemlich verschroben, würde ich sagen. Welchen Beruf übt er denn aus?«

»Er ist beim FBI.«

Das dünne Lächeln verkümmerte. »Aha, das erklärt einiges. Wir mussten ihn zunächst in einem Zweibettzimmer unterbringen, es war kein Einzelzimmer frei. Aber nachdem er einen Senator eingeschaltet hatte, haben wir schnell eines frei gemacht.« Wieder ein kurzes Zögern. »Nicht, dass er sich beschwert hätte, sein Bettnachbar hat darauf bestanden. Mr. Pendergast hatte nämlich damit begonnen, sich ein – sagen wir: sehr anschauliches – Video von einer Autopsie anzusehen.« Der Arzt seufzte. »Es ist nicht einfach mit ihm. Er weigert sich, die Krankenhauskost zu sich zu nehmen, und besteht darauf, sich sein Essen von ›Balducci‹ bringen zu lassen. Ach ja, die intravenöse Verabreichung eines Stärkungsmittels und die Einnahme eines schmerzstillenden Mittels hat er ebenfalls abgelehnt. Er muss große Schmerzen haben, lässt sich aber nichts anmerken.« Der Arzt zuckte die Achseln. »Aber nach den neuen Richtlinien für die Respektierung der Patientenrechte sind mir die Hände gebunden.«

»Hört sich alles ganz nach ihm an«, sagte Nora trocken.

»Das Positive daran ist, dass sich schwierige Patienten in der Regel am schnellsten erholen. Mir tun nur die armen Schwestern Leid.« Der Arzt warf einen Blick auf seine Uhr. »Sie können ihn übrigens jetzt besuchen. Zimmer fünfzehn-null-eins.«

Pendergast lag in einem schwarzen seidenen Schlafanzug im Bett, neben ihm stand eine Schwester, in der einen Hand eine Spritze, in der anderen ein Plastikschälchen mit Medikamenten. Auf dem Fernseher über seinem Bett waren drei weiß gekleidete Gerichtsmediziner dabei, einen blutigen Leichnam zu sezieren. Einer von ihnen hob gerade ein wabbelndes Gehirn aus dem offenen Schädel. Nora sah schnell weg.

»Mr. Pendergast«, sagte die Schwester streng, »ich bestehe darauf, dass Sie sich die Injektion geben lassen. Sie haben eine schwere Operation hinter sich, Sie brauchen Schlaf, damit Sie wieder zu Kräften kommen.«

Pendergast langte ungerührt nach einem angestaubten dicken Wälzer, blies den Staub weg, schlug das Buch auf und begann darin zu blättern. »Schwester, ich habe nicht die Absicht, mir irgendetwas spritzen zu lassen. Falls ich müde werde, schlafe ich schon von allein ein.«

»Dann muss ich den Arzt verständigen«, sagte die Schwester ungehalten und stürmte, an Nora vorbei, nach draußen.

Nora zog sich einen Stuhl heran. »Sind Sie okay?«

Pendergast nickte.

»Was ist denn passiert?«
»Ich war unvorsichtig.«
»Aber wer hat Sie denn mit dem Messer attackiert? Und wo und wann?«
»Ein Mann in einem schwarzen Anzug, mit einem Stock und einem Bowler. Draußen vor meinem Apartmenthaus.« Er griff zur Fernbedienung, schaltete den Apparat aus und legte das Buch weg. »Er hat versucht, mich zu chloroformieren. Ich habe den Atem angehalten, so getan, als würde ich ohnmächtig, und mich dann rasch seitlich weggerollt. Aber ich habe ihn unterschätzt, er war außergewöhnlich kräftig und behende. Er hat noch mit dem Messer auf mich eingestochen, dann ist er verschwunden.«
»Das hätte Ihren Tod bedeuten können.«
»Was wohl auch in seiner Absicht lag. Ich konnte gerade noch seine Hand ein Stück zur Seite stoßen. Was übrigens ein bewährter Trick ist – nur für den Fall, dass Sie mal in eine ähnliche Situation geraten.« Er beugte sich vorsichtig etwas vor. »Ich bin überzeugt, dass es derselbe Mann war, der Doreen Hollander und Mandy Eklund ermordet hat.« Und als Nora ihn verblüfft ansah: »Ich konnte kurz sein Messer sehen. Es war ein Skalpell mit gekrümmter Klinge. Chirurgen benutzen es zum Beispiel bei Eingriffen am Trommelfell.«
»Aber … warum ausgerechnet Sie?«
Pendergasts gequältes Lächeln verriet, dass er starke Schmerzen hatte. »Schwer zu sagen. Vielleicht eine zufällige Begegnung, vielleicht waren wir auch der Wahrheit ein bisschen zu nahe gekommen. So oder so, wir haben ihn jedenfalls aus der Reserve gelockt. Ein beachtlicher Fortschritt.« Er konnte ein leises Stöhnen nicht unterdrücken.
»Sie hätten sich das schmerzstillende Medikament spritzen lassen sollen«, hielt ihm Nora vor.
»Für das, was ich zu tun beabsichtige, brauche ich einen klaren Kopf. Jahrhundertelang gab es gar keine schmerzstillenden Mittel. Passen Sie lieber auf sich auf! Keine einsamen

Spaziergänge am späten Abend und so. Ich habe wenigstens O'Shaugnessy als Leibwache.« Er drückte ihr ein Kärtchen in die Hand. »Rufen Sie ihn an, wenn Sie irgendetwas brauchen! Ich bin in ein paar Tagen wieder auf den Beinen. Übrigens, es wäre eine gute Idee, New York ein, zwei Tage den Rücken zu kehren. In Peekskill lebt eine reizende, immer zum Plaudern aufgelegte alte Dame. Sie würde sich über eine Besucherin sehr freuen.«

Nora seufzte. »Ich habe Ihnen doch gesagt, dass ich Ihnen nicht mehr helfen kann. Sie dagegen haben mir immer noch nicht verraten, was Sie an diesen alten Morden so fasziniert.«

»Alles, was ich Ihnen jetzt sagen könnte, wäre Stückwerk. Ich brauche noch eine Weile, um noch mehr Teile dieses Puzzles zusammenzufügen. Aber eins versichere ich Ihnen, Dr. Kelly: Ich stochere nicht aufs Geratewohl im Nebel herum. Wir müssen unbedingt mehr über Enoch Leng herausfinden, wenn wir Menschenleben retten wollen.«

Nora sah ihn stumm an.

»Tun Sie's für Mary Green, wenn Sie's nicht für mich tun wollen.«

Nora stelle den Stuhl weg und wandte sich zur Tür um.

»Und noch etwas, Dr. Kelly. Ihr Smithback ist gar kein so übler Bursche. Meine Erfahrung sagt mir, dass man sich, wenn's hart auf hart kommt, auf ihn verlassen kann. Es wäre mir eine große Beruhigung zu wissen, dass Sie beide weiter …«

Nora schüttelte den Kopf. »Kommt nicht in Frage.«

Pendergast gebot ihr mit einer unwilligen Geste Einhalt. »Tun Sie's zu Ihrer eigenen Sicherheit. Und nun muss ich mich wieder meiner Arbeit widmen. Ich bin sehr darauf gespannt, nach Ihrer Rückkehr aus Peekskill von Ihnen zu hören.«

Seine abrupte Art grenzte an einen Rausschmiss. Nora war ein wenig verärgert. Vor allem, weil er es wieder geschafft hatte, sie in seine Nachforschungen einzubinden. Nur, die Sache mit Smithback konnte er vergessen. Der dachte doch ununterbrochen an den Pulitzerpreis, nur deshalb wollte er den zweiten Akt des Dramas aus nächster Nähe miterleben. Gut, sie würde nach Peekskill fahren – aber allein.

9

Der kleine, verschwiegene Keller erinnerte in seiner Kargheit an eine Mönchsklause. Nur ein schmaler Tisch und ein schlichter Sessel brachten etwas Abwechslung in die Monotonie des unebenen Steinfußbodens und der feuchten, unverputzten Wände. Eine abgeschirmte Lampe warf ultraviolettes Licht auf die vier Utensilien auf dem Tisch: ein abgewetztes, zerfledderndes, ledernes Notizbuch, ein altmodischer Füllfederhalter, ein bräunlicher Gummiriemen und eine Spritze für subkutane Injektionen.

Die Gestalt im Sessel ließ den Blick wohlgefällig über die vier Gegenstände gleiten, dann griff sie sehr langsam nach der Spritze. Im ultravioletten Licht sah die Nadel aus, als werde sie gleich zu glühen beginnen, das Serum schien im Glasröhrchen zu dampfen.

Der Mann starrte auf das Serum, drehte das Röhrchen hin und her, fasziniert von den kleinen Strudeln, die sich bildeten. Das war's, wonach die Menschheit seit Urzeiten gesucht hatte: der Stein der Weisen, der Heilige Gral, der wahre Odem Gottes. Viele Opfer waren notwendig gewesen, um seiner habhaft zu werden – Opfer, die er bringen, und Opfer, die er anderen abverlangen musste, bis das Serum zu höchster Vollendung gediehen war. Aber wie viele Opfer auch gebracht werden mussten, sie waren es wert gewesen. Hier, vor ihm, lag die Unendlichkeit des Lebens, eingefangen in Glas. *Sein* ewiges Leben. Aus einem einzigen Material entstanden: der neuronalen Membrane der Cauda equina, dem Bündel spinaler Ganglien mit den längsten Nervensträngen. Und das alles, um die Körperzellen mit einer Essenz aus Neuronen zu tränken, sodass sie unsterblich wurden. Scheinbar ein ganz einfaches Konzept, aber welch gewaltiger Anstrengungen und wie viel mühevollen Suchens hatte es bedurft, bis alles entwickelt und zur Formel geworden war: zur formula.

Der Prozess der Synthese und Verfeinerung war quälend langsam verlaufen. Und dennoch hatte er ihn genossen, so wie er das Ritual genoss, das er in wenigen Minuten zu vollziehen gedachte. Es war gleichsam eine religiöse Erfahrung für ihn gewesen, sich Schritt für Schritt weiter voranzutasten und das richtige Maß zu finden. Er hatte ungezählte gnostische Schlüssel umdrehen müssen, ehe er sein Dankgebet sprechen konnte. Es war wie bei einem Cembalospieler, der sich auch erst durch alle neunundzwanzig Goldbergvariationen quälen muss, bevor sich ihm die letzte, reine, unverfälschte Klangfülle offenbart, die Bach vorgeschwebt hat.

Das Einzige, was sein Vergnügen an diesen Reflexionen trübte, war der Gedanke an die, die ihm in den Arm fallen wollten. Aber da musste es denen, die seinem edlen Tun Einhalt gebieten wollten, erst mal gelingen, die sorgfältig verwischten Spuren aufzudecken, die bis in diesen Kellerraum führten. Es gab einen, der ihm besonders viel Ärger machte, aber den hatte er bereits für seine Neugier bestraft – auch wenn die Strafe nicht so unwiderruflich ausgefallen war, wie er es vorgehabt hatte. Nun, irgendwann würde sich wieder eine Gelegenheit bieten, und es gab viele Methoden, Störenfriede abzustrafen.

Er legte die Spritze beiseite und griff nach dem in Leder gebundenen Notizbuch. Augenblicklich breitete sich der moderige Geruch des Verfalls im Keller aus. Es verblüffte ihn jedes Mal, dass ausgerechnet das kleine Buch, in dem die Formel gegen den Verfall festgehalten war, eben diesem Verfall so unaufhaltsam preisgegeben war. Eine jener Ironien, mit denen das Leben uns gern irritiert.

Er blätterte die Seiten um, verweilte besonders liebevoll bei den Aufzeichnungen aus den ersten Jahren des mühseligen Suchens und Forschens, und als er schließlich bei den jüngsten Eintragungen angekommen war, nahm er die Kappe des Füllfederhalters ab und legte ihn auf der Seite bereit, auf der er die neuesten Beobachtungen und Erkenntnisse aus seinem Selbstversuch eintragen wollte.

Er hätte sich gern mehr Zeit gelassen, aber das wagte er nicht. Das Serum brauchte eine spezifische Temperatur; wartete man zu lange, entfaltete es nicht mehr seine volle Wirkung. Sein Blick huschte über die Tischplatte, das Seufzen, das sich von seinen Lippen rang, hörte sich fast ein wenig bedauernd an. Aber das musste ihm die Einbildung vorgaukeln, denn es gab nichts zu bedauern. Bereits Sekunden nach der Injektion waren alle körperlichen Gebrechen ausgelöscht und der Alterungsprozess wurde zuverlässig gestoppt. Um es auf einen kurzen Nenner zu bringen: Ihm blieb all das erspart, was drei Jahrtausende lang die größten Geister der Menschheit dahingerafft hatte.

Plötzlich in Eile, langte er nach dem Gummiriemen, zurrte ihn oberhalb des Ellbogens fest, fuhr mit dem Fingernagel über die Vene, bis sie leicht anschwoll, setzte die Nadel an, trieb sie sich langsam unter die Haut, schloss die Augen und wartete.

10

Bei der Abfahrt vom New Yorker Grand Central hatte es noch geregnet, über Peekskill jedoch strahlte die Morgensonne, und nur ein paar weiße Schäfchenwolken hingen wie Wattetupfen am blauen Himmel. Im alten Stadtkern reihten sich dreistöckige Ziegelsteingebäude aneinander, jenseits des Hudson führten am Rathaus und der Bibliothek vorbei schmale Straßen zu den felsigen Hügeln mit hübsch von Bäumen beschatteten, aber in die Jahre gekommenen Wohnhäusern, alle mit dem obligatorischen Rasenstück im Vorgarten. Doch selbst in dieser brüchigen Idylle fehlten die

Wahrzeichen der Neuzeit nicht: eine Autoreparaturwerkstatt und ein gut sortierter Minimarkt. Und wenn sich auch ringsum der Zahn der Zeit bemerkbar machte, irgendwie hatte das Städtchen sich seinen Charme und seine Würde bewahrt.

Clara McFadden bewohnte ein Queen-Anne-Haus mit einem Giebeldach, zwei mit Butzenscheiben verglasten Türmchen und einer rundum laufenden Terrasse. Der einst weiße Anstrich fing bedenklich zu blättern an, aber der Garten mit den schönen alten Bäumen ließ die Spuren des beginnenden Verfalls vergessen. Nora, von dem steilen Anstieg schon leicht außer Atem, erklomm die Terrasse und zog an der schweren Bronzeglocke.

Eine Minute verstrich, dann noch eine. Sie wollte schon noch einmal an der Glocke ziehen, als ihr einfiel, dass die alte Dame ihr am Telefon gesagt hatte, sie solle einfach läuten und dann hereinkommen. Also drehte sie den schweren bronzenen Türknauf nach links und drückte die knarrende Haustür auf. Im Inneren roch es nach Staub, alten Gardinen und Katzen. Eine mit den Jahren brüchig gewordene Stimme rief ihr von irgendwoher zu: »Kommen Sie rein, meine Liebe!«

Nora folgte der Stimme und betrat zögernd den Salon. Nach dem hellen Sonnenlicht draußen hatte sie Mühe, sich in dem halbdunklen Raum zu orientieren, zumal die schmalen, hohen Fenster zur Hälfte mit schweren, mit Goldtroddeln verzierten Gardinen verhängt waren. Erst nach einer Weile vermochte sie das bleiche Gesicht der alten Dame und deren ebenso bleichen Hände auszumachen.

»Nur keine Bange, kommen Sie näher!«, forderte Clara McFadden sie auf und deutete auf einen Sessel. »Ich bin schon gespannt, was Sie von mir wissen wollen.«

Nora ließ sich in dem Sessel nieder, der, obwohl sie es behutsam tat, prompt ein Staubwölkchen aufsteigen ließ. »Danke, dass Sie sich Zeit für mich nehmen. Ich möchte mit Ihnen gern über Ihren Vater sprechen, über Tinbury McFadden.«

»Mein Kind, sagen Sie mir noch mal Ihren Namen? Alte Leute sind leider sehr vergesslich.«
»Nora Kelly.«
Die alte Dame griff nach dem Zugkettchen der Stehlampe neben ihr, und schwaches gelbes Licht fiel auf sie und ihre Besucherin. Immerhin, bekam Nora jetzt etwas mehr von ihrer Gastgeberin zu sehen. Ein alt gewordenes, eingesunkenes Gesicht, unter dessen wie gegerbt wirkender Haut sich blasse Adern abzeichneten. Clara McFadden musterte sie ein paar Atemzüge lang mit huschenden Augen, dann knipste sie die Lampe wieder aus. »Danke, Miss Kelly. Und was genau möchten Sie über meinen Vater hören?«
Nora nahm eine Mappe aus ihrer Umhängetasche und versuchte, im schummerigen Licht die Notizen zu entziffern, die sie sich im Zug gemacht hatte. Sie zögerte, wohl wissend, dass es zum Teil Fragen waren, durch die ihre Gastgeberin womöglich die Intimsphäre der Familie verletzt sehen konnte.
Die alte Dame griff nach einem Fläschchen mit einem grünen Aufkleber, das neben ihr stand, goss sich ein paar Tropfen auf einen Löffel und schluckte die Essenz. Da sprang eine schwarze Katze auf ihren Schoß und ließ ein wohlgefälliges Seufzen hören. Nora gewann ein bisschen Zeit, sich zu überlegen, wie sie anfangen sollte.
»Ihr Vater war einer der Kuratoren des New York Museum of Natural History. Ein Kollege von John Canaday Shottum, der in Manhattan ein Kuriositätenkabinett besaß. Und er war überdies bekannt mit einem Wissenschaftler namens Enoch Leng.«
Die alte Dame hüllte sich ein paar Sekunden in Schweigen. Dann nahm ihre Stimme auf einmal einen scharfen Ton an. »Leng? Wie kommen Sie auf Leng?«
»Wenn Sie etwas über Dr. Leng wissen, würde mich das sehr interessieren. Vielleicht besitzen Sie irgendwelche Briefe oder Aufzeichnungen, die etwas über ihn enthalten.«
Clara McFaddens Stimme hatte immer noch diesen seltsam

schrillen Klang. »Natürlich weiß ich etwas über Leng. Er war es, der meinen Vater ermordet hat.«

Nora starrte sie sprachlos an. Von einem Mord war bisher nie die Rede gewesen, auch in McFaddens Unterlagen nicht, die sie gelesen hatte. »Wie bitte?«, brachte sie schließlich stammelnd heraus.

»Oh, ich weiß, alle sagen, er sei einfach so verschwunden. Aber die Leute irren sich.«

»Woher wissen Sie das?«

Die alte Dame richtete sich ein wenig auf, knipste wieder die Stehlampe an und nahm ein gerahmtes altes Foto von dem Tischchen neben ihr. Es zeigte das vergilbte Porträt eines jungen Mannes in einem gedeckten, hochgeschlossenen Anzug, der in die Kamera lächelte und dabei zwei blitzende Silberzähne entblößte. Ein Auge war mit einer Schutzkappe abgedeckt, was ihm ein leicht jungenhaftes Aussehen verlieh. Die Stirnpartie und die ausgeprägten Wangenknochen verrieten die unverkennbare Ähnlichkeit mit Clara McFadden.

»Woher?«, fragte die alte Dame zurück. »Nun, das werde ich Ihnen sagen.«

In ihrem ungewohnt lauten Tonfall schwangen Erregung und Zorn mit. »Alles begann kurz nachdem mein Vater auf Borneo das rechte Auge verloren hatte. Er war ein leidenschaftlicher Sammler, müssen Sie wissen. Als junger Mann hatte er etliche Jahre in Britisch-Ostafrika verbracht. Im Laufe der Zeit baute er sich eine Sammlung von afrikanischen Säugetieren und naiver Eingeborenenkunst auf. Als er nach New York zurückkam, wurde er einer der Kuratoren des neuen Museums, das die Mitglieder des so genannten Bildungszirkels gerade einrichteten – das New York Museum of Natural History. Zu jener Zeit war alles noch ganz anders, Miss Kelly, die meisten Kuratoren waren im besten Sinn des Wortes Amateure, Männer, die ihrer Arbeit aus Liebe zur Sache nachgingen, ohne wissenschaftliche Ausbildung. Bei meinem Vater kam dazu, dass er an ausgefallenen, seltenen Dingen interessiert war. Wissen Sie, was man unter einem Kuriositätenkabinett versteht, Miss Kelly?«

»Ja«, sagte Nora, machte sich eifrig Notizen und ärgerte sich, dass sie kein Aufnahmegerät mitgenommen hatte.

»In New York gab es zu jener Zeit bereits einige davon, aber durch das neue Museum erwuchs ihnen eine erdrückende Konkurrenz. Wenn eines bankrott ging, kaufte das Museum die Sammlung auf. Mein Vater stand in Korrespondenz mit einigen Kabinetteignern, der Familie Delacourte, Phineas Barnum, den Brüdern Cadwalader und John Canaday Shottum.«

Sie langte abermals nach dem Fläschchen, genehmigte sich wieder einen Löffel voll und schluckte ihn mit sichtlichem Wohlbehagen. Diesmal konnte Nora im Lichtschein der Stehlampe entziffern, was auf dem grünen Aufkleber stand: *Lydia Pinkhams Gemüseelixier*.

»Es gab zu der Zeit nur wenige Männer mit wissenschaftlichen Ambitionen«, fuhr die alte Dame fort. »Sie hatten sich alle im Bildungszirkel zusammengeschlossen, dem übrigens auch Shottum angehörte, obwohl er wohl eher Geschäftsmann als Wissenschaftler war. Er hatte gerade das Kabinett an der Catherine Street eröffnet, dessen Besucher sich vornehmlich aus einfachen Leuten rekrutierten. Im Gegensatz zu seinen Kollegen glaubte Shottum daran, dass er mit seiner Sammlung den Horizont der kleinen Leute erweitern könne. Darum hatte er sich ja diese eher ein wenig anrüchige Gegend ausgesucht. Er wollte besonders die jungen Besucher ansprechen. Kurzum, er brauchte Hilfe bei der Identifizierung und Klassifizierung der Stücke seiner Sammlung, die er hauptsächlich aus dem Nachlass eines jungen Mannes aufgekauft hatte, der von den Eingeborenen auf Madagaskar getötet worden war.«

»Alexander Marysas«, warf Nora ein.

»Sie scheinen bereits eine Menge darüber zu wissen«, sagte die alte Dame misstrauisch. »Ich hoffe, ich langweile Sie nicht mit meiner Erzählung.« Sie griff nach dem Kettchen und knipste das Licht wieder aus.

»Überhaupt nicht. Bitte, fahren Sie fort!«

»Das *Shottum's* war ein recht stümperhaftes Kabinett. Mein Vater half Shottum hin und wieder, aber die Sammlung war sehr zufällig, ohne Systematik zusammengestellt, sie taugte nicht viel. Die Ausrichtung auf das ärmere Publikum, insbesondere die Jugend, brachte es mit sich, dass Shottum zu sehr auf Sensationen aus war. Es gab sogar eine Abteilung, die er ›Galerie des Widernatürlichen und Monströsen‹ nannte. Ich glaube, er hat sich zu sehr von Madame Tussauds Schreckenskabinett inspirieren lassen. Ein ziemlicher Ramsch, aber Shottum wollte eben das Publikum aus der näheren Umgebung anlocken.«

Sie hüstelte in ihr Spitzentaschentuch. »Etwa zu dieser Zeit hat sich ein Mann namens Leng dem Bildungszirkel angeschlossen.« Und auf einmal klang ihre Stimme hasserfüllt. »Enoch Leng.«

Nora spürte, wie ihr Herzschlag sich beschleunigte. »Kannten Sie Leng?«

»Mein Vater hat oft von ihm gesprochen, besonders kurz vor seinem Ende. Sehen Sie, mein Vater hatte ein verletztes Auge und sehr schlechte Zähne. Leng verhalf ihm zu einer Silberbrücke und zu einer Brille mit ungewöhnlich dicken Gläsern. Offensichtlich besaß er Kenntnisse in der Heilkunde.«

Sie faltete das Taschentuch zusammen, stopfte es sich in den Ärmel und nahm noch einmal ein Schlückchen von ihrem Elixier. »Es wurde erzählt, er komme aus Frankreich, aus einem Bergstädtchen nahe der belgischen Grenze. Angeblich soll er ein Baron gewesen sein, jedenfalls stammte er aus einer vornehmen Familie. Unter Wissenschaftlern wird viel getratscht, müssen Sie wissen. New York war damals noch sehr provinziell, und Leng war durchaus eine eindrucksvolle Erscheinung. Er galt allgemein als gebildeter Mann. Er selbst hat sich übrigens Doktor genannt, es hieß, er sei Chirurg oder

Chemiker.« Sie hatte das Taschentuch offenbar zu früh weggesteckt, jedenfalls schaffte sie es nicht mehr, den leisen, nach Gemüseessig riechenden Rülpser zu unterdrücken.
Motten schwirrten durch die Luft, die Katze wollte gar nicht mehr aufhören zu schnurren.
Die alte Dame fuhr mit frisch geklärter Stimme fort: »Shottum suchte einen Kurator für sein Kabinett. Leng zeigte Interesse, obwohl er als Kurator des *Shottum's* nicht gerade Ehre einlegen konnte. Wie auch immer, er mietete sich bei Shottum ein und bezog die Räume des obersten Stockwerks.«
»Wann war das?«
»Im Frühjahr 1870.«
»Wohnte er dort?«
Clara McFadden verzog das Gesicht. »Ein Mann seiner Herkunft hätte sich nie und nimmer in den Five Points niedergelassen. Aber wo er tatsächlich wohnte, wusste niemand, nicht mal mein Vater. Leng war sehr verschlossen. Er verbrachte seine Zeit hauptsächlich im Kabinett oder im Bildungszirkel. Soweit ich weiß, war er nur ein oder zwei Jahre für das Kabinett tätig. Er hat die Sammlung katalogisiert und jedes Stück genau beschrieben. Aber dann muss irgendetwas passiert sein, mein Vater hat nie in Erfahrung gebracht, was es war. Shottum scheint Misstrauen gegenüber Leng gehegt zu haben, er hätte ihm gern gekündigt, hat das aber immer wieder hinausgezögert. Leng zahlte eine ansehnliche Miete, und Shottum brauchte das Geld.«
»Mit welcher Art von Experimenten hat sich Leng eigentlich beschäftigt?«
»Ich nehme an, das hielt sich im üblichen Rahmen. Alle Männer mit wissenschaftlichen Interessen hatten seinerzeit ein eigenes Labor, mein Vater auch.«
»Sie sagten, Ihr Vater habe nie herausgefunden, was Shottum so misstrauisch gemacht hat? Das hätte bedeutet, dass er nie den an ihn gerichteten Brief gelesen hat, den Shottum im Geheimfach eines Elefantenfußes deponiert hat.«

»Das ist richtig. Mein Vater hat ihn nie danach gefragt. Shottum war ein ziemlich exzentrischer Mann, dem Opium zugetan und mit einer Neigung zur Melancholie. Mein Vater hat ihn wohl für einen geistig instabilen Mann gehalten. Und dann, an einem Sommerabend 1881, ist im Kabinett ein Feuer ausgebrochen. Angeblich im ersten Stock, ausgelöst durch eine defekte Gaslampe. Es hat so gewütet, dass kaum etwas übrig geblieben ist. Es hieß seinerzeit, von Shottum selbst seien nur ein paar verkohlte Knochen gefunden worden.«

Ein merkwürdiger Unterton ließ Nora aufhorchen. »Aber sie haben einen anderen Verdacht?«

»Mein Vater gelangte zu der Überzeugung, dass Leng das Feuer gelegt hat.«

»Wissen Sie, warum?«

Die alte Dame schüttelte den Kopf. »Das hat er mir nicht anvertraut.« Sie ließ einen Augenblick verstreichen, dann fuhr sie fort: »Kurz nach dem Brand hat Leng nicht mehr an den Treffen des Bildungszirkels teilgenommen. Er hat sich auch nicht mehr im New York Museum blicken lassen. Mein Vater verlor den Kontakt zu ihm. Er schien einfach von der Bildfläche verschwunden zu sein. Erst über dreißig Jahre später ist er überraschend wieder aufgetaucht.«

»Wann war das?«

»Während des Weltkrieges. Ich war damals ein kleines Mädchen, mein Vater hat spät geheiratet, müssen Sie wissen. Er erhielt einen Brief von Leng. Einen sehr freundlichen Brief, in dem Leng den Wunsch äußerte, die alte Bekanntschaft neu zu beleben. Mein Vater lehnte das ab, aber Leng bestand darauf. Er gewöhnte sich an, ins Museum zu kommen, die Vorlesungen meines Vaters zu besuchen und viel Zeit im Archiv des Museums zu verbringen. Meinen Vater hat das sehr irritiert und nach einiger Zeit sogar geängstigt. Er war so beunruhigt, dass er deswegen den Rat von Freunden aus dem Bildungszirkel eingeholt hat. Ich glaube mich an die Namen James Henry Perceval und Dumont Burleigh zu erinnern. Sie

sind kurz vor dem Tod meines Vaters mehrere Male bei uns zu Hause gewesen.«
Nora kam kaum mit ihren Notizen nach. »Aber Sie selbst haben Leng nie kennen gelernt?«
Die alte Dame zögerte. »Doch, einmal bin ich ihm begegnet. Er kam spät in der Nacht zu uns und wollte meinem Vater ein Fundstück als Geschenk überreichen. Er wurde an der Tür abgewiesen, hat das Fundstück aber dagelassen. Eine geschnitzte Holzfigur von einer Südseeinsel, nicht sonderlich wertvoll.«
»Und?«
»Am nächsten Tag ist mein Vater verschwunden.«
»Und Sie sind überzeugt, dass das Lengs Werk war?«
»Ja.«
»Wie hat er das zu Wege gebracht?«
Die alte Dame strich sich übers Haar, ihre hellwachen Augen schienen sich mit Noras fragendem Blick zu verhaken. »Mein liebes Kind, woher soll ich das wissen?«
»Aber warum sollte Leng ihn ermordet haben?«
»Ich glaube, mein Vater hatte irgendetwas über ihn herausgefunden.«
»Hat das Museum eine Untersuchung eingeleitet?«
»Plötzlich wollte niemand Leng je im Museum gesehen haben. Und natürlich hatte ihn auch niemand gesehen, als er bei uns an der Haustür stand. Beweise gab es ohnehin nicht. Es war für das Museum einfacher, sich der Version vom rätselhaften Verschwinden meines Vaters anzuschließen, auch wenn dadurch der Name meines Vaters in Misskredit gebracht wurde. Er war einfach aus unbekannten Gründen verschwunden. Ich war seinerzeit noch ein kleines Mädchen, und als ich später verlangt habe, die Hintergründe aufzuklären, hat man mich abgewiesen. Kein Wunder, ich hatte ja nichts in der Hand.«
»Und Ihre Mutter? Hatte sie den gleichen Verdacht?«
»Sie war damals schon tot.«

»Was ist aus Leng geworden?«
»Nach dem nächtlichen Besuch bei meinem Vater hat niemand je wieder etwas von ihm gehört oder gesehen.«
Nora nahm sich ein Herz und fragte: »Können Sie mir sagen, wie Leng ausgesehen hat?«
Clara McFadden ließ sich Zeit mit der Antwort. »Ich werde ihn nie vergessen. Haben Sie Poes *Untergang des Hauses Usher* gelesen? Darin gibt es eine Beschreibung, die mir unter die Haut gegangen ist, als ich auf sie gestoßen bin. Es war, als habe Poe Leng beschrieben. Ich kann die Stelle heute noch auswendig aufsagen: ›Eine leichenblasse Erscheinung. Das Auge groß, mit auffallend feuchtem Glanz. Ein fein geschnittenes Kinn, das Zeugnis vom Verlangen nach Ansehen oder dem Wunsch nach moralischer Autorität gibt ...‹ Leng hatte blondes Haar, blaue Augen und eine Habichtsnase. Er kleidete sich sehr formell, immer in altväterlichem Schwarz.«
»Eine sehr anschauliche Beschreibung.«
»Leng gehört zu den Menschen, die einen nicht loslassen, auch wenn sie schon lange tot sind. Aber am besten erinnere ich mich an seine Stimme. Sie war tief, resonant, mit einem strengen Akzent. Und da war noch etwas, eine seltsame Eigenart: die Stimme hörte sich an, als sagten zwei Personen unisono den gleichen Text auf.«
Das Halbdunkel schien den Salon in immer tiefere Schatten zu tauchen. Nora hatte alle ihre Fragen gestellt, es wurde Zeit, der alten Dame eine Erholungspause zu gönnen. Sie stand auf. »Herzlichen Dank, dass Sie mir Ihre Zeit geopfert haben, Miss McFadden.«
Aber nun war es Clara McFadden, die plötzlich noch eine Frage stellte. »Warum graben Sie ausgerechnet jetzt diese alte Geschichte aus?«
Nora wurde schlagartig klar, dass die alte Dame weder einen der Zeitungsartikel gelesen noch etwas von den jüngsten Morden gehört haben konnte, bei denen die Presse den unbekannten Täter ja fast nur noch als »den Chirurgen« apo-

strophierte. Sie ließ den Blick durch den schummerigen, in angestaubtem viktorianischem Pomp erstarrten Raum huschen. Nein, sie wollte die alte Dame nicht aufregen und ihre Welt nicht durch eine ehrliche Antwort in Aufruhr versetzen.

»Ich arbeite an einer Untersuchung über die alten Kuriositätenkabinette.«

In den Augen der alten Dame schien Feuer zu sprühen. »Ein interessantes Thema, Kind. Und womöglich ein gefährliches.«

11

Special Agent Pendergast lag reglos im Bett, nur seine Augen folgten Nora Kelly, als sie das Krankenhauszimmer verließ. Er warf einen Blick auf die Wanduhr: punkt neun Uhr abends, eine gute Zeit, um ans Werk zu gehen.

Er ließ im Geiste Revue passieren, was Nora ihm von ihrem Besuch in Peekskill erzählt hatte. Ihr Gespräch mit der alten Dame bestärkte ihn in dem seit langem gehegten Verdacht, dass Leng tatsächlich Shottum ermordet und, um alle Spuren zu tilgen, das Feuer im Kabinett gelegt hatte. Und zwar, nachdem der Hausherr die beiden Briefe verfasst und ihn zur Rede gestellt hatte. Und so lag die Vermutung nahe, dass er auch bei McFaddens rätselhaftem Verschwinden die Hand im Spiel gehabt hatte.

Blieb die Frage, warum er sich für seine mörderischen Aktivitäten ausgerechnet das Kuriositätenkabinett ausgesucht, was er sich von seinem kostenlosen medizinischen Engagement in den Arbeitshäusern versprochen hatte und wo er seinen teuflischen Experimenten nach dem Brand im *Shottum's* nachgegangen war.

Serienmörder neigten nach Pendergasts Erfahrung zu Fehlern, sie wurden unvorsichtig und hinterließen Spuren. Bei Leng lagen die Dinge anders. Er war im Grunde kein typischer Serienmörder und zudem gerissen. Immerhin hatte er es fertig gebracht, nach der Feuersbrunst seine Spur so sorgfältig zu verwischen, dass niemand etwas Genaues über ihn wusste. Es musste natürlich Hinweise auf seinen Verbleib geben, aber er hatte so viele Informationen ausgestreut, dass die falschen kaum noch von den richtigen zu unterscheiden waren. Nachforschungen allein halfen in so einem Fall nicht weiter, es kam vielmehr darauf an, die vorhandenen Informationen so lange zu filtern und zu analysieren, bis sich die Umrisse eines hinlänglich gesicherten Bildes abzeichneten.

Nur, das Problem lag darin, dass es bei so lange zurückliegenden Morden zunehmend schwieriger wurde, zu einer objektiven Beurteilung zu kommen. Zudem merkte er, dass er sich immer emotionaler engagierte. Wenn er sich nicht streng an die Kandare nahm und seiner Arbeit mit der gewohnten Disziplin nachging, stand er am Ende mit leeren Händen da. So weit durfte es nicht kommen, es wurde Zeit, eine kleine Exkursion vorzubereiten.

Sein Blick huschte über die Bücher, Karten und alten Periodika, die sich in seinem Krankenzimmer inzwischen auf sechs Rollwagen stapelten. Die wichtigste Unterlage lag neben ihm auf dem Nachttisch: der Plan von Shottums Kabinett. Er nahm ihn zum wer weiß wievielten Mal zur Hand und prägte sich alle Details ein, bis er sich so sicher war, dass er das vergilbte Papier endgültig weglegen konnte.

Aber sosehr die Zeit auch drängte, er konnte noch nicht anfangen. Erst musste er etwas gegen die Kakophonie aus Geräuschen und Lauten unternehmen, die unablässig auf ihn eindrang. Nachdem sein Zustand stabil geworden war, hatte er sich eigenmächtig aus dem St. Luke's-Roosevelt ins Lenox-Hill-Krankenhaus verlegt. Der alte Bau an der Lexiton Avenue hatte die dicksten Mauern der ganzen Stadt, vielleicht abgesehen von denen des Dakota. Aber sogar hier war er einem unerträglichen Geräuschpegel ausgeliefert. Er konnte sich unmöglich konzentrieren, solange das Messgerät für den

Sauerstoffgehalt im Blut penetrant piepste, die Schwestern auf dem Flur tratschten und klatschten, der Patient im Nebenzimmer schnarchte und im Stockwerk über ihm beharrlich irgendein Wunderwerk der modernen Gerätemedizin rumpelte. Und so blieb ihm nichts anderes übrig, als wieder einmal Zuflucht zu der bewährten, aus dem *Chongg Ran* abgeleiteten buddhistischen Meditationsübung zu nehmen.

Er schloss die Augen und stellte sich ein in seinem Schädel installiertes, in helles Licht getauchtes Schachbrett vor. Dann setzte er zwei Spieler an das Brett. Der erste eröffnete mit der Wiener Partie. Sein Zug mit dem Damenspringer erwies sich als guter Entwicklungszug. Ein Bauernvorstoß diente dazu, den Königsspringer auf Warteposition zu belassen ... Und je mehr die Spieler ihre Strategie verfeinerten, desto gedämpfter drangen die störenden Geräusche an sein Ohr.

Als einer der Spieler einen Zug tat, der den anderen schachmatt setzte, löschte Pendergast im Geiste die Vorstellung von einem Schachbrett aus und gruppierte stattdessen vier Spieler um einen Kartentisch. Bridge war für ihn, verglichen mit Schach, immer das raffiniertere, subtilere Spiel, er hatte es nur kaum noch gespielt, weil er seit dem Tod seiner engsten Angehörigen keine ebenbürtigen Partner mehr fand. Aber das spielte jetzt keine Rolle, er wollte ohnehin gegen sich selbst spielen. Keiner der vier Spieler, die er repräsentierte, kannte mehr als seine eigenen dreizehn Karten, jeder entwickelte, je nach seinen intellektuellen Fähigkeiten, seine eigene Strategie. Und zugleich ging Pendergasts Strategie auf: Als das erste fiktive Paar die zweiten hundert Punkte, den so genannten Robber, erreicht hatte, waren alle Störfaktoren eliminiert. Wohltuende Stille hüllte ihn ein, nun konnte er sich ganz in sich selbst versenken.

Ein paar Minuten intensiver mentaler Konzentration, dann war er so weit. Im Geiste sah er sich, leicht wie ein Luftgeist, aus dem Bett schweben, durch die Krankenhausflure wandern, die große, geschwungene Treppe hinunter, durch den

Eingangsbereich und weiter bis zu den breiten Stufen vor dem Gebäude gehen. Als er sich draußen umwandte, lag hinter ihm nicht mehr das Krankenhaus, sondern wieder – genau wie vor einhundertzwanzig Jahren – das New Yorker Altenheim für Bedürftige.
Er versuchte sich in der zunehmenden Dämmerung zu orientieren. Westlich von ihm, Richtung Central Park, erstreckte sich an der Upper East Side inmitten unbebauter, steiniger Felder eine Ansammlung kleiner Schweinemastfarmen. Die Gaslampen entlang der Avenue warfen schwache Lichtkegel auf den bäuerlich geprägten Distrikt. Es roch nach Kohleöfen, feuchter Erde und Pferdemist. Pendergast nahm alles nur in groben Zügen wahr, das genügte ihm vollauf, die Details waren unwichtig.
Er stieg die Stufen hinunter und folgte der Sechsundsiebzigsten Richtung Flussufer. Hier wurde die Besiedlung dichter, neuere Ziegelsteinbauten verdrängten zunehmend die alten Fachwerkhäuser. Kutschen rumpelten über die mit Stroh bestreuten Straßen, Fußgänger eilten stumm ihres Wegs, die Männer im Gehrock, die Frauen in bauschigen, um die Hüftpartie ausgepolsterten Kleidern und verschleierten Hüten.
An der nächsten Kreuzung stieg er in eine Straßenbahn und bezahlte fünf Cent für die Strecke bis zur Zweiundvierzigsten. Dort stieg er in die Hochbahn um, was ihn zwar happige zwanzig Cent kostete, ihm aber einen Platz im Luxuswaggon mit Plüschpolsterung und Vorhängen an den Fenstern sicherte. Die Dampflokomotive schmückte sich mit dem Namen *Chauncey M. Depew*. Während sie die Waggons nach Süden zog, ruhte er sich in seinem komfortablen Sitz aus. Es störte ihn nicht, dass er wieder in eine laute Welt eingetaucht war, im Gegenteil, er lauschte begierig dem Rumpeln der Stahlräder auf den Schienen und dem lauten Geplauder der Fahrgäste, das um die gerade aktuellen Themen des Jahres 1881 kreiste: Die wundersame Genesung des Präsidenten, die bevorstehende Verlegung des Pistolenballs … und die Segel-

regatta des Columbia Yacht Clubs, die an diesem Nachmittag auf dem Hudson ausgetragen worden war …

Als der Zug die tiefer gelegenen Gebiete der Bowery und damit Pendergasts Ziel erreichte, machte er sich auf den Weg zur Plattform, stieg aus und blieb eine Weile stehen, um sich das Bild der Umgebung einzuprägen. Die Gleise der Hochbahn lagen etwas oberhalb der Straße in einem mit Asche und Ölflecken übersäten Schotterbett. Kurz darauf kündigte die *Chauncey M. Depew* mit einem schrillen Pfiff ihre Weiterfahrt an und dampfte Sekunden später ungestüm los, als könne sie's kaum erwarten, die nächste Station zu erreichen.

Pendergast stieg die steile Holztreppe hinunter und tauchte in das quirlige Straßenleben ein. Im Vorbeigehen las er auf einem Schild: *George Washington Abacus – Professor für physiognomische Korrekturen und kunstvolle Gestaltung des Haares.* Trams und Pferdekutschen verstopften die Straße, auf den schmalen Bürgersteigen priesen Händler und Hausierer ihre Waren und Dienste an. »Austern, verehrte Damen und Herren, frisch aus dem Meer!«, rief eine junge Frau, und ein Kesselflicker schrie lauthals dagegen an: »Töpfe oder Pfannen, jedes Loch wird im Nu gestopft!« Pendergast hatte Mühe, sich einen Weg zu bahnen, eine Weile fühlte er sich so abgelenkt, dass rings um ihn alles in Nebel zu versinken drohte. Aber er riss sich zusammen, bis das Szenario sich wieder klar abzeichnete. Er bewegte sich wie ein Traumwandler durch das Gedränge und achtete kaum noch darauf, was sich rings um ihn abspielte.

An einer Straßenecke orientierte er sich kurz und bog in die East Broadway Street ein. Nach dem lebhaften Treiben tauchte er in eine fast gespenstisch stille Welt ein, die zahllosen Geschäfte und Werkstätten hatten zu dieser späten Stunde schon geschlossen, was sich aber, als er an der Catherine Street zum Flussufer abgebogen war, schlagartig änderte. Hier hatten die Geschäfte und Lokale – Grogbars, Seemannsheime und Austernkeller – bis spät in die Nacht geöffnet,

ihre grelle Lichtreklame malte rote Streifen auf die Straßen. Ziemlich weit hinten ragte ein lang gestreckter, im neugotischen Stil errichteter Ziegelsteinbau auf. Über der Eingangstür hing ein schwarzes Holzschild mit goldenen Buchstaben:
J. C. Shottums Kabinett der Naturwunder und Kuriosiäten

Drei nackte, durch Drahtgitter geschützte elektrische Glühbirnen warfen grelles Licht auf die Straße, vor dem Eingang drängten sich Schaulustige. Ein stimmgewaltiger Ausrufer stand unter der Tür und pries die Attraktionen des Hauses an. Aber so wacker er sich auch abmühte, seine Worte gingen im Geschnatter der Umstehenden unter. Pendergast musste sich an Hand der neben der Tür aufgestellten Klapptafel informieren: *Versäumen Sie nicht, das Kind mit den zwei Gehirnen zu besichtigen! Besuchen Sie unsere neue Show: Bezaubernde junge Damen nehmen vor Ihren Augen ein Bad in echtem Wasser!*

Pendergast stand an der Ecke und wartete, bis er den Rest der Stadt ausgeblendet und seine Sinne ganz auf das Gebäude vor ihm fokussiert hatte. Als er so weit war, reihte er sich in die Warteschlange ein, bezahlte seine zwei Penny und betrat das Kuriositätenkabinett. Im Foyer erwarteten ihn ein Mammutschädel, daneben ein von Motten zerfressener Kodiakbär, ein indianisches Kanu aus Birkenholz, gegenüber ein versteinerter Baumstamm und der riesige Oberschenkel eines Monsters aus dem Antediluvium – ein Sammelsurium, das jegliche Systematik vermissen ließ. Andererseits, in einer Zeit, in der es weder Kinos noch Fernsehen oder Radio gab und Reisen ein Privileg der Begüterten waren, konnte es nicht verwundern, dass das Publikum für jede Art der Zerstreuung dankbar war. Außerdem wusste Pendergast, dass die besseren Ausstellungsstücke in den Räumen gezeigt wurden, zu denen die links und rechts abzweigenden Flure führten.

Der erste Raum enthielt eine systematische Sammlung ausgestopfter Vögel. Aber die gähnende Leere bewies, dass der

halbherzige Versuch, den Leuten ein wenig naturkundliches Wissen zu vermitteln, keinen rechten Anklang fand.
Da lockten Ausstellungsräume wie der nächste die Besucher schon eher an: Gleich am Eingang empfing sie ein mumifizierter braunhäutiger Mann, dessen gegerbte Haut auf ein hohes Alter schließen ließ. Und tatsächlich, ein Schildchen an der Wand behauptete kühn: *Pygmäe aus dem finstersten Afrika, der ein Lebensalter von dreihundertfünfzig Jahren erreichte, ehe er am Biss einer Schlange verstarb*. Bei näherer Inaugenscheinnahme stellte sich freilich heraus, dass es sich um einen Orang-Utan handelte, dem man die Haare abrasiert und durch geschickte Manipulationen ein menschenähnliches Aussehen verliehen hatte, um ihn dann, vermutlich in der Räucherkammer, zu konservieren.
Nicht weit davon lag in einem schräg an die Wand gelehnten hölzernen Sarkophag eine angeblich ägyptische Mumie. Die Attraktion des Raumes war zweifellos ein seines Kopfes beraubtes Skelett, bei dem es sich, wenn man dem Schildchen glaubte, um *die sterblichen Überreste der ob ihrer Schönheit gerühmten Komtess Adele Brissac* handelte, *1789 zu Paris auf der Guillotine hingerichtet*. Daneben lag ein rostiges, mit roter Farbe bekleckertes Stück Metall, das, wiederum dem Schild nach, eben jene Klinge war, *die ihr das Haupt abgetrennt hatte*. Pendergast stand in der Mitte des Raumes und musterte die bald leise raunende, bald laut plappernde Besucherschar. Es wunderte ihn, wie viele junge Leute darunter waren, offenbar ein buntes Gemisch aus allen gesellschaftlichen Schichten. Andererseits, für gerade mal zwei Penny wurde ihnen im *Shottum's* viel geboten, und nach einem langen, anstrengenden Arbeitstag sucht eben jeder ein bisschen Zerstreuung.
Ziemlich am Ende des Flurs führten zwei Türen zu den unbestrittenen Höhepunkten der Ausstellung. Hinter der einen planschten die schon draußen angekündigten »bezaubernden jungen Damen« in ihrem »echten Wasser«. Pendergast ent-

schied sich für die andere Tür, die zu Shottums »Galerie des Widernatürlichen und Monströsen« führte. Hier war der Geräuschpegel wesentlich gedämpfter, nur wenige Besucher, überwiegend gaffgierige junge Burschen, hatten den Schritt über die Schwelle des berühmt-berüchtigten Schreckenskabinetts gewagt. Das schummerige Licht, die unheimliche Stille und die Abgeschiedenheit trugen ein Übriges zur Nervosität der Besucher bei.

Auf einem Tisch gleich hinter dem Eingang lag ein verkorkter und zusätzlich versiegelter Kolben aus dickem Glas, in dem ein menschliches Baby schwamm. Aus seiner Stirn ragten zwei winzige, dünne Ärmchen. Pendergast beugte sich über den Kolben und kam zu dem Schluss, dass an dem Baby, im Gegensatz zu so vielen anderen Ausstellungsstücken, nicht herumgedoktert worden war. In einer Nische wurde ein ausgestopfter Hund mit dem Kopf einer Katze zur Schau gestellt: auf den ersten Blick als Fälschung zu erkennen. Und so ging es weiter, den Besuchern wurde ein hohes Maß an Gutgläubigkeit zugemutet. Zu einer durch große Klammern offen gehaltenen Riesenmuschel mit einem skelettierten Fuß darin erzählte das daneben hängende Schild die schaurige Mär von einem glücklosen Perlentaucher. Ein undefinierbarer, noch dazu in einer trüben Flüssigkeit schwimmender brauner Klumpen, etwa so groß wie eine Wassermelone, wurde kurzerhand zur *im sibirischen Eis gefundenen Leber eines Wollmammuts* erklärt.

Pendergast spürte, dass ihn die Aneinanderreihung von plumpen Fälschungen allmählich anödete. Dazu kam, dass sein Konzentrationsvermögen nachließ, die imaginären Bilder aus der Vergangenheit drohten zu verblassen. Er war fast am Ende der Ausstellung angekommen und wollte schon umkehren, als ihm ein kunstvoll gemaltes Schild auffiel, das die geneigten Besucher einlud, *Wilson den Einhändigen* zu besuchen, allerdings mit dem warnenden Hinweis: *Nur für Unerschrockene*.

Er folgte dem scharfen Knick, den der Flur machte, und war auf einmal von Grabesstille umgeben. Anscheinend war er im Moment der einzige unerschrockene Besucher. Da er sich aber, wie er einem Schild entnahm, ohnehin Richtung Ausgang bewegte, konnte er den einhändigen Wilson getrost auch noch über sich ergehen lassen.

In einer Nische lag hinter Glas ein verschrumpelter Kopf. Die Zunge hing noch aus dem Mund, was aber, da sie im Laufe der Jahre braun geworden war, eher aussah, als nuckele der Einhändige mit gespitzten Lippen genüsslich an einer Zigarre. Auch die beiden nächsten Nischen waren eher enttäuschend. In einer lag ein knapp dreißig Zentimeter langes, irgendwie an eine Salami erinnerndes Etwas, aus dem auf der einen Seite ein rostiger Haken ragte, auf der anderen baumelten Lederriemen, mit denen vermutlich der Haken am Armstumpf festgeschnallt worden war. Daneben lag ein zerfaserndes Hanfseil mit einer Schlinge. Der Text auf einem Schild bestätigte Pendergasts Vermutung: *Das Haupt des Wilson der Einhändige genannten ruchlosen Mörders und Räubers, der am vierten Juli 1868 in Dakota durch den Strang hingerichtet wurde. Beachten Sie bitte die Schlinge, in der er hing, sowie den am Armstumpf befestigten Haken, mit dessen Hilfe er über tausend Dollar erbeuten konnte.*

Pendergast sah sich in dem abgelegenen, dunklen Raum um. Der Zugang war so schmal, dass jeweils nur ein Besucher eintreten konnte. Der Raum war völlig isoliert, man konnte ihn aus den weiter vorn gelegenen nicht einsehen. Ein Hilferuf würde vermutlich ungehört verhallen.

Der Flur, der angeblich zum Ausgang führen sollte, erwies sich als Sackgasse. Pendergast starrte verblüfft auf die Wand, die ihm den Weg versperrte. Er schlug mit der Faust dagegen, die Wand erzitterte, dann glitt sie auf. Höchste Zeit, denn das Bild, das er nur seiner Vorstellungskraft verdankte, löste sich bereits in Nebelschwaden auf.

Aber das spielte keine Rolle mehr, er hatte genug gesehen,

um sich erklären zu können, wie Leng seiner Opfer habhaft geworden war.

12

O'Shaugnessy stand an der Ecke Zweiundsiebzigste Straße und Central Park West und starrte auf den wie ein Torbogen geformten Eingang des Dakota. Hier, nicht weit von seiner Wohnung, musste Pendergast mit dem Messer attackiert worden sein. Das Einzige, worauf der Sergeant sich keinen Reim machen konnte, war die Geschichte von dem alten Mann mit dem Bowler. Rätselhaft, wie es dem Burschen um ein Haar gelungen sein sollte, einen FBI-Agent zu überwältigen, selbst wenn man das Überraschungsmoment berücksichtigte.
O'Shaugnessy seufzte und fragte sich zum wiederholten Mal, was er überhaupt hier zu suchen hatte. Er war nicht im Dienst, hätte eigentlich mit ein paar Freunden im *J. W.'s* sitzen, ein paar Bierchen stemmen, ein bisschen zu Hause herumpusseln oder sich die neue CD anhören können. Er machte unbezahlte Überstunden, und das, weil er seine Nase unbedingt in Dinge stecken wollte, die ihn nichts angingen. Das heißt, er war gar nicht so sicher, ob sie ihn nicht doch etwas angingen.
Captain Custer hatte den Vorfall natürlich als ganz normalen Raubüberfall abgetan. »Der Trottel muss sich nicht wundern, wenn er überfallen wird. Was treibt er sich auch nachts in abgelegenen Gegenden rum?« Nun, das wusste O'Shaugnessy besser. Pendergast gab sich vielleicht als Sonderling aus, spielte den verschrobenen Südstaatler, um Leute wie Custer auf Distanz zu halten, aber er war mit Sicherheit kein Trottel. Und ein stinknormaler Überfall war das auch nicht gewesen.
Heute Morgen hatte O'Shaugnessy den Agent im Krankenhaus besucht. Pendergast hatte angedeutet, dass er es sehr

nützlich fände, einen Blick in den Bericht des Gerichtsmediziners werfen zu können, der die sterblichen Überreste aus dem Tunnel an der Baustelle untersucht hatte. Und ebenso nützlich, mehr Informationen über Fairhaven zu bekommen, den O'Shaugnessy jedoch, wie Custer unmissverständlich klar gemacht hatte, gefälligst in Ruhe lassen sollte. Der Sergeant ahnte, dass er irgendwie eine unsichtbare Linie überschritten hatte, seit er für Pendergast statt für Custer arbeitete. Es war ein völlig neues, nahezu erhebendes Gefühl: Zum ersten Mal arbeitete er mit jemandem zusammen, der in ihm den Spross einer Familie sah, in der die Männer seit fünf Generationen im Polizeidienst waren, statt bei jeder Gelegenheit auf der alten Geschichte mit der Prostituierten und den zweihundert Dollar herumzureiten. Zumal er das Geld ja nur dem Mädchen zuliebe genommen hatte. Und weil er es damals dringend gebraucht hatte, gestand er sich im Stillen ein.

Wie auch immer, die Erfahrung dieser neuen Art einer Zusammenarbeit war's, die O'Shaugnessy an seinem dienstfreien Abend hierher trieb. Man lässt einen Partner nicht im Stich, wenn er in Schwierigkeiten steckt. Pendergast hatte ihm nicht viel über die Messerattacke erzählt, typisch für ihn, er sagte nie ein Wort zu viel. Aber für O'Shaugnessy sprach nichts für einen Raubüberfall.

Er erinnerte sich an seine Zeit an der Polizeiakademie. Da hatten sie ihnen eingebläut, dass man zuerst immer nach dem Motiv fragen musste. Wer hatte einen Grund, etwas zu tun, und die Gelegenheit dazu?

Also gut: Wer hatte einen Grund, Pendergast töten zu wollen? Der Agent untersuchte Morde, die über hundert Jahre zurücklagen. Motiv? Fehlanzeige. Der Mörder hatte längst das Zeitliche gesegnet.

Zweiter Anlauf: die Theorie von einem Nachahmungstäter. Wenn es den gab, stellte Pendergast für ihn zweifellos eine Gefahr dar. Der Agent war immer einen Schritt schneller. Er war zum Beispiel im Gerichtsmedizinischen Institut aufgetaucht, ehe die Autopsie überhaupt begonnen hatte. Und er hatte im Voraus gewusst, was sich dabei herausstellen würde. So wie er von Anfang an einen Zusammenhang zwischen den Verbrechen vor über hundert Jahren und dem Mord an der Touristin gewittert hatte.

Schlussfolgerung: Pendergast musste irgendetwas Wichtiges wissen, was außer ihm niemand wusste. Etwas so Wichtiges, dass der Mörder das Risiko eingegangen war, ihn anzugreifen. Und zwar um neun Uhr abends, an der Zweiundsechzigsten Straße, die weiß Gott nicht zu den finstersten Ecken New Yorks gehörte. Und das Verblüffendste war, dass es dem Mörder fast gelungen war, den Agent umzubringen.

O'Shaugnessy fluchte stumm in sich hinein. Das allergrößte Rätsel war Pendergast selber. Warum vertraute er ihm nicht? Sagte ihm, was er wusste? Weshalb machte er so ein Geheimnis daraus? *Weshalb?* Das war die Frage, auf die O'Shaugnessy eine Antwort finden musste.

Er fluchte noch einmal. Pendergast stellte ihm stets eine Menge Fragen, aber wenn es um Antworten ging, gab er sich verdammt zugeknöpft. Zum Teufel, warum verschwendete er an so einem schönen Herbstabend seine Zeit damit, um das Dakota herumzuschleichen und nach irgendwelchen Fingerzeigen zu suchen, die er sowieso nicht finden würde, bloß weil der elende Dickschädel ihm partout nicht helfen wollte?

Bleib auf dem Teppich!, rief er sich zur Ordnung. Er war noch nie jemandem begegnet, der logischer und methodischer vorging als Pendergast. Wenn er nichts sagen wollte, hatte er bestimmt seine Gründe dafür. Und solange er nichts sagen wollte, verschwendete O'Shaugnessy hier nur seine Zeit. Besser, er ließ sich daheim das Abendessen schmecken und blätterte dabei die *Opera News* durch.

Er wollte sich schon umdrehen und nach Hause gehen, als er an der Ecke verschwommen eine Gestalt ausmachte. Instinktiv duckte er sich in den nächsten Hauseingang und wartete ab. Die Gestalt stand an der Ecke, genau dort, wo

O'Shaugnessy vor fünf Minuten gestanden hatte. Dann ging sie weiter, kam genau auf ihn zu. Ein Mann. Die Art, wie er sich bewegte, wirkte irgendwie verdächtig. Als habe er etwas zu verbergen.

O'Shaugnessy schmiegte sich tiefer in den Hauseingang. Der Unbekannte wanderte an der Fassade des Dakota entlang, bis er an der Stelle stehen blieb, an der Pendergast attackiert worden war. Es sah aus, als suche er sorgfältig den Bürgersteig ab. Was O'Shaugnessy verdächtig vorkam. Der Typ trug einen langen dunklen Mantel, unter dem er bequem eine Waffe verstecken konnte. Und er war bestimmt kein Cop, dafür hatte O'Shaugnessy einen Riecher. Was wollte der Typ hier? Die Zeitungen hatten doch gar nichts über einen tätlichen Angriff auf einen FBI-Agent berichtet?

O'Shaugnessy zögerte nicht länger. Er zog die Dienstwaffe, trat aus dem Dunkel und rief den Unbekannten mit ruhiger, bestimmter Stimme an: »Polizei! Keine Bewegung! Halten Sie Ihre Hände so, dass ich sie sehen kann.«

Der Mann zuckte erschrocken zusammen und reckte die Arme hoch. »Nicht schießen! Ich bin Reporter!«

O'Shaugnessy entspannte sich, als er den Mann wieder erkannte. »Ach, Sie sind's«, sagte er fast enttäuscht und schob die Waffe ins Holster.

Smithback ließ erleichtert die Arme sinken. »Ja, jetzt erkenne ich Sie auch wieder. Sergeant O'Shaugnessy, stimmt's? Der Cop von der Eröffnungsfeier. Was tun Sie denn hier?«

»Vermutlich dasselbe wie Sie«, sagte O'Shaugnessy, bereute seine Redseligkeit aber im selben Moment. Smithback war Reporter, bei so einem musste man sich jedes Wort überlegen. Wehe, Smithback ließ irgendwas in seiner Zeitung anklingen, dann konnte er sich schon mal auf Custers Donnerwetter gefasst machen.

Smithback fuhr sich mit seinem schmuddeligen Taschentuch über die Augenbrauen. »Mann, Sie haben mir vielleicht einen Schrecken eingejagt.«

»Tut mir Leid. Sie sahen verdächtig aus.«
»Kann ich mir gut vorstellen.« Smithback sah sich suchend um. »Irgendwas gefunden?«
»Nein.«
Eine Verlegenheitspause, dann fragte Smithback: »Was glauben Sie, wer's war? Ein gewöhnlicher Straßenräuber?«
O'Shaugnessy sah ihn stumm an.
»Die Polizei hat doch sicher eine Theorie?«
O'Shaugnessy zuckte die Achseln.
Smithback kam näher und dämpfte die Stimme. »Hören Sie, ich habe Verständnis dafür, wenn das vertraulich bleiben soll. Ich könnte Sie als ›ungenannte Quelle‹ zitieren.«
O'Shaugnessy ging ihm nicht auf den Leim, er hüllte sich weiter beharrlich in Schweigen.
Smithback seufzte. »Na ja, hier gibt's jedenfalls nichts Aufregendes zu entdecken, so viel steht fest. Da gehe ich wohl besser und nehme mir einen zur Brust. Ich muss noch den Schock runterspülen.« Er ging ein paar Schritte, dann drehte er sich um, als sei ihm etwas eingefallen. »Haben Sie Lust mitzukommen?«
»Nein, danke.«
»Ach, kommen Sie!« Smithback kam noch mal zurück. »Wissen Sie, wenn ich's mir recht überlege, könnten wir uns in dieser Sache gegenseitig behilflich sein. Sie verstehen schon, was ich meine. Ich brauche unbedingt ein paar Informationen, wie weit die Ermittlungen gegen den ›Chirurgen‹ gediehen sind.«
»Was für einen Chirurgen?«
»So wird der Mörder doch in fast allen Zeitungen genannt. Hört sich für meinen Geschmack zu sehr nach Kosenamen an. Aber egal wie, ich brauche Informationen und möchte wetten, dass Sie auch welche brauchen. Habe ich Recht?«
O'Shaugnessy kniff die Lippen zusammen. Ja, er brauchte Informationen, aber er hielt es für zweifelhaft, ob Smithback ihm etwas anderes als bloße Vermutungen liefern konnte.

»Ich will ehrlich zu Ihnen sein, Officer. Ich habe die Story mit dem Touristenmord im Central Park vermasselt, und wenn ich das nicht bald wettmache, frisst mich mein Chefredakteur zum Frühstück. Ab und zu eine kleine Information vorab, es muss ja nichts Spektakuläres sein, nur eine Gefälligkeit von Freund zu Freund, das ist alles. Was halten Sie davon?«

O'Shaugnessy blieb auf der Hut. »Was für Informationen hätten Sie denn?« Und weil ihm einfiel, was Pendergast zu ihm gesagt hatte: »Haben Sie zufällig ... sagen wir: etwas über Fairhaven?«

Smithback machte große Augen. »Soll das ein Witz sein? Über den habe ich einen ganzen Sack voll Informationen. Nicht dass ich annehme, Sie könnten viel damit anfangen, aber ich teile mein Wissen gern mit Ihnen. Lassen Sie uns bei einem Drink darüber reden.«

O'Shaugnessy sah ihn unschlüssig an. Trotz aller Bedenken, ein Drink wäre jetzt gar nicht schlecht. Smithback mochte ein Sprüchemacher sein, aber keiner von der üblen Sorte. Sogar Pendergast hatte mal mit ihm zusammengearbeitet, auch wenn sich der Reporter wahrscheinlich nicht gern daran erinnerte. Dazu kam, dass Pendergast ihn ausdrücklich darum gebeten hatte, ein kleines Dossier über Fairhaven zusammenzustellen. »Wo soll's denn hingehen?«

Smithback grinste. »Das fragen Sie doch nicht im Ernst? Die besten Bars in New York City liegen an der Columbus, gerade mal einen Häuserblock weit weg. Ich kenne da ein schnuckeliges Lokal, eine Art Stammkneipe für die Typen aus dem Museum, nennt sich *The Bones*. Kommen Sie, die erste Runde geht auf mich.«

13

Einen Moment lang wurde der Nebel dicker, Pendergast kämpfte mit eiserner Konzentration dagegen an. Und tatsächlich, nach einer kleinen Weile flackerte orangefarbenes und gelbes Licht durch die grauen Schwaden. Der Agent spürte sengend heiße Luft auf der Haut. Und dann löste der Nebel sich auf.

Er stand vor *J. C. Shottums Kabinett der Naturwunder und Kuriositäten*, es war Nacht, das Gebäude brannte lichterloh. Aus dem ersten und zweiten Stock loderten hohe Flammen, giftig beißender Rauch breitete sich aus. Eine Gruppe von Feuerwehrmännern und Polizisten versuchte verzweifelt, die Brandstelle abzusperren und die Schaulustigen aus der Gefahrenzone zurückzudrängen. Innerhalb der Absperrung bemühte die Feuerwehr sich, die Flammen einzudämmen, aber es war auf den ersten Blick zu erkennen, dass das ein hoffnungsloses Unterfangen war. Andere Feuerwehrleute richteten den Schlauch auf die Gaslaternen entlang des Bürgersteigs.

Die Hitze war gewaltig wie bei einem Feuersturm. Pendergast stand an der Straßenecke, den Blick verdutzt auf die Feuerwehrfahrzeuge gerichtet: dickbauchige, auf Kutschgestellen installierte Kessel, die unablässig Dampf und Wasser ausspien. Auf einem der schwarzen Kessel stand in goldenen Lettern *Amoskeag Manufacturing Company*. Er drehte sich um und suchte die Reihen der Gaffer ab. Ob sich Leng unter sie gemischt hatte? Ach wo, der hatte sich bestimmt längst aus dem Staub gemacht. Leng war kein Pyromane, er saß vermutlich sicher und weit vom Schuss in seinem Stadthaus, wo immer das stehen mochte.

Genau das war die Frage, auf die Pendergast gern eine Antwort gefunden hätte. Aber es gab eine Frage, die ihm noch mehr unter den Nägeln brannte: Wohin mochte Leng sein so genanntes Labor verlagert haben?

Plötzlich brach unter ungeheurem Krachen und Prasseln, begleitet von einem glühenden Funkenregen, das Dach des Gebäudes in sich zusammen. Die Menge reagierte mit sensationsgierigem Raunen auf das Schauspiel. Pendergast wandte sich angewidert ab und bahnte sich eine Gasse durch die Schaulustigen.

Er war noch nicht weit gegangen, als ihm ein kleines Mädchen auffiel, nicht älter als sechs, in einem schrecklich verschlissenen Kleid. Die Kleine fegte mit einem abgewetzten Besen die Straße, kehrte den Pferdedung und übel riechende Abfälle zusammen und hoffte anscheinend, dass ihr jemand ihre Mühe mit einer Münze belohnte. Pendergast drückte ihr ein paar Kupferpennies in die Hand.

»Danke, Sir« sagte das Mädchen verblüfft, machte einen artigen Knicks und betrachte mit großen Augen den unverhofften Geldsegen.

»Wie heißt du, Kind?«, fragte Pendergast freundlich.

Die Kleine sah ihn verdutzt an, sie war es wohl nicht gewöhnt, dass Erwachsene ihr überhaupt Beachtung schenkten. »Constance Green, Sir«, murmelte sie.

»Green?« Pendergast runzelte die Augenbrauen. »Aus der Water Street?«

»Nein, Sir.« Und dann zögernd, mit verschämter Stimme: »Nicht mehr.« Irgendetwas schien ihr Angst zu machen, plötzlich drehte sie sich um und rannte davon.

Pendergast, der ihr trauriges Geschick kannte, sah ihr betroffen nach. Als er weiterging, waren seine Schritte langsamer geworden, als müsse er eine schwere Last mitschleppen. Schließlich riss ihn die eintönige Litanei, mit dem ein Ausrufer vor einem Lokal die Speisekarte herunterleierte, aus seinen trüben Gedanken: »Leckerleckerlammkotelettmitkapernsoße. Rrroastbeefroséoderdurchgebraten. Frischeschweinelendchenmitsalatundgemüse. Tretensieeinsiewerdenzufriedensein.«

In der Ferne läutete die Feuerglocke immer noch Alarm, Pendergast hörte es nur im Unterbewusstsein, er ging wie in Trance weiter. Erst zwei Querstraßen weiter blieb er abrupt stehen. Auf einmal war er hellwach, sein Blick sog jedes Detail auf. Vor ihm mündeten die Baxter und die Worth Street in eine Kreuzung, die wegen des unübersichtlichen Gewirrs von Straßen und Gassen allgemein nur die Five Points genannt wurde: eines der ödesten, trostlosesten Wohngebiete der Stadt.

Dreißig Jahre zuvor, in den fünfziger Jahren des neunzehnten Jahrhunderts, waren die Points der übelste Slum in ganz New York gewesen, schlimmer als Londons Seven Dials: ein Sammelbecken für Kriminelle, Taugenichtse aller Art, Prostituierte, Obdachlose und Verzweifelte. In den Schlaglöchern und tief eingegrabenen Fahrspuren der Straße wühlten Schweine nach Abfällen, aus den wegen der Hitze weit geöffneten Fenstern der Tavernen stank es nach Alkohol und billigen Zigarren, in Türnischen warteten barbusige Huren auf Freier.

Pendergast nahm das Szenario aufmerksam in sich auf, prägte sich, immer auf der Suche nach einem hilfreichen Fingerzeig, die Topografie und die Architektur sorgfältig ein, aber die Hoffnung, aus dieser Reise in eine noch weiter zurückliegende Vergangenheit Erkenntnisse zu ziehen, war vergeblich. Schließlich wandte er sich nach Osten, in Richtung des fünfstöckigen Gebäudes der alten Brauerei. Diese Gegend war einst die verrufenste der Five Points gewesen. Die Brauerei war längst aufgegeben worden und nun, dank des Engagements einer karitativen Gruppe, zur Five Points Mission umgestaltet worden – eines der ersten Projekte neuzeitlicher Stadtsanierung. In dieser Mission hatte Dr. Enoch Leng den Menschenfreund gespielt und ohne Bezahlung als medizinischer Berater gewirkt. Bis in die neunziger Jahre, dann war er spurlos untergetaucht. Pendergast überlegte, ob er sich das Innere des Gebäudes ansehen solle, verwarf den Gedanken jedoch rasch, weil ihm eine andere Visite dringlicher erschien.

Hinter der Five Points Mission verlief eine schmale Gasse, die freilich nach einigen Metern im Nichts endete. Aus dem Dunkel der Gasse schlug Pendergast feuchte, übel riechende Luft entgegen. Vor vielen Jahren, als die Gegend um die Points noch ein sumpfiger See gewesen war, hatte ein Mann namens Aaron Burr hier eine tief in den Boden getriebene Pumpanlage installiert und die New Amsterdam Water Company gegründet, um die natürlichen Quellen nutzen zu können. Da das Wasser aber immer schmutziger und übel riechender aus dem Boden sprudelte, wurde die Anlage abgebaut, der Sumpf zugeschüttet und das so gewonnene Land als Baufläche für Mietshäuser ausgewiesen.

Später erhielt die schmale Gasse den Namen Cow Bay und galt als gefährlichste Straße in den Five Points. Die aus Holz errichteten Mietshäuser trugen bezeichnenderweise Namen wie »Villa der Wurfgeschosse« oder »Tor zur Hölle«. In ihnen hausten gewalttätige Alkoholiker, die jeden, der sich zu ihnen verirrte, skrupellos abstachen, nur um sich seine Kleidung anzueignen. Wie in vielen Straßen der Five Points gab es auch hier unterirdische Laufgänge, über die die Kriminellen sich bei Razzien der Polizei unbemerkt absetzen konnten. In der Mitte des neunzehnten Jahrhunderts wies der Polizeibericht im Schnitt pro Nacht einen Mord auf. Später mussten die Mietshäuser einem Transportunternehmen, einem Schlachthaus und der Pumpstation des städtischen Wasserwerks weichen, die aber schon 1870, nach der Fertigstellung des zentralen Wasserreservoirs, ihren Betrieb einstellte.

Pendergast bog nach links in die Little Water Street ab, an deren Ende das Five-Points-Arbeitshaus samt angeschlossenem Wohnheim lag, eine Zufluchtsstätte für Entwurzelte und Verzweifelte, in der Leng, wiederum kostenlos, als medizinischer Berater tätig gewesen war. Pendergast starrte auf das hohe, im Beaux-Art-Stil errichtete, an der Rückseite von einem Turm überragte Gebäude und zu den von Brüstungen umrahmten Fenstern hinauf. Warum hatte Leng dem Arbeitshaus im Jahr 1880, wenige Monate vor der Feuersbrunst im *Shottum's*, das Angebot medizinischer Betreuung gemacht? Weil er hoffte, seine Opfer leichter in einem Arbeitshaus mit eigenem Wohnheim zu finden? Kaum anzunehmen, zumal er nicht erwarten konnte, dass niemand Verdacht schöpfte, wenn immer wieder junge Menschen auf mysteriöse Weise verschwanden. Also, warum hatte er sich ausgerechnet diese Mission in den Five Points ausgesucht, obwohl es in Lower Manhattan genug andere gegeben hätte? Was zog ihn an dieser trostlosen, verrufenen Gegend so magisch an?

Pendergast ließ den Blick nachdenklich über das Kopfsteinpflaster der Little Water Street schweifen. Von allen Straßen, die er bei seiner virtuellen Exkursion durchwandert hatte, war die Little Water die einzige, die sich im zwanzigsten Jahrhundert auf keinem Stadtplan mehr fand. Sie war planiert, überbaut und ihr Name vergessen worden.

Ein Mann in abgerissener Kleidung, der einen Pferdekarren hinter sich herführte, kam die Straße entlang, ein paar Schweine trotteten hinter ihm her. Er schwang eine Glocke, um die Anwohner auf sich aufmerksam zu machen. Pendergast hielt ihn für einen Lumpensammler, der für wenige Pennies bereit war, Abfälle und alten Trödel zu entsorgen.

Pendergast kehrte in die schmale, zur Cow Bay führende Gasse zurück. Weil die Little Water Street auf neueren Karten nicht mehr verzeichnet war, fiel ihm die Orientierung zunächst ein wenig schwer. Als er jedoch am Eingang der Gasse stand, wurde ihm die Lösung des Rätsels schlagartig klar: die beiden Arbeitshäuser, in denen Leng so selbstlos gewirkt hatte, grenzten an die berüchtigten alten Mietshäuser an. Die hölzernen Gebäude waren verschwunden, aber das unterirdische Netz aus Geheimgängen und die versteckten Keller und Tunnel gab es immer noch.

Er stand stumm da und musterte die Umgebung. Das

Schlachthaus, die Eisfabrik, die später aufgegebene Pumpstation … auf einmal fügte sich eins zum anderen und ergab einen logischen Sinn.

Nachdenklich, mit langsamen, weit ausholenden Schritten kehrte er zur Baxter Street zurück und wandte sich dort nach Norden. Er hätte seine Exkursion natürlich hier abbrechen und in die Gegenwart der flimmernden Fernsehapparate und Monitore zurückkehren können, aber er zog es vor, noch eine Weile in seiner mentalen Übung zu verharren und alle Eindrücke, die er gesammelt hatte, mit ins Lenox-Hill-Krankenhaus zu nehmen. Dazu kam, dass er neugierig war, ob die Feuerwehr den Brand im *Shottum's* unter Kontrolle gebracht hatte. Mal sehen, vielleicht würde er sich im Stadtzentrum eine Pferdedroschke nehmen. Nein, lieber doch nicht, es reizte ihn mehr, zu Fuß bis zum Madison Square Garden zu gehen, am *Delmonico's* und den prächtigen Vergnügungspalästen an der Fifth Avenue vorbei. Es gab so vieles, worüber er nachdenken musste, viel mehr, als er sich je ausgemalt hatte. Und zum Nachdenken eignete sich das Jahr 1881 genauso gut wie jedes andere.

14

Als Nora sich an der Anmeldung nach dem Weg zu Pendergasts Zimmer erkundigte, merkte sie an der leicht genervten Reaktion der Schwestern, dass der Agent sich offenbar im Lenox keiner größeren Beliebtheit erfreute als zuvor im St. Luke's-Roosevelt.

Sie fand ihn im Bett vor, Sonnenschutzlamellen dunkelten das Zimmer ab. Er sah sehr müde und grau aus, das weißblonde Haar hing ihm schlaff in die Stirn. Als sie eintrat, schlug er mit Mühe die Augen auf.

»Entschuldigung«, sagte sie, »ich komme anscheinend zu unpassender Zeit.«

»Überhaupt nicht, ich habe Sie ja um Ihren Besuch gebeten. Bitte räumen Sie den Stuhl leer und nehmen Sie Platz!«
Während Nora damit beschäftigt war, die Bücherstapel und sonstigen Unterlagen auf dem Boden zu deponieren, fielen dem Agent erneut die Augen zu. Er schlug sie zwar wieder einen Spalt weit auf, aber sie sah ihm an den tief hängenden Lidern und den blassen Augäpfeln an, dass er Raubbau mit seinen Kräften getrieben hatte. Ihre Frage, wie es ihm gehe, war eher höfliche Routine.
Pendergast machte sich auch gar nicht die Mühe, sie zu beantworten, sondern kam gleich zur Sache. »Leng hat sich seine Opfer unter den Besuchern des *Shottum's* gesucht.«
»Woher wollen Sie das wissen?«
»Hinter dem letzten Ausstellungsraum, einem besonders gruseligen Teil des Kabinetts, führte ein schmaler Flur zum rückwärtigen Ausgang. Aber das Ganze sah aus wie eine Sackgasse, weil der Ausgang hinter einer Art Tapetentür verborgen war. Von dieser Tür konnte jeder, der sich im Haus auskannte, unbemerkt in den Kohlenkeller gelangen. Leng hat sich seine Opfer unter einer ganz bestimmten Besuchergruppe gesucht: Straßenkinder und junge Burschen und Mädchen aus den Arbeitshäusern. Sie hatten in der Regel keine Angehörigen, denen ihr Verschwinden auffallen konnte.«
Seine Stimme klang monoton, es hörte sich fast so an, als wolle er den Ablauf der Dinge nicht Nora, sondern sich selbst erklären.
»Von 1872 bis 1881 hat er das *Shottum's* für seine finsteren Absichten genutzt. Von sechsunddreißig Opfern wissen wir, aber wer weiß, wie viele er sich anderswo gegriffen hat. Wir wissen, dass es Gerüchte gab, in dem Kabinett seien hin und wieder Menschen verschwunden, aber das hat offenbar nur dazu beigetragen, das *Shottum's* noch populärer zu machen.«
Nora lief ein Schauder den Rücken hinunter.
»1881 hat er dann Shottum ermordet und das Kabinett angezündet. Seit wir Shottums Briefe an McFadden gefunden

haben, wissen wir auch, warum. Diese Briefe haben ihren Empfänger offensichtlich nie erreicht, aber das spielt in diesem Zusammenhang keine Rolle, Leng hätte Shottum auf jeden Fall getötet.« Sein Atem ging schwer, er legte eine kleine Pause ein. »Die Konfrontation mit Shottum war für ihn nur ein willkommener Vorwand, sich einreden zu können, es sei ihm nichts anderes übrig geblieben, als im Kabinett Feuer zu legen. Ein Entschluss, der ihm umso leichter fiel, als er die Phase eins seiner Arbeit als abgeschlossen betrachtete.«

»Phase eins?«, fragte Nora.

»Er hatte sein Ziel erreicht. Seine Formel bedurfte lediglich noch letzter Verfeinerungen.«

»Sie wollen doch damit nicht im Ernst sagen, dass Leng in der Lage gewesen ist, sein Leben zu verlängern?«

»Er hat zumindest geglaubt, dass die experimentelle Phase beendet sei und er mit der Herstellung seines Elixiers beginnen könne. Ihm war klar, dass er weitere Opfer brauchte, aber nicht mehr so viele wie bisher. Auf das Kabinett mit seinem regen Publikumsverkehr war er nicht mehr angewiesen, im Gegenteil, es war ein Gefahrenherd geworden. Aus Lengs Sicht war es zwingend nötig, seine Spuren zu verwischen und anderswo neu anzufangen.«

Wieder eine Pause, Pendergast schien in Gedanken versunken zu sein. Endlich fuhr er fort:

»Ein Jahr vor dem Brand bot Leng seine Dienste zwei in der Nähe gelegenen Arbeitshäusern an, dem Five Points House of Industry und der Five Points Mission. Die beiden Gebäude waren durch unterirdische Gänge verbunden, wie sie sich im neunzehnten Jahrhundert praktisch unter dem ganzen Gebiet erstreckten. Zu Lengs Zeit lag zwischen den beiden Arbeitshäusern eine verrufene Gasse, die so genannte Cow Bay, in der es unter anderem auch eine später aufgelassene Pumpstation des städtischen Wasserwerks gab. Die Station stellte gut einen Monat vor dem Beginn von Lengs Tätigkeit in den

Arbeitshäusern den Betrieb ein, genauere Daten sind nicht überliefert.«
»Worauf wollen Sie hinaus?«
»Leng hat die aufgegebene Pumpstation während seiner Herstellungsphase als Labor benutzt. Dorthin ist er nach dem Brand im *Shottum's* ausgewichen. Er konnte unterirdisch zu den beiden Arbeitshäusern gelangen und war dort vor jeder Entdeckung sicher. Der ideale Ort, um mit der Produktion des Elixiers zu beginnen, von dem er sich eine Verlängerung seines Lebens versprach. Ich habe unter meinen Unterlagen einen alten Plan der Pumpstation.« Er deutete mit einer schwachen Geste auf den Papierstapel auf dem Fußboden.
Nora warf nur einen flüchtigen Blick darauf. Was sie viel mehr beschäftigte, war die Frage, was so stark an Pendergasts Kräften gezehrt haben konnte. Gestern hatte er noch viel frischer, viel erholter gewirkt. Hoffentlich war das kein Anzeichen für einen ernsten Rückschlag.
»Heute sind die Arbeitshäuser, die Wohnblöcke und sogar die meisten Straßen verschwunden. Da, wo Leng sein Herstellungslabor gehabt hat, wurde um 1920 ein dreistöckiges Wohnhaus mit einer Erdgeschoss- und mehreren kleinen Wohnungen in den oberen Stockwerken errichtet, die Adresse ist Doyers Street Nummer neunundneunzig. Sollte es noch Spuren von Lengs Labor geben, müssen sie unter diesem Gebäude liegen.«
Nora dachte einen Augenblick nach. Die Ausgrabung von Lengs Labor wäre zweifellos ein faszinierendes archäologisches Projekt. Es musste noch Spuren von Lengs schändlichem Treiben geben, und sie als Archäologin konnte sie bestimmt entdecken. Nur, sie fragte sich immer noch, warum Pendergast ein so reges Interesse an diesen Morden aus dem neunzehnten Jahrhundert hatte. Licht in das Dunkel zu bringen, das sich um Mary Greens Tod rankte, wäre eine faszinierende Aufgabe, die … Sie verbot sich, den Gedanken zu Ende zu spinnen. Sie hatte genug eigene Arbeit. Die Ereignisse, um

die es ging, lagen so lange zurück, dass sie mit Fug und Recht zuallererst an ihre Karriere denken durfte.

Pendergast stöhnte leise und drehte sich zur Seite. »Ich danke Ihnen, Dr. Kelly, aber ich denke, es ist besser, wenn Sie jetzt gehen. Ich brauche dringend ein wenig Schlaf.«

Nora sah ihn erstaunt an. Sie war darauf gefasst gewesen, dass er sie abermals um Hilfe bitten würde. Die unerwartete Wendung, die das Gespräch nahm, verblüffte sie. »Weshalb haben Sie mich eigentlich um diesen Besuch gebeten?«

»Sie waren mir bei meinen Ermittlungen eine große Hilfe. Sie haben mich wiederholt um Informationen gebeten, die ich Ihnen nicht geben konnte. Ich konnte mir natürlich denken, dass Sie wissen wollten, was ich entdeckt habe. Schließlich hätten Sie mehr als jeder andere eine Antwort darauf verdient. Heutzutage spricht man in solchen Fällen von einem Vertrauensbeweis. Nun, Sie merken schon, dass ich Ihnen gegenüber ein schlechtes Gewissen habe. Betrachten Sie dieses Eingeständnis bitte als Vertrauensbeweis.«

Nora betrachtete dieses abrupte Ende ihrer Zusammenarbeit eher als Rausschmiss. Andererseits, genau das hatte sie ja gewollt. Nachdem sie kurz nachgedacht hatte, sagte sie: »Danke für Ihre freundlichen Worte. Aber für mich hört sich das so an, als seien Ihre Ermittlungen längst noch nicht abgeschlossen. Wenn Sie mit Ihrer Vermutung Recht haben, scheint Doyers Street neunundneunzig der Ort zu sein, den Sie als Nächstes unter die Lupe nehmen müssen.«

»So ist es. Die Tiefgeschosswohnung steht zur Zeit leer. Eine Ausgrabung unter dem Wohnzimmer wäre bestimmt sehr instruktiv. Ich habe vor, das Apartment zu mieten und mir einen Archäologen zu suchen, der die Ausgrabung vornimmt. Meine Dienststelle in New Orleans wird mir sicher jemanden empfehlen. Leben Sie wohl, Dr. Kelly, und passen Sie gut auf sich auf!«

»Nun«, gab Nora zu bedenken, »für solche Ausgrabungen sollte man spezielle Erfahrungen mitbringen.«

»Soll das ein Angebot sein?«
Nora biss sich auf die Lippen.
»Natürlich nicht. Darum habe ich Sie gar nicht erst gefragt. Ich weiß ja, wie sehr es Sie drängt, sich Ihrer eigenen Arbeit zu widmen. Abgesehen davon könnten die weiteren Ermittlungen gefährlicher werden, als ich gedacht hatte. Ich musste bereits für meine Fehleinschätzung bezahlen. Und ich möchte Sie auf keinen Fall einer größeren Gefahr aussetzen als der, in der Sie jetzt schon schweben.«
Nora stand auf. »Gut«, sagte sie, »ich nehme an, das haben wir abgehakt. Es war mir ein Vergnügen, mit Ihnen zusammenzuarbeiten, Mr. Pendergast, soweit man unter den gegebenen Umständen von einem Vergnügen sprechen kann.«
Irgendwie empfand sie dieses abrupte Ende als enttäuschend. Auf dem Weg zur Tür fiel ihr noch etwas ein. »Es könnte sein, dass ich mich noch einmal mit Ihnen in Verbindung setze. Mr. Puck – Sie wissen schon, der alte Herr im Archiv – hat mir eine Notiz geschickt. Er scheint auf ein paar neue Informationen gestoßen zu sein. Jedenfalls hat er mich gebeten, heute Nachmittag bei ihm vorbeizukommen. Wenn etwas Brauchbares dabei ist, setze ich mich mit Ihnen in Verbindung.«
Pendergasts blasse Augen musterten sie eindringlich. »Tun Sie das! Und noch einmal vielen Dank, Dr. Kelly. Und seien Sie bitte vorsichtig!«

15

Die schwere Eichentür des Archivs war nur angelehnt. Höchst merkwürdig – und sicher ein Verstoß gegen die Hausordnung. Nora drückte die Tür auf und trat ein.
Pucks Schreibtisch lag in einer Lichtinsel, ringsum war alles in Dunkel gehüllt, von Puck keine Spur. Sie warf einen Blick auf ihre Uhr. Vier Uhr, sie war pünktlich.

Sie schob die Tür hinter sich zu, schloss ab und trug sich in das Besucherbuch ein. Der Schreibtisch sah ungewohnt aufgeräumt aus, fiel ihr auf. Dann erst entdeckte sie neben Pucks Schreibmaschine die getippte Notiz: »Bin hinten beim Triceratops.«

Wo, zum Teufel, fand sie den Triceratops? Im hinteren Teil des Archivs schimmerte kein Licht. Schöne Bescherung, der verdammte Saurier konnte überall stecken. Sie sah sich suchend um. Nirgendwo ein Lageplan. Typisch.

Leicht irritiert ging sie zu den Lichtschaltern und knipste auf gut Glück ein paar an. Irgendwo weit hinten flammte Licht auf. Wennschon – dennschon, dachte sie und drückte auch noch die übrigen Schalter. Obwohl nun, so weit sie sehen konnte, alle Lampen brannten, blieb das Archiv in Halbdunkel getaucht.

Na ja, Puck würde sicher gleich merken, dass das Licht angegangen war, und nach ihr rufen. Aber es tat sich nichts.

»Mr. Puck?«, rief sie. Ihre Stimme hallte in dem Kellergewölbe wider. Keine Antwort. Sie versuchte es noch einmal, ahnte aber schon, dass ihre Mühe vergeblich war. Wahrscheinlich wurde in den weiten Gängen jeder Laut verschluckt.

Sie überlegte, ob sie lieber ein andermal wiederkommen solle, aber Pucks Notiz hatte sich so gelesen, als sei es dringend. Sie erinnerte sich vage daran, dass sie bei ihrem letzten Besuch ein paar Fossilien gesehen hatte. Vielleicht fand sie den Triceratops dort.

Vom Stakkato ihrer Absätze begleitet, probierte sie es mit dem nächstgelegenen Gang. Anfangs warfen die Deckenlampen ausreichend helles Licht nach unten, aber je weiter sie kam, desto mehr schienen die hohen Ragale es zu verschlucken. Es fiel ihr zum ersten Mal auf, wie spärlich das Archiv ausgeleuchtet war. Jenseits der Lichtinseln hätte man gut eine Taschenlampe brauchen können.

An der nächsten hell ausgeleuchteten Insel verzweigte sich der Gang. Es ist wie bei Hänsel und Gretel, dachte sie, und ich habe nicht mal Brotkrumen dabei. Sie glaubte sich zu erinnern, dass der linke Gang dorthin führte, wo sie bei einem früheren Besuch ein paar ausgestopfte Tiere gesehen hatte. Aber ihr Pech wollte es, dass ausgerechnet hier die Deckenlampen ausgefallen waren. Weil sie nicht durchs Dunkel stolpern wollte, nahm sie den nächsten Parallelgang.

Komisch, wie anders einem alles vorkam, wenn man mutterseelenallein an den hohen Regalen entlangging. Das letzte Mal waren Pendergast und Puck bei ihr gewesen, da hatte sie nicht auf Abzweigungen achten müssen. Dann machte der Gang einen scharfen Knick nach links, und plötzlich stand sie unversehens vor einer Gruppe ausgestopfter afrikanischer Säugetiere: Giraffen, ein Flusspferd, ein Löwenpärchen, eine Schraubenantilope und ein Wasserbüffel – alle in Plastikplanen gehüllt, ein unheimlicher, beinahe gespenstischer Anblick.

Sie blieb stehen. Weit und breit kein Triceratops. Dazu kam, dass genau hier mehrere Gänge in verschiedene Richtungen abzweigten. Sie musste sich wohl oder übel aufs Geratewohl für einen entscheiden. Das Problem war nur, dass sie nach wenigen Schritten an die nächste Abzweigung kam.

Das Herumsuchen wurde ihr zu dumm. »Mr. Puck?«, rief sie laut ins Halbdunkel. Das Echo ihrer Stimme verhallte, nur das Rauschen des Frischluftgebläses und das beharrliche Tropfen aus den maroden Wasserrohren, die oben an der Decke verliefen, begleitete sie.

Also wirklich, sie hatte keine Zeit für solche Spielchen. Am besten, sie kam später wieder und vergewisserte sich vorher telefonisch, dass Puck an seinem Schreibtisch saß. Oder noch besser, sie bat ihn, die Unterlagen, die er gefunden hatte, Pendergast zu zeigen. Sie hatte ohnehin nichts mehr mit den Ermittlungen zu tun.

Sie machte kehrt, um das Archiv zu verlassen, und nahm eine Abkürzung. Nach ein paar Sekunden stand sie verdutzt vor einem Rhinozeros und einer Gruppe Antilopen. Nein, hier war sie mit Sicherheit noch nie gewesen. Allmählich beschlichen sie Zweifel, ob sie überhaupt die richtige Richtung eingeschlagen hatte. Einen Moment lang mischte sich ein Anflug von Angst darunter. Sie versuchte, sich mit einem Lachen zu beruhigen. Aber sie wurde das Gefühl nicht los, dass sie bei all den Abzweigungen und Quergängen die Orientierung verloren hatte.

Das war doch lächerlich! Da hatte sie sich einen Weg durch eintönige Wüsten und dichte Regenwälder gebahnt, und nun sollte sie sich in einem Museum mitten in New York verirren?

Plötzlich erstarrte sie und lauschte ins Halbdunkel. Sie glaubte, ein tapsendes Geräusch zu hören, ganz in ihrer Nähe, nur die Richtung konnte sie nicht ausmachen.

»Mr. Puck? Sind Sie's?«

Keine Antwort.

Sie lauschte. Wieder das Tapsen. Wahrscheinlich ein leckes Wasserrohr, versuchte sie sich zu beruhigen. Oder Kondenswasser, das aus dem Frischluftgebläse tröpfelte. Wenn sie nur endlich gewusst hätte, wie sie zur Tür kam!

Es half alles nichts, für irgendeinen Gang musste sie sich entscheiden. Sie legte einen Schritt zu, das Klicken ihrer Absätze hörte sich auf dem Steinboden höllisch laut an. Auf den Regalen links und rechts waren Knochen wie Holzscheite gestapelt. Die kleinen gelben Anhänger bewegten sich flatternd, wenn sie ihnen zu nahe kam. Sie fühlte sich wie in einer Krypta.

Der Gang endete abermals an einer Art Kreuzung. Verdammt! Nora sah sich ratlos um. In diesem Halbdunkel konnte sie kaum ausmachen, was in den hoch aufragenden Regalen gelagert war. Wieder beschlich sie ein Anflug von Angst. Und auf einmal hörte sie wieder ein Geräusch hinter ihr. Oder bildete sie sich das nur ein? Diesmal war es kein Tapsen, es klang eher, als schlurften Schuhsohlen über den Steinfußboden.

Sie fuhr herum. »Wer ist da? Mr. Puck?«

Nichts. Nur das leise Zischen aus dem Frischluftgebläse und das entnervende Tröpfeln.
Sie ging weiter. Obwohl sie sich beruhigend zuredete, dass sie keine Angst haben müsse, weil es in alten Gebäuden nun mal irritierende Geräusche gebe, wurden ihre Schritte unwillkürlich noch schneller. Es war ihr, als werde sie von lauernden Blicken verfolgt. Wenn nur ihre Absätze nicht so einen fürchterlichen Lärm gemacht hätten!
Als sie um die Ecke bog, patschte sie mit ihren teuren Bally-Schuhen mitten in eine Pfütze. Herrschaft noch mal, warum kümmerte sich niemand um die alten Wasserrohre! Sie schaute sich die Pfütze genauer an. Das Wasser sah schwarz und ölig aus – nicht so, wie Wasser eigentlich aussah. Und es hatte einen merkwürdig strengen Geruch. Vielleicht war Öl oder irgendeine chemische Flüssigkeit auf den Boden getropft. Aber sie stand zwischen Regalen mit ausgestopften Vögeln, wenn es hier ein Leck in den Rohren gegeben hätte, wäre es bestimmt längst abgedichtet worden.
Sie hob den Fuß und stellte verärgert fest, dass der linke Schuh tatsächlich Ölflecke abbekommen hatte, an der Sohle und an der Ziernaht. Am rechten war es dasselbe. So eine Schweinerei! Gewitzt von leidvollen Erfahrungen mit Pucks staubgeschwängertem Kellergewölbe, hatte sie zum Glück eine frische Packung Papiertaschentücher einstecken. Sie zog eins heraus und fing an, an der Sohle und der Seitennaht herumzureiben. Und dann erstarrte sie. Was da an den Schuhen klebte, war überhaupt kein Öl. Und es sah auch nicht schwarz aus, sondern glitzernd rot. Blutrot.
Ihr Herz klopfte wild, sie wich einen Schritt zurück, ließ das Taschentuch fallen und starrte, plötzlich von Angst überwältigt, auf die Pfütze. Es war eindeutig Blut, sogar sehr viel. Von den Regalen konnte es nicht getropft sein, die sahen völlig trocken aus. Sie warf einen Blick nach oben, auf das Gewirr von Rohrleitungen zehn Meter über ihr. Aber so weit sie sehen konnte, tropfte dort auch nichts.

Und plötzlich hörte sie wieder etwas, was sich nach verstohlenen Schritten anhörte, und sie meinte, hinter den auf einem Regal gelagerten Ausstellungsstücken eine Bewegung auszumachen. Nur den Bruchteil einer Sekunde lang, danach war es wieder grabesstill. Aber sie war ganz sicher, dass sie etwas gehört hatte.

Lauf los!, schrien ihr alle Instinkte zu. Steh nicht hier rum, lauf weg!

Sie eilte mit Riesenschritten den Gang hinunter. Halt – waren da nicht hastige Schritte hinter ihr zu hören? Und das Rascheln von Stoff? Sie blieb stehen und horchte. Aber da war nichts zu hören, nur das leise Tröpfeln aus den Rohrleitungen, irgendwo weit entfernt. Sie reckte sich auf die Zehenspitzen und versuchte, vorbei an Gläsern, in denen in Formaldehyd konservierte Schlangen lagen, einen Blick hinter ein Regal zu erhaschen. Es war ihr, als habe sie einen Augenblick lang verschwommen einen großen schwarzen Schatten ausgemacht. Ganz sicher konnte sie allerdings nicht sein, die Gläser standen im Weg. Als sie langsam weiterging, setzte sich der Schatten auf der anderen Seite des Regals ebenfalls in Bewegung. Damit waren die letzten Zweifel ausgeräumt.

Das Herz schlug ihr bis zum Hals, ihr Atem ging schneller. Sie ging ein paar Schritte zurück, der Schatten tat es ihr nach. Er schien es darauf anzulegen, immer auf gleicher Höhe mit ihr zu bleiben. Vielleicht, weil er darauf wartete, dass sie irgendwo an einen Quergang kommen mussten.

»Mr. Puck?« Ihre Stimme zitterte.

Keine Antwort.

Auf einmal merkte sie, dass sie unwillkürlich zu rennen begonnen hatte. Sie hastete wie von Furien gejagt den schmalen Gang entlang. Und nun hörte sie deutlich schwere Schritte auf der anderen Seite des Regals.

Ein Stück weiter vorn kam eine Stelle, an der man von einem Parallelgang zum anderen wechseln konnte. Ihre Chance, sie

musste nur einen größeren Vorsprung herausarbeiten, damit sie vor dem unheimlichen schwarzen Schatten dort ankam.
Sie schaffte es und konnte sogar, als sie seitlich abbog, aus den Augenwinkeln einen Blick auf ihren Verfolger werfen: eine große, schwarz gekleidete Gestalt, die in den von Handschuhen geschützten Händen ein blitzendes Stück Metall hielt. Sie jagte den Quergang hinunter, in den sie eingebogen war, wandte sich an der nächsten Abbiegung blindlings scharf nach rechts, hastete weiter und bog am nächsten Knotenpunkt abermals ab, einfach auf gut Glück. Aus der Suche nach dem Triceratops war ein verzweifelter Wettlauf durch das in Halbdunkel getauchte Labyrinth geworden.
Irgendwann blieb sie außer Atem stehen und lauschte. Ringsum Stille. Einen Moment lang wähnte sie sich in Sicherheit, sie hatte ihren Verfolger abgeschüttelt. Doch dann hörte sie zu ihrem Schrecken auf dem Parallelgang schwere Atemzüge.
»Wer sind Sie?«, rief sie ins Dunkel.
Leises Rascheln, ein unterdrücktes Kichern.
Ihr Blick huschte von links nach rechte. Sie kämpfte gegen die beginnende Panik an. Irgendwie musste es ihr gelingen, den kürzesten Weg nach draußen zu finden. Nur, wo war sie jetzt? Nichts kam ihr vertraut vor. Auf den Regalen links und rechts von ihr stapelten sich zusammengefaltete, auf Pergament geschriebene Dokumente, kein Wunder, dass es nach dem Moder längst vergangener Jahrhunderte roch.
Etwa sechs Meter vor sich erspähte sie wieder eine Lücke, sogar auf der richtigen, dem unheimlichen Verfolger abgewandten Seite. Sie sprintete auf die Lücke zu und bog, als sie sich durchgezwängt hatte, in die Gegenrichtung ab, blieb nach ein paar Metern stehen, kauerte sich auf den Boden und wartete.
Die Schritte entfernten sich, kamen näher, entfernten sich wieder. Er hatte sie aus den Augen verloren.
Nora zog die Schuhe aus und machte kehrt. Sie bewegte sich jetzt wie auf Katzenpfoten und versuchte, so viel Distanz wie

möglich zwischen sich und den Schattenmann zu bringen. Aber egal, wie schnell sie rannte und oder wie oft sie abbog, der Verfolger schien Schritt mit ihr zu halten.
Sie *musste* herausfinden, wo sie war. Wenn sie weiter ziellos durch das Labyrinth der Längs- und Quergänge irrte, würde er sie früher oder später einholen.
Sie sah sich gehetzt um und entdeckte, dass der Gang, auf dem sie sich befand, auf eine Wand zulief. Das war ihre Chance, wenn sie sich an der Wand orientierte und ihr so nahe wie möglich blieb, musste sie zwangsläufig irgendwann am Eingang des Archivs ankommen.
Tief geduckt, huschte sie den Gang hinunter, lauschte unablässig, ob irgendwo Schritte zu vernehmen waren, und vergewisserte sich immer wieder, dass nirgendwo ein dunkler Schatten auszumachen war. Und plötzlich ragte im Halbdunkel vor ihr schattenhaft etwas Großes auf: der an die Wand montierte Schädel eines Triceratops.
Ein Gefühl unsäglicher Erleichterung durchflutete sie. Irgendwo ganz in der Nähe musste Puck sein. Sie jetzt anzugreifen wagte der Schattenmann bestimmt nicht.
Sie wollte schon leise nach Puck rufen, doch dann zögerte sie. Etwas an den Umrissen des Dinosaurierschädels irritierte sie. Die Silhouette stimmte nicht. Sie schlich sich vorsichtig, so lautlos wie möglich, näher heran. Und dann blieb sie wie versteinert stehen.
Zwei, drei Schritte vor ihr hing an den beiden Stirnhörnern des Dinosauriers ein von der Taille aufwärts nackter Körper. Die Arme und Beine baumelten kraftlos herab. Es sah aus, als habe der Triceratops ihn aufgespießt und stemme nun seine Beute triumphierend in die Luft.
Nora wich erschrocken zurück. Ihre Augen registrierten das im Nacken volle, über der Stirn schüttere graue Haar, das schwammige Kinn und die ausgemergelten, dünnen Altmännerarme. Wo die Hörner den Rücken durchbohrt hatten, klaffte eine breite offene Wunde. Schmale dunkelrote Rinn-

sale liefen nach unten und tropften unablässig auf den Steinboden.

»Bin hinten beim Triceratops.«

Nora hörte einen Schrei und realisierte erst Sekunden später, dass er aus ihrer Kehle gekommen war.

Sie stürmte blindlings los, rannte, schlug Haken, hastete weiter und merkte irgendwann, dass sie in eine Sackgasse geraten war. Sie wirbelte herum und wollte zurückrennen.

Und da sah sie den Schattenmann am Eingang der Sackgasse stehen: groß, mit einem altmodischen schwarzen Hut auf dem Kopf, und wieder blitzte in seinen Händen etwas Metallisches.

Ihr blieb nur der Fluchtweg nach oben. Ihre Hände umklammerten das Stützgestänge eines Regals, sie fing frenetisch zu klettern an.

Der Schattenmann verlor keine Zeit, er kam mit Riesenschritten auf sie zugerannt, hinter ihm blähte sich sein weit geschnittener schwarzer Mantel.

Nora hatte Erfahrung im Felsenklettern, die jahrelange Routine, die sie sich während der archäologischen Expeditionen in Utah erworben hatte, zahlte sich aus. Sie war im Nu oben auf dem Regal angekommen, griff blindlings nach dem ersten Ausstellungsstück, das ihr in die Hände fiel – einem ausgestopften Falken –, und warf gehetzt einen Blick nach unten. Der Schattenmann hatte ebenfalls zu klettern begonnen, er war genau unter ihr. Der schwarze Hut verbarg sein Gesicht. Sie schleuderte den Falken auf ihn, aber das Wurfgeschoss war zu leicht und zu weich, es prallte wirkungslos an seiner Schulter ab.

Sie sah sich suchend um. Ausgestopfte Vögel und Kartons mit Papieren, mehr hatte sie nicht zur Hand. Sie schleuderte die Kartons und die Vögel auf ihren Verfolger, aber keines der Wurfgeschosse war schwer genug, um Schaden anzurichten. Und der Schattenmann kletterte unbeirrbar weiter.

Der Seufzer, der sich aus ihrer Kehle rang, klang nach mutloser Verzweiflung. Und schon zwängte sich eine Hand durch den Spalt zwischen den Regalbrettern und krallte sich an ihrer Bluse fest. Nora stieß einen Schrei aus und riss sich los. Sie sah noch den blitzenden Stahl, er musste sie um Millimeter verfehlt haben. Als die dünne gezahnte Klinge wieder auf sie zuschoss, drehte sie sich geistesgegenwärtig seitwärts weg. Aber sie war wohl nicht schnell genug gewesen, denn auf einmal spürte sie einen stechenden Schmerz in der rechten Schulter.

Sie verlor den Halt, rutschte ab und konnte den Aufprall auf dem Steinboden gerade noch durch eine blitzschnelle Drehbewegung abmildern. Über ihr kletterte ihr Verfolger nach unten, versetzte unterwegs allem, was ihm vor die Füße kam, einen Tritt und bombardierte sie so mit Kartons und Gläsern mit konservierten Tieren.

Nora stürmte los, blindlings, ohne Ziel und ohne Orientierung, bis plötzlich aus dem Halbdunkel vor ihr die Umrisse eines riesigen präparierten Tieres aufragten: Das zottelige Mammut, Nora erkannte es auf den ersten Blick. Hier war sie schon einmal mit Puck gewesen. Aber wo, zum Teufel, ging es zum Ausgang?

Dann entdeckte sie vor sich die Lichtschalter und wusste, dass ihr nur noch eine einzige Möglichkeit blieb. Sie griff mit beiden Händen zu, knipste auf einen Schlag sämtliche Schalter aus, worauf die ganze Umgebung in Dunkel getaucht war. Ihre Hände tasteten sich an dem rauen Bauch des Mammuts entlang. Und richtig – da war er, der hölzerne Hebel. Sie zog und zerrte mit aller Kraft daran, bis der Bauch aufklappte.

Sie kletterte so leise wie möglich in den stickig heißen Hohlraum, zog die Klappe hinter sich zu und wartete. Die Luft roch nach Moder, Staub, gegerbtem Fell und Pilzen.

Nora hörte ein Klicken, das sich in schneller Folge wiederholte. Das Licht war wieder eingeschaltet worden, ein schmaler, heller Streifen fiel durch das winzige Loch in der Brust des

Mammuts, durch das Shottums Mitarbeiter früher beobachtet hatte, wie die Besucher auf den Trick mit dem scheinbar wiederbelebten Tier reagierten.

Sie benutzte es als Ausguck, versuchte dabei, so flach wie möglich zu atmen, und kämpfte mit aller Kraft gegen die Panik an, die sie zu überfallen drohte. Der Mann mit dem Bowler stand mit dem Rücken zu ihr vor dem Mammut, keine anderthalb Meter weit entfernt. Langsam drehte er sich um die eigene Achse, lauschte und suchte die Umgebung ab. Er hielt ein seltsames, Angst einflößendes chirurgisches Instrument mit zwei polierten Elfenbeingriffen und einer dünnen, biegsamen Stahlklinge mit winzigen Zähnen in der Hand. Schließlich blieb sein Blick an dem Mammut hängen, als ahne er, wo sich Nora versteckte.

Sie verkrampfte sich, schwor sich aber, sich so teuer wie möglich zu verkaufen. Und im nächsten Augenblick war der Schattenmann plötzlich verschwunden.

»Mr. Puck?«, rief eine Stimme. »Mr. Puck, ich bin da!«

Es war Oscar Gibbs.

Nora rührte sich nicht, sie fühlte sich vor Angst noch wie gelähmt. Die Stimme kam näher, und kurz darauf bog Oscar Gibbs um die Ecke.

»Mr. Puck, wo sind Sie?«

Nora langte mit zitternden Händen nach unten, löste die Verriegelung der Klappe und ließ sich aus dem Bauch des Mammuts gleiten. Gibbs hatte wohl etwas gehört, er fuhr herum, schrak zurück und starrte sie mit offenem Mund an.

»Haben Sie ihn gesehen?«, fragte Nora aufgeregt, »Schnell, sagen Sie, haben Sie ihn gesehen?«

»Wen? Was machen Sie denn hier? O Gott, Sie bluten ja.«

Nora blickte auf ihre Schulter. Tatsächlich, da war ein stetig größer werdender Blutfleck an der Stelle, an der das Stahl ihr die Haut geritzt hatte.

Gibbs kam näher. »Hören Sie, was immer Sie hier unten tun oder was hier vorgehen mag, ich glaube, ich sollte Sie zu unserer Krankenschwester bringen, einverstanden?«
Nora schüttelte den Kopf. »Nein, Oscar. Sie müssen sofort die Polizei rufen. Mr. Puck …« Einen Moment lang drohte ihr die Stimme zu versagen. »Mr. Puck ist ermordet worden. Und der Mörder ist hier im Museum.«

Viel, viel Wurm

1

William Smithback jr. ließ da und dort den einen oder anderen prominenten Namen fallen, und schon hatte er es geschafft, den besten Platz im Pressezentrum an der Police Plaza Nummer eins zu ergattern. Der Raum war in jenem scheußlichen Grün gehalten, das rund um den Globus nur »kotzgrün« genannt wird. Smithback liebte die knisternde Atmosphäre großer Pressekonferenzen, bei denen die Kamerateams des Fernsehens und die Crème de la Crème der Pressevertreter nahezu vollständig versammelt waren.

Er lümmelte sich mit übergeschlagenen Beinen, das Aufnahmegerät frisch geladen, in seinen Sitz und ließ sich von dem aufgeregten Gewusel ringsum nicht aus der Ruhe bringen. Seine Reporternase sagte ihm, dass heute alles ein bisschen anders sein würde. Die Luft roch nach keimenden Ängsten, er hatte das schon heute Morgen in der U-Bahn und auf den Straßen geschnuppert. Die drei Morde, so rasch hintereinander und alle nach dem Strickmuster des »Chirurgen«, waren so rätselhaft, dass es nicht mehr lange dauern konnte, bis die ganze Stadt in Panik fiel.

Links von sich, ein Stück weit weg, sah er Bryce Harriman dozierend auf einen Polizeioffizier einreden. Herrje! Da hatte der Junge nun an der Journalistenschule der Columbia geschliffene Formulierungen gelernt, und jetzt verschwendete er seine Talente an die *New York Post*. Er hätte sich um eine geruhsame Professur an seiner alten Alma Mater bemühen und grünen Jünglingen beibringen sollen, wie man einen Artikel schreibt, statt sich selbst daran zu versuchen. Zugegeben, bei dem zweiten Mord hatte er Smithback ausgestochen, aber das konnte nur ein unverhoffter Glücksfall gewesen sein.

Das nervöse Raunen erreichte seinen Siedepunkt, die Flügeltüren flogen auf und spuckten ein kleines Heer in blauen Uniformen aus, gefolgt von New Yorks Bürgermeister Edward

Montefiori: hoch aufgeschossen, kräftig gebaut und mit einer Miene, in der sich der Ernst der Lage widerspiegelte. Es war ein kategorischer Imperativ, dass dieser Mörder gefasst und seinem Treiben ein Ende gemacht werden musste, ehe der Bursche New York noch mehr in Verruf bringen konnte.

Immer mehr Offizielle drängten sich auf dem Podium: Mary Hill, die Sprecherin des Bürgermeisters, eine groß gewachsene, sehr selbstsicher wirkende Afroamerikanerin, nicht weit von ihr der dickliche Captain Sherwood Custer, in dessen Distrikt der ganze Schlamassel angefangen hatte, der Police Commissioner Rocker, ernst, müde und sichtlich bedrückt, und schließlich die Vertreter des Museums, Dr. Frederick Collopy und Roger Brisbane im maßgeschneiderten grauen Anzug.

Brisbanes Anblick genügte Smithback, um vor Wut zu kochen. Dieser Bursche war schuld daran, dass Nora nichts mehr von ihm wissen wollte. Sogar nachdem sie den grauenhaften Mord an Puck entdeckt hatte und um ein Haar selber Opfer des »Chirurgen« geworden war, hatte sie sich geweigert, sich mit ihm zu treffen und von ihm trösten zu lassen. Sie tat fast so, als sei er verantwortlich für das, was erst Pendergast und dann Puck widerfahren war.

Der Bürgermeister trat ans Rednerpult, hob die Hand, wartete, bis das Geplapper verstummte, und las mit sonorer Stimme und unverfälschtem Brooklynakzent eine vorbereitete Erklärung vom Blatt ab.

»Meine Damen und Herren von der Presse, unsere Stadt wird, ihrer Größe und ethnischen Vielfalt wegen, von Zeit zu Zeit von Serienmördern heimgesucht. Zum Glück sind wir viele Jahre lang von dieser Plage verschont geblieben. Nun aber haben wir es offensichtlich wieder mit einem echten Psychopathen zu tun. Innerhalb einer Woche wurden drei Menschen ermordet, und zwar auf besonders brutale Weise. Während unsere Stadt sich bisher dank des entschlossenen Durchgreifens unserer Polizeikräfte und der Verfolgung einer Nulltoleranzdoktrin, der niedrigsten Mordrate aller Großstädte in unserem Land erfreuen durfte, sehen wir uns jetzt gleich mit drei Mordfällen konfrontiert. Ich habe diese Pressekonferenz einberufen, um die Öffentlichkeit über die entschlossenen und effektiven Anstrengungen zu unterrichten, die wir zur Ergreifung des Täters eingeleitet haben, und um Ihnen Fragen zu beantworten, die Sie möglicherweise angesichts der spektakulären Begleitumstände dieser Morde haben. Wie Sie wissen, sehe ich in der Offenheit immer eine vordringliche Pflicht meiner Administration. Daher habe ich Police Commissioner Karl Rocker und Captain Custer vom siebenten Distrikt sowie Dr. Collopy und seinen Ersten Vizepräsidenten Brisbane vom New York Museum of Natural History gebeten, an der Pressekonferenz teilzunehmen. Bevor Miss Hill um Fragen bittet, möchte ich Commissioner Rocker Gelegenheit zu einer kurzen Lagebesprechung geben.«

Karl Rocker trat ans Mikrofon.

»Danke, Herr Bürgermeister.« Und dann fuhr er in seiner gewohnt gelassenen, staubtrockenen Art fort: »Letzten Donnerstag wurde im Central Park die Leiche einer jungen Frau namens Doreen Hollander entdeckt. Sie war ermordet worden, und zwar durch eine am unteren Teil des Rückgrats vorgenommene Sektion – einem ungewöhnlichen chirurgischen Eingriff. Noch während der gerichtsmedizinischen Autopsie und deren Auswertung wurde eine zweite junge Frau, Mandy Eklund, im Tompkins Square Park tot aufgefunden. Die gerichtsmedizinische Untersuchung ergab, dass die Todesursache ebenfalls ein gewaltsamer chirurgischer Eingriff war, ähnlich wie im Fall Doreen Hollander. Und gestern wurde im Zentralarchiv des New York Museums die Leiche eines vierundfünfzig Jahre alten Mannes namens Reinhart Puck gefunden, sein Körper zeigte dieselben Verstümmelungen wie bei den beiden ersten Opfern.«

Hände schossen in die Höhe, die Anwesenden riefen durch-

einander und gestikulierten wild. Der Commissioner gebot dem Tumult mit erhobenen Händen Einhalt.
»Wie Sie wissen, wurde in dem bereits erwähnten Archiv kürzlich ein Brief entdeckt, in dem von einem Massenmörder des neunzehnten Jahrhunderts die Rede ist. In diesem Brief werden dieselben Verstümmelungen beschrieben. Sie wurden vor einhundertzwanzig Jahren unter dem Vorwand wissenschaftlicher Experimente von einem gewissen Dr. Leng in Lower Manhattan ausgeführt. Die auf einer Baustelle an der Catherine Street gefundenen sterblichen Überreste von sechsunddreißig Menschen lassen den Schluss zu, dass Dr. Leng seinen abartigen Experimenten dort nachgegangen ist.«
Wieder erregte Rufe, diesmal griff der Bürgermeister persönlich ein.
»Letzte Woche erschien in der *New York Times* ein Artikel über den erst jüngst aufgefundenen Brief. Darin wurde nicht nur die Art der Verstümmelungen, die Leng an seinen Opfern vorgenommen hat, sondern auch das Motiv des Mörders detailliert beschrieben.«
Montefioris Blick suchte die Stuhlreihen ab und hakte sich schließlich an Smithback fest. Der Journalist verspürte eine warme Welle wohligen Stolzes. Sein Artikel!
»Der Artikel scheint eine unheilvolle Wirkung gehabt zu haben. Offenbar hat er einen unter uns lebenden Psychopathen dazu angeregt, sich die alten Mordfälle zum Vorbild zu nehmen und Leng nachzueifern.«
Was war denn nun los? Smithbacks selbstgefälliges Grinsen gefror zur Maske.
»Polizeipsychiater haben mir erklärt, dass der Mörder sich offenbar dazu berufen fühlt, Lengs Arbeit fortzusetzen. Er will ihm nacheifern und den uralten Menschheitstraum verwirklichen, im Klartext: das eigene Leben verlängern. Die … reißerische Darstellung in der *Times* hat, wie wir glauben, den Serienmörder zu seinen Untaten inspiriert.«
Das war unerhört! Der Bürgermeister schob *ihm* die Schuld

in die Schuhe! Smithback sah sich um und merkte, dass die Kollegen ihn anstarrten. Er unterdrückte mit Mühe den Impuls, geharnischt zu protestieren. Er hatte die Story doch nicht erfunden, sondern war nur seiner Reporterpflicht nachgekommen! Wie konnte Montefiori es wagen, ihn als Sündenbock abzustempeln?

»Ich mache niemanden dafür verantwortlich«, fuhr der Bürgermeister fort. »Ich bitte Sie, meine Damen und Herren von der Presse, lediglich, sich bei der Ausgestaltung Ihrer Artikel eine gewisse Zurückhaltung aufzuerlegen. Wir haben es bereits mit drei brutalen Morden zu tun und sind fest entschlossen, keinen weiteren zu dulden. Daher sollten wir die Situation nicht weiter aufheizen. Ich danke Ihnen für Ihre Aufmerksamkeit.«

Mary Hill trat ans Mikrofon, um die Fragen entgegenzunehmen. Wieder sprangen alle auf und schrien gestikulierend durcheinander. Nur Smithback blieb mit hochrotem Kopf sitzen. Er versuchte, seine Gedanken zu ordnen, merkte aber, dass er vor lauter Empörung überhaupt nicht mehr klar denken konnte.

Mary Hill rief die erste Frage auf.

»Es war von einem chirurgischen Eingriff die Rede«, fragte jemand. »Können Sie das näher erläutern?«

Der Commissioner übernahm die Beantwortung. »Um es auf einen kurzen Nenner zu bringen: Allen drei Opfern wurde der untere Teil des Rückenmarks entnommen.«

Ein anderer Reporter wollte wissen: »Der letzte Mord soll angeblich im Museum begangen worden sein. Stimmt das?«

»Nun, wir haben im Archiv des Museums unweit des Opfers eine große Blutlache vorgefunden. Ob es sich um das Blut des Ermordeten handelt, muss durch forensische Tests geklärt werden. Ebenso bedarf es weiterer gerichtsmedizinischer Untersuchungen, bevor wir mit Sicherheit sagen können, ob der Mord tatsächlich im Museum begangen wurde.«

»Wie ich höre, ist das FBI bereits involviert«, rief eine junge

Reporterin Mary Hill zu. »Könnten Sie kurz erklären, wieso das FBI eingeschaltet wurde?«
»Das ist so nicht ganz korrekt«, antwortete Rocker. »Ein FBI-Agent hat sich aus eigener Initiative mit den Morden aus dem neunzehnten Jahrhundert befasst. Aber bei der Untersuchung der drei aktuellen Mordfälle wirkt er nicht mit.«
»Ist es wahr, dass das dritte Opfer auf den Hörnern eines Dinosauriers aufgespießt wurde?«
Der Commissioner zuckte nervös zusammen. »Ja, der Leichnam wurde auf dem Stirnhorn eines Triceratops vorgefunden. Was den Schluss nahe legt, dass wir es mit einem mental erheblich gestörten Täter zu tun haben.«
»Noch einmal zu den Verstümmelungen der Leichen: Ist es zutreffend, dass nur ein Chirurg in der Lage ist, solche Eingriffe vorzunehmen?«
»Das ist eine der Spuren, die wir verfolgen.«
Die nächste Wortmeldung: »Habe ich den Bürgermeister insoweit richtig verstanden, dass er den Artikel in der *Times* als Auslöser für die drei Morde betrachtet?«
Smithback drehte sich um. Bryce Harriman, dieser Scheißer!
Commissioner Rocker runzelte die Stirn. Der Bürgermeister gab ihm zu verstehen, dass er die Frage selber beantworten wolle. »Ich habe lediglich zu etwas Zurückhaltung aufgerufen. Um es deutlich zu sagen: Wir wären froh, wenn der Artikel nicht erschienen wäre. Möglicherweise würden die drei Opfer dann noch leben. Im Übrigen, die Methoden, deren sich der Reporter bedient hat, um an seine Informationen zu gelangen, zeugen meiner Meinung nach von erheblicher Skrupellosigkeit. Aber ich habe nicht gesagt, dass der Artikel ›Auslöser‹ für die Morde war.«
Ein Reporter wollte wissen: »Erinnert es nicht ein bisschen an ein Ablenkungsmanöver, wenn Sie einem Kollegen Vorhaltungen machen, der lediglich seinen Job getan hat?«

Smithback reckte den Hals. Wer hatte das gesagt? Dem musste er gelegentlich einen Drink spendieren.
»Davon habe ich nichts gesagt. Ich habe nur gesagt …«
»Aber Sie haben klar zu verstehen gegeben, dass der Artikel Anstoß zu den drei Morden gab.«
Smithback registrierte zufrieden, dass der Bürgermeister mit seinem Angriff gegen ihn das gesamte Pressekorps gegen sich aufgebracht hatte und viele Kollegen ihm sympathisierende Blicke zuwarfen. Einen Drink? Ach was, ein Dinner und Drinks bis zum Abwinken!
»Darf ich um die nächste Frage bitten?«, leierte Mary Hill routinemäßig herunter.
»Gibt es bereits Verdächtige?«
»Wir haben eine genaue Beschreibung der Kleidung, in der der Verdächtige im Museum gesehen wurde«, sagte Commissioner Rocker. »Ein schlanker Weißer, etwa eins achtzig bis eins zweiundachtzig groß. Er trägt einen altmodischen schwarzen Mantel, einen Bowler und einen Stock oder zusammengerollten Schirm. Dieselbe Beschreibung wurde uns auch für den zweiten Fall gegeben. Weitere Einzelheiten möchte ich derzeit noch nicht preisgeben.«
Smithback stand auf und machte Mary Hill ein Zeichen, aber sie ignorierte ihn geflissentlich. »Miss Perez vom *New York Magazine* – Ihre Frage, bitte.«
»Ich habe eine Frage an Dr. Collopy. Sir, glauben Sie, dass der so genannte ›Chirurg‹ Angestellter des Museums ist? Ich meine, weil das letzte Opfer doch allem Anschein nach im Museum ermordet und seziert wurde?«
Collopy räusperte sich vernehmlich. »Ich glaube, dass die Polizei dieser Frage nachgehen wird. Ich persönlich halte es für unwahrscheinlich. Wir überprüfen den Leumund aller unserer Mitarbeiter, achten darauf, dass sie nicht drogenabhängig sind und dass es keine Vorstrafen gibt. Und es ist, wie ich hinzufügen möchte, keineswegs erwiesen, dass der jüngste Mord in unserem Museum verübt wurde.«

»Mr. Diller vom *Newsday*, bitte.«
Smithback schäumte vor Wut. Die Hill, das Aas, nahm ihn einfach nicht dran!
Diller stand auf. »Ich möchte eine Frage an den Bürgermeister stellen. Wie kommt es, dass der Fundort der sechsunddreißig Opfer an der Catherine Street ›unabsichtlich‹ zerstört wurde? Hat niemand erkannt, dass es sich um einen historisch bedeutsamen Fund handelt?«
»Nein«, sagte Montefiori, »und ich vermag auch nicht zu erkennen, dass es irgendwelche historisch bedeutsamen ...«
»Wie bitte?«, fiel ihm Diller ins Wort. »Der größte Serienmord in der Geschichte unseres Landes!«
»Mr. Diller, bei dieser Pressekonferenz geht es um die in jüngster Zeit verübten Morde. Wir hatten keinen legalen Grund, ein Hundertmillionendollarprojekt lahm zu legen. Die Knochen und anderen Funde wurden fotografiert, von einem Gerichtsmediziner in Augenschein und sodann zur weiteren Analyse in Verwahrung genommen. Mehr konnten wir nicht tun.«
»Hat es vielleicht etwas damit zu tun, das Moegen-Fairhaven einer der großzügigsten Unterstützer Ihrer Wahlkampfkampagne ist?«
»Die nächste Frage!«, schnitt ihm Mary Hill das Wort ab.
Smithback stand auf und rief laut: »Herr Bürgermeister, da ich erheblichen Vorwürfen ausgesetzt war ...«
Mary Hill warf ihre ganze Stimmgewalt in die Waagschale. »Miss Epstein von der *WNBC*«, schrie sie Smithback nieder.
Eine schlanke, adrette Fernsehreporterin stand mit dem Mikrofon in der Hand auf und gab dem Kameramann ein Zeichen, die Szene aufzunehmen. Es dauerte einen Moment, bis die Kamera in Position war.
Das nutzte Smithback rasch aus. »Entschuldigung, Miss Epstein, würden Sie mir, da ich persönlich angegriffen wurde, freundlicherweise den Vortritt lassen?«
Die bekannte Nachrichtensprecherin zögerte keine Sekunde.

»Aber gern.« Smithback bekam gerade noch mit, dass sie ihrem Team bedeutete, die Kamera laufen zu lassen.

»Ich möchte eine Frage an Mr. Brisbane richten«, sagte Smithback. »Warum wurden der Brief, mit dem alles begann, und die Stücke aus Shottums Sammlung aus dem Verkehr gezogen? Hat das Museum vielleicht irgendetwas zu verbergen?«

Brisbane lächelte gelassen. »Keineswegs. Die Stücke wurden zur regelmäßigen Konservierung aus dem Archiv genommen, das ist so üblich. Da der Brief den Nachahmungstäter bereits zu seinem ersten Mord animiert hatte, wäre jeder Verschleierungsversuch unverantwortlich gewesen. Das gesamte Material ist für jeden, der ein begründetes Interesse nachweisen kann, weiterhin jederzeit verfügbar.«

»Es stimmt also nicht, dass Sie versucht haben, einer Mitarbeiterin zu untersagen, die Aufklärung der Mordfälle zu unterstützen?«

»Absolut nicht. Wir arbeiten weiter vertrauensvoll mit den Behörden zusammen. Die Ergebnisse sprechen für sich.«

»Mr. Brisbane ...«

»Mr. Smithback, würden Sie anderen bitte auch eine Chance einräumen?«, fuhr Mary Hill dazwischen.

»Nein!«, schrie Smithback mit überschnappender Stimme und löste damit gedämpftes Kichern aus. »Mr. Brisbane, stimmt es etwa nicht, dass Moegen-Fairhaven, die dem Museum letztes Jahr zwei Millionen Dollar gespendet haben – ganz davon zu schweigen, dass Mr. Fairhaven in Ihrem Aufsichtsrat sitzt –, Druck ausüben, um weitere Untersuchungen zu verhindern?«

Brisbane lief rot an, woraus Smithback schloss, dass er mitten ins Schwarze getroffen hatte.

»Das ist eine unhaltbare Unterstellung. Wie schon gesagt, wir arbeiten nach wie vor vertrauensvoll mit ...«

»Sie bestreiten also, dass Sie einer Ihrer Angestellten, Dr. Nora Kelly, untersagt haben, bei der Aufklärung der Mordfälle mitzuarbeiten? Sollen wir Miss Kelly selbst dazu befragen? Immerhin hat sie den Leichnam des dritten Opfers gefunden und wäre beinahe selbst das vierte Opfer geworden.«

Damit hatte er angedeutet, dass Nora Kelly im Zweifelsfall den Einlassungen des Ersten Vizepräsidenten widersprechen werde. Brisbane war in Bedrängnis geraten. Collopy, der neben ihm stand, starrte düster vor sich hin.

Brisbane schnaubte: »Ich habe nicht die Absicht, solche tendenziös gefärbten Fragen zu beantworten.«

»Mr. Smithback«, warf Mary Hill in ätzendem Tonfall ein, »sind Sie bereit, Ihre Monopolisierung der Pressekonferenz zu beenden? Die Morde aus dem neunzehnten Jahrhundert haben absolut nichts mit den Morden zu tun, von denen New York derzeit heimgesucht wird – wenn man von der Vorbildwirkung absieht.«

»Und woher wollen Sie das wissen?«, rief Smithback im Bewusstsein seines endgültigen Triumphs.

Der Bürgermeister ergriff das Wort. »Wollen Sie etwa andeuten, dass Dr. Leng noch lebt und seine Mordserie fortsetzt?«

Schallendes Gelächter ringsum.

»Keineswegs, aber ...«

»Dann schlage ich vor, dass Sie endlich wieder Platz nehmen, Mr. Smithback.«

Smithback setzte sich. Und dann dämmerte ihm, dass er Nora womöglich erneut in Schwierigkeiten gebracht hatte. Was sie ihm, wie er sich leicht ausrechnen konnte, bestimmt übel ankreiden würde.

2

Die Doyers Street war eine kurze, schmale Gasse voller Schlaglöcher am Südostrand von Chinatown. Die Tee- und Lebensmittelläden, über deren Schaufenstern helle Neonleuchten mit chinesischen Schriftzeichen prangten, lagen am anderen Ende der Gasse, hier dagegen war alles in Dunkel getaucht. Düstere Wolken ballten sich am Himmel, der Wind trieb Papierschnitzel und Laub vor sich her, in der Ferne grollte Donner, ein Sturm kündigte sich an.

O'Shaugnessy und Nora Kelly blieben am Eingang der Gasse stehen. Nora hätte nicht genau sagen können, ob das Zittern, das sie überlief, von der Kälte oder von ihrer Angst kam.

»Nummer neunundneunzig liegt ungefähr in der Mitte«, sagte O'Shaugnessy mit verhaltener Stimme, »der braune Ziegelsteinbau. Sind Sie sicher, dass ich nicht doch mitkommen soll?«

Nora schluckte. »Ich glaube, es ist besser, wenn Sie hier bleiben und die Straße im Auge behalten.«

O'Shaugnessy nickte und zog sich in eine dunkle Toreinfahrt zurück. Nora holte noch einmal tief Luft, dann ging sie los. Der versiegelte Umschlag mit Banknoten, den Pendergast ihr mitgegeben hatte, fühlte sich in ihrer Handtasche auf einmal wie eine bleierne Last an. Ein Schaudern lief ihr über den Rücken, als sie tiefer in die dunkle Gasse eindrang. Es kostete sie Mühe, sich gegen das Gefühl zu wehren, dass sie ihr Schicksal geradezu herausfordere.

Seit dem brutalen Mord an Puck und der Attacke gegen sie war alles anders geworden. Sie wusste jetzt, das sie es keineswegs nur mit irgendeinem Psychopathen zu tun hatten. Der Täter hatte alles sorgfältig geplant, Pucks alte Royalschreibmaschine dazu benutzt, sie mit einer falschen Nachricht in die Tiefen des Archivs zu locken, und sich die ganze Zeit mit erschreckender Kaltblütigkeit an ihre Fersen geheftet. Sie hatte seine physische Nähe gespürt, ihn sogar atmen gehört und schließlich Bekanntschaft mit der Klinge seines Skalpells gemacht. Das war nicht irgendein Irrer, er wusste genau, was er tat und warum er es tat. Es musste einen rätselhaften Zusammenhang zwischen den alten und den neuen Morden geben, aber was auch hinter dem Rätsel stecken mochte, das Morden musste aufhören. Wenn sie irgendetwas – egal, was – dazu beitragen konnte, war sie bereit, es zu tun.

Die Antworten lagen unter dem Fußboden von Doyers Street Nummer neunundneunzig verborgen, und sie würde sie finden.

Sie konnte die entsetzliche Jagd durch das Gewölbe des Archivs nicht vergessen – und erst recht nicht den Augenblick, als der Schattenmann zugestoßen hatte, schneller, als eine Schlange zubeißt. Danach die endlosen Fragen der Polizei und anschließend ihr erneuter Besuch an Pendergasts Krankenbett, bei dem sie ihm gesagt hatte, dass sie, was die Doyers Street angehe, ihre Meinung geändert habe. Der Agent war wegen des Überfalls auf sie besorgt gewesen, aber Nora hatte sich ihr Vorhaben nicht ausreden lassen. Und so war Pendergast zu guter Letzt widerstrebend einverstanden gewesen, allerdings unter der Bedingung, dass O'Shaugnessy keinen Augenblick von ihrer Seite wich und sie das Bündel Geld mitnahm, das er ihr am nächsten Morgen schicken wollte.

Sie stieg die Stufen zur Haustür hoch. Die Namen auf den Türschildern waren in chinesischer Schrift geschrieben, aber wenn sie den Klingelknopf der Wohnung im Erdgeschoss drückte, konnte sie nicht viel falsch machen.

Eine Stimme schnarrte etwas auf Chinesisch.

»Ich bin's«, rief Nora durch die Tür, »die Frau, die sich für die Wohnung interessiert.«

Das Türschloss wurde per Knopfdruck geöffnet, sie drückte die Tür auf und betrat einen mit flimmernden Leuchtröhren ausgeleuchteten Flur. Am Ende des Gangs hörte sie, wie jemand endlos lange brauchte, um die Wohnungstür aufzuschließen. Schließlich kam ein kleinwüchsiger, mürrisch aussehender Mann in einer ausgebeulten Hose und Hemdsärmeln aus der Wohnung und musterte sie misstrauisch.

Nora ging auf ihn zu. »Mr. Ling Lee?«

Der Mann nickte und hielt ihr die Tür auf. Dahinter lag das Wohnzimmer: grünes Sofa, ein Plastiktisch und ein in Rot und Gold gehaltenes, kunstvoll geschnitztes Wandrelief, das eine von Bäumen umgebene Pagode zeigte. Von der Decke hing ein für die Ausmaße des winzigen Raumes viel zu großer Lüster. Für die Tapete hatte Lee grelles Lila gewählt, für den Teppich Schwarz und Rot.

»Setzen sich bitte«, sagte er, seine Stimme hörte sich müde und erschöpft an.

Nora sank bei dem Versuch, auf dem Sofa Platz zu nehmen, beängstigend tief ein.

»Woher Sie wissen von diesem Apartment?«, fragte Lee. Nora sah ihm an, dass er sie nicht sonderlich mochte. Pendergast hatte ihr schon gesagt, dass Vermieter in Chinatown am liebsten Landsleute als Mieter sehen.

»Von einer Frau, die in der Citybank an der Ecke arbeitet. Sie hat mir davon erzählt.«

»Wie heißt Frau?«, fragte Lee barsch.

»Ihren Namen kenne ich nicht. Mein Onkel hat mir geraten, mich an diese Frau zu wenden, weil sie meistens weiß, wo eine Wohnung frei ist. Und dann hat sie mir Ihre Telefonnummer gegeben.«

»Was für Onkel?«

»Onkel Huang. Er arbeitet für den chinesischen Wohlfahrtsverband.«

Lee hörte sich das alles stumm an.

Pendergast hatte ihr empfohlen, einen chinesischen Verwandten ins Feld zu führen.

»Und Ihr Name?«

»Betsy Winchell.«

Nora spürte, dass sich ein dunkler Schatten in die Tür zwischen Küche und Wohnzimmer schob. Offenbar Lees Frau, die Arme vor der Brust verschränkt, mit strengem Blick, vermutlich ein richtiger Hausdrachen.

»Am Telefon haben Sie gesagt, das Apartment im Tiefgeschoss sei frei. Ich würde es am liebsten sofort mieten. Würden Sie es mir bitte zeigen?«

Lee tauschte einen Blick mit seiner Frau, deren verschränkte Arme sich merklich versteiften.

»Kommen mit«, sagte er verdrossen.

Der Weg führte durch den Flur und die Haustür ins Freie und dann einige Stufen hinunter. Nora sah sich scheu um, aber von O'Shaugnessy war nichts zu sehen. Lee schloss die Tiefgeschosswohnung auf und knipste das Licht an. Er schloss hinter ihnen wieder ab und schob pedantisch alle vier Riegel vor.

Die Wohnung war ein düsteres Loch, lediglich durch das vergitterte Fenster neben der Tür fiel trübes Tageslicht. Die Ziegelsteinwände waren mit weißer, mittlerweile grau gewordener Farbe gestrichen. Nora interessierte sich vor allem für den ebenfalls mit Ziegelsteinen belegten Fußboden. Sie registrierte, dass die Steine nicht einzementiert waren. Was mochte darunter sein? Erde? Sand? Beton? So uneben und feucht, wie der Bodenbelag aussah, tippte sie auf Erde.

»Küche und Schlafzimmer hinten«, nuschelte Lee, ohne sich die Mühe zu machen, ihr wenigstens die Richtung zu zeigen.

Nora fand den Weg allein. Hinter der mit Krimskrams voll gestellten Küche lagen zwei dunkle Schlafräume und das Bad. Eine Toilette gab es nicht. Immerhin fiel durch ein vergittertes, tief in den Lichtschacht eingelassenes Fenster wenigstens eine Ahnung von Tageslicht.

Als sie zurückkam, inspizierte Lee gerade das Schloss der Wohnung. »Muss ich festmachen«, sagte er mit unheilvoller Stimme. »Haben Diebe schon oft Reinkommen probiert.«

»Gibt es hier viele Einbrüche?«

Lee nickte enthusiastisch. »O ja. Und viele Überfälle. Sehr gefährlich hier.«

»Na ja, das Apartment scheint zumindest gut gesichert zu sein«, sagte Nora und lauschte dann angestrengt nach oben. Nichts zu hören, die Decke schien schalldicht zu sein.

»Gegend nicht sicher für Mädchen. Jeden Tag Morde, Raubüberfälle und Vergewaltigungen … Meine ich: Gewaltigungen.«
Nora wusste jedoch, dass Chinatown, so schäbig manche Ecken aussehen mochten, eines der sichersten Wohngebiete der Stadt war. »Ich mache mir deswegen keine Sorgen.«
»Gibt es viele Regeln für Apartment«, versuchte Lee unverdrossen, sie zu vergraulen.
»Ach, tatsächlich?«
»Kein Musik, kein Lärm, kein Mann in Wohnung.« Man sah ihm an, wie er sich das Hirn zermarterte, um weitere Gründe zu finden, die eine junge Frau davon abhalten konnten, hier einzuziehen. »Nix rauchen, nix Alkohol und jeden Tag gründlich sauber machen.«
Nora nickte. »Das hört sich gut an. Ich suche ein hübsches, ruhiges und sauberes Plätzchen. Und einen Freund habe ich sowieso nicht.«
Zumindest der letzte Punkt stimmt, dachte sie zornig. Sie konnte es immer noch nicht fassen, dass Smithback tatsächlich den Nerv gehabt hatte, sie in Gegenwart des Bürgermeisters und der wichtigstens Leute des Museums namentlich als eine Art Kronzeugin zu benennen. Wo sie doch nach allem, was passiert war, sowieso Zweifel hegte, ob ihr im New York Museum eine lange und erfolgreiche Karriere beschieden war.
»Strom, Gas und Wasser nicht inklusive«, versuchte Lee weiter, ihr die Wohnung madig zu machen.
»Natürlich nicht.«
»Keine Klimaanlage.«
»Das macht nichts.«
Lee schien der Verzweiflung nahe, doch dann hellte sich seine Miene plötzlich auf. »Nach Selbstmord, keine Kanone in Apartment erlaubt.«
Nora hob die Augenbrauen. »Selbstmord?«
»Hat sich junge Frau erhängt. So alt wie Sie.«

»Aber eben haben Sie doch von einer Schusswaffe gesprochen?«
Er sah einen Moment lang verwirrt aus, dann fiel ihm eine Erklärung ein. »Wollte sie hängen, aber hat nicht geklappt. Da hat sie sich tot erschossen.«
»Ich verstehe. Wahrscheinlich wollte sie auf Nummer sicher gehen.«
»Kein Freund. Genau wie Sie. Sehr traurig.« Lee zeigte auf die Küche. »Ist passiert da drüben. Ist sie gefunden worden erst nach drei Tagen. Oh, schlimmer Geruch.« Er verdrehte die Augen, und auf einmal fiel ihm eine noch drastischere Ausschmückung ein: »Überall Wurm. Viel, viel Wurm.«
»Wie schrecklich«, sagte Nora, doch dann lächelte sie. »Mir gefällt das Apartment. Ich nehme es.«
Lee starrte sie enttäuscht an, sagte aber nichts.
Sie gingen zurück in seine Wohnung. Lees Frau stand noch immer unter der Küchentür, eine einschüchternde Erscheinung. Irgendwie sah sie unglücklich und misstrauisch aus. Ihr Mann nahm mit Leidensmiene auf dem Sofa Platz.
»Also«, sagte Nora, »bringen wir's hinter uns! Ich möchte das Apartment mieten. Ich brauche es sofort. Heute noch, am besten gleich.«
»Muss ich erst Referenzen überprüfen.«
»Dazu ist keine Zeit, ich zahle bar. Wenn ich nicht heute noch hier einziehen kann, weiß ich nicht, wo ich schlafen soll.« Sie nahm Pendergasts Umschlag aus der Handtasche, griff hinein und zog einen Packen Hundertdollarnoten heraus.
Lee bekam Stielaugen.
»So, da haben wir die Miete für den ersten Monat, die für den vergangenen und eine Monatsmiete als Sicherheit, alles bar. Holen Sie bitte den Mietvertrag!«
Lees Frau machte einen letzen Versuch, etwas einzuwenden, aber Lee beachtete sie gar nicht. Er verschwand und kam kurz darauf mit zwei Ausfertigungen des Mietvertrags wieder, beide in Chinesisch abgefasst.

»Brauchen wir Referenzen«, zeterte seine Frau, diesmal Nora zuliebe auf Englisch, »und Auskunft von Bank.«
Nora hörte gar nicht hin. »Wo soll ich unterschreiben?«
»Hier«, zeigte ihr Lee.
Nora unterschrieb mit *Betsy Winchell* und fügte handschriftlich als Quittungsvermerk hinzu: »6000 $ an Mr. Ling Lee bezahlt.«
»So«, sagte sie, »ich lasse mir den Mietvertrag von Onkel Huang übersetzen und hoffe in Ihrem Interesse, dass er keine illegalen Klauseln enthält. Und nun bitte ich Sie zu unterschreiben, auch den Quittungsvermerk.«
Lee setzte, obwohl seine Frau wieder laut zu schimpfen begann, seinen Namen in chinesischen Schriftzeichen unter Noras handgeschriebenen Vermerk. Er war offensichtlich im Gegensatz zu seiner Frau von dem Handel sehr angetan.«
»Wenn Sie mir jetzt noch die Schlüssel geben, haben wir alles erledigt.«
»Die Schlüssel?«, versuchte Lee auf Zeit zu spielen. »Da muss ich erst noch Zweitschlüssel machen lassen.«
»Es ist jetzt mein Apartment, also geben Sie mir die Schlüssel. Ich lasse die Zweitschlüssel auf meine Kosten machen.«
Lee rückte zögernd die Schlüssel heraus, Nora nahm sie, faltete eine Ausfertigung des Mietvertrags sorgfältig zusammen, verstaute sie in ihrer Handtasche, stand auf und streckte Lee die Hand hin. »Haben Sie herzlichen Dank!«, sagte sie fröhlich.
Lee erwiderte schlaff ihren Händedruck. Als Nora die Tür hinter sich zuzog, hörte sie Lee und seine Frau laut streiten. Ein chinesischer Ehekrach, der sich, so wie das Keifen sich anhörte, lange hinziehen konnte.

3

Nora zog es sofort wieder in die Tiefgeschosswohnung. Als sie den Schlüssel ins Schloss steckte, tauchte O'Shaugnessy neben ihr auf. Gemeinsam betraten sie das Apartment. Nora schloss hinter ihnen ab und legte sämtliche Riegel und Ketten vor. Der Vormieter hatte in die Wand über dem zur Straße gelegenen vergitterten Fenster zwei Nägel getrieben, offenbar, um einen provisorischen Vorhang daran zu befestigen. Nora musste sich fürs Erste mit ihrem Mantel behelfen.

»Lauschiges Plätzchen«, lästerte O'Shaugnessy. »Riecht förmlich nach Mord und Totschlag.«

Nora gab keine Antwort, sie fing im Geiste schon zu graben an, teilte das Zimmer in Quadrate ein und suchte den Boden ab, um zu entscheiden, wo sie anfangen sollte. Schließlich ging sie auf die Knie und kramte ihr Taschenmesser aus der Handtasche. Sie trug es ständig bei sich, ihr Bruder Skip hatte es ihr zum sechzehnten Geburtstag geschenkt. Sie zwängte die Klinge zwischen zwei Ziegelsteine des Bodenbelags, trieb es energisch durch die Schicht aus fest gebackenem Schmutz und Bohnerwachs und gab keine Ruhe, bis sie die beiden Steine so weit gelockert hatte, dass sie sie ohne große Mühe hochheben konnte.

Der feuchte Geruch war untrüglich: Erde. Sie stocherte mit dem Finger darin herum: kühl, verklumpt, ein wenig glitschig. Als sie mit dem Taschenmesser tiefer vordrang, stieß sie auf eine Schicht aus Bauschutt. Na also!

O'Shaugnessy hatte seinen Rundgang durch das Apartment beendet und sah ihr neugierig über die Schulter. »Was machen Sie denn da?«

»Ich sehe nach, was unter den Ziegelsteinen liegt.«

»Und?«

»Lockerer Bauschutt, kein Zement. Das Beste, was uns passieren konnte.«

O'Shaugnessy verzog das Gesicht. »Na ja, wenn Sie's sagen.«

Nora setzte die beiden Ziegelsteine wieder ein. Ein Blick auf die Uhr: gleich drei, Freitagnachmittag. In zwei Stunden würde das Museum schließen. Sie sah O'Shaugnessy an. »Patrick, wären Sie so nett, mir ein paar Dinge aus dem Werkzeugschrank in meinem Labor zu holen? Wenn Sie reinkommen, gleich links.«

Der Sergeant schüttelte störrisch den Kopf. »Vergessen Sie's! Pendergast hat gesagt, ich soll bei Ihnen bleiben.«

»Das weiß ich. Aber Sie haben doch selber gesehen, wie die Tür verrammelt und verriegelt ist. Ich verspreche Ihnen, dass ich keinen Fuß vor die Tür setze. Abgesehen davon: Der Schattenmann weiß, wo ich arbeite. Er könnte mir auf der Straße auflauern, wenn ich selbst zum Museum gehe.«

»Warum haben Sie's so eilig? Warten wir lieber, bis Pendergast aus dem Krankenhaus entlassen ist.«

Sie musterte ihn eindringlich. »Die Uhr tickt, Patrick. Irgendwo da draußen treibt sich ein Mörder herum.«

O'Shaugnessy sah sie unschlüssig an.

»Wir können es uns nicht leisten, tatenlos hier herumzusitzen. Machen Sie mir bitte keine Schwierigkeiten! Ich brauche diese Werkzeuge, und zwar sofort.« Mein Gott, warum war der Dickschädel so stur? »Nun machen Sie schon, los!«, fauchte sie ärgerlich.

O'Shaugnessy seufzte. »Sie legen hinter mir sämtliche Ketten vor und machen niemandem auf. Weder dem Vermieter noch dem Weihnachtsmann, nur mir. Versprochen?«

Nora nickte. »Versprochen.«

»Gut, ich sehe zu, dass ich so schnell wie möglich wieder zurück bin.«

Sie schrieb ihm schnell auf, was sie aus ihrem Werkzeugschrank brauchte, und schloss hinter O'Shaugnessy wieder sorgfältig die Tür ab. Der Sturm hatte an Stärke zugelegt, das Jaulen hörte sich schaurig an.

Sie ging ins Wohnzimmer zurück und starrte gedankenverloren auf den Ziegelsteinboden. Leng, sosehr er seiner Zeit voraus gewesen sein mochte, hatte vor über hundert Jahren noch nichts von den Möglichkeiten der modernen Archäologie ahnen können. Es würde mit Sicherheit Spuren geben, das war immer so. Menschen hinterlassen bei allem, was sie tun, irgendwelche Spuren.

Sie nahm das Taschenmesser zur Hand, kniete sich abermals auf den Boden und stemmte die beiden gelockerten Ziegelsteine wieder heraus. Der Donner war jetzt ganz nahe, aber sie versuchte, einfach nicht hinzuhören, sondern sich auf ihre Arbeit zu konzentrieren. Was immer unter der Erdschicht liegen mochte, sie würde es aufspüren. Einmal ging ihr kurz durch den Kopf, was Brisbane wohl sagen würde, wenn er wüsste, was sie hier tat. Aber dann verdrängte sie auch den Gedanken. Zum Teufel mit Brisbane!

Merkwürdig, ihr ganzes Berufsleben lang hatte sie Knochen von Menschen ausgegraben und katalogisiert, aber die Skelette hatten sie – abgesehen von dem natürlichen Respekt vor dem Tod und der Würde des Menschen – innerlich nie berührt. Erst seit sie mit Pendergast vor dem Haus in der Water Street gestanden und er ihr von Mary Greens traurigem Leben erzählt hatte, war das anders geworden. Auf einmal war das ganze Elend ihres kurzen Lebens und schrecklichen Todes lebendig geworden. Zum ersten Mal, seit sie menschliche Knochen exhumierte, trauerte sie um den Menschen, von dem sie stammten.

Und nun kam der Nachmittag im Museum dazu, an dem es ihr beinahe ergangen wäre wie Mary Green. Das machte alles noch einmal anders. Mary Greens trauriges Geschick war etwas geworden, was sie ganz persönlich anging.

Der Sturm, der an der Wohnungstür rüttelte, und das Donnergrollen, das sich zum Glück ein wenig entfernter anhörte, rissen sie aus ihren Gedanken. Sie begann hektisch mit dem Taschenmesser in dem grobkörnigen Steinschutt unter der Erdschicht zu wühlen. Eine Ahnung sagte ihr, dass es eine lange Nacht werden würde.

4

Der Sturm rüttelte an der verriegelten Tür, ab und zu zuckte der grelle Lichtschein eines Blitzes durch das Zimmer, gefolgt von dumpfem Donner. O'Shaugnessy war zurück, sie teilten sich die Arbeit: Nora suchte jede Schaufel Aushub sorgfältig nach Fundstücken ab, der Sergeant schleppte ihn eimerweise in die Küche, wo er sich auf einer großen Plastikplane zu einem ansehnlichen Haufen türmte. Auf einer kleineren Plane lagen die Fundstücke, auf die Nora bereits gestoßen war, jedes mit einem Schildchen versehen. Die ausgehobene Grube war inzwischen etwa vier Meter lang und fast ebenso breit, die herausgenommenen Ziegelsteine hatten sie an der Längswand des Wohnzimmers aufgestapelt.

Schließlich legte Nora die Schaufel weg, nahm den Schutzhelm ab und fuhr sich mit dem Handrücken über die schweißnasse Stirn. Es war weit nach Mitternacht, sie fühlte sich erschöpft. Zu der körperlichen Anstrengung kam die mentale, es war nicht einfach, unter Zeitdruck zu arbeiten und dennoch bei jeder Schaufel darauf zu achten, dass sie nicht das geringste Fundstück übersah.

»Machen Sie mal fünf Minuten Pause!«, rief sie O'Shaugnessy zu. »Ich möchte mir das Bodenprofil genauer ansehen.«

»Wird auch Zeit.« Dem Sergeant lief der Schweiß in Strömen über die Stirn.

Nora richtete den Lichtstrahl der Taschenlampe auf die sauber abgestochene Wand der Grube. Da und dort schabte sie mit der Schaufel eine unebene Stelle glatt. Als Archäologin war sie gewöhnt, das Profil einer ausgehobenen Grube zu lesen, wie andere Leute ein Buch lesen.

Die oberste, etwa fünfzehn Zentimeter dicke Schicht bestand aus relativ sauberer Erde: offensichtlich die erst in jüngster Zeit aufgeschüttete Unterlage für die Ziegelsteine des Bodenbelags. Darunter folgte eine knapp acht Zentimeter dicke grobere, mit kleinen Porzellan- und Keramikscherben durchsetzte Schicht, die vermutlich aus der Zeit nach 1910 stammte. Mit Lengs Labor hatten die Einschlüsse allem Anschein nach nichts zu tun, dennoch hatte Nora vorsichtshalber jede geborgene Scherbe mit einem durchnummerierten Aufkleber gekennzeichnet

Die nächsttiefere Schicht war mit Abfallresten und verrottetem Gras vermischt, auch einige Splitter von zerschlagenen Glasflaschen, ein paar Suppenknochen und das Skelett eines Hundes waren dabei. All das stammte wahrscheinlich, wie die anschließende Ziegelsteinschicht vermuten ließ, aus der Zeit vor der ersten Bebauung.

O'Shaugnessy reckte sich und lockerte die Schultern. »Weshalb müssen wir eigentlich so tief graben?«

»Bei den meisten alten Städten verschiebt sich das ursprüngliche Niveau immer weiter nach oben, für New York rechnet man alle hundert Jahre mit einem Anstieg um rund fünfundsiebzig Zentimeter.« Sie zeigte auf die ausgehobene Grube. »Das bedeutet, dass die Nullebene zu Lengs Zeit ungefähr so tief lag, wie wir bis jetzt gegraben haben.«

»Dann sind die alten Ziegelsteine dort unten der ursprüngliche Bodenbelag?«

»Ich denke, ja. Der Boden von Lengs Labor.«

Seltsam war allerdings, dass sie bis jetzt auf so wenige Spuren gestoßen war. Kaum Schmutz, als wäre der Boden sauber gefegt worden. Außer einem Schürhaken und ein paar Kohleresten hatte sie in den Ritzen zwischen den Ziegelsteinen lediglich Glassplitter, einen Knopf und ein verrottetes Straßenbahnticket gefunden. Offenbar hatte Leng pedantisch darauf geachtet, keine Spuren zu hinterlassen.

Draußen zuckte ein greller Blitz auf, so hell, dass der jähe Lichtschein durch Noras als Sichtschutz aufgehängten Mantel drang. Die einzige Glühbirne im Wohnzimmer fing zu flackern an, das Licht wurde einen Augenblick lang schwächer, dann war der Spuk vorbei.

Nora starrte nachdenklich in das Loch, das zu ihren Füßen

gähnte. »Wir müssen die Grube verbreitern. Und dann müssen wir tiefer graben.«
»*Noch* tiefer?«, stöhnte O'Shaugnessy.
Sie nickte. »Leng hat dafür gesorgt, dass *auf* dem Boden keine Spuren zurückbleiben. Aber es könnte gut sein, dass wir *darunter* etwas finden.«

Der Himmel goss wahre Sturzbäche über der Doyers Street aus. Das Wasser lief durch die schmale Gasse und schwemmte Abfälle, Hundekot, ertrunkene Ratten, stinkende Gemüsereste und Innereien vom Fischmarkt mit, bis schließlich die Gullys all den Unrat verschluckten. Hin und wieder hellte ein Blitz das Dunkel auf und warf einen Herzschlag lang gespenstisches Licht auf die dunklen Häuserfassaden.
Eine geduckte Gestalt bahnte sich, auf einen Stock gestützt, ihren Weg durch das Unwetter; der Bowler war unter dem aufgespannten schwarzen Schirm kaum auszumachen. Kurz vor dem Haus Nummer neunundneunzig blieb die Gestalt kurz stehen, dann tauchte sie in den wallenden Nebelschwaden unter.

5

Captain Custer lehnte sich seufzend in seinem hohen Bürosessel zurück. Samstagvormittag, Viertel vor zwölf, da hätte er längst in seinem Bowlingclub sitzen und mit guten Freunden ein Bier schlürfen sollen. Was wollten die ausgerechnet am Samstag von ihm? Er war Dienststellenleiter, kein Bulle von der Mordkommission. Es ging sicher wieder um irgend so einen Publicrelations-Scheiß. Und dafür musste er nun sein Wochenende opfern!
Ein Segen, dass ihn wenigstens Pendergast für eine Weile verschonte. Der lag angeblich im Krankenhaus, aber wieso eigentlich? Custer hatte O'Shaugnessy danach gefragt, aber

der Kerl brachte, wenn's um den Agent ging, die Zähne nicht auseinander. Dabei hätte ein Cop mit einer Eintragung in der Personalakte eigentlich wissen sollen, bei wem er sich lieb Kind machen musste. Der Bursche stank Custer mächtig. Aber warte nur, gleich am Montag werde ich die Zügel gehörig anziehen!

Die Rufanlage summte, Custer nahm ärgerlich den Hörer ab.

»Was ist denn los? Ich hab doch gesagt, ich will nicht gestört werden.«

»Commissioner Rocker ist dran«, säuselte Noyes.

Scheiße in Trompetenröhren! Custers Hand schwebte zwei, drei Sekunden lang zitternd über dem roten Lämpchen. Was, zum Teufel, wollte der Commissioner von ihm? Er hatte sich doch genau an seine Anweisungen gehalten. Irgendwas musste schief gelaufen sein. Aber so viel stand schon mal fest: Seine Schuld war das nicht.

Er drückte die Taste mit dem roten Lämpchen.

»Custer?«, bellte die volle Stimme des Commissioner in den Hörer.

»Ja, Sir?« Custer merkte selber, wie piepsig er sich anhörte, brachte aber vor Aufregung ums Verrecken keine tiefere Tonlage zustande. »Worum geht's, Sir?«

»Um einen Ihrer Männer. O'Shaugnessy.«

»Was ist mit O'Shaugnessy, Sir?«

»Weiter nichts, ich bin nur ein bisschen neugierig. Warum hat er wegen der Knochenfunde an der Catherine Street beim Büro des Gerichtsmediziners eine Kopie des Abschlussberichts angefordert? Haben Sie das abgesegnet?«

Himmelarschundzwirn, was war O'Shaugnessy denn nun wieder eingefallen? Custer überlegte fieberhaft. Er konnte die Wahrheit sagen, aber dann stand er wie ein Trottel da, der seine Leute nicht im Griff hat. Oder er konnte lügen. Er entschied sich für eine Art Mittelweg.

»Ja, Commissioner«, brachte er mit einigermaßen männlich klingender Stimme heraus, »ich habe das abgesegnet. Wissen

Sie, ich hatte darüber nichts in unseren Akten, und nach der Dienstvorschrift … ich meine, es kann sich ja mal die Notwendigkeit ergeben, das schwarz auf weiß nachlesen zu wollen.«

Ein Augenblick Stille. Dann fragte Rocker: »Haben Sie mal das Sprichwort gehört, dass man schlafende Hunde nicht wecken soll?«

»Ja, Sir.«

»Ich dachte, der Bürgermeister hätte deutlich genug den Wunsch geäußert, speziell diesen schlafenden Hund nicht zu wecken?« Was nicht so klang, als hielte der Commissioner das für die beste Idee, die der Bürgermeister haben konnte.

»Ja, Sir.«

»O'Shaugnessy handelt doch nicht auf eigene Faust, oder etwa doch, Custer? Könnte es sein, dass er sich auf die Seite des FBI-Agent geschlagen hat, dem er eigentlich auf die Finger sehen soll?«

»Nein, Sir, er ist ein durch und durch loyaler Officer, der sich strikt an meine Anweisungen hält. Ich habe ihn beauftragt, den Bericht anzufordern.«

»Das wundert mich ein bisschen, Custer. Ihnen dürfte doch klar sein, dass jeder sich von einem Bericht, wenn er sich einmal in Ihren Akten befindet, mühelos eine Kopie machen kann. Und die landet dann irgendwann bei der *New York Times.*«

»Tut mir Leid, Sir, das habe ich nicht bedacht.«

»Ich möchte, dass die Kopie des Berichts unverzüglich an mich geschickt wird. Per Kurier. In Ihrer Dienststelle bleibt keine Kopie, ist das klar?«

»Ja, Sir.«

Verdammt, wie sollte er das machen? Er musste sich den Bericht von O'Shaugnessy geben lassen. Das fehlte ihm gerade noch, dass er bei dem Mistkerl kleine Brötchen backen musste!

»Ich habe das komische Gefühl, Custer, dass Sie die Situation nicht richtig einschätzen. Bei der Sache an der Catherine Street geht's nicht um irgendwelche polizeilichen Ermittlungen. Das ist ein Fall für Historiker. Der Bericht des Gerichtsmediziners gehört streng genommen Moegen-Fairhaven, die Firma hat sämtliche Kosten übernommen, einschließlich der Beerdigungskosten. Außerdem wurden die Knochen auf privatem Gelände gefunden. Für uns ist der Fall abgeschlossen. Können Sie mir so weit folgen?«

»Ja, Sir.«

»Dann hören Sie mir jetzt genau zu: Moegen-Fairhaven hat einen kurzen Draht zum Bürgermeister. Und Mr. Fairhaven scheut weder Mühe noch Kosten, um die Wiederwahl des Bürgermeisters zu unterstützen. Aber wenn da jemand dazwischenpfuscht, könnte es sein, dass Mr. Fairhaven sich nicht mehr ganz so enthusiastisch für Montefioris Wiederwahl einsetzt. Es könnte sogar sein, dass er auf den Gedanken kommt, Montefioris Mitbewerber um das Bürgermeisteramt zu unterstützen.«

»Ich verstehe, Sir.«

»Gut. Wie Sie wissen, haben wir es jetzt in New York mit einem Psychopathen zu tun, der die Straßen unsicher macht, diesem so genannten ›Chirurgen‹. Ich wüsste es sehr zu schätzen, wenn Sie sich mit aller Kraft *darauf* konzentrieren, Custer. Schönes Wochenende!«

Ein Klicken, die Leitung war tot. Custer saß wie vom Donner gerührt da, er zitterte am ganzen Leib – und da kamen bei seiner Figur etliche Kilo zusammen. Als er sich etwas beruhigt hatte, drückte er die Gegensprechanlage.

»Noyes, holen Sie mir sofort O'Shaugnessy an die Strippe. Über Funk, Notruf oder Handy, zu Hause oder unterwegs, das ist mir schnurzegal.«

»Er hat heute seinen freien Tag«, wandte Noyes ein.

»Es schert mich einen feuchten Matsch, was er hat. Ich will mit ihm reden, und zwar ein bisschen plötzlich!«

»Ja, Sir«, schnarrte Noyes beflissen.

6

Nora griff zum Spachtel, kauerte sich auf den Boden und versuchte, einen der alten Ziegelsteine aus dem Boden zu heben. Er war mit Wasser voll gesogen und zerbröckelte sofort. Sie schob die Bruchstücke beiseite und nahm die danebenliegenden Steine heraus, einen nach dem anderen. Sie war zum Umfallen müde – kein Wunder, nachdem sie die ganze Nacht durchgearbeitet und die Grube auf sechs Meter im Quadrat erweitert hatten. Aber obwohl O'Shaugnessy natürlich bereit gewesen wäre, sie abzulösen, wollte sie jetzt, in der aufregendsten und spannendsten Phase, auf keinen Fall schlappmachen.

Mittlerweile waren sie nicht mehr zu zweit, Pendergast hatte sich zu ihnen gesellt. Sobald ihm Noras Fortschritte zu Ohren gekommen waren, hatte er sich, allen Protesten der Ärzte und Schwestern zum Trotz, vom Krankenhaus in die Doyers Street geschleppt. Tätige Hilfe konnte er, so schwach wie er war, noch nicht anbieten; er lag mit geschlossenen Augen und vor der Brust verschränkten Armen die meiste Zeit über reglos und leichenblass auf einer orthopädischen Matratze, die sein Chauffeur Proctor ihm besorgt hatte. Um zu demonstrieren, dass er sich auf längere Zeit in der Tiefgeschosswohnung einnisten wolle, hatte er sich von ihm auch etliche Utensilien aus dem Dakota holen lassen: einen kleinen Tisch, eine Tiffanylampe, einige Medikamente und Salben, ein Päckchen mit französischen Schokoladetäfelchen und einen Stapel Bücher und alte Stadtpläne.

Der Boden unter Lengs ehemaligem Labor war feucht und verströmte einen fauligen Geruch. Nachdem Nora etwa einen Quadratmeter des früheren Bodenbelags entfernt hatte, ging sie dazu über, die nächsten Steine diagonal auszuheben, quer durch die Grube. Was sich auch unter dem früheren Kellerboden verbergen mochte, tief konnte es nicht liegen. Sie waren fast bis zum Grundwasser vorgedrungen.

Plötzlich stieß sie auf etwas Sperriges. Nach ein paar Minuten hektischen Scharrens und Grabens förderte sie einen Schirm zutage. Die erstaunlich gut erhaltene Spannvorrichtung aus Fischbein ließ darauf schließen, dass es ein Schirm aus dem neunzehnten Jahrhundert sein musste. Nora legte behutsam die Umgebung frei, fotografierte das Fundstück, zog es vorsichtig aus dem Boden und platzierte die halb verrotteten Überreste auf einer Plane aus säurefreiem Material.

Ohne die Augen zu öffnen, die Hand nach einem Schokoladetäfelchen ausgestreckt, erkundigte sich Pendergast: »Haben Sie etwas gefunden?«

»Die Reste von einem Regenschirm«, sagte sie und grub weiter. Sie kam jetzt schneller voran, der Boden war lockerer und ein wenig matschig. Gut fünfunddreißig Zentimeter tiefer stieß ihr Spachtel auf etwas Schweres, Massives. Sie griff zum Handbesen und fegte die feuchte Erde weg. Kurz darauf zuckte sie unwillkürlich zurück. Ein Haarkranz. Darunter eine von der Nässe braun gefärbte Schädeldecke.

Sie hörte, wie O'Shaugnessy oben am Rand der Grube scharf die Luft einsog.

Pendergast war sofort hellwach. »Was ist los?«

»Wir sind auf einen Schädel gestoßen.«

»Bitte, graben Sie weiter«, sagte Pendergast. Er schien nicht im Mindesten überrascht zu sein.

Nora legte den Spachtel weg und entfernte die Erde vorsichtig mit dem Handbesen. In ihren Ohren hörte sie ihren eigenen Herzschlag dröhnen. Allmählich kam der Stirnknochen zum Vorschein, dann folgten die mit einer schleimigen Substanz gefüllten Augenhöhlen. Ein ekelhafter Geruch schlug ihr entgegen, sie fing zu würgen an. Das hier war ganz anders als die Exhumierung eines makellos sauberen Anasaziskeletts, das tausend Jahre in trockenem Wüstensand gelegen hat. Als sie den Oberkiefer freilegte, blitzte irgendetwas metallisch auf.

Atemlose Stille. Dann bat Pendergast mit schwacher Stimme: »Beschreiben Sie mir, was Sie sehen.«

»Einen Moment Geduld, bitte«, murmelte Nora, während sie mit dem Besen weiter die Gesichtsknochen freilegte, um sich dann zurückzulehnen und auf den Hacken abzustützen. »Also gut. Wir haben es mit dem Schädel eines älteren Mannes zu tun. Ich sehe Haarreste und eine weiche Masse, die sich möglicherweise dadurch erklärt, dass der Schädel lange Zeit in einer luftdicht abgeschlossenen Schicht gelegen hat. Direkt unter dem Oberkiefer kann ich zwei silberne Zähne ausmachen, die sich etwas nach unten verschoben haben. In der Wangenstruktur sehe ich ein goldenes Brillengestell, eines der Gläser ist lichtundurchlässig geschwärzt.«

»Aha, Sie haben Tinbury McFadden gefunden.« sagte Pendergast und fügte nach einer kurzen Bedenkpause hinzu: »Wir müssen weitersuchen. Irgendwo werden wir auf die sterblichen Überreste von Lengs Kollegen James Henry Perceval und Dumont Burley stoßen, die ebenfalls dem Bildungszirkel angehört haben. Ihr Unglück war, dass Shottum sie in seine schaurige Entdeckung eingeweiht hat. Der Kreis schließt sich.«

Nora sah zu ihm hoch. »Dazu ist mir heute Nacht beim Graben etwas eingefallen. Als ich Puck gebeten habe, mir Shottums Unterlagen zu zeigen, hat er eine Bemerkung gemacht, der ich damals keine Bedeutung beigemessen habe. Er hat etwas erstaunt geäußert, dass Shottum sich in jüngster Zeit offenbar großen Interesses erfreue. Ich habe mir nichts dabei gedacht, aber später habe ich mich gefragt, wer ...« Sie verstummte.

»Wer sich vor uns für Shottums Vermächtnis interessiert hat«, beendete Pendergast an ihrer Stelle den Satz.

Weiter kamen sie nicht, plötzlich wurde heftig am Türknauf gerüttelt. Alle fuhren herum. Irgendjemand versuchte ungeduldig, sich Einlass zu verschaffen, immer wieder. Dann wurde wieder gerüttelt und ungestümt geklopft.

O'Shaugnessys Hand fuhr instinktiv zur Dienstwaffe. »Wer kann das sein?«

Eine schrille Stimme klärte das Rätsel auf. »Was gehen da drin vor? Was stinken so? Was Sie treiben in Apartment? Machen Tür auf!«

»Das ist Mrs. Lee«, flüsterte Nora und stemmte sich hoch, »die Vermieterin.«

Pendergast lag reglos auf der Matratze. Einmal öffnete er kurz die Lider, dann schlossen sie sich wieder. Er sah aus, als wolle er jeden Moment einschlafen.

»Machen Tür auf! Was gehen da vor?«

Nora kletterte aus der Grube und ging zur Tür. O'Shaugnessy baute sich als Bodyguard neben ihr auf. »Was gibt's für Probleme?«, fragte Nora durch die Tür. Sie schaffte es, ihre Stimme ganz ruhig klingen zu lassen.

»Problem ist Geruch! Machen endlich auf!«

»Hier drin riecht nichts«, behauptete Nora. »Das muss von woanders kommen.«

»Kommt es von hier! Durch Fußboden bis zu mir. Riech ich doch schon die ganze Nacht. Und jetzt stinken noch viel schlimmer. Muss aus Ihrem Apartment kommen. Was stellen an mit dieses wunderschöne Wohnung? Ich rufe Polizei!«

Nora drehte sich zu Pendergast um, aber der lag bleich wie ein Gespenst da und rührte sich nicht. Also blieb ihr nur, sich an O'Shaugnessy zu wenden.

Der zuckte die Achseln. »Wenn sie unbedingt die Polizei rufen will, die ist schon da. Ich bin zwar nicht in Uniform, aber ich kann ihr meine Dienstmarke unter die Nase halten.«

Draußen wurde wieder an die Tür gehämmert.

»Und was wollen Sie ihr sagen?«

»Die Wahrheit, natürlich«, sagte O'Shaugnessy in aller Seelenruhe, entriegelte die Tür, drehte den Schlüssel im Schloss und zog die Tür auf.

Und da stand die Vermieterin vor ihm, massig und zornbebend wie ein leibhaftiger Racheengel. Ihr Blick huschte an dem Sergeant vorbei zu dem riesigen Loch im Fußboden und blieb schließlich an dem exhumierten Skelett hängen.

»Worum geht's, Mrs. Lee? Ich bin Sergeant O'Shaugnessy von der New Yorker Polizei.«

Er klappte das Ledermäppchen auf und zeigte ihr seine Dienstmarke. Aber sie sah gar nicht hin, sie starrte mit offenem Mund auf das Loch im Boden und das Skelett, das sie aus der Grube anzugrinsen schien.

»Hören Sie, Mrs. Lee, in diesem Apartment wurde ein Mord begangen«, erklärte er ihr in sachlichem Ton. »Die Leiche wurde unter dem Fußboden verscharrt. Wir sind dabei, den Fall zu untersuchen. Ich weiß, dass das ein Schock für Sie ist, Mrs. Lee, aber ich bitte Sie, ganz ruhig und gefasst zu sein.«

Allmählich schien die Vermieterin zu sich zu kommen. Ihr Blick pendelte zwischen O'Shaugnessy und der Dienstmarke hin und her. Sie wollte etwas sagen, aber es wurde nur wirres Gestammel daraus.

»Ein Mord, Mrs. Lee«, versuchte der Sergeant ihr auf die Sprünge zu helfen. »In diesem Apartment.«

Sie sah ihn an wie eine Erscheinung aus dem Jenseits

»Und nun, Mrs. Lee, muss ich Sie bitten, in Ihre Wohnung zurückzukehren, niemandem etwas davon zu erzählen, was Sie hier gesehen haben, und auch niemanden anzurufen. Schließen Sie Ihre Tür ab, verriegeln Sie sie und lassen Sie niemanden herein, es sei denn, er zeigt Ihnen so eine Plakette.« Er hielt ihr seine Dienstmarke dicht vor die Augen. »Haben Sie das alles verstanden, Mrs. Lee?«

Sie sah ihn verängstigt an und nickte.

»Wir wollen vierundzwanzig Stunden lang nicht gestört werden. Danach werden hier eine Menge Polizisten, der Gerichtsmediziner und ein Trupp von Spurensuchern anrücken. Dann dürfen Sie über alles reden. Aber jetzt …« O'Shaugnessy legte beschwörend den Finger auf den Mund.

Die Vermieterin nickte abermals, wandte sich um und schlurfte wie eine Schlafwandlerin die Treppe hinauf. Sie hörten noch, wie sie oben die Tür aufschloss und anschließend verriegelte, dann war es still im Haus.

Pendergast schlug die Augen auf. »Gut gemacht, ihr beide!«, murmelte er, und dabei schien die Andeutung eines Lächelns um seine Lippen zu spielen.

7

Kaum war Captain Sherwood Custers Dienstwagen in die Doyers Street eingebogen, sah er auch schon die Meute laut schimpfender Reporter vor dem Ziegelsteinbau. Es war nur eine kleine Gruppe, aber sie rekrutierte sich hauptsächlich aus den Typen, die gewöhnlich den meisten Ärger machten.

Noyes parkte den Wagen schräg zum Bürgersteig, Custer stieß die Tür auf und wuchtete seine Pfunde ins Freie. Als er auf die Nummer neunundneunzig zuging, steigerte sich der Lärm zum Tumult. Alle wollten etwas von ihm, und am schlimmsten trieb es dieser Smithbutt oder wie er hieß. Der Kerl diskutierte wütend mit dem uniformierten Officer, der auf der untersten Stufe des Hauseingangs Posten bezogen hatte.

»Das ist nicht fair«, schrie er empört. »Sie haben *ihn* reingelassen, also müssen Sie mich auch reinlassen!«

Die Schimpfkanonade prallte an der stoischen Ruhe des Officers wirkungslos ab. Er beachtete den Reporter gar nicht und tat so, als hätte er alle Hände voll damit zu tun, Custer das gelbe Absperrband hoch zu halten.

Smithback stürzte sich sofort auf ihn. »Captain, der Commissioner hat sich geweigert, mit der Presse zu sprechen. Sind Sie zu einer Stellungnahme bereit?«

Custer würdigte ihn keiner Antwort. Soso, dachte er, der Commissioner hat sich persönlich herbemüht. Natürlich, um ihm die Hölle heiß zu machen, und zwar nicht zu knapp. Rocker hatte ihm gerade erst seinen Vortrag über schlafende Hunde gehalten, und wie stand Custer nun da? Der Hund war

nicht nur geweckt worden, er schickte sich sogar an, ihn in den Hintern zu beißen. Alles dank O'Shaugnessy.
Der Officer an der Tür zeigte ihm den Weg. Custer stiefelte die Kellertreppe hinunter, Noyes folgte ihm wie ein Schoßhündchen. Draußen hörten sie immer noch die Reporter krakeelen, der Protest war noch lauter geworden.
Als Custer die Tiefgeschosswohnung betrat, fielen ihm sofort das riesige Loch im Boden, der aufgehäufte Aushub und die an der Längswand gestapelten Ziegelsteine auf. In dem Raum herrschte das übliche Gedränge, Forensiker, Männer von der Spurensicherung, Polizeifotografen und was nicht alles standen sich gegenseitig im Weg. Und mittendrin trotzte der Commissioner dem Tohuwabohu wie ein Fels in der Brandung.
Als er Custer entdeckte, legte sich ein dunkler Schatten über sein Gesicht. »Custer!« Er winkte den Captain zu sich.
»Ich komme, Sir.« Aha, jetzt geht's los!
»Meinen Glückwunsch.«
Custer erstarrte. Er kannte Rockers Sarkasmus, aber es wunderte ihn doch, dass der Commissioner nicht mal davor zurückschreckte, ihn vor allen anderen zur Minna zu machen.
»Ich bedaure das außerordentlich, Sir. O'Shaugnessys eigenmächtiges Vorgehen war nicht mit mir abgesprochen. Ich werde persönlich dafür Sorge tragen, dass ...«
Der Commissioner legte ihm den Arm um die Schultern und zog ihn näher an sich heran. Custer roch Rockers Frühstücksatem: kalter Kaffee und Rührei mit Schinken. »Custer?«
»Ja, Sir?«
»Reden Sie nicht einfach drauflos, hören Sie mir erst mal zu! Und sparen Sie sich Ihre Entschuldigungen«, sagte Rocker mit gesenkter Stimme. »Ich bin hergekommen, um Sie mit der Leitung der Untersuchung zu betrauen.«
Oje, das war schlimmer, als er gedacht hatte. Rocker neigte dazu, kübelweise Spott über seinem Opfer auszukippen, aber so bösartig war er ihm noch nie gekommen.

Custer blinzelte verzweifelt. »Sir, wie ich schon sagte, es tut mir aufrichtig Leid …«

»Sie hören mir immer noch nicht zu, Captain.« Den Arm weiter um Custers Schultern gelegt, dirigierte Rocker ihn in den Nebenraum. »Soweit ich weiß, hatte Ihr O'Shaugnessy etwas mit der Entdeckung der Leichen zu tun.«

Mein O'Shaugnessy? So weit kommt's noch! »Sir, ich versichere Ihnen noch einmal …«

»Lassen Sie mich doch ausreden, Captain!«

»Ja, Sir. 'tschuldigung, Sir.«

»Der Bürgermeister hat mich heute Morgen zweimal angerufen. Er ist hoch erfreut.«

Custer zuckte zusammen. »Erfreut?« Das konnte nur eine neue Ladung Spott sein. Wenn nicht gar Schlimmeres.

»*Hoch* erfreut. Er setzt darauf, dass die Entdeckung der alten Morde die öffentliche Aufmerksamkeit von den Morden in jüngster Zeit ablenkt. Dieser Nachahmungstäter kostet den Bürgermeister Wählerstimmen. Dank der Funde in diesem Apartment sind Sie sozusagen zum Cop der Stunde geworden. Zumindest sieht der Bürgermeister das so.«

Was wohl heißen sollte, dass Rocker die Meinung des Bürgermeisters nicht teilte. Custer nagte an der Unterlippe.

»Damit sind die Weichen gestellt, Custer. Ab sofort übernehmen Sie den Fall.«

Custer sah ihn irritiert an. »Welchen Fall?« Dachte der Commissioner etwa an eine offizielle Untersuchung dieser uralten Morde?

»Den ›Chirurgen‹-Fall.« Rocker deutete mit einer abschätzigen Geste auf die ausgehobene Grube und die freigelegten Skelette. »Das hier meine ich nicht, das ist Archäologie, und die hat nichts mit Ihrem Fall zu tun.«

»Richtig«, stimmte Custer erleichtert zu. »Danke, Sir.«

»Danken Sie nicht mir, danken Sie dem Bürgermeister. Es war seine … nennen wir's: Idee, dass Sie die Sache in die Hand nehmen.« Rocker ließ den Arm von Custers Schultern rutschen, trat einen Schritt zurück und musterte den Captain mit einer Miene, die gewisse Skepsis verriet. »Fühlen Sie sich der Aufgabe gewachsen, Custer?«

Custer nickte. Er spürte, wie das lähmende Gefühl dumpfer Benommenheit allmählich nachließ.

»Oberstes Gebot der Stunde ist jetzt die Schadensbegrenzung. Mit diesen alten Morden können sie die öffentliche Aufmerksamkeit vielleicht einen, höchstens zwei Tage von den Morden dieses Trittbrettfahrers ablenken. Unser Bürgermeister wiegt sich in der Hoffnung, dass die alten Morde zum Thema Nummer eins werden. Offen gesagt, ich teile diese Erwartung nicht. Die Leichenfunde werden den Nachahmungstäter allenfalls auf neue Ideen bringen.« Er deutete mit dem Daumen hinter sich. »Ich habe Bryce Harriman mitgebracht. Kennen Sie ihn?«

»Nein, Sir.«

»Er war derjenige, der als Erster die Idee hatte, dass wir es bei den neuen Morden mit einem Nachahmungstäter zu tun haben. Ich möchte, dass er exklusiv, aber nicht ohne Anlegung eines strengen Maßstabs mit Informationen versorgt wird. Bin ich verstanden worden?«

»Ja, Sir.«

»Gut. Er ist ein netter Bursche, angenehme Umgangsformen und überaus hilfsbereit. Er wartet draußen im anderen Raum. Denken Sie daran, dass Sie ausschließlich über die *alten* Morde mit ihm sprechen sollen, die Morde des ›Chirurgen‹ sind für Sie kein Thema. Die Öffentlichkeit mag da einen Zusammenhang sehen, wir schließen uns solchen übereilten Schlussfolgerungen auf keinen Fall an.«

Custer nickte und wollte sich schon umwenden, weil er die Unterredung für beendet hielt. Aber Rocker hielt ihn mit ausgestreckter Hand auf.

»Und, Captain, sobald Sie mit Harriman fertig sind, erwarte ich von Ihnen, dass Sie sich mit aller Energie den neuen Morden zuwenden. Knien Sie sich richtig rein, fassen Sie den

Mörder! Sie wollen doch sicher nicht, dass es während der Zeit, in der Sie die Verantwortung tragen, eine neue Leiche gibt, oder? Wie ich schon angedeutet habe: Sie haben weitgehend freie Hand. Machen Sie Gebrauch davon!«
»Ja, Sir.«
Der Blick, mit dem Rocker ihn musterte, verriet deutlich, dass er Custer nicht sonderlich viel zutraute. Seufzend gab er dem Officer an der Tür einen Wink, Harriman hereinzurufen.
Ein schlanker Mann mit Hornbrille und pomadisiertem Nackenhaar schob sich durch die Tür. Rocker winkte ihn herbei. »Mr. Harriman, ich möchte Sie mit Captain Custer bekannt machen.«
Harriman tauschte einen festen Händedruck mit dem Captain. »Sehr erfreut, Sie persönlich kennen zu lernen, Sir.«
Custer hatte seine Zweifel gehabt, aber nun schloss er den Mann spontan ins Herz. »Sir.« Wann hatte ihn ein Journalist je mit »Sir« angesprochen?
»Nun, Captain, ich muss mich jetzt leider entschuldigen«, leitete der Commissioner seinen wohl kalkulierten Abgang ein, »ich werde an der Police Plaza eins erwartet.«
»Natürlich, Sir«, dienerte Custer beflissen.
Während Custer noch Rockers breitem Rücken nachstarrte, tauchte wie aus dem Nichts Noyes auf und streckte Custer die Hand hin. »Gestatten Sie, Captain, dass ich Ihnen als Erster meine Glückwünsche ausspreche.«
Custer schüttelte gerührt Noyes' schlaffe Hand, dann wandte er sich Harriman zu, der die Szene mit vieldeutigem Schmunzeln beobachtet hatte.
Der Journalist zückte sein Notizbuch. »Darf ich Ihnen ein paar Fragen stellen?«
»Schießen Sie los!«, sagte Custer und malte mit einer weit ausholenden Handbewegung das in die Luft, was er für eine großzügige Geste hielt.

8

O'Shaugnessy betrat das Vorzimmer des Captains und hielt automatisch nach Noyes Ausschau. Er hatte eine ziemlich klare Vorstellung davon, warum Custer ihn sprechen wollte. Mal sehen, ob er, wenn O'Shaugnessy sich für seinen Geschmack zu widerspenstig zeigte, wieder in die alte Kiste mit der Prostituierten und den zweihundert Dollar langte. Was O'Shaugnessy normalerweise egal gewesen wäre, er hatte jahrelange Übung darin, alle Bosnigligkeiten an seinem breiten Buckel abrutschen zu lassen. Nur, jetzt war das anders geworden, ihm lag viel daran, weiter mit Pendergast zusammenzuarbeiten.
Noyes bog Kaugummi kauend mit einem Stapel Akten um die Ecke, seine Unterlippe hing wie immer so weit herunter, dass man seine braunen Zähne sehen konnte. »Oh«, sagte er, »Sie sind das.« Er legte die Akten auf dem Schreibtisch ab und ließ sich alle Zeit der Welt, bevor er sich über die Gegensprechanlage beugte und »Er ist da« hineinschnarrte.
O'Shaugnessy setzte sich und beobachtete Noyes. Der Mann kaute nur diesen violetten, widerlich parfümierten Gummi, der außer bei alten Damen und Alkoholikern längst aus der Mode gekommen war. Das ganze Vorzimmer stank danach.
Zehn Minuten verstrichen, dann tauchte Custer im Türrahmen auf, zog mit der einen Hand die Hose straff, stopfte mit der anderen den Hemdzipfel hinein und bedeutete O'Shaugnessy mit gerecktem Kinn, dass er jetzt Zeit für ihn habe.
Der Sergeant folgte ihm in sein Büro, wo Custer sich schwergewichtig in seinem eindeutig überdimensionierten Schreibtischsessel niederließ und ihn mit einem Blick musterte, der vermutlich Strenge ausstrahlen sollte, aber eher kläglich ausfiel. »Mein Gott, O'Shaugnessy!« Die hektische Art, wie er mit dem Kopf hin und her wackelte, erinnerte unwillkürlich an einen zu gut genährten Hamster. »Also wirklich, O'Shaugnessy, also wirklich!«

Sie schwiegen sich ein paar Sekunden lang an, dann verlangte Custer: »Geben Sie mir den Bericht!«
O'Shaugnessy atmete tief durch. »Nein.«
»Was soll das heißen: nein?«
»Ich habe ihn nicht mehr. Ich habe ihn Special Agent Pendergast gegeben.«
Der Captain starrte ihn fassungslos an. »Was? Ausgerechnet dem Affenarsch haben Sie ihn gegeben?«
»Ja, Sir.«
»Dürfte ich erfahren, warum?«
O'Shaugnessy ließ sich mit der Antwort Zeit. Einerseits wollte er nicht riskieren, von dem Fall abgezogen zu werden; er arbeitete, wie gesagt, gern mit Pendergast zusammen, sogar sehr gern. Andererseits hatte er nicht vor, vor Custer zu Kreuze zu kriechen. Also musste er alles auf eine Karte setzen.
»Er hat ihn angefordert. Für seine Ermittlungen. Sie haben mich ausdrücklich angewiesen, ihn zu unterstützen, und genau das habe ich getan.«
Custers Wangenknochen bebten. »O'Shaugnessy, ich habe doch hinlänglich klar gemacht, dass Sie so *tun sollen*, als gingen Sie ihm zur Hand.«
O'Shaugnessy beschloss, den Ahnungslosen zu mimen. »Ich fürchte, ich verstehe nicht ganz, wie Sie das meinen, Sir.«
Der Captain stemmte sich mit einem dumpf röhrenden Schrei aus dem Sessel hoch. »Erzählen Sie mir nichts, Sie wissen verdammt gut, wovon ich rede!«
O'Shaugnessy hielt es für das Beste, sich weiter dumm zu stellen. »Nein, Sir, das weiß ich nicht.«
Die Wangenknochen bebten noch bedrohlicher. »O'Shaugnessy, Sie unverschämtes kleines …« Custer schluckte gerade noch herunter, was ihm auf der Zunge lag. Auf seiner fleischigen Oberlippe perlten Schweißtropfen, so angestrengt versuchte er, sich zu beherrschen. Schließlich nahm er einen neuen Anlauf. »Bei Gott, ich werde Sie zum Bürodienst einteilen.«

O verdammt! »Aus welchem Grund, Sir?«
»Kommen Sie mir nicht so, Sie wissen genau, aus welchem Grund. Sie haben gegen meine eindeutigen Anweisungen verstoßen, arbeiten auf eigene Faust für diesen FBI-Agent und unterminieren die Arbeit unserer Dienststelle. Ganz zu schweigen davon, dass Sie bei dieser Exhumierung in der Doyers Street Ihre gottverdammten Finger im Spiel hatten.«
O'Shaugnessy wusste genau, dass die Leichenfunde für Custer nur Vorteile gebracht hatten. Der Bürgermeister war zumindest vorübergehend den Druck der Öffentlichkeit losgeworden und hatte dem Commissioner zum Dank dafür empfohlen, Custer mit der Leitung der Ermittlungen zu betrauen.
»Sir, ich halte mich bei der Zusammenarbeit mit Special Agent Pendergast streng an die Dienstvorschriften.«
»Einen Teufel tun Sie! Wann haben Sie mich je über auch nur einen einzigen Schritt Pendergasts unterrichtet – abgesehen von Ihren verdammten schriftlichen Berichten, bei denen Sie wissen, dass ich sie aus Zeitnot nicht lesen kann? Den Bericht des Gerichtsmediziners haben Sie sich praktisch auch hinter meinem Rücken besorgt. Mein Gott, O'Shaugnessy, ich habe Ihnen wahrhaftig alle Möglichkeiten eröffnet, und Sie danken es mir, indem Sie mich hintergehen!«
»Sir, unter diesen Umständen muss ich eine Beschwerde bei der Polizeigewerkschaft in Erwägung ziehen. Und ich möchte hiermit zu Protokoll geben, dass ich mich als Katholik verletzt fühle, wenn Sie im Zusammenhang mit profanen Äußerungen fortwährend den Namen unseres Herrn missbrauchen.«
Custer starrte ihn mit offenem Mund an. Auf diese Bemerkung war er nicht gefasst gewesen.
»Was die Polizeigewerkschaft angeht«, brachte er schließlich heraus, »die lassen Sie mal ruhig kommen! Und falls Sie mich hier als Heiden abstempeln wollen: Ich bin genauso Kirchgänger wie Sie. Und jetzt legen Sie Ihre Dienstplakette und Ihre Waffe hierher …« Er deutete mit dem Daumen auf

seinen Schreibtisch. »… und schwingen Ihren irischen Arsch aus meinem Büro. Gehen Sie von mir aus nach Hause und kochen Sie was Gutes! Sie sind bis zu einer Entscheidung der Internen Revision suspendiert. Mit solchen Untersuchungen haben Sie ja bereits Erfahrungen. Und bei der Anhörung durch die Polizeigewerkschaft werde ich Ihre Entlassung aus dem Polizeidienst vorschlagen. Das dürfte bei Ihrer Personalakte problemlos durchgehen.«

O'Shaugnessy wusste, dass das keine leere Drohung war. Er nahm die Dienstwaffe aus dem Holster und legte sie zusammen mit der Dienstplakette auf den Schreibtisch.

»Ist das alles, Sir?«, fragte er so gelassen wie möglich und sah mit Genugtuung, dass Custer vor Wut sofort wieder dunkelrot anlief.

»Ob das alles ist? Das reicht Ihnen wohl nicht? Sie tun besser daran, schon mal Ihre Bewerbungsunterlagen zusammenzustellen. Ich kenne da ein *McDonald's* in der South Bronx, das einen Wachmann sucht. Kann ruhig ein älterer Knabe sein, er wird nur für die Nachtschicht gebraucht.«

Auf dem Weg durchs Vorzimmer bemerkte O'Shaugnessy, dass Noyes' Blick ihn mit triefäugiger Zufriedenheit verfolgte, bis er die Tür hinter sich zuzog.

Er blieb auf den Stufen vor der Dienststelle stehen, blinzelte in die Sonne und dachte darüber nach, wie oft er hier nach Streifenfahrten die Treppe hinauf- und nach Tagen mit öder Büroarbeit hinuntergestiefelt war. Er hatte sich's zwar nicht anmerken lassen, aber nachträglich tat es ihm doch Leid, dass er so auf den Putz gehauen hatte. Dumm gelaufen, jetzt musste Pendergast bei seinen Ermittlungen ohne ihn auskommen. Na und? dachte er seufzend, während er die Stufen hinunterstieg. Seine Karriere konnte er ohnehin in den Kamin schreiben.

Ein vertrauter Rolls-Royce Silver Wraith bog fast lautlos um die Ecke und hielt an der Bürgersteigkante. Von innen wurde

die Tür geöffnet. O'Shaugnessy trat ein Stück näher heran und ließ den Mann auf dem Rücksitz wissen: »Ich bin vorläufig vom Dienst enthoben.«
Pendergast lehnte sich ins weiche cremefarbene Lederpolster zurück. »Wegen des gerichtsmedizinischen Berichts?«
»Ja. Und auch wegen dieses dummen Fehlers, den ich völlig sinnlos vor fünf Jahren begangen habe.«
»Wie bedauerlich. Soweit ich zu diesem Missgeschick beigetragen habe, bitte ich um Entschuldigung. Tun Sie mir den Gefallen und steigen Sie trotzdem ein, wir haben nicht viel Zeit.«
»Haben Sie nicht gehört, was ich gesagt habe?«
»Doch, ich habe es gehört. Sie arbeiten jetzt für mich.«
O'Shaugnessy starrte ihn verdattert an.
»Es ist bereits alles vorbereitet. Die Papiere können Sie während der Fahrt durchsehen. Ich brauche von Zeit zu Zeit so etwas wie einen persönlichen Berater.« Pendergast klopfte einladend auf ein paar Bogen Papier, die neben ihm auf dem Rücksitz lagen. »Sie finden alles hier drin. Sie können das unterwegs unterschreiben. Wir halten kurz beim FBI-Büro in der Stadtmitte und lassen das Foto für den Dienstausweis machen. Eine Plakette kann ich Ihnen bedauerlicherweise nicht anbieten, aber das werden Sie sicher verkraften.«
»Tut mir Leid, Mr. Pendergast, aber Sie sollten wissen, dass Custer ein Disziplinarverfahren gegen mich …«
»Das weiß ich bereits. Steigen Sie bitte ein.«
O'Shaugnessy fühlte sich zwar irgendwie überrumpelt, rutschte aber wunschgemäß neben den Agent und zog die Wagentür hinter sich zu.
Pendergast deutete auf den Einstellungsvertrag. »Lesen Sie das bitte sorgfältig durch, Sie werden feststellen, dass die Bedingungen gar nicht so übel sind. Fünfzig Dollar pro Stunde, garantierte Mindestarbeitszeit pro Woche dreißig Stunden. Bei Überstunden werden Zulagen gezahlt.«
»Warum tun Sie das?«, fragte O'Shaugnessy.

Pendergast sah ihn nachsichtig an. »Weil ich bemerkt habe, dass Herausforderungen für Sie ein Ansporn sind. Ich brauche jemanden, der Courage hat und zu seiner Überzeugung steht. Ich habe Sie bei Ihrer Arbeit beobachtet. Sie kennen sich auf der Straße aus und können mit Leuten reden, an die ich nicht rankomme, weil Sie im Gegensatz zu mir einer von ihnen sind. Abgesehen davon komme ich allein nicht schnell genug voran. Ich brauche jemanden, der sich darauf versteht, die schwerfällige Bürokratie der New Yorker Polizei zu unterlaufen. Dazu kommt, dass Sie Mitgefühl mit anderen haben. Vergessen Sie nicht, ich habe das Videoband von Ihnen und der kleinen Nutte gesehen. Ich werde jemanden mit Mitgefühl brauchen.«
O'Shaugnessy langte – immer noch wie benommen – nach dem Vertrag. Dann zog er seine Hand zurück.
»Unter einer Bedingung: Sie wissen wesentlich mehr, als Sie mir erzählt haben. Und ich arbeite nicht gern im Dunkeln.«
Pendergast nickte. »Sie haben völlig Recht. Es wird Zeit, dass wir über alles reden. Sobald Sie die Papiere unterzeichnet haben, steht das ganz oben auf der Prioritätenliste. Ist das ein faires Angebot?«
»Ich denke schon«, sagte O'Shaugnessy, nahm den Vertragsentwurf zur Hand und überflog ihn.
»Proctor«, hörte er Pendergast zu seinem Fahrer sagen, »zur Federal Plaza. Und bitte schnell!«

9

Nora blieb stehen und bewunderte den sandfarbenen, mit grauen Streifen gemaserten Torbogen. Obwohl der Sandstein erst vor kurzem gereinigt worden war, machte das Tor einen wenig einladenden Eindruck. Nora fühlte sich an das Verrätertor des Londoner Tower erinnert und wartete im Stillen darauf, irgendwo die Eisenzähne eines Fallgitters, ver-

steckt hinter Schießscharten lauernde Bogenschützen und mit siedendem Pech gefüllte Kübel zu entdecken.
Die angrenzende Mauer war unter der nach oben führenden Eisentreppe mit halb abgebrannten Kerzen, Blumengebinden und Fotos in zerbrochenen Rahmen geschmückt, wie eine Gedenkstätte. Und dann wurde ihr plötzlich klar, dass dies der Torbogen sein musste, unter dem John Lennon erschossen worden war – eine Pilgerstätte für seine treuen Verehrer.
Ein Schauder lief ihr den Rücken hinunter: Nicht weit von hier war Pendergast niedergestochen worden. Sie warf scheu einen Blick nach oben. Das Dakota ragte wie eine Festung über ihr auf, die neugotische Fassade mit ihren Giebeln und kunstvollen Steinmetzarbeiten wirkten irgendwie erdrückend. Langsam, mit der Vorsicht, die sie sich nach den Ereignissen im Zentralarchiv des Museums angewöhnt hatte, ging sie auf das Gebäude zu.
Der Türsteher in seinem Wachhäuschen aus Bronze und Glas starrte, stumm und reglos wie die Palastwache am Buckingham Palace, unverwandt Richtung Zweiundsiebzigste Straße, er schien sie gar nicht wahrzunehmen. Als sie sich aber anschickte, den Torbogen zu passieren, stand er blitzschnell vor ihr, höflich, aber mit ernster Miene.
»Kann ich Ihnen behilflich sein, Ma'm?«
»Ich bin mit Mr. Pendergast verabredet.«
»Darf ich nach Ihrem Namen fragen?«
»Nora Kelly.«
Der Wachmann nickte, als habe er sie erwartet. »Die südwestliche Lobby«, sagte er und zeigte ihr den Weg. Als sie weiterging, konnte sie gerade noch sehen, dass der Türsteher in sein Wachhäuschen zurückgekehrt war und zum Telefon griff.
Der Fahrstuhl roch nach altem Leder und polierten Edelhölzern. Er brachte sie mehrere Stockwerke hoch und hielt dann ohne jähen Ruck an. Die Türen glitten auf, Pendergast stand vor ihr. Er hatte so stark abgenommen, dass seine ohnedies

schlanke Gestalt im Halbdunkel wie eine Geistererscheinung wirkte.
»Ich freue mich sehr, dass Sie kommen konnten, Dr. Kelly«, begrüßte er sie mit der ihm eigenen Liebenswürdigkeit, aber seine Stimme verriet, dass er noch unter Schmerzen litt.
Sie folgte ihm in einen fensterlosen Raum mit hoher Decke und sah sich neugierig um. Drei der Wände waren in gedämpftem, oben und unten mit schwarzem Dekostoff abgesetztem Rosé gehalten, die vierte war in ganzer Höhe mit schwarzem Marmor verkleidet, über den Wasser in einen kleinen, mit Lotos bepflanzten Graben rann. Hätte Nora ihre Eindrücke beschreiben müssen, wären ihr zuerst das beruhigende Plätschern und der unaufdringliche Blütenduft eingefallen. Eine moosige Schale war mit Bonsaibäumchen bepflanzt. Zwergahorn, vermutete Nora.
Auf einem der kleinen Sofas saß O'Shaugnessy, in Zivil. Man merkte an der Art, wie er die Beine übereinander schlug und im nächsten Augenblick beide Füße fest auf den Boden stemmte, dass er sich irgendwie unbehaglich fühlte.
Pendergast schloss hinter sich die Tür und fragte Nora: »Darf ich Ihnen irgendetwas anbieten? Mineralwasser? Limonade? Oder einen Sherry?«
»Danke«, wehrte sie lächelnd ab, »nichts.«
»Dann bitte ich Sie, mich für einen Moment zu entschuldigen.« Sprach's und verschwand durch eine unsichtbar in die roséfarbene Wand eingelassene Tür.
»Schöne Wohnung«, sagte Nora zu O'Shaugnessy.
»Dabei haben wir bisher kaum was von ihr gesehen. Ich frage mich, wo er den vielen Kies herhat.«
»Bill Smi ... ich meine, ein früherer Bekannter von mir hat erzählt, dass die Familie sehr reich ist. Sie sind irgendwie an pharmazeutischen Firmen beteiligt.«
O'Shaugnessy nickte. »Tja, dann ...«
Sie versanken in Schweigen und taten so, als lauschten sie dem

plätschernden Wasser, bis Pendergast nach ein paar Minuten zurückkam.

»Wären Sie beide so freundlich, mir zu folgen?«, lud er sie ein und führte sie durch die Tapetentür und dann einen langen, in dämmeriges Licht getauchten Flur hinunter.

Die meisten links und rechts abzweigenden Türen waren geschlossen, aber Nora erhaschte doch einen Blick in Pendergasts Bibliothek: bis zur Decke voll gestopft mit in Leder oder Leinen gebundenen Folianten, und wo noch ein Fleckchen Wand frei war, hing ein altes Ölgemälde oder stand – sie traute kaum ihren Augen – eine Harfe aus Rosenholz. Im nächsten Raum, an dem sie vorbeikamen, waren die Wände mit Reispapier tapeziert, auf dem Fußboden lagen Tatamimatten. Das Zimmer war karg, beinahe asketisch möbliert und wie anscheinend alle Räume in Pendergasts Wohnung in Halbdunkel gehüllt.

Schließlich führte er sie in einen großen Raum, dessen hohe Decke mit dunklem, schön gemusterten Mahagoniholz getäfelt war. An der Stirnwand dominierte ein marmorverkleideter, reich mit Ornamenten geschmückter Kamin das Zimmer, die drei hohen Fenster an der Seitenwand gingen auf den Central Park. Zur Rechten war die Wand fast ganz von einem detaillierten Stadtplan bedeckt, der Manhattan im neunzehnten Jahrhundert zeigte. Mitten im Zimmer stand ein großer, mit einer Plastikplane abgedeckter Tisch, auf dem die Fundstücke aus der Doyers Street ausgebreitet lagen: zwei Dutzend Glassplitter, ein Kohleklumpen, der halb verrottete Regenschirm und ein gelochtes Straßenbahnticket.

Sitzgelegenheiten gab es nicht. Pendergast umrundete wie ein Hai, der seine Beute einkreist, ein paarmal den Tisch, dann blieb er stehen und sah erst Nora, dann O'Shaugnessy an. Sein eindringlicher, fast besessener Blick wirkte irritierend. Er verschränkte die Arme auf dem Rücken und trat vor den überdimensionalen Stadtplan. Dort blieb er, offenbar in Gedanken versunken, eine Weile stumm stehen. Und als er endlich etwas sagte, hörte es sich an, als rede er mit sich selbst.

»Wir wissen, wo Enoch Leng seine teuflische Arbeit verrichtet hat. Aber nun sind wir mit einer Frage konfrontiert, die wesentlich schwieriger zu beantworten ist: Wo hat er gewohnt? Wo hat der allzeit hilfsbereite Doktor sich auf dieser von Menschen wimmelnden Insel versteckt? Dank Dr. Kelly haben wir ein paar Hinweise, die den Bereich, in dem wir ihn suchen müssen, erheblich einengen. Das Straßenbahnticket, das Sie, Dr. Kelly, ausgegraben haben, wurde für die West-Side-Hochbahn gelöst. Wir können also davon ausgehen, dass Leng dort zu Hause war.« Er zog mit einem roten Markierstift einen Strich entlang der Fifth Avenue, der Manhattan in zwei lang gezogene Segmente teilte.

»Kohle weist, je nachdem, wo sie gefördert wurde, bestimmte chemische Verunreinigungen auf. Diese Kohle stammt aus einer seit langem stillgelegten Zeche in der Nähe von Haddonfield in New Jersey. Der einzige Zulieferer, der diese Kohle in Manhattan vertrieben hat, war Clark & Sons. Sie haben das Gebiet von der Einhundertzehnten bis zur Einhundertneununddreißigsten Straße beliefert.« Er markierte auch diese beiden Straßen durch rote Linien.

»Damit kommen wir zu dem Regenschirm. Die Bespannung bestand aus Seide. Seide fühlt sich, wenn man sie anfasst, weich an. Unter dem Mikroskop ist jedoch eine raue, fast körnige Struktur zu erkennen. Seide hat die Eigenschaft, bei Regen winzige Partikel einzufangen, insbesondere Pollen. Eine mikroskopische Untersuchung des Schirms hat gezeigt, dass die Seide eine ungewöhnlich hohe Konzentration von Pollen der Pflanze Caltha palustris aufweist, auch unter dem Namen Sumpfdotterblume bekannt. Sie war ursprünglich in ganz Manhattan verbreitet, etwa ab dem Jahr 1900 gab es sie jedoch nur noch in den Sumpfgebieten an den Ufern des Hudson.« Er zog eine rote Linie am Broadway entlang, dann deutete er auf das verbleibende kleine Viereck. »Das lässt den Schluss zu, dass Dr. Leng westlich dieser Linie gewohnt haben dürfte, gerade mal einen Häuserblock vom Hudson entfernt.«

Er stülpte die Schutzkappe über den Markierstift: »Soweit irgendwelche Anmerkungen?«

Nora nickte. »Sie sagten, Clark & Sons habe die Kohle nur in die oberen Stadtteile geliefert. Wie kommt es dann, dass der Kohleklumpen in Lengs Labor, also in Lower Manhattan, gefunden wurde?«

»Leng musste heimlich in seinem Labor arbeiten, konnte sich also dorthin keine Kohle liefern lassen. Daher nehme ich an, dass er von Zeit zu Zeit einen kleinen Kohlevorrat von zu Hause mitgebracht hat.«

Nora nickte. »Ja, das klingt einleuchtend.«

Da es keine weiteren Fragen gab, fuhr Pendergast fort: »Wir können also annehmen, dass Dr. Leng zwischen der Einhundertzehnten und der Einhundertneununddreißigsten Straße am Riverside Drive oder in einer der Seitenstraßen zwischen Broadway und Riverside Drive gewohnt hat. Genau dort müssen wir nach ihm suchen.«

»Da kommen immer noch hunderte, wenn nicht gar tausende Wohnungen in Frage«, gab O'Shaugnessy zu bedenken.

»Eintausenddreihundertfünf, um genau zu sein«, bestätigte Pendergast. »Womit wir bei den Glasscherben wären.« Er trat an den Tisch, nahm eine der Scherben zwischen zwei Finger und hielt sie gegen das Licht.

»Ich habe diesen Glassplitter analysiert. Er wurde sorgfältig gewaschen, aber mit modernen Methoden kann man jede noch so kleine Substanz aufspüren. Auf dem Glas, von dem dieser Splitter stammt, hat sich ein merkwürdiges Gemisch von Chemikalien erhalten. Man könnte sogar von einer erschreckenden Mixtur sprechen. So bin ich zum Beispiel auf Spurenelemente von Aluminium-Phosphorzyanat eins Komma zwei gestoßen, eine Chemikalie, die in Manhattan zu der Zeit, zu der Leng sein Labor ins Stadtzentrum verlegt hat, also zwischen 1890 und 1918, in höchstens fünf Drogerien erhältlich war. Sergeant O'Shaugnessy war so freundlich festzustellen, wo sich diese Drogerien befanden.« Er nahm die Kappe von dem Markierstift und malte fünf rote Punkte auf den Stadtplan.

»Gehen wir zunächst davon aus, dass Leng seine Chemikalien in einer für ihn möglichst leicht zu erreichenden Drogerie gekauft hat. Wie Sie sehen, gab es in der Innenstadt, also in der Nähe seines Labors, keine Drogerie. Somit wäre zu vermuten, dass er eine Drogerie in der Nähe seines Wohnhauses gewählt hat. Die beiden Drogerien auf dem Ostufer können wir ausschließen, bleiben also die drei Drogerien auf dem Westufer. Da eine von ihnen zu weit vom Stadtzentrum entfernt lag, können wir die ebenfalls ausschließen.« Er kreuzte drei der markierten Punkte aus. »Damit bleiben zwei Drogerien übrig. Welche davon war es?«

Nora und O'Shaugnessy sahen ihn stumm an. Pendergast legte die Glasscherbe weg, umrundete wieder den Tisch und blieb schließlich vor dem Stadtplan stehen. »Er hat in keiner dieser Drogerien eingekauft.«

Nora und O'Shaugnessy warteten gespannt.

»Und zwar, weil Aluminium-Phosphorzyanat ein gefährliches Gift ist. Wenn jemand so etwas einkauft, erweckt er Aufmerksamkeit. Wir sollten also davon ausgehen, dass er die Drogerie aufgesucht hat, die am weitesten von seinem gewohnten Wirkungskreis entfernt lag, also von seinem Haus, seinem Labor und dem Museum. Er hat die Drogerie aufgesucht, in der ihn niemand kannte, sodass er nicht Gefahr lief, wieder erkannt zu werden. Damit kommt nur die New Amsterdam Drogerie an der East Twelfth Street in Frage.« Er zog einen Kreis um die Stelle. »Hier hat Leng seine Chemikalien gekauft.«

Er ging ruhelos vor dem Stadtplan auf und ab. »Eine glückliche Fügung hat es gewollt, dass es die New Amsterdam Drogerie noch gibt. Möglicherweise ist der Verkauf in einem der alten Geschäftsbücher eingetragen.« Er wandte sich an

O'Shaugnessy. »Wären Sie so freundlich, das zu überprüfen? Statten Sie der Drogerie einen Besuch ab und blättern Sie die Geschäftsbücher von damals durch. Wenn nötig, könnten Sie auch ältere Leute in der Nachbarschaft befragen, ob sie sich an Leng erinnern. Gehen Sie einfach so vor wie bei polizeilichen Ermittlungen, damit kennen Sie sich ja aus.«

O'Shaugnessy nickte.

Einen Augenblick lang herrschte Stille, dann fuhr Pendergast fort: »Ich bin überzeugt, dass Leng nicht in einer der Seitenstraßen zwischen Broadway und Riverside Drive gewohnt hat. Wenn ich Recht habe, schrumpft der Bereich, den wir absuchen müssen, von über tausend Häusern auf unter hundert zusammen.«

So schnell gab sich O'Shaugnessy nicht mit bloßen Vermutungen zufrieden. »Woher wollen Sie wissen, dass dieser Leng am Riverside Drive gewohnt hat?«

»Weil dort, wie man heute noch sehen kann, die ansehnlichsten Häuser standen. Sie sind zwar inzwischen in Apartments aufgeteilt worden oder stehen leer, aber man ahnt noch den alten Glanz. Glauben Sie wirklich, Leng hätte sich mit einem typischen Mittelklassehaus in einer Seitenstraße begnügt? An Geld hat es ihm nicht gemangelt. Ich habe die ganze Zeit darüber nachgedacht. Der Mann wollte ein Haus, das er mit neuzeitlichem Komfort ausstatten konnte. Er wollte Licht, eine Umgebung mit gesunder frischer Luft und einen schönen Blick auf den Fluss. Es musste eine Aussicht sein, die nie verbaut werden konnte, da bin ich mir ganz sicher.«

O'Shaugnessy ließ nicht locker. »Aber woher wollen Sie das alles wissen?«

Auf einmal begriff Nora, was Pendergast meinte. »Weil er damit gerechnet hat, dass er eine sehr, sehr lange Zeit dort verbringen wird.«

Die Stille in dem großen, kühlen Raum schien kein Ende nehmen zu wollen. Dann huschte ein für ihn ganz atypisches befreites Lächeln über Pendergasts Gesicht.

»Bravo!«, sagte er und nickte Nora zu.
Er trat vor den Stadtplan und zog einen roten Kreis um den Riverside Drive, von der Einhundertneununddreißigsten bis zur Einhundertzehnten Straße. »Genau hier müssen wir Leng suchen.«
Wieder ein paar Sekunden unbehaglicher Stille.
Dann vergewisserte sich O'Shaugnessy: »Sie meinen sicher Lengs Haus?«
»Nein«, erwiderte Pendergast mit fester Stimme, »ich meine Dr. Leng.«

Der Pferdeschwanz

1

William Smithback jr. rutschte mit einem abgrundtiefen Seufzer auf die Eckbank im hinteren Teil der *Blarney Stone Tavern*. Das gegenüber dem Südeingang des New York Museums gelegene Eldorado aller durstigen Kehlen hieß in Insiderkreisen nur »die Knochenburg«, wegen der Marotte des Besitzers, an jedes freie Fleckchen Wand Knochen aller Art und Größe zu nageln. Spaßvögel behaupteten, hier hingen inzwischen so viele, dass die New Yorker Polizei, wenn sie sie nur einsammelte und richtig zusammensetzte, sämtliche Vermisstenfälle der Stadt mit einem Schlag aufklären könne.

Smithback hatte hier – vor sich das Notebook und den mit Bier bekleckerten Laptop – im Laufe der Jahre viele lange Abende damit verbracht, seine Bücher zu schreiben – das über die Museumsmorde und danach das über das U-Bahn-Massaker. »Die Knochenburg« war ihm zum zweiten Zuhause und zur Zuflucht vor den Ärgernissen dieser Welt geworden. Und in letzter Zeit hatte es wahrlich nicht an solchen Ärgernissen gemangelt. Er musste nur an das Zerwürfnis mit Nora oder das verkorkste Interview mit Fairhaven denken, ganz zu schweigen von der Dreistigkeit, mit der ihm Bryce Harriman, sein ewiger Konkurrent von der *Post*, zwei Storys vor der Nase weggeschnappt hatte, die von Rechts wegen ihm gehört hätten, erst den Touristenmord im Central Park und dann die Knochenfunde in der Doyers Street. Wie hatte das Windei es bloß geschafft, sich die beiden Storys unter den Nagel zu reißen, während er nicht mal von seiner Quasiverlobten einen Tipp bekam? Gott im Himmel, bei so viel Ärger brauchte er unbedingt einen Drink. Und da schlurfte auch schon, wie aufs Stichwort, der Kellner heran.

»Das Übliche, Mr. Smithback?«

»Nein. Haben Sie zufällig so was wie einen fünfzig Jahre alten Glen Grant?«

Die Schlappohren und die Hängebacken des Kellners sackten noch ein Stück tiefer. »Sechsunddreißig Dollar das Glas.« In seiner Miene spiegelte sich alles Elend der Welt wider.
»Bringen Sie ihn! Heute brauche ich einen Drink, der so alt ist, wie ich mich fühle.«
Der Kellner verschwand achselzuckend im Halbdunkel des Lokals und tauchte kurz darauf mit einem Schwenker wieder auf, in dem die winzige Pfütze einer goldbraunen Flüssigkeit schwappte. Smithback steckte die Nase ins Glas und schnupperte genüßlich an dem köstlichen Aroma des Highland Malt. Aber ehe er dazu kam, den ersten Schluck zu nehmen, steuerte Boylan, der Chef des Hauses, seinen Tisch an, im Schlepptau O'Shaugnessy.
»Unser Supercop, wie er leibt und lebt«, begrüßte Smithback den Sergeant, wobei sein Versuch, den irischen Akzent nachzuahmen, kläglich misslang.
»Aye-aye, leibhaftig und lebendig«, ließ sich O'Shaugnessy gutmütig auf Smithbacks lockeren Ton ein.
»Dasselbe für ihn«, rief Smithback dem Kellner zu, »Sie wissen schon, den Zwölfjährigen. Geht auf mich.«
Der Kellner verzog keine Miene. »Kommt sofort.«
Der Sergeant musterte Smithbacks Glas. »Was ist das?«
»Glen Grant, Singlemalt Scotch. Das beste Gesöff, das man auf der Welt auftreiben kann.«
O'Shaugnessy grinste. »Was denn, wollen Sie etwa einen in der Wolle eingefärbten Presbyterianer zwingen, sich so was hinter die Binde zu kippen? Das ist ja wie Verdi als Blockflötenquartett. Ich hab's mehr mit Powers.«
»Irischer Whisky?« Smithback schüttelte sich. »Der taugt doch besser zum Maschinenreinigen als zum Trinken! Die Iren haben die besseren Schriftsteller, die Schotten den besseren Whisky.«
Der Kellner ging und brachte einen zweiten Schwenker. O'Shaugnessy schnupperte argwöhnisch daran, nahm einen Schluck und konstatierte großmütig: »Hm, ist trinkbar.«

Eine Weile nippten sie stumm an ihren Drinks. Smithback musterte sein Gegenüber nachdenklich. Bisher war aus ihrer Abmachung ein ziemlich einseitiges Geschäft geworden. Er hatte dem Iren jede Menge Informationen über Fairhaven geliefert, seinerseits aber von dem Iren so gut wie nichts Neues erfahren. Trotzdem, irgendwie mochte er den Burschen, dessen lakonische, zynische, beinahe schon fatalistische Lebensphilosophie genau auf seiner Wellenlänge lag.

Schließlich lehnte Smithback sich zurück. »Also, was gibt's Neues?«

Über O'Shaugnessys Gesicht huschte ein dunkler Schatten. »Sie haben mich gefeuert.«

Smithbacks Oberkörper kippte nach vorn. »Was? Wann?«

»Gestern. Das heißt, nicht direkt gefeuert. Noch nicht. Bin vom Dienst suspendiert. Sie wollen mir ein Untersuchungsverfahren anhängen.« Er sah den Reporter beschwörend an. »Aber das muss unter uns bleiben.«

Smithback lehnte sich wieder zurück. »Klar doch.«

»Ich habe nächste Woche eine Anhörung bei unserer Gewerkschaft. Aber so wie's aussieht, habe ich schon verloren.«

»Warum? Bloß weil Sie Custer nicht alles brühwarm unter die Nase gerieben haben?«

»Er ist jedenfalls sauer. Und jetzt hat er eine alte Geschichte ausgegraben, ist schon Jahre her. Hab mal Schmiergeld angenommen. Zusätzlich wirft er mir Insubordination und Nichtbefolgung von Anweisungen vor. Alles in allem reicht's, um mich kaltzustellen.«

»Der blöde Fettarsch«, murmelte Smithback.

»Ich arbeite jetzt für Pendergast«, vertraute ihm O'Shaugnessy mit gesenkter Stimme an.

Smithback war ganz Ohr. »Für Pendergast? Wie denn das?« Vielleicht war doch noch nicht alles verloren.

»Er braucht einen Gehilfen, so 'ne Art Freitag, der für ihn die Ohren offen hält und das eine oder andere recherchiert. Morgen soll ich mich zum Beispiel in einem Laden in East Village umsehen, in dem Leng seinerzeit seine Chemikalien gekauft hat. Vermutet jedenfalls Pendergast.«

»Oje!«, nuschelte Smithback. Andererseits, dass der Ire jetzt für Pendergast arbeitete, konnte Vorteile haben. Vielleicht fielen ab und zu ein paar Informationen für ihn ab. »Lassen Sie es mich wissen, wenn Sie was rausfinden?«

»Kommt drauf an.«

»Wie meinen Sie das? Ich hab doch sozusagen was gut bei Ihnen, wegen der Fairhavenakte, die ich Ihnen besorgt habe. Zugegeben, das meiste ist kalter Kaffee, aber ...«

»Pendergast war von der Akte sehr angetan«, unterbrach ihn der Ire. »Ich soll Ihnen seine Anerkennung übermitteln.«

»Oh, das freut mich.« Und um vorsichtig vorzufühlen, fügte er hinzu: »Pendergast ist ein guter Mann.«

O'Shaugnessy nahm einen Schluck. »Ist er. Obwohl man nie das Gefühl los wird, dass er mehr weiß, als er einem auf die Nase bindet. Redet ständig davon, dass wir alle vorsichtig sein müssen, aber warum und wieso, will er nicht sagen. Und dann lässt er plötzlich, wenn niemand damit rechnet, eine Bombe platzen.« Seine Augen verengten sich. »Darum wär's gar nicht so schlecht, wenn Sie bei uns einsteigen würden.«

Bin schon unterwegs! »Ich?«

»Ja. Wissen Sie, ich arbeite gern für Pendergast. Nur ...« Er zögerte. »Ich mache mir Sorgen, dass seine Verletzungen vielleicht schlimmer waren, als wir alle gedacht haben. Er hat zum Beispiel eine verrückte Theorie entwickelt. So irre, dass ich meinen Ohren nicht getraut habe.«

Smithback horchte auf. Irgendwie beschlich ihn die Ahnung, dass eine verrückte Theorie, wenn sie von Pendergast stammte, durchaus zu einem überraschenden Ergebnis führen konnte. Trotzdem, er hielt sich vorsichtshalber bedeckt. »Ach ja?«

»Ja. Wie gesagt, ich arbeite gern für ihn. Aber wenn alles auf so einer verrückten Theorie basiert ...«

»Was ist denn so verrückt an Pendergasts Theorie?«

Diesmal zögerte O'Shaugnessy noch länger. Es fiel ihm offen-

sichtlich schwer, irgendetwas Negatives über den Agent zu sagen.
Smithback hatte eine Idee, wie er ihm die Zunge lösen konnte. Er winkte den Kellner heran. »Noch einmal das Gleiche.«
»Für mich diesmal einen Powers«, bat O'Shaugnessy.
»Wie Sie wollen. Geht wieder auf meine Rechnung.«
Smithback fasste sich mühsam in Geduld, bis die Drinks kamen, aber dann platzte er förmlich heraus: »Also, was ist das nun für eine Theorie?«
O'Shaugnessy nahm einen Schluck, er rang anscheinend immer noch mit sich. »Wenn ich's Ihnen sage, versprechen Sie mir dann, alle verfügbaren Quellen anzuzapfen, um herauszufinden, ob vielleicht doch was dran ist?«
»Darauf können Sie sich verlassen, Patrick.«
»Und die Sache bleibt unter uns? Sie machen keine Story daraus? Jedenfalls vorläufig nicht?«
So schwer es ihm auch fiel, Smithback nickte.
»Okay. Obwohl, drucken könnten Sie's sowieso nicht. Das kauft Ihnen kein Aas ab.«
Smithback nickte wieder. »Ich verstehe.« Aber innerlich zerriss es ihn fast vor Ungeduld.
Der Ire sah ihn lauernd an. »Pendergast glaubt, dass dieser Dr. Leng immer noch lebt. Er vermutet, dass der Bursche die Formel zur Verlängerung seines Lebens gefunden hat.«
Smithback starrte ihn an wie vom Donner gerührt. Er war ernüchtert und enttäuscht. »Scheiße, Patrick, das ist wirklich verrückt. Völlig absurd.«
»Sag ich ja.«
Smithback sah seine Felle davonschwimmen. Mit so einer Theorie ließ sich absolut nichts anfangen. Jeder wusste, dass die Morde auf das Konto eines Nachahmungstäters gingen. Lengs Morde lagen fast anderthalb Jahrhunderte zurück, er konnte einfach nicht mehr am Leben sein. All seine Hoffnungen waren zerronnen. »Wie kommt er denn darauf?« Eine Frage, die er eigentlich nur aus Höflichkeit stellte.

»Er glaubt, dass die Untersuchung der Knochenfunde in der Doyers Street, der Autopsiebericht über die Funde an der Catherine Street und das Ergebnis der Autopsie von Doreen Hollanders Leiche exakt dieselben Merkmale aufzeigen.«

Smithback schüttelte fassungslos den Kopf. »Demnach hätte dieser Leng munter immer weitergemordet? Und zwar seit – na, sagen wir: rund einhundertfünfzig Jahren?«

»Genau das vermutet Pendergast. Er glaubt, dass der Kerl immer noch irgendwo am Riverside Drive wohnt. Nora soll jetzt für ihn herausfinden, welche vor 1900 erbauten Häuser nicht in Apartments umgewandelt oder weitervererbt wurden. Auf die Weise hofft er, Leng auf die Spur zu kommen.«

Reine Zeitverschwendung, dachte Smithback. Was war bloß in den Agent gefahren? Er trank sein Glas aus, aber plötzlich schmeckte ihm das Zeug nicht mehr.

»Vergessen Sie nicht, was Sie mir versprochen haben!«, erinnerte ihn O'Shaugnessy. »Wühlen Sie so lange im *Times*-Archiv, bis Sie sicher sind, dass Pendergast nicht doch Recht hat.«

»Ja, ja«, versicherte Smithback lustlos. Das Ganze war doch ein Witz, und zwar ein schlechter. Nachträglich bedauerte er, dass er sich überhaupt auf den Handel eingelassen hatte.

O'Shaugnessy sah ihn erleichtert an. »Danke.«

Smithback nickte, dann winkte er den Kellner heran. »Was bin ich Ihnen schuldig?«

Der Kellner zerfloss förmlich vor Mitleid. »Zweiundneunzig Dollar, Mr. Smithback«, sagte er mit Grabesstimme.

»Zweiundneunzig Dollar?«, rief O'Shaugnessy entsetzt aus. »Wie viele Drinks hatten Sie denn, ehe ich gekommen bin?«

Smithback war ziemlich sicher, dass ein Teil der Summe in die Tasche des Kellners wanderte, aber er versuchte, Haltung zu bewahren. »Die wirklich guten Tropfen kriegt man eben nicht umsonst, Patrick. Und das war ein echter Singlemalt.«

»Mein Gott«, stöhnte O'Shaugnessy, »denken Sie doch mal an die armen hungernden Kinder in aller Welt!«

»Heute habe ich stattdessen mal an die armen durstigen Journalisten gedacht. Das nächste Mal zahlen Sie. Jedenfalls, wenn Sie mir wieder so eine verrückte Story auftischen.«
»Ich hatte Sie im Voraus gewarnt. Und wenn Sie sich für einen echten irischen Whisky entschlossen hätten, wären Sie billiger weggekommen. Aber das war ja vorauszusehen. Schottische Kellner hauen einen immer übers Ohr.«

Smithback bog in Gedanken verloren in die Columbus Avenue ein. Und plötzlich blieb er abrupt stehen. So lächerlich Pendergasts Theorie auch war, sie hatte ihn auf eine Idee gebracht. Bei all der Aufregung über die Nachahmungsmorde und die Knochenfunde in der Doyers Street hatte keiner daran gedacht, sich mit Leng zu beschäftigen. Mit der Frage, wer das eigentlich war. Wo er seinen Doktortitel erworben hatte. Welche Kontakte es zwischen ihm und dem New York Museum of Natural History gegeben und vor allem, wo er gewohnt hatte.
Ja, das war ein guter Ansatz. Eine Story über den Massenmörder Enoch Leng. Damit konnte er auf einen Schlag sämtliche Scharten auswetzen, die er sich bei der *Times* in den letzten Wochen geholt hatte.
Wenn er sich's recht überlegte: Das war nicht nur gut, das war einsame Klasse. Der Bursche stellte sogar Jack the Ripper in den Schatten. »Enoch Leng – das Porträt des ersten amerikanischen Massenmörders.« Daraus konnte glatt die Titelstory des *Times Sunday Magazine* werden. Und dann hatte er zwei Fliegen mit einer Klappe geschlagen: das Versprechen gegenüber O'Shaugnessy eingelöst und Pendergasts haltlose Theorie widerlegt.
Aber dann befiel ihn plötzlich Angst. Was, wenn Harriman auch schon an Lengs Lebensgeschichte arbeitete? Er wischte seine Bedenken beiseite. Wenn es um Recherchen ging, schlug er Harriman allemal. Er durfte nur keine Zeit verlieren. Er würde mit den Nachrufen in der *Times* anfangen.

Da fand sich bestimmt die eine oder andere Zeile über Leng oder Shottum oder McFadden. Danach würde er sich mit der Frage beschäftigen, ob die neueren Morde tatsächlich Lengs Handschrift trugen. Sozusagen seinen Modus Operandi: die Entfernung des Rückenmarks. Wie hatte die *Post* das genannt? Pferdeschwanz? Ja, das war's.

Im Übrigen war anzunehmen, dass Leng wesentlich mehr Menschen umgebracht hatte, als sich aus den Knochenfunden in der Doyers Street und an der Catherine Street schließen ließ. Und wenn es ihm gelang, weitere Morde aufzudecken, wurde aus seiner Story ein echter Knüller.

Außerdem hatte er noch ein Ass im Ärmel: das Museumsarchiv. Da kannte er sich von der Arbeit an seinen Buchprojekten fast so gut aus wie in seiner eigenen Westentasche. Je länger er darüber nachdachte, desto mehr Hoffnungen knüpfte er an sein Vorhaben.

Und bei seinen Recherchen sprang möglicherweise noch etwas Gutes heraus. Zum Beispiel, wenn er Nora die Information liefern konnte, hinter der sie her war: die Antwort auf die Frage, wo Leng zu seinen Lebzeiten gewohnt hatte. Das wäre dann eine Art Morgengabe. Eine noble kleine Geste, die dazu beitrug, ihre Beziehung wieder zu kitten. Und wer weiß, vielleicht brachte er sogar Pendergast wieder auf die richtige Spur.

So gesehen war der Abend mit O'Shaugnessy eigentlich doch kein totaler Reinfall gewesen, trotz der zweiundneunzig Dollar, die er in der »Knochenburg« hingeblättert hatte.

2

Als O'Shaugnessy von der Third Avenue abbog, war er mitten im East Village angekommen: das typische Gemisch aus Punks und Möchtegernpoeten, die East Twelfth Street gespickt mit Relikten aus den sechziger Jahren und Oldtimern, die entweder keinen Mucks mehr von sich gaben oder deren Besitzern das Benzingeld ausgegangen war. Die Straße war in den letzten Jahren ein bisschen aufgemöbelt worden, aber das Bild wurde immer noch von den tristen Ziegelsteinbauten geprägt, in deren Erdgeschoss sich Imbisstreffs und sogar ein paar richtige Geschäfte eingenistet hatten. Slumtouristen, krampfhaft bemüht, ihre Neugier hinter aufgesetztem Desinteresse zu verbergen, beäugten verstohlen alternde Punks, die sich immer noch die längst aus der Mode gekommenen grellroten Strähnen ins Haar färbten, Maler in farbbekleckerten Jeans, die immer und überall die Leinwand dabeihatten, und Skinheads in ausgeflippten Ledermonturen. O'Shaugnessy war klar, dass er ebenfalls auf Schritt und Tritt von argwöhnischen Blicken verfolgt wurde. Nichts fällt auf New Yorks Straßen so auf wie ein Cop in Zivil, auch wenn er vom Dienst suspendiert ist.

Ein Stück weiter vorn entdeckte er die Drogerie, die er suchte, eingequetscht zwischen zwei über und über mit Graffiti besprühte Ziegelsteingebäude. Die Schaufenster waren so schmutzig, dass man die Beschriftung der ausgestellten Kartons nicht mehr lesen konnte. Das Einzige, was O'Shaugnessy noch entziffern konnte, war das verstaubte Schild mit der Inschrift *New Amsterdam Drogerie*. Kaum zu glauben, dass sich der alte Kramladen überhaupt noch halten konnte, obwohl es an der nächsten Ecke die Filiale eines modernen, gut bestückten Drogeriemarkts gab.

Einfach reinspazieren konnte er nicht, die Tür war verschlossen, aber es gab direkt unter dem Schild *Verkauf nur gegen bar* eine Türklingel. O'Shaugnessy drückte den Daumen auf den Klingelknopf und hörte irgendwo im Hintergrund ein rachitisches Schnarren. Wenig später tauchte eine Gestalt auf, kahl wie eine Billardkugel, unter dem ehedem weißen Kittel guckten Hosenbeine hervor, sodass O'Shaugnessy trotz der etwas indifferenten Gesichtszüge vermutete, einen Mann vor sich zu haben.

Mann oder nicht, er ließ ihn eintreten, ging voraus und baute sich abwartend hinter dem bis zur Decke von Regalen mit gestapelten Kartons flankierten Verkaufstresen auf.

O'Shaugnessy nannte dem Mann (zu dieser geschlechtsspezifischen Festlegung hatte er sich letztendlich durchgerungen) seinen Namen, sagte ihm, dass er für das FBI arbeite, und hielt ihm seinen nagelneuen Ausweis hin. »Ich würde Ihnen, wenn Sie einverstanden sind, gern einige Fragen stellen.«

Der Mann sah sich den Ausweis lange mit unverhohlenem Misstrauen an. Das abschließende Achselzucken wertete O'Shaugnessy als Einverständnis.

»Welche Art Kunden kommen in Ihr Geschäft?«

Der Mann zog eine Grimasse. »Na ja, hauptsächlich diese Hexenmeister.« Er fügte schnell hinzu: »Ist nicht böse gemeint, die nennen sich selber so.«

Es dauerte eine Weile, bis O'Shaugnessy ahnte, worauf der Ladenbesitzer hinauswollte. »Meinen Sie so was wie Heilpraktiker und Kurpfuscher?«

Der Mann nickte.

»Haben Sie auch andere Kunden? Zum Beispiel Ärzte?«

»Nein, von denen lässt sich nie einer hier sehen. Hin und wieder mal ein Chemiker. Oder Leute mit komischen Hobbys. Sie wissen schon: die Typen, die sich ihr Lebenselixier selber zusammenrühren.«

»Ist da zufällig einer darunter, der sich altmodisch – oder sagen wir: ungewöhnlich kleidet?«

Der Ladenbesitzer deutete mit dem Kopf nach draußen. »Hier laufen alle in ungewöhnlicher Kleidung rum.«

O'Shaugnessy überlegte einen Moment, dann entschloss er sich zu einem neuen Anlauf. »Wir ermitteln in einigen Verbrechen, die etwa um die Jahrhundertwende begangen wurden. Ich wüsste gern, ob Sie noch alte Geschäftsunterlagen aufbewahren, die ich einsehen könnte – Kundenlisten und dergleichen?«

»Könnte sein«, sagte der Mann.

O'Shaugnessy sah ihn verdutzt an. »Wie meinen Sie das?«
»Dieses Haus ist 1924 bis auf die Grundmauern abgebrannt. Nach dem Wiederaufbau hat mein Großvater – er hat das Geschäft seinerzeit noch geführt – angefangen, sämtliche Unterlagen in einem feuerfesten Safe aufzubewahren. Mein Vater hat, nachdem er das Geschäft übernommen hatte, den Safe nicht mehr benutzt, sondern nur noch die Habseligkeiten des Großvaters darin aufbewahrt. Und vor drei Monaten ist er selber gestorben. Schlaganfall, haben sie mir gesagt.«
»Tut mir Leid, das zu hören.«
»Danke. Tja, was ich eigentlich sagen wollte: Vor einigen Wochen ist ein Antiquitätenhändler zu mir gekommen, hat sich überall umgesehen und ein paar Möbelstücke gekauft. Dann hat er den alten Safe entdeckt und mir eine Menge Geld in Aussicht gestellt, wenn sich irgendwas von historischem Wert darin fände. Da habe ich das Ding aufschweißen lassen. Ich dachte, es lägen vielleicht Goldmünzen oder Aktien drin – aber Pustekuchen. Der Antiquitätenhändler war genauso enttäuscht wie ich.«
»Was lag denn in dem Safe?«
»Papierkram, alte Aktenordner und solches Zeug. Darum habe ich vorhin ›könnte sein‹ gesagt.«
»Darf ich mal einen Blick hineinwerfen?«
»Warum nicht?«, sagte der Ladenbesitzer achselzuckend und führte O'Shaugnessy in ein in schummeriges Licht getauchtes Hinterzimmer. Der Safe war fast mannshoch, ein wuchtiges Stück aus grünem Stahl, das kreisrunde Loch markierte die Stelle, an der das Schloss aufgeschweißt worden war. Der Ladenbesitzer zog die Tür auf und trat einen Schritt beiseite.
O'Shaugnessy kniete sich vor den Safe und versuchte, irgendetwas zu entdecken, aber in dem kleinen Zimmer war es einfach zu dunkel.
»Können Sie noch ein paar Lampen einschalten?«
»Tut mir Leid, es gibt nur die eine.«
»Haben Sie vielleicht eine Taschenlampe zur Hand?«

Der Drogist schüttelte den Kopf, aber dann fiel ihm anscheinend etwas ein. Er verschwand und kam einen Moment später mit einem Kerzenhalter samt brennender Kerze wieder.
Das gibt's doch nicht!, dachte O'Shaugnessy, aber weil die Kerze immerhin besser als gar nichts war, murmelte er brav ein Dankeschön und leuchtete das Innere des Safes aus.
Für einen so großen Tresor war er ziemlich leer. O'Shaugnessy machte rasch Inventur: ein Stapel alter Zeitungen, verschiedene vergilbte, sauber gebündelte Papiere, etliche Hauptbücher von anno Tobak, ein halbes Dutzend Schuhkartons, vermutlich ebenfalls mit Geschäftsunterlagen gefüllt, und zwei kleine, mit Plastik bezogene Aktenordner, die offensichtlich aus jüngerer Zeit stammen mussten.
Er fing mit den Hauptbüchern an. Das erste stammte aus dem Jahr 1925, eine Art Inventurverzeichnis, Seite für Seite akribisch in sauberer Handschrift eingetragen. Und so ging es weiter bis zum Band aus dem Jahr 1942.
»Wann hat Ihr Vater das Geschäft übernommen?«
Der Ladenbesitzer überlegte einen Augenblick. »Das muss irgendwann während des Krieges gewesen sein, '41 oder '42.«
Ja, das Datum stimmte. O'Shaugnessy legte die Hauptbücher weg und überflog die alten Zeitungen. Nichts, nur die Staubwolke, die dabei aufwirbelte. Er schob den Kerzenhalter tiefer in den Safe und nahm sich die gebündelten Papiere vor. Lauter Rechnungen von Großhändlern, wiederum für die Zeit von 1925 bis 1942, sozusagen der Gegenbeleg für die Eintragungen in den Hauptbüchern.
Gut, dann blieben nur noch die Schuhkartons, O'Shaugnessy wollte keine Chance ungenutzt lassen. Er hob einen Deckel nach dem anderen hoch, aber zu seiner Enttäuschung lagen in den Kartons nur alte Steuerbescheide. Verdammt! Kein Wunder, dass der Antiquitätenhändler mit leeren Händen gegangen war.
Er starrte etwas ratlos in den Safe, in dem nur noch die beiden kleinen Plastikordner lagen. Irgendwie machte das keinen

Sinn. Der Ladenbesitzer behauptete, sein Vater habe den Safe nur zur Aufbewahrung der Papiere des Großvaters genutzt. Aber 1942 hatte es doch noch keine Plastiküberzüge gegeben, oder?
Na gut, einen Versuch war's allemal wert. Er nahm den ersten Ordner aus dem Safe, schlug ihn auf und starrte verblüfft auf die vergilbten, an den Rändern stellenweise versengten handschriftlichen Eintragungen. Der Ladenbesitzer war anscheinend in den Verkaufsraum gegangen, O'Shaugnessy hörte ihn dort hantieren. Er klemmte sich die beiden Plastikordner unter den Arm, blies die Kerze aus, stand auf und ging nach vorn.
»Tja«, sagte er in gelangweiltem Ton, »da war leider nichts Interessantes dabei. Aus rein formalen Gründen würde ich gern die beiden Ordner in unser Büro mitnehmen, nur für ein, zwei Tage. Mit Ihrem Einverständnis, versteht sich. Das würde uns eine Menge Schreibkram ersparen – gerichtliche Anordnungen und dergleichen.«
Der Drogist sah ihn erschrocken an. »Gerichtliche Anordnungen? Ach wo, Sie können die Ordner ruhig mitnehmen und behalten, solange Sie sie brauchen.«
Draußen auf der Straße wischte sich O'Shaugnessy erst mal den Staub von den Schultern, dann blickte er zum Himmel, der sich bedrohlich verdüstert hatte. In einigen Häusern und Geschäften ringsum brannte schon Licht, in der Ferne grollte leiser Donner. Er schlug den Kragen seiner Jacke hoch und eilte in Richtung Third Avenue.
Von der anderen Straßenseite aus, ins Halbdunkel eines Hauseingangs geduckt, beobachtete ein Mann in einem langen schwarzen Mantel, mit einem Bowler auf dem Kopf und einem Gehstock in der Hand, O'Shaugnessys Aufbruch. Als die Luft rein war, verließ er sein Versteck, überquerte, leicht auf den Stock gestützt, die Straße und steuerte die *New Amsterdam Drogerie* an.

3

Das Pressearchiv der *New York Times* übte auf William Smithback eine nahezu magische Anziehungskraft aus: ein hoher, kühler Raum, die Regale mit ledergebundenen Folianten voll gepackt. Außerdem war es dort meistens leer – so auch heute. Smithbacks Kollegen blätterten alte Zeitungsseiten lieber in digitalisierter Form auf ihrem Computer durch oder sahen sie sich am Mikrofichegerät an, was etwas umständlicher, aber kein großer Zeitverlust war. Smithback dagegen fand nichts spannender, als in einem Band mit alten Zeitungsausgaben zu blättern; da konnte er seiner Neugier freien Lauf lassen, und mitunter stieß er zufällig und völlig unerwartet auf irgendeiner Seite auf höchst interessante Informationen.

Auf Smithbacks Vorschlag, der Lebensgeschichte des Dr. Enoch Leng nachzuspüren, reagierte sein Chefredakteur lediglich mit einem vieldeutigen Brummeln – ein sicheres Zeichen, dass ihm die Idee gefiel. Seine eindringliche Ermahnung, dass diesmal mehr herauskommen müsse als bei dem Fairhaveninterview, ließ Smithback kalt.

Natürlich kam diesmal mehr heraus. Es musste einfach mehr herauskommen.

Und so saß er nun – es war inzwischen kurz nach Mittag – im Archiv vor dem Band aus dem Jahr 1881, den der Archivar gerade angeschleppt hatte. Smithback schlug ihn auf und sog andächtig den Geruch von verrottendem gemahlenem Holz, alter Druckerschwärze und Staub in sich auf. Er musste nicht lange blättern, um zu finden, was er suchte: den Artikel über den Brand in Shottums Kuriositätenkabinett, auf der Titelseite, direkt unter dem Mittelknick, mit einem hübsch gemachten Blickfang in Form einer Vignette, auf der lodernde Flammen dargestellt waren. In dem Artikel wurde erwähnt, dass der allseits bekannte Professor John C. Shottum vermisst werde und sein Ableben zu befürchten sei. Auch ein gewisser Enoch Leng wurde vermisst, der in dem Artikel ziemlich vage als Shottums »Assistent« beschrieben wurde. Offensichtlich hatte der Verfasser Leng mangels genauerem Wissen völlig falsch eingeordnet.

Smithback blätterte weiter, bis er auf einen zweiten Bericht über den Brand stieß, in dem es hieß, man habe in der Brandruine die sterblichen Überreste eines Mannes gefunden, bei dem es sich vermutlich um Shottum handele. Leng wurde mit keiner Zeile erwähnt.

Von da an blätterte sich Smithback in der Hoffnung, etwas über das Museum, den Bildungszirkel, Leng, Shottum oder McFadden zu finden, rückwärts durch den Lokalteil. Er kam sehr langsam voran, was hauptsächlich daran lag, dass er aus Neugier immer wieder an interessanten Meldungen hängen blieb, die eigentlich gar nichts mit seinem Thema zu tun hatten.

Nach einigen Stunden befiel ihn leichte Nervosität. Es gab etliche Artikel über das Museum, einige wenige über den Bildungszirkel, und hin und wieder wurden auch Shottum und Tinbury McFadden namentlich erwähnt. Aber er fand absolut nichts über Leng, abgesehen von dem Bericht über ein Treffen des Bildungszirkels, in dem auch ein »Dr. Enoch Leng« als Teilnehmer genannt wurde. Offenbar war Leng seinerzeit ein weitgehend unbeschriebenes Blatt gewesen.

Als Smithback sich klar gemacht hatte, dass er so nicht weiterkam, entschloss er sich zu einer anderen Vorgehensweise, die zwar zeitraubender war, von der er sich aber eher brauchbare Ergebnisse versprach.

Er begann mit dem Jahr 1917, in dem Leng sein Labor in der Doyers Street aufgegeben hatte, und suchte die dreihundertfünfundsechzig Ausgaben dieses Jahrgangs nach Berichten über ungeklärte Mordfälle ab. Um 1917 hatten Morde noch einen gewissen Seltenheitswert, daher ging Smithback davon aus, dass die Berichte gewöhnlich auf der Titelseite standen. Er beschränkte sich aber nicht darauf, alle dreihundertfünfundsechzig Titelseiten gewissenhaft durchzusehen, sondern über-

flog zusätzlich die Todesanzeigen, immer auf der Suche nach dem Namen Enoch Leng. Die Nachricht von Lengs Ableben wäre nicht nur für seinen Artikel, sondern bestimmt auch für O'Shaugnessys Ermittlungen ein Volltreffer gewesen.
Es gab etliche Berichte über Mordfälle und noch mehr Todesanzeigen, wobei letztere bei Smithback häufig einen Aha-Effekt auslösten, sodass er sich ihnen viel zu ausführlich widmete, was wiederum dazu führte, dass er vor lauter Faszination nur sehr langsam vorankam.
Schließlich fand er doch noch, wonach er suchte, und zwar auf der Titelseite der Ausgabe vom zehnten September 1918: »Verstümmelte Leiche in einer Notunterkunft gefunden.« Der Artikel war – offenbar mit Rücksicht auf die Leserschaft – altmodisch betulich verfasst, die Art der Verstümmelung wurde nicht näher beschrieben. Immerhin ließ er den Schluss zu, dass es sich um Verletzungen im unteren Rückenbereich handelte.
Smithbacks Reporterinstinkt schlug sofort Alarm. Leng war also 1917, ein Jahr nach der Aufgabe seines Labors in der Doyers Street, noch aktiv gewesen. Im Klartext: Er hatte weitergemordet.
Bis zum späten Abend war Smithback auf ein halbes Dutzend ähnlicher Morde gestoßen, jeweils im Abstand von etwa zwei Jahren, die möglicherweise alle auf Lengs Konto gingen. Vielleicht hatte es noch weitere, nicht entdeckte Morde gegeben; vielleicht hatte Leng sich aber auch nur nicht mehr die Mühe gemacht, seine Opfer zu verscharren, sondern sie einfach an Ort und Stelle liegen lassen. Es handelte sich durchweg um Obdachlose, von denen überhaupt nur einer identifiziert wurde, bevor man ihn, wie alle anderen, in einem Armengrab auf dem Potter's Field beisetzte. Kein Wunder, dass niemandem, nicht mal der Polizei, die verblüffende Ähnlichkeit der Verletzungen und der sonstigen Begleitumstände aufgefallen war.
Der letzte Mord, der Lengs Handschrift aufwies, wurde allem

Anschein nach 1935 begangen. Danach gab es natürlich noch zahlreiche Morde, aber die Opfer wiesen in keinem Fall die unverwechselbaren Verletzungen auf, die zu Lengs Modus Operandi gehörten.
Smithback rechnete rasch nach: Leng war in den siebziger Jahren des 19. Jahrhunderts nach New York gekommen, vermutlich im Alter von rund dreißig Jahren. Demnach musste er 1935 etwa siebzig gewesen sein. Die Antwort auf die Frage, warum der letzte Mord mit Lengs typischer Handschrift 1935 begangen wurde, lag also auf der Hand: Leng hatte das Zeitliche gesegnet. Zugegeben, Smithback war beim Blättern weder auf eine Todesanzeige noch einen Nachruf gestoßen, aber auch dafür gab es einfache Erklärungen: Leng war während seiner letzten Lebensjahre untergetaucht, wer hätte ihn also betrauern sollen? Und zu einem Nachruf bestand kein Anlass, er gehörte nicht zu den stadtbekannten Honoratioren.
So viel zu Pendergasts aberwitziger Theorie, dachte Smithback. Und je mehr er über sie nachdachte, desto mehr neigte er zu der Vermutung, dass Pendergast selber nicht an sie glaubte. Nein, einem Mann wie Pendergast war durchaus zuzutrauen, dass er, aus welchen Gründen auch immer, seine engsten Mitarbeiter absichtlich auf eine falsche Fährte lockte. Das wäre geradezu typisch für ihn gewesen: Ein pseudologisches Gewebe zu spinnen und die anderen mit falschen Informationen zu füttern. Bei dem Agent wusste man nie, was er wirklich dachte und worauf er insgeheim hinauswollte. Smithback nahm sich vor, es O'Shaugnessy genauso zu erklären, wenn er sich das nächste Mal mit ihm traf. Der Ire war bestimmt froh zu hören, dass sein neuer Arbeitgeber keineswegs so verrückt war, wie seine Theorie sich anhörte.
Smithback blätterte noch einen Jahresband durch, aber er stieß auf nichts, was sich mit Enoch Leng in Verbindung bringen ließ. Es war irgendwie gespenstisch, der Mann schien auf einmal wie vom Erdboden verschluckt zu sein.
Smithback rekelte sich, lockerte die verspannten Rücken-

muskeln und warf einen Blick auf die Uhr. Mein Gott, er saß seit sage und schreibe zehn Stunden im Archiv! Höchste Zeit, Schluss zu machen.

Nun, fürs Erste war er recht erfolgreich gewesen. Er hatte ein halbes Dutzend ungelöster Mordfälle ausgegraben, die er mit Fug und Recht mit Leng in Verbindung bringen konnte. Wie er seinen Chefredakteur kannte, blieben ihm mindestens zwei weitere Tage, bis der notorische Drängler ungeduldig wurde und Ergebnisse sehen wollte. Sollte er ruhig ungeduldig werden, Smithback konnte bereits jetzt mit einigen ansehnlichen Goldkörnern aufwarten. Was ihm noch fehlte, waren persönliche Daten über Leng. Aber er wusste schon, wo er die herbekam.

Leng hatte eng mit dem Museum zusammengearbeitet und sich wiederholt als wissenschaftlicher Berater zur Verfügung gestellt. Und Smithback war bekannt, dass das New York Museum niemanden als freien Mitarbeiter akzeptierte, ohne eine akribisch recherchierte Akte anzulegen, die alle relevanten Daten über den wissenschaftlichen Werdegang des Betreffenden enthielt. Auf diese Weise wollte man die Spreu vom Weizen trennen, bevor ein Berater Zugang zu Interna des Museums erhielt. Und in der Akte, die in solchen Fällen angelegt wurde, spiegelte sich nicht nur die wissenschaftliche Befähigung, sondern auch das Privatleben des Mitarbeiters lückenlos wider, von der Schulzeit, über deren Abschluss, Ehrungen und Auszeichnungen, spezielle Wissensgebiete und Publikationen bis zum Familienstand und der Postanschrift. Leng mochte sich noch so sehr bemüht haben, ein Geheimnis aus seiner Herkunft und seinem Leben zu machen, dem Museum war nichts verborgen geblieben.

Smithback rieb sich zufrieden die Hände. Er war sicher, am Ende so viel über Leng zu wissen, als wäre der Mann sein leiblicher Bruder gewesen. Und so verließ er – müde, aber beflügelt von dieser Zuversicht – das *Times*-Archiv.

4

O'Shaugnessy stand unschlüssig auf der Außentreppe des Jacob-Javits-Gebäudes, in dem die Außenstellen mehrerer Bundesbehörden untergebracht waren. Der Regen hatte aufgehört, die einzige Erinnerung an ihn waren ein paar Pfützen auf den schmalen Straßen von Lower Manhattan. Im Dakota hatte er Pendergast nicht angetroffen, und hier im Büro war er auch nicht. Ein bisschen enttäuschend, er hätte dem Agent zu gern die beiden kleinen, in Plastik gebundenen Ordner präsentiert. Wer weiß, ob sich in ihnen nicht der entscheidende Hinweis fand, der zur Lösung des Falles Leng führte? Hinter einem der breiten Granitpfeiler des Gebäudes verschanzt, überflog er zum Gott weiß wievielten Mal die mit verblassender Tinte geschriebenen Eintragungen – eine wahre Fundgrube an Informationen: die Namen der Käufer, die verkauften Chemikalien samt Mengenangabe, den Verkaufspreis und sogar die Lieferadresse; giftige oder gefährliche Substanzen waren rot eingetragen. Pendergast würde jubeln. Zwar war anzunehmen, dass Leng seine Einkäufe unter falschem Namen und mit falscher Adresse getätigt hatte, aber dann hatte er diesen falschen Namen bei *jedem* Einkauf benutzen müssen. Und nachdem Pendergast bereits eine Liste der von Leng verwendeten Chemikalien erstellt hatte, konnte es nicht allzu schwierig sein, aus den detaillierten Eintragungen Rückschlüsse auf Lengs Decknamen zu ziehen. Möglicherweise hatte der den falschen Namen auch anderenorts benutzt und sich so quasi selbst ans Messer geliefert.

O'Shaugnessy klemmte sich die Ordner wieder unter den Arm und ging gedankenverloren den Broadway hinunter, Richtung Stadtverwaltung und U-Bahn-Station. Die Eintragungen in den Ordnern deckten die Geschäftsjahre 1917 bis 1923 ab, also den Zeitraum bis zu dem verheerenden Brand in der Drogerie. Es grenzte an ein Wunder, dass die Seiten ihn nahezu unbeschadet überstanden hatten, und es war eine glückliche Fügung, dass der Vater des jetzigen Ladenbesitzers die angesengten Blätter aus Pietät gegenüber dem Großvater nicht weggeworfen, sondern in zwei Ordnern abgeheftet und zusammen mit den anderen Unterlagen im Safe aufbewahrt hatte. Ein Glück, dass O'Shaugnessy doch noch einen Blick hineingeworfen hatte, obwohl der Plastikeinband eigentlich eher vermuten ließ …

Plötzlich fiel ihm der Antiquitätenhändler ein. Irgendwie merkwürdig, dass ein wildfremder Mann, der angeblich mit Antiquitäten handelte, ein paar Wochen nach dem Tod des alten Herrn in den Laden gekommen war, sich zunächst im Haus umgesehen, dann aber sein Interesse gezielt auf den Safe gerichtet hatte. Vielleicht war der Vater des jetzigen Geschäftsinhabers gar keines natürlichen Todes gestorben? Gut möglich, dass es sich bei dem Antiquitätenhändler in Wirklichkeit um den Mann handelte, den die Presse als den Nachahmungstäter umschrieb? Vielleicht war O'Shaugnessy nicht der Erste gewesen, der sich für die vergilbten Geschäftsunterlagen interessierte? Der Ire machte sich im Nachhinein Vorwürfe, dass er den Ladenbesitzer nicht gebeten hatte, ihm den Antiquitätenhändler möglichst genau zu beschreiben. Nun gut, das ließ sich leicht nachholen. Und möglicherweise wollte Pendergast, nachdem er die beiden Ordner durchgesehen hatte, diesmal selber mitkommen.

O'Shaugnessy blieb abrupt stehen. Verflixt, jetzt war er in Gedanken an der U-Bahn-Station vorbeispaziert, sogar recht weit, bis zur Ann Street. Er wollte schon kehrtmachen, als er sich's plötzlich anders überlegte. Von hier aus war es nur noch ein Katzensprung bis zur Water Street Nummer sechzehn, dem Haus, in dem Mary Green gewohnt hatte. Er kannte es nicht, Pendergast hatte damals nur Nora mitgenommen. Aber nachdem er nun eine ganz andere Beziehung zu den alten Mordfällen hatte, wollte er sich's auch ansehen. Es war nur ein Umweg von höchstens zehn Minuten, und das Abendessen lief ihm nicht weg.

Er ging also weiter die Ann Street hinunter und bog, Bellinis *Casta Diva* aus der Oper *Norma* auf den Lippen (eine seiner Lieblingsarien, die mit zum Weltruhm der Callas beigetragen hatte), in die Gold Street ab. Er war prächtig gelaunt, Detektivarbeit konnte wirklich Spaß machen, und er merkte immer mehr, dass er irgendwie eine Schwäche dafür hatte.

Die Abendsonne brach durch die Wolken und malte sein Schattenbild auf das Pflaster der langen, menschenleeren Straße. Links von ihm ragte das South-Street-Viadukt auf, darunter konnte er die Piers am East River ausmachen. Einige Mietshäuser waren frisch renoviert, andere standen leer und schienen ihn aus blicklosen Augen anzustarren.

Es war kühl geworden, aber die letzten Sonnenstrahlen ließen ihn das kaum spüren. Er bog nach links ab in die John Street und kam dem Fluss und den alten Piers mit jedem Schritt näher. Ein paar wenige waren asphaltiert worden und wurden noch benutzt, aber die meisten hingen schief im Wasser, und einige waren so tief abgesunken, dass man nur noch die Poller aus dem Fluss ragen sah. Kurz bevor die Sonne unter den Horizont versank, wölbte sich sekundenlang eine goldene Kuppel am Himmel, aber der letzte Glanz verblasste rasch und wurde bald darauf von aufsteigenden Dunstschwaden verschluckt.

O'Shaugnessy legte einen Schritt zu. Etwa in Höhe der Pearl Street beschlich ihn zum ersten Mal die vage Ahnung, dass ihm jemand folgte. Er hätte den Grund nicht erklären können, vielleicht hatte er im Unterbewusstsein etwas gehört, oder es war so etwas wie ein sechster Sinn, der ihn warnte. Er behielt dennoch sein Tempo bei und drehte sich auch nicht um. Er trug unter dem Arm seine eigene achtunddreißiger Spezial – ein beruhigendes Gefühl, eine Waffe bei sich zu haben, vor allem, wenn man mit ihr umzugehen wusste. Falls irgendein Straßenräuber dem Irrtum verfiel, in ihm ein leichtes Opfer zu sehen, würde der Kerl sein blaues Wunder erleben.

Er blieb stehen, weil er sich in dem Gewirr der schmalen, gewundenen Sträßchen, das sich bis zum Flussufer erstreckte, neu orientieren wollte. Und da überkam ihn plötzlich wieder dieses komische Gefühl, nicht allein zu sein, diesmal sogar deutlicher und eindringlicher. Er wusste, dass er dem Gefühl trauen konnte. Wie die meisten Cops, die lange Jahre im Außendienst gewesen waren, hatte er so etwas wie einen persönlichen Radarmelder entwickelt, der sofort anschlug, wenn irgendetwas Bedrohliches in der Luft lag, das war im Außendienst überlebenswichtig. Er hatte fast vergessen, dass er diesen Instinkt besaß, weil er ihn so lange nicht mehr gebraucht hatte. Aber unsichtbar eingebaute Alarmanlagen verrosten eben nicht so schnell.

Er ging, ohne sich etwas anmerken zu lassen, bis zur nächsten Straßenecke weiter, bog scharf in den Burling Slip ab, schmiegte sich an eine dunkle Hausmauer, zog seine Smith & Wesson aus dem Holster und hielt den Atem an. Er hörte unten am Flussufer das Wasser schwappen, von den höher gelegenen Straßen drang gedämpft Verkehrslärm an sein Ohr, irgendwo bellte ein Hund. Aber das war alles, mehr rührte sich nicht.

Schließlich löste er sich von der Mauer und trat, die Waffe in der Hand, in den Lichtschimmer, der aus den Häusern in die Gasse fiel. Er rechnete damit, dass jemand, der ihm mit finsteren Absichten gefolgt war, beim Anblick der gezogenen Waffe schleunigst Fersengeld geben würde. Als sich noch immer nichts tat, schob er die Waffe ins Holster zurück, sah sich nach allen Seiten um und bog zur Water Street ab.

Komisch war nur, dass sein inneres Radargerät immer noch Wellen ausstrahlte. War sein Instinkt doch schon so eingerostet, dass er falschen Alarm auslöste?

Kurz vor der Hausnummer sechzehn war ihm, als habe er einen dunklen Schatten rasch hinter einer Hausecke verschwinden gesehen. Er bildete sich sogar ein, scharrende Schuhsohlen gehört zu haben. Er griff wieder zur Waffe, hastete zu der Hausecke und setzte, fest entschlossen, dem Spuk ein Ende zu machen, dem Phantom in die Fletcher Street nach.

Die Straße lag dunkel und leer vor ihm. Aber ganz hinten, im verschwommenen Lichtkegel einer Straßenlaterne, sah er gerade noch einen Schatten verschwinden. Diesmal war jeder Irrtum ausgeschlossen. Er sprintete an der Häuserzeile entlang, bis zu der Ecke, an der er den Schatten gesehen hatte.

Und dann blieb er verdutzt stehen. Ein schwarzer Kater stolzierte mit hoch gerecktem Schwanz vor ihm her, wahrscheinlich angelockt von dem unwiderstehlichen Geruch, der vom Fulton Fish Market bis hoch zur Fletcher Street drang.

O'Shaugnessy grinste beschämt in sich hinein. Er neigte im Allgemeinen nicht zu Wahnvorstellungen, aber jetzt war er anscheinend doch einer erlegen. Offenbar setzten ihm die alten Mordfälle mehr zu, als er gedacht hatte.

Schluss damit, entschied er, klemmte sich die Ordner fester unter dem Arm und beschloss, den kürzesten Weg zur U-Bahn-Station an der Wall Street zu nehmen.

Aber plötzlich gab es keinen Zweifel mehr: Er hörte hinter sich, ziemlich nahe, Schritte und ein leises Hüsteln.

Er griff abermals zur Waffe und fuhr herum. Inzwischen war es so dunkel geworden, dass die Umgebung – die Ausläufer der Straße, die alten Docks und die steinernen Toreingänge – wie unter einem schwarzen Tuch verborgen dalag. Wer immer es sein mochte, der ihm da folgte, der Kerl war hartnäckig und verstand seine Sache. Das war nicht irgendein Straßenräuber. Und das Hüsteln war auch nur ein Trick gewesen. Der Mann legte es darauf an, gehört zu werden. O'Shaugnessy sollte wissen, dass er verfolgt wurde. Der Bursche wollte ihn nervös machen und zu irgendeinem Fehler verleiten.

Nun gut, mit derlei Tricks war O'Shaugnessy ebenfalls vertraut. Er machte auf dem Absatz kehrt und fing zu rennen an. Nicht aus Angst, nein, er wollte, dass der andere hinter ihm herkam. Er rannte bis zur nächsten Querstraße, bog in sie ein und schmiegte sich – wieder mit gezogener Waffe, alle Muskeln angespannt, damit er seinen Verfolger blitzschnell aus dem Dunkel anspringen konnte – tief in einen der Toreingänge.

Einen Augenblick lang glaubte er eilige Schritte zu hören. Dann folgte Stille, die kein Ende mehr zu nehmen schien. Eine Minute verstrich, es wurden zwei daraus, dann fünf. Ein vorbeifahrendes Taxi bohrte mit seinen Scheinwerfern einen Lichtschacht ins Dunkel. O'Shaugnessy schob sich vorsichtig aus dem Toreingang und blickte sich um. Die Straße lag wieder still und menschenleer da. Offenbar war der Verfolger an der Querstraße vorbeigerannt. Oder er hatte aufgegeben. Vielleicht war der ganze Spuk doch nur Einbildung gewesen.

O'Shaugnessy beschloss, den Weg zurückzugehen, den er gekommen war – auf dem Bürgersteig, dicht an den Hausmauern entlang. Und das war wohl der Moment, auf den sein Verfolger gewartet hatte. Er kam urplötzlich aus dem benachbarten Toreingang geschossen, stülpte dem Iren, ehe der reagieren konnte, etwas Weiches, Schwarzes über den Kopf und schlang ihm die Enden straff um den Hals. Und dann drang O'Shaugnessy ein widerlich süßer Geruch in die Nase, irgendeine chemische Substanz. Er versuchte, mit einer Hand die schwarze Haube abzustreifen, während er mit dem Zeigefinger der anderen nach dem Abzug der Smith & Wesson tastete. Er hörte noch den Schuss, dann war es, als sei der Boden unter ihm weggebrochen. Er hatte das Gefühl, in abgrundtiefes Dunkel zu stürzen.

Der Widerhall des Schusses irrte eine Weile durch die menschenleere Straße, das Echo brach sich an den Hausmauern, bis es jäh verhallte. Wieder lag nächtliche Ruhe über der Straße, den Häusern und den Docks. Man hätte meinen können, die ganze Welt sei an dieser unheimlichen Stille erstickt …

5

O'Shaugnessy kam ganz langsam zu sich. Sein Schädel fühlte sich an, als sei ihm eine Axt übergezogen worden, in den Knöcheln nagte Schmerz, die Zunge war geschwollen und bleischwer. Er schlug die Augen auf, doch rings um ihn blieb alles dunkel. Einen Augenblick lang fürchtete er, er sei erblindet, und wollte instinktiv das Gesicht schützend in den Armen bergen, doch die verweigerten ihm den Gehorsam. Als er noch einmal versuchte, sie mit aller Gewalt nach oben zu stemmen, hörte er etwas klirrend rasseln.

Ketten. Er war mit Ketten gefesselt.

Er wollte die Beine bewegen. Vergeblich, sie lagen ebenfalls in Ketten.

Die Benommenheit war von einem Augenblick zum anderen vergessen, die brutale Wirklichkeit hatte sie verscheucht. Schlagartig kehrte die Erinnerung zurück: die Schritte, die er gehört hatte, das Katz-und-Maus-Spiel in den leeren Straßen, die stinkende Haube, die ihm über den Kopf gestülpt worden war. Plötzlich befiel ihn Panik, er zerrte wild an den Ketten. Bis er mit eiserner Disziplin gegen den Anflug von Hysterie ankämpfte und sich zur Beherrschung zwang.

Panik hilft dir nicht weiter. Lass dir lieber etwas einfallen! Denk ruhig und logisch nach!

Wo war er? In einer Art Zelle. Als Gefangener. Jemand hatte ihm Ketten angelegt. Aber wer? Noch während sich die Frage stumm in seinem Gehirn formulierte, wusste er schon die Antwort: der Mann, der Enoch Lengs Mordserie fortsetzte. Der »Chirurg«.

Wieder wollte ihn Panik befallen, aber da war plötzlich alles in gleißend helles Licht getaucht. Licht, das ihm so grell in die Augen stach, dass sie nach dem langen Dunkel zu brennen begannen.

Blinzelnd sah er sich um. Er befand sich in einem kleinen leeren Raum mit roh behauenen Wänden, angekettet auf dem feucht-kalten Betonfußboden. In eine Wand war eine rostige Metalltür eingelassen, das grelle, auf sein Gesicht gerichtete Licht kam aus einem schmalen Sehschlitz. Der Lichtstrahl schwenkte seitlich weg, der Schlitz diente nun als Sprachrohr. O'Shaugnessy konnte deutlich die feuchten Lippen sehen, die sich bei jedem Laut bewegten.

»Verlieren Sie bitte nicht die Beherrschung!«, redete die Stimme beruhigend auf ihn ein. »Das alles wird bald ausgestanden sein. Es ist sinnlos, an den Ketten zu zerren.«

Der Schlitz wurde knarrend geschlossen, O'Shaugnessy war wieder von undurchdringlichem Dunkel umgeben.

Er lauschte den Schritten nach, die sich immer weiter entfernten, offenbar auf den Steinstufen einer Treppe. Ihm war klar, was ihm bevorstand; er hatte im Büro des Gerichtsmediziners gesehen, was der »Chirurg« mit seinen Opfern anstellte. Kein Zweifel, dass der Mann bald zurückkam, und dann …

Hör auf, daran zu denken! Denk dir lieber etwas aus, wie du dem Kerl entkommen kannst!

Er versuchte sich durch tiefe, regelmäßige Atemzüge zu entspannen. Nun zahlte sich aus, was er auf der Polizeischule gelernt hatte. Wohltuende Ruhe breitete sich in ihm aus. Es gab keine hoffnungslosen Situationen. Alle Verbrecher machen irgendwann Fehler, auch wenn sie noch so vorsichtig sind.

So wie er selbst in seiner Euphorie über den Fund der beiden Ordner den Fehler begangen hatte, Pendergasts Warnung vor den permanent lauernden Gefahren zu vergessen. Eine unverzeihliche Dummheit. Aber zu so einer Dummheit würde er sich kein zweites Mal hinreißen lassen.

»Das alles wird bald ausgestanden sein«, hatte die Stimme aus dem Türschlitz gesagt. Was bedeutete, dass der Mann offensichtlich vorhatte, bald wieder in das Kellerverlies zu kommen. Nun gut, sollte er ruhig kommen, diesmal würde O'Shaugnessy vorbereitet sein.

Bevor der »Chirurg« irgendetwas mit ihm anstellten konnte, musste er die Ketten lösen. Und dann würde O'Shaugnessy ihn anspringen und überwältigen.
Nur, so viel war klar: Dieser Mann war kein Dummkopf, das bewies die Art, wie er ihn beschattet und schließlich in einen Hinterhalt gelockt hatte. Der Mann war verschlagen und hatte eiserne Nerven. Er fiel bestimmt nicht darauf rein, wenn O'Shaugnessy sich lediglich schlafend stellte.
Hier ging es um Leben oder Tod. Also musste er sich etwas Besseres einfallen lassen.
Er atmete tief ein. Dann schloss er die Augen, schlug sich die Kette, mit der seine Arme gefesselt waren, gegen die Stirn und zerrte sie hin und her – immer wieder und immer wieder.
Der Effekt war genau der, mit dem O'Shaugnessy gerechnet hatte: Die Stirn fing augenblicklich heftig zu bluten und höllisch zu schmerzen an. Aber das hatte etwas Gutes: Der Schmerz hielt ihn hellwach und verbannte alle anderen Gedanken.
Er wälzte sich, soweit ihm die Ketten Spielraum ließen, auf die Seite und rückte sich, den Kopf an die raue Steinwand gepresst, so zurecht, dass es aussah, als sei er ohnmächtig geworden. Der Stein fühlte sich eiskalt an, er kühlte ihm die Wange, während er zugleich spürte, wie ihm das Blut warm und klebrig über die Augenbrauen und die Nase rann. Und während der ganzen Zeit beherrschte ihn nur ein Gedanke. Er wollte nicht so enden wie Doreen Hollander: leichenstarr und verstümmelt auf einem Rollwagen in der Gerichtsmedizin.
Ein paar Sekunden lang drohte er doch wieder in Panik zu verfallen. »Das alles wird bald ausgestanden sein.« Es dauerte bestimmt nicht mehr lange, bis der »Chirurg« zurückkam, er glaubte im Geiste schon die schweren Schritte auf den Steinstufen der Treppe zu hören. Jeden Augenblick musste die rostige Tür aufgestoßen werden …
»Ruhig, alter Junge, bleib ganz ruhig!« Sobald der »Chirurg« ihm die Ketten löste, würde er das Überraschungsmoment

nutzen und sich auf den Kerl stürzen. O ja, es gab eine Chance, mit dem Leben davonzukommen, er musste nur fest daran glauben. Ein Verbrecher, der so viele Menschenleben ausgelöscht hatte, durfte seiner gerechten Strafe nicht entgehen.

O'Shaugnessy flüchtete sich, wie er's in prekären Situationen oft tat, in seine geliebte Welt der Opern. Und es war auch diesmal eine heilsame Flucht: Schon nach wenigen Sekunden überkam ihn trostreiche Ruhe, nicht lange, und er bildete sich ein, Mozarts unsterbliche Musik von den rauen Wänden der Zelle widerhallen zu hören. Er war sich nur nicht sicher, ob die flehentliche Bitte um Beistand überhaupt bis in die erhabene Sphäre von Isis und Osiris vordrang oder ungehört in den Niederungen alles Irdischen verhallte.

6

Pendergast stand, ein kleines braunes Päckchen unter dem Arm, auf dem Vorplatz und blickte gedankenverloren auf die beiden Messinglöwen, die den Eingang der New York Public Library bewachten. Ein kurzer Regenguss war über der Stadt niedergegangen, das Scheinwerferlicht der Busse und Taxen spiegelte sich in den flachen Pfützen wider. Sein Blick glitt ein wenig höher, auf die prächtige Fassade der Bibliothek und den mächtigen, von korinthischen Säulen getragenen Architrav. Es war kurz nach neun Uhr abends, die Bibliothek hatte längst geschlossen; der Strom der Studenten, Wissenschaftler, Bildungsbeflissenen, Touristen und von der Welt verkannten, unveröffentlichten Poeten, der tagsüber pausenlos ein und aus wogte, war schon seit Stunden versiegt.

Langsam stieg er die breiten Stufen hinauf, ging auf die unauffällige Tür neben dem Haupteingang zu und klopfte an. Es schien fast, als habe der Wachmann ihn erwartet, so schnell wurde die Tür geöffnet. Ein muskulöser Hüne mit kurz geschorenem blonden Haar stand im Türrahmen, in der fleischigen Hand Ludovico Aristos *Orlando furioso e opere minori.* »Guten Abend, Agent«, begrüßte er Pendergast. »Wie geht es Ihnen?«

»Danke, Frances«, erwiderte Pendergast, »recht gut.« Er deutete mit einem Kopfnicken auf das Buch. »Wie gefällt Ihnen Aristos Werk?«

»Sehr gut. Besten Dank für die Empfehlung.«

»Ich hatte Ihnen, glaube ich, zu der Übersetzung von Bacon geraten.«

»Da müsste ich mich an Nesmith wenden, der hat eine auf Mikrofiche. Die gedruckten Ausgaben sind alle ausgeliehen.«

»Ich werde Ihnen eine zuschicken«, versprach Pendergast, schon halb auf dem Weg zur Eingangshalle mit der breiten, geschwungenen Marmortreppe. »Erinnern Sie mich notfalls daran!«

Der weiche Teppichbelag verschluckte jeden Schritt, als Pendergast die Treppe hinaufstieg und zielstrebig auf den Raum dreihundertfünfzehn zusteuerte, den großen Lesesaal. Sanftes gelbes Licht ergoss sich über die dicht aneinander gereihten schweren Holztische. Tagsüber meldeten die Besucher hier, sobald sie fündig geworden waren, ihren speziellen Buchwunsch an, woraufhin ein Mitarbeiter der Bibliothek die Anforderung per hydraulischen Lastenaufzugs an die Ausgabestelle im Kellergeschoss weiterleitete, die das gewünschte Buch in erstaunlich kurzer Zeit nach oben lieferte. Jetzt herrschte hier gähnende Leere, die lautlose Stille wirkte fast bedrückend.

Pendergast, der sich in der Bibliothek gut auskannte, fand mit schlafwandlerischer Sicherheit seinen Weg durch ungezählte Türen und über verwinkelte, halb dunkle Flure, bis er zu guter Letzt vor der steilen, schmalen Treppe stand, über die er den versteckt gelegenen, Besuchern gewöhnlich nicht zugänglichen Teil der Bibliothek erreichte, in dem fleißige, kundige Hände all jene Arbeiten verrichteten, ohne die die

New York Library sich nie und nimmer ihren guten Ruf erworben – oder zumindest nicht bewahrt hätte.
Pendergast blieb stehen und lauschte. Aha, Wren war noch da, er hörte das scharfe Schnipp-schnipp seiner Schere; er musste nur noch diesem Geräusch und dem muffigen Geruch nach abgestandener Luft folgen. Und als er um die letzte Ecke gebogen war, sah er den Gesuchten leibhaftig vor sich an einem Tisch sitzen, mit dem Rücken zu ihm: eine so auffallende Erscheinung, dass man meinen konnte, sie müsse der Phantasie eines Karikaturisten entsprungen sein, mit schulterlangem, dichtem schneeweißen Haar, tief in ihre Arbeit versunken. Pendergast klopfte leise an der offenen Metalltür an.
»Es ist mir, als hörte ich ein Klopfen«, rezitierte der Weißhaarige mit hoher, aber unverkennbar männlicher Stimme, ohne aufzublicken oder sich gar umzudrehen.
Schnipp-schnipp. Pendergast klopfte noch einmal.
»Gleich, gleich«, knurrte der Mann ungehalten. Schnipp-schnipp, schnipp-schnipp.
Pendergast klopfte zum dritten Mal an, diesmal entschieden lauter.
Der Mann straffte die Schultern, richtete sich seufzend auf und bemühte wiederum den reichen Zitatenschatz, den er im Laufe eines langen Arbeitslebens angesammelt hatte: »Wollt Ihr gar König Duncan vom Tode erwecken? Ich wünschte, Ihr könntet's!« Und damit legte er die Schere und das mit einem neuen Einband versehene Buch weg und drehte sich um.
»Hol mich der Daus, wenn das nicht der Special Agent Pendergast ist«, rief er mit schriller Stimme. »Der speziellste aller speziellen Agents unter der Sonne!«
Pendergast neigte den Kopf. »Wie geht es Ihnen, Wren?«
»Danke ergebenst für die freundliche Nachfrage. Gut geht's mir, sehr gut.« Dann deutete er mit der knochigen Hand auf den Stapel Bücher, die alle auf einen neuen Einband warteten. »Wenn ich bloß mehr Zeit für all meine armen, malträtierten Kinder hätte!«

Die öffentliche Bibliothek von New York litt wahrlich nicht unter einem Mangel an Sonderlingen, aber der kauzigste aller Kauze war zweifellos Wren. Im Grunde schien niemand etwas Genaues über ihn zu wissen, nicht einmal, ob Wren der Vor- oder Nachname war und ob er überhaupt so hieß. Niemand vermochte sich zu erinnern, woher er gekommen war und ob er einen Anstellungsvertrag mit der Bibliothek abgeschlossen hatte. Niemand hatte eine Ahnung, wann und wo er seine Mahlzeiten einnahm; Spötter kolportierten gern das Gerücht, er ernähre sich von Papierbrei und Klebstoff. Das Einzige, was alle genau zu wissen glaubten, war, dass er die Bibliothek nie verließ, jedenfalls hatte ihn noch nie jemand dabei beobachtet.

Wrens gelbliche Augen fixierten den Besucher mit einem scharfen Blick, der jedem Falken Ehre gemacht hätte. »Es kommt mir so vor, als sähen Sie heute nicht so aus wie sonst.«

Pendergast nickte. »Da haben Sie zweifellos Recht.« Mehr sagte er nicht.

Wren schien auch gar nicht damit gerechnet zu haben, er wechselte übergangslos das Thema. »Konnten Sie mit den Unterlagen, die Sie sich neulich bei mir geholt haben, etwas anfangen? Worum ging's da noch mal? Um die alte Broadwaywasserstation und die Geschichte der Five Points, nicht wahr?«

Pendergast nickte abermals. »Die waren mir eine überaus wertvolle Hilfe.«

Wren beäugte neugierig das Päckchen, das Pendergast unter dem Arm trug. »Und was schleppen Sie mir heute an? Irgendeine hypokritische Lektüre?«

Pendergast legte das Päckchen auf den Tisch. »Es ist eine alte Handschrift. *Iphigenie auf Aulis*, aus dem Griechischen in vulgärsprachliches Latein übersetzt.«

Wren hörte mit unbewegter Miene aufmerksam zu, er schien nicht sonderlich beeindruckt zu sein.

»Das Manuskript wurde im vierzehnten Jahrhundert im Kloster St. Chapelle mit kunstvoller Buchmalerei ausgeschmückt. Eine der letzten überlieferten Arbeiten, bevor das Kloster ein Opfer der verheerenden Feuersbrunst von 1397 wurde.«
Plötzlich lag ein Flackern in Wrens gelblichen Augen.
»Papst Pius III. wurde auf das Buch aufmerksam. Er erklärte es zur gotteslästerlichen Lektüre und ordnete an, sämtliche Abschriften zu verbrennen. Die Buchmalerei soll, so heißt es, in verschlüsselter Form Geoffrey Chanters fragmentarische Erzählung *Cook's Tale* wiedergeben.«
Aus Wrens flackerndem Interesse war unverhohlene Gier geworden. Er streckte die Hand nach dem Päckchen aus.
Pendergast zog es rasch außer Reichweite. »Es gäbe freilich eine Gefälligkeit, um die ich im Gegenzug bitten möchte.«
Wren verzog keine Miene. »Damit habe ich von vornherein gerechnet.«
»Ist Ihnen Wheelwrights Vermächtnis ein Begriff?«
Wren runzelte die Stirn, dann schüttelte er so entschieden den Kopf, dass seine weißen Locken hin und her flogen.
»Er war von 1866 bis 1894 Präsident des New Yorker Grundbuchamtes. Man sagt ihm nach, er sei ein notorischer Federfuchser gewesen und habe ständig Rundschreiben, Anordnungen und Auflagen verfasst, die er in späteren Jahren der New York Library vermacht haben soll.«
»Das erklärt, warum ich nie etwas davon gehört habe«, erwiderte Wren. »Das hört sich nicht nach Unterlagen von sonderlichem Wert an.«
»In seinem Testament hat er der Bibliothek neben den Papieren eine beträchtliche Summe Bargeld vermacht.«
»Dann dürften die Papiere noch vorhanden sein. Aber man hat sie vermutlich in den siebten Stock, wenn nicht gar auf den Dachboden verbannt.«
Pendergast nickte.
»Warum interessieren Sie sich dafür, Sie unverbesserlicher Geheimniskrämer?«

»In den Nachrufen war zu lesen, Wheelwright habe vor seinem Tod an einer methodischen Auswertung der Vermögensverhältnisse New Yorker Grundstückseigner gearbeitet. Bei seinen Nachforschungen hat er sich hauptsächlich auf Kopien von Grundstücksübereignungen mit einem Wert von über tausend Dollar gestützt. Es läge mir sehr daran, diese Kopien zu sehen.«

Wren verzog das Gesicht. »Sollten Sie sich da nicht lieber an die New York Historical Society wenden?«

»Das hätte ich gern getan. Aber einige der Grundstücksdokumente sind aus ungeklärten Gründen aus den dortigen Unterlagen verschwunden. Es geht insbesondere um eine Reihe von Grundstücken am Riverside Drive. Ich hatte jemanden bei der Society gebeten, mir die Papiere herauszusuchen, aber er konnte mir nur mitteilen, dass sie nicht auffindbar sind. Der Mann war äußerst konsterniert, dass so etwas passieren kann.«

»Und nun soll ich Ihnen die Kopien besorgen?«

Statt langer Erklärungen hielt ihm Pendergast stumm das Päckchen hin.

Wren griff geradezu gierig danach, betrachtete es ein paar Sekunden lang ehrfurchtsvoll, schlitzte mit dem Buchbindermesser das Packpapier auf und entfernte pedantisch die Wellpappe, in die die alte Handschrift gehüllt war. Pendergast schien er völlig vergessen zu haben.

Der Agent räusperte sich. »Ich schlage vor, dass ich in achtundvierzig Stunden wiederkomme, Wheelwrigts Vermächtnis an Ort und Stelle studiere und sodann meine alte Handschrift wieder mitnehme.«

»Es könnte etwas länger dauern«, sagte Wren, ohne hochzusehen. »Soweit ich weiß, existieren die Unterlagen nicht mehr.«

»Ich habe großes Vertrauen in Ihre Findigkeit.«

Wren murmelte etwas Unverständliches, streifte sich mit vor Aufregung zitternden Fingern Handschuhe über, öffnete die

Schließe aus Schmelzflussemail und starrte begehrlich auf die handgeschriebenen, reich mit Buchmalereien geschmückten Seiten.

»Und noch etwas, Wren …«

Der Buchbinder reagierte etwas ungehalten auf die Störung, aber irgendetwas in Pendergasts Tonfall ließ es ihm wohl angeraten erscheinen, doch hochzusehen.

»Darf ich mir die Anregung erlauben, dass Sie zunächst das Vermächtnis suchen und sich erst danach in meine alte Handschrift vertiefen?«

Wren sah ihn betroffen an, in seiner hohen Stimme klang bebende Empörung über diese kränkende Bemerkung mit. »Agent Pendergast, Sie wissen genau, dass ich mich immer zuallererst um Ihre Anliegen kümmere.«

Pendergast merkte dem alten Mann an, wie tief er sich verletzt fühlte. »Natürlich weiß ich das, Wren«, beteuerte er reumütig, sein zerknirschter Blick schien den Weißhaarigen um Vergebung zu bitten.

Schließlich stand er auf, nickte Wren versöhnlich zu, wandte sich zum Gehen und war im nächsten Augenblick im Gewirr der schmalen dunklen Flure untergetaucht.

Wren atmete tief durch. Endlich konnte er sich ungestört mit den wundervollen alten Buchmalereien beschäftigen!

Diese methodische Auswertung von Grundbucheintragungen, Wheelwrights Vermächtnis, bereitete ihm keine großen Kopfschmerzen. Er wusste genau, wo die Papiere lagen, es würde ihn höchstens fünfzehn Minuten kosten, sie aufzuspüren. Mithin blieben ihm genau siebenundvierzig Stunden und fünfundvierzig Minuten, in denen er sich ganz Pendergasts bibliophiler Kostbarkeit widmen konnte.

7

Der Mann kam mit kurzen, sicheren Schritten den Riverside Drive herauf, die Metallspitze seines Stocks klopfte ein rhythmisches Stakkato auf den Asphalt. Die aufgehende Sonne warf einen ölig rosaroten Schimmer auf den Hudson River, die Bäume im Riverside Park standen, von keinem Lüftchen bewegt, reglos da, als wollten sie abwarten, bis die kühle Herbstluft sich erwärmt hatte. Der Mann atmete tief ein, sein scharfer Geruchssinn identifizierte jeden einzelnen der ineinander verwobenen Großstadtgerüche: den Teer- und Dieselgestank, der vom Wasser herwehte, den feuchten Modergeruch, den der Park verströmte, und die Abgase des Verkehrs auf dem Broadway.

Er bog in die kurze Seitenstraße ein, die im ersten Morgenlicht wie ausgestorben dalag. Weiter hinten, wo die letzten Häuser standen, konnte er den Verkehr auf dem Broadway hören und die entfernten Lichter sehen, aber hier war es angenehm ruhig. Die meisten Häuser waren unbewohnt, direkt neben seinem hatte es vor etlichen Jahren noch eine Reitbahn für Manhattans reiche junge Damen gegeben. Die war natürlich längst verschwunden, an ihrer Stelle hatte man einen kleinen Park mit Rasenflächen, Bäumen und einer Jeanne-d'Arc-Statue angelegt, sodass sein Haus nun noch besser gegen jeglichen Lärm abgeschirmt war. Der Stadtteil war zu einem der ruhigsten auf der Insel von Manhattan geworden – von allen vergessen, dachte er manchmal, außer von mir, versteht sich. Überdies hatte sie den Vorteil, dass sie zum nächtlichen Tummelplatz für umherstreifende Gangs geworden und so in den Ruf einer gefährlichen Gegend geraten war. Was ihm durchaus gelegen kam.

Er bog auf einen Pfad ab, der zu einer Gartentür und dem dahinter liegenden Haus führte. Drin war es dunkel, er musste sich, ganz auf seinen Orientierungssinn angewiesen, durch verwinkelte, staubige Flure tasten, bis er zu einer Geheimtür kam. Vor der Tür lag ein leerer Raum. Er fingerte nach einem versteckt in die rückwärtige Wand eingelassenen Knauf und drehte ihn um neunzig Grad nach links, woraufhin die Wand lautlos aufglitt und den Blick auf eine Treppe freigab, deren Steinstufen nach unten führten.

Er stieg hinunter, tastete wieder eine Wand ab, fand nach ein paar Fehlversuchen den altmodischen Lichtschalter und knipste ihn an. Etliche nackte Glühbirnen flammten auf und leuchteten einen grob in Stein gehauenen Gang aus. Es roch moderig feucht hier unten, von der Decke tröpfelte Setzwasser. Der Mann blieb stehen, hängte den schwarzen Mantel und den Bowler an einen Messinghaken und stellte den Stock in den Schirmständer. Dann folgte er weiter dem unterirdischen Gang, bis er zu einer schweren Eisentür kam, in die in Augenhöhe ein Schlitz eingelassen war.

Wieder blieb er einen Augenblick stehen, als denke er über seine nächsten Schritte nach. Dann fischte er einen Schlüssel aus der Tasche, steckte ihn ins Schloss, drehte ihn und drückte die schwere Eisentür auf.

Die Deckenlampen in dem unterirdischen Gang warfen genug Licht in den an eine Zelle erinnernden Raum. Der Boden und die Wände waren mit getrocknetem Blut befleckt, von den Wandhaken baumelten Ketten und Handschellen, alles sah planlos und unaufgeräumt aus.

Der Mann ließ den Blick durch die Zelle gleiten. Noch war sie leer, aber, dachte er mit einem verkniffenen Lächeln, das wird nicht lange so bleiben. Er hatte sich die Mühe, nach unten zu steigen, schließlich nur deshalb gemacht, weil er sich vergewissern wollte, dass alles für den nächsten Bewohner vorbereitet war.

Er zog die Tür hinter sich zu, schloss ab und setzte seine Wanderung durch den unterirdischen Gang fort, bis er zu einem größeren, besser ausgestatteten Kellerraum kam. Wieder ein Griff nach einem Schalter, helles Licht flutete von der Decke. Sein Blick fiel auf die mit Rädern versehene Krankentrage aus blitzendem Edelstahl, die altmodische Reisetasche, die er darauf abgestellt hatte, und die beiden handlichen, in Plastik gebundenen Ordner. Er nahm einen davon zur Hand und blätterte darin. Seltsam, welche ironischen Umwege das Schicksal manchmal geht. Eigentlich hätten die in den beiden Plastikordnern abgehefteten Aufzeichnungen schon vor vielen Jahren ein Opfer der Flammen werden sollen. Es waren gefährliche Aufzeichnungen, die, wenn sie in falsche Hände fielen, großen Schaden anrichten konnten. Aber zum Glück war er zur rechten Zeit am richtigen Ort gewesen. Wie auch immer, nun waren die Papiere in seiner Hand, und da sollten sie auch bleiben. Er legte sie wieder auf die Rolltrage.

Dann richtete er seine Aufmerksamkeit auf die daneben abgestellte Arzttasche; seine Handgriffe wirkten bedächtig, fast zögerlich, als er sie öffnete. Obenauf lag, auf Trockeneiswürfel gebettet, ein zylindrischer Behälter aus Hartplastik. Er streifte sich Latexhandschuhe über, bevor er den Behälter aus der Tasche nahm, auf den Rollwagen stellte und öffnete. Mit bedächtiger Vorsicht langte er in den Zylinder und entnahm ihm eine graue, länglich zerfaserte Masse. Wären da nicht die Spuren von getrocknetem Blut und Gewebereste gewesen, hätte man denken können, es handle sich um ein Gewirr aus feinen Kabelsträngen. Erst bei genauerem Hinsehen war zu entdecken, dass die Stränge aus tausenden winziger sehniger Fasern bestanden.

Ein verhuschtes Lächeln spielte um die Lippen des Mannes, als er die graue Masse betrachtete, in seinen blassen Augen funkelte ein rätselhafter Glanz. Er hielt sie gegen das Licht und beobachtete gebannt, wie sie durchsichtig wurde und von innen zu leuchten begann. Dann trug er die Masse zum Spülbecken und reinigte sie mit destilliertem Wasser von Knochensplittern und anderen Fremdkörpern. Als er sie gründlich ausgespült hatte, legte er sie in eine Elektromühle und schaltete das Gerät ein. Er warf hin und wieder einen Blick in sein Notizbuch und fügte unter strikter Beachtung der

Dosierung und der Zeitabstände durch einen Gummitrichter Chemikalien hinzu. Der schrille Lärm hallte ohrenbetäubend von den Wänden wider, aber schließlich war das Gewebe zu einer feinen weißlichen Masse zermahlen, er konnte das Gerät abstellen.

Er füllte das gewonnene Serum in ein Röhrchen aus Edelstahl und schob es in eine Zentrifuge. Der Trockenprozess dauerte genau zwanzigeinhalb Minuten. Auch hier kam es wieder auf äußerste Präzision an, der kleinste Fehler konnte zur Folge haben, dass alle Mühe umsonst und das Endprodukt unbrauchbar war. Aber er hatte schon vor geraumer Zeit beschlossen, die Ernte, wie er die Prozedur im Stillen nannte, hier in seinem unterirdischen Labor und nicht mehr irgendwo im Freien einzubringen – am Tatort, wie andere es nennen mochten –, der höheren Qualität und Haltbarkeit wegen.

Er ging wieder zum Spülbecken, füllte es mit Wasser, entrollte ein Handtuch, ließ ein halbes Dutzend blutbefleckte Skalpelle in das Becken gleiten und begann sie bedächtig und fast liebevoll zu reinigen. Es waren altmodische, schwere Bestecke, nicht zu vergleichen mit den modernen japanischen Modellen, bei denen die Klinge auf Knopfdruck ausfährt, aber er fand, dass sie ihm besonders gut in der Hand lagen. Sie übten einen ganz speziellen Reiz auf ihn aus, er mochte sie selbst im Zeitalter von Ultraschall und DNS-Analysen nicht missen.

Er legte die gereinigten Skalpelle in einen Sterilisationsapparat, streifte die Handschuhe ab, wusch sich die Hände, trocknete sie mit dem Handtuch ab und vergewisserte sich durch einen Blick über die Schulter, dass die Zentrifuge weiter störungsfrei arbeitete.

Dann ging er zu einem Schränkchen und entnahm ihm ein Blatt Papier. Er legte es auf die Rolltrage und blickte auf die fünf Namen, die in seiner wie gestochen sauberen Handschrift auf dem Blatt standen:

Pendergast
Kelly
Smithback
O'Shaugnessy
Puck

Der letzte Name war bereits durchgestrichen, nun zückte er seinen Füllfederhalter, zog einen kerzengeraden Strich durch den vorletzten Namen und fügte am Zeilenende einen eleganten kleinen Schnörkel hinzu.

8

Da er wusste, dass das Museum nicht vor zehn öffnete, konnte Smithback sich für das Frühstück in seinem Lieblingscafé viel Zeit nehmen. Er überflog noch mal die Fotokopien, die er sich gestern im Archiv der *Times* gemacht hatte. Je öfter er sie las, desto mehr war er davon überzeugt, dass die alten Morde, auf die er gestoßen war, Enoch Lengs grausiges Werk gewesen waren. Sogar die Tatorte stimmten, sie lagen fast immer auf der Lower East Side nahe dem Hudsonufer, aber stets in gebührendem Abstand vom Riverside Drive.

Um halb zehn bat er um die Rechnung, brach auf und pfiff optimistisch vor sich hin, als er strammen Schritts über den Broadway Richtung Museum marschierte. Zugegeben, sein Verhältnis zu Nora war noch immer nicht im Lot, aber wenn er ihr sozusagen auf einem Silbertablett exakt die Informationen präsentieren konnte, die sie suchte, renkte sich bestimmt alles wieder ein. Schließlich verband sie viel Gemeinsames, sie hatten immer zusammengehalten, in guten und schlechten Tagen, da konnte sie doch nicht ewig schmollen.

Seine gute Laune kam nicht von ungefähr. Gut, in letzter Zeit waren ihm ein paar Patzer unterlaufen, aber meistens konnte er sich auf seine Reporternase verlassen. Und bei seinem Artikel über Leng war er auf einem guten Weg. Er brauchte nur noch einige Goldkörner aus Lengs Privatleben und womöglich ein altes Foto, aber daran sollte es nicht hapern, er hatte bereits eine Idee, wo er danach suchen musste.

Seit der Zeit, als er vor einigen Jahren vorgehabt hatte, ein Buch über die Geschichte des New York Museum of Natural History zu schreiben, aus dem letztendlich ein Thriller vor dem Hintergrund der Ereignisse während der Ausstellung über das Phänomem des Aberglaubens geworden war, kannte er das Museum samt seiner exzentrischen Spielregeln in- und auswendig. Er wusste, welcher Zauberformeln es bedurfte, damit sich im richtigen Augenblick Türen öffneten, und er wusste vor allem, wie und wo er den Hebel ansetzen musste, um hinter sorgsam gehütete Geheimnisse zu kommen. Wenn in den Archiven des Museums irgendwelche nützliche Informationen über Leng schlummerten, würde er sie aufspüren.

Als die breiten Bronzetüren des Museums aufschwangen, schloss er sich – peinlich darauf bedacht, nicht erkannt zu werden – der vorwärts drängenden Menschenschlange an, fischte aus dem Körbchen eine Besucherplakette, ließ sich mit dem Strom der Schaulustigen in die Große Rotunde treiben und tat so, als bestaune er wie alle anderen die riesigen Skelette, obwohl er die schon weiß Gott wie oft gesehen hatte.

Bei der erstbesten Gelegenheit scherte er aus der noch ein wenig orientierungslosen Masse aus und steuerte zielstrebig den ein Stockwerk tiefer gelegenen Flur an, auf dem sich eines der am wenigsten bekannten, nichtsdestoweniger höchst aufschlussreichen Archive des Museums befand: im Insiderjargon unter dem Kürzel »Alte Dokumente« bekannt. Es enthielt, wie er wusste, einige sensitive Unterlagen, daher war die Tür immer geschlossen. Hinter ihr saß gewöhnlich ein Wachmann. Das letzte Mal war er in offizieller Mission dort gewesen, ausgerüstet mit einer schriftlichen Genehmigung, diesmal musste er sich ersatzweise etwas einfallen lassen.

Bald stand er vor der kupfernen Doppeltür mit dem Schild *Personalunterlagen – alte Jahrgänge.* Das Gesicht fest an das kühle Kupfer gepresst, konnte er durch den Türspalt zwei Wachleute sehen, die an einem Tisch Kaffee tranken. Mist, sie sind zu zweit! Wäre es nur ein Wachmann gewesen, hätte er darauf vertraut, dass der ihn nach so vielen Jahren nicht wieder erkannte, aber bei zwei Wachleuten verringerte sich seine Chance um fünfzig Prozent. Mal sehen, ob er nicht einen von ihnen loswerden konnte.
Er dachte fieberhaft nach, und nach einer Weile nahm tatsächlich so etwas wie ein Plan Form und Gestalt an. Er machte auf dem Absatz kehrt, eilte die Treppe hoch und weiter in die altehrwürdige Selous Memorial Hall, wo sich, wie gewöhnlich, hinter dem Informationstisch eine fröhliche Schar älterer, ehrenamtlich tätiger Damen tummelte. Smithback nestelte die Besucherplakette vom Revers, warf sie in den Abfalleimer und steuerte eine der Damen an.
»Ich bin Professor Smithback«, flötere er und setzte sein gewinnendstes Lächeln auf. »Dürfte ich wohl Ihr Telefon benutzen?«
»Selbstverständlich.« Die alte Dame schob es hin und legte das Verzeichnis der Hausanschlüsse dazu.
Smithback blätterte darin, fand die gesuchte Nummer und wählte sie an.
»›Alte Dokumente‹«, meldete sich eine mürrische Stimme.
»Ist Rook da?«, fragte Smithback in barschem Ton.
»Rook? Hier gibt's keinen Rook. Sie haben die falsche Nummer gewählt, Kollege.«
Smithback ließ ein leicht genervtes, ungeduldiges Knurren hören. »Wer hat heute Dienst?«
»O'Neal und ich. Mit wem spreche ich denn?«
»›Ich‹? Wer ist ›ich‹?«, herrschte Smithback ihn in einem Ton an, der dem Wachmann eindeutig vermittelte, dass er es mit einer Autorität zu tun habe. »Darf ich nochmals darum bitten, dass Sie Ihren Namen nennen, oder wollen Sie es auf

eine Beschwerde wegen Nichtbeachtung der Vorschriften anlegen?«

»Mein Name ist Bulger, Sir.«

Aha, jetzt backt er kleine Brötchen! »Na also, Bulger. Ich bin Mr. …« Ein vorgetäuschter Hustenanfall verstümmelte den Namen zu Hrumrehman. »… von der Personalabteilung. Gut, dass ich Sie selber dran habe. Es gibt leider ein paar Ungereimtheiten in Ihrer Personalakte. Das sollten wir möglichst umgehend klären.«

»Ungereimtheiten? Worum geht's denn da, Sir?« Bulger hörte sich ziemlich erschrocken an.

»Vertrauliche Personalangelegenheiten kann ich nicht am Telefon besprechen. Kommen Sie zu mir ins Büro, am besten gleich.«

»Ja, Sir. Nur, ich habe Ihren Namen nicht richtig …«

»Und sagen Sie O'Neal, dass jemand aus meiner Abteilung in wenigen Minuten unten bei Ihnen sein wird. Es gibt Klagen über eine ziemlich laxe Handhabung bei der Aktenverwaltung, der Sache wollen wir nachgehen.«

»Ja, Sir, natürlich. Aber …«

Smitback legte den Hörer auf und merkte, als er das Telefon zurückgeben wollte, dass die hilfsbereite ältere Dame ihn mit unverhohlenem Misstrauen musterte. Und da fragte sie auch schon in spitzem Ton: »Finden Sie nicht selbst, Professor, dass das ein recht merkwürdiges Telefonat war?«

Smithback bedachte sie mit einem fröhlichen Grinsen und flüsterte ihr zu: »Das war nur ein kleiner Scherz unter alten Kollegen. Er hat mich auch schon oft mit solchen Anrufen reingelegt. Sie kennen das ja, man muss hin und wieder ein bisschen Pfeffer in den tristen Alltag bringen, nicht wahr?«

Die Miene des alten Mädchens hellte sich schlagartig auf, für eine fröhliche Auflockerung des Arbeitsalltags hatte sie volles Verständnis. Ihr schelmisches Zwinkern signalisierte dem vermeintlichen Professor, dass er auf ihre Verschwiegenheit bauen konnte.

Smithback hatte fast ein schlechtes Gewissen, als er sich auf den Rückweg ins Untergeschoss machte, wo ihm kurz vor der Abteilung »Alte Dokumente« jemand mit betröpfelter Miene entgegenkam, dem Sturmschritt nach vermutlich Bulger. In der Personalabteilung war die Zahl der Mitarbeiter Legion, der brave Wachmann würde, den Hin- und Rückweg mitgerechnet, gut und gern eine halbe Stunde brauchen, bis er sich durchgefragt und zu guter Letzt festgestellt hatte, dass es dort keinen Mr. Hrumrehman gab. Die Zeit, die Smithback blieb, war nicht allzu üppig bemessen, aber da er sich in den Archiven des Museums auskannte, war er zuversichtlich, die gesuchten Unterlagen ziemlich rasch aufzuspüren.

Er holte tief Luft, setzte eine gewichtige Miene auf und klopfte an. Der zweite Wachmann war offensichtlich vorgewarnt, er riss sofort die Tür auf, starrte Smithback verschüchtert an und konnte sein Glück kaum fassen, als der gefürchtete Besucher aus der Personalabteilung ihm zu seiner namenlosen Überraschung die Hand schüttelte.

»Hallo, O'Neal, ich bin Maurice Fannin von der Personalabteilung. Man hat mich hier runtergeschickt, um das eine oder andere zu klären.« Smithback drückte sich an dem Wachmann vorbei und musterte die alten Metallschränke, den Tisch mit den beiden schmuddeligen Kaffeebechern und den randvoll mit Zigarettenkippen gefüllten Aschenbecher. »Eine ziemliche Schlamperei, würde ich sagen.«

O'Neal sah ihn stumm und bedrückt an.

Smithback erwiderte den Blick mit eisiger Schärfe. »Ich glaube, wir müssen Ihren Bereich in Zukunft regelmäßig unter die Lupe nehmen. So viel kann ich Ihnen jetzt schon sagen: Sehr erfreulich sieht das nicht aus.«

O'Neal schrumpfte förmlich zusammen. »Tut mir Leid, Sir. Aber eigentlich sollten Sie darüber mit meinem Vorgesetzten reden, Mr. Bulger.«

»Mit dem haben wir sowieso ein Wörtchen zu reden, verlassen Sie sich drauf«, sagte Smithback streng und blickte sich weiter um. »Wann haben Sie zum letzten Mal die Aktenbestände auf Vollständigkeit überprüft, O'Neal?«

»Äh – auf Vollständigkeit? Ich weiß nicht, wie Sie das meinen, Sir. So was hat Bulger nie erwähnt.«

»Sehen Sie, O'Neal, das ist es, was ich meine: Sie gehen das hier unten sehr lasch an. Wir werden künftig eine monatliche Prüfung durchführen.« Smithback schlenderte an den Aktenschränken entlang und versuchte scheinbar beiläufig, ein Schubfach aufzuziehen.

»Das ist abgeschlossen, Sir«, sagte O'Neal.

»Das merke ich, ich bin doch nicht blöd«, raunzte Smithback ihn an. »Wo ist der Schlüssel?«

»Dort im Schlüsselschrank.« Der Wachmann deutete auf ein Wandschränkchen, aber dann fiel bei ihm der Groschen. »Äh – und den Schlüssel dazu habe ich hier an der Kette.« Er machte schon Anstalten, das Schränkchen aufzuschließen, aber Smithback winkte ab, er wollte sich erst einen Überblick verschaffen.

Aha, die Schränke waren nach Jahrgängen sortiert, beginnend mit 1865, dem Gründungsjahr des Museums, das betreffende Jahr konnte auf einem Aufkleber an der Schranktür abgelesen werden. Bei Einhaltung aller Vorschriften hätte er als hausfremder Interessent einen Antrag auf Einsichtnahme stellen müssen, und da so etwas über die Schreibtische aller zuständigen Kuratoren lief, wäre er bis zur Erteilung einer schriftlichen Genehmigung alt und grau geworden. Was wieder einmal bewies, dass sich kleine Schwindeleien und forsches Auftreten auszahlen.

Er klopfte mit dem Knöchel gegen eine Schranktür, die mit dem Jahr 1880 gekennzeichnet war. »Nehmen wir zum Beispiel diese hier … wann wurde da zum letzten Mal eine Bestandskontrolle gemacht?«

»Soweit ich weiß, nie, Sir.«

»Nie?« Smithback sah O'Neal fassungslos an. »Na schön, worauf warten Sie noch?«

O'Neal eilte zu dem Wandschränkchen, suchte den Schlüssel heraus und schloss den Aktenschrank auf.
»So«, sagte Smithback, »nun zeige ich Ihnen mal, wie man eine Bestandskontrolle macht.« Er zog ein Schubfach auf, blätterte unter beträchtlicher Staubentwicklung die Hängeordner durch und widmete seine Aufmerksamkeit dann der gelben Karte, auf der die zu den Ordnern gehörenden Namen in alphabetischer Reihenfolge, relevante Daten und gegebenenfalls Querverweise vermerkt waren. Wunderbar. Dem Himmel sei Dank, dass Sankt Bürokratius schon in frühen Jahren die Museumsmitarbeiter zu segensreicher Pedanterie beflügelt hatte!
»Sehen Sie, man fängt mit der Indexkarte an.« Er zog die gelbe Karte heraus und wedelte mit ihr vor dem Gesicht des verdutzten Wachmanns herum. O'Neal nickte gottergeben.
»Auf ihr sind sämtliche Hängeordner in diesem Schrank verzeichnet. Dann prüfen Sie nach, ob alle Ordner da sind, und damit ist die Bestandskontrolle erledigt. Das ist doch ganz einfach, oder?«
»Ja, Sir.«
Smithback überflog die Namen auf der gelben Karte. Verdammt, kein Leng dabei! Er steckte die Karte zurück und drückte das Schubfach wütend zu.
»Gut, nehmen wir uns 1879 vor. Aufschließen, bitte!«
Diesmal überflog Smithback gleich die Indexkarte. »Ich rate Ihnen, O'Neal, künftig beim Umgang mit diesen Unterlagen sorgfältiger vorzugehen. Das sind unersetzliche Akten von historischem Wert.« Verdammt, wieder kein Leng! »Nächster Schrank, Schubfach '78.«
»Sofort, Sir.«
Smithback ließ sich einen Schrank nach dem anderen öffnen, doch das Ergebnis war jedes Mal eine Enttäuschung. Bis er endlich in dem Schrank mit dem Aufkleber *1870* auf den Namen Leng stieß. Sein Herzschlag beschleunigte sich. Er blätterte in Windeseile die Hängeordner durch, bei denen

die Namen mit L begannen. Er nahm sich viel Zeit, ging die Ordner mit Ls dreimal durch, aber die Unterlagen über Leng fehlten.

Smithback kam sich vor, als wäre ihm der Boden unter den Füßen weggezogen worden. Und dabei war es doch so eine gute Idee gewesen!

Er kam aus der Hocke hoch, sah den Wachmann an und machte eine müde Handbewegung. Seine ganze Mühe war umsonst gewesen. Welche Energieverschwendung, den armen Wachmann so zu erschrecken. Wie auch immer, jetzt musste er zusehen, rechtzeitig Leine zu ziehen, bevor Bulger zurückkam – vermutlich mit einer Mordswut im Bauch und entsprechend streitlustig.

»Sir?«, meldete O'Neal sich zaghaft zu Wort.

Smithback schob das Schubfach zu und warf einen Blick auf seine Armbanduhr. »Ich muss wieder hoch, machen Sie hier allein weiter. Sie sind ein aufgeweckter Bursche, ich weiß, dass Sie das hinkriegen.« Sprach's und wandte sich zum Gehen.

»Mr. Fannin?«, nahm O'Neal einen neuen Anlauf.

Im ersten Moment fühlte Smithback sich nicht angesprochen, bis ihm einfiel, dass er sich so vorgestellt hatte. »Ja, was ist denn?«

»Müssen die Ordner mit den alten Kopien auch auf Vollständigkeit überprüft werden? Ich meine, weil die doch hinten im Tresorraum aufbewahrt werden.«

Smithback sah ihn verdutzt an, dann berappelte er sich. »Äh – ja, natürlich. Gut, dass Sie mich daran erinnern, die hatte ich ganz vergessen. Zeigen Sie mir den Tresor.«

O'Neal führte ihn zu dem altmodischen Stahlkoloss. Smithbacks Hoffnungen schrumpften auf ein Minimum zusammen, er kam sich vor wie angesichts von Fort Knox. »Können Sie ihn öffnen?«

»Er ist gar nicht verschlossen. Die wichtigen Unterlagen werden ja jetzt im Sicherheitsbereich aufbewahrt.«

»Ich verstehe. Was liegt denn drin?«

»Fotokopien der Akten, die wir vorn aufbewahren.«
»Gut, werfen wir einen Blick hinein!«
O'Neal wuchtete die schwere Tür auf. Smithback sah verblüfft, dass das Ungetüm eher einer begehbaren Panzerkammer als einem Tresor glich. Es war bis zur Decke mit gestapelten Stahlkassetten voll gestopft.
»Also gut, sehen wir uns mal die Unterlagen aus dem Jahr … sagen wir: 1870 an.«
O'Neal musste einen Augenblick suchen, dann deutete er auf eine Kassette. »Die liegen dort, Sir.«
Smithback zog die Kassette mit dem Aufkleber *1870* aus dem Stapel und klappte den Deckel auf. Randvoll mit Fotokopien aus der Frühzeit der Bürotechnik: glatte, glänzende Bogen, die einen ähnlichen Braunstich wie alte Fotos angenommen hatten. Er blätterte rasch den Inhalt der Kassette durch, bis er bei den Namen mit L angekommen war.
Na also, wer sagt's denn? Enoch Lengs Sicherheitsüberprüfung samt der abschließenden Zugangsgenehmigung!
Er drehte sich so, dass er O'Neal den Rücken zuwandte, nahm blitzschnell die Bogen aus der Kassette, täuschte, um das Knistern zu übertönen, wieder einen Hustenanfall vor, ließ die Papiere mit einer geschickten Handbewegung unauffällig in der Innentasche seiner Jacke verschwinden und schob sich rückwärts aus der Panzerkammer.
»Das macht alles einen sehr ordentlichen Eindruck, O'Neal. Was aber nicht heißt, dass regelmäßige Bestandskontrollen überflüssig wären. Trotzdem, ich habe den Eindruck, dass Sie Ihre Sache gut machen.« Nach einem dramatischen Seufzer fügte er bekümmert hinzu: »Ich wünschte, ich könnte das auch von Bulger behaupten, aber … Wissen Sie, manche Leute haben eben einfach keine Manieren.«
»Da haben Sie Recht, Sir. Danke, Sir.«
»Also, einen schönen Tag noch, O'Neal.« Und damit trat Smithback eilends den Rückzug an.
Keine Minute zu früh, denn draußen auf dem Flur kam ihm

bereits Bulger entgegen: mit hochrotem Gesicht, beide Daumen in die Gürtellaschen gehakt, das Kinn aggressiv nach vorn gereckt, offensichtlich wütend wie ein gereizter Stier. Kein Zweifel, mit dem Mann war nicht gut Kirschen essen. Nur, das hatte Smithback auch gar nicht vor, ihm lag nur daran, so schnell wie möglich den nächsten Ausgang zu erreichen und sich klammheimlich zu verdrücken. Irgendwie wurde er das unheimliche Gefühl nicht los, die drei geklauten Bogen könnten ihm sozusagen zur Strafe für seinen dreisten Frevel ein großes Loch in das Futter seiner Jacke brennen.

Das düstere alte Haus

1

Zurück auf der Straße und vor etwaigen Verfolgern sicher, eilte Smithback durch den Eingang an der Siebenundsiebzigsten in den Central Park und ließ sich auf einer Bank am See nieder. Über ihm wölbte sich ein klarer Himmel, die Herbstsonne spendete angenehme Wärme, das Farbenspiel des Indian Summers war prachtvoll. Er pumpte sich die laue Luft in die Lungen und sonnte sich in dem Gedanken, dass er wieder einmal seine brillanten Fähigkeiten als Reporter unter Beweis gestellt hatte. Bryce Harriman wäre das nie und nimmer gelungen, nicht mal wenn er mit allen Tricks der Welt gearbeitet und sich ein Jahr Zeit genommen hätte. Und so zog er voller Vorfreude die nach Staub und irgendeiner undefinierbaren Chemikalie riechenden Bogen aus der Jackentasche.

Die braunstichige Kopie war verblasst und schwierig zu lesen. Auf dem Deckblatt stand in großen Buchstaben:

Applikation für den Zugang zu Sammlungen und Unterlagen des New York Museum of Natural History

Antragsteller: Enoch Leng, Dr. rer nat. (Oxon), O. B. E., E. R. S. et cetera
Vorsitzender der Prüfungskommission: Prof. Tinbury McFadden, mammalogische Abteilung
Beisitzer: Prof. Augustus Spragg, ornithologische Abteilung

Der Applikant wird ersucht, dem Comitee in kurzen Worten die Gründe für seinen Antrag zu nennen:
Er legt dar, dass er für Forschungszwecke, Klassifizierungen und Essays über physikalische Anthropologie sowie die Osteologie und Phrenologie des menschlichen Körpers um Zugang zu den anthropologischen und mammalogischen Sammlungen und Unterlagen bittet.

Der Applikant wird ersucht, unter Angabe von Daten seine akademischen Qualifikationen, Graduierungen und Auszeichnungen darzulegen:
Er hat am Oriel College in Oxford das Artium Baccalaurei summa cum laude abgelegt und am New College in Oxford, wiederum summa cum laude, zum Doktor der Naturwissenschaften promoviert. 1865 wurde er zum Mitglied der Royal Society gewählt, 1868 in den Club der White's aufgenommen und 1869 mit dem Order of the Garter ausgezeichnet.

Der Applikant wird ersucht, seinen festen Wohnsitz sowie gegebenenfalls andere, regelmäßig genutzte Räumlichkeiten zu benennen. Er macht die nachstehenden Angaben:
Prof. Enoch Leng
891 Riverside Drive, New York
sowie:
Forschungslabor p. A.
Shottums Kabinett der Naturwunder und Kuriositäten,
Catherine Street, New York

Der Applikant wird ersucht, dem Museum eine Liste seiner bisherigen Publikationen zu übergeben (siehe Anlage) und jährlich mindestens zwei noch unveröffentlichte wissenschaftliche Aufsätze zum Abdruck in Periodika des Museums zur Verfügung zu stellen.

Smithback blätterte die Bogen durch, stellte aber fest, dass er ausgerechnet die – möglicherweise besonders aufschlussreiche – Anlage nicht mitgenommen hatte. Also musste er sich wohl oder übel mit dem Applikationsprotokoll begnügen, das nur noch wenige abschließende Zeilen enthielt:

Dr. Enoch Leng wird hiermit bestätigt, dass ihm freier Zugang zu den Sammlungen und zur Bibliothek des New York Museum of Natural History gewährt wurde.

27. März 1870
Der Vorsitzende: Tinbury McFadden
Gegengezeichnet: E. Leng

Smithback fluchte leise in sich hinein. Er fühlte sich um die Früchte seiner Mühe betrogen. Der Inhalt der drei Seiten, die er hatte, war dünn, sehr dünn. Jammerschade, dass Leng seine akademischen Ehren nicht in Amerika erworben hatte, sonst wäre es viel einfacher gewesen, die Angaben nachzuprüfen. Smithback konnte höchstens versuchen, in Oxford anzurufen, um zu sehen, ob man Leng dort überhaupt kannte. Die Liste seiner Publikationen wäre eine große Hilfe gewesen, zumal sich solche Angaben wesentlich einfacher überprüfen ließen. Aber an die verdammte Liste kam er jetzt nicht mehr ran. Hol's der Geier!

Er vergewisserte sich noch einmal, dass er wirklich nichts übersehen hatte. Nein, kein altes Foto, kein Lebenslauf, keine Geburtsurkunde. Das einzig Brauchbare war die New Yorker Adresse. Verdammt und zugenäht!

Andererseits, die Adresse war doch genau das, wonach Nora suchte, und zwar bisher vergeblich. Er witterte die Chance für einen Friedensschluss.

Im Geiste stellte er sich die Örtlichkeiten vor. Achthunderteinundneunzig Riverside musste in einem der Randbezirke liegen, wahrscheinlich in Harlem. Dort gab es nahe dem Flussufer noch viele alte Villen und Bürgerhäuser, die meisten standen allerdings leer oder waren in Wohnungen aufgeteilt worden. Sicher, es war nicht auszuschließen, dass Lengs Haus schon vor langer Zeit abgerissen worden war, aber genauso gut war es möglich, dass es noch stand – ein unwiderstehliches Motiv für jeden Pressefotografen, vor allem, wenn es heruntergekommen und baufällig aussah. Dabei fiel ihm ein, dass Leng auf dem Grundstück oder im Keller vielleicht einige seiner Opfer verscharrt hatte. Der Knüller wäre natürlich, wenn auch Lengs Leiche irgendwo in dem alten Haus vor sich hin moderte. Das wäre was für O'Shaugnessy, würde Nora helfen und seinem Artikel geradezu die Krone aufsetzen: »*Times*-Reporter findet die Leiche von Amerikas erstem Serienmörder.« Zugegeben, vorläufig waren das alles nur Spekulationen, aber …

Er warf einen Blick auf die Uhr. Schon fast eins.

Himmeldonnerwetter, es war zum Haareausraufen! Da hatte er sich nun alle möglichen Tricks einfallen lassen, und letztendlich war nicht mehr dabei herausgekommen als eine Adresse. Na gut, so viel Mühe machte es nun auch wieder nicht festzustellen, ob das alte Haus noch stand; mehr als ein, zwei Stunden konnte ihn das nicht kosten.

Er verstaute die Kopien wieder in der Innentasche seiner Jacke und schlenderte zum Westausgang hinüber. Einem Taxi zu winken hatte sicher keinen Zweck, die Jungs weigerten sich gewöhnlich, Fahrgäste in anrüchige Randbezirke zu kutschieren. Und zurück fand er erst recht kein Taxi. Aber auf einen Fußmarsch über das unsichere Pflaster von Harlem hatte er schon gar keine Lust, selbst bei diesem schönen Wetter nicht. Am besten war es wahrscheinlich, einen Wagen zu mieten. Die *Times* hatte mit Hertz ein spezielles Arrangement getroffen, und an der Columbus, nicht weit von hier, gab es eine Agentur.

Zudem hatte er sich überlegt, dass es, falls das Haus noch stand, nichts schaden konnte, einen Blick ins Innere zu werfen und sich unauffällig ein wenig bei den jetzigen Mietern umzuhören, dabei erfuhr man manchmal interessante Details. So was konnte sich freilich leicht bis in die Dunkelheit hinziehen. Und damit stand seine Entscheidung fest: Er würde sich einen Mietwagen nehmen.

Eine Dreiviertelstunde später saß er in einem silberfarbenen Taurus und fuhr die Central Park West hinauf. Sein Optimismus war zu neuem Leben erwacht. Die Chance, dass aus seinen Recherchen eine große Story wurde, war noch nicht vertan. Am besten, er sah sich zunächst das Haus an, ging gleich morgen früh in die New York Public Library und versuchte, in deren Archiv irgendwelche Veröffentlichungen von Leng auszugraben. Vielleicht fanden sich auch in den Polizeiakten Hinweise auf ungewöhnliche Vorkommnisse in der Nähe von Riverside Drive Nummer achthunderteinundneunzig, wobei er sich natürlich auf die aus der Zeit, zu der Leng noch gelebt hatte, konzentrieren würde.

O ja, es gab eine Menge Spuren, denen er nachgehen konnte. Möglicherweise stellten Lengs Untaten sogar Jack the Ripper in den Schatten; immerhin gab es eindeutige Ähnlichkeiten zwischen den beiden. Sobald er genügend Fakten gesammelt hatte, bedurfte es nur noch einer guten Feder, um ein Sittengemälde zu Papier zu bringen, bei dem es den Lesern kalt über den Rücken lief.

Wieso dachte er eigentlich nur an einen Artikel? Aus der Sache konnte glatt sein nächstes Buch werden! He, alter Junge, vielleicht winkt dir diesmal der Pulitzerpreis, der dir bis jetzt jedes Mal durch die Lappen gegangen ist? Und was noch mehr ins Gewicht fiel – gut, sagen wir: was ihm genauso wichtig war –, er konnte endlich das Verhältnis zu Nora reparieren. Zumindest ersparte er ihr und Pendergast Irr- und Umwege, bei denen sie sich höchstens schief gelatschte Absätze holten. Wie er's auch drehte und wendete, unter dem Strich lohnte sich der Abstecher zum Riverside Drive allemal.

Am Ende des Parks bog er nach Westen ab, in den Cathedral Parkway, und dann nach Norden, zum Riverside Drive. Von dort zur Hundertfünfundzwanzigsten Straße fuhr er im Schneckentempo, weil er in Ruhe die Hausnummern der alten, inzwischen in Mietwohnungen aufgeteilten Villen studieren wollte. Sechshundertsiebzig, siebenhunderteins. Weitere zehn Häuserblocks glitten vorbei. Das aufregende Prickeln wurde mit jeder Straßenecke größer.

Und plötzlich blieb sein Blick wie gebannt an der Hausnummer achthunderteinundneunzig hängen: Er war am Ziel,

das alte Haus stand noch. Enoch Lengs Haus – er konnte sein Glück kaum fassen.
Er nahm sich, ehe er an der nächsten Straßenecke rechts abbog, genug Zeit, um sich das äußere Erscheinungsbild einzuprägen. Es war eine alte Beaux-Art-Villa mit einem von Säulen getragenen Eingang und barock anmutenden Verzierungen; über der Tür prangte sogar ein Wappen. Das Haus stand, von der Straße aus gesehen, ein Stück zurückversetzt, auf einem großen dreieckigen Grundstück, das mit der Spitze bis zum Flussufer reichte. Nach einem in Wohnungen aufgeteilten Haus sah es nicht aus, keine Klingelleisten, die Fenster im Erdgeschoss waren mit Brettern vernagelt und mit Aluminiumbeschlägen gesichert. Anscheinend war das Haus wie so viele am Drive aufgegeben worden, weil eine Renovierung oder ein Abriss zu teuer gekommen wäre. Meistens waren die Besitzer mit den Steuern im Rückstand, sodass die Häuser irgendwann in den Besitz der Stadt übergingen, und die kümmerte sich nur um das Nötigste.
Er rutschte auf den Beifahrersitz, weil er von dort eine bessere Sicht hatte. Die Fenster der oberen Stockwerke waren nicht verbrettert, trotzdem konnte er keine eingeschlagenen Scheiben ausmachen. All das passte zu seiner Vorstellung: Das Haus war der ideale Unterschlupf für einen Massenmörder. Im Geiste sah er schon das Foto auf der Titelseite der *Times* und sich selbst als einzigen Augenzeugen einer groß angelegten Polizeirazzia, bei der überall verweste Leichen gefunden wurden. Und ihm, William Smithback jr., war es zu verdanken, dass endlich Licht in dieses schaurige Dunkel gekommen war. Die Sache gefiel ihm von Minute zu Minute besser.
Also, wie ging es nun weiter? Ein kurzer Blick durch eines der Fenster war ja wohl das Mindeste. Vorausgesetzt, er fand einen Parkplatz. In der schmalen Zufahrtsstraße konnte er den Wagen auf keinen Fall abstellen.
Er fuhr noch einmal langsam ums Karree und versuchte dann sein Glück am Flussufer. Weit und breit keine Parkmöglich-

keit. Kaum zu glauben, wie viele Autos es in so einer ärmlichen Gegend gab – die meisten natürlich alte Rostlauben mit frisierten Motoren und großen, knallbunten Lautsprechern im Fond. Als er lange genug gesucht hatte, quetschte er den Taurus verbotswidrig schräg in eine schmale Lücke, stieg aus und machte sich notgedrungen, da er neun Blocks von seinem Ziel entfernt war, zu Fuß auf den Weg, obwohl er sich eigentlich vorgenommen hatte, genau das in diesem unsicheren Viertel zu vermeiden.

Er ging die Hundertsiebenunddreißigste Straße hoch, auf der Höhe der Zufahrt verlangsamte er seinen Schritt, damit er sich das Haus so unauffällig wie möglich noch einmal aus der Nähe ansehen konnte.

Es war zu seiner Glanzzeit bestimmt ein prächtiges Anwesen gewesen: vierstöckig, Ziegelstein, mit Marmor abgesetzt, das Dach schiefergedeckt, die Mansarden mit Türmchen verziert und mit hübschen ovalen Fenstern herausgeputzt. Die Fenster des Obergeschosses blickten auf den Hudson und die Büros der Wasserschutzbehörde. Zur Straßenseite hin war das Grundstück mit einem hohen schmiedeeisernen Zaun umgeben, aber so gefährlich die aufragenden Spitzen auch wirken mochten, lange würde der Zaun dem Rost nicht mehr trotzen; an einigen Stellen sah er bereits aus wie ein schadhaftes Gebiss. Überall waren Laubhaufen angeweht, dazwischen lag jede Menge Abfall.

Smithback verspürte ein leichtes Schaudern, als er die schmale Straße überquerte und – wohl wissend, dass er unerlaubt in ein fremdes Grundstück eindrang – die Zufahrt hinaufschlenderte. Die Hausmauer war mit Graffiti besprüht, nicht mal den Marmor hatten die Banausen verschont. Links von Smithback, halb hinter einem Haufen von Gartenabfällen versteckt, gab es eine massiv aussehende, ebenfalls mit Graffiti besprühte Tür aus Eichenholz, ohne Fenster, nicht mal einen Türspion konnte er entdecken. Sie lag ein Stück abseits der Zufahrt, aber irgendwie – er hätte nicht erklären können,

wieso – hatte er den Eindruck, dass diese Tür immer noch benutzt wurde.
Er ging, dicht an der Hausmauer entlang, bis zum Ende der Zufahrt. Es stank widerlich nach Urin und Fäkalien. Irgendjemand hatte direkt neben die Tür einen Plastikbeutel mit schmutzigen Windeln geworfen, nicht weit davon lagen Küchenabfälle herum, von streunenden Hunden und Ratten zerwühlt. Wie aufs Stichwort tauchte aus dem Abfallhaufen eine große, fette Ratte auf, beäugte ihn ein paar Sekunden lang frech und verschwand wieder in den Abfällen.
Erst jetzt bemerkte er, dass es links und rechts der Haustür zwei schmale ovale Fenster gab. Sie waren zwar mit Aluminiumplatten gesichert, aber die ließen sich vielleicht aufhebeln. Er versuchte sein Glück, doch die Platten gaben keinen Zentimeter nach. Er fand keine Ritzen oder Stellen, an denen sie hohl auflagen, sodass er sie nicht zur Seite oder nach oben biegen konnte. Das Haus war besser gesichert, als er gedacht hatte – eine kluge Vorsorge, die vielleicht noch aus Lengs Lebzeiten stammte.
Smithback fragte sich einmal mehr, ob er im Inneren nur auf die Habseligkeiten des einstigen Hausherrn oder womöglich auch auf die sterblichen Überreste seiner Opfer stoßen würde. Es reizte ihn sehr, heimlich ein bisschen in dem düsteren alten Haus herumzustöbern. Denn wenn erst mal die Polizei eingeschaltet war und alles durchsuchte, bekam er dazu bestimmt keine Gelegenheit mehr.
Er warf einen Blick nach oben. Von seiner Exkursion mit Nora in die Cañons von Utah hatte er einige Erfahrung im Felsklettern. Er trat zwei, drei Schritte zurück und suchte die Hausfassade ab. Es gab jede Menge Simse und Verzierungen, an denen er Halt finden konnte; von der Straße aus hatte er das nicht so deutlich erkennen können. Mit einem bisschen Glück musste er es schaffen, sich bis zu einem der Fenster im ersten Stock hochzuarbeiten.
Was war schon dabei? Er wollte ja nicht einbrechen, nur mal

einen Blick durch die Scheibe werfen. Er drehte sich um und suchte die Umgebung ab. Überall Friedhofsstille, nirgendwo rührte sich etwas, nicht mal vorne auf der schmalen Straße. Er rieb sich die Hände, bis sie schön geschmeidig waren, dann stemmte er die Spitze des linken Schuhs in eine Vertiefung und fing zu klettern an.

2

Captain Custer schielte auf die Wanduhr in seinem Dienstzimmer. Gott sei Dank, gleich Mittag! In seinem Magen rumpelte es wie Donnergrollen, er wünschte sich nichts sehnlicher, als endlich in *Dilly's Deli* vor einer doppelten Portion Cornedbeef und einem Sandwich mit Schweizer Käse und Majonäse zu sitzen. Nervosität löste bei ihm immer Hungergefühle aus, und heute war er nervös, verdammt nervös sogar.

Nicht mal achtundvierzig Stunden war es her, dass der Commissioner ihn mit den Ermittlungen zu den so genannten »Chirurgen«-Morden betraut hatte, und schon klingelte alle naslang das Telefon. Der Bürgermeister, der Commissioner – jeder wollte von ihm Neuigkeiten hören. Die drei Morde hatten die ganze Stadt in Unruhe versetzt, man konnte fast schon von Panik reden. Aber woher sollte Custer nach achtundvierzig Stunden bahnbrechende neue Erkenntnisse nehmen? Aber so lief das eben, die Zeitungsartikel über die Leichenfunde in der Doyers Street hatten ihm eine kurze Atempause verschafft, und jetzt war die Schonfrist vorüber, alle wurden wieder ungeduldig. Dabei arbeiteten sage und schreibe fünfzig Detectives an dem Fall und gingen jeder noch so vagen Spur nach. Nur, gebracht hatte es bisher nichts, das musste Custer einräumen. Er knurrte wie ein gereizter Kettenhund. Lauter Nichtskönner und Versager! Und sein Magen knurrte prompt mit.

Es war zum Mäusemelken, alle übten Druck auf ihn aus. Er

fühlte sich wie einer, der im Dampfbad schwitzt und kein Handtuch hat. Wenn das bei der Bearbeitung von Mordfällen jedes Mal so war, konnte er getrost darauf verzichten.

Wieder ein Blick auf die Uhr. Noch fünf Minuten. Den Lunch nie vor zwölf Uhr einzunehmen war für ihn eine Frage der Selbstdisziplin. Und Disziplin war nun mal für einen Dienststellenleiter oberstes Gebot. Ein Police Officer darf sich nicht gehen lassen.

Er hatte noch im Ohr, was Rocker in der Doyers Street zu ihm gesagt hatte. »Ich erwarte, dass Sie sich mit aller Energie den neuen Morden zuwenden. Knien Sie sich richtig rein, fassen Sie den Mörder!« Der Commissioner wusste eben, was er von einem Mann mit seinen Fähigkeiten erwarten durfte.

Der Minutenzeiger rückte einen Strich vor.

Vielleicht muss ich noch mehr Männer auf die drei Mordfälle ansetzen?, überlegte Custer. Vor allem bei dem Mord im Archiv des Museums konnte eine personelle Aufstockung nichts schaden. Der Museumsmord war nun mal der jüngste, also konnten sie bei ihm am ehesten auf frische Anhaltspunkte hoffen. Diese Archäologin, die die Leiche des Archivars gefunden hatte – ein kühles Luder, wie hieß sie noch mal? –, war ziemlich zugeknöpft gewesen. Wenn er sie dazu bringen konnte …

Und plötzlich – genau in dem Augenblick, als der Sekundenzeiger auf die Zwölf rutschte – kam ihm ein Geistesblitz.

Das Museum. Das Archiv. Die Archäologin …

Es war so nahe liegend, so überzeugend, dass es den Gedanken an das Cornedbeef verdrängte. Fürs Erste zumindest.

Er ging in Gedanken die Argumente durch, die dafür sprachen, das Museum zum Schwerpunkt der Ermittlungen zu machen.

Ad eins, die beiden ersten Morde waren in der Nähe des Museums begangen worden, für den dritten Mord hatte der »Chirurg« sich das Museum sogar als Tatort ausgesucht.

Ad zwei, diese Archäologin (jetzt fiel's ihm wieder ein: Nora Kelly hieß sie) arbeitete im Museum.

Ad drei, der Brief, durch den Leng belastet wurde, war im Archiv des Museums gefunden worden. Wobei die Frage offen blieb, wie dieser Smithback davon Wind bekommen hatte.
Ad vier, wieder ein verdächtiger Umstand: Wer hatte diesem FBI-Agent erlaubt, den Brief – vorgeblich zur näheren Untersuchung – aus dem Archiv mitzunehmen? Kein Geringerer als der Museumsdirektor Collopy, der senile alte Trottel.
Ad fünf – Fairhaven. Der Baulöwe saß im Aufsichtsrat des Museums.
Ad sechs, wie war das mit diesem Massenmörder aus dem neunzehnten Jahrhundert gewesen? Hatte der nicht enge Beziehungen zum Museum unterhalten?
Ad sieben, warum war ausgerechnet Puck, der Archivverwalter, ermordet worden? Weil er in seinen verstaubten Unterlagen irgendetwas Wichtiges entdeckt hatte.
Wie er's auch drehte und wendete, immer wieder stieß er auf das Museum, alle Fäden liefen dort zusammen.
Custer wunderte sich selber, wie reibungslos sein Gehirn plötzlich arbeitete, die möglichen Schlussfolgerungen drängten sich ihm nur so auf. Die Zeit war reif für einen großen, entscheidenden Schlag. Er würde schon dahinter kommen, worüber Puck in seinem Archiv gestolpert war. Und wenn er das herausfand, würde es ihn direkt zu dem Mörder führen.
Er durfte keine Zeit verlieren, nicht eine Minute.
Custer stemmte sich aus dem Schreibtischsessel hoch und drückte den Knopf der Wechselsprechanlage. »Noyes? Kommen Sie sofort zu mir!«
Der Mann stand unter der Tür, bevor Custer noch den Finger von der Taste genommen hatte.
»Ich möchte die besten zehn Detectives, die an dem ›Chirurgen‹-Fall arbeiten, zu einem vertraulichen Briefing in meinem Büro sehen. In einer halben Stunde, klar?«
»Ja, Captain.« Noyes erlaubte sich, leicht die Augenbrauen zu heben, achtete aber geflissentlich darauf, dass Custer aus

seiner Miene keinen Zweifel an der Zweckmäßigkeit der Maßnahme lesen konnte.

»Ich hab's nämlich, Noyes. Ich weiß jetzt, wo wir ansetzen müssen.«

Noyes hörte verdutzt auf, seinen Kaugummi zu kauen. »Sir?«

»Der Schlüssel zu dem ›Chirurgen‹ ist das Museum. Dieser Schlüssel liegt in dem Archiv verborgen. Vielleicht stoßen wir dort sogar auf den Mörder. Wer weiß, ob der Kerl nicht zu den leitenden Mitarbeitern des Museums gehört.« Custer griff nach seiner Jacke. »Wir werden so rasch und hart zuschlagen, dass denen nicht mal Zeit bleibt zu kapieren, welcher Sturm da plötzlich über sie hereinbricht.«

3

Smithback arbeitete sich, jedes Sims und jeden Vorsprung nutzend, langsam an der Hauswand hoch, auf die Steinbrüstung der Fenster im ersten Stock zu. Die Klettertour gestaltete sich schwieriger als erwartet, er hatte sich bereits eine aufgeschrammte Wange und Quetschungen an einem Finger eingehandelt. Ganz davon zu schweigen, dass er sich die handgenähten, zweihundertfünfzig Dollar teuren italienischen Schuhe ruiniert hatte. Mal sehen, vielleicht kam die *Times* für den Schaden auf. Im Augenblick hatte er allerdings ganz andere Sorgen. Irgendwie kam er sich, als er so mit gespreizten Beinen und nach oben gereckten Armen an der Hausmauer hing, wie eine traurige Witzfigur vor. Ob es nicht doch einfachere Wege gab, den Pulitzerpreis zu gewinnen? Er klammerte sich an der Brüstung fest, aktivierte alle Kräfte und zog sich ächzend hoch. Als er sich einen Moment ausgeruht hatte und wieder zu Atem gekommen war, warf er einen Blick nach unten. Die Straße lag still und leer da, niemand schien etwas bemerkt zu haben.

Er konzentrierte sich auf die hohe, dreifach unterteilte Fensterscheibe. Das Zimmer, das dahinter lag, war stockdunkel und offenbar völlig leer. Das heißt, in dem schwachen Licht, das von außen hineinfiel, meinte er wabernde Staubfäden zu sehen, und es war ihm auch, als könne er weiter hinten eine geschlossene Tür ausmachen.

Ein bisschen spärlich, gestand er sich ein. Aber wenn er mehr in Erfahrung bringen wollte, musste er wohl oder übel in das Haus eindringen.

Sicher war das dann ein Einbruch, aber so eng wollte er es nicht sehen. Das Haus stand schließlich allem Anschein nach seit Jahrzehnten leer. Wahrscheinlich war es längst in den Besitz der Stadt übergegangen. Und nachdem er nun schon so weit gekommen war, wäre es absurd gewesen, unverrichteter Dinge umzukehren. Im Geiste sah er schon das fassungslose Gesicht seines Herausgebers, wenn er ihm lediglich ein paar alte Fotokopien präsentierte. Dafür ließ sich die *Times* bestimmt nicht für die ruinierten Schuhe zur Kasse bitten.

Er versuchte, das Fenster aufzudrücken, aber es war, wie zu erwarten, abgeschlossen oder durch den in Jahrzehnten angesammelten Schmutz im Rahmen festgebacken. Einen Moment lang sah er unschlüssig nach unten. Nein, dem Gedanken, auf demselben Weg hinunterzuklettern, konnte er absolut nichts abgewinnen. Die Tour aufwärts war schon gefährlich genug gewesen, abwärts hätte sie sträflichen Leichtsinn bedeutet. Nur, er konnte auch nicht ewig hier hocken. Nicht auszudenken, wenn zufällig jemand vorbeikam und ihn hier oben entdeckte! So oder so, er musste einen Weg finden, um ins Haus zu gelangen. Er wollte sich ja nur mal kurz darin umsehen.

Und da sah er plötzlich den Polizeiwagen auf dem Riverside Drive. Er war noch einige Häuserblocks weit weg, kam aber – Gott sei Dank im Schneckentempo – stetig näher, die Zufahrtsstraße herauf, an der Lengs Haus lag. O verdammt. Es machte bestimmt keinen guten Eindruck, wenn die Cops ihn hier oben kauern sahen. Und Smithback blieb keine Zeit

mehr, sich ein Versteck zu suchen oder gar ungesehen nach unten zu klettern.
Er zog schnell die Jacke aus, knüllte sie zusammen, presste das Bündel fest an das untere Drittel der Scheibe und rammte mit einem Ruck die Schulter gegen das Glas. Geschafft – die Scheibe zerbarst mit einem kurzen, scharfen Knall. Smithback entfernte die scharfen Splitter und kroch durch das Loch in das Zimmer.
Als Erstes warf er einen Blick nach außen. Auf der Straße tat sich nichts, offenbar hatte niemand etwas bemerkt. Er horchte angestrengt ins Dunkel. Lautlose Stille. Die Luft roch längst nicht so abgestanden und muffig, wie er erwartet hatte, eigentlich nicht mal unangenehm – nach alten Tapeten und nach Staub. Er tat ein paar tiefe Atemzüge.
Denk an deine Story! Denk an den Pulitzerpreis! Denk an Nora! Er würde sich schnell ein bisschen umsehen und dann schleunigst wieder verschwinden.
Er wartete, bis sich seine Augen an das Halbdunkel gewöhnt hatten. Weiter hinten stand ein Bücherregal, auf dem ein einziges Buch lag. Er nahm es aus dem Regal. Es stammte aus dem neunzehnten Jahrhundert, eine wissenschaftliche Abhandlung mit dem Titel *Weichtiere;* auf dem Einband prangte eine eingeprägte goldene Muschelschale. Smithback spürte, dass sein Herzschlag sich leicht beschleunigte. Eine bibliophile Rarität. Er schlug das Buch auf, in der Hoffnung, auf dem Vorblatt Enoch Lengs Exlibris zu finden. Nichts, auch handschriftliche Anmerkungen suchte er beim flüchtigen Durchblättern vergeblich.
Er legte das Buch weg, es wurde Zeit, sich im Haus umzusehen. Also zog er die Schuhe aus, stellte sie unter das Fenster und machte sich in Socken auf den Weg zur Tür. Als er sich gerade ermahnen wollte, nur ja keinen Lärm zu machen, knarrte der Fußboden. Das hässliche Geräusch hörte sich in dem leeren Haus unheimlich laut an. Er blieb stehen und lauschte. Gottlob blieb alles still. Offenbar stand das Haus,

wie er schon vermutet hatte, leer. Anscheinend hatte es nicht einmal Stadtstreicher und Obdachlose angelockt. Aber es konnte trotzdem nichts schaden, weiter auf der Hut zu sein.
Er legte die Hand auf den Türknauf, drehte ihn so behutsam wie möglich nach links, drückte die Tür vorsichtig einen Spalt weit auf und spitzte hindurch. Rabenschwarze Finsternis. Er machte die Tür vollends auf, damit er wenigstens im Tageslicht, das durch die Fenster hereindrang, ein paar Umrisse ausmachen konnte. Vor ihm erstreckte sich ein langer Flur, die weiße Tapete mit dem Muster aus grünen Ornamenten wirkte ein wenig pompös. In den in die Wand eingelassenen Nischen hingen mit weißen Tüchern verhüllte Gemälde, da und dort schaute ein Stück von den schweren Goldrahmen hervor. Am Ende des Flurs führte eine geschwungene Marmortreppe in das undurchdringliche Dunkel des Erdgeschosses. Neben der obersten Stufe stand eine ebenfalls mit weißem Tuch verhüllte Statue.
Smithback hielt unwillkürlich den Atem an. Er kam sich vor wie ein Traumwandler. Konnte das alles Leng gehört haben? Und noch etwas machte ihn stutzig: Das Haus sah trotz der verhängten Gemälde nicht aus, als stünde es seit Lengs Tod leer.
Neugierig ging er auf eine Wandnische mit einem verhüllten Gemälde zu, während er gleichzeitig bemerkte, dass sich der Geruch irgendwie verändert hatte. Auf einmal wehten ihn nicht mehr nur Staub und Moder an, es roch unangenehm süßlich nach Verfall und Chemikalien. Vielleicht lag er gar nicht so falsch mit dem Verdacht, dass Leng die sterblichen Überreste seiner Opfer in dem Haus verscharrt hatte, eingemauert hinter schweren viktorianischen Tapeten.
Er langte nach dem weißen Tuch, mit dem das Gemälde verhüllt war. Eigentlich hatte er es nur ein Stück anheben wollen, aber der Stoff war so brüchig geworden, dass er sich bei der ersten Berührung in Staub und weiße Fasern auflöste. Smithback zuckte erschrocken zurück, doch dann überwog seine Neugier,

er trat einen Schritt näher heran. Das in düsteren Farben gehaltene Bild zeigte ein Rudel Wölfe, das in einem finsteren Walddickicht ein Reh gerissen hatte. Die detaillierte Darstellung wirkte makaber, aber der Pinselstrich und die Komposition verrieten, dass hier ein Meister am Werk gewesen war.
Neugierig geworden, ging er zu dem nächsten Gemälde. Wieder zerfiel das Tuch bei der ersten Berührung zu Staub und flockigen Fetzen. Auf dem Bild war eine Walfangszene dargestellt: der Todeskampf eines mit Harpunen gespickten Pottwals, man glaubte förmlich zu hören, wie er verzweifelt die Wellen peitschte. Die gischtende See ergoss sich, vermischt mit einem gewaltigen Blutschwall, über das kleine, wild schlingernde Boot der Walfänger.
Smithback stand wie benommen da. Er konnte sein Glück kaum fassen. Sein Entschluss, in das Haus einzudringen, erwies sich als Volltreffer. Andererseits, von Glück konnte eigentlich gar keine Rede sein, er erntete vielmehr die Früchte harter Arbeit und sorgfältiger Recherchen. Nicht mal Pendergast war es gelungen herauszufinden, wo Leng gewohnt hatte – jedenfalls bis jetzt nicht. Dieser goldene Griff sicherte ihm einen Job auf Lebenszeit bei der *Times*. Und führte vielleicht sogar dazu, dass sich sein Verhältnis zu Nora wieder einrenkte. Denn so viel war sicher: Was immer Nora und Pendergast über Enoch Leng herausfinden wollten, die Antworten fanden sie hier, in diesem düsteren alten Haus.
Er blieb stehen und lauschte angestrengt, aber unten im Erdgeschoss rührte sich nichts. Also nahm er sich die Zeit, auch die Statue zu enthüllen. Wieder riss er am weißen Tuch, das sich kurzerhand zu Staub und Fetzen auflöste. Und prallte im ersten Augenblick erschrocken zurück. Bis ihm klar wurde, dass er nicht auf eine Spukgestalt starrte, sondern nur auf einen ausgestopften Schimpansen, der mit einer Hand am Ast eines Baums schaukelte, in der anderen eine aus Wachs modellierte Frucht hielt. Motten und Ratten hatten ihm ein Teil des Gesichts weggefressen, stellenweise konnte man

durch die Löcher braun verfärbte Knochen sehen. Wirklich gut erhalten waren nur die gläsernen Knopfaugen, aus denen er Smithback mit irrem Blick anzustarren schien.
Wieder eine neue Erkenntnis. Schließlich war Leng ein sachverständiger Sammler und Mitglied des Bildungskreises gewesen. Zu seiner Zeit hatte es vermutlich zum guten Ton gehört, sich wie McFadden und viele andere Naturwissenschaftler eine eigene Sammlung zuzulegen, so etwas wie ein privates Kuriositätenkabinett. Gut möglich, dass dieser Affe zu Lengs Sammlung gehört hatte.
Smithback blieb einen Augenblick unschlüssig stehen. Sollte er es damit genug sein lassen und verschwinden? Sein Blick tastete sich die geschwungene Treppe hinunter. Unten war es dunkel, er war auf den schwachen Schimmer angewiesen, der aus dem Zimmer hinter ihm fiel. Erst als seine Augen sich ein wenig an die Lichtverhältnisse gewöhnt hatten, konnte er schemenhaft die Umrisse der großen Empfangshalle im Erdgeschoss ausmachen. Auf dem Eichenparkett lagen exotische Tierfelle, einige konnte er in dem spärlichen Licht erkennen: das von einem Zebra, von einem Löwen, von einer Säbelantilope und von einem Tiger. Ringsum standen irgendwelche Ausstellungsstücke, alle mit Tüchern verhüllt. An den Wänden reihten sich Schränkchen und Vitrinen aneinander – eindeutig eine Sammlung, und zwar nach Lage der Dinge Lengs Privatsammlung.
Smithback griff zögernd nach dem Handlauf der Treppe. Sollte er oder sollte er nicht? Ein kurzer Blick auf die Sammlung lohnte sich allemal, die Beschreibung des einen oder anderen Objekts machte sich bestimmt gut in seinem Artikel. Andererseits wurde er das Gefühl nicht los, dass das Haus nicht fast ein Jahrhundert lang leer gestanden haben konnte, dafür sah es – trotz des Staubs, des merkwürdigen Geruchs und vermutlich allen möglichen Ungeziefers – irgendwie zu gepflegt aus. Zu guter Letzt rang er sich zu dem Entschluss durch, für einige Minuten – wirklich nur ganz kurz – nach

unten zu gehen, damit er sich wenigstens ein grobes Bild davon machen konnte, was in den Schränkchen und Vitrinen lag.
Zögerlich tat er den ersten Schritt, dann noch einen … und plötzlich hörte er im Obergeschoss ein leises Klicken. Er fuhr erschrocken herum.
Niemand zu sehen, alles schien unverändert zu sein. Er starrte ein wenig ratlos nach oben, bis ihm klar wurde, was da geklickt hatte: Die Tür, durch die er aus dem Zimmer in den Flur gelangt war, musste zugefallen sein. Er atmete erleichtert auf. Du meine Güte, wie konnte er sich so ins Bockshorn jagen lassen? Dabei lag die Erklärung doch auf der Hand: Durch die eingeschlagene Scheibe war ein Luftzug ins Haus gedrungen und hatte die Tür zugedrückt.
Er suchte, weil es so dunkel war, am Handlauf Halt und tastete sich Stufe für Stufe nach unten. Am Fuß der Treppe blieb er einen Augenblick stehen, damit seine Augen sich an die Dunkelheit gewöhnen konnten. Der Geruch nach Verfall und Chemikalien kam ihm noch stärker vor.
Allmählich konnte er mehr als lediglich vage Umrisse ausmachen. In der Mitte der Eingangshalle stand ein unverhülltes Ausstellungsstück; das Tuch war offenbar so mürbe geworden, dass es von selber heruntergerutscht war. In der Dunkelheit sahen die Konturen seltsam verzerrt aus, erst als er näher herantrat, erkannte er, dass es ein versteinerter Fleisch fressender Dinosaurier war, ein ausnehmend gut erhaltenes Fundstück von vermutlich unschätzbarem wissenschaftlichem Wert. Auf dem fossilierten Fleisch sah er im flackernden Licht seines Feuerzeugs Federflaum, was die erst vor kurzem aufgestellte Theorie zu bestätigen schien, dass einige Dinosaurierarten, zum Beispiel auch der Tyrannosaurus Rex, als Relikt aus einer früheren Epoche rudimentäre Reste eines Federkleids gehabt haben. Er musste das Feuerzeug weit vorstrecken, um die Inschrift auf dem Messingschildchen lesen zu können: *Unbekannter Coeloraptor vom Red Deer River*, *Alberta*, *Kanada*.

In einer der Vitrinen lagen mehrere menschliche Schädel. Auf dem Messingschildchen entzifferte er: *Hominidenschädel aus der Swartkopje-Höhle in Südafrika.* Smithback wusste nicht allzu viel über Hominiden, aber es reichte, um beurteilen zu können, dass solche Fundstücke äußerst selten waren; jedes Museum hätte die Schädel mit Freuden erworben.

Aus den Augenwinkeln nahm er wahr, dass in der nächsten Vitrine irgendetwas funkelte. Er traute kaum seinen Augen: Die Vitrine war nahezu randvoll mit Juwelen gefüllt. Einige Steine konnten sich zweifellos mit den wertvollsten Stücken im New York Museum messen. Was hier auf engstem Raum lag, stellte ein unermessliches Vermögen dar. Der Gedanke, dass diese Schätze seit hundert Jahren unbeachtet in einem praktisch abrissreifen Haus lagen, machte Smithback schwindelig.

Und so ging es weiter, Schränkchen um Schränkchen, Vitrine um Vitrine. Großer Gott, träumte er das alles, oder war es Realität? Daraus ließ sich eine Story basteln, wie sie einem Reporter nur einmal im Leben in den Schoß fällt!

Er huschte wie in Trance auf Socken durch die Ausstellung. Ob es nun das fossile Skelett eines Höhlenbärs aus dem Kutz Canyon Tar Pits in New Mexico, die Sammlung bizarrer Masken, Speerspitzen aus Feuerstein, ein mit Juwelen geschmücktes Messer oder die farbenprächtigen Schmetterlinge waren, die hier zu tausenden unter Glas lagen – kein Museum der Welt konnte seinen Besuchern kostbarere Schätze und verblüffendere Raritäten präsentieren als dieses düstere alte Haus. Kein Zweifel. es musste Lengs Haus sein, und zwar in dem Zustand, in dem er es zurückgelassen hatte.

Doch in nächsten Moment machte Smithbacks begeisterter Überschwang jäher Ernüchterung Platz. Es war schlechterdings nicht vorstellbar, dass das Haus seit Lengs Tod leer stand, es musste jemanden geben, der regelmäßig nach dem Rechten sah, eine Art Hausverwalter. Ein Gedanke, bei dem sich ihm sofort wieder das Gefühl aufdrängte, nicht allein zu sein.

Unwillkürlich überlief ihn ein Schaudern. Was, zum Teufel, hatte er noch hier zu suchen? Das, was er bis jetzt entdeckt hatte, reichte allemal für seine Story – und, wenn er Glück hatte, auch für den Pulitzerpreis. Wenn er nur halbwegs bei Verstand war, sah er zu, dass er schleunigst hier rauskam.

Er machte kehrt und eilte, so schnell er nur konnte, die Marmortreppe hinauf. Doch dann blieb er wie angewurzelt stehen. Wieso war es hier plötzlich noch dunkler geworden? Er starrte nach oben: Nachdem die Tür, durch die er gekommen war, zugefallen war, waren alle Türen, die auf den Flur und zur Treppe führten, geschlossen.

Er konnte sich nicht mehr erinnern, durch welche Tür er gekommen war. Sie musste irgendwo am Ende des langen dunklen Flurs liegen, da war er sich ziemlich sicher. Er ging auf die Tür zu, die er am ehesten für die richtige hielt, und stellte verblüfft fest, dass sie nicht nur *ge*schlossen, sondern *ver*schlossen war. Na gut, dann hatte er sich eben geirrt und die falsche Tür erwischt. Er probierte es mit der nächsten.

Ebenfalls verschlossen.

Mit einem zunehmend flauen Gefühl im Magen versuchte er sein Glück bei der dritten Tür. Verschlossen. Und genauso war es bei der nächsten und der übernächsten. Er eilte weiter von Tür zu Tür, nun schon mit einem eiskalten Kribbeln im Nacken. Das Ergebnis war überall dasselbe, sämtliche Türen waren fest verschlossen.

Er stand in dem dunklen Flur und versuchte, der Panik Herr zu werden, die ihn zu lähmen drohte. Es blieb ihm nichts anderes übrig, als sich mit der nüchternen Wahrheit abzufinden: Er war eingeschlossen.

4

Custers nicht als Dienstwagen zu erkennender Straßenkreuzer hielt mit quietschenden Bremsen vor einem normalerweise dem Wachpersonal vorbehaltenen Hintereingang des Museums, gefolgt von fünf Streifenwagen mit heulenden Sirenen und eingeschalteten rot und weiß flackernden Dachleuchten. Captain Sherwood Custer wälzte sich aus dem Wagen und stieg energischen Schritts die Stufen hoch, im Schlepptau eine kleine Streitmacht in blauen Uniformen.

Während des improvisierten Briefings seiner Spitzendetectives und der Fahrt zum Museum hatte er eine Theorie entwickelt, die für ihn inzwischen zum Glaubensbekenntnis geworden war. Überraschung und Schnelligkeit sind die Garanten für die Aufklärung der »Chirurgen«-Morde, dachte er, während sein Blick flüchtig die neoromanische Fassade streifte. Entschlossen und hart zupacken, dann gehen sie in die Knie – genau das hatte ihnen der Ausbilder an der Polizeiakademie eingebläut. Ein guter Rat. Der Commissioner wollte Action, und er, Custer, war wild entschlossen, ein Paradebeispiel an Action abzuliefern.

Der Wachmann am Eingang blickte verdutzt auf den martialischen Aufmarsch. Die Sirenen und das flackernde Licht hatten ein paar seiner Kollegen nach draußen gelockt, die sich aber klugerweise darauf beschränkten, genauso verdattert zu gucken. Einige Touristen mit umgehängter Kamera und dem Reiseführer in der Hand blieben verunsichert stehen, berieten sich kurz, machten eilends kehrt und verschwanden Richtung U-Bahn-Station.

Custer machte sich nicht die Mühe, seine Dienstmarke zu zücken, er schnarrte nur: »Captain Custer, Sonderkommission ›Chirurgen‹-Morde.«

Der Wachmann schluckte. »Jawohl, Captain.«

»Ist der Leiter des Sicherheitsdienstes im Haus?«

»Jawohl, Captain.«

»Er soll runterkommen. Ein bisschen dalli!«
Der Wachmann war froh, sich mit einem Auftrag verdrücken zu können, und so dauerte es gerade mal knapp fünf Minuten, bis sein Chef auftauchte, im dunkelbraunen Anzug, das pomadisierte, entschieden zu lange Haar zurückgekämmt. Was für ein affiger Aufzug!, dachte Custer. Aber so war das eben mit diesen Typen aus dem zivilen Wachdienst.
Der Mann streckte ihm die Hand hin, »Jack Manetti, Leiter des Sicherheitsdienstes. Was kann ich für Sie tun?«
Custer hielt ihm wortlos den mit Unterschrift und Dienststempel versehenen Durchsuchungsbefehl unter die Nase, den er sich in Rekordzeit besorgt hatte.
»Das ist höchst ungewöhnlich«, sagte Manetti betreten. »Darf ich nach dem Grund für diese Maßnahme fragen?«
»Zu den Einzelheiten kommen wir später«, fertigte ihn Custer ab. »Im Augenblick muss es Ihnen genügen, dass wir einen Durchsuchungsbefehl haben. Ich verlange für meine Männer uneingeschränkte Bewegungsfreiheit im Museum. Ich habe vor, einen Raum als Vernehmungszimmer zu beschlagnahmen. Wir werden uns bemühen, alles so schnell wie möglich abzuwickeln, aber das setzt voraus, dass das Museum mit uns kooperiert.« Custer verschränkte die Arme hinter dem Rücken und versuchte, Autorität zu demonstrieren. »Es ist Ihnen sicher klar, dass wir befugt sind, sämtliche Unterlagen mitzunehmen, bei denen uns das *angemessen* erscheint.« Er wusste nicht genau, was »angemessen« in diesem Fall konkret bedeutete, aber der Richter hatte das so formuliert, und es hörte sich irgendwie gut an.
»Das ist unmöglich, das Museum schließt in Kürze. Hat das nicht bis morgen Zeit?«
»Die Gerechtigkeit wartet nicht, Mr. Manetti. Ich möchte eine komplette Namensliste der Kuratoren und sonstigen gehobenen Mitarbeiter des Museums. Wir werden Sie dann wissen lassen, wen wir befragen wollen. Sollte jemand aus dem von mir beschriebenen Personenkreis bereits nach Hau-

se gegangen sein, muss er unverzüglich zurückgeholt werden. So Leid es mir tut, solche Aktionen bringen eben gewisse Unannehmlichkeiten für die Betroffenen mit sich.«

»Also, das ist wirklich eine Zumutung. Ich sehe mich gezwungen, Rücksprache mit dem Museumsdirektor ...«

»Tun Sie das! Ich möchte ihn übrigens auch sprechen. Und um das von vornherein klarzustellen: Wir werden während der Ermittlungen keine wie auch immer geartete Behinderung unserer Arbeit dulden. Habe ich mich klar ausgedrückt?«

Manetti nickte mit Leidensmiene.

Gut so, dachte Custer. Je aufgebrachter oder eingeschüchterter die Leute sind, desto leichter ist es, den Täter und seine potenziellen Mittäter herauszufiltern. Sie mussten völlig im Dunkeln tappen, dann wurden sie mürbe und gesprächig.

»Lieutenant Detective Cannel«, befahl er einem seiner Leute, »nehmen Sie drei Ihrer Männer mit und lassen Sie sich den Mitarbeiterausgang zeigen! Ich erwarte eine lückenlose Personenkontrolle. Notieren Sie Adresse, Telefonnummer einschließlich Handynummer und die Daten der Ausweispapiere. Letztere sind mit den Personalakten des Museums zu vergleichen. Derzeit nicht Anwesende sind, wenn nötig, telefonisch zurückzubeordern.«

»Ja, Sir.«

»Lieutenant Detective Piles, Sie kommen mit mir!« Dann wandte er sich zu Manetti um und schnarrte: »Zeigen Sie uns das Büro von Dr. Collopy, ich habe ein Wörtchen mit ihm zu reden.«

Aus dem Sicherheitschef war ein gebrochener Mann geworden. Er hauchte nur noch: »Folgen Sie mir!«

Custer winkte den Rest seiner Leute hinter sich her. Sie stapften durch große Säle und ein Labyrinth von Fluren, ließen sich von großzügig dimensionierten Aufzügen nach oben tragen und kamen schließlich bei einer Tür an, deren sündhaft teures Edelholz signalisierte, dass sie in der Chefetage angekommen waren. Die Tür stand halb offen, am Schreibtisch saß ein schmächtiges weibliches Wesen. Custer stürmte das Büro wie bei einer Razzia und raunzte: »Wir wollen Dr. Collopy sprechen.«

Er sah sich neidisch um. Das Büro der Sekretärin war mindestens doppelt so groß wie seines.

»Bedaure, Sir«, sagte die Sekretärin, »er ist nicht da.«

»Nicht da?«, wiederholten Custer und Manetti wie aus einem Munde.

Das schmächtige Persönchen sah ihn verwirrt an. »Ich habe ihn seit dem Lunch nicht mehr gesehen. Er hat gesagt, er habe etwas Wichtiges zu erledigen.«

»Wo gibt's denn so was?«, schnaubte Custer. »Wie können wir ihn erreichen?«

»Höchstens über sein Mobiltelefon.«

»Worauf warten Sie noch? Machen Sie schon!«

Die Sekretärin tastete die Nummer ein, wartete und zuckte nach einer Weile bedauernd die Achseln. »Es ist offenbar abgeschaltet.«

Custer sah sie grimmig an. »Es muss doch noch andere Nummern geben. Zum Beispiel zu Hause.«

Sie tauschte einen Blick mit Manetti. »Dr. Collopy wünscht zu Hause nicht gestört zu werden.«

»Es ist mir egal, was er wünscht!«, polterte Custer. »Es geht um eine wichtige Polizeiaktion. Na los, rufen Sie ihn zu Hause an!«

Die Sekretärin kramte in ihrer Schreibtischschublade, förderte nach einer Weile eine Karteikarte zu Tage und schirmte während des Wählvorgangs vorsorglich das Nummernfeld ab. Schließlich zuckte sie abermals die Achseln. »Bei ihm zu Hause meldet sich niemand.«

»Lassen Sie's weiter läuten.«

Nach anderthalb Minuten legte die Sekretärin auf. »Es hat keinen Zweck, anscheinend ist niemand da.«

Custer verdrehte gequält die Augen und wandte sich an Manetti. »Hören Sie mir mal genau zu! Wir haben Grund zu der Annahme, dass der Schlüssel zu den so genannten ›Chirurgen‹-Morden hier im Museum liegt. Möglicherweise stoßen wir hier sogar auf den Mörder. Ich werde das Archiv jetzt gründlich durchsuchen lassen. Lieutenant Detective Piles führt die Anhörung der Angestellten durch. Wenn das Museum mit uns kooperiert, kann die Aktion voraussichtlich bis Mitternacht abgeschlossen werden, vielleicht sogar früher. Sorgen Sie dafür, dass uns ein geeigneter Raum für die Anhörungen zur Verfügung steht!«

»Wir haben zweitausendfünfhundert Angestellte«, gab Manetti zu bedenken.

Das brachte Custer vorübergehend aus dem Konzept. Zweitausendfünfhundert? Da sieht man mal, wo unsere Steuergroschen bleiben! Er atmete tief durch. »Damit werden wir schon fertig. Zunächst knöpfen wir uns das Wachpersonal der Nachtschicht vor, vielleicht ist jemandem etwas Verdächtiges aufgefallen. Dann wäre da noch diese Archäologin, die die Leichen in der Doyers Street gefunden hat, und …

»Nora Kelly?«

»Richtig.«

»Soweit ich weiß, hat die Polizei bereits mit Dr. Kelly gesprochen.«

»Dann sprechen wir eben noch mal mit ihr. Außerdem brauchen wir von Ihnen detaillierte Auskünfte über die Sicherheitsvorkehrungen, sowohl im Archiv wie auch insgesamt. Darüber hinaus möchte ich mit allen reden, die mit diesem Archivar zusammengearbeitet haben, Mr. Puck.«

Manetti schluckte trocken.

»Und nun führen Sie mich zum Zentralarchiv! Auf dem kürzesten Weg, wenn ich bitten darf.«

Manetti ging voraus, Custer folgte ihm mit stolz geschwellter Brust. Endlich hatte er seine wahre Berufung erkannt! Er war ein Naturtalent, der geborene Aufklärer von Mordfällen. Seine Berufung zum Leiter der Sonderkommission war kein Zufall, sondern eindeutig eine Fügung des Schicksals gewesen.

5

Smithback stand in dem dunklen Flur und kämpfte gegen aufsteigende Ängste an – die waren das eigentliche Problem, nicht die verschlossenen Türen. Mindestens eine Tür war unverschlossen gewesen, wie hätte er sonst aus dem angrenzenden Zimmer auf den Flur kommen können?

Also noch mal von vorn! Er schlenderte mit absichtlich lässigem Schritt zur letzten Tür, überprüfte sie und klapperte dann eine Tür nach der anderen ab. Er rüttelte kräftig an den Klinken, es war ihm inzwischen egal, wie viel Lärm das machte. Aber es half alles nichts, er hatte sich nicht geirrt, sämtliche Türen waren fest verschlossen.

War ihm jemand nachgeschlichen und hatte hinter ihm abgeschlossen? Ausgeschlossen, in dem Zimmer, durch dessen Fenster er ins Haus gelangt war, hatte sich niemand aufgehalten.

Ihm fiel nur eine einzige Erklärung ein: Die Schlösser verriegelten automatisch, wenn eine Tür zugezogen wurde oder zufiel. Ein wenig ungewöhnlich, aber vielleicht war das bei alten Häusern so.

Kein Problem, er fand bestimmt einen anderen Weg nach draußen. Zum Beispiel durch die Eingangshalle und ein Fenster im Erdgeschoss. Das war sogar viel einfacher als der Herweg und ersparte ihm die Kletterpartie. Die einzige Schwierigkeit bestand darin, sich in dem dunklen Haus nun mit Hilfe des Feuerzeugs zurechtzufinden.

Er wartete, bis sein Herzschlag sich beruhigt hatte. Was ihn am meisten nervte, war die unheimliche Stille. Er ertappte sich dabei, dass er bei jedem Geräusch zusammenzuckte, selbst wenn es nur ein eingebildetes war. Andererseits war die Stille ein gutes Zeichen, versuchte er sich einzureden, der Beweis dafür, dass kein Hauswart da war. Ein solcher kam bestimmt nur einmal pro Woche, vielleicht sogar nur alle paar Monate. Jedenfalls konnte Smithback sich Zeit nehmen.

Er kam sich ein bisschen albern vor, als er sich zum zweiten Mal auf Socken die Marmortreppe hinuntertastete. Die Haustür musste links von ihm liegen, irgendwo in der Eingangshalle. Unten angekommen, blieb er stehen und lauschte. Lautlose Stille, er war mit Sicherheit allein im Haus.
Plötzlich fiel ihm Pendergasts Theorie ein. Was, wenn Leng tatsächlich noch lebte?
Blödsinn! Wie kam er bloß auf so einen absurden Gedanken! Niemand wurde hundertfünfzig Jahre alt. Die Dunkelheit, die Stille und das Wissen, unerlaubt durch ein fremdes Haus zu schleichen, ließen seine Phantasie Purzelbäume schlagen.
Er blieb stehen, um sich zu orientieren. Auf der linken Seite der Eingangshalle glaubte er einen kurzen Flur auszumachen, der genau in die Richtung führte, in der er die Haustür vermutete. Er lag zwar in rabenschwarzem Dunkel, aber damit wurde er schon fertig. Er hatte ja sein Feuerzeug. Nur schade, dass er inzwischen die Füllung aufgebraucht hatte.
Er kramte in der Hosentasche, fand eine Schachtel Streichhölzer und ritzte eines an. In dem flackernden Licht sah er, dass der Flur zu einem anderen großen Raum führte, in dem ebenfalls Vitrinen und Schränkchen standen. Er war noch nicht weit gekommen, da erlosch das Streichholz. Bis zum Türrahmen tastete er sich im Dunkeln weiter, dann zündete er das nächste Streichholz an.
Wieder ein Ausstellungsraum, diesmal mit Gläsern, in denen in Formaldehyd konservierte Fundstücke schwammen. Er konnte gerade noch etwas von einem *Mammutmagen mit der zuletzt aufgenommenen Nahrung* und *sibirischem Eis* lesen, dann war das zweite Streichholz erloschen. Gut, da musste er eben noch eines opfern. Aber diesmal, nahm er sich vor, hielt er sich nicht damit auf, irgendwelche Funde zu bestaunen. Er wusste inzwischen genau, wo er hinwollte: zu der schief in den Angeln hängenden, zerkratzten Tür, die er im Hintergrund ausmachen konnte.

Als er dort ankam, versengte ihm das heruntergebrannte Streichholz die Finger. Er ließ es fluchend auf den Boden fallen, zündete ein neues an und stieß die Tür auf. Dahinter lag eine geräumige, schwarz und weiß gekachelte Küche. Ein riesiger Herd mit gut einem Dutzend Feuerstellen. An der Wand hingen kupferne Töpfe und Pfannen, die im Laufe all der vielen Jahre Grünspan angesetzt hatten. Von der Decke baumelten Spinnweben, auf dem gefliesten Fußboden lag Mäusekot. Und die herbste Enttäuschung war: Es gab keine Tür, die ins Freie führte, in einen Hof oder einen Kräutergarten.

Mutlosigkeit überkam ihn. Das Haus war riesengroß, sein Vorrat an Streichhölzern reichte nicht ewig. Was sollte er tun, wenn das letzte abgebrannt war?

Nimm dich zusammen, Smithback!, ermahnte er sich. In dieser Küche war mit Sicherheit seit hundert Jahren nichts mehr gekocht worden. Weil niemand mehr in dem Haus wohnte. Worüber machte er sich eigentlich Sorgen?

Da er kein Streichholz mehr opfern wollte, musste er, nur auf seinen Orientierungssinn angewiesen, im Dunkeln in den hinteren Ausstellungsraum zurücktappen. Seine Idee, sich an den Schränken entlangzutasten, erwies sich als nicht so gut: Er stieß mit der Schulter an einen Schrank, ein Glas fiel zu Boden und zersplitterte, scharfer Formaldehydgeruch stieg ihm in die Nase.

Er war drauf und dran, doch wieder ein Streichholz anzuzünden, als ihm einfiel, dass Formaldehyd vielleicht feuergefährlich war. Um kein Risiko einzugehen, ließ er es lieber sein – und trat beim nächsten Schritt prompt in etwas Glitschig-Weiches, vermutlich das Tier, das in dem Glas gelegen hatte. Er machte vorsichtig einen großen Bogen um das wabbelige Etwas.

Plötzlich erinnerte er sich, dass er auf dem Flur zwischen der Eingangshalle und dem zweiten großen Raum an Türen vorbeigekommen war. Ein Hoffnungsschimmer. Die würde er sich eine nach der anderen vornehmen. Aber erst wollte er die mit Formaldehyd voll gesogenen Socken ausziehen. So, und nun war er neugierig, was es mit den Türen auf sich hatte.

Er ritzte ein Streichholz an, tappte barfuß in den kurzen Flur, und siehe da, er hatte sich nicht geirrt: Es gab tatsächlich Türen – vier an der Zahl, zwei auf der linken und zwei auf der rechten Seite.

Gespannt öffnete er die erste. Ein ziemlich heruntergekommenes Badezimmer mit einer großen Zinkwanne, auf dem gefliesten Boden lag der grinsende Schädel eines Dinosauriers. Hinter der zweiten erwartete ihn die nächste Enttäuschung: ein hoher Schrank voller ausgestopfter Vögel. Hinter der dritten waren es präparierte Eidechsen und Salamander. Hinter der letzten verbarg sich eine vergammelte alte Spülküche, die Wände waren mit Schimmel und Mehltau überzogen.

Das Streichholz erlosch, er stand wieder im Dunkeln. Er zählte mit den Fingern ab, wie viele Streichhölzer ihm noch blieben: Es waren sechs. Er gab sich Mühe, die Angst zu verdrängen, die ihn befiel, merkte aber, dass die sich nicht so leicht verdrängen ließ.

Er hatte schon oft in heiklen Situationen gesteckt, manchmal sogar in gefährlichen. Na also, redete er sich zu, stell dich nicht so an! Es ist schließlich nur ein leeres Haus. Sieh zu, dass du endlich einen Weg nach draußen findest!

Smithback patschte auf nackten Füßen zurück in die große Eingangshalle. Es war eine Erleichterung, dass in diesen Teil des Hauses wenigstens ein Schimmer von Tageslicht fiel, hier konnte er zumindest die Vitrinen und sogar so etwas wie eine vage Ahnung einzelner Ausstellungsstücke ausmachen. Trotzdem beschlich ihn das unheimliche Gefühl, einer schrecklichen Bedrohung ausgesetzt zu sein. Der widerlich süßliche Geruch von Chemikalien und Verwesung wurde immer stärker.

Er atmete tief durch und versuchte sich zu beruhigen. Schließlich war die dicke Staubschicht, mit der der Boden bedeckt war, ein eindeutiger Beweis dafür, dass das Haus seit vielen, vielen

Jahren leer stand. Selbst wenn es einen Hauswart gab, hatte der sich schon lange nicht mehr hier blicken lassen.
Nicht aufgeben!, sagte er sich und starrte mit weit aufgerissenen Augen in das schummerige Halbdunkel. Nach einer Weile meinte er ganz hinten am äußersten Ende der Halle einen Bogengang zu erkennen. Dahinter war er, wenn ihn nicht alles täuschte, noch nicht gewesen. Er ging weiter, patschte durch den Bogengang und gelangte in einen Raum mit einer Kassettendecke und dunkel getäfelten Wänden. Wieder nur die üblichen Ausstellungsstücke, dachte er im ersten Moment, aber bei genauerem Hinsehen stellte er fest, dass auf den Tischen altmodisch anmutende Apparate und Gerätschaften aufgebaut waren. Verblüfft starrte er auf Dampfkessel und verzinkte, mit verschraubten Deckeln versehene Behältnisse, die vage an Milchkannen erinnerten. An den Wänden hingen ausgefranste Seile und Stricke, an den Enden zu Schlingen geformt, unförmige Zwangsjacken, Handschellen und alle möglichen Arten von Stahlfesseln. Eine wahrhaft gruselige Sammlung, deren Anblick unwillkürlich an mittelalterliche Folterkammern denken ließ. Der Kontrast zu den prachtvollen Ausstellungsstücken in der Eingangshalle hätte kaum krasser sein können.
Smithback, durch seine bisherigen Erfahrungen gewitzt, versuchte, sich möglichst in der Mitte des Raums aufzuhalten. Wenn er nicht vollends die Orientierung verloren hatte, musste hinter diesem seltsamen Schreckenskabinett die Vorderfront des Hauses liegen. Da an der Rückseite des Hauses alle Erkundungsversuche in einer Sackgasse geendet hatten, tat er wahrscheinlich besser daran, sein Glück hier zu versuchen. Zur Not musste er eben die Haustür eintreten.
An der Rückseite des Raums machte er tatsächlich einen schmalen Flur aus, der allerdings in rabenschwarzes Dunkel führte. Er nahm allen Mut zusammen, tauchte in das Dunkel ein und tastete sich mit vorsichtigen, kurzen Schritten an der Wand entlang. Der Flur führte wiederum nur zu einem

Raum, der ihm, soweit sich das bei den spärlichen Lichtverhältnissen ausmachen ließ, viel kleiner vorkam als alle anderen in diesem Haus; er hatte vermutlich als Garderobe gedient. Da Garderoben gewöhnlich in der Nähe der Haustür liegen, erwachte neue Hoffnung in ihm.

Seine Hoffnung wuchs, als er einen Lichtschimmer entdeckte, der durch ein bleistiftdickes Astloch in einem mit Brettern vernagelten Fenster drang. Er atmete erleichtert durch und tastete mit gespreizten Fingern die Wand ab, bis er auf einen Türknauf stieß, offenbar aus Marmor, denn er fühlte sich sehr kalt an. Smithback griff zu und drehte den Knauf.

Doch der gab keinen Millimeter nach. Smithback fasste fester zu und versuchte es noch einmal. Wieder nichts, obwohl er in seiner Verzweiflung wahre Bärenkräfte entwickelte.

Er stöhnte vor Enttäuschung laut auf, trat ein Stück zurück und suchte die Wand mit beiden Händen nach einem Riegel oder einer Sperrkette ab. Irgendetwas musste es doch geben! Nein, da war nur die Tür mit dem Knauf. Und plötzlich war ihm alles egal, es interessierte ihn nicht mehr, ob ihn jemand hören konnte. Er warf sich mit seinem ganzen Gewicht gegen die Tür, in der Hoffnung, sie so aus den Angeln zu heben oder einzudrücken.

Der Lärm hallte hohl in dem leeren Haus wider. Und auf einmal vernahm er eine Stimme – eine vom Staub halb erstickte Grabesstimme: »Mein lieber Freund, wollen Sie mich schon wieder verlassen? Sie sind doch gerade erst gekommen.«

6

Custer stürmte in Rambomanier in das Zentralarchiv und pflanzte sich, die Hände in die Hüften gestemmt, im Eingangsbereich auf. Hinter sich hörte er stampfende Stiefelschritte: die Officers, die ihm folgten. Schnell und energisch!, rief er sich seinen Vorsatz zu entschlossenem Vorgehen in

Erinnerung. Es erfüllte ihn mit Genugtuung, die konsternierten Mienen der beiden Angestellten zu sehen, die bei dem überfallartigen Eindringen so vieler uniformierter Polizisten erschrocken von ihren Stühlen hochgefahren waren.
»Mit der Durchsuchung beginnen, den gesamten Bereich!«, ordnete Custer mit bellender Stimme an. Noyes drängte sich an ihm vorbei und hielt den beiden Museumsmitarbeitern den Durchsuchungsbefehl hin.
»Captain«, versuchte Manetti zaghaft zu protestieren, »das Archiv ist bereits durchsucht worden, gleich nachdem Pucks Leiche gefunden wurde. Die New Yorker Polizei ist mit Forensikern und Suchhunden angerückt, sie haben Fingerabdrücke gesichert, Fotos gemacht und …«
»Ich habe den Polizeibericht gelesen, Manetti. Aber inzwischen haben wir neue Anhaltspunkte, und zwar gewichtige.« Custer sah sich unwirsch um. »Sorgt hier endlich mal jemand für vernünftiges Licht?«
Einer der beiden Angestellten eilte zu den Lichtschaltern und knipste sie, beide Hände flach auf die Schalter gelegt, eilends an. Custer murmelte zwar etwas von »jämmerlichen Funzeln«, musste sich aber wohl oder übel damit abfinden, dass die hohen Regale einen großen Teil des Lichts abschirmten.
»So«, knurrte Custer und wandte sich zu seinen Männern um, »ihr wisst, was zu tun ist. Regal auf Regal absuchen, Reihe für Reihe. Ich will, dass hier jeder Stein umgedreht wird.« Und als die Officers ihn unschlüssig ansahen und sich nicht von der Stelle rührten: »Na, was ist? Wird's bald?«
Den Männern war anscheinend klar, was für eine Sisyphusarbeit ihnen bevorstand. Aber Befehl ist nun mal Befehl, also stiefelten sie pflichtgemäß los.
»Setzen Sie sich, Manetti!«, sagte Custer gönnerhaft, wobei ihm lediglich entgangen war, dass die beiden einzigen Bürostühle bereits besetzt waren. »Erzählen Sie mir ein bisschen was!« Er klappte sein Notizbuch auf und zückte den goldenen Kugelschreiber, den er nach seiner Ernennung zum Leiter

der Sonderkommission bei Macy's erstanden hatte. »Was wird eigentlich in diesem Archiv aufbewahrt? Alte Unterlagen? Tageszeitungen von anno Tobak? Speisekarten vom Pizzaservice – oder was?«

Manetti seufzte. »Sowohl alte Dokumente als auch ausgelagerte Ausstellungsstücke. Im Grunde fast alles, was für Historiker von Interesse sein könnte. Ausgenommen Unterlagen, die einem höheren Sicherheitsgrad unterliegen.«

»Also unwichtiges Zeug«, stellte Custer fest. »So unwichtig, dass der Mörder den armen Puck an gottverdammten Hörnern aufgespießt hat. Wo werden denn dann die wichtigen Sachen aufbewahrt?«

»Soweit sie nicht der Vollständigkeit halber bei den Sammlungen verbleiben, im Sicherheitsbereich. Der liegt räumlich vom Zentralarchiv getrennt und ist nur Besuchern mit einem speziellen Sicherheitsausweis zugänglich.«

»Aha. Und hier kann jeder einfach rein- und wieder rausspazieren, wie?«

»Nein, er muss sich ins Besucherbuch eintragen.« Manetti deutete auf einen dicken Wälzer. »Die Polizei hat die Seiten nach Pucks Tod fotokopiert.«

»Und was steht in dem Buch?«

»Die Namen der Besucher und die Zeit, zu der sie gekommen respektive gegangen sind. Aber die Polizei hat damals schon festgestellt, dass einige Seiten mit einem Rasiermesser herausgetrennt wurden. Praktisch der gesamte Besuchernachweis für die letzten zwei, drei Wochen.«

»Jeder muss sich in dem Buch eintragen? Mitarbeiter des Hauses auch?«

»Jeder, aber ...«

Custer hörte gar nicht mehr zu. »Einpacken!«, befahl er Noyes.

»Aber das Buch ist Museumseigentum«, wandte Manetti halbherzig ein.

»Das war es mal, jetzt ist es Beweismaterial.«

»Aber Sie haben bereits alles wichtige Beweismaterial mitgenommen, sogar die Schreibmaschine, auf der …«

Custer winkte ab. »Wenn wir hier fertig sind, bekommen Sie für alles eine Quittung.« Wenn Sie mich höflich darum bitten, fügte er im Stillen hinzu. »Und jetzt fassen Sie noch mal kurz zusammen, was wir hier im Archiv finden!«

»Ausgesonderte Akten aus anderen Abteilungen des Museums, Papiere von historischem Wert, Memos, Briefe und Berichte. Alles außer Personalakten und Unterlagen, die in den einzelnen Abteilungen aufbewahrt werden. Das Museum hebt, wie das bei öffentlichen Institutionen üblich ist, alles auf.«

»Wie war das mit dem Brief, der hier gefunden wurde? Wo diese Morde genau beschrieben waren? Die Sache, die durch alle Zeitungen gegangen ist? Wie wurde der gefunden?«

»Da müssen Sie Special Agent Pendergast fragen, er hat ihn gefunden, gemeinsam mit Dr. Nora Kelly. Er wurde, glaube ich, in einem Behältnis gefunden. Soweit ich weiß, in einem ausgehöhlten Elefantenfuß.«

Schon wieder diese Nora Kelly! Custer nahm sich vor, sie persönlich zu verhören, sobald er hier fertig war. Sie war seine Hauptverdächtige. Er fragte sich nur, wie sie es geschafft haben sollte, einen schweren Mann auf das Dinosaurierhorn zu hieven. Es sei denn, sie hatte Komplizen gehabt.

Er machte sich ein paar Notizen. »Hat sich beim Bestand des Archivs in den letzten Wochen etwas verändert?«

»Nun, die Abteilungen lagern immer wieder mal das eine oder andere aus«, sagte Manetti. »Und einmal monatlich schicken sie routinemäßig die nicht mehr aktuellen Akten herunter.« Er zögerte einen Moment. »Und nach der Entdeckung des Briefes wurden die Ausstellungsstücke und Unterlagen der Sammlung Shottum zum Entstauben und zur Renovierung abgeholt.«

»Auf Anordnung von Collopy?«, fragte Custer.

»Nein, der Erste Vizepräsident hat das angeordnet, Mr. Brisbane. Solche Dinge fallen in seine Zuständigkeit.«

Brisbane – den Namen hatte er doch mal irgendwo gehört. Custer kritzelte etwas in sein Notizbuch. »Und was wurde da genau abgeholt?«
Manetti hob die Schultern. »Das müssen Sie Mr. Brisbane fragen, so genau weiß ich das nicht.«
Custer drehte sich zu den beiden Angestellten am Schreibtisch um. »Dieser Brisbane, ist der oft hier unten bei Ihnen?«
»Gewöhnlich nicht, aber in letzter Zeit war er etwas häufiger hier«, sagte einer der beiden Männer.
»Und was wollte er hier unten?«
Der Angestellte, ein junger Afroamerikaner mit rasiertem Schädel, zuckte die Achseln. »Eine Menge Fragen stellen, das war alles.«
»Was für Fragen?«
»Über Dr. Kelly und den Typen vom FBI – er wollte zum Beispiel wissen, was die gesucht und für welche Regale sie sich besonders interessiert hätten, lauter solche Dinge. Und über einen Journalisten, ob der auch hier gewesen sei. Den Namen habe ich vergessen.«
»Smithbrick?«, wollte ihm Custer auf die Spünge helfen.
»Nein, aber so ähnlich.«
Custer blätterte in seinem Notizbuch. Richtig, da stand's ja. »William Smithback junior.«
»Ja, so heißt er.«
»Und diesen Agent Pendergast, haben Sie den auch schon hier unten gesehen?«
Die beiden Angestellten tauschten kurz einen Blick. »Nur ein einziges Mal«, sagte der mit dem rasierten Schädel.
»Und Nora Kelly?«
»Ja, Dr. Kelly war öfter hier.«
Custer nagelte ihn förmlich mit seinem Blick fest. »Kannten Sie Puck?
Der Mann nickte.
»Ihr Name?«
»Oscar. Oscar Gibbs. Ich war sein Assistent.«

»Hatte Puck irgendwelche Feinde?«
Gibbs zögerte. »Nun ja ... einmal hat Brisbane ihn richtig zur Minna gemacht. Hat ihn laut angeschrien und ihm gedroht, ihn zu versetzen oder zu feuern.«
»Ach, tatsächlich? Und warum?«
»Er warf Puck vor, bereitwillig Informationen herauszurücken und zu großzügig mit Museumseigentum umzugehen. Aber die Personalabteilung ist Brisbanes Empfehlung, Puck zu entlassen, nicht gefolgt. Weil er ein langjähriger Mitarbeiter war und es bisher keine Klagen über ihn gegeben hatte. Mehr weiß ich nicht.«
»Wann genau war das?«
Gibbs überlegte einen Augenblick. »Das muss um den Dreizehnten herum gewesen sein. Nein, es war am Zwölften – am zwölften Oktober.«
Custer machte sich wieder Notizen, diesmal ziemlich lange. Und auf einmal war irgendwo in den Tiefen des Archivs ein Knall zu hören, als wäre etwas Schweres heruntergefallen oder unsanft abgesetzt worden, gefolgt von einem Geräusch, als würde etwas aufgerissen. Aha, seine Leute waren fündig geworden. Er grinste zufrieden in sich hinein. Dann wandte er sich wieder an Gibbs. »Gab's noch andere Feinde?«
»Nein. Ehrlich gesagt, Mr. Puck war einer der liebenswürdigsten Leute im ganzen Museum. Es hat ihn sehr getroffen, dass Brisbane ihn so zusammengestaucht hat.«
Dieser Brisbane scheint nicht sehr beliebt zu sein, dachte Custer und gab Noyes einen Wink. »Holen Sie mir den Mann her! Ich möchte mit ihm reden.«
Noyes wollte sich gerade in Bewegung setzen, als die Tür des Archivs aufflog. Ein Mann im Smoking, mit verrutschter Fliege und zerzaustem Haar, kam hereingestürmt.
»Was, zum Teufel, geht hier vor?«, blaffte er Custer wütend an. »Wie kommen Sie dazu, hier einzudringen und alles auf den Kopf zu stellen? Zeigen Sie mir Ihren Durchsuchungsbefehl!«

Noyes wollte ihn geflissentlich aus der Innentasche seiner Uniformjacke kramen, aber Custer – plötzlich die Ruhe in Person – stoppte ihn mit erhobener Hand. Er beglückwünschte sich selber zu der neu gewonnenen Sicherheit, die er ausstrahlte. Der Wendepunkt in seiner Karriere hatte aus ihm einen unerschütterlichen Fels in der Brandung gemacht.
Er fixierte den Ankömmling kühl. »Verraten Sie mir, mit wem ich das Vergnügen habe?«
»Roger C. Brisbane III., Erster Vizepräsident und Rechtsberater des Museums.«
Custer nickte. »Ah, Mr. Brisbane. Sie sind genau der Mann, mit dem ich reden wollte.«

7

Smithback starrte wie gebannt in das rabenschwarze Dunkel im hinteren Teil des Raumes. »Wer ist da?«, brachte er schließlich mit belegter Stimme heraus.
Keine Antwort.
»Sind Sie der Hauswart?« Er rang sich ein hysterisches Lachen ab. »Sie werden's nicht glauben, aber ich habe mich selber eingeschlossen.«
Wieder nur Stille.
Vielleicht hatte er die Grabesstimme in Wirklichkeit gar nicht gehört, sondern seine überhitzte Phantasie hatte sie ihm vorgegaukelt. Bei Gott, nach allem, was er in diesem Haus gesehen und erlebt hatte, war ihm die Lust auf Horrorfilme ein für alle Mal vergangen!
Er versuchte es noch einmal. »Ich bin froh, dass Sie zufällig vorbeigekommen sind. Wenn Sie mir jetzt noch helfen könnten, den Weg zur Tür …« Jähe Angst schnürte ihm die Kehle zu, seine Stimme versagte.
Eine Gestalt war in den schwachen Lichtschimmer getreten – in einen schwarzen Mantel gehüllt, mit einem Bowler auf dem

Kopf, die Gesichtszüge vom Dunkel verborgen. In der hochgereckten Hand hielt er ein schweres, altmodisches Skalpell, dessen Klinge bei jeder Bewegung der schlanken Finger unheilvoll zu funkeln schien. Der Mann in Schwarz ließ das Besteck langsam, beinahe liebevoll kreisen. Auch in der anderen Hand blitzte etwas: eine Spritze für subkutane Infusionen.
»Ein unverhofftes, aber keineswegs unwillkommenes Vergnügen, Sie zu sehen«, sagte der Mann in Schwarz mit tiefer, seltsam ausgedörrter Stimme, während er unablässig weiter mit dem Skalpell spielte. »Sie sind, in der Tat, gerade im richtigen Augenblick gekommen.«
Smithbacks angeborener Selbsterhaltungstrieb war stärker als die Angst, die ihn zu lähmen drohte. Er wirbelte herum und rannte los. Wenn es nur nicht so fürchterlich dunkel und der Mann nicht so unheimlich schnell gewesen wäre …

Irgendwann später – er hatte jedes Zeitgefühl verloren – wachte Smithback auf. Er fühlte sich benommen und auf melancholische Weise schläfrig. Langsam erinnerte er sich wieder: Er hatte einen Traum gehabt, einen schrecklichen Traum. Aber das war nun ausgestanden, alles war wieder gut, er musste nur hellwach werden und sehen, dass ein strahlend schöner Herbstmorgen auf ihn wartete. Und wenn die milde Sonne dann den nächtlichen Alptraum in das Unterbewusstsein verbannt hatte, konnte er anfangen, all das zu tun, was er jeden Morgen tat: aufstehen, sich frisch machen, anziehen, beim Griechen um die Ecke frühstücken und seiner täglichen Arbeit nachgehen.
Aber je wacher er wurde, desto deutlicher merkte er, dass sich die halb in unzusammenhängende Bruchstücke aufgelöste Erinnerung an einen schrecklichen Traum nicht so einfach verscheuchen ließ. Jemand hatte ihn gejagt und überwältigt. In einem stockdunklen Raum in Lengs Haus.
Lengs Haus? Er schüttelte den Kopf. Und spürte augenblicklich quälenden Schmerz.

Der Mann mit dem Skalpell war der »Chirurg«. Und er war ihm in Lengs Haus begegnet.
Irgendetwas hinderte ihn daran, ruhig und regelmäßig zu atmen. Wahrscheinlich der Schock und die Angst. Und plötzlich drängte sich ihm ein Gedanke auf, der alles andere unwichtig werden ließ: Pendergast hatte mit seiner Theorie Recht gehabt. Enoch Leng lebte. Er war der »Chirurg«.
Und Smithback war in seiner Ahnungslosigkeit mitten in die Höhle des Löwen spaziert! In Lengs Haus! »Gerade im richtigen Augenblick«, hatte der Mann in Schwarz gesagt.
Er erschrak, als er ein japsendes Geräusch hörte. Bis er merkte, dass es sein eigener hektischer Atem war. Und dass er so hektisch nach Luft schnappte, hatte etwas mit dem Pflaster zu tun, das ihm den Mund verschloss.
Er zwang sich, ruhig zu bleiben und nachzudenken. Ein muffiger Geruch lag in der Luft, wie nach Schimmel. Es war stockdunkel. Und kalt und feucht. Seine Kopfschmerzen wurden schlimmer. Er wollte die Hand zur Stirn führen, aber das ging nicht, sie wurde mitten in der Bewegung nach unten gerissen. Und auf einmal spürte er, dass die Hand in einer schweren eisernen Fessel lag, die wie zur Bestätigung im selben Augenblick zu klirren begann. Was, zum Teufel, ging hier vor?
Sein Herzschlag raste. Er raste mit jeder Gedächtnislücke, die sich füllte, immer heftiger. Diese Stimme aus dem Dunkel. Ihr Echo, das in den hohen, großen Räumen widerhallte. Der Mann in Schwarz, der auf einmal aus dem Dunkel getreten war. Das blitzende Skalpell …
O Gott, war es wirklich Leng? Nach hundertdreißig Jahren?
Panische Angst befiel ihn, er versuchte aufzustehen, aber noch ehe die Ketten klirrten, riss ihn eine unsichtbare Kraft zurück. Er war splitternackt an Armen und Beinen auf den Boden gekettet, über seinem Mund klebte ein dickes Pflaster.
Das konnte nicht wahr sein! Eine Wahnvorstellung vernebelte ihm das Gehirn!

Und dann fiel ihm ein: Er hatte niemandem gesagt, dass er sich am Riverside Drive umsehen wolle. Niemand ahnte etwas davon, also würde ihn auch niemand vermissen. Warum, um alles in der Welt, hatte er niemandem auch nur ein Sterbenswörtchen gesagt? Der Redaktionssekretärin, O'Shaugnessy, seinem Urgroßvater – egal, wem …

Er ließ sich mit klopfendem Herzen zurücksinken. Sein Atem ging immer hektischer, er ahnte, dass ihm ein Kehlkopfkrampf drohte, wenn er so weitermachte.

Der Mann mit dem Bowler hatte ihn betäubt und angekettet, so viel war sicher. Zweifellos derselbe Mann, der versucht hatte, Pendergast zu töten. Und wahrscheinlich derselbe, der Puck und die anderen Opfer umgebracht hatte. Alles deutete auf die Handschrift des »Chirurgen« hin.

Nein, Schluss mit der Mär vom namenlosen »Chirurgen«. Der Mörder hatte einen Namen: Enoch Leng.

Er hörte Schritte. Ein hässlich knarrendes Geräusch, dann fiel grelles Licht durch den rechteckigen Schlitz in der Stahltür, und als er sich an das blendende Licht gewöhnt hatte, sah er seine schlimmsten Ahnungen bestätigt: Er lag, mit Ketten gefesselt, auf dem Betonboden eines kleinen Kellers.

Feuchte Lippen schoben sich in den Schlitz, bewegten sich. »Verlieren Sie bitte nicht die Beherrschung!«, hörte Smithback die tiefe Stimme sagen, an die er sich aus seinem Albtraum erinnerte. »Das alles wird bald ausgestanden sein. Es ist sinnlos, an den Ketten zu zerren.«

Der Schlitz wurde geschlossen, Smithback war wieder von Dunkel umgeben.

All die hässlichen kleinen Schnitte

1

Der schwere Rolls-Royce glitt geschmeidig durch das nächtliche Dunkel. Über den Marschen des Little Governors Island waberte Nebel, der East River und die Umrisse von Manhattan waren unter einem schmutzig grauen Schleier verborgen. Der Lichtstrahl der Scheinwerfer erfasste ein hohes schmiedeeisernes Tor, auf dem Schild neben der Einfahrt stand *Mount Merci Hospital – Hochsicherheitsbereich*.

Pendergast ließ das hintere Seitenfenster herunter. Ein bulliger Wachmann kam aus dem Häuschen der Besucherkontrolle auf den Wagen zu, steckte den Kopf in den Rolls und sagte höflich, aber bestimmt: »Die Besuchszeit ist vorüber.«

Pendergast zeigte ihm seinen Dienstausweis. Der Wachmann prüfte ihn sorgfältig und fragte in einem Ton, der erkennen ließ, dass FBI-Agents und deren Auftauchen zu ungewöhnlichen Zeiten für ihn Routine waren: »Was kann ich für Sie tun, Special Agent Pendergast?«

»Ich möchte eine Patientin besuchen.«

»Nennen Sie mir bitte den Namen?«

»Pendergast. Miss Cornelia Delamere Pendergast.«

Betretenes Schweigen, dann wollte der Wachmann wissen: »Geht es um einen dienstlichen Besuch?«

»Ja.«

»Gut, ich rufe Dr. Ostrom im Haupthaus an, er hat Nachtdienst. Sie können den Wagen dort drüben parken.«

Fünf Minuten später gingen Pendergast und der Dienst tuende Arzt, vorn und hinten von je zwei stämmigen Pflegern eskortiert, einen langen Flur hinunter. Die billigen Drucke an den Wänden und die zahlreichen Stellen, an denen Farbschäden mehr schlecht als recht mit ein paar Pinselstrichen übertüncht worden waren, verrieten, dass es sich um eine aus öffentlichen Mitteln unterhaltene Institution handelte. Hundert Jahre zuvor, als insbesondere die gehobenen Kreise ein gewisses Anspruchsdenken entwickelten, war das Mount Merci ein komfortables Sanatorium für zahlungskräftige Tuberkulosekranke gewesen, jetzt war es, nicht zuletzt seiner abgeschiedenen Lage wegen, eine streng gesicherte, geschlossene Anstalt für straffällig Gewordene, die man wegen geistiger Störungen nicht in normalen Haftanstalten unterbringen wollte.

»Wie geht es ihr?«, erkundigte sich Pendergast.

Dr. Ostrom zögerte einen Moment. »Unverändert, würde ich sagen«, antwortete er schließlich ausweichend.

Die nächtliche Prozession hielt vor einer schweren Stahltür mit einem vergitterten Guckfenster an. Zwei Pfleger schlossen auf und bezogen auf dem Flur Posten, die beiden anderen folgten dem Arzt und Pendergast in einen kleinen, karg ausgestatteten Raum. Die Wände waren gepolstert, das Sofa und zwei Stühle mit Plastik bezogen und – ebenso wie der Tisch – auf dem Fußboden verankert. Kein Wandschmuck, keine Uhr, die grellen Leuchtröhren an der Decke waren mit schwerem Maschendraht gesichert. Auf einer Stahltür in der anderen Wand stand in großen Buchstaben: *Vorsicht – Fluchtgefahr*.

Pendergast nahm auf einem der Plastikstühle Platz, schlug die Beine übereinander und wartete. Die beiden Wärter schlossen die Stahltür auf und schoben kurz darauf einen Rollstuhl mit einer laut protestierenden alten Dame in das Besucherzimmer. Die Gummipuffer, mit denen sämtliche Metallteile des Rollstuhls verkleidet waren, verbargen barmherzig, dass sie mit Lederriemen an den Stuhl gefesselt war.

Für ihr Taftkleid und die mit Schmuckknöpfen verzierten Schuhe hatte offensichtlich die Mode der viktorianischen Zeit Pate gestanden. Als sie Pendergast entdeckte, verstummte ihr zorniger Protest augenblicklich.

»Heben Sie meinen Schleier!«, befahl sie den beiden Wärtern in herrischem Ton. Sie musterte Pendergast eine geraume Weile, dann lief ein kaum merkliches Zittern über ihr eingefallenes, von Leberflecken übersätes Gesicht.

Pendergast wandte sich zu Dr. Ostrom um und bat ihn: »Würden Sie uns freundlicherweise allein lassen?«

Der Arzt deutete mit einem Schulterzucken höfliches Bedauern an. »Jemand muss als Aufsicht dableiben. Und bitte halten Sie Abstand zu der Patientin, Mr. Pendergast.«

»Bei meinem letzten Besuch wurde mir gestattet, mich unter vier Augen mit meiner Tante zu unterhalten.«

Ostroms Ton wurde unverhohlen schärfer. »Ich darf Sie daran erinnern, dass es bei Ihrem letzten Besuch …«

»Das nehme ich in Kauf«, fiel ihm Pendergast ins Wort.

»Nun, Ihr Besuch findet zu einer recht ungewöhnlicher Stunde statt. Wie lange werden Sie brauchen?«

»Fünfzehn Minuten.«

»Einverstanden.« Ostrom zog sich ein Stück zurück und bedeutete den Wärtern, es ihm gleichzutun.

Pendergast wollte mit dem Stuhl automatisch näher an den Rollstuhl heranrücken, erst im letzten Moment fiel ihm ein, dass die Verankerung das nicht zuließ.

»Wie geht es dir, Tante Cornelia?«

Die alte Dame beugte sich vor und flüsterte mit heiserer Stimme: »Mein lieber Junge, wie schön, dich zu sehen. Darf ich dir einen Tee anbieten? Mit Sahne und Zucker?«

Einer der Wärter kicherte leise, Ostrom brachte ihn mit einem strengen Blick zum Schweigen.

»Nein, danke, Tante Cornelia.«

»Ach, mein Junge, der Service lässt hier von Jahr zu Jahr mehr zu wünschen übrig. Es ist eben heutzutage schwierig, gutes Personal zu finden. Warum bist du nicht schon eher gekommen, Junge? Du weißt doch, dass ich in meinem Alter keine anstrengenden Reisen mehr unternehmen kann.«

Pendergast wollte sich vorbeugen, aber Ostrom griff sofort ein. »Nicht so nahe, Mr. Pendergast, wenn ich bitten darf.«

Pendergast lehnte sich folgsam zurück. »Ich hatte sehr viel Arbeit, Tante Cornelia.«

»Arbeit!«, schnaubte die alte Dame. »Arbeit ist etwas für die Mittelklasse. Die Pendergasts arbeiten nicht.«

Pendergast senkte die Stimme. »Ich fürchte, wir müssen uns

ein wenig beeilen, Tante Cornelia. Ich möchte dir ein paar Fragen stellen. Über deinen Onkel Antoine.«
Die alte Dame schürzte missbilligend die Lippen. »Antoine? Man hat mir gesagt, er sei nach Norden gezogen, nach New York City. Ist ein Yankee geworden. Aber das war vor vielen Jahren, lange vor meiner Geburt.«
»Erzähl mir bitte alles, was du über ihn weißt.«
»Ach, Junge«, sagte die alte Dame seufzend, »die Geschichten über ihn hast du bestimmt schon alle gehört. Es ist für uns alle ein unerfreuliches Thema. Aber wenn du's unbedingt willst: Er hat den alten Familienfluch geerbt, den Wahnsinn.«
»Wie hat sich dieser Wahnsinn bemerkbar gemacht, Tante Cornelia?«
»Nun ja, er hat schon als Junge bedenkliche Veranlagungen erkennen lassen. Er war ein aufgeweckter Bursche, weißt du, klug und wortgewandt, aber immer recht merkwürdig. Schon mit sieben konnte ihn niemand beim Backgammon oder Schach schlagen. Beim Whist hat er alle durch seine raffinierten Spielzüge verblüfft, und beim Auktionsbridge war es, wie man mir erzählt hat, genauso. Dazu kam sein beängstigendes Interesse an den Naturwissenschaften. Er hat angefangen, sich eine kleine Sammlung zuzulegen, sein Zimmer war mit widerlichen Dingen voll gestopft: Insekten, Schlangen, Fossilien, Knochen und Gott weiß was alles. Und er hat sich, wie sein Vater, für Elixiere, Stärkungsmittel und Chemikalien interessiert, sogar für Gifte.«
Ostrom räusperte sich. »Mr. Pendergast, wir sollten die Patientin nicht über Gebühr emotionalen Anstrengungen aussetzen.«
»Zehn Minuten«, bat sich Pendergast aus.
»Na gut, aber nicht länger.«
Die alte Dame fuhr fort: »Nach der Tragödie mit seiner Mutter wurde er trübsinnig und verschlossen. Er hat den lieben langen Tag Chemikalien gemischt und geheimnisvolle

Tränke angerührt. Aber ich nehme an, der Grund für diese abartige Faszination ist dir bekannt.«

Penderson nickte.

»Er hat eine eigene Variation des Familienwappens entworfen und über die Tür seines Zimmers gehängt. Mit den drei goldenen Kugeln hätte man es für ein altes Apothekenschild halten können. Es hieß, er habe bei einem seiner Experimente alle sechs Hunde der Familie vergiftet. Und dann hat er immer mehr Zeit da unten verbracht – du weißt schon, wo. Und wenn er nicht dort war, verbrachte er seine Zeit auf dem St.-Charles-Friedhof. Du weißt schon, mit dieser grässlichen alten Frau, Marie LeClaire, dieser Woduhexe.«

Penderson nickte abermals.

»Hat ihr bei ihren Hexentränken, dem Zauberkram und den abscheulichen kleinen Puppen geholfen und für sie Markierungen auf Gräber gemalt. Und dann kam diese schockierende Entdeckung – du weißt schon, kurz nach ihrem Tod, mit ihrem Grab …«

»Schockierende Entdeckung?«

Die alte Dame seufzte und senkte verschämt den Kopf. »Ihr Grab war geschändet und ihr Leichnam verstümmelt worden. Ach du mein Gott – all die hässlichen kleinen Schnitte! Aber davon hast du mit Sicherheit schon gehört.«

»Das muss ich wohl vergessen haben«, schwindelte Pendergast und wartete gespannt darauf, die Geschichte noch einmal von ihr zu hören.

»Es wurde allgemein angenommen, er habe versucht, sie zum Leben zu erwecken. Blieb die Frage, ob sie ihm das vor ihrem Tod aufgetragen und ihm detaillierte Anweisungen für die Ausführung gegeben hatte. Die fehlenden Leichenteile wurden nie gefunden. Das heißt, genau genommen stimmt das nicht ganz, man hat, wenn ich mich recht erinnere, eine Woche später ein Ohr von ihr im Bauch eines Alligators gefunden. Es wurde anhand des Ohrrings identifiziert.«

Plötzlich schien sie irgendetwas zu irritieren, sie war nicht

mehr bei der Sache, drehte sich zu den beiden Wärtern um und herrschte sie an: »Sieht denn niemand, dass meine Frisur in Unordnung ist?«
Einer der Wärter kam zu ihr und strich ihr, vorsichtig auf Abstand bedacht, das Haar glatt. Offenbar zufrieden, dass sie ihren Willen durchgesetzt hatte, wandte sie sich wieder Pendergast zu.
»Sie muss eine Art sexuelle Macht über ihn ausgeübt haben, so erschreckend sich das auch anhört, wenn man bedenkt, dass sie sechzig Jahre älter war als er.« Der alten Dame lief ein Schauder über den Rücken, aber man merkte ihr an, dass er nur zur Hälfte von Abscheu ausgelöst wurde, ein wenig schaurige Wonne schwang auch mit. »So viel steht jedenfalls fest, sie war es, die in ihm das Interesse an Reinkarnation, Wunderkuren und ähnlichen Torheiten geweckt hat.«
»Weißt du etwas über die Gründe für sein plötzliches Verschwinden?«, fragte Pendergast.
»Nun – ›Verschwinden‹ ist wirklich nicht das richtige Wort, man hat ihm vielmehr nahe gelegt, das Haus zu verlassen. Kurz nachdem er einundzwanzig geworden war und über sein Vermögen verfügen konnte. Er fing an, wirre Theorien über die Rettung und Erlösung der Welt zu entwickeln – auch in dem Punkt war er seinem Vater sehr ähnlich. Nur, der Rest der Familie hat sehr konsterniert darauf reagiert. Etliche Jahre später haben seine Cousins versucht herauszufinden, wo das Geld geblieben war, das er geerbt und mitgenommen hatte. Aber er war spurlos verschwunden, wie vom Erdboden verschluckt. Du kannst dir denken, wie enttäuscht die Cousins waren. Schließlich ging es um sehr, sehr viel Geld.«
Pendergast saß, in Gedanken versunken, ein, zwei Minuten stumm da, dann gab er sich einen Ruck. »Tante Cornelia, eine Frage möchte ich dir gern noch stellen. Es geht um ein moralisches Problem.«
»Wie seltsam, im Zusammenhang mit Antoine über Moral zu sprechen. Es hat doch wohl etwas mit ihm zu tun?«

Pendergast ging nicht direkt auf ihre Frage ein. »Während der letzten Monate war ich damit beschäftigt, nach einem Mann zu suchen. Einem Mann, der ein Geheimnis hütet. Ich bin ihm dicht auf der Spur, es ist nur noch eine Frage der Zeit, wann ich ihm Auge in Auge gegenüberstehe.«

Die alte Dame sah ihn neugierig an.

»Sollte es so kommen, und das ist keineswegs sicher, könnte ich vor der Frage stehen, was ich mit seinem Geheimnis tun soll. Es könnte sein, dass ich mich zu einer Entscheidung genötigt sehe, von der das Wohl und Wehe der Menschheit abhängt.«

»Worum geht es denn bei diesem Geheimnis?«

Pendergast senkte die Stimme, bis sich seine Worte für Ostrom und die beiden Wärter allenfalls wie verstohlenes Flüstern anhören konnten.

»Ich glaube, dass es um eine medizinische Formel geht, die es jedem ermöglicht, die Spanne seines Lebens um mindestens hundert Jahre, möglicherweise sogar noch mehr zu verlängern. Er wird mit Hilfe der Formel zwar nicht unsterblich, aber er vermag den Tod lange hinauszuzögern.«

In den Augen der alten Dame lag ein rätselhafter Glanz. »Nun, mein Junge, sag mir zunächst, was die Behandlung mit diesem Wundermittel kosten wird. Wird sie sehr teuer sein? Oder für jeden erschwinglich?«

»Das weiß ich nicht, Tante Cornelia.«

»Und wer außer dir wird, wenn alles so kommt, wie du's dir erhoffst, über diese Formel verfügen können?«

»Ich werde der Einzige sein. Und ich werde mich, wenn sie mir in die Hände fällt, sehr schnell entscheiden müssen, möglicherweise innerhalb von Sekunden.«

Die alte Dame ließ sich lange Zeit, ehe sie fragte: »Und unter welchen Begleitumständen wurde die Formel entwickelt?«

»Ich will dir die Details ersparen, Tante Cornelia. Daher mag es genügen, wenn ich sage, dass das Verfahren viele unschuldige Menschen das Leben gekostet hat. Sie sind auf höchst grausame Weise gestorben.«

»Das verleiht dem Problem eine völlig neue Dimension. Die Antwort kann nur lauten: Falls diese Formel in deinen Besitz gelangt, musst du sie unverzüglich vernichten.«

Pendergast sah ihr tief in die Augen. »Bist du dir da ganz sicher? Es geht um einen Traum, dem die Mediziner seit Anbeginn der Zeiten nachgejagt sind.«

»Wenn die Franzosen jemanden verfluchen wollen, sagen sie: ›Möge dein innigster Wunsch in Erfüllung gehen!‹ Wenn die Behandlung, um es mal so zu nennen, nicht viel kostet und jedermann zugänglich ist, wird die Welt an Überbevölkerung zugrunde gehen. Ist sie aber so teuer, dass sie sich nur wenige Reiche leisten können, wird sie einen Aufruhr auslösen, weil diese Bevorzugung alle ungeschriebenen Regeln der sozialen Ordnung auf den Kopf stellt. Die Formel wird der Menschheit nichts als namenloses Elend bescheren. Was nützt den Menschen ein langes Leben, wenn sie immerfort unter Schuldgefühlen leiden und in Unfrieden mit ihren Mitmenschen leben?«

»Und was ist mit dem unermesslichen Zuwachs an Weisheit und Erkenntnis, den die Formel der Menschheit ermöglicht? Denk nur daran, wie viele hoch begabte Menschen ihren Studien und Forschungsprojekten hundert oder sogar zweihundert Jahre länger nachgehen können. Denk daran, wie Goethe, Kopernikus oder Einstein die Menschheit bereichert hätten, wenn ihnen hundert oder zweihundert Jahre mehr vergönnt gewesen wären.«

Die alte Dame lächelte spöttisch. »Auf jeden klugen und guten Menschen kommen tausende dumme und böse. Wenn du Einstein zweihundert Jahre mehr lässt, während der er seine Theorien zu vollendeter Abrundung bringen kann, musst du zugleich tausenden anderen zweihundert Jahre mehr gewähren, während der sie ihre Bosheit perfektionieren.«

Die Zeit schien stillzustehen. Pendergast starrte minutenlang stumm vor sich hin, sodass Dr. Ostrom schon unruhig von einem Bein aufs andere trat.

Die alte Dame sah ihren Großneffen besorgt an. »Geht's dir gut, mein Junge?«
»Ja«, murmelte Pendergast.
Er sah rätselnd in die dunklen Augen seiner Großtante, in denen es so viel zu lesen gab: Weisheit, Güte, Verständnis und den Schatten des Wahnsinns.
Schließlich stand er auf und nickte Ostrom zu. »Wir sind jetzt fertig, Doktor.«

2

Custer runzelte unwillig die Stirn. Aus dem Bereich, in dem seine Leute Regal auf Regal nach Beweismaterial absuchten, wehte ein leichter Staubgeruch in die Lichtinsel zwischen Eingang und Schreibtisch, die er sozusagen zu seinem Feldherrnhügel erkoren hatte. Brisbane, dieser aufgeblasene Wichtigtuer, meldete immer noch einen Protest nach dem anderen an. Sollte er ruhig, Custer hörte gar nicht mehr hin.
Die Ermittlungen, die so zügig begonnen hatten, verloren allmählich an Schwung. Bisher hatten seine Leute nichts als unnützen Krempel gefunden – alte Stadtpläne, Landkarten, Schlangenhäute, Kartons mit irgendwelchen Zähnen, widerliche, undefinierbare Organe, die in trüben Alkohollösungen schwammen –, aber nichts, was sie als Beweismittel verwenden konnten. Custer hatte sich das ganz anders ausgemalt. Wenn wir erst mal anfangen, das Archiv umzukrempeln, hatte er im Vertrauen auf seine neu entdeckte detektivische Begabung gedacht, werden alle vermeintlichen Rätsel blitzschnell gelöst sein. Seinem scharfen Blick würde das, was andere übersehen hatten, bestimmt nicht entgehen. Er glaubte fest an sein Talent, lose Fäden zusammenknüpfen zu können. Nur, bisher hatten seine Leute nichts gefunden, was nach einem Faden oder wenigstens einem Fädchen aussah.

Im Geiste sah er schon Commissioner Rockers finster gerunzelte Augenbrauen. Unruhe machte sich in ihm breit, er wartete jeden Moment auf einen Anfall nervöser Muskelzuckungen. Wenn sie in dem Tempo weitermachten, brauchten sie für die Durchsuchung des Archivs Wochen.
Brisbanes Gepolter nahm an Lautstärke zu, Custer konnte nicht mehr länger weghören. »Dies ist eine völlig willkürliche Polizeiaktion! Sie können nicht einfach hier hereinstürmen und alles auf den Kopf stellen!« Er zeigte wild gestikulierend auf die Stahlkästen mit so genanntem Beweismaterial, von denen inzwischen etliche auf dem Fußboden standen. »Ich weise in aller Form darauf hin, dass es sich bei allen beschlagnahmten Gegenständen um Museumseigentum handelt.«
Custer spielte den Gelangweilten. »Sie haben doch den Durchsuchungsbefehl gesehen.« Noyes zog ihn unaufgefordert aus der Tasche und streckte ihn Brisbane entgegen.
»Der ist das Papier nicht wert, auf dem er geschrieben steht! Ich habe nie eine so vage formulierte amtliche Anordnung gesehen. Hiermit lege ich Einspruch gegen diesen Wisch ein und gebe zu Protokoll, dass ich mich in aller Schärfe gegen eine weitere Durchsuchung des Museums verwahre.«
»Sollten wir derlei Entscheidungen nicht Ihrem Chef, Dr. Coloppy, überlassen?«, versuchte Custer ihn zu besänfigten.
»Als Rechtsberater des Museums bin ich befugt, in Dr. Collopys Namen zu sprechen.«
Von irgendwo war wieder ein dumpfer Knall zu hören, gefolgt vom Geräusch reißender Pappe und halblauten Flüchen – offenbar war einem Officer ein schwerer Karton aus der Hand gerutscht. Kurz darauf schleppte einer von Custers Leuten ein ausgestopftes Krokodil an; aus dem frischen Riss am Bauch quoll Baumwolle.
Und schon fing Brisbane wieder zu wettern an. »Was, zum Teufel, macht ihr da hinten? Ja, Sie meine ich! Sie haben ein wertvolles Ausstellungsstück beschädigt!«
Der Officer sah ihn gleichgültig an, legte das Krokodil in

einen der Stahlkästen und verschwand im Halbdunkel zwischen den hohen Regalen.
Custer sagte nichts, aber er fühlte sich nicht mehr sehr wohl in seiner Haut. Er stand noch immer praktisch mit leeren Händen da. Zumal auch die Befragung der Angestellten bisher absolut nichts gebracht hatte. Und schließlich war er es, der diese Aktion angeordnet hatte, also musste er, falls es bei dem mageren Ergebnis blieb, den Kopf dafür hinhalten. Erwies sich die ganze Sache sozusagen als Griff ins Klo – ein Gedanke, den er nicht zu Ende denken mochte, aber nur mal so angenommen –, dann stand er mutterseelenallein im Regen, und alle fielen wie die Aasgeier über ihn her.
Brisbane schäumte vor Wut. »Jetzt reicht es mir! Ich werde den Sicherheitsdienst des Museums unter Berufung auf mein Hausrecht anweisen, Ihre Officers aus dem Haus zu weisen. Wo steckt eigentlich Manetti?«
Custer sah einen Hoffnungsschimmer am Horizont. »Manetti hat uns hierher geführt.«
»Das hätte er besser nicht getan!«, fauchte Brisbane und drehte sich zu Gibbs um. »Wo ist er?«
»Er ist gegangen«, sagte Gibbs trocken.
Captain Custer blieben der aufmüpfige Ton des jungen Mannes und der finstere Blick, mit dem er Brisbane musterte, nicht verborgen. Noch ein Hoffnungsschimmer. Hatte er nicht gleich geahnt, dass Brisbane bei den Mitarbeitern unbeliebt war? Wenn er allein daran dachte, was Gibbs ihm über die rüde Art erzählt hatte, in der der Vizepräsident mit Puck umgesprungen war – einem Mann, den alle Kollegen geschätzt hatten und dessen Arbeit über jeden Tadel erhaben war …
Und plötzlich kam ihm eine Erleuchtung. Ein Geistesblitz, ähnlich dem, der ihn dazu beflügelt hatte, diese Aktion in die Wege zu leiten, nur noch brillanter. Eine Intuition, die selbst Sherlock Holmes Ehre gemacht hätte.
Er drehte sich um und maß Brisbane mit unauffälligen, aber eindringlichen Blicken. Dem Mann glitzerten Schweißperlen

auf der Stirn, das Haar war derangiert, in den Augen glomm Wut.

Brisbane war immer noch mit Gibbs beschäftigt. »Was heißt hier, er ist gegangen? Wohin?«

Gibbs zuckte nur die Achseln. Auf ziemlich respektlose, unverfrorene Art.

Brisbane ging zum Schreibtisch, riss das Telefon von der Gabel, wählte nacheinander ein paar Nummern und gab leise irgendwelche Anweisungen durch.

Dann fuhr er herum und funkelte Custer zornig an. »Captain Custer, ich fordere Sie nochmals auf, Ihre Officers unverzüglich aus dem Museumsbereich abzuziehen!«

Custer verengte die Augen zu Schlitzen, hielt dem wütenden Blick aber scheinbar unbeeindruckt stand. »Ich glaube, Mr. Brisbane, wir sollten das lieber in Ihrem Büro erledigen.«

Brisbane starrte ihn verblüfft an. »Wieso das?«

»Nun, dort sind wir ungestört. Es könnte durchaus sein, dass wir die Durchsuchung hier abbrechen. Da müssten wir in Ihrem Büro noch einiges besprechen.«

Brisbane dachte kurz nach. »Na gut, von mir aus. Folgen Sie mir bitte!«

Der Captain wies Lieutenant Detective Piles an, die Leitung der Durchsuchung zu übernehmen, und gab Noyes einen Wink. »Sie kommen mit! Haben Sie Ihre Dienstwaffe dabei?«

Noyes nickte geflissentlich, das Glitzern in seinen geröteten Augen erinnerte an Raubtiergelüste.

3

Der Türschlitz klappte auf, wieder wie … ja, wann war das gewesen? Smithback hatte jede zeitliche Orientierung verloren, sie war ihm in der schier endlosen Dunkelheit und in all seinen Ängsten abhanden gekommen.

Er hörte wieder die tiefe Stimme und sah die Lippen, die sich bewegten. »Ich weiß es sehr zu schätzen, dass Sie so viel Interesse an meinem Haus gezeigt haben. Es ist nicht nur sehr alt, sondern auch sehr interessant, nicht wahr? Ich hoffe, meine Sammlung hat Ihnen gefallen. Mir persönlich gefällt der Raum besonders, in dem ich – wie ich das insgeheim nenne – meine Kronjuwelen aufbewahre. Sie werden doch wohl nicht achtlos an ihnen vorbeigegangen sein?«

Smithback wollte etwas sagen, aber das dicke Mundpflaster hinderte ihn daran.

»Ach, wie dumm von mir! Machen Sie sich bitte nicht die Mühe, meine Fragen zu beantworten. Halten wir's einfach so, dass ich rede und Sie zuhören.«

Smithback dachte fieberhaft darüber nach, wie er dem Albtraum entrinnen könnte. Aber es fiel ihm nichts ein.

»Ja, diese Kronjuwelen sind mein ganzer Stolz. Zum Beispiel der Mosasaurier aus den Kalkschichten in Kansas. Und natürlich der Durdag aus Tibet – eine wahre Rarität, es soll auf der ganzen Welt nur zwei davon geben. Und ohne dass ich mich dafür verbürgen könnte: Er soll aus dem Schädel der fünfzehnten Reinkarnation von Buddha gefertigt sein.«

Smithback hörte ein trockenes Lachen, das an raschelndes Laub erinnerte.

»Eines der interessantesten Kuriositätenkabinette, die Sie besuchen können – o ja, das darf ich mit Fug und Recht behaupten, mein lieber Smithback. Nur schade, dass es so wenigen vergönnt ist, es zu besichtigen. Und die Glücklichen, die wie Sie einen Rundgang machen konnten, haben bedauerlicherweise keine Gelegenheit, noch einmal wiederzukommen.«

Nach einem langen Schweigen fügte die Stimme sanft und freundlich hinzu: »Ich werde mir die größte Mühe geben, Mr. Smithback, es Ihnen so leicht wie möglich zu machen.«

Smithback verspürte lähmendes Entsetzen, in seinem ganzen Leben hatte ihn nichts so erschreckt wie diese Ankündigung. Die jähe Erkenntnis, dass es eine Todesdrohung war, ver-

drängte alle anderen Gedanken. Es wunderte ihn nicht einmal, dass die Stimme ihn mit seinem Namen ansprach.
»Es wird eine unvergessliche Erfahrung sein – unvergesslicher als alles, was Sie je erlebt haben. Ich habe große Fortschritte gemacht, enorme Fortschritte. Ich darf in aller Bescheidenheit behaupten, dass es mir gelungen ist, eine optimale chirurgische Prozedur zu entwickeln. Sie werden bis zum Ende hellwach sein. Bei Bewusstsein zu bleiben, darauf kommt es an, Mr. Smithback. Das war mir früher nicht klar, aber nun habe ich es begriffen. Und seien Sie noch einmal versichert, dass ich mit äußerster Akkuratesse vorgehen werde.«
Die Lippen wölbten sich zu Wülsten. »Wenn ich's mir recht überlege: Ich sollte Sie nicht länger hinhalten. Sind Sie mit einer Verlegung in mein Labor einverstanden?«
Ein Schlüssel klirrte, die Stahltür schwang knarrend auf. Und da war er wieder, der schwarz gekleidete Mann mit dem Bowler und der Spritze, an deren Nadelspitze ein zitternder klarer Tropfen hing. Er setzte – umständlich, weil er es mit einer Hand tun musste – eine altmodische Brille mit getönten Gläsern auf.
»Das ist lediglich eine Injektion zur Entspannung Ihrer Muskulatur, eine Cholinlösung, sehr ähnlich dem Pfeilgift Kurare, es wirkt wie ein Beruhigungsmittel. Sie werden eine Art Müdigkeit bemerken, wie man sie gewöhnlich bei nächtlichen Träumen verspürt. Sie wissen, was ich meine: Man träumt von einer herannahenden Gefahr, will ihr entkommen, kann sich aber nicht bewegen. Keine Sorge, Mr. Smithback, obwohl Sie sich nicht bewegen können, sind Sie bei vollem Bewusstsein, und zwar während des ganzen chirurgischen Eingriffs, einschließlich der Entfernung und Entnahme bestimmter Teile des Rückgrats. Auf diese Weise wird die Prozedur für Sie zu einem hochinteressanten Erlebnis werden.«
Smithback bäumte sich verzweifelt in seinen Fesseln auf, als er sah, dass die Spritze näher kam.
»Wissen Sie, es handelt sich um eine sehr komplizierte Opera-

tion, die einer ruhigen, erfahrenen Hand bedarf. Daher muss der Patient unbedingt ruhig gestellt werden. Der geringste Ausrutscher mit dem Skalpell, und alles könnte umsonst gewesen sein. In diesem Fall wäre ich möglicherweise gezwungen, mich um … nun, um eine neue menschliche Ressource zu bemühen.«

Smithback sah die Nadel immer näher kommen.

»Ich rate Ihnen, jetzt tief und ruhig durchzuatmen, Mr. Smithback.«

Ich werde mir die größte Mühe geben … Smithback war von einem einzigen Gedanken beherrscht: In Augenblicken höchster Gefahr kann ein Mensch ungeahnte Kräfte mobilisieren. Und so warf er sich in der Hoffnung, seine Fesseln abstreifen zu können, verzweifelt hin und her und versuchte zugleich, durch heftige Kaubewegungen das Pflaster loszuwerden. Aber alles, was er damit bewirkte, waren aufgeschürfte Handgelenke und zerschnittene Lippen. Trotzdem zerrte er wie von Sinnen weiter an den Handfesseln, als er die schweren Atemzüge des Mannes direkt über sich spürte. Und dann stach die Nadel zu, und als sie ihm ins Fleisch eindrang, fühlte er, wie eine Hitzewelle durch seine Adern lief und sich genau jene Müdigkeit in ihm ausbreitete, die der Mann soeben beschrieben hatte. Es war wie in einem quälenden Albtraum, er wusste, dass er etwas tun musste – weglaufen, sich wehren oder was auch immer –, aber er konnte sich nicht bewegen, er musste den Traum wehrlos über sich ergehen lassen.

Und was ihn am meisten zermürbte, war das Wissen, dass es kein Traum, sondern grausame Realität war.

4

Police Officer Finester war die ganze Sache zuwider. Er hasste es, damit seine Zeit zu verschwenden. Sein Blick suchte deprimiert die langen Tische in der Museumsbibliothek ab –

lauter Mitarbeiter, die darauf warteten, dass sie endlich an die Reihe kamen, ihn teils ängstlich, teils wütend musterten und dennoch, genau wie er, brav ihre Zeit absitzen mussten.
Mein Gott, dachte er, was für eine skurrile Ansammlung von verschrobenen Typen! Alle nicht mehr taufrisch, mit Basedowaugen. Wo kriegt das Museum all die Witzfiguren nur her? Der Gedanke, dass er den verknöcherten Haufen mit seinen sauer verdienten Steuergroschen finanzieren musste, brachte ihn auf die Palme. Damit nicht genug, war der Zeiger der Uhr inzwischen auf die Zehn vorgerückt – abends, wohlgemerkt! Seine Frau würde ihn erschlagen, wenn er nach Hause kam. Da war es ein unzulänglicher Trost, dass Überstunden sich auf dem Lohnzettel anderthalbfach niederschlugen, selbst wenn er daran dachte, was ihn die monatlichen Raten für die schicke Cobble-Hill-Wohnung kosteten, in die seine Frau unbedingt ziehen wollte, und was er, seit sie das Baby hatten, jeden Monat für Windeln und dergleichen hinblättern musste. O Mann, der Braten, mit dem seine Frau ihn zum Abendessen verwöhnen wollte, war mit Sicherheit längst zu einem ungenießbaren braunen Klumpen verschmort! Er durfte gar nicht an die Szene denken, die seine Frau ihm machen würde. Und wie er den Laden kannte, fing dann auch noch das Baby zu schreien an. Und am Schluss war, wie immer, er an allem schuld!
»Finester?«
Der Sergeant drehte sich um. O'Grady, sein Kumpel, winkte ihn zu sich.
»Komm, die Nächste ist dran!«
An den beiden zusammengeschobenen Schreibtischen, an denen sie ihre Anhörungen durchführten, saß diesmal kein vertrockneter Wissenschaftler, sondern eine ausnehmend hübsche junge Frau – langes kupferfarbenes Haar, haselnussbraune Augen und eine durchtrainierte Figur. Finester gab sich einen Ruck und ließ unauffällig die Bizepse spielen. Die Frau saß ihnen gegenüber, ein Hauch ihres Parfüms wehte

ihn an: teuer, aber sehr dezent. Überhaupt, sie bot einen rundherum erfreulichen Anblick. Als er verstohlen zu O'Grady hinüberschielte, sah er, dass der genauso gockelte. Auf seinem Klemmbrett konnte er nachlesen, wer ihnen gegenübersaß: die berühmt-berüchtigte Nora Kelly, die Pucks Leiche gefunden hatte, nachdem sie von dem »Chirurgen« durch das ganze Archiv gejagt worden war. Er hätte sie nie und nimmer für so jung gehalten. Und so attraktiv.
Und dann war O'Grady wieder mal schneller als er. Typisch, der Bursche musste sich jedes Mal vordrängen! »Dr. Kelly, bitte machen Sie es sich bequem ...« In seidenweichem, honigsüßem Ton. »Ich bin Sergeant O'Grady, dies ist Sergeant Finester. Sind Sie damit einverstanden, dass wir das Gespräch auf Band aufnehmen?«
»Wenn es sein muss«, sagte sie achselzuckend. Ihre Stimme hörte sich nicht annähernd so sexy an, wie sie aussah. Sie klang sehr entschieden und ein bisschen abweisend.
»Sie haben das Recht, einen Anwalt hinzuzuziehen«, erklärte ihr O'Grady, »oder die Beantwortung unserer Fragen abzulehnen. Wir möchten ausdrücklich klarstellen, dass es sich um eine freiwillige Befragung handelt.«
O Mann, dachte Finester wütend, der verschluckt sich gleich an seinem eigenen Süßholzgeraspel!
»Und wenn ich mich weigere?«
O'Grady verschanzte sich hinter einem albernen Kichern. »Nun, das könnte unerfreuliche Folgen haben. Es wäre möglich, dass man Sie vorlädt. Verstehen Sie mich recht, ich habe solche Entscheidungen nicht zu treffen. Nur, Anwälte sind teuer, und Sie handeln sich unnötige Komplikationen ein. Wir wollen Ihnen lediglich ein paar Fragen stellen, reine Routine. Sie stehen keineswegs unter Verdacht, wir bitten Sie nur, uns bei unserer Arbeit zu unterstützen.«
»Ist ja gut, fragen Sie ruhig!« Ihre Stimme klang ein wenig ungehalten. »Ich bin schon so oft von der Polizei verhört worden, da kommt's auf einmal mehr nicht mehr an.«

O'Grady wollte seine erste Frage stellen, aber diesmal war Finester schneller. Er hatte keine Lust, hier wie der Trottel vom Dienst herumzusitzen und dem Kerl zuzuhören. Der war genau wie seine Frau: ließ einen nie zu Wort kommen.
»Dr. Kelly ...« Da ihm das vor lauter Hast etwas laut herausgerutscht war, schickte er schnell ein versöhnliches Lächeln hinterher. »Wir wissen es zu schätzen, dass Sie zu einer Aussage bereit sind. Darf ich Sie der Ordnung halber bitten, Ihren Namen, Ihre Adresse und das heutige Datum sowie die Uhrzeit auf Band zu sprechen? Reine Formsache, um Verwechslungen mit anderen Bändern vorzubeugen.« Aus der Grimasse, die er zog, hätte eigentlich ein gewinnendes Lächeln werden sollen. »Wir wollen ja schließlich nicht die falsche Person verhaften.« Was er mit einem vergnügten Kichern garnierte, um eindeutig klar zu machen, dass das ein Scherz sein sollte. Es irritierte ihn allerdings, dass Nora Kelly nicht mitkicherte.
Dass O'Grady hämisch grinste, kreidete Finester ihm übel an. Wenn er sich's recht überlegte, hatte er den Kerl noch nie leiden können. Von wegen: Wir Jungs in Blau halten durch dick und dünn zusammen!
Dr. Kelly sprach die gewünschten Angaben auf Band, und sofort riss O'Grady die Anhörung wieder an sich. Er wollte sich an dem Vordruck entlanghangeln, den sie ihnen auf der Wache mitgegeben hatten, aber nun stellte er zu seiner Verblüffung fest, dass da jede Menge handschriftliche Ergänzungen hinzugefügt worden waren. In einer kaum zu entziffernden Sauklaue!
Na gut, dann musste er die Fragen eben selber formulieren. »Dr. Kelly, könnten Sie uns bitte beschreiben, wie Sie in diesen Mordfall involviert wurden?« – »Involviert« gefiel ihm. Toll, dass ihm das eingefallen war! »Schildern Sie's bitte mit Ihren eigenen Worten! Und nehmen Sie sich ruhig die Zeit, die Sie brauchen, um sich an Details zu erinnern! Falls Sie sich an irgendwas nicht erinnern können, sagen Sie's einfach. Das

ist auf jeden Fall besser, als wenn im Protokoll womöglich falsche Aussagen auftauchen.« Er bedachte die junge Frau mit einem breiten Grinsen und zwinkerte ihr fast verschwörerisch mit seinen blauen Augen zu.
Ein richtiger Kotzbrocken!, dachte Finester. Und dann hörte er auf zu denken, weil die hübsche junge Frau seufzend die langen Beine übereinander schlug und zu erzählen begann.

5

Ein lähmendes Gefühl breitete sich in ihm aus. Smithback spürte, dass es ihn völlig hilflos machte. Seine Gliedmaßen waren abgestorben, sie gehörten nicht mehr zu ihm. Er konnte nicht einmal mehr blinzeln. Und das Schlimmste, das bei weitem Allerschlimmste war, dass er sich keine Luft in die Lunge pumpen konnte. Sein Körper war zu einer funktionslosen Masse Fleisch geworden. Als der Versuch, nach Luft zu schnappen, wieder und wieder fehlschlug, überkam ihn Panik. Er hatte das Gefühl, bei hellwachem Bewusstsein zu ertrinken.
Der Mann hatte sich über ihn gebeugt. Im diffusen Licht, das durch das Viereck der offenen Tür fiel, sah er wie ein dunkler Schatten aus. Von seinem Gesicht war unter der breiten Krempe des Bowlers fast nichts zu erkennen. Aber die Spritze, die er in der Hand hielt, sah Smithback umso deutlicher.
Nun riss ihm der Mann die Reste des Mundpflasters ab. »Das brauchen wir nicht mehr. Ich werde jetzt eine Intubation vornehmen. Es wäre doch zu ärgerlich, wenn Sie mir ersticken, noch bevor die Prozedur begonnen hat.«
Smithback versuchte, wenigstens so viel Luft einzuatmen, dass er schreien konnte, aber es wurde nur die Andeutung eines leisen Keuchens daraus. Seine Zunge fühlte sich dick und unerträglich groß an. Sein Unterkiefer sackte nach unten, Speichel rann ihm aus dem Mund aufs Kinn. Es kostete ihn

unsägliche Mühe, sich zumindest die Illusion zu erhalten, noch Luft zu bekommen.

Der Mann trat ein paar Schritte zurück und verschwand schließlich hinter der Tür im Dunkel. Irgendetwas näherte sich ratternd, und als die schwarz gekleidete Gestalt wieder auftauchte, schob sie eine Rollliege und eine kastenförmige, gummibereifte Apparatur vor sich her. Der Mann schob die Liege dicht neben Smithback, beugte sich über ihn und öffnete mit einem unförmigen Schlüssel die Stahlfesseln an Smithbacks Hand- und Fußgelenken. Trotz aller Ängste und seiner zunehmenden Verzweiflung nahm Smithback den muffigen, an Mottenkugeln erinnernden Geruch wahr, den die schwarze Kleidung verströmte. Er roch den Schweiß des Mannes und einen Anflug von Eukalyptusduft. War der Kerl etwa so abgebrüht, dass er sich die Zeit genommen hatte, ein Bonbon oder eine Tablette zu lutschen?

»Ich werde Sie jetzt auf die Rollliege betten.«

Smithback spürte, wie er hochgehoben wurde und sich kaltes Metall an seinen nackten Rücken schmiegte. Er merkte, dass ihm die Nase lief, aber er konnte nichts dagegen tun, nicht mal die Hand heben. Und dann beherrschte ihn nur noch die quälende Gier nach Sauerstoff. Er war völlig gelähmt, doch sein Denkvermögen und sein Wahrnehmungssinn arbeiteten störungsfrei.

Der Mann tauchte wieder in seinem Gesichtsradius auf. Er hielt einen dünnen Plastikschlauch in der Hand, zwang Smithbacks Ober- und Unterkiefer auseinander und presste ihm den Schlauch in den Mund; Smithback spürte, wie er sich an seiner Kehle rieb. Jäher Brechreiz überfiel ihn, aber er war ihm hilflos ausgeliefert, er konnte nicht mal würgen. Dann spürte er, wie das Ventilationsgerät ihm Luft in die Lunge pumpte. Seine Erleichterung war so groß, dass er einen Moment lang vergaß, welcher tödlichen Bedrohung er ausgeliefert war.

Die Rollliege wurde aus dem Raum geschoben. Über ihm

wölbte sich eine niedrige Ziegelsteindecke, hin und wieder tauchte eine nackte Glühbirne in seinem Gesichtsfeld auf. Kurz danach veränderte sich das Bild, anscheinend wurde er durch eine Art Kellergewölbe geschoben. Die Rollliege drehte sich um neunzig Grad und hielt abrupt an. Smithback hörte es viermal klicken: Die Räder wurden arretiert. Gleißend helles Deckenlicht blendete ihn. Ein leichter Geruch von Alkohol und einem Desinfektionsmittel stieg ihm in die Nase, was immerhin den Vorteil hatte, dass er den muffigen Geruch der schwarzen Kleidung kaum noch wahrnahm.

Der Mann schlang die Arme um ihn, hob ihn hoch und legte ihn mit fast liebevoller Sorgfalt auf einen Stahltisch, der breiter war als die Rollliege, aber entsetzlich kalt. Smithback konnte den Mund nicht schließen, weil der Plastikschlauch ihm die Zunge an den Gaumen drückte.

Dann griff der Mann – wieder sehr behutsam und mit sicheren Bewegungen – abermals zu und drehte ihn so, dass er auf dem Bauch lag. Unwillkürlich ging ihm die Frage durch den Kopf, wie viele Menschen wohl vor ihm so hilflos auf diesem Stahltisch gelegen hatten.

Plötzlich schwebte eine Hand über ihm, die Hand des Mannes, und wieder fühlte es sich fast wie eine zärtliche Liebkosung an, als der Mann ihm die Lider zudrückte.

Wenn nur der Tisch nicht so eiskalt gewesen wäre! Er hörte den Mann im Keller hin und her gehen. Irgendetwas schlang sich um seinen Arm, knapp über dem Ellbogen, und als sich der Druck aufbaute, ahnte er, was der Mann vorhatte. Beinahe im selben Augenblick spürte er, wie die Nadel in seinen Oberarm eindrang. Ein ratschendes Geräusch, als würde irgendetwas von einer Rolle gerissen. Nur die schweren Atemzüge und der Eukalyptusgeruch verrieten ihm, dass der Mann sich über ihn beugte. Und dann hörte er wie durch eine Watteschicht die Stimme des Mannes.

»Ich fürchte, es wird ein bisschen schmerzhaft werden«, sagte er, während er Smithbacks Arme und Beine mit langen

Pflasterstreifen an den Stahltisch fesselte. »Um es unumwunden zu sagen: sogar sehr schmerzhaft. Aber die ärztliche Kunst bereitet eben manchmal Schmerzen. Verlieren Sie also nicht die Beherrschung! Und wenn ich Ihnen einen guten Rat geben darf ...«

Smithback wollte sich aufbäumen, aber sein Körper gehorchte ihm nicht mehr, es war, als sei er in unerreichbare Sphären davongeschwebt.

»... halten Sie's wie eine Gazelle in den Klauen des Löwen: Geben Sie nach, akzeptieren Sie Ihr Geschick, resignieren Sie! Das ist das Beste, was Sie tun können.«

Wasser rauschte, Stahl klirrte gegen Stahl, als der Mann sein chirurgisches Besteck in das Spülbecken legte.

Selbst mit geschlossenen Augen nahm Smithback wahr, dass das Deckenlicht plötzlich viel heller strahlte. Sein Puls fing wild zu rasen an, schneller und immer schneller, bis er sich einbildete, dass der Stahltisch im Rhythmus seines Herzschlags erzitterte.

6

Nora setzte sich auf dem unbequemen Holzstuhl zurecht und warf, bestimmt schon zum fünften Mal, einen Blick auf ihre Armbanduhr: halb elf – anderthalb Stunden vor Mitternacht! Sie hatte das schon einmal über sich ergehen lassen, bei der polizeilichen Vernehmung, nachdem sie Pucks Leiche entdeckt hatte. Aber diesmal war das läppische Frage-und-Antwort-Spiel wirklich eine Nervenmühle. Lauter absurde Fragen! Was sie eigentlich bei ihrer Arbeit im Museum mache? Was sie bei der Verfolgungsjagd durch die Gewölbe des Archivs empfunden habe? Was in den beiden maschinegeschriebenen Memos von Puck gestanden habe – in dem, das ihr zugeschickt worden war, und in dem, das auf seinem Schreibtisch gelegen hatte. Das war sie schon wer weiß wie oft gefragt worden! Aber gut, sie leierte alles noch mal herunter: Dass sie beide Nachrichten der Polizei übergeben habe. Und dass sie vermutlich gar nicht von Puck, sondern von dessen Mörder getippt worden waren.

Die beiden Officers saßen ihr gegenüber – der eine kleinwüchsig und ein wenig zu gut herausgefüttert, der andere sah zwar ganz ansehnlich aus, aber seine pomadige Art ging ihr auf den Wecker. Und das Schlimmste war, dass sie anscheinend nicht vorhatten, die Befragung in absehbarer Zeit zu beenden. Dazu kam, dass sie sich nicht grün waren, einer fiel dem anderen immer wieder ins Wort. Wirklich ein Trauerspiel!

»Dr. Kelly …« Der Kleine war wieder dran, Finester hieß er. »Wir wären dann so gut wie fertig.«

»Gott sei's gedankt!«

Aber sie hatte sich zu früh gefreut. Der andere, O'Grady, zog ein Blatt Papier mit handgeschriebenen Notizen aus der Uniformjacke. »Sind Sie näher mit einem gewissen William Smithback bekannt?«

Nora sah ihn mürrisch an und beschloss, von jetzt an erst recht auf der Hut zu sein. »Ja, bin ich.«

»Welcher Art ist Ihre Beziehung zu Mr. Smithback?«

»Er ist ein Exfreund.«

O'Grady raschelte wichtigtuerisch mit seinem Wisch. »Uns liegt eine Meldung vor, derzufolge sich Mr. Smithback heute Vormittag unter falschem Namen Zutritt zu Akten aus einem der Sicherheitsbereiche des Museums verschafft hat. Wissen Sie eine Erklärung dafür?«

»Nein.«

»Wann haben Sie das letzte Mal mit ihm gesprochen?«

»Ich denke, vor etwa einer Woche. Genau kann ich mich nicht erinnern.«

»Was war der Anlass zu diesem Gespräch?«

»Er wollte unbedingt, dass ich ihn in mein Büro lasse.«

»Warum?«

»Weil er mir mitteilen wollte, dass Agent Pendergast mit einem Messer attackiert worden ist. Ich habe den Wachdienst verständigt, die haben ihn aus dem Museum gewiesen. Darüber gibt es ein Protokoll.« Himmel noch mal, wieso war Smithback noch mal ins Museum gekommen? Der Junge war unverbesserlich!

»Und Sie haben keine Vorstellung davon, was Mr. Smithback dieses Mal wollte?«

»Ich glaube mich zu erinnern, dass ich Ihnen die Frage bereits beantwortet habe.«

O'Grady studierte stumm den handgeschriebenen Vermerk. »Ich lese hier, dass Mr. Smithback …«

Nora platzte der Kragen, sie fiel dem Sergeant barsch ins Wort. »Hören Sie, es gibt mit Sicherheit Dinge, auf die Sie sich vordringlicher konzentrieren sollten. Um zum Beispiel herauszufinden, wer die beiden maschinegeschriebenen Memos verfasst und sie als von Puck stammend ausgegeben hat. Offensichtlich hatte der Mörder ungehinderten Zutritt zum Museum. Wieso halten Sie sich mit diesen Fragen über Smithback auf? Ich habe ihn seit mindestens einer Woche nicht mehr gesehen. Ich weiß nicht, warum er noch einmal im Museum aufgetaucht ist. Und offen gesagt, es ist mir auch egal.«

O'Grady versuchte, gut Wetter zu machen. »Wir müssen Ihnen diese Fragen stellen, Dr. Kelly.«

»Warum?«

»Weil sie hier auf meiner Liste stehen.«

»Mein Gott!« Nora fuhr sich gequält über die Stirn. Die Sache nahm kafkaeske Züge an. »Also gut, fragen Sie!«

»Nachdem gegen Mr. Smithback ein Haftbefehl ausgestellt wurde, haben wir seinen Mietwagen am oberen Riverside Drive gefunden. Wissen Sie, warum er den Wagen gemietet hat?«

»Ich sage Ihnen doch, ich habe seit einer Woche keinen Kontakt mehr mit ihm gehabt.«

O'Grady drehte das Blatt Papier um. »Wie lange kennen Sie Mr. Smithback schon?«
»Seit fast zwei Jahren.«
»Wo haben Sie ihn kennen gelernt?«
»In Utah.«
»Unter welchen Umständen?«
»Bei einer archäologischen Expedition.« Nora beantwortete die Fragen wie jemand, der einen auswendig gelernten Text aufsagt, mit ihren Gedanken war sie ganz woanders. Am Riverside Drive? Was, zum Teufel, hatte Smithback dort zu suchen?
»Was war das für eine archäologische Expedition?«
O'Grady musste die Frage wiederholen, Nora starrte geistesabwesend ins Leere.
»Wo genau am Riverside Drive? Ich meine, wo wurde der Mietwagen gefunden?«, platzte sie heraus.
O'Grady sah sie irritiert an, bequemte sich aber dazu, das Papier zu überfliegen. »Hier steht was von der Ecke Riverside und Hunderteinunddreißigste Straße.«
»Hunderteinunddreißigste? Was wollte er denn da?«
»Wir hatten gehofft, dass Sie uns das sagen können. Also, noch mal zu dieser archäologischen Expedition …«
»Und Sie sagen, er habe sich heute Vormittag Zugang zu Akten verschafft? Was für Akten?«
»Es ging um alte Sicherheitsüberprüfungen.«
»Um wessen Sicherheitsüberprüfung?«
O'Grady seufzte, warf aber noch einmal einen Blick auf sein Blatt. »Darüber steht hier nichts.«
»Wie hat er sich Zugang zu der Akte verschafft?«
O'Grady stöhnte genervt. »Könnten wir uns jetzt wieder *unseren* Fragen zuwenden?«
»Ich weiß was über die Sache«, mischte sich Finester ein. »Ich hab das auf der Wache mitgekriegt, als du nicht da warst, weil du gerade Kaffee und Donuts geholt hast.«
O'Grady sah ihn finster an. »Falls es dir entfallen ist, Fines-

ter, unser Auftrag besteht darin, Dr. Kelly Fragen zu stellen!«

Nora musterte ihn kühl. »Wie soll ich Ihre Fragen beantworten, wenn Sie mir die Informationen verweigern, die ich dazu brauche?«

O'Gradys rosarote Wangen verfärbten sich dunkelrot. »Ich sehe keinen Grund, warum ich …«

»Sie hat Recht, O'Grady«, fiel ihm Finester ins Wort. »Sie hat das Recht, so was zu erfahren.« Er versuchte, sich mit einschmeichelndem Lächeln bei Nora anzubiedern. »Mr. Smithback hat einen der beiden Wachleute mit einem fingierten Telefonanruf von seinem Posten gelockt. Er hat sich als Soundso aus der Personalabteilung ausgegeben, dann dem anderen Wachmann gegenüber behauptet, er sei der bei dem Telefonat angekündigte Mann von der Personalabteilung, und sich verschiedene Aktenschränke öffnen lassen. Angeblich zum Zweck einer Vollständigkeitsüberprüfung.«

»Ach, tatsächlich?« Nora musste unwillkürlich in sich hineinschmunzeln. Das sah Smithback ähnlich! »Um was für Akten ging es denn?«

»Ach, irgendwelche Sicherheitsüberprüfungen. Über hundert Jahre alte Schinken.«

»Und deswegen kriegt er Ärger?«

»Ja, wenn es nur das wäre! Der eine Wachmann glaubt gesehen zu haben, dass er ein paar Seiten aus einem der Hängeordner eingesteckt hat.«

»Wissen Sie, aus welchem?«

»Ich glaube, es war der für das Jahr 1870.« Finester war sichtlich stolz auf sein gutes Gedächtnis. »Und eine Überprüfung hat ergeben, dass tatsächlich ein paar Kopien fehlten.« Er beugte sich vertraulich vor. »Sie werden's nicht glauben, es ging um den Serienmörder aus dem neunzehnten Jahrhundert, den Namen habe ich vergessen. Sie wissen schon, die *Times* hat über ihn berichtet. Smithback wollte sich offensichtlich zusätzliche Informationen über den Mann verschaffen.«

»Meinen Sie Enoch Leng?«
»Ja, so hieß er.«
Nora saß wie benommen da.
O'Grady räusperte sich unwillig. »Können wir jetzt mit der Anhörung fortfahren?«
»Und sein Wagen wurde am Riverside Drive gefunden? An der Hunderteinunddreißigsten Straße? Wie lange steht er jetzt schon dort?«
Finester zuckte die Achseln. »Gemietet hat er ihn, gleich nachdem er die Papiere geklaut hatte. Aber wie lange er … nun, die Gegend wird ständig überwacht. Sobald er die Karre abholen will, erfahren wir's.«
O'Grady riss der Geduldsfaden. »Finester, könntest du, nachdem du sämtliche vertraulichen Details ausgeplaudert hast, zur Abwechslung mal die Klappe halten? Dr. Kelly, diese archäologische Expedition …«
Nora nahm ihr Handy aus der Handtasche und wollte anfangen, eine Nummer einzutasten.
»Keine Anrufe, bis wir fertig sind, Dr. Kelly!«, fuhr O'Grady dazwischen.
Sie steckte das Telefon weg. »Tut mir Leid, ich muss dringend raus.«
»Wenn wir fertig sind!« In O'Gradys Augen funkelte Ärger. »Und jetzt, Dr. Kelly, möchte ich endlich mehr über diese archäologische Expedition erfahren!«
Noras Gedanken überschlugen sich. »Können wir das nicht später erledigen? Mit der Formulierung, dass ich dringend raus muss, meine ich: Ich hab's ziemlich eilig, in den Waschraum zu kommen. Eine Nierenschwäche. Die Folge einer bakteriellen Infektion, die ich mir bei einer Ausgrabung in Guatemala zugezogen habe.«
O'Grady runzelte die Stirn. »Muss das sofort sein?«
Nora nickte.
»Tut mir Leid, aber in dem Fall müssen wir Sie begleiten. Dienstvorschrift.«

»In den *Waschraum?«*
O'Grady wurde rot. »Natürlich nicht, aber bis zur Tür. Wir werden draußen warten.«
»Gut, dann beeilen Sie sich bitte. Es ist wirklich sehr dringend.«
Die Officers schossen hoch. Sie eilten zu dritt durch den Rockefeller-Raum, vorbei an Tischen, an denen andere Museumsmitarbeiter verdrossen die Fragen irgendwelcher Cops beantworteten, und weiter durch die zu dieser späten Stunde menschenleere Bibliothek, von der aus man durch eine doppelte Schwingtür auf den Flur und zu den Toiletten kam.
Nora näherte sich der Schwingtür, die beiden Officers schlenderten nichts ahnend hinter ihr her. Und plötzlich legte sie einen Zahn zu, stieß die Schwingtür auf und ließ sie dicht vor der Nase der beiden zufallen. Die Officers japsten verdutzt, gleich darauf hörte Nora stampfende Schritte und laute Rufe, aber sie hatte einen beruhigend großen Vorsprung und war durchtrainiert. Doch die beiden überraschten sie, sie waren verdammt gut zu Fuß! Als sie sich am Ende des Flurs kurz umdrehte, sah sie, dass der Schlankere, O'Grady, sogar aufholte.
Sie bog seitlich ab und rannte in halsbrecherischem Tempo, immer zwei Stufen auf einmal nehmend, eine Treppe hinunter. Doch es half alles nichts, als sie unten ankam, hörte sie immer noch die stampfenden Schritte. Bloß nicht stehen bleiben!, hämmerte sie sich ein, hastete weiter bis ins Erdgeschoss, huschte durch eine Tür mit dem Schild *Notausgang* und fand sich in der paläontologischen Abteilung wieder.
Ein langer, schmaler Flur lag vor ihr. Sie wähnte sich schon in Sicherheit, als sie hinter sich wieder schwere Stiefelschritte hörte. Verflixt, die beiden ließen sich nicht abschütteln! Wieso waren sie schon so dicht hinter ihr?
Sie rannte wie von Furien gehetzt weiter und versuchte verzweifelt, sich irgendetwas einfallen zu lassen. Irgendwo ganz in der Nähe musste der große Lagerraum liegen, in dem die Dinosaurierknochen aufbewahrt wurden – ihre beste Chance,

wenn sie die beiden loswerden wollte. Sie wühlte, ohne langsamer zu werden, in ihrer Handtasche. Ein Glück, dass sie heute Morgen die Generalschlüssel für die Labors und die Lagerräume eingesteckt hatte.

Sie hetzte auf die schwere Tür zu, suchte hektisch den richtigen Schlüssel heraus, steckte ihn ins Schloss, stieß die Tür auf und warf sie, als die beiden Cops gerade um die Ecke bogen, hinter sich zu.

Und schon trommelte einer der beiden an diese Tür. »Machen Sie auf!« O'Grady – irgendwie beruhigend, wie gedämpft sich seine Stimme durch das massive Holz anhörte.

In dem Lagerraum brannte nur eine Notleuchte, ganz oben an der Decke. Die anderen Lampen konnten nur mit einem speziellen Schlüssel aktiviert werden – eine Vorsichtsmaßnahme, um die Knochenfunde vor allzu grellem Licht zu schützen. Sie sah sich in dem schummerigen Licht gehetzt nach einem Versteck um, aber bei der schwachen Beleuchtung war es schwierig, irgendetwas zu erkennen.

Und plötzlich erschütterte ein schwerer Stoß die Tür in ihren Angeln. Mein Gott, die würden doch wohl nicht auf die Idee kommen, eine unverschlossene Tür aufzubrechen! Offenbar doch, der nächste Stoß war noch wuchtiger, der ganze Türrahmen zitterte. Und dann waren sie anscheinend dahinter gekommen, dass die Tür gar nicht verschlossen war. Nora hörte beinahe erleichtert, wie der Knauf gedreht und die Tür knarrend aufgestoßen wurde.

Zögernd, mit zitternden Knien, wich sie in das Dunkel zwischen den links und rechts von ihr aufragenden Knochenwällen zurück. Die Sammlung galt als die größte der Welt. Tausende Tonnen Knochen lagen ohne erkennbare Systematik in den mit Stahldraht gesicherten Regalen: Schenkel so dick wie Baumstämme, Schädel von der Größe eines Autos. Der Raum roch nach Moder wie eine alte Kathedrale.

»Wir wissen, dass Sie hier sind«, rief eine Stimme – Finester, ziemlich außer Atem.

Nora zog sich tiefer ins Dunkel zurück. Etwas Schwarzes huschte an ihr vorbei: eine Ratte, die freilich schleunigst in der leeren Augenhöhle eines Carnotaurus Zuflucht nahm. Nora atmete tief durch und ermahnte sich, nicht in Panik zu verfallen, sondern sich darauf zu konzentrieren, ein halbwegs sicheres Versteck zu finden. Nur, das war einfacher gedacht als getan, zum einen wegen der spärlichen Lichtverhältnisse, zum anderen, weil es fast unmöglich war, sich in dem Gewirr von Regalen zu orientieren. Wie in fast allen Lagerräumen, die sie kannte, hatte man sich auch hier darauf beschränkt, die in anderthalb Jahrhunderten angesammelten Fundstücke vorläufig in den kreuz und quer aufgestellten Regalen zu stapeln, alles Weitere würde sich schon irgendwann finden. Kein Ort zum Verstecken, ging ihr durch den Kopf, eher zum Verlaufen.

»Es hat sich noch nie ausgezahlt, vor der Polizei wegzulaufen, Dr. Kelly! Zeigen Sie sich, wir kommen dann langsam auf Sie zu.«

Nora versteckte sich hinter einer riesigen Schildkröte – einem Monstrum von den Ausmaßen eines mittelgroßen Wohnzimmers – und versuchte, sich zu erinnern, ob sie bei früheren Besuchen nicht doch irgendein System bei der Anordnung der Regale bemerkt hätte. Vergeblich, sie erinnerte sich nur an eins ganz genau: Es gab keine zweite Tür. Sie musste also, wenn sie hier rauswollte, die Tür benutzen, durch die sie gekommen war, aber den Weg dorthin hatten ihr die beiden Officers abgeschnitten. Folglich musste sie versuchen, O'Grady und Finester tiefer in den Lagerraum zu locken.

»Dr. Kelly, ich bin sicher, wir können eine vernünftige Lösung finden. Bitte!«

Nora lächelte verstohlen in sich hinein. Mein Gott, was waren die beiden doch für dümmliche Schwätzer! Smithback hätte seine helle Freude an der Situation gehabt.

Der Gedanke an ihn ließ ihr Lächeln schnell verkümmern. Sie war sich jetzt ziemlich sicher, was er getan hatte: Er war zu

Lengs Wohnhaus gefahren. Vielleicht war ihm Pendergasts Theorie zu Ohren gekommen, derzufolge Leng noch lebte und sich in seinem alten Haus aufhielt. Gut möglich, dass er O'Shaugnessy dazu verleitet hatte, ein bisschen zu redselig zu sein. Smithback schaffte es, den Leuten die Würmer aus der Nase zu ziehen, bei ihm wäre sogar Helen Keller zur Plaudertasche geworden.

Dazu kam, dass er sich auf Recherchen verstand und sich mit den Aktenbergen des Museums auskannte. Während sie und Pendergast Dokumente gewälzt hatten, war er ins richtige Archiv marschiert und hatte prompt einen Volltreffer gelandet. Und wie sie Smithback kannte, hatte er keine Sekunde gezögert, sich in die Höhle des Löwen zu wagen. Darum hatte er den Wagen gemietet und war zum Riverside Drive gefahren. Das Dumme war nur, dass er sich nie damit begnügen konnte, den Schlüssel für die Lösung eines Rätsels in der Hand zu halten.

O dieser Narr, dieser gottverdammte Dummkopf!

Sie griff nach ihrem Handy, dämpfte die unvermeidlichen Geräusche mit ihrer ledernen Handtasche ab und wählte Smithbacks Nummer. Aber da tat sich nichts, das Handy war tot. Kein Wunder bei all den Stahlregalen rings um sie und tausenden Tonnen Bausubstanz über ihr, fiel ihr erleichtert ein. Und das ließ sie hoffen, dass die beiden Officers mit ihren Funkgeräten hier auch nicht viel anfangen konnten. Was sich, wenn ihr Plan aufging, als sehr nützlich erweisen würde.

»Dr. Kelly!« Aha, die Stimme kam von links, der Weg zur Tür war also frei.

In der Hoffnung, die beiden irgendwo zu sehen, huschte sie geduckt zwischen den Regalen entlang. Aber das Einzige, was sie sah, war der halb hinter den Knochenwällen versteckte Lichtkegel ihrer Stablampen.

Sie durfte keine Zeit mehr verlieren, irgendwie musste sie es schaffen, hier rauszukommen!

Sie lauschte angestrengt, und tatsächlich, die schweren Stiefel der beiden verrieten ihr, wo sie ungefähr waren. In ihrem blinden Eifer und weil keiner dem anderen die Meriten überlassen wollte, waren sie zusammen geblieben, keiner hatte sich vor der Tür aufgebaut.

»Also gut«, rief sie, »ich gebe auf! Tut mir Leid, dass ich die Nerven verloren habe.«

Sie hörte O'Grady und Finester miteinander flüstern.

»Wir kommen!«, rief O'Grady. »Bleiben Sie, wo Sie sind!«

Die schweren Stiefelschritte kamen näher. Sie schienen es sehr eilig zu haben, der Lichtstrahl der Stablampen hüpfte auf und ab. Nora duckte sich so tief wie möglich, schlug einen Haken und versuchte, auf dem Weg zur Tür das Kunststück fertig zu bringen, sich so leise wie möglich und gleichzeitig so schnell wie möglich zu bewegen.

»Wo sind Sie?«, rief eine aufgeregte Stimme. »Dr. Kelly?«

Sie waren offenbar noch ein Stück weit weg und ein paar Regalbreiten zu weit links abgekommen.

»Sie war dort drüben, O'Grady.«

»Quatsch, Finester, sie war viel weiter hinten!«

Nora spurtete los, war im Nu an der Tür, riss sie auf, warf sie hinter sich zu und schloss von außen ab.

Fünf Minuten später stand sie mit hechelndem Atem an der Museumszufahrt, zog das Handy aus der Tasche und tastete hastig eine Nummer ein.

7

Der Silver Wraith hielt am Bürgersteig der Zweiundsiebzigsten Straße, der Motor schnurrte fast lautlos im Leerlauf, Special Agent Pendergast stieg aus und ging in Gedanken verloren zum Dakota.

Das Gespräch mit seiner Großtante hatte ein ungewohntes Gefühl in ihm ausgelöst, ähnlich der Vorahnung einer unheimlichen Bedrohung. All das, was er seit der Entdeckung des grauenvollen Tunnels mit den in den Nischen eingemauerten Leichen an der Catherine Street geahnt hatte, wuchs immer mehr zur Gewissheit heran.

Seit vielen Jahren hatte er, ohne je ein Wort darüber zu verlieren, in regelmäßigen Abständen den Informationsdienst des FBI und den von Interpol nach einem bestimmten Modus Operandi abgesucht, immer in der Hoffnung, nicht fündig zu werden, aber zugleich mit der beklommenen Ahnung, dass er irgendwann doch auf den Hinweis stoßen werde, der die insgeheim gehegten Befürchtungen bestätigte.

»Guten Abend, Mr. Pendergast«, begrüßte ihn der Wachmann des Dakota und kam, einen gefütterten Umschlag in der – natürlich in einem weißen Handschuh steckenden – Hand aus dem Wachhäuschen auf ihn zu.

Pendergast ließ sich nichts anmerken, aber seine Miene wurde um eine Spur besorgter. »Vielen Dank, Johnson«, sagte Pendergast, ohne dem Umschlag vorläufig Beachtung zu schenken. »Ist Sergeant O'Shaugnessy hier gewesen? Sie erinnern sich, dass ich erwähnt habe, er wolle im Laufe des Tages vorbeikommen.«

»Nein, Sir, er hat sich hier nicht sehen lassen. Weder tagsüber noch heute Abend.«

In Pendergasts Besorgnis mischten sich Schuldgefühle, er stand lange stumm da. Dann gab er sich einen Ruck. »Ich verstehe. Haben Sie diesen Umschlag für mich entgegengenommen?«

»Ja, Sir.«

»Darf ich fragen, von wem?«

»Von einem reizenden älteren Herrn, durch und durch alte Schule, würde ich sagen.«

»Trug er einen Bowler?«

»Ja, in der Tat, Sir.«

Pendergast las die Aufschrift auf dem Stahlstichetikett des Umschlags. *A. X. L. Pendergast, Esq., Dr. phil., Dakota, New York City. Persönlich vertraulich.* Er erkannte den Umschlag sofort wieder, der Schreibwarenhändler am Ort hatte solche Umschläge viele Jahre lang aus schwerem, handgeschöpftem Papier mit Egoutteurrippung für seine Familie angefertigt. Das Kuvert hatte einen leichten Gelbstich angenommen, die Tinte aber sah frisch aus.

Pendergast wandte sich zu dem Wachmann um. »Johnson, darf ich mir Ihre Handschuhe ausleihen?«

Der Wachmann stutzte, wusste seine Verblüffung aber gut zu verbergen. Pendergast zog die weißen Handschuhe über, trat in den Lichtkreis des Wachhäuschens und riss den Verschluss des Umschlags auf. Er langte vorsichtig hinein und zog ein einmal gefaltetes Blatt Papier heraus. In der Knickstelle lag ein kleiner, grau schimmernder Faden. Das Ende einer Angelschnur, hätte man denken können, aber Pendergast wusste sofort, dass er ein Stück von einem menschlichen Nerv vor sich hatte, zweifellos von der Cauda equina am unteren Ende des Rückgrats.

Eine Nachricht war nicht beigefügt. Er hielt den gefalteten Briefbogen in verschiedenen Neigungswinkeln gegen das Licht, konnte aber keinen hilfreichen Fingerzeig entdecken, nicht mal ein Wasserzeichen.

In diesem Moment läutete sein Mobiltelefon. Er legte das Blatt und den Umschlag sorgfältig beiseite, nahm das Telefon aus der Jackentasche, hielt es sich ans Ohr und meldete sich mit einem ruhigen, gelassenen »Ja, bitte?«

»Hier ist Nora. Hören Sie, Smithback hat rausgefunden, wo Leng wohnt.«

»Und?«

»Ich glaube, er ist hingefahren. Und wird wohl auch in das Haus eingedrungen sein.«

Wettlauf mit dem Tod

1

Der Rolls schlängelte sich – ausnahmsweise mit eingeschaltetem Polizeilicht – in atemberaubender Slalomfahrt durch den Verkehr auf der Central Park West und kam mit qietschenden Reifen an der Bürgersteigkante neben Nora zum Stehen.
Pendergast stieß die Fondtür auf. »Steigen Sie ein!«, drängelte er.
Proctor ließ ihr kaum Zeit, neben Pendergast zu rutschen, als er auch schon das Gaspedal so tief durchtrat, dass sie regelrecht in das cremefarbene Lederpolster gedrückt wurde. Pendergast hatte die Armlehne zwischen ihnen heruntergeklappt, sein Blick war starr nach vorn gerichtet, seine grimmige Miene ließ nichts Gutes vermuten.
»Ich habe versucht, ihn auf seinem Handy zu erreichen«, sagte sie, »aber er meldet sich nicht.«
Pendergast reagierte nicht, er schien in düsteren Gedanken versunken zu sein.
Nora nahm einen neuen Anlauf. »Glauben Sie wirklich, dass Leng noch lebt?«
»Ich *weiß* es«, antwortete der Agent knapp.
Sie saßen eine Weile stumm nebeneinander, dann hielt Nora es nicht mehr aus. Es gab eine Frage, die sie einfach loswerden musste. »Glauben Sie, er hat ihn … glauben Sie, er hat Smithback in seiner Gewalt?«
Es dauerte ein paar Sekunden, bis Pendergast sich zu einer Antwort aufraffte. »Nach seinem Mietvertrag mit Hertz war er verpflichtet, den Wagen bis siebzehn Uhr zurückzugeben.«
Siebzehn Uhr. Nora schnürte es vor Angst fast den Atem ab. Die Frist war seit über sechs Stunden abgelaufen.
»Wenn er ihn in der Nähe von Lengs Haus geparkt hat, hätten wir zumindest eine Chance, ihn zu finden«, fügte Pendergast hinzu. Dann beugte er sich vor und schob die Trennscheibe zwischen dem Fahrersitz und dem Fond auf. »Proctor, ab der

Hunderteinunddreißigsten müssen wir Ausschau nach einem silberfarbenen Ford Taurus halten. New Yorker Kennzeichen ELI – sieben-sieben-drei-vier, die Windschutzscheibe ist mit dem Aufkleber für Mietwagen gekennzeichnet.« Er schob die Trennscheibe wieder zu.

Wieder lastete das Schweigen bleischwer zwischen ihnen, während der Silver Wraith auf dem Cathedral Parkway mit unvermindertem Tempo Richtung Flussufer jagte. Als Pendergast schließlich sein Schweigen brach, hörte er sich an wie jemand, der ein Selbstgespräch führt. »Wenn uns achtundvierzig Stunden mehr geblieben wären, hätten wir Lengs Adresse gekannt. Wir waren dicht dran. Aber nun bleiben uns keine achtundvierzig Stunden mehr.«

In Noras flehentlichem Blick spiegelte sich ihre Verzweiflung wieder. »Wie viel Zeit bleibt uns denn noch?«

Pendergast sah sie nicht an. »Ich fürchte, gar keine«, murmelte er.

2

Brisbane schloss die Tür zu seinem Büro auf, zögerte einen Moment und trat dann beiseite, um Custer und seinem Assistenten den Vortritt zu lassen. Der Captain hatte sich von seinen vorübergehenden Zweifeln erholt, er strahlte wieder selbstbewussten Glauben an die Richtigkeit seines Vorgehens aus. Eile war nicht mehr geboten, er konnte sich in aller Ruhe umsehen. Überall Glas und Chrom, alles tipptopp gepflegt, aus zwei großen Fenstern fiel der Blick über den Central Park auf das Meer der blinkenden Lichtern an der Fifth Avenue. Er starrte fasziniert auf den riesigen Schreibtisch: ein antikes Tintenfass, silberne Tischglocke, ein mit Edelsteinen gefüllter Glaswürfel und etlicher anderer teurer Schnickschnack – wirklich ein schnuckeliges Büro.

»Hübsch haben Sie's hier.«

Brisbane überhörte das Kompliment, zog das Smokingjackett aus, hängte es über die Lehne seines Schreibtischsessels, ließ sich auf dem angestammten Platz nieder und sagte ruppig: »Captain, es ist elf Uhr nachts. Ich erwarte, dass Sie kurz und bündig sagen, worum es geht, und dann dafür sorgen, dass Ihre Leute den Museumsbereich verlassen. Sollte sich herausstellen, dass wir noch etwas zu besprechen haben, können wir gern eine für beide Seiten akzeptable Zeit vereinbaren.«
»Natürlich, Mr. Brisbane, natürlich.« Custer trat einen kleinen Rundgang durch das Büro des Vizepräsidenten an, hob hier einen Briefbeschwerer hoch, blieb da vor einem Wandbild stehen und registrierte im Übrigen zufrieden, dass sein Verhalten Brisbane zunehmend irritierte. Gut so, lass ihn ruhig schmoren! Irgendwann macht er den Mund auf und verplappert sich.
»Sind wir jetzt so weit, Captain?« Brisbane deutete unmissverständlich auf den Besuchersessel.
Custer setzte ungerührt seinen Rundgang fort. Das Büro kam ihm irgendwie kahl vor, mal abgesehen von dem Glaswürfel mit den Edelsteinen, dem mit Folianten und allerlei hübschen Dingen beladenen Wandregal und dem angrenzenden schmalen Schrank.
»Wenn ich Sie richtig verstanden habe, sind Sie der Rechtsberater des Museums, Mr. Brisbane?«
»So ist es.«
»Eine verantwortungsvolle Aufgabe.«
»Das kann man mit Fug und Recht behaupten.«
Custer blieb vor dem Regal stehen und betrachtete angelegentlich einen Füllfederhalter aus Perlmutt. »Ich vermute, Sie sehen in dem Eindringen meiner Leute eine Verletzung des Hausrechts, nicht wahr?«
»Genauso sehe ich das.«
Custer widmete seine Aufmerksamkeit einer antiken chinesischen Tabakdose. »Natürlich passt es Ihnen nicht, wenn meine Männer hier alles auf den Kopf stellen.«

»Das habe ich bereits wiederholt zum Ausdruck gebracht. Im Übrigen darf ich darauf hinweisen, dass das eine sehr wertvolle Dose ist, Captain.«

Custer stellte die Dose weg und griff nach einer anderen kleinen Kostbarkeit. »Ich könnte mir gut vorstellen, dass die ganze Sache für Sie höchst unerfreulich ist. Zuerst werden diese Skelette aus dem neunzehnten Jahrhundert entdeckt, dann wird ein Mitarbeiter im Archiv ermordet und diese Kuratorin …«

»Nora Kelly«, fiel ihm Brisbane ins Wort.

»Richtig. Sie hat die Leiche des Ermordeten entdeckt, und sie hatte ja auch schon die Skelette und später diesen versteckten Brief gefunden, stimmt's? Es hat Ihnen nicht sehr behagt, dass sie an der Aufklärung des Falls mitgearbeitet hat, nicht wahr? Vermutlich haben Sie befürchtet, dass das zu einer Art Negativwerbung für das Museum führt, oder?«

»Ich war lediglich der Ansicht, dass sie sich ihrer Forschungsarbeit widmen soll. Dafür wird sie schließlich bezahlt.«

»Sie haben es also nicht gern gesehen, dass sie die Arbeit der Polizei unterstützt?«

»Doch. Ich wollte nur nicht, dass sie dabei ihre Pflichten gegenüber dem Museum vernachlässigt.«

Custer nickte verständnisvoll. »Das kann ich Ihnen nachfühlen. Und dann wurde sie von diesem ›Chirurgen‹ gejagt und wäre beinahe von ihm umgebracht worden.« Er wandte sich den dicken Folianten in dem Regal zu. Lauter juristische Fachbücher – es war ihm ein Rätsel, wie man solchen nüchternen Sachbüchern etwas abgewinnen konnte. »Sind Sie etwa Anwalt?«

»Rechtsberater sind gewöhnlich Anwälte«, klärte Brisbane ihn in süffisantem Ton auf.

Das prallte wirkungslos an Custer ab. »Wie lange sind Sie schon für das Museum tätig?«

»Etwas über zwei Jahre.«

»Zufrieden mit Ihrem Job?«

Brisbane verzog missbilligend das Gesicht. »Nun, die Arbeit in einem so bedeutenden Museum ist sehr interessant. Aber wollten wir nicht eigentlich darüber sprechen, wann Sie Ihre Leute hier abziehen?«

»Das kommt noch.« Custer wandte sich zu ihm um. »Haben Sie häufig im Archiv zu tun?«

»Selten. Nach den jüngsten Ereignissen natürlich öfter.«

»Ein interessanter Arbeitsplatz, dieses Archiv«, meinte Custer. Eine scheinbar beiläufige Bemerkung, aber der Captain beobachtete gespannt Brisbanes Augen. Mal sehen, wie er auf die Bemerkung reagiert!

»Ich nehme an, es gibt Leute, die das so sehen.«

»Aber Sie nicht?«

»Nun ja, Pappschachteln mit alten Papieren und halb vermoderten Fundstücken kann ich nicht viel abgewinnen.«

»Trotzdem haben Sie das Archiv ...«, Custer blätterte in seinem Notizbuch, »... innerhalb von zehn Tagen sage und schreibe achtmal aufgesucht.«

»Ich bezweifle, dass das so oft war. Und wenn, ging es in jedem Einzelfall um Museumsbelange.«

Custer sah ihn verschlagen an. »Natürlich. Das Archiv, dem Sie nicht viel abgewinnen können. In dem Nora Kelly um ihr Leben rennen musste. Und der Archivar Puck ermordet wurde. Und dann war da noch dieser Reporter Smithback – ein ziemlich lästiger Bursche, nicht wahr?«

»Lästig ist eine Untertreibung. Sie haben sicher davon gehört, dass er einen Wachmann unter Vortäuschung einer falschen Identität weggelockt und die Gelegenheit dazu benutzt hat, Museumsunterlagen zu stehlen.«

»Ja, davon habe ich gehört. Wir suchen bereits nach ihm, aber er ist wie vom Erdboden verschluckt. Sie wissen nicht zufällig, wo er sich aufhalten könnte – oder doch?«

»Natürlich nicht.«

»Natürlich.« Custer schlenderte zum Schreibtisch und vertiefte sich in den Anblick des Glaswürfels mit den Edel-

steinen. »Und dann auch noch dieser FBI-Agent, Mr. Pendergast. Ebenfalls das Opfer einer Attacke des ›Chirurgen‹. Und ebenfalls ziemlich lästig.«
Diesmal hüllte Brisbane sich in Schweigen.
»Ich muss zugeben, dass ich ihn nicht gern in meiner Nähe habe. Und wie geht es Ihnen, Mr. Brisbane?«
»Nun, bei uns hat es sowieso von Polizisten gewimmelt, weshalb musste da noch ein FBI-Agent mitmischen? Und da wir gerade von herumwimmelnden Polizisten sprechen ...«
»Nur, Mr. Brisbane, etwas finde ich merkwürdig ...« Custer ließ den Rest in der Luft schweben.
»Was finden Sie merkwürdig, Captain?«
Auf dem Flur vor dem Büro stapften Stiefel, die Tür wurde aufgestoßen, ein Police Officer kam schwitzend und staubverschmiert hereingestürmt. »Captain«, brachte er atemlos heraus, »wir waren gerade dabei, diese Frau zu vernehmen – Sie wissen schon, diese Kuratorin –, und plötzlich ist sie uns abgehauen und hat ...«
Custer sah den Sergeant – O'Grady, erinnerte er sich – strafend an. »Nicht jetzt, Sergeant! Sie sehen doch, dass ich mitten in einer Unterredung bin.«
»Aber sie hat die Tür von außen abgeschlossen und ...«
»Sie haben gehört, was der Captain sagt!«, griff Noyes ein und schob den Sergeant ungeachtet seiner Proteste aus Brisbanes Büro.
Custer wartete, bis die Tür zu war, dann wandte er sich wieder an den Vizepräsidenten. »Ich will Ihnen sagen, was ich merkwürdig finde: Ihr reges Interesse an diesem Fall.«
»Das gehört zu meinen Aufgaben.«
»O ja, ich weiß, dass Sie Ihren Aufgaben hingebungsvoll nachgehen. Sie kümmern sich sogar um Dinge, die normalerweise von der Personalabteilung erledigt werden. Stellen Leute ein oder feuern sie ...«
»Das ist richtig.«
»Reinhart Puck, zum Beispiel.«

»Was ist mit ihm?«
Custer zog sein Notizbuch zu Rate. »Weshalb haben Sie versucht, Mr. Puck zu feuern? Und zwar ausgerechnet zwei Tage bevor er ermordet wurde?«
Brisbane wollte etwas erwidern, aber dann zögerte er, als sei ihm gerade etwas anderes eingefallen.
»Ein seltsamer Zufall, würden Sie mir da zustimmen, Mr. Brisbane?«
Brisbane lächelte schmallippig. »Captain, ich war der Ansicht, dass wir die Stelle streichen können. Sehen Sie, das Museum hat mit finanziellen Schwierigkeiten zu kämpfen. Und Mr. Puck war nicht gerade … sagen wir: Er hat sich nicht sonderlich kooperativ gezeigt. Aber mit dem Mord hat das selbstverständlich absolut nichts zu tun.«
»Nur, die Personalabteilung hat der Kündigung nicht zugestimmt, nicht wahr?«
»Nun ja, er war über zwanzig Jahre bei uns beschäftigt. Es gab Befürchtungen, dass das der allgemeinen Arbeitsmoral abträglich sein könnte.«
»Ärgerlich, so ein Querschuss, oder?«
Brisbanes Lächeln erstarrte. »Captain, ich hoffe, Sie wollen damit nicht andeuten, dass ich irgendetwas mit dem Mord zu tun haben könnte?«
Custer hob mit gespieltem Erstaunen die Augenbrauen. »Halten Sie das für denkbar?«
»Wenn das eine rein rhetorische Frage sein soll, habe ich keine Probleme damit, sie zu beantworten.«
Custer grinste. Er wusste nicht genau, was man unter einer rhetorischen Frage versteht, merkte aber, dass er blindlings ins Schwarze getroffen hatte. Seine Hand fuhr streichelnd über den Glaswürfel mit den Edelsteinen. »Aber dass es überhaupt Widerspruch gab, das hat Sie geärgert, nicht wahr?«
»Niemand reagiert erfreut darauf, wenn ihm ein anderer die Suppe verhagelt«, erwiderte Brisbane eisig. »Ich meine, der Mann war ein lebender Anachronismus, ohne jedes Gespür

für effiziente Arbeit. Denken Sie nur an diese uralte Schreibmaschine, von der er sich partout nicht trennen wollte.«
»Ja – diese Schreibmaschine, auf der der Mörder seine Notiz getippt hat – das heißt, eigentlich zwei Notizen. Sie wussten also von dieser Schreibmaschine?«
»Jeder wusste davon. Puck hat ein Computerterminal stur abgelehnt, er wollte keine E-Mails verschicken.«
»Aha.« Custer nickte, kehrte zu dem Regal zurück, blieb nachdenklich vor dem schmalen Schrank stehen und zog schließlich behutsam die Tür auf.
Wie aufs Stichwort fiel ein altmodischer schwarzer Bowler heraus, drehte ein paar Pirouetten auf der Hutkrempe und blieb vor den Füßen des Captains liegen.
Custer starrte verdutzt auf den Hut. Selbst in Agatha Christies Kriminalromanen hätte das Timing für einen Zufallstreffer nicht perfekter sein können. Nur, im Alltag des Polizeidienstes kamen solche Zufälle nie vor.
Er drehte sich mit gerunzelter Stirn zu Brisbane um.
Brisbanes Mienenspiel wechselte von Bestürzung über Verwirrung zu Verärgerung. »Den habe ich für ein Kostümfest im Museum benutzt. Sie können das gern überprüfen, alle haben mich damit gesehen. Ich besitze ihn schon seit Jahren.«
Custer steckte den Kopf in den Wandschrank, kramte eine Weile herum, und förderte schließlich einen straff aufgerollten Regenschirm zu Tage. Er stellte ihn mit der Spitze auf den Boden, um ihm dann, ähnlich wie bei einem Kreisel, einen leichten Drall zu geben und ihn trudeln zu lassen, bis er neben dem Bowler umfiel. Erst dann hob er den Blick und fixierte Brisbane mit fragender Miene. Man hätte sich einreden können, die Sekunden dahintröpfeln zu hören.
»Das ist absurd!«, explodierte Brisbane.
Custer zuckte die Achseln. »Ich habe nichts gesagt. Noyes, haben Sie etwas gesagt?«
»Nein, Sir, kein Wort.«
»Mr. Brisbane, was ist dann Ihrer Meinung nach absurd?«

»Das, was Sie denken. Dass ich der bin, der …« Brisbane hatte offensichtlich Mühe, klare Sätze zu formulieren. »Der, der … Sie wissen schon. Also wirklich, das ist in höchstem Maße ridikül!«
Custer verschränkte die Hände hinter dem Rücken, kam mit langsamen Schritten auf den Schreibtisch zu, baute sich vor dem Esten Vizepräsidenten auf und fragte – bedächtig Wort für Wort aneinander reihend – in ruhigem, beherrschtem Ton: »Was, Mr. Brisbane, denke ich denn?«

3

Nur ein erfahrener Chauffeur wie Proctor vermochte den Rolls so geschickt über den Riverside Drive zu jagen, sich durchs Verkehrsgewühl zu schlängeln und immer wieder irgendeine schmale Lücke zu entdecken, die er zum Überholen nutzen konnte. Nora war heilfroh, als sie endlich in die ruhigere Hunderteinunddreißigste Straße abbogen. Aber plötzlich nahm Proctor abrupt den Fuß vom Gas, und im selben Augenblick sah sie, schräg zwischen andere Autos geklemmt, am Straßenrand einen silberfarbenen Ford Taurus mit dem New Yorker Kennzeichen ELI – sieben-sieben-drei-vier stehen.
Pendergast stieg aus und überzeugte sich, dass am Armaturenbrett das Hertzschild klebte. Nachdem er wusste, dass er das richtige Auto vor sich hatte, ging er um den Wagen herum und schlug so blitzschnell, dass sich die Bewegung kaum verfolgen ließ, das Seitenfenster neben dem Beifahrersitz ein und durchsuchte, obwohl die Alarmanlage empört aufjaulte, in aller Ruhe das Handschuhfach und die übrigen Ablagen.
Zwei, drei Minuten später saß er wieder neben Nora. »Der Wagen ist leer«, teilte er ihr mit. »Smithback muss die Adresse mitgenommen haben. Nun können wir nur noch hoffen, dass Lengs Haus irgendwo hier in der Nähe liegt.«
Er trug Proctor auf, am Grant's Tomb zu parken und auf

ihren Anruf zu warten, dann machte er sich zusammen mit Nora auf die Suche. Er legte mit weit ausholenden Schritten ein Tempo vor, bei dem Nora, obwohl sie durchtrainiert und gut zu Fuß war, nur mit Mühe mithalten konnte.

Nach wenigen Minuten waren sie am Drive angekommen. Auf der gegenüberliegenden Straßenseite erstreckte sich der Riverside Park, dessen knorrige, wie grimmige Wächter aufragende Bäume es darauf anzulegen schienen, Fremden den Blick auf das tiefer gelegene, unergründliche Dunkel zu verwehren. Nora und Pendergast wussten, was hinter dem Park lag, und selbst wenn sie's nicht gewusst hätten, wäre ihnen angesichts der im Mondlicht glitzernden, vom Wellengang gekräuselten Fläche schnell klar geworden, dass es der Hudson sein musste.

Nora blieb stehen und ließ den Blick ratlos über vom Verfall gezeichnete Apartmenthäuser, alte, von ihren Besitzern verlassene Villen und von der Sozialhilfe unterhaltene Behelfsunterkünfte schweifen. »Wie sollen wir denn hier das richtige Haus finden?«, fragte sie entmutigt.

»Es dürfte spezielle Charakteristika aufweisen«, sagte Pendergast. »Es muss ein Privathaus sein, mindestens hundert Jahre alt und nicht in Mietwohnungen aufgeteilt. Wahrscheinlich sieht es verlassen aus, aber es ist bestimmt gut gesichert. Ich denke, wir versuchen es zunächst Richtung Süden.« Doch dann legte er ihr, ehe sie weitergingen, die Hand auf die Schulter. »Normalerweise würde ich jemanden, der nicht im Polizeidienst steht, nicht zu einer solchen Aktion mitnehmen.«

»Aber der Mann, um den es geht, ist mein Freund …«

Pendergast winkte ab. »Für Diskussionen bleibt uns keine Zeit. Ich habe gründlich darüber nachgedacht, worauf wir uns einlassen und womit wir rechnen müssen. Ich will Ihnen das Ergebnis so unverblümt wie möglich sagen: Sollten wir das Haus finden, ist meine Chance, mit Leng fertig zu werden, ohne Assistenz verschwindend klein.«

»Umso besser. Ich wäre sowieso mitgekommen.«
»Das weiß ich. Und ich weiß auch, dass wir bei einem so gerissenen Mann wie Leng zu zweit bessere Chancen haben als ein großes Polizeiaufgebot, das ihn durch den mit so einer Aktion unvermeidlich verbundenen Lärm nur frühzeitig warnen würde. Wobei es ohnehin fraglich ist, ob wir innerhalb der kurzen Zeit, die uns bleibt, ein größeres Polizeiaufgebot hätten mobilisieren können. Aber, Dr. Kelly, ich muss Ihnen unumwunden sagen, dass ich Sie möglicherweise in eine Situation mit unkalkulierbaren Risiken bringe. Kurz gesagt: in eine Situation, die Sie oder mich oder uns beide das Leben kosten könnte.«
»Das Risiko gehe ich ein.«
»Dann habe ich nur noch eine letzte Bemerkung zu machen. Es ist nicht auszuschließen, dass Smithback bereits tot ist. Zumindest müssen wir darauf gefasst sein, dass er, wenn wir das Haus endlich gefunden, uns Einlass verschafft und Leng unschädlich gemacht haben, nicht mehr lebt.«
Nora ahnte, dass ihr die Stimme versagen würde, sie nickte nur stumm. Pendergast ging es wohl so ähnlich, er drehte sich wortlos um und schlug den Weg nach Süden ein.
Sie kamen an mehreren alten, offenbar in Wohnungen aufgeteilten Häusern und einmal auch an einer Einrichtung der Wohlfahrt vorbei, auf deren Stufen Alkoholabhängige herumlungerten, die ihnen apathisch nachstarrten. Und dann, als Nora schon alle Hoffnung aufgeben wollte, blieb Pendergast am Tiemann Place vor einem offensichtlich von seinem Besitzer aufgegebenen Stadthaus stehen. Er starrte unschlüssig auf das Gebäude, umrundete es halb, bis er über einen in sich zusammengebrochenen Zaun einen Blick auf die Seitenfront werfen konnte, und kam zurück.
»Und?«, fragte Nora gespannt.
»Ich denke, wir sollten hineingehen.«
Der Haustürbereich war mit zwei dicken Sperrholzplatten vernagelt und zusätzlich mit einer Stahlkette gesichert. Pen-

dergast zerrte das schwere Vorhängeschloss mit einer Hand so weit wie möglich nach vorn, ließ die andere Hand in eine der zahllosen Innentaschen seines Jacketts gleiten und förderte ein merkwürdiges Utensil zu Tage, das aussah, als wäre es am hinteren Ende mit Zahnstochern gespickt.

Nora runzelte die Stirn. »Was ist das?«

»Man könnte es einen elektronischen Schlossknacker nennen«, erwiderte Pendergast, schob die Zahnstocher – die sich im Lichtstrahl der Taschenlampe als Kranz aus Stahlstäben entpuppten – in das Vorhängeschloss, duckte sich zur Seite und bedeutete Nora, ebenfalls in Deckung zu gehen.

Durch den Druck auf die Stahlstäbe wurde das Gerät eingeschaltet, ein Drillbohrer fraß sich mit schrillem Jaulen rotierend in das Schloss und knackte es auf, Pendergast musste der Haustür nur noch einen kräftigen Tritt versetzen.

Ein übler Gestank schlug ihnen entgegen. Pendergast ließ den Lichtstrahl der Taschenlampe über den Eingangsbereich huschen. Vor ihnen türmten sich Berge von verrottenden Abfällen, dazwischen lagen tote Ratten, von den Wänden starrte sie der nackte Putz an, auf dem Boden hatten sich Schmutzwasserlachen gebildet. Pendergast machte wortlos kehrt, Nora folgte ihm.

Und so setzten sie ihre Suche bis nahezu ans Ende der Hundertzwanzigsten Straße fort, obwohl sich schon bald abzeichnete, dass die Wohngegend allmählich einen etwas gepflegteren Eindruck machte und die meisten Häuser bewohnt waren. Schließlich blieb Pendergast stehen und stellte knapp fest: »Es hat keinen Zweck, weiterzugehen. Probieren wir's lieber Richtung Norden.«

Also kehrten sie unverrichteter Dinge zu ihrem Ausgangspunkt an der Hunderteinunddreißigsten Straße zurück und wandten sich nach Norden. Obwohl sie es eigentlich eilig hatten, kamen sie nun viel langsamer voran, weil die ganze Gegend einen so heruntergekommenen Eindruck machte, dass praktisch jedes leer stehende Gebäude das gesuchte Haus sein konnte. Den meisten Gebäuden schenkte der Agent nur einen kurzen abschätzenden Blick, bei dreien machte er sich – während Nora auf der Straße Wache hielt – die Mühe, die Haustür aufzubrechen. Aber wenn er zu Nora zurückkehrte, sah sie ihm jedes Mal an, dass sie einmal mehr auf der falschen Fährte gewesen waren.

Sie waren bereits an der Hundertsechsunddreißigsten Straße angekommen, als Pendergast abermals vor einem alten Haus stehen blieb: der Fassade nach ein ehemals ansehnliches Stadthaus, aber – wie alles ringsum – vom Zahn der Zeit angenagt. Die ganze Wohngegend, einstmals eine Ansammlung eleganter Villen, schien dem Verfall preisgegeben zu sein.

Irgendetwas an dem Grundstück schien Pendergast zu faszinieren. Er senkte den Blick, suchte den Boden ab und sagte nach einer Weile leise: »Es scheint, dass Smithback Schwierigkeiten hatte, eine Parkmöglichkeit zu finden.«

Nora zuckte zusammen und starrte ihn erschrocken an. Ihr Freund musste nun seit mindestens sechs Stunden, vielleicht sogar noch länger, in der Gewalt des »Chirurgen« sein. Sie wagte sich in ihrer Verzweiflung nicht auszumalen, was in dieser Zeit alles geschehen sein konnte.

4

Captain Custer ließ Brisbane einen Augenblick schmoren, bevor er mit vertraulichem Grinsen fragte: »Sie gestatten doch?« Nach etlichen Verrenkungen schaffte er es endlich, seine Leibesfülle so in dem Besuchersessel unterzubringen, dass er den Vizepräsidenten genau im Blick hatte.

»Ich glaube, Sie wollten noch etwas sagen?«

Brisbane hatte sich wieder gefangen. »Nichts Wichtiges, ich habe nur gerade an den Hut gedacht.«

»Und?«

»Wie gesagt, nicht so wichtig.«

»Dann erzählen Sie mir doch mal, wie das mit den Kostümfesten im Museum war.«
»Nun, das sind Veranstaltungen, mit denen das Museum neue Gönner und Förderer gewinnen will. Von Zeit zu Zeit laden wir zu solchen Partys ein. Ich verkleide mich jedes Mal als britischer Banker auf dem Weg in die City. Nadelstreifenhose, Gehrock und Bowler.«
»Aha. Und der schwarze Regenschirm?«
»Mein Gott, so ein Ding hat doch jeder!«
Custer spürte, dass Brisbane sich hinter gespielter Gelassenheit verschanzte. Eine typische Anwaltsallüre.
»Sie sagten, dass Sie den Hut schon seit Jahren besitzen. Wo haben Sie ihn gekauft?«
»Da muss ich nachdenken … Ich glaube, im Village, in einem Trödelladen. Oder im TriBeCa. Jedenfalls irgendwo in der Lispinard Street, glaube ich.«
»Was hat er gekostet?«
»Das weiß ich nun wirklich nicht mehr!«, Brisbane schnaufte. »Um die dreißig oder vierzig Dollar. Hören Sie, wieso interessiert Sie das? Ich kenne eine Menge Leute, die Bowler besitzen.«
Achte auf seine Augen! Er fühlt sich in die Enge getrieben! Ein Zeichen von Schuldgefühlen!
»Tatsächlich? Eine Menge Leute?«, wiederholte Custer in ruhigem Ton. »Der einzige Besitzer eines Bowlers, den ich in New York kenne, ist der Mörder.« Bei dem Wort »Mörder« hob er fast unmerklich die Stimme.
Donnerwetter, lobte er sich im Stillen, ich spiele dieses Spielchen wie ein alter Routinier. Der Chief würde das sicher genauso sehen. Wer weiß, vielleicht ließ sich die Szene für einen Ausbildungsfilm nachstellen?
»Kommen wir noch mal auf den Regenschirm zurück …«
»Den habe ich … Ich weiß nicht mehr, wo ich den gekauft habe. Ich kaufe alle naslang neue Regenschirme, weil ich die Dinger ständig irgendwo stehen lasse.« Brisbane zuckte

gewollt lässig die Achseln, aber die Art, wie seine Schultern sich verkrampften, verriet wachsendes Unbehagen.
»Was gehört sonst noch zu Ihrem Kostüm?«
»Das hängt alles im Schrank, gucken Sie sich's an!«
Custer machte keine Anstalten aufzustehen, er konnte sich schon denken, was er in dem Schrank finden würde: einen altmodischen, weit geschnittenen schwarzen Mantel.
»Finden Sie es nicht ein bisschen seltsam, sich für ein Kostümfest als englischer Banker zu verkleiden?«
»Ich laufe eben nicht gern wie ein Clown herum. Ich habe dieses Kostüm bei vielen Veranstaltungen getragen, das kann Ihnen jeder bestätigen. Es hat mir immer gute Dienste erwiesen.«
»Oh, da habe ich keine Zweifel. Sehr gute Dienste sogar.«
Custer schielte zu Noyes hinüber und stellte zufrieden fest, dass der Sergeant sozusagen bereits Witterung aufgenommen hatte und ungeduldig auf den Startschuss wartete. Sein getreuer Vasall ahnte offenbar, worauf die Sache hinauslief.
Custer schlug in seinem Notizbuch den Zeitraum nach, den der Coroner für den Mord an Puck genannt hatte. »Mr. Brisbane, wo waren Sie in der Zeit zwischen dem zwölften Oktober elf Uhr abends und dem dreizehnten, vier Uhr morgens?«
Brisbane dachte nach, dann lachte er nervös. »Gar nicht so einfach, sich jetzt noch daran zu erinnern.«
Custer lächelte ihm aufmunternd zu.
»Ich weiß beim besten Willen nicht, was ich in der Nacht getan habe. Jedenfalls nicht genau. Irgendwann zwischen zwölf und eins bin ich zu Bett gegangen, aber davor? Doch, jetzt fällt's mir wieder ein. Ich hatte ein paar Unterlagen mitgenommen, die ich an diesem Abend zu Haus durchlesen wollte.«
»Sie leben allein, Mr. Brisbane?«
»Ja.«
»Es gibt also niemanden, der bestätigen kann, dass Sie an

diesem Abend zu Hause waren? Keine Vermieterin? Keine Freundin? Keinen – äh – männlichen Freund?«
Brisbane runzelte indigniert die Stirn. »Nein, niemanden. Wobei ich es allerdings irritierend finde, wenn Sie so tun, als wäre das außergewöhnlich.«
»Wo wohnen Sie denn, Mr. Brisbane?«
»In der Neunten, in der Nähe des Universitätsplatzes.«
»Ach? Das ist ja interessant. Gerade mal zwölf Häuserblocks vom Tompkins Square Park entfernt, wo der zweite Mord begangen wurde.«
»Nun, da handelt es sich zweifellos um einen Zufall, dem Sie ja wohl keine Bedeutung beimessen werden.«
»Ja, die Welt ist voller Zufälle«. Custer ließ den Blick über den in Dunkel getauchten Central Park schweifen. »Also könnte es auch ein Zufall sein, dass der erste Mord dort unten begangen wurde, genau unter Ihrem Fenster, im Labyrinth.«
Die Furchen auf Brisbanes Stirn wurden tiefer. »Also wirklich, Captain, allmählich habe ich das Gefühl, dass das keine Befragung mehr ist, sondern nur noch eine Aneinanderreihung von Spekulationen!« Er schob den Schreibtischsessel zurück und stand auf. »Und nun wäre ich Ihnen sehr verbunden, wenn Sie endlich geeignete Maßnahmen ergreifen würden, um Ihre Leute aus dem Museum abzuziehen.«
Custer schielte abermals zu Noyes hinüber. Halten Sie sich bereit!, signalisierte sein Blick.
»Da wäre nur noch eins zu klären, und zwar im Zusammenhang mit dem dritten Mord. Kennen Sie einen gewissen Oscar Gibbs?«
»Ja, ich denke schon. Er war Mr. Pucks Assistent.«
»Richtig. Und den Aussagen von Mr. Gibbs zufolge hatten Sie und Mr. Puck am Nachmittag des zwölften Oktober im Archiv … nun, sagen wir: eine kleine Diskussion. Zu dieser Zeit wussten Sie schon, dass Ihre Idee, Mr. Puck zu entlassen, von der Personalabteilung nicht unterstützt wurde.«

Brisbanes Gesicht verfärbte sich leicht ins Rötliche. »An Ihrer Stelle würde ich nicht alles glauben, was geredet wird.«
Custer lächelte milde. »Sie können absolut sicher sein, dass ich keineswegs alles glaube, was mir erzählt wird.« Er machte eine kleine Kunstpause, um die Spannung zu erhöhen. »Aber dieser Mr. Gibbs hat mir erzählt, dass Sie und Puck sich am besagten Nachmittag regelrecht angeschrien haben. Das heißt, seiner Erinnerung nach haben *Sie* Mr. Puck angeschrien. Würden Sie mir freundlicherweise verraten, worum es da ging?«
»Ich habe Mr. Puck eine Rüge erteilt.«
»Weswegen?«
»Wegen Nichtbefolgung meiner Anweisungen.«
»Welche Anweisung hatte er denn nicht befolgt?«
»Die Anweisung, sich auf seine eigentlichen Aufgaben zu konzentrieren.«
»Und inwiefern hat er das nicht getan?«
»Indem er sich um Dinge gekümmert hat, die nicht zu seinen Aufgaben gehörten. Zum Beispiel, Miss Kelly bei ihren externen Recherchen zu unterstützen. Obwohl ich ihn ausdrücklich angewiesen hatte …«
Schluss damit! Es ist an der Zeit, Tacheles zu reden!
»Augenblick mal!«, fiel Custer Brisbane ins Wort. »Nach den Aussagen von Mr. Gibbs haben Sie – und ich zitiere wörtlich aus meinen Notizen – gebrüllt, Mr. Puck angeschrien und ihm gedroht, ihn in der Versenkung verschwinden zu lassen.« Custer hob den Blick. »Das sind Ihre eigenen Worte: ›Ihn in der Versenkung verschwinden lassen.‹«
»Na ja, das ist so eine allgemeine Redensart.«
»Und keine vierundzwanzig Stunden später wurde Puck ermordet im Archiv aufgefunden. Regelrecht ausgeschlachtet und zudem auf einem Dinosaurierhorn aufgespießt. Für so eine *Operation*, um es mal so zu nennen, braucht man Zeit. Der Mörder muss sich also im Archiv des Museums gut ausgekannt und gewusst haben, wie er ungesehen verschwinden

kann. Zweifellos ein Insider. Und dann erhielt Miss Kelly die mysteriöse, auf Pucks uralter Schreibmaschine getippte Nachricht, sie solle bitte baldmöglichst ins Archiv kommen. Wo der Mörder schon auf sie gewartet und erbarmungslos Jagd auf sie gemacht hat. Nora Kelly, die auch zu denen gehörte, auf die Sie einen Pik hatten. Der Dritte, dem Sie nicht grün waren, Special Agent Pendergast, lag zu dieser Zeit bereits verletzt im Krankenhaus. Und der Mann, der ihn mit einem Messer attackiert hatte, trug einen Bowler.«

Brisbane starrte ihn fassungslos an.

»Warum wollten Sie nicht, dass Puck Miss Kelly behilflich ist? Wieso reden Sie im Zusammenhang mit Ihren Bemühungen von ›externen Recherchen‹?«

Brisbane schluckte stumm.

»Haben Sie befürchtet, dass Miss Kelly und Mr. Puck etwas herausfinden könnten?«

»Ich … ich …«, stammelte Brisbane mit erstickter Stimme.

Jetzt gebe ich ihm den Gnadenstoß, entschied Custer.

»Was haben Sie sich davon versprochen, die Morde aus dem neunzehnten Jahrhundert nachzuahmen? Haben Sie geahnt, dass jemand im Archiv den Schlüssel zu Ihren Motiven finden könnte? War das das Motiv Ihres Handelns? War Puck Ihrem Geheimnis zu nahe gekommen?«

Brisbane schoss hoch. »Jetzt machen Sie aber mal einen Punkt, Captain …«

»Sergeant Noyes«, sagte Custer ungerührt, »legen Sie dem Mann Handschellen an!«

»Nein!«, rief Brisbane mit überschnappender Stimme. »Sie Idiot, Sie liegen völlig schief, wenn Sie …«

Custer quälte sich aus dem Besuchersessel hoch, was ihm leider nicht mit der vorgesehenen Geschmeidigkeit gelang, und begann Brisbane die Rechte vorzulesen: »Sie haben das Recht, die Aussage zu verweigern …«

»Das ist eine unglaubliche …«

»… das Recht, einen Anwalt hinzuzuziehen …«

»Ich werde das keineswegs hinnehmen!«
»... ferner das Recht ...«, fuhr Custer unbeirrt in seiner Litanei fort, wobei er mit schriller Fistelstimme Brisbanes Proteste mühelos übertönte.
Er sah mit leuchtenden Augen zu, wie Noyes dem Ersten Vizepräsidenten und Rechtsberater des New York Museums die Handschellen anlegte und sie zuschnappen ließ.
Nie zuvor hatte er eine Festnahme derart genossen. Sie war sein Meisterstück, die Krönung seiner Arbeit im Polizeidienst. Eine innere Stimme sagte ihm, dass das der Stoff war, aus dem Legenden wachsen. Noch in ferner Zukunft würde man sich in allen Dienststellen New Yorks – ach was, in allen Dienststellen der Vereinigten Staaten, wenn nicht gar der ganzen Welt – davon erzählen, wie Captain Sherwood Custer den berüchtigten »Chirurgen« zur Stecke gebracht hatte.

5

Pendergast hastete mit aufgeknöpftem Jackett den Weg zurück, den sie gekommen waren; Nora musste das Letzte aus sich herausholen, um mit ihm Schritt zu halten.
Ihre Gedanken kreisten unablässig um Smithback, der – bestimmt nicht mehr freiwillig – in einem dieser alten Häuser sein musste. Sie durfte sich das grausige Geschick gar nicht ausmalen, das ihm bevorstand – oder ihn womöglich bereits ereilt hatte. Allein bei dem Gedanken wurde ihr vor Angst schlecht. Warum war sie nur so wütend auf ihn gewesen?
Zugegeben, manchmal – nein, sogar meistens – benahm er sich unmöglich. Er hatte große Rosinen im Kopf, arbeitete mit allen möglichen Tricks und schaffte es immer wieder, sich selber in Schwierigkeiten zu bringen. Aber unter dem Strich waren es gerade diese negativen Eigenschaften, die ihn so liebenswert machten. Sie brauchte nur daran zu denken, wie er, als Penner verkleidet, für sie das Kleid aus dem Tunnel

an der Catherine Street geholt hatte. Oder wie er sofort zu ihr geeilt war, als er von der Messerattacke auf Pendergast gehört hatte. Wenn es ernst wurde, war er immer für sie da. Im Stillen gestand sie sich ein, dass sie mitunter zu streng mit ihm ins Gericht gegangen war. Nur, nachträgliche Schuldgefühle nützten nun auch nichts mehr.

Wieder begleiteten die Spuren des Verfalls ihren Weg. Aus einst vornehmen Villen waren abbruchreife Ruinen, aus gepflegten Gärten verwahrloste Tummelplätze für Junkies geworden. Pendergast hastete nicht achtlos an den Grundstücken vorbei, er inspizierte jedes Haus genau, aber das Ergebnis war jedes Mal ein enttäuschtes Kopfschütteln.

Um nicht an ihren Ängsten um Smithback zu ersticken, versuchte Nora, ihre Gedanken eine Weile auf Enoch Leng zu lenken. Ganz konnte sie es immer noch nicht glauben, dass er noch leben und in einer dieser heruntergekommenen Behausungen untergeschlüpft sein sollte. Aber wenn es – nur mal angenommen – doch so sein sollte, musste sein Haus sich in einigen Punkten von den anderen unterscheiden. Es musste einen hinlänglichen Komfort bieten, denn wenn jemand mit einer Lebenserwartung von hundert oder mehr Jahren rechnet, ist das bestimmt das Mindeste, wofür er sorgt. Dem äußeren Bild nach mochte es durchaus genauso verlottert erscheinen wie die anderen Häuser, schließlich sollte es ja einen unbewohnten Eindruck machen. Tatsächlich aber war es wahrscheinlich zur Festung ausgebaut, jemand wie Leng will keine ungebetenen Besucher haben. Wenn all diese Annahmen richtig waren, hätte er sich keine bessere Umgebung aussuchen können: außen schäbig, innen mit all den Annehmlichkeiten ausgestattet, die er auf keinen Fall entbehren wollte. Sie mussten also nach einem abgeschieden gelegenen, nicht allzu einladend wirkenden Wohnhaus Ausschau halten.

Das Problem war nur, dass diese Kriterien auf die meisten Häuser in dieser Gegend zutrafen.

Und dann, nicht weit von der Abzweigung zur Hundertachtunddreißigsten Straße entfernt, blieb Pendergast plötzlich wie festgewurzelt stehen. Auf den ersten Blick unterschied sich das Haus, auf das er starrte, kaum von den anderen: eine hoch aufragende steinerne Erinnerung an längst vergangene Glanzzeiten, ein paar Meter zurückgesetzt, mit einer schmalen Lieferantenzufahrt. Die Fenster des Erdgeschosses waren wie bei den meisten anderen Häusern mit Sperrholzplatten vernagelt. Dennoch schien sich der Agent kaum von dem Anblick losreißen zu können.

Er ging stumm – den Blick meistens auf den Boden, nur hin und wieder auf die Hausfassade gerichtet – bis zur Abzweigung der Hundertachtunddreißigsten Straße und von dort weiter, bis sie nur noch ein paar Häuserblocks vom Broadway trennten. Erst als sie sich anschickten, kehrtzumachen, sagte er leise mit fester Stimme: »Das ist es.«

»Woran wollen Sie das sehen?«

»An dem Wappen: drei goldene Apothekerkugeln über einem Büschel Schirlingskraut.« Er deutete mit ausgestreckter Hand auf das in den Stein gemeißelte, von einer Inschrift in griechischen Buchstaben gekrönte Wappen. »Haben Sie Nachsicht mit mir, wenn ich mir nähere Erklärungen für später aufspare. Bleiben Sie bitte dicht hinter mir und seien Sie sehr, sehr vorsichtig!«

Er schlug den von der Zufahrt abzweigenden Weg ein, der um das Haus herum bis zur Hundertachtunddreißigsten Straße führte, erst dort, praktisch an der Ecke zwischen dem Riverside Drive und der Hundertsiebenunddreißigsten, kehrte er um. Nora hielt den Blick die ganze Zeit über mit einer Mischung aus Neugier, keimender Hoffnung und unerklärlichen Ängsten auf das Haus gerichtet: ein breit ausladendes, mehrstöckiges, aus Ziegelstein und steinernen Quadern errichtetes Gebäude, dessen Grundstück sich auf allen Seiten fast bis zu den angrenzenden Straßen erstreckte. An der Frontseite war es von einem schmiedeeisernen Zaun umgeben, dem man den Rostfraß nur dank des üppig wuchernden

Efeus nicht ansah. Der Garten machte einen verwilderten Eindruck, seit Jahren nicht mehr gestutzte Bäume und Büsche, wild wachsende Gräser und die überall angehäuften Abfälle hatten ein unansehnliches, braungrünes Stück Wildnis aus ihm gemacht.

Ein Windstoß fuhr raschelnd durch die kahlen Äste, der Mond und die wandernden Wolken spiegelten sich in den Fenstern der oberen Stockwerke, die – anders als im Erdgeschoss – nicht mit Sperrholz vernagelt waren. Und als Nora den Blick nach oben richtete, sah sie, welche Folgen solche Sorglosigkeit haben konnte: Jemand hatte im ersten Stock eine Scheibe eingeschlagen.

Sie waren wieder an der Zufahrt angekommen, Pendergast lauschte einen Moment, ob sich irgendwo etwas rührte, dann ging er auf den Hauseingang zu, dessen Vordach einen idealen Sichtschutz nach oben bot. Er schob mit dem Schuh den angewehten Abfall beiseite, und Sekunden später spielte sich vor Noras Augen einer jener unerklärlichen Zaubertricks ab, an die sie bei Pendergast allmählich gewöhnt war. Sie hätte schwören können, dass er nur mit einer flüchtigen, beinahe liebevoll streichelnden Bewegung über das Schloss der massiven Eichentür fuhr, und schon schwang die Tür lautlos in ihren gut geölten Angeln auf.

Sie huschten rasch ins Haus, Pendergast zog hinter sich die Tür ins Schloss – so sanft, dass Nora, obwohl sie neben ihm stand, kaum das leise Klicken hörte. Undurchdringliches Dunkel umgab sie, während sie gespannt lauschten, ob sich irgendetwas rührte. Lautlose Stille. Nach einer Minute knipste der Agent seine abgeschirmte Stablampe an und ließ den Lichtstrahl durch den Eingangsbereich wandern.

Sie standen auf dem Marmorboden eines schmalen Vorflurs, die Wände waren mit Samt bespannt. Pendergast ließ den Lichtstrahl über den mit einer Staubschicht bedeckten Boden wandern und studierte die sich deutlich im Staub abzeichnenden Fußspuren, mit dem aufmerksamen Blick eines erfahrenen Fährtenlesers. Schließlich winkte er Nora, ihm zu folgen, und ging langsam weiter. Durch eine Art Bogengang erreichten sie einen größeren Raum, der mit seinen dunkel getäfelten Wänden und der niedrigen Decke gotische Strenge auszustrahlen schien.

Sie waren in einem Ausstellungsraum angekommen, auf niedrigen Tischchen und in verglasten Schränken lagen oder standen seltsame Utensilien. Nora sah sich verwundert um, sie konnte sich keinen Reim auf das rätselhafte Sammelsurium machen.

»Das Handwerkszeug eines Jahrmarktzauberers«, flüsterte Pendergast ihr zu.

Nach wenigen Schritten kamen sie in einen noch größeren Raum, offenbar die Empfangshalle. Pendergast blieb stehen, studierte wieder die Fußspuren und murmelte: »Aha, jetzt ist er barfuß. Und er ist gerannt.«

Er suchte den riesigen Raum mit dem Lichtstrahl seiner Stablampe ab. Nora starrte verblüfft auf die Ansammlung von Ausstellungsstücken, von denen sie umgeben waren. An den Wänden ragten Skelette auf, in den Glasschränkchen lagen Edelsteine und wertvolle Kunstgegenstände aus aller Herren Ländern, dicht daneben standen Tische mit Tierschädeln, Gesteinsbrocken und Glasbehältern mit Käfern, die im diffusen Licht in allen Farben des Regenbogens schillerten. Die stickige Luft roch nach Spiritus, Leder und alter Buchbinderleinwand, dazu mischte sich ein rätselhafter anderer Geruch, der zwar schwach, aber irgendwie unangenehmer war.

»Wo sind wir hier?«, fragte Nora flüsternd.

»In Lengs Kuriositätenkabinett«, antwortete Pendergast ebenso leise, und als Nora den Kopf wandte, sah sie, dass eine Pistole mit aufgesetztem Schalldämpfer in seiner Hand lag.

Der widerlich süßliche Geruch wurde stärker. Nora glaubte einen öligen Unterton auszumachen, der sich auf ihrem Haar und in ihrer Kleidung absetzte, und nach einer Weile bildete sie sich sogar ein, das Öl unter der Haut zu spüren. Pendergast bewegte sich jetzt vorsichtiger. Der auf und ab huschende Lichtstrahl seiner Stablampe erfasste immer neue Ausstellungsstücke, einige waren mit Tüchern verhängt. Sooft sich das Licht an einer der verglasten Vitrinen brach, schien es ein funkelndes Feuerwerk auszulösen.

Und auf einmal war es, als sei Pendergasts Hand erlahmt, der Lichtstrahl wanderte nicht mehr weiter. Der Agent starrte reglos auf einen mannshohen Glasschrank, ein Zittern lief über seine Hand. Als Nora seinem Blick folgte, stockte ihr der Atem.

Es war kein Schrank wie die anderen, er enthielt kein Skelett, keine ausgestopfte Trophäe und auch keine kunstvolle Steinmetz- oder Holzschnitzerarbeit, die einen Menschen darstellte, nein, dieser Schrank barg hinter Glas ein Ausstellungsstück, wie man es sich makabrer nicht vorstellen konnte: einen Toten. Er war in einen Käfig gepfercht worden, die Arme brutal nach oben gezerrt, die Handgelenke mit Eisenschellen an die Käfigstangen gefesselt. Das grausige Szenario sollte anscheinend eine historische Szene darstellen, denn der Tote war nach der Mode des neunzehnten Jahrhunderts gekleidet, mit einem schwarzen Gehrock und einer Nadelstreifenhose.

»Wer soll das ...?«, wollte Nora fragen, aber dann versagte ihr die Stimme.

Pendergast hätte sie ohnehin nicht gehört, er starrte mit versteinerter Miene wie gebannt auf den Schrank. Er hatte seine Stablampe nicht ausgeschaltet, der Lichtstrahl schwankte, blieb aber erbarmungslos auf den Leichnam gerichtet. Er huschte über den verschrumpelten Körper und hielt schließlich auf einer Hand inne, aus der ein verstümmelter Knochen ragte.

Nora drehte es vor Entsetzen der Magen um, sie hatte Mühe, den jähen Brechreiz zu unterdrücken. Auch die anderen vier Finger der Hand waren nicht nur der Nägel, sondern auch der Fingerkuppen beraubt worden, sodass dem Toten nur fünf blutverkrustete Stümpfe geblieben waren.

Der Leichnam war mumifiziert, eingefallen und geschrumpft, aber dennoch erstaunlich gut erhalten. Die Gesichtszüge wirkten so lebensecht wie bei einer von Meisterhand gemeißelten Statue. Die verdorrten Lippen waren nach innen geklappt, was unwillkürlich an ein glückseliges Lächeln erinnerte. Nur die Augenpartie passte nicht ins Bild: Da waren keine Augen mehr, nur noch leere Höhlen. Und auf einmal glaubte sie, in diesen Höhlen irgendetwas leise rascheln zu hören.

Sie konnte nicht anders, sie musste sich einfach zu Pendergast umwenden. Er stand mit scheinbar unbewegter Miene da, aber seine weit aufgerissenen Augen verrieten, wie sehr ihn der Anblick erschütterte. Sie sah es ihm an: Was immer er in diesem alten Haus vermutet hatte, auf eine solche Horrorvision war er nicht vorbereitet.

Sie zwang sich, den Blick noch einmal auf den Leichnam zu richten. Selbst der Tod hatte die Ähnlichkeit nicht verschleiern können: dieselbe Hautfarbe, der selbe unverwechselbaren Porzellanteint wie bei Pendergast. Auch die Gesichtszüge wiesen dieselben Merkmale auf, von den schmalen Lippen bis zu der ein wenig an einen Habicht erinnernden Nase.

6

Custers Blick ruhte mit Genugtuung auf dem Mann, den er des mehrfachen Mordes überführt hatte und der nun wie ein Häuflein Elend vor ihm stand: in Handschellen, die Smokingfliege verrutscht, das weiße Hemd verkrumpelt, mit Schweißflecken unter den Achselhöhlen, das Haar zerzaust – ein sicherer Kandidat für das Geschworenengericht.

Je höher sich einer dünkt, desto tiefer kann er fallen! Der arrogante Bursche hatte lange genug die empörte Unschuld gemimt, weil er wohl dachte, ihm könne keiner etwas anhaben. Aber jetzt verrieten die geröteten Augen und die zittern-

den Lippen, dass er auf den Boden der Realität zurückgekommen war.
Es waren die Handschellen, die ihm das klar gemacht hatten. Custer wusste das, er hatte es schon oft beobachtet, selbst bei härter gesottenen Burschen als Brisbane. Sobald die Handschellen zuschnappen und die Kandidaten begreifen, dass sie festgenommen sind, knicken sie alle in den Knien ein. Nichts setzt ihnen so zu wie das Wissen, jetzt hinter Gitter zu wandern.
Nun gut, die Polizeiarbeit war getan, nun mussten nur noch die vielen kleinen Details für die Beweisführung zusammengetragen werden. Damit mochte sich das subalterne Fußvolk beschäftigen, Custer selbst konnte die Bühne verlassen. Ein kurzer Blick zu Noyes hinüber, in dessen treu ergebenen Hundeaugen er die Bewunderung las, die er zu Recht von seinen Vasallen erwarten durfte.
»Nun, Brisbane«, sagte er zu dem Mann, der dank seiner genialen Detektivarbeit den Rest des Lebens im Knast schmoren würde, »ich denke, Sie werden selber einsehen, dass alle Indizien gegen Sie sprechen.«
Der Vizepräsident starrte ihn an, als habe er irgendetwas auf Chinesisch zu ihm gesagt.
»Mörder neigen dazu, sich für schlauer als alle anderen zu halten. Insbesondere schlauer als die Polizei. Aber wenn Sie darüber nachdenken, Brisbane, werden Sie zu der Erkenntnis kommen, dass Sie keineswegs so raffiniert sind, wie Sie gedacht haben. Wie dumm von Ihnen, die Klamotten, die der Mörder – und das hätten Sie in allen Zeitungen nachlesen können – als Verkleidung benutzt hat, hier in Ihrem Büro aufzubewahren! Und mich zu belügen, wenn ich Sie frage, wie oft Sie im Archiv waren. Dazu die Zeugen, die den Streit zwischen Ihnen und Puck miterlebt haben. Was für ein Leichtsinn, eines Ihrer Opfer hier im Museum zu ermorden, wo Sie sozusagen zu Hause sind. Pardon: *waren*. Da fügt sich ein Steinchen zum anderen, nicht wahr?«

Es klopfte, ein Officer kam herein und brachte ein Fax. Custer überflog es. »Aha, und nun wissen wir auch, woher Ihre medizinischen Kenntnisse stammen, Brisbane. Sie haben an der Yale, ehe Sie sich für Geologie und später Rechtswissenschaften entschieden haben, zwei Semester lang Medizin studiert.« Er reichte das Fax kopfschüttelnd an Noyes weiter. Es war nicht zu fassen, wie viele Fehler Kriminelle mitunter begehen.
Endlich hatte sich Brisbane wieder so weit gefasst, dass er die Kraft zu einer Erwiderung fand. »Ich bin kein Mörder! Weshalb hätte ich all diese Menschen töten sollen?«
Custer zuckte vielsagend die Achseln. »Sehen Sie, genau das habe ich mich auch schon gefragt. Nur, was ist es denn, was alle Serienmörder von Jack the Ripper bis zu Jeffrey Dahmer dazu getrieben hat, Morde zu begehen? Ein Frage, deren Beantwortung wir den Psychiatern überlassen müssen.« Er bedachte Brisbane mit einem ernsten Blick. »Oder Gott.«
Und damit wandte er sich zu Noyes um. »Berufen Sie für Mitternacht eine Pressekonferenz ein! An der Police Plaza. Oder nein, lieber auf der Freitreppe vor dem Museum. Verständigen Sie den Commissioner und die Presse. Und vor allem den Bürgermeister, notfalls zu Hause. Für so eine Nachricht wird er freudigen Herzens aus dem Bett hüpfen. Wenn jemand Fragen stellt, sagen Sie lediglich, dass wir den ›Chirurgen‹ festgenommen haben.«
»Ja, Sir«, schnarrte Noyes und machte pflichteifrig auf dem Absatz kehrt.
»Sie stellen mich vor aller Öffentlichkeit bloß!«, protestierte Brisbane mit überschnappender Stimme. »Das wird Sie die Dienstmarke kosten, Captain!«.
Custer hörte gar nicht zu, ihm war gerade wieder ein Geistesblitz gekommen. »Warten Sie!«, rief er Noyes nach. »Sagen Sie dem Bürgermeister unbedingt, dass wir es ihm überlassen, die Neuigkeit bekannt zu geben.«
Als sich die Tür hinter Noyes geschlossen hatte, lächelte Custer versonnen vor sich hin. Bis zur Wahl blieb nur noch eine

Woche, Montefiori brauchte dringend einen echten Knüller. Es war ein kluger, ein sehr kluger Schachzug, die Bekanntgabe der Neuigkeit ihm zu überlassen. Gerüchte wollten nämlich wissen, dass bei einer Wiederwahl Montefioris der Posten des Commissioners neu besetzt werden sollte. Und wie heißt es doch so schön? Man kann seine Hoffnungen gar nicht hoch genug schrauben …

7

Nora konnte den Schock nachempfinden, den sie in Pendergasts Augen las. Er schien sich von dem grausigen Anblick nicht losreißen zu können. Wieder und wieder suchte sein Blick das Gesicht des Toten ab: das wachsfahle Kinn, die feinen aristokratischen Züge, das Haar, dessen Blond so hell war, dass es fast weiß erschien …

Sie versuchte, Worte für ihre Verwirrung zu finden. »Das Gesicht, es erinnert mich an …« Sie verstummte, doch als Pendergast nicht auf ihren angefangenen Satz reagierte, sondern sich weiter in Schweigen hüllte, musste sie es wohl oder übel noch einmal versuchen: »Es sieht Ihnen so ähnlich.«

»Ja.« Pendergasts Antwort war nur ein verhuschtes Flüstern. »Es sieht mir sehr ähnlich.«

»Aber wer ist das?«

»Enoch Leng.«

Nora glaubte einen Unterton herauszuhören, der ihr eine Gänsehaut über den Rücken jagte. »Leng? Wie ist das möglich? Haben Sie nicht immer gesagt, dass er noch lebt?«

Sie sah Pendergast an, wie viel Kraft es ihn kostete, sich zu ihr umzuwenden. Und als er sie ansah, las sie in seinen Augen alle Qual, die ein Mensch empfinden kann.

»Bis vor kurzem hat er noch gelebt. Aber dann ist jemand gekommen und hat ihn getötet. Nein, nicht einfach getötet, zu Tode gequält und in diesen Käfig gesperrt. Wer es auch war, wir werden es von nun an wohl mit ihm zu tun haben.«

»Ich verstehe trotzdem nicht …«

Pendergast unterbrach sie mit erhobener Hand. »Bitte, ich kann jetzt noch nicht darüber sprechen.«

Als er den Lichtstrahl auf den im Dunkel liegenden Teil des Raumes richtete, merkte Nora, wie viel Überwindung ihn das kostete. Sie versuchte, tief durchzuatmen, um ihren Herzschlag zu beruhigen, aber das half ihr nicht viel, weil sie keine frische, sondern stickige, staubgeschwängerte Luft einatmete. Alles erschien ihr so absurd, so entsetzlich und so rätselhaft, dass es eigentlich nur ein böser Traum sein konnte.

Der Lichtstrahl war wieder auf den Boden gerichtet, er huschte ein paar Sekunden lang suchend hin und her. »Jetzt ist er bewusstlos, er wird über den Boden geschleift«, flüsterte Pendergast ihr zu. Aber seine Stimme hörte sich anders an als zuvor, fast so, als habe er alle Hoffnung aufgegeben.

Das Licht der Taschenlampe wies ihnen den Weg, sie folgten den Schleifspuren bis zu einer Reihe von Türen, die offensichtlich in Nebenräume führten. Hinter der ersten entdeckten sie eine mit Teppichen ausgelegte, mit ledernen Sesseln und Sofas möblierte Bibliothek. In den hohen Regalen reihten sich Folianten aneinander, hier und da aufgelockert von einem Ausstellungsstück. Der Raum schien seit langem im Dornröschenschlaf zu liegen, bei jedem Schritt, sogar bei jeder Bewegung wölkte Staub auf.

Pendergast richtete den Lichtstrahl auf die seitlichen Wände. Auf einem Tischchen stand ein Dekantiergefäß, daneben ein leeres Glas, nach dem verkrusteten braunen Bodensatz zu schließen, zuletzt mit Port oder Sherry gefüllt. Auf einem Aschenbecher lag eine nicht angezündete, schrumpelig und vom festgebackenen Staub unansehnlich gewordene Zigarre. In die Wand war ein aus grauem Marmor gefügter Kamin eingelassen, die Holzscheite lagen bereit, aber es hatte sich wohl niemand gefunden, der sie anzünden wollte. Vor dem Kamin war ein zerzaustes, von Mäusen angenagtes Zebrafell ausgebreitet. Auf dem Tischchen links vom Kamin lag ein Hominidenschädel, Nora identifizierte ihn als Australopithecus-Typus. Aus dem Schädel ragte ein Kerzenstummel, er war also als Leuchter benutzt worden.

Neben dem Schädel lag ein Buch, offenbar ein altes medizinisches Lehrbuch. Pendergast studierte mit Hilfe der Stablampe die aufgeschlagene Seite: eine Abhandlung über verschiedene Methoden und Stadien einer Sektion. Im Gegensatz zu den auf den Regalen aufgereihten Büchern war dieses nicht mit Staub bedeckt, jemand musste vor nicht allzu langer Zeit darin geblättert haben.

Dann richtete der Agent seine Aufmerksamkeit wieder auf die von Motten zerfressenen, stellenweise schon zerfasernden Teppiche, auf deren Staubschicht sich Fußspuren abzeichneten, die eindeutig zur Bücherwand führten.

Er folgte ihnen und las im Lichtstrahl der Stablampe die auf den Buchrücken eingeprägten Titel. Immer wieder hielt er inne, zog ein Buch aus dem Regal, blätterte darin und stellte es wieder zurück. Als er einen besonders dicken Folianten in das Regal schob, war ein lautes metallisches Klicken zu hören. Zwei Regalfächer glitten nach links und rechts auseinander, ein Messinggitter wurde sichtbar, dahinter eine massive Tür aus Ahornholz.

Nora starrte ein paar Sekunden verblüfft auf die Tür, dann kam ihr eine Ahnung. »Ein alter Lastenaufzug«, sagte sie, die Stimme zu einem Flüstern gesenkt.

Pendergast nickte. »Ja, mit ihm konnte das Personal Speisen und Getränke nach oben schicken. Wir hatten eine ganz ähnliche Vorrichtung in unserem Haus in …«

Weiter kam er nicht. Hinter der Tür war – kaum vernehmlich – ein schwacher, an eine menschliche Stimme erinnernder Laut zu vernehmen. Er hörte sich wie ein schweres Atmen oder ein halb verschlucktes Stöhnen an.

Nora drängte sich ein schrecklicher Gedanke auf. Und Pendergast ging es wohl genauso, seine Schultern strafften sich. Sie rang nach Luft. »Das wird doch nicht …« Dann biss sie sich auf die Lippen. Sie hätte es jetzt nicht fertig gebracht, den Namen ihre Freundes auszusprechen.

»Wir müssen uns beeilen«, sagte Pendergast nur und richtete den Lichtstrahl auf das Messinggitter. Er versuchte, den Griff nach links oder rechts zu drehen, aber der ließ sich nicht bewegen. Er kniete sich auf den Boden, beugte sich weit vor und versuchte, hinter das Geheimnis des Mechanismus zu kommen. Schließlich nahm er ein flaches, biegsames Metallstück aus einer seiner Jackentaschen und schob es unter den Griff. Es klickte leise, aber öffnen ließ sich das Gitter noch immer nicht. Der Agent bewegte das Metallstück wie einen Hebel auf und ab, bis abermals ein Klicken zu hören war. Er stand auf und versuchte, das Messinggitter aufzuschieben. Und tatsächlich, es faltete sich wie ein Fächer zusammen und glitt nahezu lautlos zur Seite. Nun mussten sie nur noch herausfinden, wie sich der Knauf der Tür bewegen ließ.

Wieder hörten sie hinter der Tür einen schwachen, halb erstickten Laut, wie ein verzweifeltes Ringen nach Luft. Nora zitterte wie Espenlaub.

Und während Pendergast noch auf dem Boden kauerte und den Mechanismus des Türknaufs studierte, schwang die Tür auf einmal wie von selber auf – mit solcher Wucht, dass ihr der Agent durch einen Sprung nach hinten ausweichen musste. Wieder hörten sie aus dem Dunkel ein schauriges Röcheln.

Nora erstarrte vor Entsetzen. Als Pendergast den Lichtstrahl nach oben richtete, tauchte in dem engen Geviert des Lastenaufzugs eine Gestalt auf. Einen Moment lang schien sie reglos zu verharren, dann kippte sie nach vorn, als wolle sie sich taumelnd auf sie zubewegen. Aber im nächsten Augenblick war es, als wiche sie erschrocken vor ihnen zurück. Und dann erkannten sie die ganze Wahrheit: Die Gestalt konnte sich

gar nicht weiter auf sie zubewegen, der um ihren Hals geschlungene Strick ließ ihr gerade so viel Spielraum, dass sie hilflos zappeln und grotesk mit den Armen rudern konnte.
»O'Shaugnessy!«, hauchte Nora mit erstickter Stimme.
»Ja, und er lebt noch.« Pendergast trat in den Aufzug, schlang die Arme um den Körper des Sergeant, richtete ihn auf und befreite seinen Hals von dem Strick. Nora kam dazu und half ihm, O'Shaugnessy auf den Boden zu legen. Sie konnte kein Lebenszeichen mehr wahrnehmen, und plötzlich sah sie die riesige Wunde, die im unteren Teil seines Rückens klaffte. Ein letztes Röcheln, dann sah sie, dass sein Kopf haltlos hin und her pendelte.
Plötzlich verspürten sie einen harten Stoß, der Mechanismus des Lastenaufzugs quietschte jämmerlich, und im nächsten Augenblick kippte der Boden unter ihren Füßen weg.

8

Custer führte die eilig zusammengestellte Prozession über die leeren, laut hallenden Flure und durch die Große Rotunde hinaus zu den Stufen des Museums. Er hatte Noyes eine gute halbe Stunde Zeit gelassen, die Pressevertreter zusammenzutrommeln, und die Wartezeit dazu genutzt, das Prozedere bis in alle Einzelheiten zu planen. Er ging voran, versteht sich, gefolgt von zwei uniformierten Cops, die den Festgenommenen flankierten. Dann kam eine Phalanx von rund zwanzig Lieutenants und Detectives, hinter denen die Museumsmitarbeiter dahinschlurften – ein disziplinloser Haufen, da machte auch der Sicherheitsbeauftragte Manetti keine Ausnahme. Sie waren alle übermüdet und am Ende ihrer Kraft, aber das hatten sie sich selber zuzuschreiben. Wären sie von Anfang an kooperativ gewesen und hätten bereitwillig ausgepackt, wäre ihnen der ganze nächtliche Zirkus erspart geblieben.
Custer hatte kein Mitleid mit ihnen, wieso auch? Er wollte sie

alle der Presse präsentieren, am Ort der dramatischen Ereignisse, auf der imposanten Freitreppe vor der nächtlichen Kulisse des Museums. Ein gefundenes Fressen für die Kameras – und gerade noch rechtzeitig für die Frühnachrichten. Und so durchschritten sie die Rotunde, der Widerhall der Polizeistiefel vermischte sich mit dem Stimmengemurmel der Zivilisten. Custer hielt sich kerzengerade und zog den Bauch ein, er wollte in diesem historischen Augenblick vor der Nachwelt ein gutes Bild abgeben.

Und endlich war es so weit, die schweren Bronzetüren des Museums schwangen auf, draußen drängten sich die Pressevertreter. Custer war ein wenig überrascht, dass so viele gekommen waren. Andererseits, er selbst war es ja gewesen, der die Weichen dafür gestellt hatte. Ein wahres Blitzlichtgewitter entlud sich, überlagert vom grellen Licht der Fernsehscheinwerfer. Von überall her wurden ihm Fragen zugerufen, in dem Lärm war es ihm unmöglich, einzelne Stimmen auszumachen. Die oberen Stufen waren per Absperrband von der Polizei gesichert worden, aber als Custer – mit dem Festgenommenen im Schlepptau – auftauchte, drängten alle wie ein Mann nach vorn. Einen Moment lang schien es drunter und drüber zu gehen, dann hatte die Polizei die Situation wieder im Griff.

Brisbane hatte, als habe der Schock ihm die Stimme verschlagen, seit zwanzig Minuten kein Wort mehr gesagt. In seiner Verwirrung hielt er sich nicht mal die Hände schützend vors Gesicht, als sie auf die Freitreppe traten. Erst als die Scheinwerfer ihn blendeten und er nur noch ein Meer von Gesichtern und Mikrofonen vor sich ahnte, versuchte er, sich abzuwenden und vor den unaufhörlich aufflammenden Blitzlichtern zu verbergen. Die beiden Cops, die ihn eskortierten, mussten ihn regelrecht zu dem bereitstehenden Streifenwagen zerren. Dort übergaben sie ihn, wie abgesprochen, dem Captain. Denn Custer hatte sich natürlich ausbedungen, dass er es sein würde, der den überführten Mörder mit einem barschen Stoß auf den Rücksitz des Fahrzeugs beförderte.

Das, hatte er sich ausgerechnet, würde das Foto sein, das in wenigen Stunden auf der Titelseite sämtlicher New Yorker Morgenzeitungen prangte.
Nur, es war gar nicht so einfach, einen massigen Mann wie Brisbane einigermaßen elegant auf den Rücksitz zu bugsieren. Custer wäre bei dem Versuch um ein Haar ausgerutscht und auf den Knien oder gar auf dem Bauch gelandet. Eine unerfreuliche Situation, zumal gleich wieder von allen Seiten Blitzlichter aufflammten. Dank der tatkräftigen Unterstützung durch die beiden Cops gelang es schließlich, die Aktion erfolgreich zu beenden, die Türen wurden geschlossen, das blau-rote Signallicht flackerte, der Streifenwagen preschte mit heulender Sirene los.
Custer sah ihm lange nach, dann wandte er sich zu den Pressevertretern um. Mit einer Geste, die Moses Ehre gemacht hätte, hob er beide Hände und wartete, bis Ruhe eingekehrt war. Natürlich hatte er nicht die Absicht, dem Bürgermeister die Show zu stehlen, das Foto, auf dem er den in Handschellen gelegten Mörder in den Wagen schob, würde jedem klar machen, wer der wahre Held des Tages war.
Und so rief er mit erhobener Stimme – wunderbarerweise, ohne in den üblichen Piepston zu verfallen – in die sternklare Nacht: »Der Bürgermeister ist auf dem Weg hierher. Er wird in wenigen Minuten eintreffen, um eine wichtige Mitteilung zu machen. Bis dahin bin ich nicht gewillt, irgendeine Erklärung gegenüber der Presse abzugeben.«
»Wie haben Sie ihn denn erwischt?«, rief jemand aus der Menge, und wie aufs Stichwort brachen alle Dämme, und ungezählte Stimmen schrien durcheinander. Aber Custer dachte an die bevorstehende Wahl und ließ sich nicht erweichen. Sollte Montefiori die Lorbeeren ruhig einheimsen, er würde seine Ernte später einfahren.

9

Nora schlitterte wie auf einer Rutschbahn ins Bewusstsein zurück. Ihre erste Wahrnehmung war der Schmerz, ihrem Gefühl nach musste sie sich die Hüfte aufgeschürft haben. Leise stöhnend schluckte sie gegen die Trockenheit in ihrem Hals an, schlug die Augen auf und versuchte blinzelnd, sich ein Bild von ihrer Umgebung zu machen. Aber sie sah nichts. Es dauerte zwei, drei Sekunden, bis sie begriff, dass sie von rabenschwarzer Nacht umgeben war. Über ihr Gesicht rann Blut, aber als sie nach der Wunde tasten wollte, gehorchten ihr die Arme nicht. Erst beim zweiten Versuch wurde ihr klar, dass sie an den Hand- und Fußgelenken angekettet war.

Ihre Verwirrung steigerte sich zur Panik. Sie kam sich vor wie jemand, der einen Traum abschütteln will, aber einfach nicht aufwachen kann. Was war geschehen? Wo war sie?

Aus dem Dunkel hörte sie eine schwache, tiefe Stimme. »Dr. Kelly?«

Dass sie ihren Namen hörte, erlöste sie von dem Gefühl, in einem Albtraum gefangen zu sein. Doch mit der unverhofften Rückkehr in die reale Welt wurden augenblicklich auch die Ängste wieder wach.

»Ich bin es, Pendergast«, hörte sie die tiefe Stimme neben sich raunen. »Geht es Ihnen gut?«

»Ich weiß nicht«, flüsterte sie zurück. »Ich denke, ich bin mit ein paar blauen Flecken davongekommen. Und Sie?«

»Nun, es geht so.«

»Was ist eigentlich passiert?«

Pendergast zögerte. »Ich mache mir ernsthafte Vorwürfe, dass es so gekommen ist«, antwortete er schließlich. »Ich hätte damit rechnen müssen, dass er uns eine Falle stellt. Wie brutal von ihm, uns mit Sergeant O'Shaugnessy zu ködern. Etwas Unmenschlicheres konnte ihm gar nicht einfallen.«

»Ist O'Shaugnessy ...?«

»Er lag im Sterben, als wir ihn gefunden haben. Er kann den Absturz nicht überlebt haben.«

»O Gott, wie furchtbar! Wie entsetzlich!« Ein Schluchzen schüttelte sie.

»Ja. Er war ein guter Kerl. Ein loyaler Partner. Mir fehlen die Worte, meinen Schmerz auszudrücken.«

Langes Schweigen. Und je länger die quälende Stille anhielt, umso mehr spürte Nora, dass die eigenen Ängste letztendlich stärker sind als selbst die aufrichtigste Trauer um lieb gewordene Weggefährten. Auf einmal war es, als habe der Gedanke, dass ihnen vermutlich dasselbe Geschick bevorstand und dass es Smithback womöglich schon widerfahren war, alle anderen Empfindungen verdrängt.

Pendergasts Stimme hörte sich beängstigend schwach und brüchig an, als er schließlich sagte: »Mein unverzeihlicher Fehler war es, bei diesem Fall von Anfang an nicht den nötigen inneren Abstand zu wahren. Ich konnte es nicht, es war zu viel Persönliches im Spiel. Was ich auch unternommen habe, mein Handeln war immer überschattet von …«

Er verstummte mitten im Satz. Sekunden später hörte Nora ein Geräusch, und während sie noch rätselte, woher das merkwürdige metallische Scharren kam, riss auf einmal – keine zwei Armlängen von ihr entfernt – ein rechteckiger Lichtschlitz das Dunkel auf, sodass sie schemenhaft ein paar Umrisse ausmachen und sich plötzlich auch den Modergeruch erklären konnte: Sie waren in einem Keller gefangen.

Hinter dem Lichtschlitz tauchten zwei feucht schimmernde Lippen auf, und eine raue, von einem starken Akzent geprägte Stimme sagte: »Verlieren Sie bitte nicht die Beherrschung. Das alles wird bald ausgestanden sein. Es ist sinnlos, an den Ketten zu zerren.« Nach kurzem Zögern fuhr die Stimme fort: »Sehen Sie es mir nach, wenn ich meiner Rolle als Gastgeber im Augenblick nicht in der gebührenden Weise nachkommen kann. Ich muss mich zuerst einer unaufschiebbaren Aufgabe widmen, aber Sie können sicher sein: Sobald ich mich der Aufgabe entledigt habe, lasse ich Ihnen meine ungeteilte Aufmerksamkeit zukommen.« Der Lichtschlitz klappte zu.

Ein, zwei Minuten lang fühlte sich Nora wie gelähmt, sie wagte vor Angst nicht einmal zu atmen. Es war, als habe ihr Verstand abgeschaltet. Als sie sich wieder gefangen hatte, hauchte sie flüsternd ins Dunkel: »Agent Pendergast?«

Keine Antwort. Stattdessen vernahm sie irgendwo in der Nähe einen dumpfen Schrei. Er hörte sich erstickt an, wie von einem Knebel gedämpft, aber es war ohne jeden Zweifel der Schrei eines gequälten Menschen. Nora hätte nicht sagen können, wieso, aber sie hätte schwören können, dass sie William Smithbacks Stimme erkannt hatte.

»O mein Gott!«, schrie sie gellend. »Agent Pendergast, haben Sie das gehört?«

Wieder keine Antwort.

»Pendergast!«

Aber aus dem undurchdringlichen Dunkel hallte nur das Echo ihrer eigenen Stimme wider.

In den Klauen des Bösen

1

Pendergast schloss die Augen, nicht mal das Dunkel sollte ihn ablenken. Und so formte sich allmählich hinter den geschlossenen Lidern das Bild eines Schachbretts. Die aus Elfenbein und Ebenholz geschnitzten, in ungezählten Partien griffig gewordenen Figuren waren aufgestellt, sie schienen nur auf den ersten Zug zu warten. Alles andere war ausgeblendet, auf magische Weise in unerreichbare Ferne entrückt: die feuchte Kälte in ihrem Verlies, die schweren Ketten, die sich hart an ihren Gelenken rieben, der Wundschmerz, den die Rippen ausstrahlten, Noras angsterfüllte Stimme und die Schreie, die von Zeit zu Zeit gedämpft zu ihnen herüberdrangen. Das Dunkel hatte alles verschluckt, in seinem Zentrum formte sich vor Pendergasts geistigem Auge ein Lichtfleck, in dem, wie vom gelblichen Schein einer Lampe angestrahlt, das Schachbrett stand.

Er nahm sich Zeit, atmete in tiefen Zügen durch, bis sein Herzschlag sich verlangsamte. Erst dann beugte er sich vor, umfasste den elfenbeinernen König und schob ihn zwei Felder vor; nun war Schwarz am Zug. Anfangs setzten beide Spieler die Figuren mit Bedacht, doch allmählich wurde die Partie schneller und immer schneller, bis die Figuren zuletzt über das Brett zu fliegen schienen.

Das erste Spiel endete patt, und genauso war es beim zweiten und beim dritten. Und plötzlich, ohne ersichtlichen Grund, verlosch der Lichtfleck, tiefe Finsternis hüllte Pendergast und seinen unsichtbaren Partner ein. Er nahm sich wieder viel Zeit, erst als er mit Gewissheit wusste, dass er bereit war, schlug er die Augen auf.

Er stand auf dem breiten Flur im Obergeschoss des Maison de la Rochenoire an der Dauphine Street in New Orleans, einem ehemaligen Karmeliterkloster, für ihn jedoch das Zuhause, in dem er aufgewachsen war. Als es vom Orden im achtzehnten Jahrhundert aufgegeben wurde, hatte es einer seiner Vorfahren erworben, renoviert und in ein verwinkeltes Labyrinth verwandelt, in dem die hohen Räume mit ihren gewölbten Decken und die Flure in verwunschenes Halbdunkel gehüllt waren.

Kurz nach Pendergasts Abreise nach England, wo er eine Internatsschule besuchen sollte, wurde das Haus von einer Verbrecherbande niedergebrannt. Dennoch kehrte er, sooft sich eine Gelegenheit dazu bot, immer wieder an diesen Hort seiner Erinnerungen zurück. Es war für ihn nicht irgendein Haus, er verband mit dem alten Gemäuer all das, was er an Bildung, Wissen und Erfahrung gesammelt hatte. Zudem war es der Ort, an den er sich zu seinen kräftezehrenden Meditationen zurückzog, denn nur in den alten, der Gotik nachempfundenen Mauern, die alle Geschichten und Geheimnisse der Familie bargen, konnte er meditieren, ohne Ablenkungen oder Störungen befürchten zu müssen.

Also lag es nahe, dass er sich auch jetzt in das alte Haus zurückversetzte, denn es war ihm nur allzu bewusst, dass er versagt hatte – etwas, was er sich nur sehr selten vorwerfen musste. Um seinen Fehler wieder gutzumachen, bedurfte er mehr als je zuvor der Meditation. Wenn es eine Lösung für sein Problem gab, musste er sie in diesen Mauern suchen – nicht mit wachem, suchendem Blick, sondern durch die Kraft geistiger Verinnerlichung.

Und so schlenderte er in Gedanken versunken den breiten, mit rosenholzfarbenen Seidentapeten bespannten Flur hinunter, in dessen Wände in regelmäßigen Abständen hübsche kleine Marmornischen eingelassen waren. Im Geiste sah er in jeder Nische ein handgroßes, ledergebundenes Büchlein liegen. Tatsächlich hatte es im Haus seiner Urahnen solche Nischen mit bibliophilen Kostbarkeiten gegeben, aber die Bücher, an denen er jetzt vorbeikam, existierten nur in seiner Vorstellung. Sie enthielten Aufzeichnungen über Ereignisse in der Familie, chemische Formeln, komplizierte mathematische Berechnungen und metaphysische Beweisführungen –

eben all das, was in seiner Erinnerung so gespeichert war, dass er es, wann immer er es brauchte, abrufen konnte.

Und auf einmal war er bei seiner Reise durch die Vergangenheit an der schweren Eichenholztür jenes Zimmers angekommen, das er einst bewohnt hatte. Normalerweise hätte er es aufgeschlossen und wäre hineingegangen, um wenigstens einen Blick auf all die Dinge zu werfen, die ihn durch seine Jugend begleitet hatten. Aber heute durfte er sich dafür keine Zeit nehmen, heute galt es, Antworten auf viele ungeklärte Fragen zu finden.

Er hatte Nora eingestanden, dass er von Anfang an nicht mit der nötigen Distanz an den Fall herangegangen sei – ein Fehler, der sie beide in ihre missliche Lage gebracht und, wie er sich tief betrübt vorwarf, O'Shaugnessys grausiges Schicksal besiegelt hatte. Was er Nora gegenüber nicht erwähnt hatte, war der tiefe Schock, den der Anblick des Toten in dem verglasten Käfig in ihm ausgelöst hatte. Inzwischen sträubte er sich nicht mehr gegen die Wahrheit: Der Tote war Enoch Leng oder, um es ohne Ausflüchte zu bekennen, sein Urgroßonkel Antoine Leng Pendergast, der die abstrusen Träume seiner Jugend wahr gemacht und die ihm zugedachte Spanne seines Lebens verlängert hatte.

Die noch lebenden Familienmitglieder – zumindest die, die nicht vom Familienfluch des Wahnsinns gestraft waren – gingen davon aus, dass Antoine schon vor etlichen Zeiten gestorben sei, vermutlich in New York, wo sich seine Spur um die Mitte des neunzehnten Jahrhunderts verlor. Und zum Verdruss der Erbberechtigten war mit ihm auch ein nicht unerheblicher Teil des Familienvermögens spurlos verschwunden.

Aber Pendergast war bereits vor Jahren, während der Ermittlungen im Fall des U-Bahn-Massakers, dank seiner freundschaftlichen Beziehung zu Wren, der sich wie kein anderer in den Archiven der Bibliothek auskannte, auf alte Zeitungsartikel gestoßen, in denen von einer männlichen Leiche berichtet wurde, die man aus dem East River gefischt habe. Der Tote wies alle Merkmale eines diabolischen chirurgischen Eingriffs auf, da es sich jedoch um einen Obdachlosen handelte, wurde das Verbrechen nie aufgeklärt. Gewisse unschöne Begleiterscheinungen und der Umstand, dass das Ganze etwa mit der Zeit zusammenfiel, zu der Antoine vermutlich in New York sesshaft geworden war, weckten in Pendergast den Verdacht, dass Antoine etwas damit zu tun haben könne. Und als er bei der Lektüre späterer Zeitungsartikel etwa ein halbes Dutzend ähnlicher Verbrechen entdeckte – eine regelrechte Serie, die erst im Jahr 1935 abrupt endete –, bestärkte ihn das in der Vermutung, seinem Urgroßonkel Antoine könne es womöglich gelungen sein, sich seinen Jugendtraum von der Unsterblichkeit zu erfüllen.

In Pendergasts Augen blieb nur eine Frage offen: War Antoine 1935 gestorben oder hatte er die Formel des ewigen Lebens gefunden, die es ihm möglich machte, weiterzuleben – und zwar, ohne neuerliche Verbrechen zu begehen? Die Theorie von seinem Ableben schien die wahrscheinlichste zu sein, dennoch blieben Zweifel. Antoine Leng Pendergast hatte sich zeit seines Lebens zu allem Übersinnlichen hingezogen gefühlt, gepaart mit transzendentalen Wahnvorstellungen.

Also hatte Pendergast Ausschau nach Indizien gehalten und darauf gewartet, irgendwann schlüssige Antworten auf seine Fragen zu finden; als letzter männlicher Spross seiner Familie hielt er das für seine Pflicht. Als er später von den Leichenfunden an der Catherine Street erfuhr, erwachte sofort der alte Verdacht in ihm – samt der Ahnung, wer für die Morde verantwortlich sein könnte. Und als der Mord an Doreen Hollander entdeckt wurde, wusste er, dass seine schlimmste Befürchtung wahr geworden war: Antoine Pendergast lebte und jagte weiter dem Traum von der ewigen Jugend nach.

Aber jetzt war alles anders geworden, Antoine war tot. Es gab keinen Zweifel daran, dass es sich bei der mumifizierten Leiche in dem verglasten Käfig um die sterblichen Überreste jenes Mannes handelte, der in jungen Jahren in den Norden gegangen war und dort unter dem Namen Enoch Leng gelebt hatte. Pendergast war mit der Hoffnung in das Haus am Riverside Drive eingedrungen, seinen Urgroßonkel zur Rede stellen zu können. Stattdessen hatte er ihn gefoltert und ermordet vorgefunden. Irgendjemandem musste es irgendwie gelungen sein, Antoine zu beseitigen und sein grausiges Werk fortzusetzen.

Wer war der Mörder des Mannes, der sich zu Lebzeiten Enoch Leng genannt hatte? Oder anders gefragt: Wer war der Mann, der ihn und Nora Kelly in einem feuchten Kellergewölbe gefangen hielt? Der Zustand von Antoines Leiche legte den Schluss nahe, dass er erst vor kurzem gestorben war, der Mord lag mit hoher Wahrscheinlichkeit nicht länger als zwei Monate zurück. Und wenn es so war, musste Enoch Lengs Mörder zugeschlagen haben, *ehe* der Tunnel des Grauens, das unterirdische Beinhaus an der Catherine Street, entdeckt worden war.

Eine höchst aufschlussreiche Erkenntnis über den zeitlichen Ablauf. Aber Pendergast spürte, dass noch irgendetwas fehlte. Eine Ahnung, die er nicht konkretisieren konnte, erfüllte ihn mit rätselhafter Unruhe. Fast von dem Augenblick an, in dem er den Fuß in Lengs Haus gesetzt hatte, quälte ihn das Gefühl, dass es noch andere Fäden gab, die es zu verknüpfen galt.

Er zwang sich, den Gedanken zu verdrängen und zunächst seinen imaginären Rundgang durch das Haus fortzusetzen: den Flur hinunter, vorbei an der Tür, die er selbst versiegelt hatte – die Tür, die einst zum Zimmer seines Bruders geführt hatte und nie mehr geöffnet werden sollte. Er eilte an ihr vorbei, als fürchte er die Konfrontation mit einem Stück Vergangenheit, an das er nicht erinnert werden wollte.

Der Flur endete an einer breiten, geschwungenen Treppe, die in die große Eingangshalle im Erdgeschoss führte. Ein kristallener Lüster hing an vergoldeten Ketten von der Decke herab, der Boden war mit Marmor ausgelegt. In Gedanken versunken, stieg er langsam die Treppe hinunter. Auf einer Seite der Halle führte eine hohe, zweiflügelige Tür in die Bibliothek, auf der anderen Seite schloss sich da, wo die Halle schmaler wurde, das in Dämmerlicht getauchte ehemalige Refektorium des Klosters an – das Ziel, das er zuerst ansteuerte. Er sah den Raum so, wie er ihn in Erinnerung hatte, mit dunkel getäfelten Wänden, das asketische Mobiliar mit alten Erbstücken angereichert: schweren Kommoden aus schön gemasertem Rosenholz und riesigen Landschaftsgemälden von Bierstadt und Cole. Dazu gesellten sich eher befremdlich wirkende Erbstücke: ein Satz Tarotkarten, ein Gerät, mit dem man angeblich ein Medium in Trance versetzen konnte, Ketten, Handfesseln und eine Sammlung von Requisiten, wie sie Illusionisten und Magier für ihre Vorstellung benötigen. Einige Stücke aus diesem Sammelsurium schienen unbrauchbar oder unansehnlich geworden zu sein, sie waren kurzerhand in eine dunkle Ecke verbannt und dort offensichtlich im Laufe der Zeit vergessen worden.

Während Pendergast sich umsah, befiel ihn wieder das rätselhafte Gefühl, dass er irgendetwas nicht zu Ende gedacht, irgendeine Schlussfolgerung nicht gezogen habe. Er spürte, dass er kurz davor war, das Rätsel zu lösen, er wusste nur nicht, wonach er suchen sollte.

Hier würde er die Antwort nicht finden, das ahnte er. Also verließ er das einstige Refektorium, durchquerte die große Halle und betrat die Bibliothek. Er ließ den Blick über die bis zur stuckverzierten Decke aneinander gereihten Folianten schweifen und gab sich – statt zu rätseln, wieso er all diese bibliophilen Schätze sehen konnte, obwohl sie doch der Feuersbrunst zum Opfer gefallen sein mussten – ganz der beruhigenden Wirkung hin, die sie ausstrahlten. Er trat an eines der Regale, wählte ein bestimmtes Buch aus und nahm es heraus. Und sofort war ein leises, kaum vernehmliches Klicken zu hören, und die Bücherwand schwang nach beiden Seiten auf.

Im selben Moment fühlte Pendergast sich in Lengs Haus am

Riverside Drive zurückversetzt. Er stand in der großen Eingangshalle, umgeben von all den Ausstellungsstücken, die Leng zu seiner beachtlichen Sammlung zusammengetragen hatte. Pendergasts Verblüffung war so groß, dass er sich sekundenlang nicht vom Fleck rührte. Er konnte sich nicht erinnern, bei einem seiner imaginären Streifzüge durch eine wiedererweckte Vergangenheit je einen so abrupten Ortswechsel erlebt zu haben.

Doch als er sich umblickte, das Bild der verhüllten Tierskelette und der mit Kostbarkeiten aus aller Herren Ländern gefüllten Schränkchen in sich aufnahm, wurde ihm plötzlich der Grund für diese Transformation klar. Als Nora und er hier eingedrungen waren und sich im Dunkel durch die Eingangshalle, die Ausstellungsräume und die – auch hier – zweistöckige Bibliothek getastet hatten, war ein unerwartetes, irgendwie tröstliches Gefühl in ihm wach geworden: Er hatte sich auf Anhieb wie zu Hause gefühlt. Und auf einmal begriff er auch, warum: Enoch Leng, ohnehin exzentrisch und zudem von Wahnvorstellungen umschleiert, hatte sich zum Ziel gesetzt, das Stammhaus der Pendergasts an der Dauphine Street neu erstehen zu lassen.

Das war es, wonach er gesucht und was diese seltsame innere Unruhe in ihm ausgelöst hatte.

Im Geiste hallten Tante Cornelias Worte in ihm wider. »Antoine? Man hat mir gesagt, er sei nach Norden gezogen, nach New York City. Ist ein Yankee geworden.«

Ja, sein Urgroßonkel Antoine war nach New York gezogen. Aber er hatte sich, wie alle Pendergasts, nie ganz von seinen Wurzeln lossagen können. Darum lag ihm so viel daran, das Haus am Riverside Drive zu einem Abbild des Maison de la Rochenoire zu gestalten, wobei er gewisse Kompromisse machen musste, aber nie das Ziel aus den Augen verlor, seine Sammlung hier unterbringen – und vor allem seine Experimente fortsetzen zu können. Pendergast konnte das gut nachempfinden, war er doch selbst von einem ähnlichen Wunsch getrieben worden, als er in seiner Vorstellung das urgroßväterliche Haus an der Dauphine Street in altem Glanz auferstehen ließ, um es zum Hort seiner Erinnerungen zu machen.

Nun gut, das war geklärt ... nur, er verspürte dennoch weiter die rätselhafte innere Unruhe, die ihn nun schon eine geraume Weile quälte. Es war ihm, als müssten ihm jeden Augenblick die Augen aufgehen, doch sooft er glaubte, der Lösung des Rätsels ganz nahe gekommen zu sein, verschwamm alles im Nebel.

Sein Blick schweifte über die Sammlung. Antoine hatte viel Zeit gehabt, das Kuriositätenkabinett aufzubauen – mehr Zeit, als Menschen normalerweise gegeben ist. Dennoch wurde Pendergast das Gefühl nicht los, dass etwas in der Sammlung fehlte. Und plötzlich wusste er es: Es war das Herzstück, das der Sammlung fehlte: Die Formel, die Antoine von Jugend an mehr als alles andere fasziniert hatte. Pendergast stockte vor Verblüffung der Atem. Antoine alias Leng hatte anderthalb Jahrhunderte danach gestrebt, der Sammlung eines Tages dieses Juwel menschlichen Erfindergeistes hinzufügen zu können.

Warum war Pendergast noch nicht darauf gestoßen? Es musste hier sein – hier in diesem alten Haus. Aber wo?

Ein Laut aus der realen Welt zerriss jäh den Kokon, den Pendergast um sich gesponnen hatte: ein halb erstickter Schrei. Hastig versuchte er, wieder in das Dunkel seiner meditativen Welt einzutauchen, denn nur in ihr war er so gegen die Realität abgeschottet, dass er sich wirklich konzentrieren konnte. Minute um Minute verrann, und als er den Kokon endlich wieder gesponnen hatte, war er im Geiste in die Bibliothek in der Dauphine Street zurückgekehrt.

Von einer unerklärlichen Ahnung geleitet, suchte er die Buchreihen ab, bis er den Folianten gefunden hatte, der, sobald man ihn herausnahm, die Bücherwand aufschwingen ließ. Hinter ihr verbarg sich, wie Pendergast vermutet hatte, ein Lastenaufzug. Er zwängte sich – jeden Schritt vorsichtig abwägend – in das enge Geviert und ließ sich nach unten tragen.

Der ehemalige Klosterkeller war feucht und klamm, auf den Wänden hatte sich Schimmel gebildet. Ein gemauerter, vom Ruß ungezählter Kerzen geschwärzter Gang führte vorbei an zahllosen Abzweigungen zu einem kleinen Kellerraum mit Deckengewölbe. Der Raum war leer, an der aus Ziegelsteinen gefügten Wand hing ein geschnitztes Wappen mit einem lidlosen Auge, unter dem zwei Monde schwebten, der eine als Sichel, der andere voll und rund, darunter kauerte ein Löwe. Es war das Wappen der Pendergasts, das er – von Antoine nach dessen wirren Vorstellungen abgewandelt – vorhin an der Fassade des Hauses gesehen hatte, über dem Eingangsbereich.

Er trat näher an die Wand heran und blieb einen Augenblick lang suchend unter dem Wappen stehen. Dann legte er beide Hände auf das kalte Mauerwerk und drückte mit einem jähen, kräftigen Ruck dagegen. Die Mauer schwang augenblicklich auf und gab den Blick auf eine Wendeltreppe frei, die in scharfen Windungen in den tieferen Kellerbereich führte.

Der kalte Luftschwall, der ihn anwehte, erinnerte ihn unwillkürlich an den eisigen Atem der Toten, die dort unten ruhten. Er erinnerte sich noch gut an den Tag, an dem er – vor vielen Jahren – in die Geheimnisse der Familie eingeführt worden war: den verborgenen Lastenaufzug in der Bibliothek, die Steinkammern, die sich darunter erstreckten … und schließlich in das größte Geheimnis der Pendergasts, das am Fuß der Wendeltreppe auf ihn wartete.

In dem Haus in der Dauphine Street hatte die Treppe im Dunkel gelegen, man brauchte eine Laterne, wenn man hinabsteigen wollte. Aber jetzt, bei seiner imaginären Wanderung durch das Haus, drang ein grünlicher Lichtschimmer von unten zu ihm herauf, sodass er jede einzelne Stufe ausmachen konnte.

Er stieg sie langsam hinunter, durchquerte einen kurzen unterirdischen Gang und kam schließlich in ein breites Kellergewölbe. Der Boden bestand aus gestampfter Erde, die Wände und die gewölbte Decke waren aus Ziegelstein. An den Wänden waren in regelmäßigen Abständen Halterungen angebracht, in denen flackernde Fackeln brannten, deren Qualm barmherzig den Geruch von moderiger Erde, feuchten Steinwänden und Tod übertönte.

Auf beiden Seiten des Gewölbes reihen sich Gräber und Krypten aneinander, manche mit Marmor, andere schlicht mit Granit verschlossen, in der Mitte verlief ein schmaler, aus Ziegelsteinen gefügter Pfad. Einige wenige Grabstätten waren mit Türmchen und Ranken verziert, aber bei den meisten Gräbern hatte man sich mit einer schlichten Steinplatte begnügt. Pendergast schlenderte langsam den Pfad hinunter, er wollte sich Zeit lassen und die vertrauten Namen auf den Grabplatten lesen.

Er wusste nicht, wozu die Mönche das unterirdische Gewölbe benutzt hatten, aber den Pendergasts hatte es seit nahezu zweihundert Jahren als letzte Ruhestätte für die Verstorbenen der Familie gedient, es war zu ihrer Nekropole geworden. Hier ruhten ihre Toten – die in Ungnade gefallenen Aristokraten aus der französischen Linie neben braven Bürgern und denen, die in der Familie als schwarze Schafe galten. Pendergast ging, die Hände auf dem Rücken verschränkt, an den Grabplatten entlang, nur hin und wieder, wenn er auf einen bekannten Namen stieß, blieb er kurz stehen und starrte auf die Inschrift. Da ruhte Henry Pendergast de Mousqueton, ein im siebzehnten Jahrhundert weithin bekannter Quacksalber, der als Zauberkünstler und Komödiant durchs Land getingelt war, bei Bedarf Zähne gezogen und hauptsächlich vom Erlös seiner aus obskuren Kräutern gebrauten Heiltränke gelebt hatte. Dort, in dem mit Türmchen geschmückten Mausoleum, lag Eduard Pendergast, der im achtzehnten Jahrhundert als angesehener Arzt in der Harley Street in London praktiziert hatte. Einige Schritte weiter war Comstock Pendergast zur letzten Ruhe gebettet, ein berühmter Hypnotiseur, dem magische Fähigkeiten nachgesagt wurden und der Harry Houdinis Lehrmeister gewesen war.

Pendergast ging weiter, vorbei an den Gräbern von Künstlern und Mördern, Varietétänzern und Violinvirtuosen. Zu guter Letzt blieb er vor einer Grabstätte stehen, die alle anderen an Größe und Pracht übertraf. In die weiße Marmorplatte war das Bild eines Hauses eingemeißelt, unschwer als das später niedergebrannte Anwesen der Pendergasts an der Dauphine Street in New Orleans zu erkennen. Es war das Grabmal seines Ururgroßvaters Hezekiah Pendergast.

Als Hezekiah erwachsen wurde, waren die Pendergasts nahezu ruiniert, sie hatten ihr ganzes Vermögen verloren. Seine Zukunftsaussichten waren düster, es schien ihm bestimmt, mittellos durchs Leben zu gehen. Aber er hatte schon in jungen Jahren große Ambitionen. Nachdem er sich einige Jahre mit dem Verkauf von Schlangenöl durchgeschlagen hatte, schloss er sich einer durchs Land reisenden Medizinshow an und erwarb sich den Ruf, ein begnadeter Jünger des großen Hippokrates zu sein. Seine Medikamente galten allenthalben als wahre Wundermittel gegen alle Gebrechen und Krankheiten. Sein Auftritt in der Show lag zwischen dem von Al-Ghazi, dem Schlangenmenschen, und Harry N. Parr, dem Hundedresseur. Das Medikament, das er in der Show feilbot, fand reißenden Absatz, obwohl er für die Flasche fünf Dollar berechnete. So lag es nahe, dass er irgendwann eine eigene Wandershow gründete, und mit Hilfe eines ausgeklügelten Marketings wurden sein Allzweckelixier und das wenig später auf den Markt gebrachte Drüsenstärkungsmittel zu den ersten patentierten Medikamenten auf dem amerikanischen Markt. Durch seine mit Raffgier gepaarte Geschäftstüchtigkeit scheffelte Hezekiah mehr Geld, als er sich je erträumt hatte.

Aber schon ein Jahr nach der Einführung des Allzweckelixiers machten hässliche Gerüchte die Runde. Man erzählte sich hinter vorgehaltener Hand von Fällen von Schwachsinn, Missgeburten und an Schwindsucht Gestorbenen. Ärzte protestierten gegen den Verkauf dieses obskuren Medikaments und behaupteten, es mache süchtig und schade dem Gehirn. Dennoch nahm der Umsatz stetig zu, Hezekiah Pendergast konnte sogar eine neue, speziell für Babys entwickelte Mixtur auf dem Markt platzieren, die er mit dem Slogan »Macht garantiert jedes Kind friedlich« anpries. Aber bald nahm ein Reporter des Magazins *Collier's* gemeinsam mit einem im Regierungsdienst stehenden Apotheker den umstrittenen Heiltrank unter die Lupe. Sie kamen zu dem Ergebnis, dass neben pflanzlichen Stoffen lebensgefährdend hohe Beimischungen von Chloroform, Kokain, Hydrochloriden und Acetaniliden enthalten seien. Die Produktion musste eingestellt werden, aber für Hezekiahs Frau war es bereits zu spät. Constance Leng Pendergast – Antoines Mutter – erlitt, nachdem sie das Elixier lange erprobt hatte, einen schweren Schock und starb.

Pendergast riss sich vom Anblick des Mausoleums los. Er wollte schon weitergehen, blieb dann aber doch stehen und wandte sich zu dem kleineren, in grauen Granit gehaltenen Grab um, in dessen schlichte Platte lediglich der Name *Constance* eingemeißelt war.

Die Worte seiner Großtante Cornelia kamen Pendergast in den Sinn. »Und dann hat er immer mehr Zeit da unten verbracht – du weißt schon, wo …«

Ja, Pendergast wusste, was Tante Cornelia gemeint hatte, er kannte die Geschichten, die davon erzählten, dass die Nekropole nach dem Tod seiner Mutter Antoines liebster Aufenthaltsort geworden war. Er hatte Tag für Tag an ihrem Grab gekauert, sich in den Zaubertricks geübt, die ihm sein Vater und sein Großvater beigebracht hatten, Erfahrungen bei der Vivisektion kleiner Tiere gesammelt und vor allem mit Chemikalien, Heilkräutern und Giften experimentiert. Was hatte Tante Cornelia zu Pendergast gesagt? »Er hat den lieben langen Tag Chemikalien gemischt und geheimnisvolle Tränke angerührt ...

Pendergast kannte all die Gerüchte, die in der Familie kursierten, auch die, über die selbst Tante Cornelia nur zögerlich und sehr widerwillig reden wollte – Gerüchte, die von Schlimmeren als der unseligen Beziehung zu Marie LeClaire wissen wollten. Es ging um gewisse geheim gehaltene Dinge, die man in dunklen Winkeln des unterirdischen Familienfriedhofs finden könne, und Gerüchte über den wahren Grund dafür, dass Antoine von der Familie verstoßen und schließlich gezwungen worden war, das Haus in New Orleans für immer zu verlassen. In Wahrheit hatte Antoine nämlich nicht nur nach einer Formel für die Verlängerung des menschlichen Lebens gesucht, nein, da war noch etwas anderes gewesen – etwas, was ihn unablässig umtrieb. Nur, worum es dabei ging, das war in all den Jahren sein sorgsam gehütetes Geheimnis geblieben.

Während Pendergast den Blick noch immer starr auf den in die Grabplatte eingemeißelten Namen gerichtet hielt, kam ihm plötzlich eine Erkenntnis. In diesem weitläufigen unterirdischen Gewölbe hatte Antoine als Kind gespielt, hier war er später seinen Tierversuchen nachgegangen, hier hatte er seine Sammlung vervollständigt und sich mit seinen Experimenten beschäftigt. Was mochte ihn an diesem Gewölbe so angezogen haben? Die Antwort lag auf der Hand: Hier war es kühl und dunkel, die Luftfeuchtigkeit war relativ hoch – ideale Bedingungen für jeden, der mit Kräutern, Chemikalien und Giften arbeitet.

Auf einmal hatte Pendergast es eilig. Er hastete auf dem aus Ziegelsteinen gefügten Pfad an den Gräbern seiner Vorfahren vorbei, zurück zu dem kurzen Tunnel und der schmalen Wendeltreppe und stieg eilends nach oben. Für ihn war es der Rückweg in die reale Welt. Denn er musste nicht länger in der imaginären Welt verweilen, in die er sich durch seine Meditationsübungen versetzt hatte. Seine Wanderung durch die Vergangenheit hatte ihn ans Ziel geführt: Endlich wusste er, wo er in dem alten Haus am Riverside Drive nach dem wichtigsten, wertvollsten Stück aus Enoch Lengs alias Antoine Pendergasts Sammlung suchen musste.

2

Nora hörte neben sich eine Kette klirren, danach einen fast nur gehauchten Atemzug. Sie befeuchtete sich mit der Zunge die Lippen. Ihre Stimme klang wie erstickt, als sie zaghaft ins Dunkel hinein fragte: »Pendergast?«

»Ja«, antwortete eine kraftlose Stimme, »ich bin hier.«

»Gott sein Dank!« Ihre Verkrampfung entlud sich ungewollt in einem leisen Schluchzen. »Ich dachte schon, Sie sind tot. Geht es Ihnen gut?«

»Es tut mir Leid, dass ich gezwungen war, Sie eine Weile allein zu lassen. Wie viel Zeit ist inzwischen vergangen?«

»Mein Gott, sind Sie taub?« Es war für sie ein Akt der Befreiung, Pendergast so barsch anzufahren. »Dieser Irre tut Bill etwas Schreckliches an!«

»Dr. Kelly ...«

Nora zerrte an ihren Ketten, sie musste ihrer ohnmächtigen Wut irgendwie Luft machen. Zugleich merkte sie selber, dass sie vor Angst um ihren Freund halb verrückt war. »Tun Sie doch etwas! Bringen Sie mich hier raus!«

»Dr. Kelly«, redete Pendergast mit leiser, scheinbar unbewegter Stimme auf sie ein, »bleiben Sie ganz ruhig! Wir können etwas tun, aber Sie müssen sich ruhig verhalten.«

Nora hörte auf, an den Ketten zu zerren. Sie lehnte sich zurück und versuchte, ihre Selbstbeherrschung wiederzuerlangen.

»Stützen Sie sich an der Wand ab! Schließen Sie die Augen! Atmen Sie in regelmäßigen Zügen tief ein!«

Sie spürte die hypnotische Wirkung, die von Pendergasts

ruhiger, bestimmter Stimme ausging, und nahm sich vor zu tun, was er ihr gesagt hatte. Sie schloss die Augen und versuchte, ihre Ängste zu verdrängen und mit tiefen, gleichmäßigen Zügen ruhig zu atmen.

Pendergast wartete geduldig. Erst als eine Weile vergangen war, fragte er leise: »Geht es?«

»Ich weiß nicht.« Sie hörte sich verzagt an.

»Atmen Sie weiter! Ganz langsam, in alle Ruhe.« Und nach einigen Minuten: »Ist es jetzt besser?«

»Ja«, antwortete sie und merkte selber, wie verwundert sich das anhörte. »Was war mit Ihnen? Ich habe mir große Sorgen um Sie gemacht. Ich dachte ...«

»Wir haben jetzt keine Zeit für Erklärungen. Bitte, vertrauen Sie mir einfach. Ich werde nun versuchen, meine Ketten abzustreifen.«

Nora traute ihren Ohren nicht. Seine Ketten abstreifen? Hatte er den Verstand verloren? Doch dann hörte sie tatsächlich ein leises Klirren, irgendetwas fiel auf den Boden.

Als sie gerade anfangen wollte, sich ebenfalls gegen ihre Ketten zu stemmen, spürte sie, dass sich eine Hand auf ihren Ellbogen legte, und ehe ihr auch nur Zeit blieb zusammenzuzucken, schob sich eine zweite Hand sanft auf ihren Mund.

»Ich bin frei«, hörte sie Pendergast dicht neben ihrem Ohr flüstern. »Und Sie werden es auch bald sein.«

Sie kam sich vor wie in einem schlechten Film. Sie zitterte. Das konnte doch alles nicht wahr sein!

»Entspannen Sie sich! Sie müssen völlig entspannt sein.«

Sie spürte eine Berührung, als fahre ihr eine streichelnde Hand über Arme und Beine. Dann spürte sie, dass ihre Arm- und Fußfesseln abgefallen waren. Einfach so, wie durch Magie. »Wie haben Sie das ...?«

»Später. Was für Schuhe tragen Sie?«

»Da muss ich nachdenken ... schwarze Ballyschuhe, mit flachen Absätzen.«

»Darf ich mir einen ausleihen?«

Sie spürte, dass Pendergast ihr den Schuh vom Fuß streifte. Ein metallisches Scharren, dann wurde ihr der Schuh wieder über den Fuß gestreift. Es folgten rätselhafte klopfende Geräusche, die sich anhörten, als würden Handschellen ineinander verschlungen. Aber welchen Sinn sollte das haben?
»Was machen Sie da?«
»Bitte verhalten Sie sich leise!«
Plötzlich wurde ihr bewusst, dass die dumpfen Schreie aus dem anderen Keller seit etlichen Minuten verstummt waren. All ihre Hoffnung ertrank in einer Welle der Angst.
»Bill …«, hauchte sie mit bebenden Lippen und unterdrückte nur mit Mühe ein Schluchzen.
Pendergasts kühle, trockene Hand schob sich über ihre. »Was geschehen ist, können wir nicht ungeschehen machen. Hören Sie mir jetzt bitte genau zu! Drücken Sie nur meine Hand, wenn Sie mir ein Ja bedeuten wollen. Sie sollen kein Wort mehr sagen, haben Sie das verstanden?«
Nora drückte seine Hand.
»Sie müssen jetzt sehr tapfer sein. Ich will Ihnen nichts vormachen, ich glaube, dass Smithback tot ist. Aber es stehen noch zwei andere Leben auf dem Spiel, Ihres und meines. Und wir müssen diesem Mann Einhalt gebieten, sonst werden noch viele andere sterben. Leuchtet Ihnen das ein?«
Sie zögerte. Es kostete sie viel Kraft, aber schließlich drückte sie Pendergasts Hand.
»Ich habe aus dem Absatz Ihres Schuhs ein kleines Werkzeug gebastelt. Wir werden dieses Verlies in wenigen Sekunden verlassen, ich bin sicher, dass das Schloss leicht zu knacken ist. Aber Sie müssen bereit sein, genau das zu tun, was ich Ihnen jetzt sage.«
Wieder ein kurzes Zögern, dann ein Händedruck.
»Zunächst muss ich Ihnen etwas erklären. Es ist mir klar geworden, was Enoch Leng getan hat, zumindest in groben Zügen. Das Ziel, das er vor Augen hatte, war nicht etwa,

lediglich sein Leben zu verlängern, er hatte sich ein viel größeres Ziel gesteckt. Während seiner Experimente erkannte er, dass es nicht genügte, die Spanne seines Lebens zu verdoppeln oder zu verdreifachen, er brauchte wesentlich mehr Zeit. Sein Leben zu verlängern, das war für ihn so etwas wie ein Zwischenziel, mit dessen Hilfe er sich in die Lage versetzen wollte, ein größeres Ziel zu erreichen.«

Nora starrte irritiert dahin, wo sie Pendergast im Dunkel vermutete. »Welches größere Ziel als die Verlängerung des Lebens kann es denn geben?«

»Pst – leise! Ich weiß es nicht. Aber das, was ich ahne, macht mir große Angst.«

Langes Schweigen. Nora lauschte Pendergasts ruhigen Atemzügen. Und dann hörte sie ihn sagen: »Was es auch war, das Geheimnis liegt in diesem Haus verborgen. Ich werde jetzt die Tür dieser Zelle öffnen. Dann gehe ich in den Keller, in dem der Mann, der Lengs Platz eingenommen hat, die ...« Er zögerte, als suche er nach den richtigen Worten. »... die Operationen durchführt. Es gibt keine andere Möglichkeit, als die Konfrontation mit ihm zu suchen.«

Nach kurzem Zögern fuhr er fort: »Wie gesagt, ich glaube, dass Smithback tot ist, aber wir müssen uns Gewissheit verschaffen. Ich glaube, es wird mir gelingen, den Mann, der sich als Enoch Leng ausgibt, aus seinem Operationsraum zu locken. Versuchen Sie auf keinen Fall, uns zu folgen. Was Sie auch hören oder sehen, unternehmen Sie nicht den Versuch, mir zu Hilfe zu kommen. Meine Begegnung mit diesem Mann ist der Augenblick, der über sein und mein Schicksal entscheidet. Einer von uns wird die Begegnung nicht überleben, der andere wird zu Ihnen zurückkehren. Hoffen wir, dass ich es bin. Haben Sie das soweit verstanden?«

Nora drückte seine Hand.

»Sollte Smithback noch leben, tun Sie alles für ihn, was in Ihren Kräften steht. Wenn aber nicht, müssen Sie zusehen, den Keller und das Haus so schnell wie möglich zu verlassen. Am besten wird es sein, wenn Sie versuchen, ins Obergeschoss zu gelangen und durch das eingeschlagene Fenster zu entkommen. Der Fluchtweg aus dem Erdgeschoss dürfte versperrt sein.«

Nora hörte ihm wie gebannt zu.

»Es kann sein, dass ich mit meinem Plan scheitere. Dann werden Sie mich tot auf dem Boden des Operationsraums finden. In diesem Fall müssen Sie um Ihr Leben rennen. Wenn Ihnen das nicht gelingen sollte, bleibt Ihnen nur die Möglichkeit, sich das Leben zu nehmen. Sie *müssen* es tun, die Alternative ist zu grausam. Werden Sie das fertig bringen?«

Nora musste sich auf die Lippen beißen, um nicht in haltloses Wimmern auszubrechen. Schließlich nahm sie alle Kraft zusammen und drückte Pendergasts Hand.

3

Der Mann im Operationsraum betrachtete den Einschnitt am unteren Rückgrat seiner menschlichen Ressource. Der Schnitt verlief vom zweiten Lendenwirbel bis zum Kreuzbein. Akkurate, saubere Arbeit, für solche Schnitte hatte er während des Medizinstudiums viel Lob eingeheimst. Jedenfalls bis zu dem Zeitpunkt, an dem sich gewisse unerfreuliche Dinge ereignet hatten.

In den Zeitungen wurde er »der Chirurg« genannt – eine Bezeichnung, die ihm gut gefiel. Und angesichts des sauberen Einschnitts fand er sie durchaus angebracht. Exakter konnte man der Anatomie nicht nachspüren. Zuerst ein langer vertikaler Schnitt vom Referenzpunkt an der Wirbelsäule entlang, mit ruhiger, sicherer Hand durch die Haut geführt. Dann hatte er den Schnitt vertieft, in das subkutane Gewebe hinein und bis zur Muskelhülle. Wobei es darauf ankam, den Schnitt immer wieder durch Klammern zu öffnen und mit Hilfe von Klemmen abzustützen. Zur Öffnung der Fascia

hatte er eine periostale Stütze benutzt, um den Muskel von der Lamina und dem Dornfortsatz zu trennen.
Er hatte sich so liebevoll in seine Arbeit vertieft, dass die eingeplante Zeit überschritten wurde. Was zwangsläufig dazu geführt hatte, dass die betäubende Wirkung der subkutanen Infusion nachließ, bevor er fertig war, und so war seine menschliche Ressource verständlicherweise unruhig geworden, hatte einigen Lärm gemacht und sich zur Unzeit bewegt. Dennoch, das Abbinden und das Setzen der Nähte waren ihm problemlos gelungen. Und als er das weiche Gewebe mit einer Kurette entfernt hatte, konnte er mit Zufriedenheit verfolgen, wie sich das grauweiße Spinalmark immer klarer gegen das rötliche Fleisch abhob. Er trat einen Schritt zurück, um sein Werk zu begutachten.
Eine Arbeit wie aus dem Lehrbuch. Alles war deutlich zu erkennen, die Nerven und die ganze wundervolle innere Architektur. Erstaunlich, wie klar sich unter der Lamina und den Ligamenta flava die transparente Dura des Rückenmarks abzeichnete. Sein Pulsschlag beschleunigte sich, während er beobachtete, wie die Körperflüssigkeit die Cauda equina umspülte. Ohne Zweifel der beste Einschnitt, der ihm bisher gelungen war.
Chirurgie ist eben eher ein Kunstwerk als die Aneinanderreihung von angelernten Handgriffen, dachte er bei sich. Sie erfordert Geduld, Kreativität, Intuition und eine ruhige Hand. Intellekt und Urteilsvermögen sind dabei kaum gefragt. Er wäre, wenn er es gewollt hätte, sicher auch ein guter Künstler geworden. Nun, vielleicht war ihm irgendwann danach, sich auch auf diesem Feld zu bewähren.
Er musste wieder an seine Studienzeit denken. Nach Abschluss der Anatomie hatte er mit der Idee gespielt, sich der Pathologie zuzuwenden. Aber irgendetwas in ihm hatte sich dagegen gesträubt, es war zu nahe an der Autopsie angesiedelt. Und so war er schließlich auf die Chirurgie verfallen.
Er ließ den Blick über den Rollwagen gleiten, um zu über-

prüfen, ob alles bereit lag, was er für die Entnahme der bloßgelegten Teile brauchte: Knochenmeißel, Diamantbohrer … ja, alles da, es fehlte nichts. Dann ein kurzer Blick auf die Monitore. Obwohl seine Ressource bedauerlicherweise das Bewusstsein verloren hatte, waren ihre Lebenszeichen noch erstaunlich vital. Erneute Eingriffe durfte er natürlich nicht vornehmen, aber bei der Extraktion und Präparation der benötigten Teile waren keine Komplikationen zu erwarten.

So weit war also alles nach Plan verlaufen. Pendergast, der vermeintlich große Detektiv, war – wie alle anderen vor ihm – ahnungslos in eine der vorbereiteten Fallen getappt. Es war verblüffend einfach gewesen, ihn zur Strecke zu bringen. Bei den anderen hatte er das ohnehin erwartet. Die hatte er kurzerhand entsorgt und die Überreste beseitigt. Es war geradezu lachhaft, wie pathetisch die Umwelt auf ihr Verschwinden reagiert hatte. Die grenzenlose Dummheit der Polizei, das schwachsinnige Verhalten der Museumsleitung … wirklich, sie hatten viel zu seiner Erheiterung beigetragen. In gewisser Weise offenbarte sich im Ablauf der Dinge eine höhere Gerechtigkeit. Nur schade, dass er der Einzige war, der das erkennen konnte.

Und nun hatte er sein Ziel erreicht – zumindest beinahe. Dreimal musste er sein Können noch unter Beweis stellen, bei Smithback, Pendergast und Nora Kelly, dann konnte er mit Fug und Recht behaupten, am Ziel zu sein. Es lag eine gewisse Ironie darin, dass es gerade diese drei sein sollten, die ihm zu seinem Triumph verhalfen.

Als er sich kurz über den Rollwagen beugte, glaubte er aus den Augenwinkeln eine Bewegung wahrzunehmen. Er fuhr herum. Pendergast, der FBI-Agent. Er stand, lässig an die Wand gelehnt, unter dem Torbogen, der in den Operationsraum führte.

Der Mann, den man den »Chirurgen« nannte, richtete sich auf und versuchte angestrengt, sich nicht anmerken zu lassen, wie sehr ihn die unwillkommene Überraschung aus dem

Konzept brachte. Er sah auf den ersten Blick, dass Pendergast mit leeren Händen gekommen war. Was für ein bodenloser Leichtsinn, ihm unbewaffnet entgegenzutreten! Aber woher hätte er auch eine Waffe nehmen sollen? Den Colt hatte ihm der »Chirurg« abgenommen, er lag in Reichweite in der Besteckschale, er musste nur blitzschnell zugreifen, ihn mit dem Daumen entsichern und auf Pendergast richten.

Pendergast lehnte weiter lässig an der Wand. Auch der »Chirurg« versuchte, unerschütterliche Ruhe auszustrahlen, aber als ihre Blicke sich für Bruchteile einer Sekunde trafen, sah der Agent das unstete Flackern in den Augen seines Kontrahenten.

»Sie waren es also, der Enoch Leng gefoltert und getötet hat. Ich habe mich schon gefragt, wer wohl in seine Rolle geschlüpft sein könnte. Ich muss zugeben, dass ich überrascht bin. Und ich bin kein Freund von Überraschungen.«

Der »Chirurg« richtete den Colt auf ihn.

»Keine Sorge, ich bin unbewaffnet. Sie haben mir ja meine Waffe weggenommen.«

Der Finger krümmte sich um den Abzug. Aber der »Chirurg« konnte sich nicht dazu durchringen abzudrücken, noch nicht. Pendergast war ein gefährlicher Gegner, es wäre zweifellos das Beste gewesen, kurzen Prozess zu machen. Nur, wenn er abdrückte, lief er Gefahr, seine menschliche Ressource unbrauchbar zu machen. Und er musste zuvor unbedingt herausfinden, wie es dem Agent gelungen war, aus seinem Verlies zu entkommen. Außerdem gab es noch diese junge Frau, Nora Kelly …

»Aber allmählich erkenne ich eine Art Logik darin«, fuhr der Agent fort. »Ja, es fügt sich eins zum anderen. Sie errichteten an der Catherine Street ein Hochhaus. Es war kein Zufall, dass Sie bei dieser Gelegenheit die sterblichen Überreste der jungen Opfer entdeckt haben, o nein, sie haben gezielt nach den Leichen gesucht. Denn Sie wussten bereits, dass Enoch

Leng sie vor einhundertdreißig Jahren dort verscharrt hatte. Und woher konnten Sie das wissen? Nun, alles fing mit Ihrem Interesse am Archiv des Museums an. Sie waren schneller als Dr. Kelly, Sie haben vor ihr einen Blick in die Unterlagen über Shottums Sammlung geworfen. Kein Wunder, dass wir so ein Durcheinander angetroffen haben. Sie hatten alles mitgenommen, was Ihnen nützlich erschien. Aber Sie wussten nichts über Tinbury McFadden und den präparierten Elefantenfuß. Stattdessen haben Sie Lengs Tagebücher und die Aufzeichnungen über seine geheime Laborarbeit entdeckt. Nur, als Sie Leng dann endlich in seinem Versteck aufgespürt hatten und Ihre Vermutung, dass er noch lebe, bestätigt sahen, hat er sich leider nicht so redselig gezeigt, wie Sie es sich gewünscht haben. Er hat Ihnen seine Formel nicht verraten, nicht mal unter der Folter, nicht wahr? Also mussten Sie auf die Spuren zurückgreifen, die Leng in dem Kellergewölbe an der Catherine Street hinterlassen hatte. Um das tun zu können, mussten Sie das Land aufkaufen, die alten Ziegelsteinbauten abreißen und eine Grube ausheben, die tief genug für das Fundament Ihres Neubaus war.«
Pendergast kräuselte die Stirn, als sei ihm gerade noch etwas anderes eingefallen. »Dr. Kelly hat mir von fehlenden Seiten im Besucherbuch des Archivs erzählt. Das waren die Seiten, in denen Ihr Name stand, nicht wahr, Mr. Fairhaven? Der Einzige, der wusste, wann Sie im Archiv gewesen sind, war Puck, also musste er sterben. Und mit ihm alle, die Ihnen schon auf der Spur waren: Dr. Kelly, Sergeant O'Shaugnessy und ich. Denn je größer unsere Chance wurde, Lengs Haus zu finden, desto größer wurde aus Ihrer Sicht die Gefahr, dass wir Sie ebenfalls finden würden.«
Sekundenlang zeichnete sich auf Pendergasts Miene ein gequälter Zug ab. »Wie konnte ich nur so begriffsstutzig sein, das nicht zu erkennen? Spätestens nachdem ich Lengs Leiche gesehen hatte, hätte mir das klar sein müssen. Weil der Zustand seiner Leiche eindeutig bewies, dass er zu Tode gefol-

tert worden war, *bevor* die Leichen an der Catherine Street gefunden wurden.«

Fairhaven verzog keine Miene. Die Kette der Schlussfolgerungen war erstaunlich überzeugend. Knall ihn einfach ab!, mahnte ihn eine innere Stimme.

»Wie lautet die alte arabische Weisheit über den Tod?«, fuhr Pendergast in seinem Monolog fort. »›Er ist es, der allen irdischen Freuden ein Ende setzt.‹ Wie wahr! Die Mühsal des Alters, Krankheit und Gebrechen und am Schluss der Tod – das sind die Plagen, die keinem von uns erspart bleiben. Manche suchen Trost in der Religion, andere im Stoizismus, und wieder andere reden sich ein, es gebe keine Mühsal. Aber Ihnen, der Sie immer alle Störfaktoren ausgeschaltet haben, muss die Gewissheit des Todes wie eine schreckliche Ungerechtigkeit vorkommen.«

Fairhaven zuckte schmerzlich zusammen. Der Gedanke an Arthur, seinen älteren Bruder, der an vorzeitiger Vergreisung gestorben war, drängte sich ihm auf. Der furchtbare Anblick, wie die Haut des jungen Gesichts mehr und mehr von Verhornung entstellt wurde und seine Glieder zu schrumpfen begannen. Der Umstand, dass die Krankheit so selten war und man ihre Ursachen nicht kannte, war kein Trost gewesen. Es gab viel, was Pendergast nicht wusste. Und was er nie mehr erfahren würde.

Er zwang sich, die Schreckensbilder abzuschütteln. Mach schon, töte ihn! Aber aus irgendeinem Grunde wollte seine Hand nicht gehorchen – noch nicht. Nicht, bevor er mehr in Erfahrung gebracht hatte.

Pendergast deutete mit dem Kopf auf die Gestalt, die reglos auf dem Operationstisch lag. »So wie Sie sich das vorstellen, werden Sie Ihr Ziel nie erreichen, Mr. Fairhaven. Lengs Fähigkeiten und sein Geschick waren so hoch entwickelt, wie Ihnen das nicht mal annähernd gelingen wird.«

Irrtum, dachte Fairhaven bei sich, es ist mir bereits gelungen. Ich habe Leng längst überflügelt. Ich bin der Leng, der er sein wollte. Nur durch mich kann sein Werk zur höchsten Vollendung gelangen …

»Ich weiß, was Sie denken«, sagte Pendergast. »Sie denken, dass ich Unrecht habe. Sie glauben, Sie seien am Ziel. Aber Sie sind ihm nicht mal nahe gekommen, und das werden Sie auch nie schaffen. Fragen Sie sich selbst: Spüren Sie einen Unterschied? Fühlen Sie sich jünger als früher, agiler? Wenn Sie ehrlich sind, müssen Sie sich eingestehen, dass Sie Angst haben, die Zeit könnte Ihnen davonlaufen. Sie spüren den beängstigenden, unaufhaltsamen Verfall Ihrer körperlichen Kräfte. Ein Geschick, das uns allen beschieden ist.« Sein angedeutetes Lächeln schien zu verraten, dass er diese Verschleißerscheinungen selber nur zu gut kannte. »Wird Ihnen allmählich klar, dass Sie einen tödlichen Fehler begangen haben?«

Fairhaven sagte nichts.

»In Wahrheit ist es so, dass Sie absolut nichts über Leng wissen«, fuhr Pendergast fort. »Vor allem wissen Sie nicht, woran er wirklich gearbeitet hat. Ein Projekt, für das die Verlängerung des Lebens nur so etwas wie das Ergebnis einer vorbereitenden Studie gewesen ist.«

Jahrelanges Training in der rauen Welt des Konkurrenzkampfes hatte Fairhaven darin geschult, nie irgendwelche Gefühle preiszugeben, weder durch das Mienenspiel noch durch eine verräterische Frage. Aber seine Verblüffung war so groß – und das keimende Misstrauen so stark –, dass er beides nicht gänzlich verhehlen konnte. Woran sollte Leng angeblich gearbeitet haben? Worauf wollte Pendergast mit seinem irritierenden Wortgeklingel hinaus?

Er dachte nicht daran, auch nur ein Wort zu sagen. Schweigen war immer die beste Methode, den anderen aus seiner Reserve zu locken. Wenn man den Mund hielt, rückte der andere irgendwann von selber mit seinem Wissen heraus. Wer wirklich etwas Wichtiges weiß, will es nicht für sich behalten.

Aber Pendergast schien beschlossen zu haben, sich ebenfalls

in Schweigen zu hüllen. Er stand einfach mit arroganter Miene da und ließ den Blick gelangweilt über die Wände des Kellerraums gleiten.

Die Stille schien kein Ende zu nehmen. Fairhaven dachte nervös an seine Ressource, die auf dem Operationstisch lag. Den Colt auf Pendergast gerichtet, riskierte er einen raschen Blick auf die Monitore. Die Lebenszeichen waren klar auszumachen, aber die Kurve flachte bedenklich ab. Wenn er sich nicht bald um seine Ressource kümmerte, war sie nicht mehr zu gebrauchen.

Töte ihn!, ermahnte ihn die innere Stimme.

»Was meinen Sie mit: ›woran er wirklich gearbeitet hat‹?«, brachte er schließlich heraus.

Pendergast gab ihm keine Antwort.

Und nun rührte sich doch ein Anflug von Zweifel in Fairhaven, den er allerdings sofort unterdrückte. Welches Spielchen trieb der Agent mit ihm? Er wollte ihn wahrscheinlich nur hinhalten, und wenn es so war, hatte das bestimmt einen guten Grund. Also war es das Beste, Pendergast endlich zu töten. Zumal Nora Kelly keine Chance hatte, ihm zu entkommen. Er konnte sich, wann immer er wollte, in aller Ruhe mit ihr beschäftigen, völlig ungestört. Sein Finger krümmte sich um den Abzug.

Aha, auf einmal bequemte sich Pendergast doch, den Mund aufzumachen! »Leng hat Ihnen bis zum Schluss nichts verraten, nicht wahr? Es hat nichts gebracht, ihn zu foltern. Sie können mit Opfern, die Sie in dieses Haus verschleppen, im Grunde nichts anfangen. Aber das stört Sie nicht, ihre Opfer sind nur menschlicher Müll für Sie. Ich dagegen weiß, woran Leng gearbeitet hat. Ich kenne ihn nämlich sehr gut. Oder ist Ihnen die Ähnlichkeit gar nicht aufgefallen?«

»Was?«, platzte Fairhaven heraus.

»Leng war mein Urgroßonkel.«

Fairhaven fiel es wie Schuppen von den Augen, der Griff, mit dem er den Colt hielt, wurde schlaff. Er erinnerte sich an

Lengs fein gemeißelte Gesichtszüge, an das helle, fast weiße Haar und die blassblauen Augen – Augen, die ihn unbewegt anstarrten, in denen aber kein Flehen und kein Betteln zu lesen gewesen war. Es war derselbe leere Blick gewesen, mit dem Pendergast ihn jetzt anstarrte.

Na und? Am Schluss waren die Augen im Tod gebrochen. Und genauso würde es bei Pendergast sein.

Dann tu's endlich!, drängte ihn die innere Stimme. Was er dir erzählen kann, ist nicht so wichtig wie sein Tod. Geh kein Risiko ein, verzichte auf diese Ressource! Töte ihn!

Er zog den Abzug bis kurz vor den Druckpunkt durch. Auf diese Distanz konnte er Pendergast nicht verfehlen.

»Das Geheimnis liegt gut versteckt in diesem Haus, nur ein paar Schritte weit entfernt«, sagte Pendergast in gelangweiltem Ton. »Die Formel für Lengs ultimatives Projekt. Sie haben die ganze Zeit über nach dem falschen Papier gesucht. Und deshalb werden Sie im Alter eines quälend langsamen Todes sterben. Sie werden leiden wie wir alle. Und während des Dahinsiechens der verpassten Chance nachtrauern.«

Drück ab!, hämmerte die Stimme auf Fairhaven ein.

Aber Pendergasts Tonfall machte ihn stutzig. Der Mann wusste irgendetwas – etwas Wichtiges. Das war nicht nur Wortgeklingel. Fairhaven hatte es so oft mit Leuten zu tun gehabt, die leeres Stroh droschen, dass er es sofort merkte, wenn ihn einer nur mit Worten einwickeln wollte. Er spürte, dass Pendergast nicht nur bluffte.

»Wenn Sie etwas zu sagen haben, sagen Sie's jetzt!«, blaffte er den Agent an. »Sonst drücke ich ab.«

»Kommen Sie mit, ich zeige es Ihnen.«

»Was wollen Sie mir zeigen?«

»Ich zeige Ihnen, woran Leng wirklich gearbeitet hat. Es liegt hier in diesem Haus, sozusagen direkt unter Ihren Füßen.«

Die Stimme in Fairhavens Kopf begnügte sich nicht mehr damit, ihm etwas einzuflüstern, sie schrie es ihm in die Ohren:

Mach dem Geschwätz ein Ende! Verzichte darauf, dir das Geheimnis zeigen zu lassen, wie wichtig es auch sein mag!
Und da wurde Fairhaven endlich klar, wie klug dieser Rat seiner inneren Stimme war.
Pendergast lehnte sich entspannt an die Wand, in einer Haltung, in der er nicht sehr schnell reagieren konnte. Und er stand mit leeren Händen da. Es gab auch keine versteckte Waffe, Fairhaven hatte ihn ja gründlich durchsucht.
Er richtete die Waffe auf Pendergast, hielt den Atem an und drückte ab. Der Abschussknall war ohrenbetäubend, der schwere Colt zuckte regelrecht in seiner Hand hoch. Und Fairhaven wusste instinktiv, dass er sein Ziel getroffen hatte.

4

Die Tür stand offen, von irgendwoher aus der Tiefe des Kellerflurs fiel schwacher Lichtschimmer in das Verlies. Sie solle zehn Minuten warten, hatte Pendergast gesagt. Und so verkroch sie sich einstweilen im Dunkel der Zelle.
Zehn Minuten. Ihr Herz klopfte wie ein Schmiedehammer. Jede Minute kam ihr wie eine Stunde vor. Sie merkte, dass sie nicht abschätzen konnte, wie viel Zeit schon vergangen war. Das Einzige, was ihr einfiel, war, die Sekunden zu zählen. Tausendundeins, tausendundzwei … Und während sie so im Geiste den Sekundenzeiger Stück für Stück vorrücken ließ, dachte sie an Bill Smithback. Daran, was ihm gerade widerfahren mochte. Oder was ihm schon widerfahren war.
Pendergast hatte gesagt, er glaube, Smithback sei tot. Weil er ihr den Schock ersparen wollte, irgendwann selbst feststellen zu müssen, dass es so war. Bill ist tot. Bill ist tot. Sie versuchte, sich das einzuhämmern und die Wahrheit zu akzeptieren. Aber ihr Verstand sträubte sich dagegen. Wer sagte denn, dass es wirklich so war? Wer wusste schon, wo die Grenzen

zwischen Wirklichkeit und Alptraum verliefen? Alles war so unwirklich geworden. Weil alles zu einem Alptraum gehörte. Tausendunddreißig, tausendundeinunddreißig ... Die Sekunden verrannen quälend langsam.
Nach sechs Minuten und fünfundzwanzig Sekunden fiel ein Schuss. Der Widerhall irrte ohrenbetäubend laut durch das Kellergewölbe.
Sie krümmte sich zusammen, machte sich ganz klein: Sonst konnte sie nichts tun, um sich davor zu bewahren, in hemmungsloses Schluchzen auszubrechen. Sie versuchte, sich in ihr Ich zu verkriechen und darauf zu warten, dass ihr Herz endlich aufhörte, so irrsinnig schnell zu schlagen. Draußen irrte immer noch das Echo des Schusses durch die Flure, wie fernes Donnergrollen.
Irgendwann war es ausgestanden, Stille stellte sich ein. Wohltuende Stille. Oder tödliche?
Sie merkte, dass aus ihren Atemzügen ein hektisches Hecheln geworden war. Wie sollte sie Sekunden zählen, wenn sie nicht ruhig atmete? Pendergast hatte ihr gesagt, sie solle zehn Minuten warten. Wie viel Zeit mochte seit dem Schuss vergangen sein? Eine Minute? Oder mehr?
Sie beschloss, von der Annahme auszugehen, dass insgesamt etwa sieben Minuten der Wartezeit vergangen waren. Also musste sie noch drei Minuten ausharren. Und so fing sie wieder zu zählen an, in der Hoffnung, das monotone Herunterleiern irgendwelcher – wahrscheinlich ohnehin irrelevanter – Zahlen werde sich zumindest beruhigend auf ihre Nerven auswirken.
Nein, überhaupt nicht. Es machte sie eher noch nervöser.
Und plötzlich hörte sie hastige Schritte. Schwere Schritte, offenbar auf Steinboden. Aber der Rhythmus dieser Schritte hörte sich ungewöhnlich an. Wie von jemandem, der eine Steintreppe hinunter- oder hinaufhastet.
Kurz darauf waren die Schritte verhallt, alles war in Stille gehüllt.

Erst nachträglich wurde ihr klar, dass sie automatisch weitergezählt hatte. Die zehn Minuten mussten längst um sein. Es wurde Zeit, hinauszugehen.

Aber ihr Körper schien dem Entschluss nicht folgen zu wollen. Als wäre er vor Angst erstarrt.

Was, wenn der Mann schon draußen auf sie lauerte? Wenn sie Bill tatsächlich tot vorfand? Und wenn Pendergast ebenfalls tot war? Schaffte sie es, ihrem Peiniger zu entkommen? Konnte sie sich gegen ihn zur Wehr setzen? War sie bereit zu sterben, wenn das die einzige Alternative dazu war, der Tortur zu entgehen, die der Irre ihr bereiten würde?

Sinnlose Spekulationen halfen ihr nicht weiter. Sie musste sich einfach an Pendergasts Plan halten und tun, was er ihr gesagt hatte.

Mit fast übermenschlicher Anstrengung schaffte sie es, sich aus ihrer kauernden Haltung hochzustemmen und ins Halbdunkel jenseits der offenen Tür einzutauchen. Der Flur war feucht, an den Wänden blühte Schimmel, der Ziegelsteinboden war uneben. Weiter hinten, vermutlich am Ende des Flurs, stand eine Tür offen, dahinter lag ein hell ausgeleuchteter Raum, offenbar die einzige Lichtquelle im ganzen Kellergeschoss. Der Raum lag in der Richtung, aus der sie den Schuss gehört hatte. Es war die Richtung, die Pendergast eingeschlagen hatte, als er losgegangen war. Und wenn sie nicht alles täuschte, waren auch die hastigen Schritte aus dieser Richtung gekommen.

Den ersten Schritt setzte sie noch zögerlich, auch den zweiten, aber dann gab sie sich einen Ruck und ging entschlossen – wenn auch mit zitternden Knien – auf das helle Lichtviereck zu.

5

Fairhaven blickte fassungslos auf die Stelle, wo Pendergast an der Wand gelehnt hatte. Eigentlich musste er dort in seinem Blut liegen. Aber es gab keine Blutlache, von dem FBI-Agent war nichts zu sehen. Er war weg. In Luft aufgelöst.

Fairhaven starrte wütend auf den leeren Fleck. Das konnte nicht sein, das war physisch unmöglich.

Und dann entdeckte er, dass da, wo Pendergast gestanden hatte, auf einmal eine Öffnung klaffte – eine verborgene Tür. Wieso wusste er nichts von dieser Tür, obwohl er das ganze Haus sorgfältig nach Fallklappen und Tapetentüren abgesucht hatte?

Er stand eine Weile wie angewurzelt da und versuchte, den inneren Aufruhr, der in ihm tobte, durch die Kraft seines Willens zu unterdrücken. Er wusste aus Erfahrung, dass ein kühler Kopf die Voraussetzung dafür ist, selbst schwierige Situationen zu meistern. Das zu wissen und sich daran zu orientieren war im Grunde das ganze Geheimnis seines Erfolgs. Der kühle Kopf würde ihn auch jetzt nicht im Stich lassen.

Und so ging er, Pendergasts Colt schussbereit in der Hand, vorsichtig auf das Loch in der Wand zu. Hinter der verborgenen Tür führte eine Steintreppe in das Dunkel eines noch tiefer gelegenen Gewölbes. Pendergast wollte ihn offensichtlich in dieses Dunkel locken. Ein raffinierter Trick, zumal die Treppe in engen Windungen nach unten führte, sodass Fairhaven von oben nicht einsehen konnte, wie es nach der letzten Stufe weiterging. Wahrscheinlich war das Ganze eine Falle, es konnte gar nicht anders sein.

Andererseits, er hatte keine Wahl, er musste den FBI-Agent zur Strecke bringen. Und außerdem herausfinden, was sich in dem Gewölbe am Fuß der Treppe verbarg. Das Risiko war nicht allzu groß, die Vorteile lagen eindeutig bei ihm. Er hatte eine Waffe, Pendergast war unbewaffnet und überdies vielleicht durch den Schuss verwundet.

Fairhaven sah sich den Colt genauer an. Er verstand etwas von Handfeuerwaffen, es war ein fünfundvierziger Governmentmodell mit Nachtsichtoptik und lasergesteuerter Zielerkennung, unter Brüdern gut und gern dreitausend Dollar wert. Irgendwie grenzte es an Ironie, dass es Pendergast bestimmt war, ein Opfer des teuren Hightechspielzeugs zu werden, das er sich mit so viel Sorgfalt ausgesucht hatte.

Fairhaven ging, ohne die versteckte Tür aus den Augen zu lassen, noch einmal in den Operationsraum zurück und nahm aus dem Wandschrank eine von starken Batterien gespeiste Taschenlampe. Erst als er schon auf dem Rückweg war, erlaubte er sich einen raschen Blick auf die Monitore und stellte mit tiefem Bedauern fest, dass Smithbacks Lebenszeichen allmählich schwächer wurden. Er hatte seine chirurgische Kunst umsonst investiert, die Ressource war so gut wie verloren.

Er kehrte zur Steintreppe zurück und richtete den Strahl der Taschenlampe nach unten. Auf den mit Staub bedeckten Stufen konnte er deutlich die Abdrücke von Pendergasts Schuhen ausmachen. Aber das war nicht alles: Auf einer Stufe glitzerte ein Blutstropfen und ein paar Stufen tiefer wieder einer.

Also doch, er hatte Pendergast getroffen. Dennoch nahm er sich vor, nun erst recht vorsichtig zu sein. Menschen sind – genau wie Tiere – verwundet am gefährlichsten.

Er blieb auf der ersten Stufe stehen. Ob es nicht besser war, sich erst diese Archäologin vorzunehmen, die vermutlich noch angekettet in dem Verlies lag? Es konnte natürlich auch sein, dass Pendergast sie befreit hatte, aber selbst dann hatten sich ihre Chancen nicht nennenswert verbessert. Das Erdgeschoss des Hauses war eine gesicherte Festung, diese Kelly konnte ihm nicht entkommen.

Das vordringliche Problem hieß aber Pendergast. Er würde nicht noch einmal den Fehler machen, sich vom Geschwätz des Agent einlullen zu lassen. O nein, diesmal würde er ihm keine Galgenfrist einräumen: Pendergast war tot, noch ehe er den Mund aufmachen konnte. Und wenn das erledigt war, musste er nur den Spuren folgen, die die Archäologin hinterlassen hatte, sie in den Operationsraum schleppen und gegen den Reporter austauschen. So wie die Dinge lagen, war er wohl gezwungen, Smithback als Ressource abzuschreiben, sodass Kelly zur einzigen ihm noch verbliebenen Ressource geworden war.

Die Steinstufen schraubten sich in engen Windungen nach unten, Fairhaven kam sich vor wie im Gehäuse eines überdimensionalen Korkenziehers gefangen. Er musste vorsichtig sein, hinter jeder Windung konnte Pendergast lauern. Er nahm sich viel Zeit, aber schließlich war er am Fuß der Treppe angekommen.

Das Kellergewölbe roch nach Chemikalien – Ammoniak, Benzolsäure – weiß der Himmel, was ihm alles in die Nase stach. Die Fußspuren verliefen kreuz und quer, überall glitzerten Blutstropfen, Pendergast hatte sich anscheinend gründlich umgesehen. An der Wand hingen an Holzhaken Grubenlaternen, einer der Haken war leer.

Fairhaven richtete die Taschenlampe auf die gegenüberliegende Wand und zuckte verblüfft zurück. Es sah aus, als wäre die ganze Wand mit Diamanten gespickt: Tausende und Abertausende glitzernder Splitter schienen ihn anzublinzeln. Als er die erste Verblüffung überwunden hatte, war das Rätsel schnell gelöst: Es war nur der Widerschein der Taschenlampe, der ihm den funkelnden Zauber vorgaukelte. In Wirklichkeit war es nur der Reflex der auf den Regalen aufgereihten Flaschen. Der Lichtstrahl der Taschenlampe hatte einen ähnlichen Effekt ausgelöst, wie man ihn unter einem starken Mikroskop beim Auge einer Fliege beobachten kann.

Sein Atem ging schneller. Hier in diesem Gewölbe hatte Leng also seine letzten Versuche durchgeführt, hier hatte er seine Formula – die Formel zur Verlängerung des Lebens – zur letzten Vollendung gebracht. In einem der Kellergewölbe, die sich hier unten aneinander reihten, musste das Geheimnis verborgen sein, das Leng ihm selbst unter der Folter nicht verraten hatte. Er erinnerte sich genau, wie enttäuscht und geradezu verzweifelt er gewesen war, als er gemerkt hatte, dass Lengs Herz nicht mehr schlug – vermutlich, weil er ihm zu hart zugesetzt hatte. Aber das war Schnee von gestern: Irgendwo hier unten, sozusagen direkt vor seiner Nase, musste Lengs Formel versteckt sein, genau wie Pendergast gesagt hatte. Nur das zählte jetzt noch, alles andere spielte keine Rolle mehr. Doch dann fiel ihm ein, dass Pendergast gesagt hatte, Leng habe am Schluss an einem ganz anderen, viel wichtigeren Projekt gearbeitet.

Unsinn – was für ein Projekt sollte das denn gewesen sein? Es lag auf der Hand, dass Pendergast sich das nur ausgedacht hatte. Eine Finte – und nicht mal eine gute. Was konnte wichtiger sein als die Verlängerung des eigenen Lebens? Zu welchem anderen Zweck hätte Leng sich dieses unterirdische Labor eingerichtet und tausende Flaschen mit chemischen, botanischen und tierischen Proben zusammengetragen?

Er weigerte sich, seine Zeit mit Spekulationen zu vertun. Sobald Pengergast tot war und er die hübsche junge Archäologin unter dem Messer hatte, konnte er sich in aller Ruhe mit der Frage beschäftigen, ob Pendergasts Gerede vielleicht doch einen realen Hintergrund hatte.

Wieder suchte er mit der Taschenlampe den Boden ab. Offensichtlich war die Blutung stärker geworden, die roten Tropfen mehrten sich. Und es kam ihm auch so vor, als ließen die Fußspuren darauf schließen, dass Pendergast in zunehmend hektischerer Eile gewesen war; er war nun offenbar achtlos an den Flaschenbatterien vorbeigeeilt.

Trotzdem, Fairhaven musste auf der Hut und äußerst misstrauisch sein. Er wollte es nicht darauf ankommen lassen, womöglich inmitten dieser Sammlung wertvoller, vielleicht sogar unersetzlicher Essenzen gezwungen zu sein, mehrere Schüsse abzugeben. Er brachte den Colt in Anschlag und schob die Taste nach vorn, mit der die lasergesteuerte Zieloptik aktiviert wurde. Auf der gegenüberliegenden Wand erschien ein winziger roter Punkt. Ausgezeichnet! Mit dieser Zielvorrichtung war ein Fehlschuss so gut wie ausgeschlossen.

Er ließ die Taste los und ließ den Blick über die auf den Regalen aneinander gereihten Flaschen schweifen. Auf jeder Flasche klebte ein Schildchen, auf dem Leng in zierlicher, gut leserlicher Schrift die Bezeichnung des Inhalts und die chemische Formel vermerkt hatte. Als er aber den Lichtstrahl anhob und sah, dass hinter einem niedrigen Torbogen das nächste, ebenfalls mit Flaschen gefüllte Gewölbe folgte, begann er zu ahnen, dass die Formel für das Lebenselixier offenbar wesentlich komplizierter war, als er gedacht hatte. Denn warum hätte Leng sonst tausende von chemischen und natürlichen Substanzen gebraucht?

Wie auch immer, es blieb ihm nichts anderes übrig, als Pendergasts Spuren zu folgen. Der Agent war zwar hin und wieder kurz stehen geblieben, hatte sich aber offenbar zielstrebig auf ein bestimmtes, am Ende des Labyrinths gelegenes Gewölbe zubewegt. Fairhaven folgte den Spuren mit äußerster Vorsicht. Die Blutung hatte offensichtlich nicht aufgehört. Und Pendergasts Schritte waren unsteter, sein Gang offenbar regelrecht schwankend geworden.

Sehr gut, denn das ließ auf einen Bauchschuss schließen. Es bestand also kein Grund zur Eile. Im Gegenteil, je mehr Zeit verstrich, desto schwächer würde Pendergast werden.

Schließlich sah er auf dem Boden eine größere Blutlache. Offensichtlich war Pendergast hier stehen geblieben. Vermutlich hatte er etwas Bestimmtes gesucht. In dem Regal neben der Blutlache lag eine Schachtel. Fairhaven ahnte instinktiv, dass darin die unverzichtbaren Grundsubstanzen für die Herstellung des Arkanums liegen mussten. Umso größer war seine Enttäuschung, als er feststellte, dass sie nur Insekten enthielt, das heißt genau genommen sogar nur Teile von Insekten – Flügel, Beine, die Bauchpartie einer Honigbiene … Warum, zum Teufel, hatte Leng dieses unnütze Zeug überhaupt gesammelt? Mit dem »ultimativen Projekt«, von dem Pendergast gefaselt hatte, konnte das nichts zu tun haben. Wahrscheinlich gab es das gar nicht. Und wenn es so etwas gegeben hatte, war es vermutlich nur eine fixe Idee gewesen – ähnlich den törichten Träumen der Alchimisten, die versucht hatten, Blei in Gold zu verwandeln.

Die Spuren führten durch einen Rundbogen in einen Teil des Gewölbes mit kleineren, eher an Kammern erinnernden Räumen. Auch hier lagen in den Regalen irgendwelche Substanzen, allem Anschein nach hauptsächlich Baumrinde, Blätter und getrocknete Blumen. Die Sache wurde immer rätselhafter. Fairhaven sah sich eine Weile neugierig um, doch dann rief er sich ins Gedächtnis, dass er hinter Pendergast her war, nicht hinter botanischem Abfall.

Die Fußspuren ließen deutlich erkennen, dass Pendergast offenbar große Mühe hatte, die einmal eingeschlagene Richtung beizubehalten. Nun, so wie er Pendergast inzwischen kannte, hielt er es nicht für ausgeschlossen, dass das Ganze nur ein ausgeklügeltes Täuschungsmanöver war. Misstrauisch geworden, kauerte er sich auf den Boden, fuhr mit dem Zeigefinger über einen der roten Flecke und zerrieb das Rot zwischen Zeigefinger und Daumen. Kein Zweifel, der Fleck stammte von Blut, und es war sogar noch warm – so etwas kann man mit keinem Trick der Welt vortäuschen. Der FBI-Agent war verletzt, daran gab es keinen Zweifel. Und es schien sich um eine schwere Verletzung zu handeln.

Fairhaven kam aus der Hocke hoch, fasste den Colt fester, richtete den Lichtstrahl der Taschenlampe ins Dunkel und bewegte sich auf das vor ihm liegende Gewölbe zu. Er war sicher, dass Pendergast sich – vielleicht durch einen Schwächeanfall dazu gezwungen – dort verkrochen hatte.

6

Nora trat zögernd durch die Türöffnung. Nach der langen Zeit in der dunklen Zelle stach ihr das grelle Licht so unerbittlich in die Augen, dass es eine Weile dauerte, bis sie überhaupt in der Lage war, die Dinge in ihrer Umgebung zu erkennen. Anfangs war sie noch so benommen, dass sie sie lediglich registrierte, ohne zu begreifen, was sie sah.

Metalltische, auf denen silbern schimmernde Instrumente lagen. Ein leerer Rollwagen. Eine offene Tür, hinter der Steinstufen zu Lengs Operationsraum führten. Eine Gestalt, die bäuchlings auf einem Operationstisch festgeschnallt war ...

Nur, dieser Tisch sah anders aus als die, die sie kannte. An den Seiten führten Abflussröhren zu einem offenen, mit Blut und Körperflüssigkeit gefüllten Sammelbecken. Solche Tische wurden gewöhnlich bei einer Autopsie benutzt, nicht bei einer Operation.

Der Kopf, der Rumpf und die Beine der Gestalt waren mit grünen Tüchern abgedeckt, nur der untere Teil des Rückens lag bloß. Als Nora näher trat, sah sie, dass dort eine grässliche, fast sechzig Zentimeter lange, durch Metallklammern offen gehaltene Wunde klaffte. Sie musste stark geblutet haben, die Spuren waren deutlich auf den Lenden und dem Operationstisch zu sehen. Sie starrte auf die freigelegte Wirbelsäule, die sich blassgrau von dem rohen rötlichen Fleisch abhob.

O Gott ... o mein Gott!

Sie musste nicht erst die grünen Tücher wegziehen, um zu wissen, dass es Bill Smithback war, der auf dem Operationstisch lag. Der Schrei, den sie ausstoßen wollte, erstickte in ihrer Kehle.

Sie versuchte sich zusammenzureißen und in Erinnerung zu rufen, was Pendergast gesagt hatte. Dass es Dinge gebe, denen man sich stellen müsse. Und dass sie deshalb zuerst herausfinden müsse, ob Smithback tatsächlich tot sei.

Ihr Blick huschte über das Operationsszenario. Neben dem

Operationstisch stand das Gerät für die intravenöse Blutversorgung, der enge, durchsichtige Schlauch führte unter eines der grünen Tücher. Nicht weit davon, auf einem Rollwagen, war ein Ventilator aufgestellt. In einer Metallschale lagen blutige Skalpelle. An der Stirnseite des Operationstisches reihten sich Geräte mit Monitoren aneinander, eines schien, wie sie aus den von links nach rechts verlaufenden, blinkenden grünen Linien schloss, der Aufzeichnung des Elektrokardiogramms zu dienen.

Nora zuckte zusammen. Die Aufzeichnung des EKGs? Konnte es sein, dass Bill noch lebte?

Sie beugte sich über den Operationstisch und zog das Tuch oberhalb der klaffenden Wunde weg. Es war ein schmerzlicher Augenblick für sie, all die kleinen persönlichen Merkmale zu sehen, die ihr so vertraut waren: das verwuschelte Haar, das sich wie ein Häubchen über der Stirn kräuselte und mit ein paar Strähnen in den Nacken ragte. Als sie den Finger auf die Halsschlagader legte, spürte sie einen schwachen Pulsschlag.

Er lebte tatsächlich. Aber es war ein kümmerlich schwaches Leben. Sie war ratlos. Was konnte sie tun, um ihn zu retten? Sie wusste ja nicht mal, ob ihm irgendwelche Beruhigungsmittel gespritzt worden waren.

Sie merkte, dass sie hyperventilierte. Sie musste sich zwingen, ruhig durchzuatmen, und vor allem etwas dagegen tun, dass ihre Gedanken sich regelrecht überschlugen. Ihr Blick huschte zu dem Gerät hinüber, das den Blutdruck anzeigte: Oberwert einundneunzig, Unterwert sechzig. Der Blutdruck ließ sich also noch messen. Aber er kam ihr niedrig vor – zu niedrig. Neben dem Blutdruckmonitor stand ein Gerät, das durch einen dünnen Schlauch mit Smithbacks Zeigefinger verbunden war. Sie erinnerte sich, dass einem Onkel von ihr vor einem Jahr, als er wegen Herzbeschwerden im Krankenhaus lag, so ein Schlauch am Zeigefinger angelegt worden war – ein Pulsoxymeter, mit dem der Sauerstoffanteil im Blut gemessen wurde. Bei Smithback zeigte die Leuchtanzeige die Zahl achtzig an. Konnte das stimmen? Sie glaubte sich zu erinnern, dass jeder Wert unter fünfundneunzig als gefährlich galt. Sie warf sicherheitshalber rasch einen Blick auf das EKG, auf dem rechts unten der Puls angezeigt wurde: einhundertfünfundzwanzig.

In diesem Moment fing die Blutdruckanzeige hektisch zu blinken an. Sie kniete sich neben Smithback und versuchte, seinen Atem abzuhören. Die Atemzüge waren überhastet und flach, Nora konnte sie akustisch kaum wahrnehmen.

Sie richtete sich auf und sah sich verzweifelt um. Es musste doch irgendetwas geben, was sie tun konnte! Ein Umbetten oder Verlegen war ausgeschlossen, das hätte Bills sicheren Tod bedeutet. Aber wenn ihr nicht bald etwas einfiel, würde er ohnehin sterben.

Sie zwang sich, ruhig nachzudenken. Welche Bedeutung hatten die Begriffe, an die sie sich erinnerte? Niedriger Blutdruck, anormal beschleunigter Herzschlag, zu niedriger Sauerstoffanteil im Blut?

Hoher Blutverlust, schoss ihr durch den Kopf. Sie starrte auf die enorme Menge Blut in dem Sammelbecken neben dem Operationstisch. Das musste es sein: Smithback hatte zu viel Blut verloren.

Wie reagierte der Körper gewöhnlich darauf? Sie dachte an die Vorlesungen in der Oberstufe des Colleges und die Einführungskurse in biologische und forensische Anthropologie an der Universität, bei denen sie leider nie richtig zugehört hatte. Tachykardie fiel ihr ein – das Herzjagen, mit dem der Körper einen zu niedrigen Sauerstoffanteil im Blut auszugleichen versucht. Und … verdammt, wie hieß das noch mal? Vasospasmus – der gefürchtete Gefäßkrampf. Sie langte rasch nach Smithbacks Hand. Seine Finger fühlten sich, wie sie erwartet hatte, eiskalt an, die Haut sah fleckig aus. Der Körper hatte Blut in die Extremitäten gepumpt, um wenigstens deren Versorgung mit Sauerstoff sicherzustellen.

Absinkender Blutdruck ist stets das letzte Warnzeichen … Bei Smithback war der Blutdruck bereits abgesunken … Das letzte Warnzeichen … Sie wagte gar nicht daran zu denken, was danach kam.

Ihr wurde übel, als sie sich vor Augen hielt, welches Wagnis sie eingehen wollte. Was sie vorhatte, war blanker Wahnsinn. Sie war keine Ärztin, hatte nicht mal medizinische Fachkenntnisse. Was sie auch tat, es konnte dazu führen, dass sich Smithbacks Zustand verschlimmerte.

Sie atmete tief durch und starrte nachdenklich auf die klaffende Wunde. Selbst wenn sie gewusst hätte, wie eine derart große Wunde geschlossen und genäht wird, hätte das nichts genützt, der Blutverlust war bereits zu hoch. Sie hatte kein Plasma für eine Bluttransfusion, und selbst wenn sie welches gehabt hätte, wäre der Versuch daran gescheitert, dass sie nicht wusste, wie eine solche Transfusion gemacht wird.

Aber sie wusste, dass man den Flüssigkeitsspiegel eines Patienten, der viel Blut verloren hat, durch die Zuführung von Kristalloiden oder einer Salzlösung anheben kann.

An dem Gerät für die intravenöse Blutversorgung hing ein Beutel mit tausend Kubikzentimeter Salzlösung. Der Schlauch führte in die Vene an Smithbacks Handgelenk, aber das Ventil für die Zuführung war geschlossen. Stattdessen steckte in Smithbacks Handgelenk die Nadel einer halb leeren Ampulle. Plötzlich wurde ihr klar, warum das so war. Der Mann, der Smithback all das angetan hatte, wollte eine monitorüberwachte lokale Betäubung durchführen – eine vermutlich kontraproduktive Maßnahme, aber das hatte wohl in seiner Absicht gelegen: Er wollte das Opfer bei Bewusstsein halten und es gleichzeitig ruhig stellen. Warum, um alles in der Welt, hatte er sich nicht für eine Vollnarkose oder eine spinale Anästhesie entschieden?

Eine müßige Frage, jetzt kam es nur noch darauf an, Smithbacks Flüssigkeitsverlust so rasch wie möglich auszugleichen und seinen Blutdruck zu erhöhen. Und alles, was sie dazu brauchte, befand sich in greifbarer Nähe.

Sie zupfte die Nadel der fast leeren Ampulle aus Smithbacks Vene und warf sie weg. Dann öffnete sie das Ventil für die Zuführung der Salzlösung und beobachtete, wie die Lösung in Smithbacks Vene zu tröpfeln begann.

Das ist nicht genug, dachte sie voller Angst, das genügt nicht, um den Flüssigkeitsverlust auszugleichen. O Gott, was kann ich denn noch tun?

Es schien nichts mehr zu geben, was sie tun konnte. Smithbacks Pulsschlag war auf einhundertvierzig angestiegen, und noch alarmierender war sein Blutdruck: achtzig zu fünfundvierzig.

Ein lähmendes Gefühl der Hilflosigkeit überkam sie. Sie beugte sich über den Operationstisch und nahm Smithbacks kalte, reglose Hand in ihre Hände.

»Verdammt, Bill«, flüsterte sie ihm zu und rieb ihm verzweifelt die Hand, »du musst es schaffen, hörst du? Du *musst* es einfach schaffen!«

Und dann saß sie im gleißenden Licht der Deckenlampe, starrte stumm auf die Monitore und wartete auf das Wunder, das nur der Himmel noch bewirken konnte.

7

In den Steinkammern tief unter dem Haus am Riverside Drive achthunderteinundneunzig roch es nach Staub, Schimmel und Ammoniak. Pendergast schleppte sich unter quälenden Schmerzen mühsam durch die Dunkelheit. Er hatte das verräterische Licht der Grubenlaterne mit der Haube abgedeckt und sich auferlegt, diese so selten wie möglich abzunehmen – nur wenn er irgendwelche Proben näher in Augenschein nehmen wollte oder nach der Wunde sehen musste.

Die Pausen, zu denen die Schmerzen ihn zwangen, wurden häufiger. Dann stand er schwer atmend inmitten der Lengschen Sammlung und lauschte angestrengt ins Dunkel. Dank seines ausgeprägt scharfen Gehörs nahm er Fairhavens hastiger gewordenen Schritt frühzeitig wahr, er konnte sogar die Distanz hinlänglich genau abschätzen. Fairhaven war dicht hinter ihm, höchstens zwei Kammern entfernt. Das hieß, dass die Zeit knapp wurde, sehr knapp. Er war schwer verwundet, hatte keine Waffe, und die Blutung wurde schlimmer. Seine einzige Chance bestand darin, rechtzeitig hinter das Geheimnis von Lengs ultimativem Projekt zu kommen. Wenn er herausfand, *warum* Leng so darauf aus gewesen war, sein Leben zu verlängern, besaß er ein Pfand, das er gegen Fairhaven ausspielen konnte.
Wieder nahm er kurz die Haube von der Laterne und suchte die vor ihm liegende Kammer ab. Gläser mit getrockneten Insekten. Auf einem der Schildchen las er *Pseudopena velenatus* – die lateinische Bezeichnung für den leicht giftigen, in den Mato-Grosso-Sümpfen heimischen Falschen Flaumfederkäfer, den die Eingeborenen zur Herstellung von Medizin verwendeten. Ein Regal tiefer entdeckte er in einem Glas die getrockneten Rümpfe hoch giftiger ugandischer Sumpfspinnen. Offenbar enthielten alle Gläser in dieser Kammer getrocknete Tiere: Eidechsen, mehrere Geckos einer Spezies aus Costa Rica, die Speichelflüssigkeit von Gilamonstern aus der Sonorawüste – und so ging es Regal um Regal weiter. Pendergast deckte die Laterne ab, stand im Dunkel und dachte nach.
Leng hatte all diese Tiere bestimmt nicht zur Artenbestimmung gesammelt, dafür hätte er jeweils nur ein Exemplar gebraucht, ganz davon abgesehen, dass getrocknete Tiere für die Bestimmung biologischer Merkmale unter dem Mikroskop ohnehin keine idealen Objekte sind.
Es gab nur eine Antwort: Leng hatte sie wegen ihrer komplexen chemischen Bestandteile gesammelt. Er war – vermutlich zur Ergänzung seiner Sammlung anorganischer chemischer

Proben – auf der Suche nach rein natürlichen, biologisch aktiven Wirkstoffen gewesen.
Pendergast war davon überzeugt, das das, was hier unten in ungezählten Flaschen und Krügen lagerte, etwas mit Lengs letztem Studienobjekt zu tun haben musste. Und er hatte sich nicht mit dem Sammeln begnügt, sondern auch mit den Substanzen gearbeitet. Viele Flaschen waren nur noch halb voll, einige sogar fast leer. Diese Gewölbe waren Antoine Leng Pendergasts letzter Arbeitsplatz gewesen. Aber *woran* hatte er gearbeitet? Welches Ziel hatte er mit seinem ultimativen Projekt verfolgt?
Jäher Schmerz durchzuckte ihn, es fehlte nicht viel, und er wäre auf die Knie gegangen. Nur sein eiserner Wille machte es ihm möglich, sich weiterzuschleppen. Er durfte jetzt nicht aufgeben, er spürte, dass er der Lösung ganz nahe war.
Und plötzlich fiel ihm seine Großtante ein. Tante Cornelia hatte ihm erzählt, dass Leng kurz vor seiner Abreise nach Norden von der Idee gesprochen hatte, die Menschheit retten zu wollen. *Heilen*, hatte Tante Cornelia gesagt. Das war Lengs großes Ziel gewesen: die Menschheit heilen.
Pendergast ahnte, dass er, wenn er weiter Kammer für Kammer absuchte, nur Lengs Mittel zum Zweck entdecken konnte, das Ergebnis musste er woanders suchen. Eine neuer Schmerzanfall zwang ihn, stehen zu bleiben. Und während er darauf wartete, dass der wühlende Schmerz verebbte, machte er vage die Umrisse eines mit Gobelins verhängten Torbogens aus, der anscheinend aus dem Labyrinth der Kammern hinausführte. Er wollte darauf zugehen, merkte aber, dass er sich vor Schmerzen kaum noch bewegen konnte.
Wertvolle Sekunden verrannen. Er nutzte die Zeit, um sich den Moment in Erinnerung zu rufen, in dem Fairhaven ihn angeschossen hatte. Im Geiste durchlebte er die Szene noch einmal.
Bei dem Trick mit der verborgenen Wandtür, mit dem er Fairhaven überlisten wollte, war es auf perfektes Timing an-

gekommen. Darum hatte er, während sie sich nur wenige Schritte voneinander entfernt gegenüberstanden, aufmerksam Fairhavens Miene studiert. Nahezu immer verriet das Mienenspiel eines Kontrahenten, ob er bereit war abzudrücken oder den Augenblick noch eine Weile hinauszögern wollte. Aber in Fairhavens reglosem Gesicht hatte er kein Warnzeichen lesen können. Pendergast war verblüfft gewesen, mit welcher Kaltblütigkeit der Mann einfach den Zeigefinger um den Abzug gekrümmt hatte. Wenn es nicht den Bruchteil einer Sekunde gegeben hätte, in dem Fairhaven den Atem anhielt, wäre Pendergast unausweichlich von der Kugel aus seinem eigenen Colt getötet worden.

So aber war ihm Zeit geblieben, sich seitlich wegzudrehen. Das Geschoss hatte den linken Brustkorb gestreift und war in die Bauchhöhle eingedrungen. Pendergast versuchte, die Konsequenzen so nüchtern wie möglich abzuschätzen: Im günstigsten Fall ein Milzriss, im ungünstigsten war der Grimmdarm zerfetzt. Zum Glück hatte das Geschoss die Bauchschlagader verfehlt, sonst wäre er verblutet. Aber es musste eine Vene gestreift haben, anders ließ sich der hohe Blutverlust nicht erklären, der mit an Sicherheit grenzender Wahrscheinlichkeit innerhalb weniger Stunden zum Tode führte, wenn die Wunde nicht versorgt und die Blutung gestillt wurde. Er spürte deutlich, dass seine Kräfte schon nachließen.

Pendergast machte sich – nicht zum ersten Mal – bittere Vorwürfe, dass er die Situation derart falsch eingeschätzt und einen Fehler nach dem anderen begangen hatte. Ihm war zwar von Anfang an klar gewesen, dass das sein schwierigster Fall wurde, aber er hatte einfach nicht damit gerechnet, dass die Ermittlungen ihn emotional so belasten würden. Statt die Fakten nüchtern zu beurteilen, hatte er sich ein geschöntes Bild zurechtgebastelt, und nun sah er sich zum ersten Mal mit der Möglichkeit – nein, sogar mit der Wahrscheinlichkeit – konfrontiert zu scheitern. Und wenn es so kam, bedeutete das nicht nur seinen Tod, sondern auch den von Nora, Smithback und Gott weiß wie vielen künftigen Opfern.

Er tastete mit der Hand nach der Wunde. Die Blutung wurde immer stärker. Er zog das Jackett aus, schlang es sich um den Unterleib und knotete es so fest wie möglich zu. Nach kurzem Zögern ging er das Risiko ein, für ein paar Sekunden die Haube von der Grubenleuchte zu nehmen, damit er sich in der Kammer, in die er sich geschleppt hatte, orientieren konnte.

Im Schein der Laterne sah er verblüfft, dass sie keine Flaschen enthielt, sondern Schachteln mit ausgestopften, in Baumwolle gebetteten Vögeln. Zugvögel, nach Familien geordnet, sogar einige Exemplare der bereits ausgestorbenen Spezies der Wandertauben waren dabei. Zunächst konnte er sich keinen Reim darauf machen, die Sammlung fiel völlig aus dem Rahmen. Aber sein Instinkt sagte ihm, dass sogar diese ausgestopften Vögel etwas mit Lengs Suche nach der ultimativen Erkenntnis zu tun hatten. Nur, welche Erkenntnis sollte das sein?

Er schleppte sich stolpernd in die nächste Kammer, immer darauf bedacht, die Wunde so wenig wie möglich zu belasten. Wieder hob er die Haube von der Laterne, und diesmal war seine Verblüffung noch größer. Das allem Anschein nach willkürliche Sammelsurium von Kleidungsstücken und Accessoires aus zwei Jahrtausenden und aller Herren Ländern, zum Teil auf Schaufensterpuppen drapiert, konnte er sich nun überhaupt nicht mehr erklären. Kleider nach der Pariser Mode des neunzehnten Jahrhunderts, Glacéhandschuhe, Ringe, Schmuckketten, eine mittelalterlich anmutende Halskrause, Regen- und Sonnenschirme … darauf konnte er sich beim besten Willen keinen Reim machen.

Er stülpte die Haube über die Laterne und lauschte angestrengt ins Dunkel. Nichts, nur das immer schneller tröpfelnde eigene Blut. Einen Augenblick lang beschlich ihn der Verdacht, dass Leng womöglich auf seine alten Tage den

Verstand verloren hatte. Vielleicht hatte ihm die Formel für die Verlängerung des Lebens körperliche Rüstigkeit beschert, aber zugleich den Verstand vernebelt?
Doch dann schüttelte er den Kopf. Er lief schon wieder Gefahr, emotional zu reagieren und sich von der Mär des unausweichlichen Familienerbes beeinflussen zu lassen. Leng war nicht verrückt geworden. Verrückte sind nicht in der Lage, eine so große, systematisch geordnete Sammlung von organischen und anorganischen Chemikalien zusammenzutragen. Das Ganze musste einen Sinn haben – nur welchen?
Wie auch immer, er *musste* herausfinden, was Leng damit bezweckt hatte, sonst …
Plötzlich hörte er eine Schuhsohle über den Steinboden schrammen, nahezu im selben Augenblick wurde der Lichtstrahl einer Taschenlampe auf ihn gerichtet, und einen Atemzug später tanzte ein winziger roter Punkt auf seiner Hemdbrust. Er konnte sich gerade noch seitlich wegducken, als auch schon der Schuss fiel. Der Lärm hallte unnatürlich laut in der engen kleinen Kammer wider, das Echo schien eine kleine Ewigkeit lang hin und her zu irren.
Er merkte, dass das Geschoss seinen rechten Ellbogen streifte, die Wucht des Aufpralls riss ihm die Beine weg. Einen Augenblick lang blieb er benommen liegen. Als aber der Laserstrahl in der von aufgewirbeltem Staub geschwängerten Luft wieder nach ihm zu suchen anfing, schleppte er sich – so schnell sein Zustand es erlaubte, die Kartons als Sichtschutz nutzend – in die nächste Kammer.
Er hatte schon wieder versagt. Hatte, durch die skurrile Kleidersammlung abgelenkt, nicht gemerkt, dass Fairhaven so dicht hinter ihm war. Allmählich kamen ihm Zweifel, ob er die Partie noch gewinnen könne.
Aber einfach aufgeben wollte er nicht. Die Hand um den Ellbogen geschmiegt, stolperte er mit letzter Kraft weiter. Das Geschoss hatte anscheinend den Gelenkkopf gestreift und war nahe dem Kronenfortsatz der Elle ausgetreten. Der

zusätzliche Blutverlust würde ihn über kurz oder lang der letzten Kraftreserven berauben, das war ihm klar. Er verspürte bereits ein Schwindelgefühl, Brechreiz würgte ihn. Aber er *musste* durchhalten, wenigstens bis zur nächsten Kammer. Je tiefer er in das Gewölbe vordrang, desto größer wurde die Chance, den Schlüssel zu Lengs Geheimnis zu finden. Eine innere Ahnung sagte ihm, dass er seinem Ziel ganz nahe war.

Einen Moment lang fürchtete er, ohnmächtig zu werden. Er blieb, an die Wand gelehnt, stehen, starrte mit weit aufgerissenen Augen ins Dunkel und rang nach Atem.

Auf einmal huschte der Lichtstrahl aus Fairhavens Taschenlampe einen Augenblick lang an ihm vorbei – nur für den Bruchteil einer Sekunde, aber der hatte Pendergast genügt, um Glas aufblitzen zu sehen: Reagenzgläser, Retorten, Destillationsgeräte – das immer gleiche Szenario einer Versuchsanordnung.

Und da wusste er, dass er am Ziel war: Er hatte Lengs geheimes Labor aufgespürt.

8

Noras Blick pendelte zwischen den Monitoren und der blassen Gestalt auf dem Operationstisch hin und her. Sie hatte die Blutung stillen können, die Klammern entfernt und die Wunde, so gut sie es konnte, abgedeckt. Aber das hektisch schrille Piepsen des Blutdruckmessers war ein deutliches Indiz dafür, wie sehr der hohe Blutverlust Smithback geschwächt hatte. Sie schielte auf den Beutel mit der Salzlösung: fast leer. Der Katheter war zu eng, die Flüssigkeitsmenge, die in Smithbacks geschwächten Körper floss, reichte einfach nicht aus. Er hätte mehr von der Salzlösung gebraucht, und er hätte sie vor allem schnell gebraucht.

Sie fuhr erschrocken herum, als sie abermals einen Schuss hörte. Der Knall kam von unten. Oder vielleicht doch nicht?

So gedämpft und erstickt, wie er sich anhörte, konnte er auch aus den weiter hinten liegenden Gewölben gekommen sein. Einen Augenblick lang war sie vor Angst wie gelähmt. Was hatte sich dort abgespielt? War Pendergast angeschossen worden? Oder hatte er den Schuss abgegeben?

Sie gab sich einen Ruck und wandte sich wieder Smithback zu. Sie hatte von Anfang an geahnt, wie die Konfrontation enden musste: Nur einer der beiden Männer würde die Stufen hochsteigen, entweder Pendergast oder der andere. Was immer dort unten geschehen sein mochte, sie durfte sich nicht von ihrer Aufgabe ablenken lassen. Ihre Verantwortung bestand darin, alles zu versuchen, um Smithback durchzubringen. Darauf, nur darauf musste sie sich jetzt konzentrieren. Egal was geschehen war oder noch geschah, sie würde Smithback nicht im Stich lassen.

Sie schielte auf die Anzeigen. Der Blutdruck war immer noch beängstigend niedrig, siebzig zu fünfunddreißig. Die Herzfrequenz lag bei achtzig Schlägen pro Minute. Sie atmete erleichtert auf, immerhin ein kleiner Fortschritt. Aber dann legte sie die Hand auf Smithbacks Stirn und zuckte erschrocken zusammen: Die Stirn fühlte sich genauso kalt an wie vorhin die Finger.

Verlangsamte Herztätigkeit. Die Erleichterung, die sie eben noch verspürt hatte, war wie weggewischt. Wenn der Blutverlust nicht ausgeglichen werden kann und es zusätzlich andere alarmierende Warnzeichen gibt, führt das nahezu unweigerlich zu einer Insuffizienz. Dann beginnt für den Patienten die kritische Phase. Sein Herzschlag verlangsamt sich, und schließlich setzt er aus.

Sie ließ die Hand auf Smithbacks Stirn liegen, ihr verzweifelter Blick huschte zum EKG hinüber. Die Anzeige war merkwürdig schwach geworden, die Spitzen flachten immer mehr ab, die Frequenz wurde langsamer. Der Pulsschlag zeigte jetzt fünfzig pro Minute an.

Sie fasste Smithback an den Schultern und schüttelte ihn

unsanft. »Bill!«, schrie sie. »Bill, verdammt noch mal, gib dir Mühe! Bitte, du musst es schaffen!«
Das EKG piepste hektisch. Die grünen Linien schienen nur noch zu flattern. Ein lähmendes Gefühl der Hilflosigkeit überkam sie. Sie schloss die Augen und ließ den Kopf auf Smithbacks Schulter sinken.
Er fühlte sich so nackt, so starr und so kalt wie der Marmor eines Grabmals an.

9

Pendergast schleppte sich schwankend an den langen Tischen des Labors entlang. Ein plötzlicher Schmerzanfall zwang ihn stehen zu bleiben. Es war, als würde der ganze Bauchbereich von einem Krampf geschüttelt. Er versuchte, den Schmerz durch die Kraft seines Willens niederzuringen.
Trotz der schweren Verletzungen, die er erlitten hatte, war es ihm bisher gelungen, sich einen klaren Kopf zu bewahren – oder zumindest einen Winkel in seinem Kopf, dem es gelang, sich gegen alle Störfaktoren abzuschotten und weiterhin klare Gedanken zu fassen. Ungeachtet der Nebelschwaden, in die der Schmerz ihn sporadisch einhüllte, versuchte er, sich ganz auf diesen Winkel zu konzentrieren und aus dem, was er im Halbdunkel des Gewölbes ausmachen konnte, logische Schlussfolgerungen zu ziehen.
Messbecher, Destillationsgeräte, Retorten, Brenner – ein schier unüberschaubares Dickicht aus gläsernen und metallenen Gegenständen. Aber trotz der verwirrenden Menge an Hilfsmitteln und Gerätschaften schien es einige wenige Hinweise zu geben, aus denen sich ableiten ließ, woran Leng vermutlich gearbeitet hatte. Für chemische Versuche braucht man immer die gleiche Ausrüstung, egal mit welchen Chemikalien man arbeitet und ob man Substanzen trennen oder verbinden will. Auf den Tischen lagen Schutzmasken und -hand-

schuhe bereit, möglicherweise ein Indiz dafür, dass Leng in seinem Labor mit giftigen oder radioaktiven Substanzen gearbeitet hatte. Aber das war natürlich nur eine ungesicherte Vermutung.

Was ihn verblüffte, war die kärgliche Ausstattung des Labors mit modernen Geräten. Es gab kein Massenspektrometer, kein Gerät zur Beugung von Röntgenstrahlen, keines für eine Elektrophorese, natürlich erst recht keine Ausstattung für DNA-Analysen und nicht einmal einen Computer. Das Alter und der Wartungszustand der vorhandenen Gerätschaften ließen vermuten, dass die Laborarbeiten vor etwa fünfzig Jahren abgebrochen worden waren.

Aber das ergab keinen Sinn. Leng hätte sich, solange er an seinem Projekt arbeitete, sicher die dem letzten Stand der technischen Entwicklung entsprechende Ausrüstung und die modernste Computertechnik beschafft, schon um sein gestecktes Ziel so schnell wie möglich zu erreichen. Und sein Tod konnte auch keine logische Erklärung sein, denn bis vor wenigen Wochen hatte er ja noch gelebt.

War es denkbar, dass er sein Projekt erfolgreich abgeschlossen hatte? Wenn ja, wo bewahrte er das Ergebnis auf? Und was war das Ergebnis? Lag es gut versteckt irgendwo in diesen weitläufigen Kellergewölben? Oder gab es gar kein Ergebnis, hatte er einfach irgendwann aufgegeben?

Der schwankende, langsam näher kommende Lichtstrahl der Taschenlampe zwang Pendergast, seine Spekulationen abzubrechen und sich einen Ort zu suchen, an dem er vor Fairhaven sicher war. An der hinteren Wand der lang gestreckten Kammer konnte er eine Tür ausmachen. Er schleppte sich unter unsäglichen Schmerzen bis zu ihr. Hoffnungen verband er nicht damit. Wenn die Kammer, in der er sich jetzt befand, Lengs Labor gewesen war, dann konnten jenseits der Tür nur ein, zwei Lager- und Abstellräume liegen.

Die Schmerzen wurden immer unerträglicher, er konnte sich kaum noch bewegen. Er war an dem Punkt angekommen, an

dem er sich eingestehen musste, dass er die Partie verloren hatte.
Nur, weiß man das je ganz sicher?
Er stieß die Tür auf, schleppte sich noch drei, vier Schritte weiter und nahm die Haube von der Grubenlaterne. Er wollte nach den Schusswunden sehen und dann noch einen letzten Versuch unternehmen, Lengs Geheimnis zu ergründen.
Er kam nicht mehr dazu, denn plötzlich knickten ihm die Beine weg. Er stürzte wie eine gefällte Eiche, die Laterne fiel zu Boden und rollte weg, ihr Licht malte bizarre Konturen auf die Wand und ließ hunderte scharf geschliffener Stahlzacken aufblitzen – so grell, dass Pendergast rasch die Augen schloss.

10

Sobald das Echo des zweiten Schusses verhallt war und der Staub sich gelegt hatte, ließ Fairhaven den Lichtstrahl der Taschenlampe wieder durch das Gewölbe schweifen – ungeduldig und drängend, aber das Ergebnis war enttäuschend: von Motten zerfressene, museumsreife Kleidungsstücke und alte Kästchen mit irgendwelchem Schnickschnack … Nein, das konnte nichts mit Lengs Forschungsprojekt zu tun haben.
Er war absolut sicher, dass er Pendergast auch diesmal getroffen hatte. Die Verletzung war vielleicht nicht so schwer wie bei dem Bauchschuss, aber sie musste ihm Schmerzen bereiten und ihn schwächen. Nichts ist hinderlicher als eine Wunde, wenn man es eilig hat wegzukommen. Der zweite Schuss hatte offenbar seinen Arm getroffen – eine sehr schmerzhafte Verletzung. Und wenn sein Opfer Pech hatte, war eine Vene verletzt, was die Blutung noch verschlimmern würde. Nur, offensichtlich konnte der FBI-Agent sich noch bewegen, wahrscheinlicher langsamer als zuvor, aber er konnte seine Flucht fortsetzen.
Fairhaven blieb stehen. Aha – hier war Pendergast zu Boden

gegangen, auf einem der Regale waren deutlich Blutspritzer zu sehen. Und ein Stück weiter war der Boden blutverschmiert, offenbar hatte Pendergast versucht, sich zur Seite zu rollen. Fairhaven trat einen Schritt zurück, sah sich in der Kammer um und verzog verächtlich das Gesicht. Leng musste wirklich ein besessener Sammler gewesen sein. Was er hier zusammengetragen hatte, spiegelte die gleiche neurotische Sammelwut wider wie im Erdgeschoss.

Nein, hier fand er den Stein der Weisen bestimmt nicht. Wahrscheinlich war Lengs »ultimatives Projekt« nur eine von Pendergast erfundene Mär, mit der er ihn verunsichern wollte. Welches Ziel hätte Leng denn noch reizen sollen, nachdem es ihm gelungen war, seine eigene Lebensspanne zu verlängern? Falls diese lächerliche Sammlung von Perücken, Spazierstöcken und Regenschirmen das Resultat von Lengs vermeintlich unstillbarem Forscherdrang war, dann bewies das nur, dass er es nicht verdient hatte, noch länger zu leben. Vielleicht hatten die vielen Jahre in klösterlicher Abgeschiedenheit bei ihm zu geistiger Verwirrung geführt.

Merkwürdig, denn bei ihrer ersten Begegnung – vor sechs Monaten war das gewesen – hatte er, soweit sich das bei einem so asketischen, in sich gekehrten Sonderling beurteilen lässt, einen geistig und körperlich rüstigen Eindruck gemacht. Aber man weiß eben nie, was im Kopf eines anderen vorgeht.

Egal wie, Fairhaven interessierte sich nur für Lengs Formel zur Verlängerung des Lebens – das war es, was er um jeden Preis in seinen Besitz bringen musste. Leng war nur sein von Gott auserwählter Wegbereiter, ähnlich wie Johannes der Täufer. Fairhaven war entschlossen, *der* Leng zu werden, der Leng nie gewesen war. Obwohl er vielleicht das Zeug dazu gehabt hätte, wenn er nicht so unentschlossen und am Schluss vermutlich auch noch geistig verwirrt gewesen wäre.

Nein, Fairhavens Lebensplanung sah anders aus. Er hatte nicht die Absicht, wie Leng in diesem alten Gemäuer zu verkümmern, er wollte am Leben teilhaben, und zwar da, wo es am reizvollsten und pulsierendsten war. Er wollte reisen, sich vergnügen, Liebschaften haben, Wissen anhäufen und aufregende Erfahrungen machen. Das Geld, das er gescheffelt hatte, reichte bis ans Ende seiner Tage. Er konnte sich all diese Wünsche erfüllen – und dazu alle, die ihm noch einfielen.

Aber für Zukunftsträume war später noch genug Zeit, jetzt musste er sich erst mal darauf konzentrieren, Pendergast aufzuspüren. Die Fußspuren sahen immer verwischter aus: Der Mann brachte die Füße nicht mehr hoch, er schleppte sich nur noch mühsam weiter. Natürlich konnte es sein, dass das wieder nur eine von Pendergasts Finten war, vielleicht wollte er seine Verletzungen schwerer erscheinen lassen, als sie waren. Andererseits, einen so starken Blutverlust kann man nicht vortäuschen. Und er war nun mal getroffen worden, sogar zweimal.

Den Fußspuren folgend, wegen des niedrigen Torbogens tief gebückt, gelangte er in das nächste Gewölbe. Er leuchtete es mit der Taschenlampe aus: anscheinend ein vor langer Zeit aufgegebenes Labor, auf den Tischen standen verstaubte Glaskolben, die Regale waren bis zu der aus dem nackten Fels gehauenen Decke mit Geräten voll gestopft, die dem altmodischen Aussehen nach aus dem neunzehnten Jahrhundert stammen mussten. In den Retorten klebte rostroter, festgebackener Bodensatz. Leng hatte das Labor offensichtlich seit Jahren nicht mehr benutzt.

Die Spur von Pendergasts schleppenden Schritten führte geradewegs auf die Tür an der hinteren Wand zu. Fairhaven verlor keine Zeit. Mit gezogener Waffe, den Finger am Abzug, folgte er den Abdrücken.

Pendergast, dachte er grimmig, Schluss mit den Mätzchen! Deine Uhr ist abgelaufen.

11

Ein Anblick, bei dem Fairhaven das Herz aufging: Pendergast auf den Knien, mit hängendem Kopf, inmitten einer immer größer werdenden Blutlache. Das Versteckspiel war vorüber, es gab keine Tricks und keine Täuschungsmanöver mehr, der Fluchtweg war ihm abgeschnitten.

Die Szene erinnerte ihn an ein Tier, das einen Schuss in die Eingeweide abbekommen hat. Es ist nicht auf der Stelle tot, das Ableben vollzieht sich in Etappen. Oft hält es sich noch eine Weile auf den Beinen, zitternd, vom Schock gezeichnet, dann geht es langsam auf die Knie, und manchmal verharrt es minutenlang in dieser Position, wie bei einem Gebet. Schließlich knicken die Hinterbeine ein, und so kauert das Tier dann wieder lange auf dem Boden, bis es auf einmal seitlich wegkippt. Es sieht aus wie ein Ballett in Slowmotion, von spastischen Zuckungen begleitet, und dann markiert ein verzweifeltes Aufbäumen den Augenblick des Todes.

Pendergast befand sich in der zweiten Stufe. Durchaus möglich, dass er noch etliche Stunden überlebte, hilflos wie ein Baby, versteht sich. Aber das war nur eine theoretische Möglichkeit, Fairhaven hatte nicht die Absicht, ihm so lange Zeit zu lassen. Oben warteten wichtigere Aufgaben auf ihn. Mit Smithback konnte er nichts mehr anfangen, aber es gab ja noch die junge Archäologin.

Die Waffe im Anschlag, näherte er sich dem Agent, um den Triumph gebührend auszukosten. Wann hat man schon das Vergnügen, einen Special Agent so hilflos auf den Knien zu sehen? Er trat ein Stück zurück, um Pendergast den Fangschuss zu geben. Aus Neugier und auch weil er nicht leichtfertig etwas beschädigen wollte, was sich möglicherweise hinterher als nützlich erweisen konnte, richtete er den Lichtstrahl der Taschenlampe kurz nach oben.

Und hielt verblüfft die Luft an: Wieder eine von Lengs abstrusen Sammlungen, diesmal waren es Waffen und Rüstun-

gen. Schwerter, Dolche, Schleudern, Bogen, Arkebusen und Hellebarden, dazwischen ein paar modernere Waffen wie Pistolen, Gewehre, Granat- und sogar Raketenwerfer, außerdem mittelalterliche Rüstungen, Helme und Kettenhemden – ein martialischer Spiegel der Anstrengungen, die Menschen von der Römerzeit bis ins frühe zwanzigste Jahrhundert unternommen haben, um sich gegenseitig den Garaus zu machen.
Er schüttelte ungläubig den Kopf. Einmal mehr hatte der Zufall die Finger im Spiel gehabt. Wenn es Pendergast vergönnt gewesen wäre, sich ein paar Minuten früher – und in nicht ganz so desolatem Zustand – in diese Kammer zu schleppen, hätte er über Waffen verfügt, mit denen er in der Lage gewesen wäre, ein ganzes Bataillon aufzuhalten – weiß der Himmel, wie ihre Auseinandersetzung dann ausgegangen wäre. Aber er war eben zu spät gekommen, und nun lag er – dem Tod näher als dem Leben – in seinem Blut auf dem Boden.

Fairhaven konnte nicht anders, er brach in unbändiges Gelächter aus. Und während sein raues Lachen noch von den Gewölben widerhallte, hob er den Colt.

Das Gelächter schien Pendergast zu einer letzten Kraftanstrengung zu beflügeln. Er sah hoch, starrte Fairhaven aus glasigen Augen an und keuchte. »Tun Sie's schnell – das ist alles, worum ich Sie bitte.«

Fairhaven visierte Pendergasts Kopf so an, dass der rote Punkt genau die Stirn markierte. Abdrücken – und dem verdammten Kerl den Schädel wegblasen, dachte er. Doch dann fiel ihm eine andere Möglichkeit ein.

Der Mann hatte ihm eine Menge Ärger gemacht, er verdiente keinen schnellen Tod. Er war ihm immer wieder in die Quere gekommen und hatte es am Schluss sogar geschafft, ihm bei Smithback die Tour zu vermasseln. Jetzt war die Stunde der Abrechnung gekommen, und die wollte er genießen.

Er spürte, wie tief sein Hass auf den Agent saß. Es war derselbe Hass, den er Leng gegenüber empfunden hatte, vielleicht weil sie sich so ähnlich sahen. Derselbe Hass, der während des Studiums gegenüber den Professoren in ihm genagt hatte, weil die in ihrer blasierten Arroganz seinen Gedankenflügen nicht folgen wollten. Sie gehörten alle zu den kleinen Geistern dieser Welt, die es den wirklich Berufenen verwehren wollen, ihre wahre Größe zu entfalten.

Pendergast wünschte, dass es schnell ging? Nun, da würde nichts draus werden – nicht, wenn ein reich bestücktes Waffenarsenal Möglichkeiten eröffnete, die man sich selbst in seinen boshaftesten Träumen nicht ausgemalt hatte.

Vorsichtshalber ging Fairhaven noch mal zu seinem Opfer und durchsuchte es sorgfältig. Er hatte zwar gesehen, dass dessen schleppende Fußspuren direkt zu der Stelle führten, an der er zusammengebrochen war, aber dem Mann war nicht zu trauen. Nein, er fand nichts. Der Agent hatte es nicht mehr geschafft, sich vor dem Kollaps eine Waffe zu beschaffen.

Nun gut, dann musste er eben *seine* Wahl treffen. Er suchte die Wandhaken ab. Irgendetwas, was Spaß macht, ging ihm durch den Kopf.

Ohne Pendergast aus den Augen zu lassen, suchte er die Wände ab und entschied sich zu guter Letzt für ein mit Juwelen besetztes Schwert. Er nahm es von der Wand, wog es in der Hand und ließ es im Lichtstrahl der Taschenlampe funkeln. Ja, eine gute Wahl. Es war nur etwas schwer, und die Klinge sah so rostig aus, dass er Zweifel hegte, ob er damit Butter schneiden, geschweige denn Penderson enthaupten konnte. Zudem fühlte sich der Griff unangenehm klebrig an. Er legte das Schwert weg und wischte sich angewidert die Hände an seinem Kittel ab.

Pendergast kauerte auf dem Boden und belauerte ihn mit verschleiertem Blick. »Wollen Sie sich vielleicht etwas aussuchen?«, fragte Fairhaven grinsend. Keine Antwort, aber Fairhaven glaubte in den Augen des Agent Todesangst auszumachen, und das verschaffte ihm eine tiefe Befriedigung.

Er schlenderte langsam an der Sammlung entlang, langte

nach einem Dolch, dessen Griff mit Gold und Silber verziert war, drehte ihn hin und her und hängte ihn wieder an den Haken. Daneben sah er einen Helm liegen, dessen mit Nägeln gespickte Innenseite durch Schrauben dem Kopfumfang des Opfers angepasst werden konnte. Ein wenig primitiv, und der Vorstellung, wie das Blut nach allen Seiten spritzte, konnte er auch keinen Reiz abgewinnen. Nicht weit davon entfernt hing ein großer lederner Trichter an der Wand. Von solchen Folterinstrumenten hatte er schon gehört: Man rammt ihn dem Delinquenten in den Mund, dann gießt man heißes Wasser nach, bis dem armen Kerl die Luft wegbleibt oder der Bauch platzt. Ziemlich ausgefallen und sehr zeitaufwändig. Auch die mit scharfen Haken versehene neunschwänzige Katze schien ihm nicht das Richtige zu sein. Es musste etwas sein, was genau den gewünschten Effekt versprach.

Und da fiel sein Blick auf ein Henkersbeil. »Was halten Sie davon?«, fragte er Pendergast mit breitem Grinsen. »Ich bin gern bereit, mich nach Ihren Wünschen zu richten.«

Er nahm das Beil von der Wand und schwang es ein paar Mal durch die Luft. Der Stiel war fast anderthalb Meter lang und mit Kupfernägeln besetzt. Etwas schwer, trotzdem handlich und vor allem messerscharf. Es machte ein pfeifendes Geräusch, wenn man es durch die Luft sausen ließ. Der Holzklotz, der dazu gehörte, sah schon recht abgenutzt und leicht wurmstichig aus. Die halbrunde Auskerbung war zweifellos dazu bestimmt, den Hals des Opfers aufzunehmen. Er stellte das Beil weg und rollte den Holzklotz vor Pendergast.

Plötzlich machte der Agent Anstalten, sich aufzubäumen. Fairhaven versetzte ihm einen Tritt in die Rippen, der ihm nicht nur einen Schmerzensschrei entlockte, sondern ihn auch augenblicklich ruhig stellte. Für Fairhaven ein kurzes, unerfreuliches Déjà-vu-Erlebnis, weil es ihn daran erinnerte, dass er mit Leng auch zu hart umgesprungen war, worauf der alte Knabe auf einmal mausetot gewesen war. Aber Pendergast war offensichtlich aus härterem Holz geschnitzt, er lebte noch und war bei vollem Bewusstsein. Und so sollte es auch bleiben, bis das Beil niedersauste. Fairhaven legte großen Wert darauf, dass sein Opfer jede Sekunde hellwach miterlebte.

Und wieder kam ihm ein hübscher Einfall. Er erinnerte sich an die Geschichte von Anne Boleyn, die, als man sie zur Richtbank führte, einen französischen Scharfrichter verlangt hatte, der Erfahrung mit der Enthauptung durch das Schwert hatte. Es starb sich einfach schneller, sicherer und sauberer als mit dem Beil. Den Richtblock lehnte sie ab, sie kniete hoch erhobenen Hauptes da und wartete auf den tödlichen Streich. Sie hatte übrigens nicht versäumt, dem Scharfrichter vorher für seine Mühe einige Goldstücke zuzustecken.

Fairhaven wog das Beil in der Hand. Es kam ihm sehr schwer vor, schwerer als vorher. Dennoch traute er sich zu, den Nacken genau an der richtigen Stelle zu treffen. Auf den Holzklotz konnte er verzichten. Pendergast lag bereits mit gesenktem Kopf auf den Knien, genau in der richtigen Position.

»Sie hätten nicht versuchen sollen, sich hochzuraffen«, hielt er dem Agent vor, »das kostet nur Zeit, und Sie haben sich doch einen schnellen Tod gewünscht, oder? Trotzdem, ich glaube, ich werde nicht mehr als … sagen wir: dreimal zuschlagen müssen. Sie werden eine Erfahrung machen, um die ich Sie beneide, indem Sie etwas herausfinden, was mich schon immer brennend interessiert hat. Wenn der Kopf weggerollt ist – wie lange empfindet der Körper dann noch etwas? Dreht sich die Welt für ihn trudelnd weiter, wenn der Kopf schon in dem Korb mit dem Sägemehl liegt? Bei den Hinrichtungen im Tower, sagt man, haben die Delinquenten noch die Lippen bewegt und mit den Lidern gezuckt, wenn der Scharfrichter den Gaffern den abgeschlagenen Kopf gezeigt und sein ›Seht her, der Kopf eines Übeltäters!‹ ausgerufen hat. Ob der Enthauptete womöglich seinen eigenen abgetrennten Schädel gesehen hat?«

Er schwang das Beil probehalber durch die Luft. Wieso kam es ihm auf einmal so schwer vor? Sei's drum, er würde den großen Augenblick dennoch genießen.

»Wussten Sie, dass Charlotte Corday, die während der Französischen Revolution als Mörderin von Marat auf die Guillotine geschickt wurde, errötet sein soll, als der Gehilfe des Scharfrichters der Menge ihr Haupt hingestreckt hat? Oder kennen Sie die Legende von dem zum Tode verurteilten Piratenkapitän, dem man, nachdem seine Männer sich in einer Reihe aufgestellt hatten, versprochen hat, jeden seiner Gefährten freizulassen, an dem er ohne Kopf vorbeimarschieren könne? Nun, man schlug ihm den Kopf ab, und ob Sie's glauben oder nicht, er hätte es tatsächlich geschafft, kopflos an seinen Männern vorbeizutorkeln, wenn der Leiter der Exekution ihm nicht vor lauter Wut darüber, dass die anderen ungeschoren davonkommen sollten, auf den letzten Metern ein Bein gestellt hätte.«

Fairhaven wollte sich vor Lachen schier ausschütten und war etwas enttäuscht, dass der Agent nicht mitlachte. Er schulterte das Beil und nahm sorgfältig Maß. Und als er gerade die Muskeln spannen und zum tödlichen Hieb ausholen wollte, fiel ihm – quasi zum Abschied – noch ein hübscher kleiner Gag ein: »Oh, ehe ich's vergesse, Mr. Pendergast – richten Sie bitte Ihrem Urgroßonkel meine ergebensten Grüße aus!«

12

Nora bettete den Kopf auf Smithbacks Schulter, Tränen drängten sich durch ihre geschlossenen Lider. Dass sich kein Hoffnungsschimmer zeigen wollte, war zermürbend. Sie hatte getan, was sie konnte, aber es war eben nicht genug gewesen.

Und dann wurde ihr, inmitten des Nebels aus Schmerz und Kummer, plötzlich bewusst, dass die Piepstöne des EKG stetiger geworden waren. Sie schielte auf die Monitore. Der Blutdruck hatte sich stabilisiert, der Puls war leicht gestiegen – sechzig Schläge in der Minute.

Ein Zittern überlief sie, ein Eishauch kroch ihr die Wirbelsäule entlang. Die Salzlösung hatte es also doch geschafft, das Schlimmste zu verhüten. Ich danke dir!, stammelte sie stumm in sich hinein. Danke!

Smithback lebte. Aber er war noch nicht über den Berg, bei weitem nicht. Wenn es ihr nicht gelang, seinen Flüssigkeitsspiegel weiter anzuheben, drohte er ins Koma zu fallen. Nur, der Beutel mit der Salzlösung war leer.

Sie sah sich verzweifelt um. Ihr Blick fiel auf den kleinen, in das Wandregal integrierten Kühlschrank. Sie war mit zwei, drei Schritten da und riss ihn auf. Ein halbes Dutzend Beutel mit der Salzlösung, die das kleine Wunder bewirkt hatte. Sie nahm einen heraus, zog den leeren Beutel vom Katheter und ersetzte ihn durch den neuen. Ein Stein fiel ihr vom Herzen, als sie sah, wie die Flüssigkeit stetig durch den Schlauch rann. Mit etwas Glück konnte Smithback es schaffen. Vorausgesetzt, es gelang ihr, ihn bald hier rauszuholen und in ein Krankenhaus zu bringen.

Sie sah sich den Rollwagen genauer an – vermutlich das Transportmittel, auf dem der »Chirurg« ihn in den Operationsraum gerollt hatte. Die Räder ließen sich abnehmen und durch Trageriemen ersetzen. Wenn sie einen Weg aus dem Erdgeschoss ins Freie fand, würde es ihr bestimmt gelingen, die Trage ein paar Treppenstufen hochzuwuchten, es waren ja nicht viele. Sie musste es zumindest versuchen.

Sie wühlte in dem Hängeschrank, zog einige grüne Tücher heraus und hüllte Smithback damit ein. Die Stablampe, die sie entdeckte, nahm sie auch gleich mit. Schnell noch ein Blick auf die Monitore: unverändert. Sie starrte auf das gähnende Loch in der Wand, hinter dem die steile steinerne Wendeltreppe nach unten führte – in jenes unheimliche Dunkel, aus dem sie den zweiten Schuss gehört haben musste. Nur, wenn sie das Haus verlassen wollte, war der Weg nach unten der falsche, sie musste sich einen suchen, der nach oben führte. Sosehr es ihr widerstrebte, Smithback allein zu lassen, und sei's auch nur für wenige Minuten: Sein Leben hing davon ab, dass er so schnell wie möglich ärztliche Hilfe bekam und versorgt werden konnte.

Sie knipste die Stablampe an und tauchte in den dunklen, in den rohen Stein gehauenen Kellerflur ein. Sie brauchte fünf Minuten, um das Labyrinth aus verwinkelten, engen Fluren und feuchten Räumen zu erkunden. Die Orientierung war trotz der Stablampe schwierig, sie ertappte sich ein paar Mal dabei, dass sie im Kreis gelaufen war. Irgendwann kam sie an dem bei dem Sturz in die Tiefe zerschmetterten Lastenaufzug vorbei: ein grässlicher Schock, O'Shaugnessys Leiche darin liegen zu sehen. Schließlich stieß sie auf eine massive, verschlossene Stahltür, die der Lage nach möglicherweise nach draußen führte. Pendergast hätte das Schloss knacken können, ging ihr durch den Kopf, aber auf ihn konnte sie ihre Hoffnung diesmal nicht setzen.

Und so kehrte sie entmutigt in den Operationsraum zurück. Wenn es einen Weg gab, der aus dem Keller in den Garten oder zur Zufahrt führte, dann lag er so versteckt, dass sie ihn nicht gefunden hatte. Ohne Pendergast waren sie in dem alten Haus am Riverside Drive gefangen.

Sie ging zum Operationstisch und fuhr Smithback liebevoll über das verklebte Wuschelhaar. Wieder fiel ihr Blick auf die steinerne Wendeltreppe, die durch die offene Wandtür in das pechschwarze tiefer gelegene Kellergewölbe führte. Auf einmal wurde ihr bewusst, dass sich dort unten seit geraumer Zeit – seit dem zweiten Schuss – nichts mehr gerührt hatte. Was mochte sich dort abgespielt haben? Ob Pendergast …

»Nora?«

Smithbacks Stimme war nur ein schwacher Hauch. Nora starrte ihn ungläubig an. Er hatte die Augen geöffnet, sein blasses Gesicht war von Schmerzen gezeichnet.

»Bill!«, schrie sie atemlos und fasste hastig nach seinen Händen. »Gott sei Dank!«

»Das wird langsam langweilig«, murmelte er mit kraftloser Stimme.

Redete er im Delirium? »Was sagst du?«

»Dass ich verletzt aufwache und du dich um mich kümmerst. Genau wie in Utah, erinnerst du dich? Das dürfen wir nicht einreißen lassen.« Er versuchte zu lächeln, aber die Schmerzen ließen eine Grimasse daraus werden.

»Bill, du darfst nicht reden.« Sie streichelte ihm die Wange. »Es wird alles gut. Wir holen dich hier raus. Ich werde einen Ausgang …«

Aber da war er schon wieder von barmherziger Bewusstlosigkeit eingehüllt.

Sie sah auf die Monitore und verspürte eine Welle grenzenloser Erleichterung. Alle Werte hatten sich verbessert, zumindest ein bisschen. Und aus dem Beutel tropfte stetig die lebensrettende Salzlösung in seine Vene. Er würde es schaffen – eine Aussicht, die zum ersten Mal nicht nur von Hoffnungen, sondern fast schon von Gewissheit genährt wurde.

Und in diesem Moment hörte sie den Schrei.

Er kam aus Richtung der Steintreppe. Obwohl er gedämpft und verzerrt nach oben drang, war es der angsteinflößendste, markerschütterndste Schrei, den sie je vernommen hatte. Verwundete Tiere schreien so, anfangs schrill jaulend, bis der Schrei in Winseln überging und schließlich in keuchenden Atemzügen erstickte. Eine Minute lang irrte das Echo durch das finstere Kellergewölbe, dann breitete sich gespenstische Stille aus.

Nora starrte auf das Loch in der Wand. Was war passiert? War es Pendergast, der so gequält geschrien hatte?

Wenn Pendergast verletzt war, musste sie ihm helfen. Schon deshalb, weil nur er das Schloss der Stahltür knacken konnte oder, wenn er das nicht schaffte, einen anderen Weg finden

würde. Ohne ihn wusste sie nicht, wie sie Smithback aus dieser Hölle befreien sollte.
Wenn Pendergast allerdings tot war und der andere, der »Chirurg«, ihn überlebt hatte, war die Konfrontation mit ihm früher oder später ohnehin unvermeidlich. Und während sie das dachte, wurde ihr klar, dass sie diese Konfrontation genauso gut von sich aus suchen konnte. Sie würde den Teufel tun, mit flatternden Nerven hier zu sitzen und darauf zu warten, dass der Mann kam, um sich Smithbacks zu entledigen und an seiner Stelle sie in seine Gewalt zu bringen – o nein! Sie suchte sich aus der Schale mit den chirurgischen Bestecken ein Skalpell mit langer Klinge aus und ging – die Stablampe in der einen, das Skalpell in der anderen Hand – auf die Geheimtür zu, hinter der die Stufen in das dunkle Gewölbe führten.
Als die letzte Windung der Steintreppe hinter ihr lag, knipste sie die Lampe aus und blieb, unschlüssig, was sie tun solle, mit klopfendem Herzen stehen. Wenn sie die Lampe wieder einschaltete, verriet der Lichtstrahl, wo sie war und in welche Richtung sie sich bewegte. Falls der »Chirurg« schon hier unten auf sie lauerte, gab sie eine ideale Zielscheibe ab. Aber ohne Licht kam sie keinen Schritt weiter. Trotzdem musste sie das Risiko eingehen, Smithback zuliebe.
Ein langer schmaler Flur lag vor ihr, auf den Wandregalen waren bis zur Decke Flaschen aneinander gereiht. Als der Lichtstrahl auf sie fiel, fing das Glas in allen Regenbogenfarben zu glitzern an; sie kam sich vor wie hinter einer bunten Butzenglasscheibe an einem sonnigen Tag.
Wozu hatte Leng all diese Flaschen gesammelt? Was mochte er in ihnen aufbewahrt haben? Du darfst keine Zeit verlieren, rief sie sich zur Ordnung, Fragen kannst du später stellen.
Die Spuren von vier Schuhen führten tiefer in das Gewölbe. Und auf dem staubigen Boden machte sie Blutstropfen aus. Sie wollte das Gewölbe so schnell wie möglich hinter sich lassen, aber als sie durch eine Art Torbogen in das nächste

Gewölbe kam, fand sie dort wieder nur Flaschen vor. Sie ging nun schneller, immer den Fußspuren nach.
Schließlich kam sie zu einem mit gerafften Gobelins verhängten Bogengang. Sie knipste die Lampe aus, bot all ihren Mut auf und wagte zwei, drei Schritte ins Dunkel.
Da stand sie nun in rabenschwarzer Nacht und lauschte ängstlich. Kein Laut, kein Geräusch, nichts. Vorsichtig schob sie die Gobelinvorhänge beiseite und starrte in das unergründliche Dunkel. Nur, es war zu finster, um etwas zu erkennen. Der Raum vor ihr schien leer zu sein, aber sicher war sie sich nicht. Es gab nur eine Möglichkeit, um es herauszufinden, und die war mit einem unkalkulierbaren Risiko verbunden. Trotzdem, es blieb ihr nichts anderes übrig, sie musste es wagen. Also fasste sie sich ein Herz und knipste die Stablampe wieder an.
Der Lichtstrahl irrte ein paar Sekunden durch die Kammer. Sie kam ihr größer vor als die anderen. Offenbar wieder eine Sammlung, diesmal keine Flaschen, sondern Kartons. Ganz hinten sah sie wieder einen Torbogen, der aber nicht, wie die anderen, in die nächste Kammer, sondern in mehrere kleinere Gewölbe führte. Sie huschte gebückt in das nächstgelegene und knipste die Lampe aus, weil sie hoffte, dass die Dunkelheit ihren Gehörsinn schärfte.
Und da hörte sie das Geräusch.
Es drang schwach zu ihr, anscheinend von weit her, der Widerhall schien durch die Steinwände, auf die er traf, abgelenkt zu werden. Ein gespenstisch an- und abschwellendes, gequältes Stöhnen, das ihr das Blut in den Adern gefrieren ließ. Sie glaubte förmlich zu spüren, wie ihre Haut sich kräuselte.
Einen Moment lang spielte sie mit dem Gedanken umzukehren. Doch dann riss sie sich zusammen. Was immer im Dunkel auf sie warten mochte, sie musste das Risiko eingehen. Wer weiß, ob Pendergast nicht ihre Hilfe brauchte.
Sie bot den ganzen Mut auf, der ihr geblieben war, knipste die Lampe an und rannte, so schnell sie konnte, in Richtung des

unheimlichen Stöhnens. Die Kammern, durch die sie kam, schienen kein Ende zu nehmen – eine mit verglasten Vitrinen, in der nächsten eine Sammlung alter Kleidungsstücke, dann eine, in der offenbar ein Labor eingerichtet war, voll gestopft mit verstaubten Reagenzgläsern, Glaskolben und großen, altmodisch anmutenden, schon von Rost angenagten Geräten. Sie nahm sich keine Zeit, genau hinzusehen, sondern hastete einfach weiter. Es konnte ja sein, dass es auf jede Sekunde ankam.

Und dann hörte sie wieder ein Geräusch, ganz nahe, als komme es aus der nächsten Kammer. Diesmal war es kein Stöhnen, es hörte sich eher nach langsamen, schlurfenden Schritten an, die auf sie zukamen. Ohne lange nachzudenken, schaltete sie die Lampe aus und kroch unter den nächsten Tisch.

Und wieder hörte sie etwas. Sie hätte nicht sagen können, woran es sie mehr erinnerte: an den gemurmelten Silbensalat, den Außerirdische in Horrorfilmen vor sich hin brabbeln, oder an das stammelnde Lallen eines in Not geratenen Menschen. Sie glaubte ein paar keuchende Atemzüge auszumachen, wie von jemandem, der nach Luft ringt. Einmal war ihr, als nehme sie ein unnatürlich hohes Wimmern wahr, aber es war vielleicht nur eine Sinnestäuschung gewesen. Und dann hörte sie – diesmal ohne jeden Zweifel – die schleppenden Schritte näher kommen.

Ohnehin vor Angst wie gelähmt, rührte sie sich nicht vom Fleck. Und plötzlich ein gedämpfter Schrei, gefolgt von würgenden Geräuschen, und dann platschte irgendetwas Flüssiges auf den Boden.

Nora versuchte, ihren rasenden Herzschlag zu beruhigen. Obwohl die rätselhaften Geräusche nichts Menschliches an sich hatten, war sie überzeugt, dass die Gestalt, die auf sie zuwankte, ein Mensch aus Fleisch und Blut sein musste – also entweder Pendergast oder der »Chirurg«.

Dem Gefühl nach tippte sie auf den »Chirurgen«. Er musste offenbar im Kampf mit Pendergast schwere Verletzungen

davongetragen haben. Oder waren die rätselhaften Laute erste Anzeichen eines beginnenden Wahnsinns?
Anscheinend ahnte er nicht, dass sie unter dem Tisch kauerte. Was ihr immerhin einen kleinen Vorteil verschaffte. Sie vermochte sich mit dem Skalpell auf ihn zu stürzen und ihn zu töten, bevor er ihr etwas antun konnte. Vorausgesetzt, sie brachte die nötige Kaltblütigkeit auf.
Das Schlurfen hatte aufgehört. Etwa zwanzig Sekunden verstrichen, aber die kamen ihr wie eine Ewigkeit vor. Und dann waren die unsteten, stolpernden Schritte wieder da. Sie konnte sogar den Atem des »Chirurgen« hören, er musste ganz in ihrer Nähe sein. Nur, es waren keine normalen Atemzüge, eher ein hechelndes Schlürfen, wie wenn jemand Luft durch einen nassen Schlauch einsaugt.
Und urplötzlich hallte das Gewölbe von einem wahren Höllenlärm wider. Der Mann hatte im Dunklen eins der Laborgeräte vom Tisch gerissen, es war mit ihm zu Boden gefallen und in tausend Splitter zerplatzt.
Bleib, wo du bist!, hämmerte Nora sich ein. Bleib in deinem Versteck! Wenn es der »Chirurg« war, musste Pendergast ihm dicht auf den Fersen sein. Aber wo blieb er so lange? Warum verfolgte er den Mann nicht?
Die Geräusche schienen jetzt nur noch höchstens zehn Meter entfernt zu sein. Sie hörte ein Scharren, das Knirschen von Glasscherben – der Mann versuchte offensichtlich, wieder auf die Beine zu kommen. Sie hörte seine schlurfenden Schritte, unsäglich langsam und schleppend. Dann setzten die schlürfenden Atemzüge wieder ein, wie durch einen Schnorchel. Nora hatte noch nie einen so enervierenden Laut gehört.
Drei Meter. Ein Adrenalinstoß raste ihr durchs Blut, sie fasste das Skalpell fester. Ihr Plan stand fest: die Stablampe anschalten, den Mann anspringen und ihm, das Überraschungsmoment nutzend, das Skalpell in den Leib rammen.
Wieder das laute Keuchen. Die Schritte wurden schwerer, einem spastischen Stampfen immer ähnlicher. Der Mann war

jetzt fast auf einer Höhe mit ihr. Nora spannte die Muskeln an und schob den Zeigefinger hinter den Schalter der Stablampe. Sie war zu allem entschlossen. Der jähe Lichtstrahl würde ihn blenden, und ehe er wusste, wie ihm geschah, würde sie ihn mit dem Skalpell anspringen. Einen Schritt gab sie ihm noch, dann blitzte der grelle Lichtstrahl auf, ihr Arm zuckte hoch …

Doch statt ihn anzuspringen, stand sie – das Skalpell zum Angriff gereckt – wie versteinert da. Und dann stieß sie einen Schrei aus.

13

Custer stand auf einer der oberen Treppenstufen vor dem Museum und blickte mit unsäglicher Genugtuung auf das Knäuel dicht gedrängter Gestalten, zu dem die Pressevertreter verschmolzen waren. Links von ihm stand, soeben mit einer Schar von Begleitern eingetroffen, der Bürgermeister von New York City, rechts Commissioner Rocker, hinter Custer hatten zwei ranghohe Detectives und sein allzeit willfähriger Schatten Noyes Posten bezogen – eine Ansammlung von Prominenz, wie selbst altgediente Reporter sie nicht jeden Tag zu Gesicht bekamen. Der Andrang war so groß geworden, dass sich die Polizei genötigt sah, die Central Park West für den Verkehr zu sperren. Über ihnen kreisten, die Kameras wie Riesenfinger ins Freie gereckt, Pressehubschrauber, deren Scheinwerfer die Szene mit gleißendem Licht ausleuchteten. Die Festnahme des »Chirurgen« alias Roger C. Brisbane III., gestern Abend noch allseits verehrter Vizepräsident und hoch angesehener Rechtsberater des Museums, war ein gefundenes Fressen für die Pressegeier. Der gefürchtete Nachahmungstäter, der ganz New York seit Wochen in Angst und Schrecken versetzt hatte, war nicht irgendein geistig verwirrter Obdachloser gewesen, der in einem Pappkarton im Central

Park hauste, nein, er hatte zur gesellschaftlichen Oberschicht Manhattans gehört, ein Mann, der mit seinem verbindlichen Lächeln ungezählte Mäzene für das New York Museum gewonnen hatte. Und jetzt stand diese gepflegte, aus den Klatschspalten von *Avenue* und *Vanity Fair* bestens bekannte, immer wie aus dem Ei gepellte Erscheinung als entlarvter Massenmörder am Pranger. Und er, Custer, hatte ihn der Meute zum Fraß vorgeworfen.

Der Bürgermeister plauderte in sonorem, angemessen ernstem Ton mit dem Commissioner und dem Museumsdirektor Collopy, den man mittlerweile doch noch aufgetrieben hatte, und zwar in seinem Haus im West End.

Custers Blick musterte Collopy verstohlen. Der Mann hatte das asketische Aussehen eines Sektenpredigers, der den Himmel unablässig um Pech und Schwefel anfleht, und kleidete sich, als habe er gerade in einem Film von Bela Lugosi mitgewirkt. Die Polizei war nicht eben zimperlich vorgegangen. Als sie ein paar verdächtige Gestalten hinter den Vorhängen sahen, hatten die Cops einen Einbruch oder Überfall vermutet und kurzerhand Collopys Haustür aufgebrochen. Gerüchten zufolge hatten sie Collopy in einem pinkfarbenen Teddykostüm angetroffen, ans Bett gefesselt und in Gesellschaft seiner jungen Ehefrau und einer weiteren Gespielin, beide im branchenüblichen Outfit von Dominas und mit einschlägigen Spielzeugen ausgestattet. Wenn er Collopy so ansah, neigte Custer dazu, dem Gerücht keinen Glauben zu schenken. Zugegeben, der Museumsdirektor kleidete sich, als kaufe er grundsätzlich nur beim Trödler, aber es war schlichtweg unvorstellbar, dass sich jemand in seiner gesellschaftlichen Position als Teddybär verkleidete, oder?

Custer merkte, dass Bürgermeister Montefioris Blick auf ihm ruhte. Aha, die drei redeten über ihn. Obwohl er sich sofort hinter der unerschütterlichen Maske des pflichtbewussten Ordnungshüters verschanzte, beschlich ihn doch ein leises Unbehagen.

Commissioner Rocker löste sich aus der Dreiergruppe und kam zu ihm herüber. Zu Custers Verwunderung sah er keineswegs sonderlich glücklich aus. »Captain …«
»Ja, Sir?«
Rocker zögerte unschlüssig, sein Mienenspiel verriet tiefe Besorgnis. Schließlich rückte er bis auf Flüsterdistanz an Custer heran. »Sind Sie sicher?«
»Sicher, Sir?«
»Dass es Brisbane ist.«
Custer spürte, dass ihn ebenfalls gelinde Zweifel beschlichen, aber er wischte sie mannhaft weg. Die Beweise waren zu eindeutig. »Ja, Sir.«
»Hat er gestanden?«
»Nun, äh – gestanden hat er, streng genommen, noch nicht, aber er hat etliche Äußerungen getan, die ihn zweifelsfrei belasten. Ich gehe davon aus, dass er bei der ersten offiziellen Vernehmung ein umfassendes Geständnis ablegen wird. Das ist bei diesen Brüdern – äh, Serienmördern, wollte ich sagen – immer so. Und wir haben in seinem Büro im Museum belastende Beweisstücke gefunden.«
»Irrtum ausgeschlossen? Mr. Brisbane ist schließlich eine weit über die Stadtgrenzen hinaus bekannte Persönlichkeit.«
»Irrtum ausgeschlossen, Sir.«
Einen Augenblick lang spiegelten sich in Rockers Gesicht noch letzte Zweifel wider. Custer fing innerlich unruhig zu zappeln an. Was sollte das denn? Er hatte mit einem Glückwunsch gerechnet, nicht mit so einer hochnotpeinlichen Befragung.
Rocker rückte noch ein Stück näher. »Custer, eins kann ich Ihnen sagen …« Seine Stimme war kaum mehr als ein Wispern und fast nicht zu verstehen. »Drücken Sie beide Daumen, dass Sie Recht haben!«
»Ich habe Recht, Sir.«
Der Commissioner nickte. Seine Miene verriet vorsichtige Zuversicht, vermischt mit einem Rest von Besorgnis.

In der Meute der Pressevertreter machte sich bereits eindeutige Ungeduld bemerkbar. Custer hielt es für angebracht, respektvoll ins zweite Glied zurückzutreten und das Feld dem Bürgermeister, dem Commissioner und Collopy zu überlassen.
Der Bürgermeister hob mit einer ein wenig theatralisch wirkenden Geste die Hand, offensichtlich setzte er voraus, dass ihn jeder kannte. Es war ihm anzumerken, wie sehr er darauf brannte, den Triumph der Stunde an seine ganz persönliche Fahne zu heften. Eine bessere Wahlkampfwerbung hätte er sich nicht wünschen können.
»Meine Damen und Herren von der Presse«, begann der Bürgermeister, »wir haben im Fall des allgemein als ›Chirurg‹ bekannten Serienmörders eine Festnahme vorgenommen. Der Verdächtige wurde als Roger C. Brisbane identifiziert, Vizepräsident und Rechtsberater des New York Museum of Natural History, und in Polizeigewahrsam genommen.«
Ein Raunen ging durch die Reihen der Reporter. Obwohl sich die Fakten bereits herumgesprochen hatten, bekamen sie nun mit der Verkündung durch den Bürgermeister einen quasi offiziellen Anstrich.
»Ich lege zwar Wert auf die Feststellung, dass der Beschuldigte derzeit noch als unschuldig zu gelten hat, will aber nicht verhehlen, dass die Beweise gegen ihn erdrückend sind.«
Wieder ein verhuschtes Raunen.
»In meiner Eigenschaft als Bürgermeister habe ich diesem Fall höchste Priorität eingeräumt. Alle verfügbaren Ressourcen wurden mit dem Ziel rascher Aufklärung aktiviert. Ich möchte daher zuallererst den tüchtigen Officers der New Yorker Polizei, Commissioner Rocker und den Frauen und Männern der Mordkommission für ihre rastlosen Bemühungen bei der Aufklärung dieses schwierigen Falls danken. Und ich möchte besonders die Rolle hervorheben, die Captain Sherwood Custer dabei gespielt hat. Meiner Kenntnis nach

hat Captain Custer die Ermittlungen nicht nur geleitet, sondern den Fall darüber hinaus durch sein persönliches Engagement letztendlich gelöst. Ich bin – wie sicher viele von Ihnen – angesichts der bisher gewonnenen Erkenntnisse über diesen tragischen Fall zutiefst erschüttert. Viele von uns kennen Mr. Brisbane persönlich. Dennoch konnte der Commissioner mir in unmissverständlichen Worten versichern, dass wir den Richtigen festgenommen haben. Diese ausdrückliche, fundierte Zusicherung habe ich mit Erleichterung zur Kenntnis genommen.«

Montefiori ließ den Blick – einen Blick wie aus Stahl – in die Runde schweifen.

»Und nun möchte Dr. Collopy, der Museumsdirektor, noch ein paar Worte sagen.«

Custer straffte sich, er war auf das Schlimmste gefasst. Collopy würde sicher zu einer geharnischten Rede ansetzen, um seinen Vize gegen alle Anschuldigungen zu verteidigen. Und das konnte er am besten tun, wenn er die Polizeiarbeit – und speziell seine Ermittlungen – in einem möglichst schlechten Licht erscheinen ließ.

Collopy stand in kerzengerader Haltung, die Arme auf dem Rücken verschränkt, am Mikrofon. Seine Stimme klang fest und gelassen, er schien jedes Wort mit Bedacht zu setzen.

»Auch ich möchte den tüchtigen Frauen und Männern des New Yorker Police Departments, dem Commissioner und dem Bürgermeister meinen Dank für ihr umsichtiges Vorgehen aussprechen. Dies ist ein trauriger Tag für das Museum und für mich persönlich. Es ist mir ein Anliegen, den New Yorkern und besonders den Angehörigen der Opfer zu sagen, wie beschämt wir darüber sind, dass einer unserer Mitarbeiter ihnen das angetan hat.«

Das war Musik in Custers Ohren. Besser hätte es gar nicht kommen können, sogar der eigene Chef ging auf Distanz zu Brisbane. Umso besser. Und im Übrigen imponierte ihm Collopys Canossagang viel mehr als die lahmen Formulierun-

gen des Commissioners, der praktisch so getan hatte, als sei Brisbane das Opfer tragischer Verstrickungen geworden.
Der Bürgermeister trat wieder ans Mikrofon und teilte mit, dass er bereit sei, Fragen entgegenzunehmen.
Unvorstellbarer Lärm brach aus, ungezählte Hände schossen hoch. Mary Hill, die Sprecherin des Bürgermeisters, kam nach vorn, um die Wortmeldungen in geordnete Bahnen zu lenken. Captain Custer suchte die Reihen der Reporter ab und stellte erleichtert fest, dass Smithback, dieser windige Galgenvogel, offenbar nicht zu der kurzfristig einberufenen Pressekonferenz erschienen war.
Irgendjemand fragte: »Warum hat er das getan? Ging es ihm tatsächlich darum, sein Leben zu verlängern?«
Eine Frage, die der Bürgermeister mit einem Kopfschütteln abtat. »Sie werden einsehen, dass ich zurzeit noch keine Vermutungen über Motive anstellen kann.«
»Ich möchte Captain Custer eine Frage stellen«, rief ein anderer Reporter. »Woher wussten Sie, dass Brisbane Ihr Mann ist? Haben Sie eine Mordwaffe gefunden?«
Custer trat nach vorn, Zoll für Zoll der durch nichts zu irritierende Police Officer. »Das nicht, aber einen Bowler, einen Regenschirm und einen schwarzen Mantel – exakt die Dinge, die der sogenannte ›Chirurg‹ Zeugenaussagen zufolge trug, wenn er seinen Opfern aufgelauert hat. Ich habe all diese Gegenstände in Brisbanes Büro gefunden.«
»Und die Mordwaffe?«
»Die Durchsuchung des Büros ist noch nicht abgeschlossen. Darüber hinaus werden wir auch seine Wohnung und sein Sommerhaus auf Long Island durchsuchen. Und …«, er machte eine bedeutsame Pause, »… bei diesen Durchsuchungen werden auch Polizeihunde eingesetzt, die speziell darauf abgerichtet sind, Leichenteile aufzuspüren.«
»Welche Rolle hat das FBI bei dem Fall gespielt?«, wollte ein Fernsehreporter wissen.
»Keine«, versicherte der Commissioner eilends, »absolut kei-

ne. Die Ermittlungen lagen ausschließlich bei den lokalen Polizeikräften. Es gab zwar einen FBI-Agent, der sich anfangs für den Fall interessierte, er hat seine inoffiziellen Ermittlungen jedoch nach kurzer Zeit eingestellt, weil sie offensichtlich nicht zu brauchbaren Ergebnissen geführt haben.«

»Noch eine Frage an Captain Custer, bitte. Was ist das für ein Gefühl, wenn man den spektakulärsten Fall seit Son of Sam gelöst hat?«

Aha, Bryce Harriman, der alte Schleimer! Custer ließ sich nicht anmerken, wie sehr ihm die Frage schmeichelte. Er mimte gekonnt den Bescheidenen. »Ich habe lediglich meine Pflicht als Police Officer getan, nicht mehr und nicht weniger.«

14

Das Bild, das der Lichtstrahl der Stablampe erfasste, war so unwirklich und Angst einflößend, dass Nora unwillkürlich taumelnd zurückwich. Sie ließ das Skalpell fallen, fuhr herum und rannte los. Ihr einziger Gedanke war, dem Grauen so schnell und so weit wie möglich zu entkommen.

Aber an der Tür blieb sie abrupt stehen. Der Mann – wenn es denn ein menschliches Wesen war – kam nicht hinter ihr her. Sie hatte sogar den Eindruck, dass er sie überhaupt nicht wahrnahm. Er schlurfte einfach wie ein schlafwandelnder Zombie schwankenden Schritts weiter. Mit zitternder Hand richtete Nora die Stablampe auf ihn.

Die Kleidung hing der Erscheinung zerfetzt am Körper herunter, die Haut war aufgeschürft und blutete, von Kratzspuren übersät. Das Haar war ausgerissen, Fetzen der Kopfhaut hingen schlaff über den Ohren und der Stirn. Der Mann musste sich das selber angetan haben, er hielt mit verkrampften Fingern noch ein paar Haarbüschel umklammert. Die Lippen waren grotesk angeschwollen, zu bräunlichen, an ver-

faulte Bananen erinnernden Wülsten aufgedunsen. Zwischen die Lippenwülste zwängte sich immer wieder eine schwarze, schartige Zunge. Aus der Kehle drang unablässig ein gurgelndes Geräusch, und bei jedem Versuch, zu schlucken oder Luft zu schnappen, blähte sich die Zunge zu einem unförmig wabernden Ballon auf. Unter dem zerrissenen Hemd waren auf der Brust und am Bauch blutende, eine weißliche Flüssigkeit absondernde Geschwüre zu sehen. Unter den Achseln wucherten rote, johannisbeergroße Pusteln. Nora überlief es eiskalt, als sie sah, dass sie stellenweise von einer Sekunde zur nächsten auf die Größe eines dicken Daumens anschwollen, bevor sie mit einem dumpfen Laut zerplatzten und beinahe sofort durch nachwachsende Pickel ersetzt wurden.
Aber was sie am meisten erschütterte, waren die Augen. Das eine war zur doppelten Größe angeschwollen, blutunterlaufen und grotesk aus der Höhle herausgetreten. Es zitterte und zuckte unablässig und bewegte sich, obwohl es mit Sicherheit nichts mehr wahrnahm, hektisch hin und her. Das andere war dagegen zu einem schwarzen Punkt geschrumpft, der reglos unter den Brauen vor sich hin zu starren schien.
Nora blickte fassungslos auf die gespenstische Erscheinung. Sie fand keine andere Erklärung: Dieser Mann musste eines der Folteropfer des »Chirurgen« sein.
Und während sie noch zu ihm hinüberblickte, blieb er plötzlich stehen und wandte ihr den Kopf zu. Im ersten Augenblick dachte sie, er sähe sie an, das aufgeblähte, wabbelnde Auge war jedenfalls auf sie gerichtet. Ihre Muskeln spannten sich, sie war darauf gefasst, dass er sich jeden Moment auf sie stürzen würde. Doch der Spuk war schnell vorüber. Sein eben noch nach oben gereckter Kopf fiel kraftlos herunter, ein Zittern lief durch seine Glieder, und dann setzte er mit schlurfenden, schwankenden Schritten seine ziellose Wanderung fort.
Entsetzt und von Mitleid gerührt, schwenkte sie den Lichtstrahl zur Seite; sie wollte den offensichtlich Todgeweihten

nicht zum Objekt ihrer Neugier machen. Und doch wurde sie irgendwie das Gefühl nicht los, den Mann zu kennen. Das Gesicht, so grässlich es auch entstellt war, erinnerte sie an jemanden. Doch als sie es zum ersten Mal gesehen hatte, war es kein geschundenes, sondern ein machtbesessenes, selbstbewusstes, unnahbar arrogantes Gesicht gewesen. Und auf einmal wusste sie wieder, wann und wo sie es gesehen hatte: Es war das Gesicht des Mannes, der vor der Baustelle an der Catherine Street aus der schwarzen Limousine gestiegen war.

Der Schock raubte ihr fast den Atem. Sie starrte dem Mann nach, bis er im Dunkel des Gewölbes verschwand. Was hatte der »Chirurg« mit ihm angestellt? Musste sie ihm nicht nacheilen, um ihm irgendwie zu helfen?

Aber noch während sie sich die Frage stellte, wusste sie, dass dem Mann nicht mehr zu helfen war. Außerdem musste sie Pendergast suchen, denn ohne seine Hilfe würde es ihr nie und nimmer gelingen, Smithbacks Leben zu retten. Sie riss sich entschlossen von der inzwischen vom Dunkel verschluckten Horrorgestalt los und lenkte den Lichtstrahl wieder auf das Labor.

Und da sah sie plötzlich am äußersten Rand des Lichtkegels noch eine Gestalt: Pendergast.

Er lag, seltsam zur Seite gekrümmt, in einer großen Blutlache wie tot auf dem Steinboden des nächsten Gewölbes. Jemand hatte einen an mittelalterliche Richtblöcke erinnernden Holzklotz neben ihn gerollt. Davor lag ein rostiges Beil.

Nora stieß einen Schrei aus, rannte zu Pendergast und kniete sich neben ihn. Zu ihrer Verblüffung schlug er die Augen auf.

»Großer Gott, was ist passiert?«, stammelte sie. »Sind Sie verletzt? Wie geht es Ihnen?«

Pendergast brachte ein schwaches Lächeln zustande. »Es ist mir nie besser gegangen, Dr. Kelly.«

Sie richtete den Lichtstrahl auf die Blutlache. »Sie sind ja doch verletzt.«

Er sah sie an, sein Blick wirkte verschleiert. »Ja. Ich fürchte, ich brauche Ihre Hilfe.«

»Aber was ist denn passiert? Wo ist der Mann, den alle den ›Chirurgen‹ nennen?«

Pendergasts Blick wurde ein wenig klarer. »Haben Sie ihn nicht vorbeiwanken sehen?«

»Was? Der Mann mit den Pusteln? Der ist der Mörder?«

Pendergast nickte.

»O mein Gott. Was ist mit ihm passiert?«

»Er hat sich vergiftet,«

»Vergiftet? Wie denn? Wo denn?«

»Hier in diesem Gewölbe. Er hat ein paar von diesen alten Waffen angefasst. Was Sie bitte nicht tun sollten! Alles, was Sie hier sehen, gehört zu einem ausgeklügelten System der Selbstvergiftung. Fairhaven hat etliche Waffen berührt, seine Haut muss einen ganzen Cocktail von Giften in sich aufgesogen haben, Nervengifte und andere rasch wirkende Substanzen.« Er fasste nach Noras Hand. »Was ist mit Smithback?«

»Er lebt.«

»Gott sei Dank!«

»Ja, aber sein Zustand ist nicht stabil. Der ›Chirurg‹ hatte bereits mit der Operation begonnen. Wir müssen ihn so schnell wie möglich in ein Krankenhaus bringen. Und Sie ebenfalls.«

»Ja. Ich habe einen guten Bekannten, einen Arzt, der wird alles Notwendige veranlassen.«

»Die Frage ist nur, wie wir hier rauskommen?«

Pendergast griff nach seinem Colt, der neben ihm auf dem Boden lag. Seine verzerrte Miene zeigte deutlich, wie sehr ihn selbst diese geringfügige Bewegung anstrengte. »Bitte, helfen Sie mir hoch! Ich muss es bis in den Operationsraum schaffen, um nach Smithback zu sehen und meine Blutungen zu stillen.«

Nora half ihm auf die Beine. Der Agent schwankte ein wenig,

er stützte sich auf ihrem Arm ab, aber sie schafften es bis in die nächste Kammer.
»Wären Sie so freundlich, das Licht einen Moment lang auf unseren Freund zu richten?«, bat Pendergast.
Die jämmerliche Erscheinung, die von Fairhaven übrig geblieben war, tastete sich schlurfend an der Wand entlang, prallte mit voller Wucht auf einen Holzschrank, wich erschrocken zurück und rammte den Schrank im nächsten Augenblick noch einmal, als ziehe das Hindernis ihn magisch an. Offenbar hatte er seine Sehkraft völlig verloren, er war blind und hilflos geworden.
»Vor ihm haben wir nichts mehr zu befürchten«, murmelte Pendergast. »Kommen Sie, sehen wir zu, dass wir so rasch wie möglich nach oben kommen!«
Es wurde ein langer Weg durch alle Kammern des Kellergewölbes, denn Pendergast musste immer wieder kleine Pausen einlegen. Die Stufen der Wendeltreppe schaffte er nur sehr langsam und offenbar unter großen Schmerzen.
Endlich erreichten sie den Operationsraum, in dem sie den immer noch bewusstlosen Smithback vorfanden. Nora warf schnell einen Blick auf die Monitore. Die Werte waren noch nicht ideal, hatten sich aber weiter stabilisiert. Der Literbeutel mit der Salzlösung war fast leer, sie ersetzte ihn durch einen neuen. Pendergast hatte sich über den bewusstlosen Journalisten gebeugt, die Tücher, die seine Wunde abdeckten, zurückgeschlagen und sich die Verletzungen lange angesehen. Nun wandte er sich zu Nora um und sagte schlicht: »Er wird durchkommen.«
Noras Vertrauen in Pendergasts Urteilskraft war so groß, dass sie eine grenzenlose Erleichterung verspürte.
»Nun brauche ich selber ein wenig Hilfe«, fuhr Pendergast fort. »Helfen Sie mir bitte, die Jacke und das Hemd auszuziehen!«
Als Nora die um Pendergasts Bauch geschlungene Jacke aufgeknotet hatte, wurde ihr Blick starr. Die Wunde war größer,

als sie gedacht hatte, und an den Rändern über und über mit Blut verkrustet. Auch von dem zerschmetterten Ellbogen tropfte unablässig Blut. Sie sah den Agent besorgt an.
Der sagte nur ungerührt: »Schieben Sie bitte den Rollwagen mit den Bestecken näher an mich heran!«
Als Nora den Rollwagen in seine Richtung schob, fiel ihr Blick unwillkürlich auf seinen schlanken, aber muskulösen Körper. Der Agent war erstaunlich durchtrainiert.
»Bitte reichen Sie mir die Klammern, wären Sie so nett?« Typisch für Pendergast: Er verzichtete selbst in prekären Situationen nicht auf Höflichkeitsfloskeln. Er wischte das Blut weg und rieb eine Desinfektionstinktur auf die Wundränder.
»Wollen Sie nicht lieber ein Schmerzmittel einnehmen? Ich habe im Wandschrank …«
»Keine Zeit«, fiel er ihr ins Wort. »Ich muss die Blutung stillen, bevor ich noch mehr Kraft verliere. Wären Sie so freundlich, die Deckenlampe ein bisschen tiefer zu ziehen? Hierher, ja, so ist es gut. Und jetzt die erste Klammer, bitte.«
Nora hatte gewöhnlich gute Nerven, aber während sie zusah, wie Pendergast in seinem Bauch herumstocherte, wurde ihr doch mulmig zumute. Und dann legte er auch noch die letzte Klammer beiseite, griff zum Skalpell und öffnete die Bauchdecke mit einem kurzen Kreuzschnitt.
»Sie wollen sich doch wohl nicht selber operieren!«
Pendergast schüttelte den Kopf. »Nur versuchen, die Blutung wenigstens provisorisch zu stillen. Ich muss irgendwie an diese Vene herankommen. Wenn ich mich nicht sehr irre, ist sie ein Stück nach innen gerutscht.« Noch ein kleiner Schnitt, dann schob er ein Besteck in die Bauchdecke, das wie eine übergroße Pinzette aussah.
Nora zuckte zusammen, drehte den Kopf weg und versuchte, an etwas anderes zu denken. Und da ihr nichts Besseres einfiel, kam sie auf die Frage zurück, die sie schon einmal gestellt hatte. »Wie kommen wir eigentlich hier raus?«
»Durch die Kellergewölbe«, erwiderte Pendergast, ohne sei-

ne Bemühungen zu unterbrechen. »Meine Nachforschungen haben ergeben, dass in dieser Gegend vor etwa hundert, hundertfünfzig Jahren ein Flusspirat gehaust hat. In Anbetracht der ausgedehnten Kellergewölbe bin ich ziemlich sicher, dass er hier sein Basislager hatte. Er hatte von hier aus einen phantastischen Blick über den Hudson. Heute ist das Flussufer verbaut – denken Sie nur an die umfangreichen Anlagen für den Gewässerschutz!«

Er fischte mit dem Besteck eine große, dicke Vene aus seinem Bauch und setzte eine Klammer, damit sie nicht zurückrutschen konnte.

»Aber im neunzehnten Jahrhundert reichte der Blick bis zum unteren Hudson, die Piraten wussten also immer, wo etwas zu holen war. Sie sind mit ihren Booten nachts und mit umwickelten Riemen auf den Fluss gefahren und haben vor Anker liegende Schiffe überfallen. Sie haben auch Passagiere entführt, um Lösegeld zu erpressen. Leng muss das gewusst haben, und ein Haus mit ausgedehnten Kellergewölben war natürlich genau das, was er suchte. Ich bin überzeugt, wir werden einen Kellergang finden, der direkt zum Flussufer führt. Würden Sie mir jetzt bitte das antiseptische Nähmaterial reichen? Nein, die größere Rolle. Genau die, danke.«

Nora sah schnell wieder weg, als Pendergast Anstalten machte, die Vene zu unterbinden.

»Gut«, sagte er kurz darauf, nahm die Klammern ab und legte das Nähmaterial beiseite. »Diese Vene war die Hauptursache für die Blutungen. Gegen den Milzriss, den ich vermutlich davongetragen habe, kann ich nichts unternehmen, das muss ich dem Arzt überlassen. Ich werde mich darauf beschränken, die kleineren Blutungen zu verätzen und die Wunde zu schließen. Würden Sie mir bitte diesen Elektrokauter herüberreichen? Ja, das ist das Gerät, das ich meine.«

Nora starrte etwas verblüfft auf den schlanken blauen Stift am Ende einer elektrischen Zuleitung und die beiden mit *Schneiden* und *Ätzen* beschrifteten Drucktasten. Als Pender-

gast sich wieder über die Wunde beugte, wandte sie rasch den Blick ab; das unangenehme Geräusch und der aufsteigende Geruch von versengter Haut genügten ihr vollauf.
Sie nahm zu dem probaten Mittel Zuflucht, sich durch Fragen abzulenken. »Was hatte es eigentlich mit Lengs ultimativem Projekt auf sich?«
Pendergast antwortete nicht gleich, erst nach einer geraumen Weile sagte er, immer noch tief über die Wunde gebeugt: »Enoch Leng hatte es sich zum Ziel gesetzt, die menschliche Rasse zu heilen. Er wollte sie retten.«
Nora traute ihren Ohren nicht. »Die menschliche Rasse retten? Aber er hat doch Menschen umgebracht! Gott weiß wie viele unschuldige Menschen.«
»Ja, das hat er.« Der Elektrokauter fing noch einmal zu rattern an.
»Wie wollte er sie dann retten?«
»Indem er sie auslöschte.«
Nora starrte ihn ungläubig an.
»Das war Lengs großes Ziel«, fuhr Pendergast fort, ohne aufzublicken. »Er wollte die Erde von den Menschen befreien und so die Menschheit vor ihrer eigenen Unzulänglichkeit bewahren. Er hat nach einem zuverlässig tödlichen Gift gesucht, darum hat er all die Chemikalien, Pflanzen und giftigen Tiere gesammelt. Es gab übrigens bereits früher Hinweise auf diese Absicht, denken Sie nur an die giftigen Substanzen, die wir auf den von Ihnen in seinem alten Labor ausgegrabenen Glasscherben gefunden haben! Oder an die griechische Inschrift auf dem Wappen über der Haustür. Ist Ihnen das nicht aufgefallen?«
Nora sah ihn irritiert an.
»Es sind Sokrates' letzte Worte, bevor er den Schierlingsbecher getrunken hat. ›Lieber Krito, ich schulde Asklepios einen Hahn; vergiss bitte nicht, meine Schuld zu begleichen!‹ Nun, es gab noch einen Hinweis, und den hätte ich schon früher erkennen müssen.« Pendergast beugte sich abermals tief

nach vorn, um eine andere Vene zu verätzen. »Aber der Zusammenhang ist mir erst klar geworden, als ich das Gewölbe mit den Waffen gesehen habe, erst da habe ich seinen Plan begriffen. Es hat ihm nicht genügt, ein zuverlässig tödliches Gift zu finden, er wollte auch ein System entwickeln, mit dem er es über den ganzen Erdball verbreiten konnte. Auf einmal bekamen die Kleidungsstücke, die Waffen, die Zugvögel, die Samen und Sporen, die der Wind über Land und Meer trägt, und all die anderen scheinbar systemlos gesammelten Stücke einen Sinn. Viele Objekte, die er zur Verbreitung des tödlichen Giftes verwenden wollte – wesentlich mehr, als notwendig gewesen wären –, hat er übrigens selber vorsätzlich vergiftet.«

»Mein Gott«, hauchte Nora entsetzt, »was für ein irrsinniger Plan!«

»Und zudem ein sehr anspruchsvoller. Ein Plan, der sich, wie ihm schnell klar wurde, nicht innerhalb der Zeit realisieren ließ, die einem Menschen gewöhnlich gegeben ist. Und darum, nur darum war er so darauf aus, die Formula zur Verlängerung des Lebens zu finden.«

Pendergast legte den Elektrokauter beiseite und sah sich suchend um. »Merkwürdig, ich habe hier unten kein Verbandmaterial gesehen. Nun, ich nehme an, Fairhaven hat keins gebraucht. Würden Sie wohl mal nachsehen, ob Sie Gaze und Pflaster finden? Ich will die Wunden keimfrei abdecken, bis sie fachgerecht versorgt werden können. Sie sehen, ohne Ihre Hilfe komme ich einfach nicht zurecht.«

Nora fand, was er brauchte, und half ihm, die Wunden mit Gaze und Pflaster abzudecken. »Hat Lengs Suche nach einem tödlichen Gift Erfolg gehabt?«

»Nein. Nach dem Zustand seines Labors zu schließen, dürfte er seine Bemühungen um das Jahr 1950 abgebrochen haben.«

»Warum?«

»Das weiß ich nicht«, sagte Pendergast, während er die Austrittswunde an der Elle abdeckte. Seine Miene zeigte wieder die bekümmerten Züge, die Nora schon bei früheren Gele-

genheiten beobachtet hatte. »Wirklich mysteriös. Ich stehe vor einem Rätsel.«
Nora half ihm, das Hemd anzuziehen, dann machte sie nach seinen Anweisungen aus Tüchern eine Schlinge, in die er den verletzten Arm betten konnte. Nachdem er in einen Ärmel des Jacketts geschlüpft war, wandte er sich zu Smithback um. Er las die auf den Monitoren angezeigten Werte, fühlte seinen Puls und ersetzte den schmalen Schlauch, durch den die Salzlösung in Smithbacks Vene tröpfelte, durch den Kolben einer Spritze.
»Das wird ihn in stabilem Zustand halten, bis wir wissen, wie Sie hier rauskommen und den Arzt verständigen können.«
»Ich?«, fragte Nora entsetzt.
»Meine liebe Dr. Kelly, jemand muss ja bei Smithback bleiben. Der Versuch, ihn gemeinsam hier rauszubringen, wäre ein unverantwortlich hohes Risiko. Was mich angeht, ich fürchte, ich würde mit der Kugel im Bauch und dem Arm in der Schlinge nicht weit kommen. Ganz davon abgesehen, dass ich in meinem Zustand mit Sicherheit nicht rudern kann.«
»Rudern?« Nora sah ihn verdutzt an.
»Sie werden mich gleich verstehen. Aber nun helfen Sie mir bitte erst mal die Stufen hinunter!«
Und so quälte sich Pendergast, von Nora gestützt, noch einmal die steile steinerne Wendeltreppe hinunter, und dann wanderten sie gemeinsam durch die schier endlose Flucht der Kellergewölbe, vorbei an Lengs Sammlungen. Bei dem Gedanken an das versteckte Gift, das hier unten lagerte, lief Nora ein Schauder über den Rücken. In der Waffenkammer wartete ein grässlicher Anblick auf sie: Fairhaven saß reglos, in sich zusammengesunken, in einer dunklen Ecke.
Pendergast schenkte ihm nur einen kurzen Blick, dann führte er Nora tiefer in die Gewölbe bis zu einer massiven Tür. Er stieß sie auf. Dahinter verbarg sich wieder eine steile, anscheinend vor langer Zeit roh in den nackten Fels gehauene Treppe.

»Das wird wohl der Zugang zum Flussufer sein«, murmelte Pendergast und begann mühsam die Stufen zu erklimmen. Der Geruch von Moder und Schlamm schlug ihnen entgegen. Und schließlich erfasste der Lichtstrahl der Stablampe ein altes schaukelndes Holzboot. Aus dem dunklen Schilf drangen schwappende Geräusch zu ihnen.

»Habe ich's mir doch gedacht: das Versteck des Flusspiraten«, sagte Pendergast. »Von hier aus ist er zu seinen Raubzügen aufgebrochen. Meinen Sie, es ist noch seetüchtig?«

Nora ließ den Lichtstrahl über das Boot gleiten, und nach einer Weile nickte sie zögernd.

»Können Sie rudern?«, fragte Pendergast.

Nora lächelte. »Darin bin ich während meiner Expeditionen zur Expertin geworden.«

»Gut. Wenn ich mich recht erinnere, finden Sie ein Stück weiter südlich eine stillgelegte Marina. Versuchen Sie, so schnell wie möglich ein Telefon zu finden, und rufen Sie die Nummer sechs-vier-fünf/sieben-acht-acht-vier an. Unter dieser Nummer erreichen Sie Proctor, meinen Chauffeur. Erklären Sie ihm kurz, was passiert ist. Er wird Sie abholen und sich um alles Weitere kümmern, auch um den Arzt für Shmithback und mich.«

Nora musterte das Ruderboot noch einmal skeptisch. Es war zwar in die Jahre gekommen, aber eine kurze Streckte traute sie ihm durchaus noch zu. Sie kletterte vorsichtig auf die Ruderbank und setzte die Ruder in die Dollen. Dann wandte sie sich zu dem Agent um. »Werden Sie gut auf Smithback aufpassen, während ich weg bin?«

Pendergast nickte, aber plötzlich schien ihm etwas einzufallen, er trat ein, zwei Schritte ans Wasser. »Da ist noch etwas, was ich Ihnen sagen muss, Dr. Kelly.« Und als sie ihn erwartungsvoll ansah: »Die Behörden sollten nichts von diesem alten Haus am Riverside Drive erfahren. Ich vermute nämlich, dass irgendwo in seinen Mauern die Formula zur Verlängerung des Lebens versteckt ist. Sie verstehen, was ich meine?«

Nora sah ihn lange an, dann nickte sie. »Ich verstehe.« Irgendwie kam ihr die Sache mit der Formel immer noch unglaubwürdig vor. Ein Wunschtraum – oder ein Ammenmärchen.

»Ich will Ihnen auch nicht verhehlen, dass ich für meine Bitte persönliche Gründe habe. Ich möchte nicht, dass der Name der Pendergasts noch mehr in Verruf gerät.« Er zögerte. »Enoch Leng Pendergast ist … war mein Urgroßonkel.«

Nora ahnte, wie schwer ihm dieses Geständnis gefallen war. Der Agent war Südstaatler, der Familienehre verpflichtet, und, wie sie schon lange wusste, in seinem Denken und seinem ganzen Gehabe ein Mann von gestern.

»Der Arzt, von dem ich Ihnen erzählt habe, wird Smithback in ein Krankenhaus außerhalb der Zuständigkeit der New Yorker Behörden bringen«, fuhr Pendergast fort. »Dort hat er keine unbequemen Fragen zu erwarten. Ich werde mich auch dort operieren lassen. Sie sehen, es besteht absolut keine Notwendigkeit, unnötig Staub aufzuwirbeln.«

»Ich verstehe«, sagte sie leise.

»Manche Leute werden sich fragen, wieso Fairhaven spurlos von der Bildfläche verschwunden ist. Aber ich bezweifle, dass die Polizei irgendeinen Zusammenhang mit dem ›Chirurgen‹ oder diesem alten Haus vermutet.«

»Aber dann werden all die Morde nie aufgeklärt.«

»Ja. Andererseits, ungeklärte Morde sind immer die interessantesten, glauben Sie nicht?« Pendergast ließ sich von Nora die Telefonnummer wiederholen, dann nickte er ihr aufmunternd zu. »Bitte beeilen Sie sich, Sie wissen ja, dass viel auf dem Spiel steht!«

Nora stieß das Boot von der Anlegestelle ab, aber ehe sie die Ruder eintauchte, drehte sie sich noch einmal um.

»Eines muss ich Sie unbedingt noch fragen. Wie, um alles in der Welt, haben Sie es geschafft, Ihre Fesseln zu lösen?«

Im diffusen Halbdunkel sah sie, wie Pendergasts Lippen sich zu einem schmalen Lächeln formten.

»Das war Magie, meine Liebe.«
»Das ist doch wohl nicht Ihr Ernst?«
»Magie und der Name Pendergast sind praktisch Synonyme. Meine Vorfahren waren durch zehn Generationen Zauberkünstler. Das hat sich auf uns alle vererbt, Antoine Leng Pendergast war da keine Ausnahme, im Gegenteil, er galt als der Talentierteste in unserer Familie. Sie haben ja die doppelten Wände gesehen, die versteckten Türen und die tückischen Fallklappen. Mit den Fesseln war das so ähnlich, Fairhaven hat seinen Opfern, ohne es zu ahnen, Jahrmarktsfesseln angelegt. Ich habe sie sofort wiedererkannt: die American-Guiteau-Handschellen und die Bean-Prison-Fußfesseln. Jeder, der ein wenig Ahnung von Jahrmarktstricks hat, hätte auf den ersten Blick die versteckten Nieten sehen können, die sich mit dem Finger oder den Zähnen mühelos öffnen lassen. Für jemanden, der den Trick kennt, war das ein Kinderspiel.«
Pendergast ließ ein kullerndes Lachen hören, das Nora unwillkürlich an Kichererbsen erinnerte. Sie schmunzelte, winkte ihm zum Abschied zu und stieß das Boot ab.
Nach wenigen Minuten lag der Schilfgürtel hinter ihr, sie lenkte das Boot zwischen zwei Felsen hindurch – vermutlich absichtlich eingebaute Barrieren aus der Piratenzeit – und kam ins offene Wasser. Sie hätte nie geglaubt, dass der Hudson vom Boot aus so breit und majestätisch aussah. Über ihr ragten die Hafenanlagen auf, aus der Ferne grüßte, vom Mond mit Silberglanz bestäubt, die George-Washington-Brücke zu ihr herüber. Sie atmete in tiefen Zügen die klare Nachtluft ein. Und dabei wurde ihr mit jedem Atemzug stärker bewusst, dass in dieser Nacht ein Wunder geschehen war: ein Wunder, dem Smithback, Pendergast und sie ihr Leben verdankten.
Und während sie sich in die Ruder legte und vor sich im Schein der Lichter von Manhattan schon die stillgelegte Marina auftauchen sah, war ihr, als trage der Wind – ganz leise, wie aus großer Ferne – Pendergasts kullerndes Lachen an ihr Ohr.

Epilog:
Der Stein der Weisen

Der Herbst war dem Winter gewichen, New York erlebte einen der kalten, sonnigen Dezembertage vor dem ersten Schneefall, die schon eine Vorahnung des nahen Frostes in sich tragen. Nora Kelly und Bill Smithback gingen Hand in Hand den Riverside Drive entlang. Auf dem Hudson trieben – wie Warnzeichen, die der Oberlauf ihnen schickte – die ersten dünnen Eisschollen. Das höher gelegene New-Jersey-Ufer war noch in makellosen Sonnenschein gebadet, die George-Washington-Brücke funkelte in purem Silberglanz, als schwebe sie schwerelos über dem Fluss. Nora und Smithback hatten eine Wohnung an der West End Avenue gefunden, eine der begehrten Neunzigernummern, und als Pendergast sie gebeten hatte, sich mit ihm in dem alten Haus am Riverside Drive achthunderteinundneunzig zu treffen, stand für sie sofort fest, dass sie an einem so schönen Tag die zwei Meilen zu Fuß gehen wollten.
Zum ersten Mal seit den grausigen Leichenfunden an der Catherine Street hatte Nora das Gefühl, mit sich und der Welt im Einklang zu leben. Ihre Arbeit für das Museum trug reiche Früchte, die C-14-Daten der Fundstücke aus Utah waren eingetroffen und bestätigten ihre Theorie von engen Verbindungen der Anasazi- mit der Aztekenkultur. Im Museum hatte ein wahres Großreinemachen stattgefunden, die Administration war fast vollständig umgekrempelt worden, von der alten Führung war praktisch nur Collopy übrig geblieben, dessen Ruf und Ansehen keinen Kratzer abbekommen hatte. Er hatte Nora übrigens eine herausgehobene Führungsposition angeboten, was sie aber höflich abgelehnt hatte, weil sie sich lieber weiterhin ihrer wissenschaftlichen Arbeit widmen wollte.
Roger Brisbane, der Unglücksrabe bei der ganzen Geschichte, war einen Tag vor den Bürgermeisterwahlen aus der Untersuchungshaft entlassen worden, nachdem sein Anwalt dem Gericht für alle drei Daten, an denen der mysteriöse Nachahmungstäter seine Morde begangen hatte, wasserdichte Ali-

bis liefern konnte. Der ehemalige Vizepräsident hatte bereits gegen die Stadt New York Klage wegen willkürlicher Festnahme in Tateinheit mit Freiheitsberaubung und Rufschädigung angestrengt. Die Presse wurde nicht müde, lauthals darauf hinzuweisen, dass der »Chirurg« nach Lage der Dinge möglicherweise weiter sein Unwesen treibe.

Montefiori hatte die Wahlen verloren, und Captain Custer war in den Außendienst versetzt worden, was im Klartext hieß, dass er Streife schieben musste. Anthony Fairhavens plötzliches Verschwinden hatte in den Medien einigen Staub aufgewirbelt, aber als durchsickerte, dass die Finanzbehörden in seiner Firma eine unangemeldete Buchprüfung vorgenommen hätten, verstummten sämtliche Vermutungen und Gerüchte; jedermann ging fortan davon aus, dass er wegen seiner Steuerprobleme untergetaucht sei. Irgendjemand wollte ihn noch vor kurzem auf den Niederländischen Antillen gesehen haben, mit einem Daiquiri in der Hand und in die Lektüre des *Wall Street Journal* vertieft.

Smithback hatte zwei Wochen in der Feversham-Klinik nördlich von Cold Spring verbracht, wo man ihn wieder zusammengeflickt und aufgepeppelt hatte. Die Spuren von Fairhavens schändlichem Eingriff waren erstaunlich schnell und gut verheilt. Pendergast hatte etliche Wochen in derselben Klinik gelegen, bei ihm waren Operationen am Ellbogen und im Bereich der Bauchhöhle notwendig. Nach seiner Genesung war er spurlos verschwunden, Nora und Smithback hatten bis zu der überraschenden Einladung an den Riverside Drive kein Sterbenswörtchen von ihm gehört.

»Ich kann's immer noch nicht fassen, dass wir noch mal freiwillig hierher zurückkehren«, fing Smithback plötzlich zu nörgeln an.

»Ach komm, Bill«, winkte Nora ab, »gib's zu, du bist doch genauso neugierig wie ich, was er von uns will.«

»Das schon, aber wir hätten uns ja auch woanders treffen können, an einem angenehmeren Ort, sagen wir zum Beispiel im Restaurant des *Carlyle*. Nur, eins sage ich dir gleich: Falls er auf die Idee kommt, mir einen Lengcocktail aus den verdammten Schraubdeckelgläsern in den Kellergewölben anzubieten, bin ich weg wie Schmitts Katze.«

Das Haus tauchte in einiger Entfernung vor ihnen auf. Selbst an diesem sonnigen Tag sah es irgendwie düster, abweisend und gruselig aus, was zum Teil an den kahlen Bäumen und den wie blinde Augenhöhlen auf sie herunterstarrenden leeren Fenstern der oberen Stockwerke liegen mochte. Wie vom gleichen Gedanken geleitet, blieben sie beide stehen.

»Weißt du«, murmelte Smithback, »wenn ich den alten Kasten auch nur sehe, läuft's mir schon kalt den Rücken runter. Als Fairhaven mich auf den Operationstisch gelegt hat und ich gespürt habe, dass das Messer in mich eindringt – o Mann, ich kann dir sagen …«

»Bill, bitte!«, fiel ihm Nora ins Wort. Smithback hatte sich angewöhnt, immer wieder in seinen schaurigen Erinnerungen zu baden, was bei ihm fast zur Manie geworden war.

Als er reumütig den Arm um Nora legte, spürte sie deutlich, wie sehr der dunkelblaue Armani an ihm schlackerte. Er hatte stark abgenommen und sah immer noch ziemlich blass aus, aber in seinen Augen blitzte schon wieder der alte spitzbübisch makabere Humor.

Sie überquerten die Hundertsiebenunddreißigste Straße, und plötzlich tauchte die Zufahrt zum Haus vor ihnen auf – so schmutzig und mit angewehten Abfällen übersät, wie sie ihnen in Erinnerung war. Unwillkürlich ging Noras Blick nach oben, zum eingeschlagenen Fenster im Obergeschoss. Auch Smithback, der sich so gern hinter der Fassade des durch nichts zu erschütternden Reporters verschanzte, war eine Spur blasser geworden. Nora ging voran, und als sie vor der Haustür standen, war sie es, die anklopfte.

Fast eine Minute verging, bis die Tür in den Angeln ächzend aufschwang und Pendergast vor ihnen stand. Er trug dicke Gummihandschuhe, sein schwarzer Anzug war über und über mit Mörtelstaub bedeckt. Kein Wort der Begrüßung, er wandte sich stumm um und ging voraus, sodass Nora und Smithback nichts anderes übrig blieb, als ihm ein wenig verdutzt zu folgen. Auf den Fluren waren Halogenleuchten aufgestellt, deren grelles Licht das Haus ungewohnt hell ausleuchtete, was freilich Noras beklommenes Gefühl nur wenig milderte. Statt des altvertrauten Modergestanks schlug ihnen der frische, beißende Geruch irgendwelcher chemischer Reinigungsmittel entgegen. Das Innere des Hauses war kaum wieder zu erkennen, Wand- und Bodenverkleidungen waren abmontiert worden, überall ragten bloßgelegte Gas- und Wasserleitungen aus dem Boden – man hätte meinen können, das Haus werde auf eine gründliche Renovierung vorbereitet. Oder war vielleicht jemand wochenlang auf der Suche nach einem ausgeklügelten Versteck gewesen?

Pendergast führte sie in die Bibliothek, wo es ähnlich aussah. Fast alle Regale waren leer geräumt, auf dem Boden reihten sich die penibel aufgestapelten Bücherstöße aneinander. Nora und Smithback schlängelten sich in Pendergasts Schlepptau zwischen ihnen durch und kamen schließlich zu der alten Kaminecke an der Rückwand der Bibliothek. Und dort wandte sich ihr Gastgeber endlich zu ihnen um.

»Dr. Kelly ...« Pendergast neigte den Kopf wie zu einer angedeuteten Verbeugung. »... Mr. Smithback, es freut mich zu sehen, dass Sie sich offensichtlich gut erholt haben. Ich habe Sie zu mir gebeten, weil mir während der letzten Wochen einige Dinge klar geworden sind. Leider gibt es viele, mit denen ich mein Wissen nicht mehr teilen kann, Mary Green, Doreen Hollander, Mandy Eklund, Reinhart Puck und Patrick O'Shaugnessy, um nur einige wenige zu nennen. Aber Ihnen beiden könnte es vielleicht helfen, die dämonischen Schatten der jüngsten Vergangenheit zu bannen, wenn ich Ihnen die ganze Wahrheit erzähle – eine Wahrheit, möchte ich hinzufügen, die nicht für fremde Ohren bestimmt ist.«

Eine längere Pause schloss sich an, bis Smithback drängte:

»Na los, raus damit!« Seine Stimme klang belegt, sie verriet, dass ihn offensichtlich nicht nur Ungeduld plagte.

Pendergast schien sich einen Ruck zu geben. »Für Fairhaven war Sterblichkeit von früher Jugend an ein Thema, das sein ganzes Denken beherrschte. Sein älterer Bruder ist mit sechzehn Jahren am Hutchinson-Guilford-Syndrom gestorben.«

»Little Arthur«, warf Smithback leise ein.

Pendergast sah ihn überrascht an. »Ja, genau.«

Nora schüttelte den Kopf. »Von diesem Syndrom habe ich noch nie etwas gehört.«

»Es ist auch unter der Bezeichnung Progerie bekannt. Nach einer normal verlaufenen Geburt setzt bei den betroffenen Kindern ein extrem rascher Alterungsprozess ein. Das Wachstum ist gestoppt, das Haar färbt sich grau und fällt schließlich aus, die Venen zeichnen sich ungewöhnlich deutlich ab. Meistens fehlen die Augenbrauen oder die Wimpern, die Augen werden unnatürlich groß, die Haut nimmt eine bräunliche Farbe an und schrumpelt, an den Knochen lässt sich ein gefährlicher Kalkverlust ablesen. Gegen Ende der Kindheit, wenn man normalerweise von einem Heranwachsenden sprechen würde, sieht der Erkrankte wie ein alter Mann aus. Er wird anfällig für Arteriosklerose, Schlaganfälle und tödliche Herzattacken. Und in der Tat war es ein Herzschlag, dem Arthur mit sechzehn erlegen ist …

Sein Bruder Anthony hat das Dahinsterben fünf, sechs schreckliche Jahre lang miterlebt, er hat das nie verkraftet. Jeder hat Angst vor dem Tod, aber für Anthony wurde diese Angst zur fixen Idee. Er schrieb sich für ein Medizinstudium ein, wurde allerdings nach zwei Jahren von der Universität verwiesen, da er ohne Erlaubnis Experimente angestellt hat, deren Natur ich bisher noch nicht näher ergründen konnte. So sah er sich durch eigenes Verschulden gezwungen, eine ungeliebte berufliche Laufbahn einzuschlagen. Er trat in das Bauunternehmen der Familie ein, aber die Heilkunde blieb seine heimliche Leidenschaft. Er experimentierte mit so genannter natürlicher Ernährung, Diätkuren, Vitaminen, Nahrungsergänzungsmitteln und versuchte, sich durch Badekuren und Saunagänge gesund zu halten. Schließlich verfiel er im Vertrauen auf die christliche Verheißung des ewigen Lebens in eine Art religiöser Wahnvorstellung und wurde zum eifrigen Kirchgänger. Aber als er festzustellen glaubte, dass seine Gebete nicht oder nicht in der erhofften Weise erhört wurden, vollzog er abermals eine radikale Kehrtwende, was ihn allerdings nicht davon abhielt, zum großzügigen Förderer obskurer pseudowissenschaftlicher Institute zu werden und sich gleichzeitig als Mäzen der Columbia Universität, des Smithsonian und natürlich des New York Museum of Natural History einen Namen zu machen. Außerdem gründete er die Little-Arthur-Klinik, die sich durch bahnbrechende Forschungen über seltene Kinderkrankheiten verdient gemacht hat ...

Es ist nicht eindeutig geklärt, wann ihm der Name Leng zum ersten Mal begegnet ist, aber da Fairhaven viel Zeit damit verbracht hat, in den Archiven des Museums zu stöbern, kann vermutet werden, dass er dort erste Informationen über die Art der Lengschen Experimente gesammelt und schließlich irgendwann herausgefunden hat, wo sich Lengs erstes Labor befand. Und damit war er endlich auf eine für ihn überaus wichtige Spur gestoßen: Er hatte den Mann gefunden, der behauptete, sein Leben verlängern zu können. Man kann sich leicht vorstellen, wie Fairhaven darauf reagierte. Er musste diesen Mann kennen lernen und sich vergewissern, ob die Behauptung stimmte. Damit war zugleich das Todesurteil über Reinhart Puck gesprochen, denn er allein wusste, wonach Fairhaven bei seinen zahlreichen Besuchen im Archiv gesucht hatte. All das hätte nicht zu einem katastrophalen Ende führen müssen, wenn wir nicht den Shottum-Brief gefunden hätten. Nun jedoch wurde es für Anthony Fairhaven zur Überlebensfrage, Puck zu beseitigen, denn der Archivar war der Einzige, der die von Fairhaven zu Leng führenden Fäden verknüpfen und den Baulöwen verdächtigen konnte. Und Sie, Dr. Kelly, waren Fairhaven natürlich ebenfalls ein Dorn im Auge. Sie wussten zu viel und waren dabei, die richtigen Schlussfolgerungen zu ziehen. Er hat Ihnen im Kellerarchiv aufgelauert, weil er zwei Fliegen mit einer Klappe treffen wollte …

Aber nun bin ich wohl ein wenig zu weit vorgeprescht. Also der Reihe nach: Als Fairhaven wusste, woran Enoch Leng gearbeitet hatte, wollte er unbedingt herausfinden, ob er mit seinen Experimenten Erfolg gehabt hat – mit anderen Worten, er wollte feststellen, ob Leng noch lebte. Und so nahm er alle erdenklichen Anstrengungen auf sich, um Leng aufzuspüren. Merkwürdig, aber ich habe mich zu der Zeit, als ich selbst hinter Leng her war, oft bei dem Gefühl ertappt, dass jemand schon vor mir derselben Fährte gefolgt ist, und zwar vor gar nicht allzu langer Zeit …

Und irgendwann entdeckte Fairhaven tatsächlich Lengs damaligen Unterschlupf. Man kann sich leicht sein Triumphgefühl vorstellen, als er meinen Urgroßonkel lebend antraf und so den leibhaftigen Beweis vor sich sah, dass es Leng tatsächlich gelungen war, sein Leben zu verlängern. Fairhaven war scheinbar endlich am Ziel seiner Wünsche angekommen, und er ließ natürlich nichts unversucht, Leng sein Geheimnis zu entlocken. Nur, Leng hatte, wie wir bereits wissen, sein ultimatives Projekt inzwischen aufgegeben. Und ich weiß jetzt auch, warum. Beim Studium seiner Laboraufzeichnungen wurde mir klar, dass er seine Arbeit um den ersten März 1954 herum abrupt abgebrochen hat. Es dauerte eine Weile, bis ich die Bedeutung dieses Datums erkannte: Es war der Tag des so genannten Castle Bravo.«

»Castle Bravo?«, wiederholte Nora fragend.

»Die erste auf dem Bikiniatoll gezündete thermonukleare Bombe. Sie hatte eine Sprengkraft von annähernd fünfzehn Megatonnen, der Feuerball erstreckte sich auf einen Umkreis von vier Meilen. Leng war davon überzeugt, dass durch diese

Erfindung das Schicksal der Menschheit besiegelt sei. Seiner Meinung nach war es der menschlichen Rasse vorherbestimmt, sich selbst auszulöschen, und zwar viel gründlicher, als er es je vermocht hätte. Der unaufhaltsame technische Fortschritt hatte das Problem für ihn gelöst, er konnte die Suche nach dem ultimativen Gift einstellen und in Frieden alt werden, denn wenn die Menschen sich selbst ausrotteten, ging sein Traum, die Erde von dem Übel Menschheit zu erlösen, auch ohne sein Zutun in Erfüllung …

Als Fairhaven ihn aufspürte, hatte Leng sein Lebenselixier bereits seit Jahren nicht mehr eingenommen – genauer gesagt, seit März 1954 –, und so war er alt geworden, vielleicht sehnte er sich sogar nach dem Tod. Wie auch immer, selbst die brutalste Folter konnte ihn nicht dazu bewegen, seine geheime Formel preiszugeben. Fairhaven beging den Fehler, ihm zu hart zuzusetzen und ihn dadurch zu töten …

Aber Fairhaven witterte trotzdem eine Chance, denn es gab ja noch Lengs altes Labor, und dort hoffte er, die wesentlichen Informationen zu finden, sei es durch die Untersuchung der sterblichen Überreste von Lengs frühen Opfern oder durch das Studium von Lengs Labortagebuch. Fairhaven wusste genau, wo sich das alte Leng'sche Labor befand: unter Shottums ehemaligem Kuriositätenkabinett. Die potenzielle Fundstelle lag zwar längst unter später errichteten Wohngebäuden begraben, aber das stellte Fairhaven vor kein nennenswertes Problem. Er kaufte einfach die Immobilie auf und ließ die Mietshäuser unter dem Vorwand, einen Beitrag zur Stadtsanierung zu leisten, kurzerhand abreißen. Ich habe mit ein paar Bauarbeitern gesprochen, und die haben mir erzählt, dass Fairhaven sich, sobald die alten Grundmauern freigelegt wurden, verdächtig oft auf der Baustelle aufgehalten habe. Gleich nachdem jener Arbeiter, den man zunächst in den unterirdischen Tunnel geschickt hatte, entsetzt das Weite gesucht hatte, ist Fairhaven persönlich in den Tunnelschacht gestiegen. Er konnte also nach Belieben Fundstücke aus den

Nischen entnehmen, unter anderem auch Knochen, und das war zweifellos der Grund dafür, dass die Verletzungen der später aufgefundenen Opfer verblüffende Ähnlichkeit mit den Spuren jener Eingriffe aufwiesen, die Leng lange zuvor an seinen Opfern vorgenommen hatte …

Nunmehr im Besitz von Lengs Aufzeichnungen, konnte sich Fairhaven in der Hoffnung wiegen, dass es ihm gelingen werde, Lengs Experimente originalgetreu nachzuahmen und so zu denselben Erkenntnissen zu kommen. Nur, seine Versuche waren die typische Pfuscharbeit eines Amateurs, der Lengs wahres Anliegen nie verstanden hatte.«

Damit brach Pendergast seine Erzählung ab. Über das alte Haus schien sich eine bleischwere, förmlich mit Händen zu greifende Stille zu legen.

Schließlich sagte Smithback: »Ich kann's einfach nicht glauben. Als ich das Interview mit ihm gemacht habe, wirkte Fairhaven so ruhig und gefasst. So … so normal.«

»Der Wahnsinn kommt in vielerlei Verkleidungen daher«, erwiderte Pendergast. »Fairhavens Besessenheit war so tief verwurzelt und so abartig, dass man sie nicht gleich erkennen konnte. Und wenn sich jemand erst einmal vorgenommen hat, die Schwelle der Hölle zu überschreiten, kann er das mit kleinen oder mit großen Schritten tun. Fairhaven hat sich wohl am Schluss eingeredet, die Formel für die Verlängerung des Lebens sei von Anfang an für ihn bestimmt gewesen. Nachdem er in den Besitz von Lengs Lebenselixier gekommen war, hat er sich eingebildet, so etwas wie eine Reinkarnation zu sein: der Leng, der Leng nie gewesen ist. Er ist in Lengs Persönlichkeit geschlüpft, hat sich wie er gekleidet und schließlich versucht, sich bei seinen Morden exakt an die von Leng vorgegebene Methode zu halten. Natürlich, in gewisser Weise war er ein Nachahmungstäter, aber in einem ganz anderen Sinn, als die Polizei vermutet hat. Und deshalb können Sie, Mr. Smithback, sicher sein, dass seine Morde nichts mit Ihrem Zeitungsartikel zu tun hatten.«

»Aber warum hat er versucht, Sie zu töten?«, fragte Smithback. »Ich habe nie verstanden, warum er ein derart hohes Risiko eingegangen ist.«

»Nun, Fairhaven war ein in jeder Beziehung weit vorausschauender Mann, das hat ihm einerseits seinen beruflichen Erfolg ermöglicht, andererseits aber auch die ständige Angst vor dem Tod in ihm geschürt. Als es mir gelungen war, Mary Greens Elternhaus zu finden, war ihm sofort klar, dass ich früher oder später auch Lengs Unterschlupf finden würde. Dabei spielte es keine Rolle, ob ich Leng für tot hielt oder ihn noch am Leben vermutete; er wusste, dass es mir irgendwann gelingen würde, Lengs Bleibe aufzuspüren, und dann wären all seine Bemühungen mit einem Schlag null und nichtig gewesen. Er traute mir zu, dass ich die Zusammenhänge zwischen den in jüngster Zeit verübten Morden des so genannten ›Chirurgen‹ und den lange zurückliegenden, von Leng begangenen Morden schnell durchschauen würde. So ähnlich ging es ihm mit Dr. Kelly. Sie war auf eine heiße Spur gestoßen, hatte McFaddens Tochter aufgesucht und war als Archäologin in der Spurendeutung weit besser geschult als ich. Also musste er davon ausgehen, dass wir früher oder später das alte Haus am Riverside Drive finden würden, und so weit durfte er es nicht kommen lassen.«

»Und O'Shaugnessy? Warum hat er ihn umgebracht?«

Ein Schatten fiel auf Pendergasts Gesicht, er senkte den Kopf. »Das ist etwas, was ich mir nie verzeihen werde. Ich hatte ihn mit einem Auftrag betraut, den ich fälschlicherweise für völlig gefahrlos hielt. Er sollte sich ein wenig in der New Amsterdam Drogerie umsehen, in der Leng sich viele Jahre zuvor mit Chemikalien eingedeckt hatte. Und dort ist O'Shaugnessy während seiner Recherchen offenbar auf alte Geschäftsbücher gestoßen, in denen die bis zum Jahr 1920 vorgenommenen Verkäufe von Chemikalien lückenlos aufgelistet waren – scheinbar ein unverhoffter Glückstreffer, aber für O'Shaugnessy wurde er zum Verhängnis. Ich hatte mir leider nicht klar gemacht, dass Fairhaven, durch unsere Aktivitäten bereits vorgewarnt, jeden unserer Schritte wie mit Argusaugen verfolgte. So kam er schnell dahinter, dass O'Shaugnessy nicht nur Lengs Einkaufsquelle kannte, sondern sogar die alten Verkaufsunterlagen mitgenommen hatte. Und damit stand für ihn fest, dass er den Sergeant töten musste, und zwar schnell.«

»Armer Patrick«, sagte Smithback erschüttert, »auf so schreckliche Weise sterben zu müssen!«

Pendergast nickte, seine Miene spiegelte die Trauer um O'Shaugnessy wider. »Und ich bin dafür verantwortlich, eine Last, die ich zeit meines Lebens mit mir herumschleppen werde. Er war ein guter Mensch und ein tüchtiger Officer.«

Sie standen lange stumm da, keiner mochte den anderen ansehen. Nora schlang die Arme um ihre Schultern, als überlaufe sie ein Frösteln.

Schließlich war es Smithback, der die Stille nicht mehr auszuhalten schien. »Mein Gott«, murmelte er, »wenn ich daran denke, was für eine tolle Story sich daraus machen ließe! Und ich darf nichts davon veröffentlichen!« Dann hob er plötzlich den Kopf und sah Pendergast neugierig an. »Was ist eigentlich aus Fairhaven geworden?«

»Ihm ist das widerfahren, was er am meisten gefürchtet hat: Der Tod hat ihn geholt. Ich habe das, was von ihm geblieben ist, in Tücher gehüllt und in einer Kellernische versteckt. Wenn Sie so wollen: eine späte Referenz gegenüber Edgar Allen Poe. Aber eigentlich habe ich's getan, weil ich nicht wollte, dass jemand irgendwann seinen grauenhaft entstellten Körper findet.«

Wieder ein schier endlos langes Schweigen. Es war, als warteten alle darauf, dass jemand von ihnen den Bann brechen würde. Und diesmal war es Nora.

»Haben Sie schon eine konkrete Vorstellung, was Sie mit dem alten Haus und Lengs Sammlungen anfangen wollen?«

Ein scheues Lächeln huschte über Pendergasts Gesicht. »Als

Folge des verzwickten Erbrechts unserer Familie bin zufällig ich es, an den dieses Haus samt allem Inventar fällt. Und was die Sammlungen angeht – wer weiß, vielleicht landet ein Teil davon eines Tages in einem der berühmten Museen dieser Welt. Aber bis dahin wird sicher noch viel Zeit vergehen.«

»Und das Haus? Wollen Sie es abreißen lassen?«

Pendergast zögerte. »Diese Frage gibt mir das Stichwort für die letzte Bitte, die ich an Sie beide stellen möchte.«

»Und was wäre das?«

»Dass Sie mich begleiten«, erwiderte Pendergast und wandte sich so schnell um, dass Nora und Smithback sich ein wenig überrumpelt fühlten und ihm bis zur Haustür folgten. Unter dem Vordach wartete mit leise schnurrendem Motor der Rolls.

»Wohin soll's denn gehen?«, fragte Smithback.

»Zum Friedhof«, antwortete Pendergast, »zum Gates of Heaven Cemetry.«

Die Fahrt durch Manhattan und weiter in die winterlich frostigen Hügel von Westchester dauerte eine halbe Stunde, und während der ganzen Zeit hüllte sich Pendergast gedankenversunken in Schweigen. Sie passierten das weit offene schmiedeeiserne Tor, der Rolls erklomm die geschwungene, stetig ansteigende Straße, die zu den Hügeln hinaufführte, und hielt schließlich in einem abgelegenen, wie vergessen wirkenden Teil des großen Friedhofs an.

Pendergast stieg aus und führte seine Begleiter auf einem gepflegten Pfad zu einer Reihe noch relativ frisch aussehender, in regelmäßigen Abständen nebeneinander aufgeworfener Erdhügel. Grabsteine gab es nicht, die einzige Markierung bestand aus einer am Kopfende in den Boden gesteckten kleinen Tafel mit einer Nummer. Vor der Nummer zwölf blieb Pendergast mit gesenktem Kopf, die Hände wie zum Gebet verschränkt, stehen.

»Wo sind wir hier?«, fragte Smithback leise.

»In diesen Gräbern hat Fairhaven die sechsunddreißig Skelette aus dem Tunnelgewölbe an der Catherine Street beisetzen lassen. Ein kluger Schachzug, denn für eine Exhumierung hätte es einer richterlichen Anordnung bedurft, und die wäre nur nach einem langwierigen Rechtsverfahren zu erwirken gewesen. Lediglich bei einer Einäscherung hätte er sich noch sicherer fühlen können, aber die durfte er nach dem Gesetz nicht vornehmen lassen. Also blieb nur das Erdbegräbnis, wenn er verhindern wollte, dass je wieder jemand die Skelette zu Gesicht bekam.«

Pendergast deutete auf das Grab mit der Nummer zwölf.

»Das ist die letzte Ruhestätte von Mary Green, einem Mädchen, das nicht mehr unter uns weilt, aber unvergessen bleiben wird.« Er langte in seine Jacke und zog ein verblichenes, etliche Male gefaltetes Blatt Papier heraus. Dass es zwischen seinen Fingern zu zittern schien, mochte an der schwachen Brise liegen, die über den Hügel strich. Schließlich hielt er es mit ausgestreckter Hand wie eine Opfergabe über das Grab.

»Was ist das für ein Papier?«, fragte Smithback.

»Die Formula«, antwortete Pendergast, »Lengs Stein der Weisen. Seine Formel zur Verlängerung des menschlichen Lebens. Perfektioniert, sodass es keiner Opfer an Menschenleben mehr bedurfte. Deshalb hat er im Jahr 1935 aufgehört zu töten.«

Nora und Smithback tauschten rasch einen Blick.

»Er hat die Formel letztendlich entwickelt, nachdem in den späten zwanziger Jahren bestimmte synthetische Opiate und biochemische Substanzen frei auf dem Markt erhältlich waren. Und da er, im Gegensatz zu Fairhaven, nicht aus purer Mordlust getötet hatte, musste er sich nun keine neuen Opfer mehr suchen. Er war Wissenschaftler, für ihn war das Töten immer eine bedauerliche Notwendigkeit gewesen.«

Smithback starrte ungläubig auf das Stück Papier. »Wollen Sie damit sagen, Sie halten die Formel für das ewige Leben in den Händen?«

»Ein ewiges Leben gibt es nicht, Mr. Smithback, zumindest nicht in dieser Welt. Lengs Elixier konnte nur zu einer Verlängerung der Lebensspanne führen. Um wie lange, weiß ich nicht, aber es dürften mindestens hundert Jahre gewesen sein, vielleicht sogar noch mehr.«

»Wo haben Sie die Formel gefunden?«

»Sie war, wie ich von Anfang an vermutet hatte, in dem alten Haus versteckt. Ich wusste, dass Leng es nicht fertig gebracht hätte, sie zu vernichten, er hätte zumindest eine Abschrift für sich aufbewahrt.« In Pendergasts Miene spiegelte sich eine rätselhafte Qual wider – irgendetwas, was ihm offensichtlich sehr zusetzte. »Ich *musste* die Formel finden. Der Gedanke, dass sie eines Tages in fremde Hände fallen könnte, wäre …« Und dann versagte ihm die Stimme.

»Haben Sie einen Blick darauf geworfen?«, fragte Nora.

Pendergast nickte.

»Und?«, hakte Nora nach.

»Sie besteht im Grunde lediglich aus einer biochemischen Mixtur, deren Zutaten in jeder guten Apotheke erhältlich sind. Jeder einigermaßen talentierte Chemiestudent in den letzten Semestern könnte sie herstellen, vorausgesetzt, dass ihm ein gut ausgestattetes Labor zur Verfügung steht. Aber die Anleitung enthält einen versteckten Fehler, eine Art Stolperschwelle, die es unwahrscheinlich erscheinen lässt, dass jemand in der Lage gewesen wäre, mit Lengs Formel Missbrauch zu treiben, zumindest nicht in absehbarer Zukunft.«

Die Stille, die über den Grabhügeln lag, schien nie mehr enden zu wollen.

Schließlich räusperte sich Smithback. »Und was werden wir … ich meine: Sie jetzt damit anfangen?«

Statt einer Antwort war ein kurzes klickendes Geräusch zu hören. Aus dem Feuerzeug, das Pendergast auf einmal in der Hand hielt, leckte eine kleine gelbe Flamme hoch. Ohne ein Wort zu sagen, hielt Pendergast die Flamme an eine Ecke des Papierbogens.

»Halt!« Smithback stürzte sich förmlich auf das Papier. Pendergast schob sich jedoch mit einer raschen Körperdrehung zwischen ihn und das Dokument mit Lengs Formel.
Smithback wieselte aufgeregt um ihn herum. »Was machen Sie denn da? Geben Sie mir das Papier! Sie sollten nichts überstürzen, denken Sie noch mal gut darüber nach!«
Aber da hatte die Flamme den zerknitterten, spröde gewordenen Bogen schon bis fast bis zur Hälfte verzehrt.
»Ich habe während der letzten Wochen kaum etwas anderes getan, als darüber nachzudenken«, sagte Pendergast. »Ich bin ein Verwandter von Leng, und der Gedanke an Mary Green wird für mich immer zutiefst beschämend sein. Ich habe die Formel ausgegraben, also muss ich sie auch vernichten. Glauben Sie mir, es gibt keine andere Möglichkeit. Wenn etwas so viel Leid über so viele Menschen gebracht hat, kann man es nur vernichten.«
Die Flamme verzehrte die letzte noch unversehrte Ecke des Bogens, und als auch diese Ecke zu Asche geworden war, beugte sich Pendergast über Mary Greens Grab, drückte die Überreste von Lengs Formula mit zwei Fingern in die gefrorene Erde, trat einen Schritt zurück, und als er dann lange vor dem Grab stehen blieb, hätte ein zufälliger Beobachter ihn wahrscheinlich für einen nahen Verwandten der Toten gehalten.
Smithback starrte auf die Szene, als habe Pendergast ein unverzeihliches Sakrileg begangen. »Ich kann's nicht glauben«, sagte er mit brüchiger Stimme. »Warum haben Sie uns überhaupt hierher gebracht? Nur, damit wir uns das ansehen?«
»Ja, denn so etwas sollte man nicht allein, sondern immer vor Zeugen tun. Und sei's auch nur denen zuliebe, die eines Tages darüber berichten wollen.«
Smithback schüttelte fassungslos den Kopf. »Ist Ihnen eigentlich klar, dass Sie soeben die größte medizinische Errungenschaft vernichtet haben, die es je gab?«
Der FBI-Agent sah ihn lange an, dann sagte er: »Mit dieser

Formel hätte man die Welt aus den Angeln heben können. Leng hatte begriffen, dass er die Büchse der Pandora in der Hand hielt. Hätte er den Deckel geöffnet, wäre die Menschheit an den sich auf einmal auftuenden Möglichkeiten zugrunde gegangen.«

Nora hatte die ganze Zeit über stumm dagestanden und den Dialog zwischen Pendergast und Smithback aufmerksam verfolgt. Nun gab sie sich einen Ruck. »Ich ahne, wie schwer Ihnen die Entscheidung gefallen ist. Es spielt im Grunde keine Rolle mehr, aber ich möchte es Ihnen trotzdem sagen: Ich glaube, Sie haben das Richtige getan.«

Pendergast schien den Blick nur widerstrebend von Mary Greens Grab zu lösen, aber schließlich wandte er sich doch zu Nora um. Vielleicht bildete sie es sich nur ein, dennoch glaubte sie, in seinen Augen zu lesen, dass ihm sehr viel leichter ums Herz geworden war.

Und nach ein paar Sekunden, die ihr freilich wie eine kleine Ewigkeit vorkamen, sagte Pendergast leise: »Danke, Nora.«

Ein Wort des Dankes

Lincoln Child bedankt sich bei Lee Suckno, M. D., Bry Benjamin, M. D., Anthony Cifelli, M. D., und Traian Parvulesco, M. D., für ihre unermüdliche Mit- und Zuarbeit. Sein Dank gilt ebenso der eigenen Familie, dem engsten und dem weiteren Kreis, für ihre Liebe und dafür, dass sie immer für ihn da war.

Douglas Preston möchte Christine und Selene wissen lassen, wie sehr er ihre wertvolle Hilfe bei der Arbeit an diesem Buch zu schätzen weiß. Wie immer bedankt er sich auch bei Aletheia und Isaac. Und er möchte nicht versäumen, James Mortimer Gibbons jr., M. D., seinen Dank für die hilfreiche medizinische Beratung zu sagen.

Beide Autoren danken Jon Couch, der, ohne je zu murren, wieder und wieder die waffentechnischen Details in diesem Buch kritisch geprüft und überarbeitet hat. Besonderer Dank gebührt dem hervorragenden Chirurgen Norman San Agustin, M. D., der ihnen bei den Szenen, die am Operationstisch spielen, ein unverzichtbarer Ratgeber war und am Schluss das Manuskript kritisch durchgesehen hat. Und wie immer gilt ihr tief empfundener, aufrichtiger Dank Betsy Mitchell, Jaime Levine, Eric Simonoff und Matthew Snyder, ohne die es die Romane von Preston und Child nicht gäbe. Wir haben zwar in diesem Roman bei den Straßen Manhattans, den Polizeistationen und sonstigen Ortsangaben die heutigen oder früheren Namen verwendet, dennoch sind alle Angaben als fiktiv zu verstehen. Darüber hinaus wurden die topografischen Gegebenheiten in New York City überall da verändert, wo es für den Fluss der Erzählung notwendig oder zweckmäßig erschien.

Ein Wort des Dankes